ピアニスト

エルフリーデ・イェリネク

中込啓子 訳

鳥影社

ピアニスト

凡例

Ⅰ　本文中の（　　）は原著者 Elfriede Jelinek 自身が付記したものである。

Ⅱ　本文中の〔　　〕は訳者が付記したものであり、文字を一ランク小さくしてある。

Ⅲ　翻訳にあたり、訳註は見開きページの終りに＊印で示す。

Ⅳ　原著者が、本文中で行っている同音異義の言語遊び（Kalauer）等は、二語にルビを付記することにより読者に注意を促している。

Ⅴ　原著者はこの長編小説において、多くの実在の場所及び建物を叙述で扱っており、訳註ではこの点に留意した。

Ⅵ　ドイツ語の親称はルビ、及び平仮名による表現で示している。母親には名前が与えられていないので、文脈にそって、母、母親、その他の表現がなされている。Mama はママと訳されている。

Ⅶ　原テクストの数行あき箇所、つまり著者のテーマの区切りに、順次算用数字を施している。

Ⅷ　原テクストで大文字表記されている語は、ゴチック体にしてある。

I

1

ピアノ教授のエリカ・コーフートは、嵐で吹きつけるつむじ風のようにアパートに駆け込む。母親《ムッター》と分け合っている住居だ。母親はエリカをわたしのつむじ風と呼ぶのが好き。この子どもがときどき極端に素早い動きをするから。子どもは母《ムッター》から逃れようと狙《ねら》っている。エリカは三十代終わりに向かいつつある。母親は年齢から言えば、ゆうにエリカの祖母であってもおかしくはない。*幾多《いくた》の厳しい結婚の年月が過ぎたあの当時に、やっとエリカが生まれてきた。父親は即座に自分の娘に然《しか》るべくバトンを渡すと、退場した。エリカが登場して、父親が去ったのだ。今日このごろでは必要に迫られて、エリカは敏捷《びんしょう》になっている。秋の落ち葉のひと群

＊　原書中では、娘盛りの十八歳の倍の年齢という記述がある（本書三一三頁）。また、少なくとも三十五歳に達している、と書かれている箇所もある（本書四五一頁）。

れにも似て、娘はアパート入り口のドアを素早くさっと通り抜けて、姿を見られずに自分の部屋の中へと辿《たど》りつこうと、努力する。けれども部屋の前にはすでにママが大きく立ちはだかっていて、エリカを立ちすくませる。壁際に追いつめて娘に問いただす母親は、厳しい尋問官《じんもん》と銃殺出動隊の使命を一身におびているが、国家内でも家庭内でも満場一致で母親と認められている。どうしてエリカがこんなに遅い時間に、今頃になってやっとわが家に迎え入れられることになるのかと、母親は尋ねる。最後のピアノの生徒なら三時間前にとっくに帰宅している、エリカからおびただしい嘲笑《ちょうしょう》を浴びてね。きっと、どこにいたのかわたしが知らないとでもあなた《ドゥー》は思っているのね、エリカ。子どもというのは訊《き》かれなくても母親に言い訳をする、その答えが自分にさえ信じられなくてもね。子どもは嘘《うそ》をつきたがるものだから。母親はまだ答えを待っている。でもそれは母親が一、二、三と数えるまでのことだった。

二と数えるときには早くも娘は、真実からひどくかけ離れた答えを告げていた。今娘が、楽譜がいっぱい詰まった書類かばんをひったくられると、はたして母親はその中からあらゆる問いかけに反する辛辣な答えをすぐに見出す。ベートーヴェン・ソナタ集四巻が憤慨しながら、新しいドレス一着と一緒に窮屈な空間を分かち合っている。ドレスはまさしくたった今購入されたばかりだと一目で分かる。母は即刻その衣服に激怒する。先ほどまでは店でそこのフックに掛けられて、色彩豊かで、しなやかで、とても誘惑的な趣《おもむ》きがあったのに、今はだらりとした布切れのように横たわったまま、母のまなざしに貫かれている。ドレスの代金は貯蓄銀行に預けるためのものと決まっていた！　今そのお金は予定より早く消費されてしまった。もし下着入れ用の戸棚まで行ってみることさえ厭わなければ、このドレスがオーストリア貯蓄銀行の住宅金融金庫預金通帳への記入事項の形状になっているのを人はいつでもありありと思い浮かべてみることができるだろう。そこの戸棚に積み上げられたシーツの後ろでは預金通帳がこちらをうかがいながら覗いている。しかし通帳は今日遠足をした、預金が引き出されたのだ。その結果が今に分かる。つまり素敵なあのお金がどこに留まっているのか知りたい人がいるなら、そのたびにエリカはこのドレスを着てみる必要があるだろう。母親は叫んでいる――そんなことをして、あなたは後々《ドゥー》《のちのち》報われることをみすみす棒に振ってしまったのよ！　将来わたしたちは新しいマンションを持てたでしょうに。それなのにあなたは待つことができなかったから、今になれば、ただのぼろ布を一枚持っているだけじゃないの。そんなものじきに流行遅れになってしまうでしょうよ。母はあらゆるものを後になって欲しいと思う。何ひとつ今すぐには欲しくない。それでも子どものことをいつでも欲している。それにもしママに心筋梗塞の危機がさし迫っている時、やむを得ない時に、どこに子どもがいて連絡ができるか、いつも知っておきたい。母は後で楽しむことができるように、今のうちに節約するつもりでいる。それにしてもエリカが自分用に、よりによってドレスを一着買うなんて！　オープンサンドの魚の上に乗っかっているマヨネーズの小さな斑点より、もっと儚《はかな》いようなもの。こんなドレスは来年といわず早くも、すでに来月にもどんなモードにだって遅れを取っている。お金は決して流行遅れになることはないのに。

大きな共同の自己所有マンションの購入に備えて積み立てがなされている。今のところまだ二人がうずくまっている賃貸アパートはすでにかなり老朽化してきていて、ただもう捨ててしまえるかというような代物だ。二人は前もって共同で造り付け戸棚、それに仕切り壁の位置さえも選び出すことができるだろう。二人の新しいマンションに適用されるのはまったく新しい建築システムだから。すべては当事者本人の主張に従って、きっちりと計画が実行されるだろう。支払う者が、決定する。僅かな年金しか貰っていない母親が、何にエリカが支払うのかを決定する。未来の方式で建てられるこの真新しいマンションでは、各人が自分だけの王国を手に入れる。エリカはこちらに、母はあちらに、両者の王国はお互いにきれいに分割される。それでもお互いに会う共通の居間は存在するだろう。もし望むなら。とはいえ母親と子ども、二人ともお互い密接な関係にあるから、当然いつも一緒にいたい。すでにここにいてすら、ゆっくり朽ちていくこんな豚小屋の中にいてさえ、エリカは自分自身の王国を持っていて、自由に振舞いもし、管理されてもいる。ただここはあくまでも暫定的《ざんていてき》な王国だ、母親がいつでも自由に入ってくるから。エリカの部屋のドアには鍵がない、それに子どもはなんの秘密も持ってはいない。

エリカの生活空間は自分自身の小部屋であり、そこでなら思い通りのことができる。この部屋はまったく自分の所有物であるから、誰も自分を邪魔することはない。すべてに気配りが肝心な主婦は、あちこち至る所で家事を切り盛りして回るから、母親の王国はこの現在のアパートの残り全部というわけだ。その一方でエリカは母親が成し遂げた家事仕事の果実を味わう。家事はピアニストの両手を洗剤でひどく損なうから、エリカは決して家事であくせく働いたりしてはいけないのだった。母が休憩をとって一息入れることはめったになかったけれど、休憩時に時折、心配の種になるのは多様な形態の母の所有物だ。あらゆるものが正確にどこに、どんな状態にあるのか、必ずしも人には分かったものではないからだ。早くも今、少しもじっとしていないあの所有物はまたもやどこにいるのか？　自分の所有物は、一人で、それとも二人で、どの地域をあちこち疾風のようにさっと走り抜けているのか？　あの水銀のエリカ、あのつかみどころのない代物《しろもの》は、多分この瞬間にもどこかを歩き回って、馬鹿げたことをしている。それなのに娘は毎日新たに、数秒たりとも遅れず定刻に、自分がしっくりくる場所に、つまりわが家に帰宅できている。しばしば内心の不安が母親を襲う。なぜならあらゆる所有者は、第一番目の事柄として、しかも痛みを伴いながら学ぶからだ。つまり、信頼することは結構だが、それでも管理は適切であると。ママとしての主要な問題は、みずからの所有財産を一カ所に、そこから逃亡することがないように、できる限り動かないように、固定することにある。この目的にはテレビ受像機が役立つ。テレビは美しい映像を、美しいメロディーを、あらかじめ〔放送用に〕作り上げて、〔放映用に〕包装して、家庭に配送してくれる。それがあるためにエリカはほとんど家にいる。そしてひとたび出掛けたとなると、娘がどこであちこち飛び回っているのか、明白に分かる。時折エリカは夕方コンサートへと出掛けて行くが、しかしそれもだんだんと稀にしか出掛けなくなる。エリカはピアノに向かって座っていて、とっくの昔に変更の余地なく葬《ほうむ》り去ったコンサート・ピアニストのキャリアを激しく叩き壊しているか、そうでなければエリカの教え子たちが参加しているなんらかのリハーサルの上方で、悪霊となって浮遊しているかである。緊急時にはそこにいる彼女に電話ができる。あるいは、志を同じくする同僚たちと室内音楽演奏をしている際には、エリカが気晴らしのために、一緒に演奏し、歓《よろこ》びを共にするために座っている。そこにも電話をして娘を呼びだすことができる。エリカは母親との絆と闘って、行き先に電話を掛けてこないように繰り返し丁寧に要請するが、母親だけが掟を定めているから、その要請を踏み越えてしまうこともあり得る。母はやはりまた、娘がいる場所の問い合わせも勝手に決めるので、それがどんな結果になるかというと、娘に会ったり、話したりしたい人たちがどんどん減っていく。エリカの職業はエリカの趣味に等しい、言ってみれば、崇高な力である音楽なのだ。音楽はエリカの時間をめいっぱい満たす。その時間内には他の時間のための余地はない。最高の能力を持った人たちが最高の音楽を演奏することほど、大きな喜びをもたらすものは他にない。

エリカが月に一度、とあるカフェに座っていると、母にはどのカフェにいるのか分かっていて、そこに電話してくるかもしれない。母はこの権利を融通無碍《むげ》に使用する。確信と習癖という自家製の基盤となる足場。

エリカの周りを取り囲む時間はゆっくり石膏製と化していく。母親が一度握りこぶしで少しでももがさつに打ち込めば、そういった時間はすぐにぼろぼろともろく砕ける。そのような場合、エリカはか細い首の周りに時間という石膏製整形襟の残部を付けたまま、他の人たちの嘲笑を買いながら座っていて、今帰宅しなければならないとやむを得ず告げる。家へと。エリカと人が外で出会うときには、ほとんどいつも帰宅途中だ。

母親が明らかに説明する。わたしにとってエリカはただあるがままで、もうふさわしいのです。そこからそれ以上には恐らくならない。娘は確かに、それにひょっとすると、まだみずからの能力を保った域には、いるのかもしれませんが、もし娘がわたしだけを、母親だけをずっと信頼して任せてくれていたなら、特定地域の枠を超えたピアニストになることができたでしょうに！　でもエリカは、母の意志に逆らってときどき他人の影響下に陥ったのです。つまり、うぬぼれ男の恋人が大学での勉学から気を逸らそうと脅《おびや》かしましたし、お化粧や服装のような外面重視の虚栄心が醜い頭をもたげました。それにキャリアだって、まだ本格的に始動する前に終わるわけですよ。でももっと確実な事柄は私たちに確かにあります。つまり、ウィーン・コンセルヴァトリウム*でのピアノ部門の教職です。それに娘は、見習い期間や就業経験期間の義務のために、分校の一つに、ある管区内の音楽学校に行く必要は全然なかったのです。こういった音楽学校では、多くの人たちが、その若い命をすり減らしてしまって息も絶え絶えに

＊　旧ウィーン市立音楽院、現在はウィーン・コンセルヴァトリウム私立音楽大学。

なって、埃《ほこり》みたいに灰色っぽくなり、背中が曲がるようにもなります――院長先生の惚れ込み方も一時的なだけで、さっと儚《はかな》く消え去ります。

ただあの虚栄心だけは。いまいましい虚栄心。エリカの虚栄心がわたしに面倒をかけるし、わたしの目に棘《とげ》を突き刺すのですよ。虚栄心を断念すること、これをエリカが今だんだんと学んでいくべき唯一の事柄です。後からよりは今の方が良い。なぜなら、ドアのすぐ前に迫っている老年期には、虚栄心は並々ならぬ重荷です。それにとにかく老齢だけでも重荷そのものです。このようなエリカ！　音楽史の大物たちはひょっとして虚栄心が強かった？　彼らにそういうことはなかった。唯一《ゆいいつ》エリカがなおも断念しなければならないもの、それが虚栄心だ。この目的のために、必要とあればエリカは、何ひとつ余計なものが彼女に付着していないように、母親から鉋《かんな》で完璧に滑《なめ》らかにされる。

そんなこんなで今日、例のママは自分の娘から、ぎゅっと摑《つか》んでいる娘の指から、新しいドレスを奪い取ろうとしているのだが、なかなかどうして、これらの指はあまりにもしっかりと訓練されている。手を離しなさい、と母親が言う、こちらに寄こしなさい！　あなたが外見に貪欲にこだわるせいであなたは罰を受けざるを得ない。これまでは人生が、注目しないことであなたを罰したけれど、今からはあなたの母親が同じように、たとえどんなにあなたが飾り立てて道化師みたいに厚化粧をしたとしても、無視することであなたを罰する。そのドレスをこちらへ寄こしなさい！

エリカは突然自分の洋服ダンスに突進する。不吉な猜疑心《さいぎしん》に襲われる。これまでにも、こういった疑惑は幾度かもう確認されている。今日は例えば、また何かが足りなくなっている、つまり、ダークグレイの秋用アンサンブルのスーツだ。何が起こったのだろうか？　数秒以内には、そこで何かが足りないと気づくし、やはり早くもそのことに責任ある者の名前を挙げることができる。そのことで問題となるのは、たった一人の人物だ。このすれっからし女が、このあばずれが、とエリカは自分の上位者たる決定機関に激怒して吠えかかり、濃いめに染めてある母の金髪の髪の毛に爪を立てて、摑《つか》む。金髪の根元あたりは灰色が追い打ちをかけている。美容院はやはり高くつくし、行かないで済めば、それがいちばん良い。エリカは毎月母の毛髪を刷毛《はけ》とポリカラー〔商品名〕で染める。自分自身で美しく染めた髪の毛を今は強く引っぱっている。怒り狂って髪の毛をぐいぐい引っぱる。母は泣きわめく。エリカが引っぱるのをやめると、両手にいっぱいになるくらいの髪の毛の束を持っているではないか。エリカは無言のまま、それをびっくりして眺めている。どのみち化学は髪の毛が抵抗している間にその色をくすませたが、しかし自然だって毛髪に傑作を成し遂げたことはこれまでに一度もなかった。エリカはこの髪の毛の束をどこで処理するか、すぐには分からない。とうとう彼女はキッチンに入って行き、黒ずんだ金髪で、幾度も変色している毛束を、ごみバケツに投げこむ。

母親は髪の毛が少なくなったまま、居間でめそめそ泣きごとを言いながら立っている。その居間で我が子エリカが時折コンサートを開いているが、娘はそこで最良の弾き手である。エリカ以外その居間にはピアノを弾く者が一人としていなかったから。新しいドレスを母親は震える手の中にまだ持ったままでいる。キャベツ並みの大きさの罌粟《けし》の花模様のドレスを着る人なんてこの一年きりで、決してそのあと着たりなどしないから、母がもしそれを売るつもりなら、すぐに売るべきだ。母の頭では、いま髪の毛がなくなっている個所が痛む。娘は戻ってくるが、興奮していてすでに泣いている。母をひどい悪党だとののしるが、同時に、母がすぐに自分と仲直りしてくれればと希望している。愛情こめたキスをしながら。母の方は、エリカの片手がママに打ってかかり、毛をむしりとったのだから、その手なんて離れ落ちて当然だと確信している。お母さん《ディー・ムッティ》は骨の髄まで徹底的にやられて、しかも髪の毛も犠牲にしているのだから、そこのところで今エリカはただもう彼女が気の毒になり、ますます大声でしゃくり上げて泣く。エリカは、ごく幼少時からずっと知っているお母さんのことを愛しているので、自分が母親に逆らってやるあらゆることでは、すぐに早々と彼女が気の毒だと悔やまれる。とうとうエリカが、予期されていたとおり、譲歩し、その際に激しく泣きわめく。喜んで、ただあまりにもいそいそとお母さんは折れるのだけれど、要するに、彼女だって本気で自分の娘に腹を立てているわけではないかもしれない。とにかく今わたしがコーヒーを淹《い》れるね、わたしたちで一緒に飲むことにしましょう。このおやつのときにエリカは母親をなおのこと気の毒に思うが、そのあげくに結局は、母が激怒した際の最後の残骸はグーゲルホプフ*の中できれいに解消される。母の毛髪の中に空いた幾つかの穴を調べてみる。でもエリカは、毛髪の束を持って何をすべきか分からなかった場合と同様、いま毛髪の穴について何を言えばいいのか分からない。母親はもう年だし、いつかは一生を終えるだろうから、後々のことを憂慮してまたもや少しばかり泣いてしまう。エリカの青春期だってもう過ぎ去っている。一般的に、いつも何かが消え去っているのだから、そのあと何かがやって来るのは稀なのだ。

母親は今その子どもに、なぜ美しい若い娘が、自分を飾り立てる必要がないのか、こと細かに述べている。子どもは母にそのことを認める。エリカが洋服ダンスに吊って持っているあのおびただしい沢山の衣服は、それにしても何のため？　彼女がそういう衣服を着たことは一度もない。衣服はみんな無用のまま、タンスを飾るためだけにあそこにぶら下がっている。購入することを母親は必ずしも妨げることはできないが、どの衣服でもいざ着るとなると、母親が際限のない女支配者だ。どんな服装でエリカが外出するかは、母親が決める。そんな恰好ではわたしのところから外出するわけにはいかないよ、と母親が決めるが、この母はエリカが見知らぬ男たちがいる見知らぬ家々にそんな装いで足を踏みいれるのを、危惧しているのだ。エリカ自身にしても、自分が持っている様々な衣服は決して着るまいという決断に至っている。母親の義務とは、さまざまな決断の際に後押しすること、間違った決断は事前に防止すること。そうしていれば、傷を負ってもそれを不必要に助長したことにならないから、後になってどんな

＊　丸い鉢の形をしていて、真ん中に穴の空いた型で、酵母を使って焼いたスポンジケーキ。

傷口にも軟膏を苦労して貼りつける必要はない。ただ母親みずからは、むしろエリカに損傷を与えたい、そうしておいて、さらに治癒のプロセスを監視するわけ。

この会話は常軌を逸してきて、エリカの左右で前へ進みでるか、あるいは前に出てこようとエリカを脅《おび》やかす彼女の生徒たちに罵詈雑言《ばりぞうごん》、毒舌を浴びせる、そんな段階にまで進む。そういう脅やかしは必要ないだろうに、ほかならぬあの人たちにやりたい放題にさせてはいけないのに！　あなたは未《いま》だにそれを許している！　そういう時あなたはブレーキを踏む女としてしっかり機能することもできるでしょうに、でもエリカ、そうするにはあなたはあまりにも不器用すぎるのよ。もし女性教師が断固として阻止するなら、少なくともその女性教師のクラスからは、若い女生徒が一人として頭角を現わすことはないし、そうであるなら、ピアニストとしては望まなかった列車の運行時刻表どおりでない予定外のキャリアにつく。あなた自身がなんとしてもピアニストになることはなかった、それなのになぜあなたの代わりに、しかもあなたのピアニスト小屋出身の他の生徒たちが、今それを達成すべきだというの？

エリカはいまだに鼻をすすり上げながら、例の哀れなドレスを腕に抱えていて、それをタンスの中に、他のいろいろな衣服、パンツスーツ類、スカート類、コート、スーツや舞台衣装のところに、喜ばしくもなさそうに、黙々と吊るす。このすべてを彼女は決して着ることがない。この衣類は、夕方帰宅するまで、ひたすらここでエリカを待っている運命だ。帰宅すると、衣服が広げられ、身体の前にあててその布地で飾りひだをあしらうなどして、楽しく観賞される。

なぜかといえば、衣服類はエリカのものだから！　たしかに母親は彼女から衣類を取り上げて売ることだって可能だ。しかし母親みずからはこの衣類を着られない、残念ながらこのほっそりとした莢《さや》たちには太りすぎているから。この洋服類は母親にはぴったりとは合わない。すべての品は完璧に彼女のもの。彼女のもの。すべてはエリカのものだ。例のドレスは、たったいま唐突に、将来のキャリアを遮断されたのだという事実をまだ予感していない。ドレスは不使用のまま拘留されて、決して外に連れ出されはしない。エリカはドレスを所有していたいだけであり、じっくり観賞して楽しみたい。遠くから眺めていたいだけ。いつか一度でも試着してみたいとは思わない、生地と色彩からなるこの一編の詩を前方に掲げて保持して優雅に動かしてみれば、それで満足する。まるで春の風が吹きぬけるよう。先ほどブティックでドレスを試着してみたけれど、今となってはもう二度とそれを着ることはないだろう。このドレスが店の中で自分に及ぼしたあの短い束の間の魅了感を、エリカはもう早くも思い出せない。今ドレスの死骸をもう一つ余分に彼女は持っていることになるが、でもそれはあくまでもエリカの所有物だ。

あらゆるものが眠っている深夜、肉体的絆で互いに鎖《くさり》のように結ばれた母子カップルの気のおけない片割れ、ママ様がこの世ならぬ静けさの中で新たな拷問方法を夢見ている間、エリカだけが独りぼっちで目覚めている。非常に稀ではあるけれど時折、洋服ダンスの扉を彼女は開けて、内に秘めた幾つかの自分の願望の証《あかし》たちである衣服に軽く触れてみる。これらの証はまったく秘密であるわけでもなくて、大声で外にむかって叫ぶ。以前自分たちの値段は幾らだったの？　それにここの全部は何のため？　色彩たちが、二番目の声部そして三番目の声部と一緒になって叫んでいる。警察から遠ざけられることなく、こういう物がどこで着てもらえるというの？　普段エリカはいつもスカートとセーターだけ、夏ならブラウスを着ている。時おり母親は睡眠中、にわかに体を上方に起こして本能的に知る、娘がまた自分の衣服を眺めている、うぬぼれ屋の娘がと。母にとってそれは確かなこと、タンスがみずからのプライベートの楽しみのために扉を開けてキーッと音を立てることなどあり得ないから。

悲惨なのは、この衣服購入がどうにかいつかは新しいマンションに入居できるまでに、その期間を無限に延ばすことであり、その期間中エリカには常に、恋愛の絆が絡みつくという危険がある、つまり突如みずからの巣の中に雄の郭公《かっこう》*の卵があるかもしれない。明日、朝食の際にエリカはきっと、軽率だという厳しい警告をうける。母親は昨日毛髪の負傷で、ショックのあまり、もろに死にそうだったのだ。エリカは住宅購入の支払い期限を守らされ、まさにこれからプライベート・レッスンを増やすのは仕方のないこと。

花嫁衣裳だけは幸運にも例の物悲しいコレクションに不足している。母親は花嫁の母になるのを望んではいない。彼女はずっと普通の母でいるつもりであり、この法的地位につつましく甘んじている。でも今日は今日よ。今は最終的に眠りましょう！　母は二つ並んだ夫婦用ベッドからこのように要求する。けれどもエリカは相変わらず鏡の前でくるくる回転している。母親の命令はいつでも背中に当たる靴の踵《かかと》のように虚を衝いてエリカに命中する。花模様のついたシックなアフタヌーンドレスに、さっと、今もなお触ってみる、今度はへりのところを。この花たちはまだ一度も新鮮な空気を吸ったことがないし、水だって知らない。このドレスは市の中心街の一流モード専門店に由来するものだ。品質も縫製加工も永遠不滅のものであり、服が身体《からだ》にぴったり合う具合は、エリカのボディしだい。甘い物やパスタ類はあまり沢山摂《と》りすぎないこと！　エリカはこのドレスを一目見てすぐに幻想を抱いてしまった、このドレスはほんのちょっぴりでも流行からは外れないで何年でも着られると。このドレスは何年でもモードの小径《こみち》で持ちこたえているわ！　この論拠が母に向けて乱費される。これは絶対に流行遅れにはならないの。お母さんは良心をしっかり探ってみるべきね、若かった時にも似たような裁断のドレスを自分でも着なかった、マミー？　この母は主義に従って異論を差しはさむ。エリカはそれにもかかわらず、このドレスは絶対に古めかしくならない、エリカは二十年の間にもまだ、今日とまったく同ようにこのドレスを着ているだろうという理由づけをしてから、この買い付けでは採算があったという結論を導き出す。

モードは入れ変わりが早い。申し分なく手入れが行き届いていてさえ、例のドレスはずっと着られないままだ。どっちみち、やって来てそのドレスを見たいと要求する人などいない。その最良の時期は無駄に過ぎていって、もはや戻ってこない。もし盛りの時期が戻ってきたとして

＊　郭公には、卵を抱いている他の種類の鳥の巣に卵を産みつける托卵の習性がある。

も、また二十年経ってからのこと。

少なからぬ数の生徒たちがみずからのピアノ教師エリカに断固として抵抗しているが、それでも親たちが芸術行為の実行を強制する。そのためコーフート教授先生は同じように強制する姿勢を適用することが可能だ。もちろんピアノのキーをポンポン叩いて曲を打ちこむ人たちの大半は行儀がよく、自分たちが習得すべき芸術に関心がある。コンサートホールの楽友協会*の中でも、コンツェルトハウス**であっても、外国の人に演奏される時でさえ、このような生徒たちは音楽芸術を気にかけている。生徒たちは比較し、吟味し、量《はか》り比べ、数える。エリカのところに多くの外国人がやって来るが、毎年その数は増えるばかり。ウィーン、音楽の都！　これまでに評価が発揮された事柄のみが、この都市では将来に向けてもその真価が実証されるだろう。水中から引き上げられずに放置されたままのあらゆる水死体みたいに、毎年膨れ上がっていく文化というものの白く太ったお腹から、ボタンがちぎれ飛ぶ。

洋服ダンスはその新しいドレスをみずからの中に引き受ける。一着多く！　母親はエリカが家から出掛けて行くのを見るのは好まない。このドレスは派手すぎて、子どもには似合わない。母親は、どこかで境界線を引く必要がある、と言うが、自分が今そう言って何を意味したのか、自分でも分からない。ここまでストップ、ここから先はだめ、母親はこのことを意図したのだった。

母親はエリカの可否を並べたてる。エリカは大勢のうちの一人なのではなくて、唯一の、たった一人の存在なのだ。こうした思惑は母の場合いつでも立ち現われる。自分についてエリカは今日さっそく、自分は個人主義者なの、と言う。何かに従うとか、誰かの言いなりになることはあり得ない、と主張する。彼女がみずからを順応させるのはやはりどうしても難しい。エリカのような者はたった一度だけしか存在せず、そのあともう一度存在することはない。もし特別に互換性のないものがあるとすれば、人はその時それならエリカだと称する。エリカが忌み嫌うのはどんな形であれ、悪平等であり、また例えば、特性をまったく考慮しない学校改革における悪平等である。エリカは自分を他の人たちと十束《じゅっぱ》ひとからげにはさせない、しかも他の人たちが自分と志を同じくしていてさえ。彼女はただちに突出して目立つだろう。エリカはまさしくエリカなのだ。彼女はあるがままであり、これに関して何一つ変えることはできない。母親は自分で見るのが不可能なところにある悪影響を嗅ぎつけて、とりわけ、一人の男がエリカをなにか他のものに変形させないように守るつもりだ。というのも、エリカは矛盾に満ち満ちてはいるが、個別的存在であるから。エリカの内部のこういった矛盾はそれでも、大衆化に断固反対の態度をとるように強いる。エリカは独立的個性がしっかりと刻印された人格であり、

＊　ウィーン楽友協会は、ウィーンフィルハーモニー管弦楽団の本拠地。大ホール「黄金のホール」は、金箔による装飾、華やかな天井画、光り輝くシャンデリアで豪華。一八七〇年にテオフィール・ハンセン（建築家）により完成。二〇四四人を収容できる。小ホール「ブラームス・ザール」他もある。

＊＊　ヴィーナー・コンツェルトハウスはウィーン交響楽団の本拠地。市立公園の側に位置する。

幅広い大衆である生徒たちと、まったく一人で対峙《たいじ》している。みんな対一人。こうしてエリカは芸術という小舟の舵輪《だりん》を回転させている。エリカについて要約してしまえば、決して彼女を正当に評価することにはなり得ないだろう。ある生徒がエリカの目標について質問すれば、彼女はヒューマニズムを挙げ、この主旨でベートーヴェンのハイリゲンシュタットの遺書の内容を生徒たちに要約して手短に述べる。音楽芸術の英雄たちの隣りで一緒にと、自分を台座の上に無理やり押し上げながら。

芸術全般的な、そして個々の人間的でもある考慮をしてみても、エリカはその根源を抽出することにはならない、つまり、こんなにも多くの年月の間自分を母親に従属させてきた後で、一人の男性に自分を従属させることは決してできないだろう。母親はこれから先のエリカの結婚に反対なのだ。だって私の娘はどこででも順応し得ないでしょうし、決して従属できないでしょうから。娘はまさにそうなのです。エリカは人生のパートナーを一人選ぶべきではありませんん、妥協しない人ですから。それにもう彼女は若木でもありません。もしパートナーが誰であっても譲歩できない場合、婚姻は悲惨な結果になります。母親はエリカに、むしろあなた自身だけでずっといなさいと言う。所詮、母親がエリカを現在の娘に仕上げたのだ。エリカさん、まだ結婚なさってないの、と牛乳売りの女性が訊《き》く、そして肉屋もやはり訊《たず》ねる。あなたも知ってらっしゃるでしょ、男の人を誰か気に入ったことなんて一度もないです、とエリカは答える。

もとはと言えば、エリカは地域の中でぽつんぽつんと、道の在り処《ありか》を知らせるために立っている棒のような信号マストに由来する一家族の出身だ。そういう家族はごく少ない。そういう家族はひたすら強靭《きょうじん》にそしてつましく増殖する。同じように、そんな家族はみんなやはり生活でもあらゆるものと常に強靭につましく付き合っていく。エリカは両親の結婚生活が二十年経ったところでようやくこの世に立ち現われたが、この婚姻では父が気を狂わせてしまい、世の中に危険をもたらさぬよう、ある施設に収容保護されている。

上品に沈黙を守ってエリカは〔一ポンド、約五百グラムの〕バターを八分の一だけ買う。彼女にはまだお母さんがいる、だから誰か男の人を夫にしなくたっていい。この家庭にはめったに新しい男性の親戚が生じない。生じてもすぐにも排斥され、拒絶される。その男性が〔母親に〕予期されていたように、案の定使えない、役に立たないと実証されたならすぐさま、彼との交際は断たれる。母親は家族のメンバーを小振りのハンマーで叩いて調べ、つぎつぎに選りわける。母は選別して、拒絶する。このようにすればどんな寄生虫も発生する可能性はない。寄生虫たちは、母たる人がずっと持っていたいものを、絶えず所有したがるものなのだ。わたしたちはまったくわたしたち二人だけでいましょう、そうでしょエリカ、わたしたちには誰も必要ではないのよ。

時間は過ぎ去り、そしてわたしたちは時間の中で消滅する。ガラス製の釣り鐘型チーズカバーの下に二人はおたがい一緒に密閉されている。エリカ、彼女の精緻《せいち》な保護カバー、彼女のママ。釣り鐘は、誰かが上のガラスのつまみを高みに引き上げる時だけ、持ち上げられる。エリカは琥珀《こはく》に閉じ込められた昆虫であり、時間を超越し、年齢を超越している。エリカに歴史《ゲシヒテ》はなく、どんなごたごた《ゲシヒテ》も起こさない。この昆虫はガサゴソ動きまわったり這ったりする能力をとっくに失っている。エリカは永遠のケーキ焼き型に入れて焼かれている。この永遠を彼女は喜ばしく自分の好きな作曲家たちと分かち合っているが、それにしても愛好されているかという面で、これらの作曲家たちと断じて互角だと受け入れられはしない。エリカはなんとか偉大な音楽創造者たちの視界内である、小さな場所を闘いとっている。それは激戦区なのだ。ウィーン全体が同じくここの地区に、少なくともシュレーバーが奨励した家庭菜園*の小屋をうち建てるつもりでいるからだ。エリカは有能という自分の場所の杭《くい》打ちをして境界を定め、さらに基礎溝を掘り下げ始めているところだ。この陣地をエリカは詳細な研究と作品解釈と演奏に誠実に取り組んだ報酬としてふさわしく手に入れたのだった！　結局のところ後続の創造者であってもなお、創造者の一形式なのだ。後続の創造者はみずからの演奏のスープをなんらかの独自性で、自分自身の何かで常に風味を添える。みずからの心血をその中に滴《したた》らせる。やはり演奏解釈者には自分なりの控えめな目標がある。つまり、見事に演奏すること。エリカは言う、しかしながら演奏解釈者はやはり作品の創造者には従わざるを得ません。そのことは自分にとって一つの問題なのです、と彼女はみずから進んで認める。なぜなら、自分はみずからを従属させることもできますし、従属させられないこともあり得ますから。

とは言え、エリカは一つの主要目標を他の解釈者すべてと一緒に持っている、つまり、他の人たちよりも優れていること！

2

市電[**]の中で**彼女は**〔音楽レッスンの帰宅途中〕、身体の前後にぶら下げた楽器類の重みで無理やり中の方へと引きずりこまれていく。おまけにぎっしり楽譜を入れて膨らんだ手さげバッグも二、三個持っている。かさばる物をぶら下げた蝶だ。蝶というこの生き物は、音楽だけでは満ち足りないエネルギーが自分の中でまどろんでいるのを感じる。この生き物は小ぶりの握りこぶしをヴァイオリンとヴィオラとフルートの持ち運び用取っ手のあたりでぎゅっと丸め

＊　ドイツで盛んになっていた休憩小屋付き賃貸家庭菜園、クライン・ガルテン（小さな菜園）は、シュレーバー医師（一八六一年没）により広まった。オーストリアでは「ハイムガルテン」として二十世紀初頭から広まる。

＊＊　ウィーンの市電（Straßenbahn）は、一八六五年に馬車鉄道として開業し、その後設立されたウィーントラム社と共同で、一八八三年から開始された。トラム、路面電車とも呼ばれる。切符を乗車の際に車内の刻印機に入れ、日付と時刻を印字すると有効になる。

ている。蝶は自分のエネルギーを好んでネガティヴな方向に向けている、選択の余地があるにもかかわらず。母親は選択することを提言している、つまり、音楽という名の雌《め》牛の、乳房にある乳首の幅広い多彩なスペクトルひとつの搾《しぼ》り方の選択を。

彼女は持っている弦楽器や管楽器それに重たい楽譜小冊子の幾冊かを周りの人々の背中に、あるいは真正面に打ちつける。ゴムピストルみたいな武器を彼女にはずみをつけて打ち返してくるあの豚腹男めがけても。気分しだいで時にはバッグと楽器を一つ、一緒に片手で持ったまま、もう片方の握りこぶしを未知の人の冬コートや、肩掛けや、〔厚手手織りウール地の〕ローデンジャンパーの中にひどく陰険に入れてみる。**彼女は**オーストリアの民族衣装を冒瀆《ぼうとく》する。その衣装は付属の鹿の角でできたボタンの外へと、取り入るようににやりと笑っている。カミカゼの流儀で彼女は自分自身を武器として使う。そのあとふたたび楽器の幅の細い末端で、ある時はそれがヴァイオリンでさえあったりするが、そのあとまたもっと重たいヴィオラだったりするが、仕事で汚れまみれの人々の群れめがけて打ちつける。とにかく夕方六時頃、車中が凄い混みようである時なら、誰かがはずみをつけて体を回すだけで、もう多くの人たちを傷つけることがあり得る。身構えようにも隙間がない。**彼女は**規則の例外なのであり、ひどく反感を抱きながら、彼女は多くの規則なるものを自分の周囲で目の当たりに見ている。それに彼女の母親には、〔娘である〕彼女は例外なのだし、母自身の一人っきりの子どもであるし、良好な進行方向を保っていなければならない子どもなのだから、と好んで具体的に説明している。市電の中で**彼女は**毎日、自分が絶対なりたくない事柄を見ている。**彼女は**、乗車券を持っていたり、持っていなかったりする人々の灰色の満ち潮を克明に調べている、新たに乗車して検札が必要な人や降りようと支度をする人、あるいはあちらの方の、どこからか来ている人たちなのか、何も所持していない人々、あるいはそこの、どこへ行く人々なのか、何をあてにするともない人たち等々。気の利いたシックな身なりの人たちではない。幾人かは車内でまだちゃんと座らないうちに早くも降りてしまった。

民衆の怒りが原因で、とある停留所で人々が**彼女を**外へ降りるように強いれば、みんなの集中した《ゲバルト》憤《いきどお》りが彼女の丸めた《ゲバルト》こぶしの中を貫いていたが、それをよけて、まだ家からあまりにも遠く離れていても、やはり本当に素直に車両から立ち去る。降りると言ったところで、それはただ、お祈りの際のアーメンのように、きっとこちらにやって来る次の路面電車《エレクトリッシェ》を待ったためだった。こんな経緯《いきさつ》は決してぷつんと切れたりしない鎖なのだ。そのあと彼女は燃料を補給しおえた新たな攻撃へと移る。楽器を持ってよろよろと苦労しながら、仕事帰りの人たちの真っただ中に入りこんで、破片爆弾みたいに楽器をまき散らして一面におおう。場合によっては空とぼけて、どうぞお願いします、ここでわたし降りなくては、と言う。するとみんなはただちに賛成してくれる。彼女はこの清潔な公共の交通機関を即座に立ち去るはめになる。こんな事柄が彼女のような人のためにいつでも待機準備なされているわけではない。お金を払っている乗客はまずこのような面倒な事態をいよいよもってはびこらせはしない。

乗客たちは女子生徒をちらりと見て、音楽がこの生徒の情緒をすでに早期に高めたのだと考えているが、その際に高められたのは単に彼女のこぶしだけ。時折、灰色の服を着た若い男が一人、使い古されたズック製の船員用荷物袋の中に不快感を与える物を持参していて、男が不当に嫌疑をかけられることがある。この男にはいかにもやりかねない性向があると思われるからだ。そのような男は、ローデンのジャンパーを着た力の強そうな男にひっかかって一発パンチを喰わされるよりもっと早く下車して、友人たちの所に消えたほうがいい。

申し分なくきっちり乗車券代を支払った怒りの民衆たちは、そのつど三シリング正しく払っていて、乗車券検察のコントロールがある時にもそれをやはり証明できる。誇らしげに改札の刻印のある切符を手渡しして見せると、トラム一つ丸ごとまったく独り占めだ。怒りをおびた民衆はこれによって、〔外見からは分からない〕コントロール係りの者がふいに来るかという不安でいっぱいのひどく不快な煉獄の何週間かを免れている。

あなた《ドゥー》と同様に痛みを感じとる一人の婦人がひいひい悲鳴をあげている。自分の脛《すね》が、自分の体重の一部分が掛かっていて命にかかわるこの大事な部分が、巻き添えになってしまっているのだと。こんな命も危なくなるような人混みの場合、事故を起こした人が責任をとる原理に忠実に、危害の責任者を捜しだすのは可能ではない。群れなす人々は告発だの、呪いの言葉だの、名誉棄損、懇願、苦情からなる砲火を浴びせられる。みんなの泡を吹いている口々からは、自分自身の運命についてのいろいろな苦情が飛びだし、様々な避難や告発が他の人々にぶちまけられる。鰯《いわし》の缶詰の中の魚みたいにみんなはびっしり立っているが、だからといってまだ当分はオイル漬けになるわけではなく、仕事仕舞いの後に初めてそうなる。

一人の男性のものである硬い骨一本を**彼女は**怒って蹴りつける。ある日のこと、同じ学校の同級生の一人のある少女と一緒になって、その女の子が親しげに訊《たず》ねるのだが、その女の子の下の方では素敵なハイヒールが二つの不滅の小さな炎になって見事に燃え上がっていて、おまけに毛皮をふんだんにあしらった、最新の縫製加工の革コートまで着ている。女の子が訊く、そこにあんた《ドゥー》何をひきずって運んでいるの？　それ何ていう名前なの？　わたしが言っているのはここのケースのことで、そこの上の方のあんたの頭のことじゃないわよ。これはいわゆるヴィオラ〔ドイツ語ではBratsche〕です、と**彼女は**丁寧に返答する。何ですって、バーチェ？　こんな風変わりな言葉、まだ聞いたことないわ、と口紅を塗った口が面白がってしゃべる。一人の女の子が出掛けて、何かを持って散歩する、それはバーチェと呼ばれていて、何一つ見分けのつくものの役には立たない。このバーチェは周りをぐるっと場所をとるから、誰でも避ける必要がある。**彼女は**この楽器を持ってあちこち公然と通りを歩くけれど、それでも誰も彼女を現行犯逮捕しない。

トラムのつり革に重ったるくぶら下がっている人たちや、羨望の的のあの少数の座っていられる幸運児らは、自分の使い古した胴体の上方に高く乗り出して背伸びしようとするが、無駄に終わる。何か固いもので自分の脚が手荒くこづかれるので、鬱憤《うっぷん》をぶちまけられる相手はどこに、とそこらじゅう見渡してみても探しだせない。誰かが今わたしの足の指を踏んだと、とある口から不愛想な文脈の言葉の大波が、押し寄せてくる。誰がやったのだ？　諫《いさ》めるため、犯人に判決を言い渡すために、世界中で悪名高い第一回ウィーン市電法廷が開かれる。どんな戦争映画でも、少なくとも一人は自発的に志願するものだ、たとえそれが死を意味する昇天出動隊のためであっても。ところがこちらの臆病な卑劣漢は、我々の我慢強い背中の後ろに身を隠したままだ。年金つき退職直前の職人たちの、ネズミのような一群れ全員が道具かばんを肩越しに持って、突いたり踏んだりしながら車両から降りようとひしめき合う。今この人たちは意図的に一駅分をずっと歩いている！　車両内の羊たちみんなの中で雄羊一匹が静寂を乱すなら、新鮮な空気が緊急にみんなに必要となるが、新鮮な空気は外に見出される。そのあと家で奥さんにたっぷりと見舞われることになる怒りのふいごも、新鮮な酸素を必要とする。そうでないと、ふいごはおそらく機能しない。漠然としていて定かでない色と形をした何かが、ふらふらっとよろめいて、滑って、別の何者かが、刺し殺されたかのような叫び声を上げる。ウィーンの毒を含んだ、スプレーで噴《ふ》いて広まったような濃霧が、この群衆からなる草原の上方に悪臭を放って立ち昇る。誰かがまさかの死刑執行人さえ求めて叫ぶ、自分の仕事仕舞いの憩いがそれ以前に台無しにされてしまったから。それほどひどくみんなは腹を立てている。みんなの夕方の憩いは、二十分前にはもう始まっているはずなのに、今日はまだ始まっていない。あるいは、夕べの憩《いこ》いのひと時が突如として中断された。夕べの憩いは犠牲者のカラフルな印刷の－

使用説明書付き―「命の一包みパッケージ」のように、不意に中断となったのであり、犠牲者は今となっては、気づかれないようにそのパッケージをもう棚の元の場所に戻せない。犠牲者は今ではそう簡単に、人目につかずに、新しい、無償のパッケージを摑《つか》みとることはできない。そんなことをしたら女店員から泥棒であるとして拘束されるだろう。貴方、人に気づかれないように私についてきて下さい！　ところが、支店長のオフィスに通じる、あるいは通じるように思われるドアは偽装だ。それに真新しいスーパーマーケットの外側には、もはやその週の特売品がないばかりか、そこには何一つない、完璧に、まるっきり何一つない、暗闇があるだけ。それと、絶対にケチであるはずはなかった一人の顧客、その人が底無しの場所へと墜落《ついらく》していく。誰かがここでは普通な書き言葉を口にする、あなた、即座に車両を降りて下さい！　その男の頭蓋からはシャモア*のたてがみが出てきてはびこる。男が猟師の扮装をしているためだ。それにしても**彼女は**新たな、いかがわしいトリックを適用するにあたって、ちょうど具合よく間に合って身をかがめる。その前に**彼女は**音楽機器類の粗大ごみをまず下に置く必要がある。その粗大ごみが自分の周りを囲んで一種の垣根を形作る。靴の紐を結ぶように見せかけることが肝心なところであり、それを機にトラムに乗っている隣人を陥《おとしい》れようとする。いかにも片手間にやっているかのように、こちらの女性あるいは別の女性の、まったく同じようで見分けが

＊　アルプスの岩場に棲むカモシカの一種。

つかないふくらはぎを思いっきり強くつねる。こちらの未亡人に青あざは確実もいいところだ。こんな具合に外見を醜くされた女性は勢いよく上の方に噴出する。夜間に照明されて、光り輝いて明るく、高く噴き上がる噴水だ。この噴水たる未亡人がついに許されてみんなが注意を向ける焦点に位置して、未亡人の家族状況の輪郭を短く、正確に描き出し、この状況が（とりわけ彼女の亡くなった夫が）、自分に危害を加えて苦しめた女に、いちだんと恐ろしい効果を及ぼすことになるのだと、脅《おど》す。未亡人は次に警察を要請する！　警察は万事を面倒みることなどできないから、やって来はしない。

一人の無邪気な女性音楽家のまなざしが、とある顔に重ねられる。あたかもたった今**彼女は**ロマン派の音楽の、あの秘密に満ち溢れた効果を醸しだすエネルギーに、そしてつねに高揚をよく考えて感情を強調したエネルギーに没頭しているかのようなふりをしていて、それ以外のことにはなんの考えもまるで残っていないかのよう。この様子から民衆は異口同音に話す、つまり、機関銃を持った少女というのはきっとこの子ではなかったのだ。しばしばそうなのだけれど今回も民衆はやはり思い違いをしている。

時折ある人は幾らかでも、もっと厳密に考えてみる、すると結果は、その人が本当の犯人を指し示している、つまり、君《ドゥー》が犯人だったのだ！　**彼女が**質問される、大人の理解力という照りつける陽光のもとで、彼女がそれについて何か言うべきことがあるかと。彼女は何も話さない。医師や検査官が彼女の口蓋帆《こうがいはん》〔軟口蓋の後方部分〕の後方に入れて手術をした際の充塡剤が、今となっては、自分が無意識にみずからを責めるのを効果的に阻止してくれる。彼女は自己弁護をしない。幾人かが互いに激しい非難を浴びせかける、一人の女性聴力障害者が容疑をかけられたから。理性あふれる声が、ヴァイオリンを弾く者が絶対に聴力障害者であるわけがないと主張する。おそらく口が利けないか無言でいるだけだ。あるいは誰か他の人のところにヴァイオリンを運んでいるのだ。みんなの意見は一致せず、自分たちが意図するもくろみはやめにする。もうすでにみんなの頭の中では週末のホイリゲ*の酒場やワインが幽霊のようにうろつき回り、思考原料を数キロは駄目にする。そのアルコールが残りの思考にとどめを刺すだろう。アルコール中毒者の国。音楽の国。例の少女は感情世界の遠方を見やり、そして少女の告発者はせいぜいのところビールのグラスの奥まで見やって、したたかに酔う。だから告発者は少女のまなざしを前にして不安げに黙りこむ。

強引に人を押しのけて割りこむのは**彼女の**品格にかかわる。女性ヴァイオリニストやヴィオラ奏者はそのような振る舞いをしないので、押し合いへし合いするのは暴徒だ。こんなささやかな楽しみのためには、母親がストップウォッチを片手に持って立っていて警告しても、家に遅れて帰ることも辞さない。そういった辛苦も彼女は我が身に引き受ける、すでに午後の間ずっと音楽を演奏しつづけ、考えを集中し、ヴァイオリンを弾き、自分よりもできの良くない女子

＊　本年度産一一月一一日の聖マルティンの日解禁の新しいワイン及びそれを供する酒場。

生徒を嘲笑《ちょうしょう》したにもかかわらず。彼女は人々に驚愕と戦慄《せんりつ》を植えつけるつもりでいる。このような感性で管弦楽コンサートのプログラムの冊子は満ちあふれている。

管弦楽の演奏会を訪れるある男は、みずからが読んだプログラムが手ほどきしている言葉を利用して、演奏会のもう一人の聴衆に説明するきっかけとする、つまりこの音楽の悲痛さにより どんなにみずからの心の奥底が高揚させられるかを。つい先ほど男はこの事柄や似通ったことを読んだのだった。ベートーヴェンの悲痛、モーツァルトの悲痛、シューマンの悲痛、ブルックナーの悲痛、ワーグナーの悲痛だ。このような悲痛さは今やこの音楽愛好者一人だけが所有しているが、それにしても、もう一方でこの男は靴製造工場の所有者ペッシュルであり、あるいは建材卸売り商コッツラーなのだ。ベートーヴェンは畏敬の念のレバーを動かすが、それにしてもこれらの工場や店舗の所有者らはその代わりに全従業員をおっかなびっくり飛び上がらせる。ある女性博士さんは悲痛とはもう長年友達づきあいしている。博士は今、十年前からモーツァルトのレクイエムの最後の秘密の根源を究めている。今に至るまで博士はまだ遅々として前進していない、というのもこの作品が究めがたいためなのだ。それを理解するなんてわたしたちにはできない！　女性博士さんは言う、これは音楽史上もっとも天才的な作品でありまして、わたくしと他のわずかな人たちにはそのことが確実となっております。女性博士さんはごくわずかな選ばれた人たちのうちの一人であり、この人たちにはどんなに努力してみても根源を究められない物事が存在する、と分かっている。このような場合なおも説明すべきことがあろうか？　そんなことが如何にしてこれまでに起こり得たのかは、説明できない。この状況は同様に、分析されるべきでない少なからぬ数の詩にもやはりあてはまる。黒い御者用の外套を着た、秘密に満ちた見知らぬ男がレクイエムの頭金を支払った。女性博士さんや、あのモーツァルトの映画を観た人々には分かっている。つまり、あれは死神自身だったのだ！　このようなあれこれの思考をしながら博士は本当に偉大な人々の莢《さや》に穴を空けて、無理やりその偉大な人物の中に入り込む。幾つかの稀なケースでは偉大な人に接して共に成長している。

不快な人間の群れが絶えず**彼女の**周囲に殺到する。つねに誰かが**彼女の**知覚に無理やり入ってくる。下賤な民衆はこれっぽっちも受け取る資格がないのに、芸術を我が物にしようとするだけではない、否、その上さらに芸術家の中に入り込んでくる。民衆は芸術家の中に宿をとり、ただちに外界に向けて二、三の窓をうがつ。見たり、見られたりするためにだ。例の無骨者《クロッツ》のコッツラーは汗まみれの指で、とにかく**彼女**独りだけに属する物を手探りしてみては離す。民衆は呼ばれていないし、頼まれてもいないのに、単調で抑揚のない歌声で歌を一緒に歌う。湿った人差し指で一つのテーマをなぞり、それにふさわしいサブテーマを探してみるが、見つからない。だからうなずきながら見つけだすことで満足し、次いで、犬が尾を振る如くへつらいながらもふたたび見分けがついたテーマを改めて繰り返して満足する。大抵の人々にとって芸術の主たる魅力は、自分で認識したと思うものの再認識において存在する。

食肉販売店所有者さんに感情の充溢《じゅういつ》と氾濫が起こる。この男性が血まみれの手職に慣れているとはいえ、抗《あらが》いがたい。驚嘆のあまり彼は身動きできない。みずからは種を蒔かず、収穫せず、しっかりと聴いていたわけではない。しかし彼は公のコンサートで見受けられる。その隣りには自分の家族で同行を望んだ女性陣がいる。

彼女はある老婦人の右の踵を踏む。どんな決まり文句も彼女はあらかじめ決まった個所に組み入れることができる。**彼女**だけが、本来所属するものすべてを、本来所属すべきであるにふさわしい場所に移すことができる。めえーと鳴いているこの子羊たちの無知を、彼女はみずからの軽蔑の中に包み込み、そうして子羊たちを罰する。彼女の身体は、その中に芸術がしっかりと保存される唯一の大きな冷蔵庫である。

彼女の清潔本能は不気味なくらい鋭敏だ。周り中ぐるりと、汚い生身の体が一つのネバネバした樹脂状の森を形作っている。身体の汚れだけではない、腋の下や、下腹部から太ももにかけての部分から漏れ出てくる極めて粗悪な類《たぐ》いの不純さ、老女の尿のほのかな悪臭、老人の血管の回路網や毛穴から流れでてくるニコチン、胃から立ち昇ってきて発散している極めて安っぽい質の食べ物の山ほどの分量。つまり、頭の瘡蓋《かさぶた》や疥癬《かいせん》のかすや蠟《ろう》のような悪臭だけにはとどまらず、指の爪の下に挟まっている物の悪臭、つまり髪の毛のように、か細いけれど、しかしながら経験豊かな者にとっては滲み通ってくるような糞鏡検査用薄片切断器の悪臭だけにもとどまらない——この糞の悪臭は、無彩色の食べ物の自然燃焼の残滓で、もし嗜好品の摂取が楽しみと呼べるものであるなら、みんなが体に摂取したあの灰色の、革のような嗜好品が自然燃焼した残滓《ざんし》であり、これが**彼女の**嗅覚《きゅうかく》感覚を、**彼女の**舌の味蕾《みらい》を痛めつける——ばかりではない。否、人々がある女性の心の中に乱暴にいついたり、人を次々に恥じることなく我がものにすると、**彼女は**この上なくひどいショックを受ける。一方の者が他方の思考の中にまで押し入って、他方の者のいちばん内奥の注意力にさえも入り込むのだ。

そのせいで群衆は罰を受ける。**彼女に**よって。それでも決して彼女はみんなから免れることはできない。彼女は群衆を勢いよく引っ張り、犬がその獲物を揺さぶるのと同様に、みんなを揺り動かす。それなのに群衆は断りもなく彼女の中をあちこちかき回し、**彼女の**いちばん内奥のものを観察してみて、それは私たちの手に負えないとか、それはやっぱり私たちの気に入らない！と主張することすらためらわない。

母は常にあらかじめ知らせることなく、**彼女の**ふたをねじって開けて、手を上に意識して挙げてから、その中に入れて、ほじくり返し、探し回る。中のすべてを母は混ぜこぜにして投げつけ、一つとして元の場所にまた戻すことはない。ちょっとだけ母は選んで二、三のものを取りだすと、ルーペを当てて観察して、そのあと投げ捨てる。母はその他の物は然るべき場所にふたたび置いて、ブラシやスポンジ、雑巾でごしごし磨く。その代物《しろもの》をそのあとエネルギッシュに乾かして、また蓋をねじって嵌《は》める。肉ひき器にナイフをねじって入れるように。

あの老女は、乗車の際に〔車内の切符自動刻印器で〕新たに使用開始時間を切符に刻印してもらうべき人だ、彼女自身で車掌に伝えていないのだが。老女はここに、トラムの車両に、乗り込んだことを隠し通せると考えている。もともと彼女はあらゆることからとっくに降りてしまっていて、うすうすそれを感づいてはいる。もはや支払っても全然引き合わない。彼岸《ひがん》に入る乗車券は、そう、もう小さなハンドバッグの中に入れてある。その乗車券ならこのトラムの中でもきっと有効であろう。

今**彼女は**一人のご婦人からある道を尋ねられているが、答えない。**彼女は**その道を正確に知っているにもかかわらず、**彼女は**答えない。婦人は車両の中のどこでもつつき回してみるし、みんなが座っている座席の下をあちこち掻きまわしてそこから探している通りを探《さぐ》りだそうと、人々を払いのけたりするしと、静かにしていることがない。〔多分この婦人は〕森の道でなら怒り続けて歩きまわる女であり、か細い小さなステッキの助けを借りて、罪のない蟻塚をつついて、瞑想にふけっている蟻をくすぐっては目覚めさせる習性があるのだ。邪魔された動物たちが酸を噴出するようにと彼女はそそのかす。この女性はつまるところ、多分蛇が一匹いるかもしれないと、手当たりしだいに石をめくってみるような人々の一人だ。森の中の木を伐採《ばっさい》した空き地のどこででも、まだごく小さい空き地であろうと、この婦人はきっと茸《きのこ》や苺の類いをしらみつぶしに探しだす。そういう類いの人間だ。このような人間はどんな芸術作品からも、最後の残りの一滴まで絞りだして、みんなに声をふり絞って説明しないではいられない。公園だとこの種の人間は座る前に、ハンカチでベンチの埃《ほこり》を払う。飲食店ではナイフやフォークをナプキンで磨きなおす。近い親類の男性のスーツを目の細かい梳《す》き櫛《ぐし》で引っ掻きまわしながら、髪の毛や、手紙、脂のしみを探りだす。

こうして例の婦人は今、誰も自分に情報を与えてくれることができない、と大声で憤慨する。誰一人自分に情報を与えたがらないのだと言いはっている。この婦人は無知な多数派を代表しているが、しかしながらただ一つのもの、それを過度に所有している、つまり闘争心。この女性は必要とあらば、誰とでもいざこざを起こす。

彼女は、ちょうど例の婦人がみんなに訊いていた当の小路《ガッセ》で下車する、そして降りながら、道を訊いていた婦人を軽蔑するようにじろじろと見る。

雌水牛〔田舎っぺの女〕にはすぐ分かった、そして女の角は怒りのあまりしっかりとさいなむ。ただちに婦人はみずからの人生のこのひとこまを女友達のところで、そしてインゲン豆を付け合わせにした牛肉料理を食べながら繰り返すことだろう、この女性が自分の人生を、例の一件を報告するこの短い間隔の分だけ延長しながら。いわば語っている間の時間は人生ではないかのようであるけれど、実のところ、語っている間の時間は彼女の側ではなんとも引きとめがたく過ぎ去っている。これによりご婦人からは新しい体験をする余地が奪い取られている。

彼女は慣れ親しんだ方向に慣れ親しんだ道をとる前に、完全に方向感覚を失った婦人の方を何回か振り返る。そのとき**彼女は**にやりと婦人に笑いかける。遅れて帰宅するせいで、二、三分以内には**彼女**みずからが母親の切断トーチの熱い炎の下で焼かれて、小さな灰の山になるのを忘れている。その際には芸術全般が**彼女を**慰めることなどないだろう。芸術はいろいろと言われていて、とりわけ、芸術は慰めの女であるとも言われているのではあるけれど。確かに芸術は時折、いざという時に苦悩を招来する。

3

エリカ、原野の花〔ヒース、淡い紫紅色、小低木の小花〕。この花から娘は名前を貰っている。出産する前、母親の目の前には何かおずおずとして、優しいものが漂っていた。そのあと母親が、生身の体から勢いよく飛びださせた粘土の塊を眺めていたときに、純粋さと繊細さとを保持するためには、気配りなどせずにその塊を的確に形を整えて切るという仕事にすぐ取りかかった。あそこで一部分切り取って、向こうでもまだちょっと切るという具合に。どの子どもも汚物や糞便を前にしたら、無理やり引っ張り戻さないと、本能的にそれを目指して進む。エリカのために母親は早期から、なんらかの形で芸術的な職業をと選ぶが、それは、苦労多くして獲得した精緻《せいち》な技《わざ》からお金を搾り取ることができるように、という魂胆があったからだけれど、他方では平均的人間がこの女性芸術家を称賛しながらとり囲んで拍手喝采してくれることもある。今ようやくエリカには然るべく叩きこまれたあげくの繊細な技がある。今からすぐにエリカは音楽のワゴンを軌道に乗せて、即座に技巧を凝らし始める方がいい。したがって、このような少女にやはりうってつけでないのは、荒っぽいことを実行するとか、難しい手仕事や家事をすること。少女は生まれた時からクラシックのダンスや、歌曲や、音楽の技巧へと運命づけられている。世界的に著名な女性ピアニスト、これがどうやら母の理想像である。ということは、奸計を弄《ろう》してでも子どもが道を見出すようにと、母親はどこの角《かど》にでも道しるべを地中に叩きこんで、もしエリカが練習したがらない時には、娘も同じように一緒に叩き込む。母は、エリカを嫉妬している一群の存在のことを警告するが、その群団というのは、やっと勝ちとったものを常に邪魔しようとしていて、そのほとんどは例外ないくらい男性集団なのだ。気を逸《そ》らしちゃだめよ！　エリカが到達するどんな段階でも、ゆったり休息する暇などは許されない、はあはあ息をはずませながらアイスピッケルにもたれかかったりしていてはいけない、なぜならすぐに先に進むのだから、つまり次の段階へと。森の動物たちは危険なほど間近に寄って来て、同じようにエリカを野獣化しようとする。競争相手たちは眺望を説明してあげたいからという口実を使って、エリカを岩礁におびき出そうと願う。とにかく、どんなにやすやすと人は転落するものなのか！　母親は子どもが深淵に陥《おちい》らず身を守るように、深淵とはどんなであるのか目に見えるように描写する。頂上では世界的名声を欲しいままに支配できるけれど、大抵の人々には世界的名声が首尾よく達せられることなど決してない。頂上では冷たい風が吹いていて、そこにいる芸術家は孤独であり、自分でもそうだと言っている。この母がなおも生きていてエリカの未来が活気づいている限り、この子にとって問題になるのはただ一つ、つまり絶対的な世界のトップ。

ママはいつも両足で大地にしっかり根を張って立っているから、下から押し上げている。そして間もなくエリカは出身の地である母なる大地《ムッターボーデン》〔本来の意味は肥沃土《ムッターボーデン》〕にもう立ってはいない、そうでなくて、すでに彼女は先の方へと奸策《かんさく》をめぐらした別の大地の背面に立っている。こちらは危なっかしい大地だ！　エリカは母親の両肩の上でつま先立ちして、熟練した指を突き立てて、上の方にある突端をしっかり摑《つか》む。残念ながらそれは、頂上の本物の突端だと思わせただけで、単なる岩のうちの突出部だという正体をやがてあらわにするが、エリカは上腕の筋肉をぴんと張りつめ、体を上に、上にと伸ばす。今では鼻が突出部の上方をちらちら覗いて見ているが、それも新たな岩をもう一つ見つけざるを得ないためだけだという結果になる。しかも初めの岩よりさらに切り立っている。しかしここでは名声という製氷工場は、早くも支所を一つ所持していて、工場の複数の製氷産物を幾つもの塊《かたまり》にして貯蔵しておき、このやり方で貯蔵庫のコストをそんなには犠牲にしないでいるのだ。エリカは塊の一つを舐《な》めていて、一回の生徒コンサートのことも、早くもショパン－コンクールの優勝獲得とほとんど同じくらいに受け取っている。まだ一ミリだけ足りない、足りていれば、自分は上位だ！とエリカは思う。

母はエリカがあまりにも控えめなのでちくりと嫌味を言う。あなたはいつだってびりなのね！　お上品に控えていたって何にもならない。人はいつだって少なくとも上位の三人に入っていなくてはいけない。遅れてくる物事すべてはごみ箱入りになる。このように母は話していても、子どもには最優秀を願っている。だから我が子を路上に放置させたままにしないのは、我が子がスポーツ関係の試合に参加しないため、そしてまた音楽の練習をなおざりにしないという目的のためだ。

エリカは目立ちたがらない。上品に自分の感情を抑制していて、他の人たちが彼女に代わって何かを獲得するのを待っていると、母獣は気持を傷つけられて嘆く。自分は我が子のためにすべてのことを独りで面倒を見ざるを得ないと痛烈に嘆いたり残念に思いながらも、勇ましい声を上げながら闘いに突進する。エリカは気高く自分自身を後回しにするが、そのためストッキングやパンティを買えるくらいの細かいお恵みコインのほんの数枚さえ手に入れることはない。母親は友人や親戚に、自分は天才を生んだのだと熱心に吹聴する。と言ってもそういう人たちは多くない、と言うのも早い時期におたがい完璧に交渉を絶っているし、子どももやはりその人たちの影響から隔絶しているのだから。母のわたしはますますはっきりとそのことを気づくの、と母親の口から出てくる。エリカはピアノの操作と活動に関しては天才よ。ただ、まだちゃんと発見されてこなかっただけ。発見されていたら、彗星のごとくエリカはとっくに山という山の上方の高みに登りつめていることでしょう。それと比べたら、幼児キリストの誕生は無にも等しかった。

隣近所の人々は賛同の発言をしている。少女が練習している時は、喜んで耳を傾ける。ラジオを聴く時のようだけれど、でも料金はかからない。窓を開けるだけで、場合によってはドアを開けるだけで、もう音の響きが勢いよく入ってきて、隅々まで余すところなく、どこの片隅にも、毒ガスみたいに拡がる。騒音に憤《いきどお》った近辺の人々はエリカと出会う至る所で話しかけては、どうかお静かに、と頼む。母はエリカに、卓越した芸術的営為のお蔭で隣近所が熱狂していると話す。エリカは母の熱狂という、水もまばらな小川に乗って、唾《つば》の泡みたいに彼方へと運ばれていく。後で隣家の人が苦情を言うとき、エリカは訝《いぶか》しく思う。苦情について母がエリカに報告することは絶対にない！

数年が経過するうちには、これはという時に誰かを見下すことにかけて、エリカは母親以上になっている。結局ああいう素人は問題じゃないのよ、ママ。あなたの判断は生半可で、あなたの感受性も十分に熟していない。専門家だけがわたしの職業では価値があるのよ。母親が返答する。市井《しせい》の平凡な人間の称賛をあなどってはいけない、こういう人たちは心で音楽を聴いて、それで楽しんでいるの。技術を高めすぎてへまをしがちな人たちや、甘やかされた人、思い上がった人たちより、もっと。お母さんは自分では音楽のことは何も分からないのに、それでも自分の子どもをこういう音楽という馬具用のくびきに無理に入れるわけなのね。母と娘の間で復讐試合《リヴェンジ・マッチ》が正々堂々と展開する。やがて子どもには、音楽の面では自分が母親を凌いでしまっていると分かるからだ。子どもはその母のアイドルであり、母はその分の手数料としては、ほんの少しの料金しか子どもに要求しない、つまり、子どもの人生だけを。母は子どもの人生を自分で価値判断しても許されると思いたい。

市井《しせい》の平凡な人間との交際がエリカには許されない、でも称賛にはいつでも耳を傾けていても許される。専門家の人々は残念ながらエリカを褒めない。素人の愛好家の非音楽的であるという運命が、あのグルダやあのブレンデル、あのアルゲリッチ、そしてあのポリーニ等々を掘り出した。けれどもそのような運命はコーフートのそばを、執拗に顔をそむけて通り過ぎる。そのような運命がどのみち不偏不党の存在であるのを余儀なくされるから、粋な仮面に騙されたりしたくはない。魅力的だとはエリカについて言えない。魅力的でありたいと欲するなら、母は即それを禁止しただろう。両腕をエリカは運命に向かって伸ばすが、無益なのだ、とにかくそのような運命はエリカをピアニストに仕立てあげない。鉋《かんな》くずになってエリカは地面に投げ出される。エリカには自分に何が起きているか分からない。もうずっと前から自分が巨匠であるも同然なのだから。

そのあとエリカはとにかく「音楽アカデミー*」における大切な終了コンサートで無力ぶりを完璧にさらけ出す。ライヴァルたちの招集された家族の前で、そして連れなしの一人で現れた母

* ウィーン市には、ウィーン交響楽団系の「ウィーン市立コンセルヴァトリウム（音楽院）」と、ハプスブルク皇帝系の、一八二一年を端緒とするウィーン・フィルハーモニー系の「ウィーン音楽アカデミー」とが存在し、後者は一九九八年から「国立ウィーン音楽・芸術大学」と名称が変更された。「音楽アカデミー」はこの小説が創作された一九八三年当時の、後者の「国立ウィーン音楽・芸術大学」を指す。なお、前者の「市立コンセルヴァトリウム」は、後にウィーン市の財政難により「私立」となった。

親の前で、彼女は期待された成果を上げられない。母親はなけなしの金をはたいてエリカのコンサート用衣装と化粧に費やしていた。後でエリカは母から平手打ちを食らう。音楽の面でずぶの素人でさえ、たとえエリカの両手にではなくても、その顔に能力の機能麻痺を読みとることができたからだ。おまけにエリカは、幅広く、滔々と流れゆく大衆のための選曲をまったくしていなかったのだ、それどころかメシアン*とかいう名前の作曲家を、母親が断固警告をしていた選択をしていたのだった。この選択をした子どもは、こんな風では、母親と子どもがすでにいつも軽蔑してきた大衆の心に忍び込んでいくことはできない。前者〔母親〕はいつも例の大衆の、小さくて目立たない一部分であったから、そして後者〔エリカ〕は決して大衆の、小さくて目立たない人でありたくはないから、という理由からの選択だった。

屈辱のうちにエリカは演奏していた壇上からよろよろ離れ、恥辱にまみれ、自分の発送人、つまり、母親の出迎えを受ける。元高名な女性ピアニストだった自分の先生もまた、集中力欠如だったから、と非常に激しい調子でエリカを叱責する。大きなチャンスが役立てられなかったし、もう二度とその機会が戻って来ることはない。もはや誰からもエリカが嫉妬されず、もう誰の願望の的でもない日が遠からず近づいてくるだろう。

教授職に鞍替えする以外、何がエリカに残されているというのか。突如つっかえつっかえ弾く初心者や心のこもっていない上級課程生の前にみずからの姿を見出すことになる巨匠ピアニストには、むごい措置だ。方々の音楽院や音楽学校、それに私的な音楽教師領域でも、もともとごみ捨て場に、あるいは良くてもせいぜいサッカー競技場に属するような事柄を我慢して、多くをみずからの所に受け入れている。かつての時代同様、今でもまだ多くの若い人たちが芸術へと駆り立てられるが、そのうちの大半は自分たちの両親に芸術へと駆り立てられている。というのもその両親らは芸術について何ひとつ理解しておらず、芸術が存在していることだけはなんとか知っているに過ぎないためだ。おまけに両親たちはその関わりをとても喜んでいる！とはいえやはり限界もあらざるを得ないわけで、多くがまた芸術を脇へと押しやることになるのは確かなこと。エリカは教職活動をしていくうちに、才能のある者と才能のない者との間にことさら好んで境界線を引くようになり、選び出したり選び捨てたりすることで多くの事柄が報いられている。所詮、エリカ自身がかつて抜きん出た雄羊**として、並みの羊たちから区別されていたことがあった。エリカの男女の生徒たちはごく大雑把に言えば、ありとあらゆる種類の者が混在していて玉石混淆《こんこう》であり、誰も生徒たちをあらかじめそれとなく味見したり、味つけしたりはしていなかった。生徒のうちに稀にしか一本の赤い薔薇は見つからない。教職初年度にエリカは早くも、クレメンティ－ソナチネ〔作品三六の第1番から第6番までの全六曲の小ソナタ〕の一曲か二曲の果実をかなり多くの生徒たちから掘り起こすことに成功するが、その

＊　オリヴィエ・メシアン（一九〇八－九二）はフランス、アヴィニョン生まれの現代音楽の作曲家、オルガン奏者、ピアニスト、音楽教育者。「パリ音楽院」に十一歳で入学する。

＊＊　マタイ伝に「悪人（羊たち）から善人（雄羊たち）を区別する」の一節がある。

一方で他の生徒らはぶつぶつ不平を言いながらチェルニーの初心者練習曲をまだあちこち掻きまわしていて、中間試験の時には引き離され、見捨てられる。理由は、両親たちが、自分の子どもはじきに肉や野菜入りのパイを食べるだろうと固く信じているのに、子どもは葉っぱ一枚、穀物一粒を見つけようなどと少しも願わないからだ。

エリカのいろいろ綯《ない》交《ま》ぜになった喜びは、努力している有能な上級課程生たちだ。シューベルト－ソナタ集、シューマンのクライスレリアーナ、ベートーヴェン－ソナタ集といったあの高峰が、目標へとただひたすら邁進《まいしん》して頑張るピアノ生徒たちの生活から出てくる。練習用機器のピアノ、ウィーン製のベーゼンドルファーは、込みいった混紡織物を発散する。そしてその脇には教師用－ベーゼンドルファーが置かれているが、たとえば二台のピアノのための曲を二人の生徒が練習することがない限り、エリカだけが演奏してもよいことになっている。

三年経つとそのつどピアノ生徒は次の一段高い級に進級する必要がある。この目的のためには新級試験に合格することだ。この試験に関する最大の仕事としてエリカはより高度なツーリングを目指して、かなり激しくアクセルを踏み、怠惰な学生エンジンを締め上げなければならない。こんな風に手をかけた生徒のエンジンが時々きちんと始動しないことがある。そのような生徒が音楽という言葉を女の子の耳に滴《したた》らすときだけ、音楽と関係を持ちたいのに過ぎず、できればなるべくまったく別のことをしたいためだ。エリカは音楽という言葉を女の子の耳に滴らすところなど喜んで見たくないし、自分でできるときには阻止する。ときどきエリカは試験前にお説教する。作品にふさわしくない間違った精神で全体を再現するよりは、ミスタッチする方がまだずっと害は少ないと。言ってみれば、不安で心を閉ざしている聞こえない耳にエリカは説教をしている。その理由は多くの生徒にとって音楽は、労働者階級の深みから芸術家の清廉さという高みへの飛翔であるからだ。生徒たちは後々同じように男女のピアノ教師になる。試験のときには、不安という興奮剤をドーピングされて、汗でにじむ指が性急な鼓動に急《せ》き立てられ、誤ったキーの上に滑ってしまうのを、生徒たちは恐れている。すると、試験前にエリカは存分に解釈を話して聞かせることが可能だ、あなた方はとにかく終わりまで弾き通すことができると欲することです。

エリカの思考は、金髪の美しい青年、ヴァルター・クレマーに喜ばしげに向かっていく。この若者は最近、朝一番に早くもやって来て、夕方には一番最後に去っていく。勤勉《フライシヒ》なところは四季咲き《フライシゲス》のベゴニア《リースヒェン》*そのままだとエリカは認めざるをえない。クレマーは工科大学の学生であり、そこでは電流とその有益な特性とを学んでいる。最近では生徒全部が終わるのを待ち通す。それも、初めのためらいがちに指で打つ練習から、ショパンの幻想曲へ短調、作品第四九番の最後の打鍵まで。まるでこの青年にはあり余るほど時間があるかのように見えるが、こん

* ベゴニアの花の種類は非常に多く、開花時期が一年中の種類もある。著者は自ら好む語呂合わせ(Kalauer)をしつつ、ピアノの教室に通いつめるクレマーの勤勉《フライシヒ》さを四季咲き《フライシヒ》のベゴニアにたとえている。

なこと、大学課程の最終段階にいる学生の場合に有りそうにはない。非生産的にここでぼんやり座っているよりは、むしろシェーンベルク*の練習を実践してみる方がいいのではと、ある日エリカは訊いてみる。大学の勉強で学ぶべきことはないの？　講義とか、演習とかはないの？　なんにもないの？　彼女は学期末休暇中だと聞かされる。エリカは多くの学生を教えてはいるけれど、学期末休暇など考えたことがなかった。ピアノの休暇と大学の休暇とは重なり合わない。厳密に言えば、芸術に関して有給休暇などは決してないし、芸術がどこまでも人に付いてまわる、そして芸術家にはそれだけが正しい。

　エリカは訝《いぶか》る、クレマーさん、一体どうして貴方はいつもそんなに早く来るんですか？　もし貴方のように、シェーンベルクの33 bの演奏を勉強している人なら、「楽しく歌いましょう、悦ばしき響きを」**などという歌集を気に入っているなんて有り得ないことですよ。ですからなぜ耳を傾けているのですか？　せっせと忙しげなクレマーは嘘をつく、どこでも、いつでも人は何かしら利益を得ることができます、それがほんの僅かだけであっても。あらゆるものから教訓は引き出せます、ともっとましなことなど何も企てていないこのペテン師は言う。自分の兄弟たちのごく小さな事柄そしてほんのわずかなことからさえも、知識欲いかんでそれなりに、いくらか脳裏に焼きつく場合もあるのです。でもねクレマーさん、先に進んで行くには、じきにそういうことを乗り越える必要がありますよ。生徒はごく些細なことに固執していることなど許されません。固執ばかりしていると、生徒の上位者が余計な手出しをしますよ。

そのうえエリカが何か演奏してみせるとき、それがただ単調な歌声を伴ったり、ファララと弾きながら歌ったり、あるいはロ長調‐音階の音を響かせたりするだけでも、この若い男は喜んで女性教師に耳を傾ける。エリカは言う、クレマーさん、貴方の年長のピアノ教師にお世辞を言わないで下さい。若い男は答える、年長だなんて問題になり得ません。それにお世辞だというのは真実でありません。それって、僕が全面的に、極めて正直に、心底から納得して言っていることですから！　この美しい青年は、自分はものすごく熱心なのだから、教材以外になにか課題を付け加えて練習しても構わない、という好意のしるしを時々請い求める。期待いっぱいの表情で女性教師をじっと見て、指示を待っている。合図を待ち構えている。馬上で高みの鞍に座っていて傲慢な女性教師は、シェーンベルクに関して辛辣な言い方をして、若い男の熱気をさます、つまりは、それにしてもあなたはシェーンベルクをまたしてもまだそんなに上手には弾けていませんよと。生徒は自分が見下されているという時ですら、そのような教師陣の一女性教師にどんなに喜んでみずからを委《ゆだ》ねていることか。女教師はといえば、生徒を見下《みおろ》しながら手綱をしっかりと握っている。

レディ同士が腕を組み合って、複雑に絡み合い、市の中心街の散歩を試みられるようにと、また母親がエリカをコンセルヴァトリウムから連れ帰るときのこと、わたしにはあの小粋な男が

＊　アルノルト・シェーンベルク（一八七四―一九五一）は、ウィーン生まれ、12音技法の創始者。
＊＊　よく知られた子どもの歌と民謡集、ウィーン、ハイデルベルク、一九六〇年発行。

あなたに惚れ込んでいるようにさえ見えるよ、と機嫌悪く、辛辣《しんらつ》な悪意に満ちて言う。レディたちが指揮をする時、お天気も共演する。ショーウインドウには見るべきものが沢山あり、エリカはなんとしてもそういうものを見てはならない、そもそもこんな理由から母親は迎えにやって来たのだ。エレガントな靴、バッグ、帽子、アクセサリー。そのため母親はエリカの注意を回り道に向けさせて、お天気が良いから今日は回り道をするのよ、と事実を偽って、まことしやかに言う。あちこちの公園には早くもあらゆる花が咲いていて、とりわけ薔薇とチューリップが咲き乱れているが、どちらの花にしても衣装を買ったわけではなかった。人工的に飾り立てることなどまったく必要としない自然の美のことを母はエリカに話している。そういう美はおのずから美しいのであって、あなただってそうなのよ。がらくた一切がなんの役に立つの？

　もう第八区*が、新鮮な干し草の馬小屋の中で、暖かい故郷で、用を足すべく急いで、と手招きしている。母親は安堵の吐息をつく。娘を軽く押して先へと促しながらブティックのそばを通り過ぎ、ヨーゼフシュテッター通りの着陸進入滑走路の先の安全な空き地へと入る。今回も散歩では靴底を減らした分以上のお金はかからなかったので、母親は喜んでいる。誰かがコーフートのレディたちに靴を磨いてくれるよりは、自分たちで靴底を減らす方がまだましというもの。

この居住区は、ここの地区独自の住民に関して言うと、かなり高齢化している。とりわけ、年老いた女たち。幸せなことにこの一人の老女は、つまりコーフートの母親は、自分より若い〔いつも身辺に付き従っている〕腰巾着《こしぎんちゃく》をまんまと手に入れていて、それを誇りにできるし、腰巾着の方も死が二人を分かつまで、母の面倒を見ることになろう。死だけが両者を分かつことができるし、死は旅行用トランクの名札の上に、行き先の港としてエリカを指定して立っている。しばしばこの区域には連続殺人が起こっていて、幾人かの老女が、古紙でいっぱいにふさがった自分のきつね穴の中で死んでいたりする。どこに老女たちの貯金通帳が残されているかは、神のみぞ知る。それに、マットレスの下を調べてみた卑怯な殺人者ならやはり、それがどこにあるか知っている。装身具、ちょっぴりある装身具は、同じく消え去る。それから、ナイフ、フォーク、スプーンセットを貰うはずの代表者である一人息子は何一つ貰わない。ウィーンの第八地方自治区は、こと殺人に関しては、人気のある地区だ。こんな老婦人の一人がどこに住んでいるのか、突きとめるのに困難だったためしがない。事実、どの建物にも住民の侮《あなど》りの対象になりながらも、少なくとも一人はそんな年老いたご婦人が住んでいて、役所の人間であると偽って自己証明するガス出納《すいとう》係に、勇敢にもドアを開けてやる。老女たちはもうしばしば警告を受けているけれど、それでも相変わらず心もドアも開け放つ。孤独な人間なのだから。こんな風に年老いたコーフート夫人はコーフート嬢に話をする。娘を脅かして、自分の母をい

＊　ウィーンには二三区あり、それぞれ名称が付いている。八区はヨーゼフシュタット。

つか独りにさせるのをやめさせる魂胆があるから。
他には、小役人や物静かなサラリーマンたちが住んでいる。子どもはほんのわずかだ。マロニエの花が咲いて、プラーター*でふたたび木々が緑に色づく。ウィーンの森**では葡萄の房がすでに緑色になっている。コーフート家には残念ながら車が無いから、いつかは存分にその風景を観賞するという夢はすべて断念せざるを得ない。

とはいえ、二人はかなりしばしば市電に乗って、入念に選び出した、とある終着駅まで行くと、他のみんなと一緒に降りて、悦ばしくハイキングをして歩き回る。母と娘が傍目《はため》には、チャーリー・フランケンシュタインの羽目を外した叔母たちよろしく、背中にリュックを背負って。ということはつまり、娘だけがリュックを背負い、そのリュックが母のこまごまとした僅かな全財産をも護り、鵜の目鷹の目の人たちから隠蔽《いんぺい》しているということ。堅牢な靴底のスポーツ・シューズ。ハイキング用ガイドブックが警告しているとおり、雨への備えも忘れない。不利益をこうむるよりは、事前の配慮の方がいい。二人のレディは健脚を誇りながら前方に進む。歌の一つも歌わない。音楽の心得がある二人は、音楽を二人の歌唱で辱《はずかし》めたくないから。まるでアイヒェンドルフ***の時代のようねと、母はトラララとさえずるように言う、自然に対する精神が、自然に対する態度が大切なのだからね！　自然自体は二の次よ。このような精神を二人のレディは有している。というのもどこで二人が自然を見つけるのであれ、自然を見て歓び楽しむことができるのであるから。さらさら流れる小川がこちらに近づいてくれば、即座にその新鮮な水を飲む。鹿が小川におしっこなんかしていないといいけれど。太い木の幹や、みっしり生い茂った下生《したば》えに出くわせば、自分でもそこにおしっこすることができるし、そのたびにもう一人が、誰かやって来て図々しく見物したりしないように注意する。ハイキングをする際、二人のコーフフートは新たな一週間の仕事日のためにエネルギーを補給する。そのウィークデーに母はほとんどすることがなくて、娘は生徒たちに血を吸い取られる。しょっちゅう本気で腹を立てていなきゃならなかったの？と母はピアニストになるのを阻《はば》まれたエリカに毎晩改めて尋ねる。いいえ、なんとかやっている、とまだ希望を抱いている娘が母に答えるが、その希望はいちいちけちをつける母に今や息長くむしり取られている。子どもの野心が欠けていることに母は不平を言う。子どもはもう三十年以上もこうした見当はずれの言葉を聞いている。希望があると見せかけている娘には、今後なおも遅れずについてくる可能性のすべてといえば教授の称号であると、分かっている。教授の称号はすでに今使用していて、それは長年の職務に対して行われる簡素な式典で、オーストリアの大統領から授与されるのだ。もうそんなに先ではないいつか、年金付きの退職がやって来る。ウィーンの市役所は気前がい

＊　ウィーン市東部の広大な緑地。
＊＊　ウィーンの北西部から南部にかけての広大な丘陵地。
＊＊＊　アイヒェンドルフ（一七八八―一八五七）は後期ドイツ・ロマン派の詩人。

いが、それでも芸術的職業に公的退官の身分が稲妻みたいに落ちてくる。その稲妻に当たる者にそれは命中する。ウィーン市は一世代から次世代への芸術の順送りを残酷に終了する。二人のレディは言っている、もう今からどんなにエリカの年金付き退職を楽しみにしていることか！　この退職時期に向けて二人は数多くの計画を抱いている。その時までにはもうとっくに自己所有のマンションの支払いも完璧に済ませ、家具等もすっかり整っている。そのあとにはさらに追加して、オーストリア西部のニーダーエスターライヒ州に、家を建てられるような地所も獲得している。建てるのはコーフートのレディたち専用の、こじんまりした家がいい。計画する者は、獲得する。将来に備える者が、困窮にあっても所有している。母親はその時までには百歳にもなっているだろうが、きっとまだ矍鑠《かくしゃく》としている。

ウィーンの森の葉簇《はむら》が傾斜面で陽の光の影響を受けてぱっと明るく燃え上がっている。あちらこちらに春の花が思い切り生え出ているが、母と娘は摘み取っては袋に入れる。花々には当然の仕打ちだ。出しゃばりは罰を受けるが、まさにこのために〔華美を禁ずる〕*シニアのコーフート夫人は適任である。この小さな花々は、ねえ、エリカ、グムンデン焼き陶器の薄緑色の球形花瓶に入れると、それこそぴったり合いすぎると言ってもいいくらいでしょ。

4

思春期にあるこの少女は長期禁猟期間の特別保護区に暮らしている。少女はいろいろな影響から護られていて、さまざまな試練にも晒《さら》されないでいる。禁猟期間は仕事とは見なされないで、楽しみの時とだけ見なされる。娘の母親とそのまた母親であるおばあちゃん《オーマ》からなる二人の作業班は、思春期の娘を外で窺っている狩人の男から守り、緊急の場合にはその猟師を腕力で叱責しようと待ち構えている。干涸《ひから》びる一方の性器を持ったかなり年老いた二人の女性たちは、どんな男も二人の山羊の仔に闖入《ちんにゅう》して来ないようにと、どの男の前にも身を投げる。成熟前の若い獣である娘には愛情も、情欲も少しも手出しはできないはずだ。二人の老女の、珪酸のように硬直した陰唇は、死にゆくクワガタの鋏《はさみ》のように、乾いた金属製の固い音を立てながらぱちんと開閉するけれど、何一つ陰唇には抑えこまない。こんな具合で老女たちは、自分の娘であり、孫娘である若い肉体に付きまとい、ゆっくりと幾つもの断片に引きちぎっている。その一方で老女たちの戦車は、誰か他の者がやって来て少女に毒を盛ったりしないようにと、若い血縁の娘の前で見張っている。広い地域内に老女らは契約した探偵者である女たちを

＊ ザルツブルク北東の町。

配置して家の中以外での女の子の挙動を探り出す。そして親権者の女性二人の前で探偵者たちはカップ一杯の風味の足りないコーヒーを飲みながらくつろいで、包み隠さずしゃべり散らす《アウスパッケン》。探偵者たちはすべてを報告するし、おまけに自家製ケーキの包みも開けてある《アウスパッケン》。そのあとスパイの女たちは古いダムのそばで見たことを話す。つまり、あのかけがえのない子どもがグラーツから来た学生と一緒だったことを！その子どもは今ではもう、改心するまで、そして男と関係を断つと誓うまで、家のカプセルから外には出してもらえない。

農家がみずから所有している家が谷を見下ろしていて、その中にスパイの女たちは住んでいる。この女たちは双眼鏡で習慣から後ろを振り返って見る。女たちは、他人におせっかいを焼かないことなど考えられない、そして夏になったというのでついに首都の住人がやって来たりすれば、自分たちの家事をないがしろにして責任を取らない*。小川が牧草地を通ってさらさら流れている。一本の大きなはしばみの木**がその小川の流れを、観察者の目から唐突に奪い、不可視のまま小川はやぶの向こう側を流れて、隣りの農夫の牧草地の中へと入る。家の左側では山の牧草地が急勾配で高みへと昇ってゆき、とある森の中で終わる。その森の一区画だけが誰か個人のもので、残りは国家に帰属する。周囲をぐるりとびっしり茂った針葉樹林が眺望をひどく狭めているが、それでも隣人が何をしているか、傍目《はため》には正確に見える。それに隣人にも、見ている人自身のしていることが見えるのだ。あちこちの道では雌牛が放牧場めざして歩いている。後方左には閉鎖されたままの炭焼き窯《がま》が一つ、後方右には保護林が一つ、苺の作付け区域が一つ。上方垂直には雲、小鳥、それに大鷹《たか》やノスリ〔ワシタカ科〕も。大鷹の母親やノスリのおばあちゃんは、身をゆだねてきた子どもに、高いところにある巣を離れることを禁止する。二人は**彼女から**人生を厚い切片に切り取って奪うけれども、隣りの女たちは早くもあちこちに名誉毀損になりそうな中傷を切り刻んでいる。なんらかの命がきざしているどの層も、腐っているのだと認められて、不器用な手つきで切りのけられてしまう。あまりぶらぶら歩きまわるのも音楽の勉学を損なう。下のダムのあたりでは若い男たちが周辺に水を迸《ほとばし》らせていて、そちらの方に**彼女の**気持が惹きつけられる。男たちは声高に笑い、互いにひょいと潜り込んでは消える。**彼女**ならあそこにいる田舎娘たちのあいだで、抜きんでて輝いていられるだろう。抜きんでて輝くように調教されてきた。みずからは太陽であり、すべてが自分の周りを回っていると、覚えこまされてきた。立ち止まりさえすればいい、すると急いで衛星たちがやって来て、崇拝してくれる。自分が人より優秀であると分かっている、なぜならいつもそう言われてきているから。でもどちらかというと、みんなはそんなことを再検査してみようなどとはしない。

逆らっている片腕にヴァイオリンが高く持ち上げられて、いやいやながらもついには顎《あご》にぐい

＊　諺に「他人のことに気を取られず、自分のことに責任を持て」がある。
＊＊　はしばみ（榛）はカバノキ科の落葉低木。高さは、日当たりのよい地に生えると、五メートルくらいに達する。どんぐり状の実は食用になる。

っと移動する。外では太陽が高らかに笑い、水浴へといざなう。太陽は他人の前で洋服を脱ぐようにと誘惑しているが、これは家で老女たちから禁じられていたことだ。左手の指が、痛みを与えているスチールの弦をヴァイオリンの指板の上に押しつける。拷問をうけたモーツァルトの精神がうめきながら、締めつけられながら、楽器の身体から漏《も》れてくる。モーツァルトの精神が地獄から外に向かって叫び声を上げる、というのも弾いている女性は何一つ感じとっていないからだ。でも彼女は絶え間なく音をおびき出さなくてはならない。キーキーきしみながら、うなりながら、いろいろな音色が楽器から逃げだしてくる。批判を**彼女は**恐れる必要はない、肝心なのは何かが響き始めること、なぜならそれこそが、子どもが音階を経由して、より高い領域へと上昇していき、身体は死んだ外皮となって下に残ったという印なのだから。娘の脱いだ身体の殻を入念に、男性が使用した痕跡を探しながらはたいて、そのあと精力的に振って清める。演奏後、殻は快適に乾いて、カサコソ音を立て、固く糊づけされて、ふたたびさわやかに着てもらうことが可能になる。感情喪失のままであり、感じるように、誰かにゆだねることもない。

あっさり大目に見てやろうものなら、調律の日にはきっと、**彼女は**ピアノ演奏よりは、一人の若い男にもっと熱意をそそぐだろうね、と母は辛辣なコメントをする。ここに置いてあるピアノは毎年新たに調律してもらう必要がある。こんな厳しいアルプスの天候では最良の調律でもまたじきに役立たずになる。調律師はウィーンから列車で旅立って来て、あえぎながら山を上の方へと進んでくるが、その山では二、三の思い違いをした酔狂な人たちが、グランドピアノを一台備えつけたのだと言い張っている、海抜千メートルの山のところへ！　調律師は予言する、この機器はよくてせいぜいまだ一、二年は、なだめながら使ってもらうことは可能でしょう、その後は錆《さび》と腐敗と糸状菌とが協力して、悲惨なほどこの機器をすっかり平らげてしまいます。母親は楽器の調律《シュティムング》に注意を払うし、娘の情熱の渦巻く風をもあちこちひっきりなしに調べているが、子どもの気分《シュティムング》には注意していない。その代わりに、この強情で、簡単にいびつになるかもしれない、生きている楽器に、母親の影響を与えようということは気にかける。行儀よく練習する代償のあの甘美な報酬、いわゆる「コンサートの催し」の際には、いつも窓を広々といっぱいに開け放っておくようにと、母は要求している。隣り近所の人にも同じように甘美なメロディーの楽しみが届くようにとの魂胆からだ。母とおばあちゃんは双眼鏡で武装し、上方の高みに立っていて、隣りの農婦が親戚ともども、農家の自宅前のベンチにおとなしく、折り目正しく座って真面目に耳を傾けているかどうか、観察している。隣りの女性はミルクやカッテージ・チーズ、バター、卵、それに野菜も売ろうとしているので、聴くためには自宅前まで赴かなければならない。年老いた隣りの女性がついに両手を膝の上に置いて、音響に耳を傾ける暇な時間を持てることを、〔少女の〕祖母は褒めている。そのようになるのを農婦は生涯の長きにわたって待っていた。老年になってやっと農婦はそれを成し遂げたのだ。それはまたすごく素敵なことよ。夏の観光客だって同じようにその隣りに座って、ブラームスに耳を澄《す》ましているようだ。避暑客が、と母が嬉しそうに得々と喋る。折り紙つきの真正な、牛の温かみのあるミルクに加えて、折り紙つきの真正で、新鮮な音楽を手に入れるのよ。今日農婦やそのお客には、子どもに叩き込まれたばかりのショパンが披露される。隣りの女性は少し耳が遠くなって聴いているから、結構大きな音で弾いた方がいいわ、と母は注意を促す。それじゃ隣りの人たちはこれまでまだ知らなかった新しいメロディーを聴いているわけなのだ。暗闇の中でもみんながたびたび聴いて、あの曲だと分かるようになるまで、まだ時々聴くことになってても構わない。ドアだって開けましょうよ。クラシック音楽の汚く濁った流れが全開にした家の開口部をくぐってパシャンと音を立てて流れていき、山腹を経由して、谷に下っていく。みんなはただ口を開けさえすればよい、すぐに口の中にショパンの温かい乳清*が流れ込んでくる。そしてそのあと尚《なお》も、あのブラームス、いつも欲求不満な音楽家、特に〔いつも恋心を告白できない性分《しょうぶん》で〕女性に満たされない思いを抱いている音楽家ブラームス。

彼女は短い間すべてのエネルギーを集中し、自分の両腕を張りつめて緊張させ、そのあとふいに体を前方に、鍵盤のキーに向かって投げだすが、鍵盤は飛行機が墜落《ついらく》するときの地面のように、彼女に驀進《ばくしん》してくる。最初の助走で彼女がさっと捉えられない音はどれもあっさり抜かす。音楽面で無教養な、自分を苦しめている女たちに幾つもの音を飛ばしながら、こんなに精緻な復讐を遂げるたびに、彼女は僅かばかりの面はゆい満足な気持ちを抱く。抜かした一音は素人の誰にも認識されないが、間違って弾き終えた音はそれでも夏の保養客をだしぬけに乱暴に寝椅子から引き離す。向こうの高い所から下りてくるのは何？　毎年保養客は田舎の静寂さに対してここの農婦に高い金額を支払っている、それなのに丘から今やかましい音楽演奏が鳴り響いてくるのだ。

二人の毒舌母親は自分たちの犠牲者に耳を傾けているが、二人はこの犠牲者のほとんどすべてをもう吸いつくしてしまった、この鬼蜘蛛たちは。二人は民族衣装を着て、その上に花模様の前掛けを締めている。二人はみずからの衣装をすら、自分たちに捕らえられている彼女の諸々の感情よりもっと大切にしている。子どもには国際的なキャリアが約束されているのであっても、どんなに控えめにしていることだろうかと、二人は今早くも彼らなりの一種独特のひけらかしをしては満ち足りた幸福感を楽しむ。子どもであり、孫であるこの子のことは、さしあたり世界には知らせないでおくことにするけれど、これも、いつか後々《のちのち》子どもがもうママやおばあちゃんのものでなくなって、世界全体のものになるためなのだ。母も祖母も世界に忍耐するように勧める。子どもはもっと後になってから初めて世界にゆだねることが可能になるだろう。

今日もまたこんなに沢山の聴衆があなたのためにいる！　カラフルな縞模様のデッキチェアにいる少なくとも七人の人間をまあ見てご覧。これは真価を証明するためのテストよ。ところが

＊　牛乳のたんぱく質の約八〇パーセントを占めるカゼインを除いた透明な液体、ホエー。

ブラームスの歩行不能症*がなんとか終わったとき、三人は何を聞かざるを得なかったか。たった今聴いた音響の無作法な残響として、言わば、下にいる例の夏の保養客の喉《のど》からは、げらげら笑う発作が起こって聞こえてくるのだ。なんのことであんなに愚かしく笑っているのだろう？　みんなは畏敬の念を持ち合わせてはいないの？　母と娘はブラームスの名にかけて復讐作戦の行動を起こすため、ミルク缶で武装して下の深みへと大股で歩いていく。これを機会にとばかりに、避暑客たちは自然を乱した騒音のことで苦情を言う。すると、シューベルトのソナタでなら、森の平穏は、本物の森それ自体の平穏よりもっと支配的ですよ、と母は鋭いナイフのようなとげとげしさで返答する。ただ避暑客たちにはなんとも分からない返答だ。居丈高にそして顔をそむけて、母は農家自家製のバターと胎児〔子どものこと〕とを一緒に抱えて、ふたたび孤独な山へと上って行く。娘は誇らしく歩いて、ミルク缶を運ぶ。翌日の夕方になって二人はやっとまた公に姿を見せる。避暑客はまだずっと自分たちの趣味について話している、つまり、農民カードゲーム《バウエルンシュナプセン》**について。

彼女はあらゆるものから締め出されていると感じている、なぜなら彼女はあらゆるものから締め出されているから。他の人たちはもっと先を行き、彼女を越えて登って行きさえする。彼女は追い越されていくような、そんな小さな障害物にしか見えない。ハイカーが歩いて行く際、彼女は、油脂がにじんだバタパンの包み紙みたいに、道に置かれてとどまり、せいぜいのところ風にちょっとはためくだけだ。包み紙はあまり遠くには行けないまま、然るべき場所で朽ち果てる。こんな風に朽ち果てるためには数年を要する。気分転換のない数年が。気分転換に彼女の従兄《いとこ》が訪ねて来て、彼の活気ある生活ぶりでこの家を充実させる。それでも充分ではなく、さらに生活を、それも未知の生活を一緒に持ちこんでくる。まるで飛翔する害虫を光が惹きつけるように、彼が未知の生活を引き寄せる。従兄は医学を専攻していて、これ見よがしにひけらかしたヴァイタリティーやスポーツの知識で村の若者を引き寄せる。気分が乗れば、医学部学生や医師のジョークを語る。そして冗談の分かる学生《ブルシュ》だから、従兄はみんなにブルシと呼ばれる。ブルシは、彼の周囲を取り巻いて彼のすることをすべて真似しようとする田舎の若者が、沸きたって寄せては砕ける波と化している状態の中から岩のように聳えたっている。突然、活気のある生活が家の中に入ってきたが、それは男性が一人いると、とにかくいつでも家の中に生気をもたらすからだ。家の女たちは寛容な微笑みを浮かべながら、それに

＊　ブラームスのピアノ曲をここで、不完全な弾き方をして終えたことへの比喩表現。ブラームス（一八三三―九七）は作曲家、ピアニスト（七歳からピアノを習う）。なおブラームスは、クララ・シューマンを初めとして、愛情を抱いた女性たちに、一生愛の告白をすることが思い切ってできずに終ったという。本文の「欲求不満な音楽家、特に女性に満たされない思いを抱いている音楽家ブラームス」という表現の理解のために必要な予備知識であろう。三宅幸夫著『ブラームス　カラー版作曲家の生涯』（新潮文庫、平成三十年九月五日十五刷）参照のこと。

＊＊　オーストリア起源の、楽し気な絵カード三十枚前後を使って四人で遊ぶゲーム。

やはり誇らしさにあふれて、この若い男が存分に暴れないではいられなのを見やる。女たちはブルシに、のちのちの結婚をあてにしていそうな雌の毒蛇にだけは注意するようにと警告する。この若い男は公衆の面前だとここぞとばかりに暴れまわる。従兄には観客が必要であり、そしてやはり観客を獲得する。**彼女の**厳格な母ですら微笑んでいる。男は結局のところ外に出て敵対的な生活の中に入っていかなくてはならないが、しかし娘はその間に音楽でみずからを無理に持ち上げる努力をせざるを得ない。

ブルシはひどくぴっちりした水着を付けるのが何より好きであるし、女の子に関しては、新しい流行《はや》りのモードの、思いっきり布地少なめのビキニを着ている娘がいい。女の子がブルシに見せびらかせたい部分に、彼は友人たちと一緒になって巻き尺をあててみる。そしてある娘が差し出すのを渋れば、そのことを馬鹿にしてからかう。村の女の子たちとブルシはバドミントンをする。きわめて集中力が要《い》るこのスポーツの技を伝授しようと、ブルシはひどく骨折る。彼は女の子たちの手をすすんでラケットに導いてやるが、〔教わっている〕女の子はきつくて窮屈なビキニを着ていて恥ずかしいと思う。この水着は女の子が店員になって働いている賃金を貯めて買ったものだ。その女の子は医師と結婚したいと思っていて、将来医師になるこの彼が何を得ることになるか分かるように、どんなスタイルの体かを見せているのだ。ブルシがろくろく吟味もしないで物を買うはずがないのは言うまでもない。ブルシの性器は〔体の前と後ろの〕二本のひもに縫いつけられた小さい袋の中になんとか応急に詰めこまれていたが、その二本のひもは、前と後ろの腰の上方を通っていって、脇の左右それぞれでひもの両端が結ばれてつながっている。ブルシはあまり頓着していないから、だらしのない格好だ。時々ひもがほどけると、そのたびにあらためてひもを結ばなければならない。ミニの水泳パンツだ。とは言え、この若い男が自分の最新の格闘技の幾つかをいちばん披露してみせたいのは、ここの山の上でなのだ。ここでならブルシはなおも称賛を得ることができる。二、三の複雑な柔道の摑《つか》み技だってやはり意のままにする。しばしばブルシは新しい芸当を一つ見せる。こちらの摑み技には、この類いのスポーツにまったくなんの考えもなしでいる素人だと抵抗できなくて、即座に地面にダウンする。見ているみんなの口からどよめくような高笑いがほとばしり出て、倒された者も人が好さそうに一緒になって笑うが、これも嘲笑にさらされないようにいいところを見せるためだ。女の子はみんな熟して木から落ちた果物みたいにブルシの周りでくるくる転がっている。この若きスポーツマン、彼はただ女の子たちを拾い上げて賞味するだけでいい。少女たちはきゃっきゃと叫び声をあげているが、その際、少女たちは目の端から横目で悟られないように注意深く窺《うかが》いながら、少しでも有利な場所を利用しようとしながらやっている。丘を転がりながら下りていってくすくす笑い、砂利の中やアザミの中に飛び込んできゃっきゃと叫ぶ。少女たちの上の方に若い男は立っていて、勝ち誇っている。みずからを差し出す女の子の手を摑んできつく握りしめる。ブルシは秘密の梃子《てこ》作用を応用して、どんな具合にか傍目《はため》には見えないながら、しかし彼の方が勝《まさ》っている力と汚いトリックとで、被験者の女の子はがくりと膝を折ってへたり込む、ブルシの足の方へと。彼が半ば娘を引っ張ると、娘は半ばくずおれる。誰がこの若い学生に抵抗できるだろう？　ブルシが格別いい気分でいる時には、目の前に這いずり廻っている少女は、彼の足にさらにまたキスしてもいい、そうする前にはブルシが離さないからだ。両足がキスされる、そして気のある犠牲者はその際に、さらなるキスをと願う。さらなるキスがそのあと密かに与えられ、そして受け取られるのだから、それらはもっと甘美だ。

太陽の光がみんなの頭と戯れている。水遊び用の小さなプールから水が高く投げ上げられ、きらりと光る。**彼女は**ピアノを練習していて、とぎれとぎれに噴出する高笑いの一斉射撃を無視している。**彼女の**母は急いで、それには注意を向けないようにと勧告したのだ。その母はベランダの階段に立って、笑っている。笑いながらクッキーを盛った皿を手にしている。母は、人は一度だけしか若くはないのだと言っているが、かん高い叫び声が上がっている際に、母が言っていることなど誰にも聞きとれない。

片方の耳で**彼女は**いつも、外で自分の従兄が少女たちと騒いでいる騒音の場所にいる。従兄がその健康な歯を時間の中に押し込め、その時間を食欲旺盛にむさぼり食べている様子に耳を傾けている。**彼女自身には**、時計仕掛けのように自分の指が毎秒毎秒鍵盤に刻み込む時間が、毎秒過ぎ去るたびにますます苦しく、手痛く意識される。練習している部屋の窓には格子が付いている。格子の影が作る十字架が一つ、血を吸いたいと思うヴァンパイアに突き付けられるように、外の乱雑な男女の騒ぎに突き付けられている。

例の若い男はいま水槽の中へと飛び込むが、当然の功労冷却だ。水は入れられたばかりで、氷のように冷たい井戸水だ。世界を我がものとしている勇者だけがあえてこの水の中に入る。はしゃいで鯨みたいにぷーっと音を出しながら、ブルシはふたたび表面に現われる。見てはいなくても、**彼女は**それと気づく。大声でブラーヴォが叫ばれる中で、未来の医師のできたての女友達らはさっそく水槽の中に入りきれるだけ多くの人数で、身を投げ入れる。なんという水飛沫《しぶき》と大混乱。女の子はみんなブルシがすることをいつも真似しているよ、と母が笑う。母は評価があまい。**彼女が**この従兄と共有している年老いたおばあちゃんも学生の悪ふざけを眺めようと、急いでこちらにやって来る。高齢のおばあちゃんも水をはねかけられるが、ブルシにとっては神聖なものなどないし、高齢のことなども念頭にないからなのだ。それでも男らしく、活気に溢れた孫のことで自然に笑いがほころぶ。ブルシは前もって鳩尾《みぞおち》をゆっくり冷やさなかったからと筋の通った反論を母はするけれど、それでも母は結局は心ならずも他の人たちより、もっとずっと激しく笑わざるを得ない、それはブルシが見間違えるほど実物そっくりに海豹《あざらし》の真似をした時のことだ。母は笑いのショックで身震いして、体の中がむずむずする。まるで母の内部でガラスのビー玉が幾つもあちこち投げられているかのようであり、体の中がむずむずして、こづかれる。ブルシはいま古いボールを一個、空中に投げ上げて、鼻でふたたび受け止めるということまでやってのけているけれど、曲芸をするにはやはり練習が必要なのだ。みんなは笑いすぎて体を曲げるし、ただただ笑いで体が活発になって動き、あちこち動きまわるし、涙が流れる。誰かがヨーデルを歌う。山の中でよくやるように誰かがヤッホーと歓声を上げる。すぐにお昼ご飯になる。危険な時は、すぐその後より、その前に、気持を冷《さ》ます方がいい。

最後のピアノの音が響いて鳴りやむ。**彼女の**腱はみんな弛緩する、とその時母がじきじきにセットした目覚まし時計が鳴り響いた。彼女は楽章の真っただ中でぱっと飛び上がって、思春期の複雑な感情でいっぱいになりながら外へと走っていく。もしかしてまだみんなが歌ったり、跳ねたりしている最後の小さなひと欠けらでもみんなと一緒にありつけるかと。当然のように従妹《いとこ》は表《おもて》で迎えられる。またそんなに長く練習しなくちゃならなかったの？　お母さんは君を静養させなくちゃね、休暇なんだから。母は子がどんな悪い影響も及ばされないようにと請い願っている。煙草を吸わず、お酒を飲むわけでもないブルシは、ソーセージを挟んだパンに噛みついている。食事の準備がすぐにでき上がるのだけれども、家のご婦人方はお気に入りの若者からパンを取り上げることなどできない。それからブルシは、家人みずからその原料を摘み取ってきたラズベリーシロップを景気よく半リッター用のコップにざあっと流し入れてから、そのコップを井戸水でいっぱいに満たして、喉に注ぎ入れる。いま彼には新たな力が湧いてきた。今度は楽しむかのように手を平らにして筋肉隆々とした腹を叩く。他のところの筋肉も叩く。母と祖母は何時間でもブルシの旺盛な食欲について議論することができる。二人はアイデアに富んだ食べ物の細部で競い合い、さらに、孔牛のシュニッツェルか豚のシュニッツェルか、どちらの方をブルシが好んで食べるかまで、まる一日言い争いをしていた。母は甥に、大学での勉強はどんな具合なの、と尋ねる。すると甥は、勉学のことは今のところしばらくは忘れていたい、と答える。彼は、一度はちゃんと本格的に若さを謳歌したい、存分に暴れてすっきりしたいと欲している。その後いつの日か彼は、自分の青春時代は遠くに過ぎ去った、と地歩を固めた自分に言うだろう。

ブルシは**彼女を**目に捉えて、ちょっと笑うようにとアドバイスする。どうして**彼女は**そんなに真面目なのか？　スポーツが**彼女に**はお勧めだ。スポーツは笑うきっかけになってくれるし、おおむね体に都合よく作用してくれる。従兄はスポーツの喜びのせいで、あっはっはとひどく大声で笑うから、ソーセージパンの破片が大きく開けた口の奥から飛び出してくるほどだ。至福のあまりブルシはうめき声を上げる。思いきり伸びをする。独楽《こま》みたいにスピンしてふらつきながら歩き、まるで死んでいるみたいに、草原に身を投げる。でもすぐにまた跳ね起きる。ご心配なく、今はつまり、元気づけてあげたい年下の従妹《いとこ》に、特許済みの格闘技の摑み技を披露する時刻と相成《あいな》った。従妹はそれを喜び、叔母さん〔エリカの母〕は腹を立てる。

さわさわと音を立てながら、**彼女に**とっては早くも、下の方へと滑走がなされている、さようなら。ふたたび帰ることのない旅。彼女は体の縦軸沿いにくずおれる、郵便物は発送され、〔移動している人の手である〕昇降機は下の方向へ。つまりは、木々が、野生の薔薇の生け垣のある小階段の手すりが、周囲に立っている人たちが、もの凄い速さで彼女の目のまぢかを通り過ぎていって、視界から消える。上方へと出し抜けに真っ逆さまにぐいっと引っ張られる。彼女の骨格が押しつぶされて、ブルシの胸毛が彼女の頭の上方で消える。〔ブルシの水着を区切っている〕縁《へり》の位置がずれて、彼の睾丸の小包みを吊るしているひもが見えてくる。すぐそのあとに遠慮会釈もなく、あの小さな赤いエヴェレスト山が現われる。その下にはクローズアップで、太腿《もも》の、長くて明るい色の産毛が。突然昇降機が停止する。一階だ。彼女の背中の後ろのどこかで彼女の骨が荒っぽくポキッと音を立てて、関節がキーキー軋む。するともう彼女はそこで膝をついている。うわあ。またまたブルシが女の子をうまく不意打ちしたぞ。夏休み中の従兄の前で彼女はひざまずいている。田舎で休暇を過ごしている他の子どもの前にいる休暇中のこの女の子。**彼女の**顔に、ちょっとした虚飾の見せかけの涙がきらめく。彼女がその顔を上げたのは、〔水着の〕縫い目からほとんどはじけ出んばかりの一個の笑いの仮面をちらっと一瞥《いちべつ》するためだった。あのわんぱく小僧は彼女をしたたかにぺてんにかけて、我が勝利をすごく喜んでいる。彼女は山の上の牧草地に押しつけられる。母は我が子が、みんなが称賛するあの才能ある娘が、村の若者たちの前でひどい仕打ちをされていることに、叫び声を上げる。性器でいっぱいになった赤い小さな包みが横揺れし始め、それが**彼女の**目の前で誘惑するかのようにぐるぐる回る。それは、どの女の子も抗《あらが》えない誘惑者のものだ。ほんのわずかな一瞬彼女はその小さな包みに頬をもたせかける。なぜなのか自分自身でも分からない。たった一度だけでもこの包みを感じ取りたい、**彼女は**このきらきら輝いているクリスマスツリーの飾り玉にたった一回だけ唇で触れてみたいと思う。一瞬のあいだ**彼女は**この小包の受取人だ。**彼女は**その表面を唇で撫でる、それともあれは顎で撫でたのだったか？　あれはみずからの自由な意図に逆らってのことだった。ブルシは従妹のところで土石流を引き起こしてしまったことを知らない。彼女はじっと眺めに眺めている。あの小さい包みは、顕微鏡の下のプレパラートのように、エリカのために然るべく準備されていた。この瞬間がどうかこのままとどまってくれますように、この瞬間はなんとも素敵だ。

誰一人、多少なりとも気づくことはなかった、みんなは食べ物の周りに群がっていた。ブルシは**彼女を**ただちに放して自由にし、体を揺らして一歩後退する。ふだん訓練は大抵、足への口づけで締めくくるのだが、事情があって今日は行われない。ブルシは体をほぐすためちょっとジャンプして、ばつが悪そうに立ったまま少しだけ空中に飛び上がってから、幅跳びをしながら、笑い声を上げながら、急いでその場から立ち去る。牧草地はブルシを飲みこみ、ご婦人たちは食事の時間よと大声で叫んでいる。ブルシは飛び去っていったが、巣から跳びだすように急いで去ったのだ。彼は何も言わない。ただちに彼はすっかり消え去ってしまうだろうし、二、三の男子の学友が快くその後を疾走する。とっとと失せよ、猟獣よ。ブルシは母のいないところで騒ぎまくってけしからぬ、とやんわり非難をうける。母は苦労して料理をしたけれど、今は無駄になって見殺しにされている。
ブルシはずっと後になってやっとまた姿を現わす。すでにあたり一面は夕暮れの静寂におおわれているが、小川のあたりにだけは小夜啼き鳥《ナッハティガル》のいる気配がする。みんなはベランダでトランプ遊びをしている。蛾*が半ば無意識に灯油ランプの周りをひらひら飛んでいる。**彼女は**明るく賑やかに輪になった仲間には少しも惹きつけられない。**彼女は**多くの人々から隔たって、一人で自室に座っている。彼女はあまりにも体重が軽いので、みんなは彼女を忘れてしまっている。彼女は誰にも重くのしかからないのだ。幾重にも巻いた包みを開いて、丁寧に剃刀《かみそり》の刃をその中から取り出す。どこに出掛けるにしても、この剃刀はいつも携帯している。剃刀の刃は、花婿が花嫁に向かってするように笑いかける。**彼女は**注意深く刃先を試す。刃先は剃刀の刃であるままに鋭い。それから何度も手の甲に剃刀の刃を中まで深く押しつけるが、その反面、腱が傷つくほど深く押しつけているわけではない。痛みは全然ない。金属はバターに食いこむように、〔ある柔らかな箇所の〕中に食い込んでいく。一瞬、前には閉じていた組織に貯蓄銀行の窓口が一つ開いて、そのあと遮断口の向こう側から、努力してやっとなんとか抑えられていた血が勢いよく出てくる。全部で四つの切り口だ。それならもう充分、それ以上だと出血多量で死ぬ。剃刀の刃はふたたび拭き取られて包まれる。その間じゅうずっと鮮やかな赤色の血が傷口から出てきて伝って流れ、ぽたぽたと滴《したた》って、流れていく進路にあるすべてのものを汚す。血は温かく音を立てずにツーッと流れるけれども、不快な感じではない。血はひどく流動的だ。血は休みなく流れる。血はすべてのものを赤く染める。四つの切れ込み、そこから血はひっきりなしに湧き出してくる。床で、そしてまた寝具の上でも、四本のか細い小川は合流して、急流になる。わたしの涙にだけ従ってついて来なさい、そうすれば小川がじきにあなたを受け入れてくれる。小さな水溜まりが一つでき上がる。それにしても血はどんどん流れ続ける、血は流れる、流れる、流れる、流れる。

5

いつものように身だしなみをきちんとした教師エリカは、今日のところは残念とも思わずに、自分の音楽活動の場所を離れる。人目につかない彼女の退場は、ホルンやトロンボーンを吹く音にも、時たま聞こえる単発のヴァイオリンのトゥリリの音にも伴われるが、すべて一緒になってあちこちの窓から漏れてくる。お供になって。エリカは階段の踏み段にはほとんど重みをかけない。今日はここの音楽院の場所で母は待っていない。エリカはただちに今まで何度か歩いたことのある道をひたすらとる。その道は家に向かう道に真っすぐ通じているわけではない。たぶん田舎の電信柱には豪奢な狼が、悪い狼が、寄りかかっていて、最新の犠牲者の肉の残りを歯の間からほじくり出していたりするのだ。エリカはどのみち単調な単線生活に

＊ 原語「Schmetterling（鱗翅類）」は、本来、昼間の蝶々を意味するが、夜の間の蛾 Nachtfalter の意味も含まれている。

〔発展の一段階として〕里程標石を一つ置きたいし、それに自分の目くばせで狼を招待したい。もう遠くからでも狼を目にとめて、布地が引き裂かれる音、肌がぱんと破裂する音をエリカは聞き取ることだろう。とするとそれは遅い晩方のことであろう。音楽的な生半可な真実という霧の中から、その体験が傑出することになろう。エリカは倦まずたゆまず足を地につけて歩く。あちこちの通りの割れ目が深く開いて、ふたたび閉じる。というのもエリカにはそういう通りを選んで行く決心がつかないからだ。一人の男が偶然彼女に向かって目をぱちぱちさせたとしても、エリカはひたすら前方をじっと見つめる。男は狼ではないし、彼女の性器がはたはたと舞い上がったりもしない。それはコルクと化して鋼《はがね》のように強靭だ。大きな鳩みたいにエリカは頭をぐいと引いたから、その男はすぐに先へと歩いていって、それ以上長くは留まらない。男は自分が引き起こした地滑りに驚愕する。この女を利用するとか、護るとかいう考えを男は念頭から追い払う。エリカは自分の顔の表情を傲慢《ごうまん》に鋭くする、つまり、鼻、口、すべてが一方向を示す矢印と化すが、その矢印はその地域を犂《すき》で耕すように進み、前方へ、と暗示する意図にもとづいている。少年少女の一団がレディのエリカを軽蔑するようなコメントをする。少年少女は、自分たちが一人の女性教授と関わっているのだとは知らず、敬意を示したりしない。エリカの格子柄のプリーツスカートはちょうど膝を覆っていて、一ミリたりとも短かったり、長すぎたりしない。それに合わせてシルクのシャツブラウスを着ているが、それはサイズに関して言えば、エリカの上半身をちょうど覆っている。楽譜用かばんはいつものように腕の下に固定して、そのファスナーは厳重に締めてある。エリカは、自分のものでジッパーが付いているものはすべて、締めておく。

一区間わたしたちは路面電車に乗ってみよう。路面電車は郊外に連れだしてくれる。ここでは定期券は通用せず、エリカは個別の乗車券を一枚買わなくてはならない。ふだんエリカは絶対にここまでは乗って来ることはない。必要がなければ訪れることがないような地域だ。生徒たちにしてもここから通ってくるのはごく稀だ。この地域ではどんな音楽でもせいぜい、ミュージック・ボックスでレコード一枚の演奏にかかる時間ほどの長さしか続かない。あちこちの灯火が形早くも片隅の小さな飲み屋が何軒も歩道に各々《おのおの》の灯火《とうか》を吐きだしている。あちこちの灯火が形づくる島で言い争っているグループがいるが、それは誰かが不適切な主張をするからだ。あまりお馴染みでない光景をエリカはたくさん目にとめるはめになる。モーターバイクがそこここで始動する、あるいは思ってもみない時に突然バイクがガタガタ針を打ち込むような音を空中に送りこむ。するとみんなはまるでそれを待っていたかのように、急いで遠ざかる。牧師館では多彩な夕べの催しがあるが、そこでは、モーターバイクのドライバーは平和を乱すので、すぐにでも遠ざかってもらいたいとみんなが思っている。馬力の弱いバイクには座席を有効利用するために、大抵二人は座っている。誰でもモーターバイクを所有できるわけではない。軽自動車には郊外のこのあたりだと、最後の座席まで満杯に詰めこまれる。時々ひいおばあちゃんが親戚の真ん中に誇らしげに座っていて、墓地まで散歩に連れていって貰ったりする。

エリカは下車する。今からは徒歩で先へと歩いていく。彼女は左も右も見ない。とあるスーパーマーケットの出入り口のドアに従業員たちが閂《かんぬき》や鍵を掛けているところでは、その前にいる主婦たちのお喋りの、穏やかに脈打つ最後のエンジン音。最高音部のソプラノがバリトンに対抗して、黴で葡萄が本格的にだめになっていたと、みずからの主張を押し通す。プラスチックの籠のいちばん下が最もひどくやられていた。だから今日みんなはもう葡萄を買わなかった。ガラガラとうるさい音を立てながら他の人たちの前に拡がるのは、苦情や怒りからできたごみの山だ。レジの女性が一人、閉鎖したガラスのドアの向こうで機器と格闘している。いくらやってもミスを突き止められない。足踏みスクーターに乗った子どもに、その脇を走っているもう一人の子どもが泣きながら大声で言っている、約束してあったみたいに僕だって今どうしても乗ってみたいよ。乗っている方の子どもは、劣勢の位置にいる同僚の願いを無視している。他の界隈ではこういうスクーターはもう全然見かけないな、とエリカはじっくり考えてみる。かつて自分もプレゼントに貰ったことがあって、すごくそれを喜んだ。実際には、通りは車が子どもを殺したりもするから、あの当時それに乗るのは許してもらえなかった。四歳ぐらいの女の子の頭が母親の大暴風《オルカーン》の如き平手打ちにあって、首の後ろのうなじに投げつけられて、その頭は一瞬の間、起き上がり小法師《こぼし》のように頼りなくふらついて半ば向きが回転する。この起き上がり小法師はバランスを失ったから、ふたたび立っている状態に戻るのにひどく骨折らなくてはならない。ついにふたたび子どもの頭は本来あるべき所に垂直に立って、おぞましい声を出す、と同時にすぐまた、我慢できない女がその頭を突いて垂直でなくなるようにする。子どもの頭は目に見えないインクで今早くもしるしを付けられて、もっとずっと悪い運命を定められる。

女は重いバッグを幾つも手に持って運ばなくてはならず、どうせならこの子が下水道の格子の中に姿を消すのを見るのが一番いい。この女が幼い女の子の虐待を可能にするためには、つまりは、そのつど一時的に重たいバッグを地面に置かなくてはならず、それが仕事の工程を増やすことになる。けれどもこういった小さな骨折りが女には価値があるみたいに見えるのだ。子どもは暴力の言葉を学ぶが、しかし子どもは喜んで学習はしたがらないし、学校でもやはり何一つ覚えない。その子が泣きじゃくっている際に、人には不完全にしか理解できないにしても、すでに必要不可欠な二、三の単語を操っている。

けれども女とうるさい子どもはまもなくエリカの後ろの方になる。結局二人はずっと立ち止まっているのだが！　決してその女と子どもはテンポの速い時代と歩調を合わせていくことはできない。隊商であるエリカは先に進んでいく。辺りは純粋に住宅地であるが、しかし高級住宅地ではない。遅れがちに帰宅してくる一家の父親は皆、こっそりと共同住宅入り口に姿をくらます。建物に入ると父親たちは、ハンマー打ちの際に飛び散る身の毛もよだつ酸化被膜みたいに、家族めがけてすばやく落ちる。最後に着く車のドアが誇り高く、自信たっぷりにバタンと閉まる。なぜかと言えば、この界隈では小型車がだんぜん家族の寵児であって、すべての贅沢をあっさり叶えてくれるからだ。愛想よく、ぴかっと光りながら、車は〔駐車しておける〕歩道脇に控えていて、その所有者は夕食に向かって急ぐ。いま自分の家を所有してない者は、もちろん持ち家が欲しいと望んでいるが、住宅貯蓄組合や多額のローンに助けてもらってさえ、絶対にそのような家を建てることはできないだろう。ここに、よりによってここに自分の持ち家がある人なら、時々そこよりはむしろ戸外で過ごす方がまだましだと思われるのだ。だんだん多くの男たちがエリカの小道を横切る。女たちは、まるで呪文で消えるかのように、この辺りでアパートと呼ばれる幾つもの穴の中に消えていく。女たちはこんな時間に一人で通りを歩いたりしない。家族を伴っている時だけ、ビールを飲みにいったり、あるいは親戚を訪れたりする。大人の男が一緒にいる時に限られる。人目には付かないが、しかしひどく急いでする必要がある女たちの仕事の痕跡が至る所にある。キッチンの湯気。時折、鍋がかすかにカタカタする音やフォークが立てるガリガリという小さな音。夕方早めにテレビで家族向け最初のシリーズものが放送されているのが、まずこちらの家の窓で、次にはあちらの窓で、それからたくさんの窓で、青く揺れうごく。きらきら輝くクリスタル、これが急に日が暮れて始まる夜を飾る。建物の道に面した正面が舞台の平たい書き割りになり、その背後に何かあるなどとはとても思えない。すべてが一様で、類は友を呼ぶ。テレビの立てる音だけが現実であって、その物音が本来の出来事なのだ。周り中すべての人間が同じ時間に同じことを体験している。ただ時には例外があり、一匹狼の人はなんと第二放送の教育番組「全キリスト教徒の世界から」にスイッチを入れた。こういった個人主義者たちは、数字で強固に根拠づけられている聖体大会*について教えられる。もし他人と別な風でありたいと思えば、今日ではそれなりの代償を払わなければならない。

こちらへ。吠えるようなトルコ語の「ユー」〔Ü〕‐音声。二番目の声音をすぐに挿入する——喉音《こうおん》のセルボクロアチア風カウンターテノールだ。おもちゃの弓矢から発射されたような男たちの群れが、小隊が、ばらばらにこちらに駆り立てられてやって来て、いま一つになって、ぶつかる。つまり、都市鉄道〔S‐バーン〕の真下にある一つのアーチにぶつかる。アーチの中にはピープショウのホールが造り付けで建てられている。高架橋の丸天井の一つの中に造り付けになっていて、そこの上部を電車が轟音を立てて越えていく。造り付けホールのどの空間も非常に小さいが、目的のために整然と利用されつくしていて、浪費されている個所などまったくない。トルコ人にとってアーチ型は確かに、漠然とモスク寺院を類推させて、親しみのあるものだ。多分そこの全体は、ハーレムをも、やはり思い起こさせる。高架橋のアーチ一つ、その下をすべて刳《く》り抜いて、裸の女性でいっぱいにする。女たちは次から次に機会が来て、自分の出番になる。小規模なヴェーヌスベルク**だ。ミニチュア版での。早くもタンホイザーが

* カトリックの国際会議。一八八一年から二年または四年ごとに開催される。
** ドイツ各地にあるヴィーナスが住むという山や丘。タンホイザー伝説と結びついたヘーアゼルベルクを指すことが多い。

こちらに近づいて来て、杖でそこをノックしている。煉瓦造りのこのS－バーン・アーチ、この中で前々から、かなりの男たちが美しい女に夢中になった。この小さな店は完璧にぴたっと嵌めこまれており、この中で裸の女たちが体を伸ばしたり、寝そべっていたりする。女たちは交代する。ピープショウまるまる一公演の連鎖内で、ある一定の気乗りしない原理にのっとって、女たちが回転している。こうすれば固定客や常連客が常に一定期間以内に他の肉体をも見ることができるようになる。そうでなければ客は、実際のところ、もうやって来はしない。定期的な利用者。結局のところ、定期的に利用する客が高くつくお金を運んで来ては、そのお金を、コインにつぐコインを、貪欲《どんよく》にぱっくりと口を開けているスリットの中に投げ入れる。というのも、いつだってショウがしっかり客を惹きつけて離さなくなる時に、客は新たに貪欲に、ぱっくりと口を開けているスリットに一〇シリングコインを追加して投げ入れざるを得ないからだ。片手はコインを投げ入れていて、もう片方の手は男の精力を無意味にそののぞき窓の外へとポンプで汲みだして無駄遣いする。男は家で三人分は食べるのに、ここではそれをあっさり無造作に床に投げつけてしまう。

上の方では十分ごとにウィーン・S－バーンの走る音が轟く。電車は丸天井全体を震撼させるが、それでも女の子たちは揺るがされることなく体をひねり続けている。少女たちは電車で揺らされることも心得ている。時々急に鈍い轟音《ごうおん》がし始めることにも人々は慣れている。コインがスリットに送り込まれ、のぞき窓がカチリと音を立てる。するとピンク色の肌の肉体が現われる。これは技術の奇跡だ。この肉体に攻めかかることは許されていないし、そうしようにも全然できない。壁が間を仕切っているからだ。外の自転車専用道路に面した窓の全面に黒い紙が貼りつけられている。その上に黄色の色で美しい装飾文様が飾り用に装着されている。その黒い紙の中には小さな鏡が一つ嵌めこまれている。それに自分を映して眺めることができる。そのなんのためにかは分からない、多分自分の髪の毛を後で梳くことができるためになのか。その傍らに小さなセックス・ショップが一つ隣接している。求める気持になったものをそこで買うことができる。買い取ることができる女たちはいないが、しかしながらその埋め合わせに、たくさんのスリットが入ったちっぽけなナイロンパンティで、スリットの位置が前か後ろか自由裁量で選べる物が入手できる。家で奥さんにそれをはかせて、奥さんがわざわざパンティを脱がなくても、中に手を突っ込むことができる。さらにそれに合うタンクトップがある。つまり、上の方にまん丸の穴が二つあって、女性はその穴を通して乳房を嵌め込む。残りの胴の部分は全部シースルーのまま覆われている。みんなごく小さいひだ飾りで縁取りされている。深紅色の物がいいか、黒いのがいいか、選べる。金髪の女なら黒い色の方が似合うし、黒髪の女には深紅色の方が似合う。ショップにはさらに本類や雑誌、八ミリの映画やビデオ－カセットがいろいろな段階の埃をかぶったまま置いてある。こういった品目はここでは全然買われない。顧客はそのような品物に付随する機器を自宅には置いていないのだ。いろいろ違った波形の溝のついた表面の衛生ゴム製品はそれでも結構売れ行きがよく、さらに膨らますタイプのダッチワイフも売れ行きがいい。まず客たちはピープショウで本物の女性を見て、そのあと隣接の店で模造品を買う。残念ながら顧客は、自分を護っている住まいの小さな自室で、美しい裸のご婦人を破裂するまで疲労困憊させようとばかりに、一緒に連れて帰るわけにはいかないから。例の女性たちは、そう、深刻なことはまだ何一つ体験してこなかったのだ。そうでなければあんな風に身体を見せびらかしたりはしない。あたかもそうする振りをしているのではなくて、いわば自分から進んで魅せられていたも同然なのだ。そうとはいえ、この職業は女性のためになるものなど何もない。お客に一番いいのは、できれば女を一人、誰でもいいからすぐに連れていくことだ。原則的には、女たちは皆同じだ。女たちは基本的にお互いに区別がつかない。せいぜい髪の毛で区別されるくらい。他方、男たちにはもっと個人的な人柄があって、一人の男はむしろこんな個性、もう一人はどちらかというとあんな人柄という具合なのだ。この不潔で好色な奴はスリットの窓の背後で、いわば、障壁のもう一方の側で、妥協しつつ、さし迫った願望を持つ、つまり、ガラス窓の背後にいるこのまぬけ雄牛の尻尾〔男根〕が手淫の際に素早く急にぷつんと終えるという願望を持っている。こんな風に顧客も女も双方がなにがしかを貰って、本当にリラックスした雰囲気がある。代償のない奉仕はない。あなたが支払って、その代わりに何かを貰うというわけだ。

エリカが楽譜かばんに添えて持っている小さな袋は、集めた一〇シリングコインで膨らんでいる。女性が一人でここまで迷い込んで来ることなどまったくないも同然だが、しかしエリカは、そう、いつでも特別待遇*を望んでいる。まさにエリカはそうなのだ。多くの人があれやこれや言うのであれば、エリカは基本的にそれと反対のあり方でいる。一方の人たちが左《ヒュー》へ**と言えば、彼女独りは右《ホット》へと言って、とにかくそれを誇りにする。ひたすらそうする限り、エリカは目立つ。今やエリカはそこへと入っていくつもりだ。トルコとユーゴスラヴィアの飛び地と言語島である人々は他の世界から来たこのような人物の幻像の現われを前にして、おずおずと後ずさりする。男たちはみんな突如として一から三までも数えられないほど、まったくの能なしになるが、それにしても彼らにもしもできたらであるが、一番いいのは女たちを強姦することだったろう。エリカの背後で、幸い彼女には分からないことをみんなは叫んでいる。エリカは頭を高く掲げている。誰もエリカに手を伸ばしたりしない、へべれけの酔っぱらいですらそうだ。そのうえ初老の男が注意を払って見張っている。所有者なのか、そこの借り手なのか？一人ひとりになってしか入って来ない地元のオーストリア人たちは、壁に沿って体を押しつける。オーストリア人たちの自信をどの〈外国人〉集団も強固なものにはしないし、普段なら自分が避けてしまう外国の人々とここで軽く触れ合わざるをえない。地元の男たちは望ましくない身体的接触をして、しかも望ましい接触は実現しない。残念ながら男の衝動というものは強

* 原語 Extrawurst は、よく挽いて脂肪の塊を均等になめらかにしたリヨン風ソーセージの他、特別待遇をも意味する。
** 「左《ヒュー》」と同様に「右《ホット》へ」も元は牛馬への掛け声。

い。本物のソーダ割りワインに金はもう十分ではない。あり金を全部はたく一歩手前だ。地元の者たちは高架橋の壁に沿って躊躇しながらも急ぎ足で歩く。このビッグ・ショウの場所の手前のアーチの中にはスキースポーツ専門店が入っていて、そのもう一つ手前のアーチには自転車店がうまく嵌《は》め込まれている。いま店はみんな眠っており、内部は真っ暗だ。それでもこのショウの中では、ランプの輝きが愛想よく外まで届いていて、例の夜遊び人の蛾*たちを誘《おび》きよせている、あの怖いもの知らずの蛾たちを。彼らは持ち金に見合うものを見ようとしている。一人ひとりの客はきっちりと分離されている。ベニヤ板の小室は客たちの寸法に正確に合わせて作ってある。これらのボックスは狭くて小さく、そこの一時的な居住者は庶民たちだ。それに加えて－サイズが小さくなるほど、それだけ多くのボックスができる。だから比較的多くの者が比較的短い時間に、少なからず気持を楽にすることが可能だ。幾つかの心配事はまた持って帰るが、しかし客たちの貴重な精液はそこに残っている。残した物がむやみに勢力を拡げないように、掃除婦たちはいつも気を配る。客はもし訊かれでもすれば、その誰もが自分のことを特別な繁殖力が備わっていると思っているのだ。ボックスは大抵、全部塞《ふさ》がっている。このビジネスは金鉱であり、宝石箱である。客である外国人労働者が群れをなして後から後から列に並ぶ。客たちは女に関するジョークで時間をつぶす。ボックスの小ささはそのまま客たちの住まいの小ささと釣り合いがとれていて、その住まいでは時々ほんの一隅にしか住んでいられない。だから彼らは狭さには慣れていて、それどころかここでは仕切り壁が自分を他人から分離してくれる。どのボックスの中へも一人だけが同じ時間入っていていいのだ。そこに客は自分自身とだけ独りでいる。お金を投入すれば、すぐに美しい女が瞬間に現われる。要求が高く気難しい男性用で、個人サービス付きの一人用個室《ソロー—アパルトマン》は二部屋あり、ここはほとんどいつも空いたままだ。特別な要望を言葉に表わす男性などごく稀にしか現われないからだ。エリカは、見事な女性教師さまは、この場所に足を踏みいれる。

一本の手が、早くも躊躇しながら彼女の方へと伸ばされるが、しかし、びくっとして引っ込む。エリカはその建物の従業員用に仕切られた場所の中にではなく、お金を払う客たちの仕切りの中へと歩いていく。そこはもっと上等な方の仕切りだ。この女性は自宅であればずっと安上がりに鏡に映った自分を眺めることができるのに、ここではなんらかの意図をもってじっくりと見物するつもりなのだ。男たちは驚いて大声を上げる、なぜなら彼らはここにそっと忍びよる形での女狩りにやって来るのに必要な金銭は、食べるものも切りつめて浮かして貯めなくてはならないのだから。こんな狩人たちは樹上見張り台に上がっている。みんなはのぞき穴から覗《のぞ》いて、生計費はたちまち費消しつくす。眺めている際に男たちは何一つ見過ごすことなどできない。

エリカもやはり見物するより他のことは何も欲していない。ここで、この個室の中で、エリカ

＊ 蛾《ナハトファルター》の単語は「夜遊びする人《ナハトシュヴェルマー》」も意味する。

はまったく何でもないものになる。何一つエリカの中へはうまく収まらないが、しかしながら彼女は、エリカは、ここのカルトゥジオ会修道会*風の個室にはぴったりと収まる。エリカは人間の形をしたコンパクトな機器なのだ。自然は彼女の中にどんな開口部をもたらさなかったように思われる。あの大工〔キリストの父ヨゼフか〕が本物の女性にその穴を与えておいた個所に、エリカは純粋に混じり気のない木材の感触を感じている。それはスポンジ状の、朽ちて砕けやすい、喬木林《きょうぼく》**の中の孤独な木材であって、腐敗が進行している。それなのにエリカは今、女支配者となって辺《あた》りを威張って歩いている。エリカは内部が朽ち果ててはいるが、それでもトルコ人たちに眼差しで合図して、後ろに下がるように指示する。トルコ人はエリカを生へと呼び覚まそうとするが、彼女の高貴さに跳《は》ねかえされる。エリカは見事な女支配者然として、ヴィーナスの洞窟にゆっくりと歩を進める。トルコ人たちは真心をこめた挨拶を述べたりしないが、無作法なことも言わない。彼らはエリカを楽譜でいっぱいの書類かばんごとあっさり中に入らせる。そればかりかエリカは強引に前に出ていくことも許され、異議も唱えられはしない。彼女はやはり手袋もしている。店の入り口にいる男性は気丈に、奥様と、エリカを呼ぶ。どうぞ、とにかくもっと奥の方にいらして下さい、と彼はただちに彼の特別な部屋の中へと入るように請う、その部屋では上等な小さなランプが幾つか、のどかにあちらのヴァギナの方へと赤く燃えている。恥毛の房の三角形がかすかに光り始めながら、浮き彫りにされる。というのもこれは男性が真っ先に視線を向けるものだから、そのために掟が存在している。男性は虚空《こくう》に視線を向ける。男性は純粋な欠乏を注視する。まず最初に男性はこの虚空をじっと見て、そのあとやっと残りの女体が注視を受ける番になる。

エリカはデラックスの個室を割り当てられている。彼女は待つ必要がない、レディのエリカは。それに引き換え他の客たちはもっと長く待っている。コインは、ヴァイオリンを弾くときに左手に楽器を握るみたいに用意して、握りしめている。昼の間ずっと、時々自分が貯めた一〇シリングコインの数で何回見られるか算出してみる。この金銭はおやつ代から捻出している。今ブルーのスポットライトが肉体を一つ掠《かす》める。様々な色彩でさえ的を絞って投入されている！

エリカは一枚の精液がこびりついてひと塊になったティッシュペーパーを床から拾い上げて、鼻の前にかざす。見ず知らずの他人が激しい労働の最中に産出したものの臭いを深く吸い込む。エリカは呼吸をし、そして眺めて、こうした折に人生の時間を少しばかり費消する。

写真を撮ることが許可されているクラブもやはり存在する。そこでは誰でもその際の気分や嗜

＊ 著者イェリネクが使用している „Die Kartause“ は、中世ラテン語の „Cartusia“ に基づいているが、『Duden 独独辞典』によれば、この語は、個々の家々から成りたっていた修道院に、カルトゥジオ会修道士たちが住んでいたことを意味するという。つまり、„hūs“=Haus であることに依拠しているとのこと。この小説のフランス語訳（「訳者あとがき」の註8を参照）の文中では „chartreuse“（シャルトル大修道院、小別荘等の意味）の語が小文字で使用されているので、後者の意味でつまり「家」の意味で使用されていると思われる。

＊ 樹齢八十年以上の高木林。

好しだいでモデルを自分で選び出す。しかしエリカはどんな行為をするつもりもない、ただ注視していようとする。おとなしくその場に座って、眺めているつもりだ。傍観すること。触《さわ》ることなく、傍観しているエリカ。エリカは自分を愛撫するという気持も機会も持っていない。母親がぴったり隣り合ったベッドで眠り、エリカの両手には注意している。この両手は練習すべきであって、蟻のように毛布の下へとさっと動いて、そこにあるジャムのガラス瓶に摑みかかったりすべきではない。エリカは剃刀の刃で身体に切り込みを入れたり、あるいは待ち針で身体を刺したりしても、何か感じ取ることはほとんどない。ただ、視覚に関しては〔ここで〕全開させていた。個室は消毒薬の臭いが鼻をつく。掃除婦たちも女性であるが、そんな風には見えない。掃除婦には、あの狩人たちがしみを付けた精液を無造作に不潔なごみバケツに入れていく世話が常にある。それでも早くもまたコンクリートみたいに固い、くしゃくしゃになったハンカチが辺りに転がっていたりする。この点で、掃除婦はエリカに関しては手間がかからず、休憩することができるし、力を奮い起こして働いていた骨を休ませることも可能だ。掃除婦はいつも屈《かが》まなければならない。エリカは単に座っていて、中を眺める。この悪臭が漂う地下牢でどこにも触れないですむように、絶対に手袋は取らない。ひょっとすると手錠をはめているのを人に見られないために、手袋をしたままでいるのかも。エリカのためにカーテンが上がり、人はエリカが舞台の裏で糸を引いているのを目にとめる！　ただエリカ一人のためにここの全部の事柄が催《フェルアンシュタルテット》されている！　外見を損ねた《フェルウンシュタルテット》女性はここでは採用されない。美しい容貌と美しい形姿が問われている。一人ひとりの女性は事前に自分の身体について厳格極まりない肉体検査の判断を下してもらわなければならない。ここの所有者であるなら、吟味しないで物を買いはしない。エリカがピアノコンサートの舞台で呈示しなかった〔評価の〕事柄を、他のレディたちが今、然るべき場所で呈示してみせている。女性の曲線が有しているそれぞれのサイズに従った評価。エリカは絶え間なく見つめている。目をそらすか逸らさないかのうちに、また一〇シリングコイン二、三枚が早くもなくなった。

黒髪の女が一人、独創的なポーズをとる。このポーズで客が女を食い入るように見る。女はろくろの類《たぐ》いの台の上でぐるりと回っている。そこで誰が車輪を動かしているのだろう？　初めに女は両方の太腿《もも》を隙間がなくなるくらい締め付ける。何一つ見えないが、それでも期待に満ちた喜びの濃厚な唾《つば》が口々の中へとほとばしる。女はそのあと両脚をゆっくりと、二、三の覗き小窓のそばを通り過ぎて行きながら、開く。いくら公平を期して努力しても、円盤は絶えず動いているから、こちらの小窓の方があちらの小窓よりもっと多く見えたりする。覗いて見るスリットは神経質にカチッと音を立てる。リスクを冒《おか》す者は、得をする。もう一度リスクを冒す者は、おそらくもう一度得をする。*

周囲の大多数は懸命にこすって手淫し、マッサージする。この大衆の側では、巨大な目に見え

＊　諺：虎穴に入らずんば虎児を得ず、を踏まえたもじり。

ないパン生地捏《こ》ね器で、この時間すべてが早くも混ぜ合わされる。十個の小さいポンプ装置が全速力で作動中だ。外ではもう何人かがあらかじめ秘かに自慰をしている。最後に噴出するまで、少しでもお金を浮かそうとしてやっている。中のボックスで終える時には、その時その時のレディがお相手を務める。

あちらこちらの隣り合ったわび住まいの庵《いおり》では各人の竿〔男根〕が、痙攣したり、突いたりしながら、その大切な積み荷を下ろして解放される。やがてそれは新たに満たされて、ふたたび人はその憧憬を充たす。装塡部《そうてん》にもしもの故障があるときに備えて、人は四〇シリングか、五〇シリングを見込んでおく必要がある。とりわけ、見ることにかまけて自分自身の圧延機で仕事をするのを忘れる場合には。だからこそ時々新しい女たちがこのショウに到来して、気分転換させる。薄のろのカツオドリはただじっと見つめるだけで、何もしない。

エリカは見つめる。彼女の見る快楽の対象である女性は、ちょうど両太腿《もも》の間に手を挟みこんで口を小さなオゥの形にすぼめて、楽しんでいると見せている。見る快楽の対象の女性は、こんなに大勢が脇から眺めていて、うっとりとして、両眼を閉じ、顔を上方へとしっかり向けてから、また両眼を開《あ》ける。両腕を上げて、自分の乳首がぴんと真っ直ぐ立つように、乳首をマッサージする。くつろいで腰を下ろし、両脚を大きく開く。こうして客は今、下から見上げて女の内部を覗きこむことができる。女は遊び半分に恥毛と戯れている。明らかに女は唇を舐めてきれいにしている。他方、女の前では、ある時は一人の射撃者が、またある時は別の一人の射撃者が自分のゴム製の青虫を正確に標的に向ける。女は顔全体で、あなたの傍《そば》にだけいられるものならなんて素敵なのでしょう、という様子を示している。でも残念ながら、すごく需要があって、それは可能じゃないのよ。このようにしてみんながその分の何がしかを貰うのであり、ただ一人の者が貰うわけではない。

エリカは一部始終を仔細に見物している。勉強するためではない。エリカの内部ではひき続き何一つ動くことなく、何一つ萌《きざ》さない。しかしそれでもエリカは見る必要がある。自分自身の楽しみのために。立ち去ってしまいたいと思うたびに、いつも上の方から何かが、よく整った彼女のヘアスタイルの頭をエネルギッシュに、繰り返し、円板に向けて押しつけるものがあり、こうしてエリカはこの後も続けて見ずにはいられない。美しい女が立っている回転台は、ぐるぐる回っている。エリカはそれにには何もできない。エリカはどうしても見ずにはいられない。

エリカは自分自身にとってタブーなのだ。手で触れるなどということは起こらない。

エリカの右で、左で、喜びのあまり呻《うめ》いたり、わめいたりしている。わたし本人はそういうのを完璧に追体験したりなんかできないわ、とエリカ・コーフートはそれに答えて言う、わたしはもっと期待していたと。ベニヤ板の壁に何かほとばしるものがしみをつけている。壁はその表面が滑らかだから、簡単に掃除できる。一人の訪問客さんが右わきのどこかしらかに「聖マリア泥酔売春婦」という言い回しを正しいドイツ語で愛らしく、仕切り壁を引っ掻いて彫《ほ》り込んでいた。男性は普通なら別のことに集中せざるを得ないから、何かを壁に彫り込むような客などめったにいない。客たちは書くとなると得意でないことがしばしばだ。客は片方の手しか空いていないし、大抵はもう片方の手さえ空いていない。おまけにお金だって、そうなのだ、後から追加して投入しなくてはならない。

今度は髪の毛を赤く染めたドラゴン・レディが、少々脂肪太り気味のその背中の側をずらして見せている。いい加減なマッサージ師たちは、蜂巣炎《ほうそうえん》と憶測されるこの女の身体で何年も前から仕事をしては、指を傷つけている。それでも男たちは払ったお金以上のものをこの女から受け取っている。右側のブースではみんなこの女をすでに前から見たが、今度は左のブースもやはり女の前側を楽しむ必要がある。幾人かの客は女を前面から鑑定し評価するのが好きで、別の客たちは逆に、後ろから詳しく吟味し、鑑定するのが好きだ。赤毛の女はふだん歩行したり座っていたりするのに使う筋肉を動かす。女は今日こうやってお金を稼いでいる。血のように赤い鉤爪《かぎ》を嵌めこんだ右手で体をマッサージする。左手で乳房の周りを掻いている。女は尖った人工爪で乳首をゴムひもみたいに引っ張って、身体から少し離してみてから、また乳首を跳ね返す。乳首は他人の身体みたいに体から離れて立っている。赤毛の女は今までの修練からこの瞬間分かる、この受験資格者は九十九点の得点！　いま出来ない者は、もうふたたび出来ることはない。今独りでいる者は、独りが長くなって、好むと好まざるとにかかわらずずっと独りでいるだろう。

エリカは限界に突き当たった。ここまででストップ、これ以上はだめ。やっぱり行き過ぎた、とエリカはこれまでもよく言っていた。彼女は立ち上がる。解約不可能な契約を防護しながら、もうとっくに彼女自身の限界を画定している。その代わりにエリカは高い見張り台からすべてを見渡し、それに呼応して、遙か向こうの田舎まで見渡している。貴重な遠望というのが条件である。それ以上の遠望を彼女はやはり今回も知るようになりたくはない。エリカは帰宅する。〔個室の〕外で、待合所の訪問客さんたちをエリカは眼差《まなざ》しだけでひたすら押しのける。一人の紳士が貪欲にすぐにエリカがいた場所を占領する。小路が一つでき上がり、エリカはそこを通り抜けて悠然と歩き、前進しつつ去っていく。先刻じっくり眺めに眺めていたのとまったく同様に、機械的に歩きに歩く。エリカは、する事柄は、完全にする。中途半端でないことを母はいつも要求してきた。曖昧模糊なものはだめ。どんな芸術家も、自作の作品で未熟未完成なもの、中途半端なものは耐えられない。しばしば作品が未完成なことがあるが、それはその芸術家が早逝《そうせい》するから。エリカは歩み去っていく。何一つ支離滅裂ではなく、何一つ色褪《あ》せていない。何一つ色抜きされていない。何一つ彼女は達成していない。あらかじめ存在していなかったものは、いま何一つ存在していない、それにあらかじめ存在していなかったものは、何一つそのうちに到着するということなどはない。

家では母親の側《がわ》から穏やかな咎《とが》め立てが、二人の住む温かい保育器のような蒸し暑い部屋に、光り輝いて下りてくる。エリカが自分の旅の目的についてもっともらしい話を母に少しばかりしているが、旅の途中で風邪を惹いたのでないといいけれど。エリカは暖かいバスローブを着る。エリカと母は、栗とその他のものを詰めて料理したあひるを食べる。宴会のご馳走だ。栗はあひるの縫い目のどこからでも溢れでている。母はやり過ぎで、これではありがた迷惑だが、これが母のやり方だ。塩と胡椒入れは一部分だけ銀製だけれど、ナイフやフォークのセットは純粋な銀製だ。子どもは今日しっかりと赤いほっぺをしていて、これは母には嬉しいこと。この頬の赤みが、熱のある病気からきているのでないといいのだけれど。母親は唇でエリカの額《ひたい》を測る。デザートの際には追加で体温計を使って再検査がなされる。熱は幸いにも原因としては排除される。エリカは完璧に健康だ、母の羊水の中で浮いているこの魚はしっかりと養われてきている。

6

氷のように冷たいネオンライトの幾つもの流れが、アイスクリーム・パーラーを通り抜け、ダンスホールを通り抜けて、どよめきながら突き進む。ミニゴルフ装置の上方の、鞭《むち》の形をした街灯柱から、ブーンと羽音のような音を立てる灯火の房がぶら下がっている。ちらちら揺らめく寒気の流れ。ガラス製の高坏杯《たかつきはい》*が置かれている腎臓の形をした小型テーブルを前にして、**彼女の**年齢ほどの幾人かのシルエットが、慣例となっている素敵な静寂の中に横たわっている。その小型テーブルの上の足つきグラスの中では丈《たけ》長のスプーンが上体を傾けていて、冷たい花々の例の茎のようだ。茶色、黄色、薔薇色。チョコ、ヴァニラ、ラズベリー。いろいろな彩色のアイス・ボール全部から水煙《けむり》が立っていて、天井の灯《あか》りのせいでほとんど一様にグレーの色調が加味《かみ》されている。幾人分ものアイス・ボールのポーションがきらりと光りながら、水で満たされた容器の中で待機しており、水の上には〔霜が作る花のように〕氷の繊維束が浮かんでいる。絶えまなく証明する必要があるとも限らない屈託のない喜びのうちに、幾人かの若い人のシルエットがそれぞれのアイスタワーの前に横たわっている。カラフルな小さい紙の傘が幾つかアイスタワーから突き出ている。小さな傘の間には幾つものカクテルチェリー、パイナップル煉瓦、チョコレート砕石からなる、派手な河原石が隠れている。パーラーの人々は、フォークで刺しては絶え間なく自分のアイス洞窟の中に冷たい一口の分量を入れていくが、冷たい、冷たすぎる。そうかと思うと、互いに報告し合うことがあって、アイスが溶けていくのもお構いなしに話しこんでいる人たちもいる。冷たい享楽よりもお喋りの方が大事というわけ。**彼女が**この光景を見ただけで、**その**顔は早くも軽蔑的になる。一本の樹木を彼女が眺める時には、自分の感情は先例のないほどユニークなものだと**彼女は**思い、一本のもみの木の球果《きゅうか》** の中に、一つの素晴らしい宇宙を見てとる。小さいハンマーで彼女は現実を叩き落とす、一人の

* 高坏《たかつき》は、高い足つきの食物を盛る小さな台。杯《はい》は酒を入れて飲む盃や他の液体を入れた器の意味。ここでは足つきグラスと同じ意味で使われている。

** 針葉樹がつくる果実。

熱心なこの言葉の歯科医は。言ってみれば、素朴で地味なドイツ唐桧《とうひ》〔マツ科〕の梢《こずえ》がみんな、彼女にとって孤独な雪の峰々の頂きに向かって聳《そび》えたっているのだ。多様な色からなるスペクトルが水平線にラッカーを塗る。二、三機の識別できない非常に大きな飛行機が遠くの方を通り過ぎていって、その穏やかな騒音はほとんど聞きとれない。カムフラージュ用の巨大な布で完全に覆われているのは、音の芸術の巨人たち、文芸の巨人たちである。数万にもなる情報が、それらをしっかりと仕込まれた**彼女の**頭脳を通ってぴくぴく動いており、酩酊したかのように錯乱した一筋《すじ》のきのこ状の煙が、数秒という速さで揺れ動いて高く上昇したかと思うと、嘔吐するという灰色の生彩のない、わびしい行為の状態で、ゆっくりと地面に着地する。細かい灰色の埃《ほこり》が、間髪を入れずにさまざまな器具類、あらゆる類いの毛細管やフラスコ、試験管のすべてや螺旋《らせん》型冷却器をさっと覆いつくす。**彼女の**部屋は純然たる石と化す。灰色。寒くはない、それに暖かくもない。その中間。窓辺の淡紅色のナイロンカーテンがぱちぱち音を立てているが、微風が吹いてもそよとも動かない。部屋の内側には良質の小ぎれいな家具一式。人が住んでいない。所有されていない。

ピアノの打鍵で指の下のキーが歌い始める。文化瓦礫の巨大な、彗星のような尾が、あらゆる側からカサコソと静かに音を立てながら前方へとみずからを押し進め、一ミリメーター、また一ミリと包囲する。汚れた缶詰の缶、食べ物の残りがなすり付けられた皿、不潔なナイフとフォークのセット、黴《かび》のはえた果物やパンの残り、壊れたレコード、びりびりに破かれ、しわくちゃになった紙。他の幾軒かの住宅では、風呂の熱い湯が湯気を立てて放たれてはシュッシュッと音を立ててバスタブに入っていく。とある少女がなんの考えもなしに新しいヘアスタイルを試してみる。別の少女はぴったり合うスカートによく似合うブラウスを選んでいる。そこには極端に先の尖った新しい靴が並んでいるが、いつかその一足を初めて履く人がいるのだ。電話が鳴る。誰かが受話器を取り上げる。誰かが笑う。誰かが何か言う。

彼女と**他の人々**の間の塵芥《じんかい》が計り知れないほど広く幅を広げてみずからを先へと曳行《えいこう》するようにひとりでに移動していく。誰かが新しいパーマを掛けてもらう。誰かがネイルエナメルを口紅の色と調和させている。アルミ箔が太陽の中に目くばせしている。一本の光線がフォークの叉《また》の中で絡《から》まり、ナイフの刃の中で捕まえられる。そのフォークは一本のフォークだ。そのナイフは一本のナイフだ。やさしいそよ風に驚かされて、玉葱《たまねぎ》の幾枚もの皮が浅い角度をとって起き上がり、ティッシュペーパーは、甘ったるいラズベリーシロップに張り合わされて、起き上がる。もっと古くて、その下にある層の黴《かび》は、すでに腐敗していて、埃《ほこり》になっていて、それが、黴の生《は》えるままに放置されていたチーズの皮とメロンの皮の裏地になり、またガラスの破片や黒ずんだ綿棒の裏地になっていて、こういうものの行く手には同じ運命が待っている。

そしてまた、母親は**彼女の**手綱を力いっぱい引っ張る。早くも二本の素早い手がピアノの前方に出てブラームスを繰り返すが、今回はもっと上手に弾いている。ブラームスは古典派をひき継ぐ際にはまったく冷ややかになるが、それでもブラームスが熱中している時、あるいは悲嘆にくれる時には、感動的だ*。母親はしかし未だにずっとそのようなことで感動させられてはいない。

一本の金属スプーンは、溶けていく苺アイスの中にただあっさり入ったままだ、というのもこの少女にはさし迫って言うべきことがあるからで、もう一方の少女はそのことを笑っている。こちらの少女の方は髪の毛を上に揚げてピンで留めるヘアスタイルの仕草中で、真珠層の微光を放つプラスチックの巨大な髪留めバレッタをきちんとなるように直している。二人とも女らしい仕草に慣れている！ その女らしい様子は、小ぎれいで狭小《きょうしょう》な二本の小川のような彼女たちの四肢に源を発している。ベークライト製のコンパクトがパチッと開けられて、鏡の明かりを頼りに何かが凍りつくようなピンク色になぞられて、何かが黒色で強調される。

一匹の疲れたイルカが**彼女**であり、気乗りしないまま最終の芸当を始めようとしている。すでに疲労困憊していても、笑いたくなるような極彩色のボールを注視しながら、この動物はそのボールを昔からのルーティーンワークの動作で自分の鼻の上めがけて突く。イルカは深く息を吸って自分の器具を独楽《こま》のような状態にして動かす。ブニュエル監督〔Luis Buñuel, 一九〇〇—八三、スペイン生まれの映画監督〕の『アンダルシアの犬』の中で、演奏会用のグランドピアノが二台置かれている。それからあの二頭のロバ、両方の半ば腐敗した血まみれの頭が、ピアノの鍵盤を覆うように吊り下がっている。死んでいる。朽ち果てている。すべてのものの範囲外で。空気を過酷に奪い取られた部屋で。

人工の睫毛《まつげ》からできた一列のつらなりが自然の睫毛の上に張りつけられる。涙が流れる。眉毛の曲線に色がしっかり塗り上げられる。同じ眉筆《まゆふで》が顎《あご》のすぐ脇のほくろの上に黒い点をつくる。逆毛を立てて高く膨らませた髪のトップの結び目に何回か櫛の柄《え》が入りこむ。積み上げた干し草の山をほぐすためだ。それからヘアクリップがまた毛を少しばかりしっかりと挟む。ストッキングが上に引っ張られてシームが真っ直ぐに整えられる。エナメル革の小さなバッグが上方高くに揺れて、持ち去られる。ペチコートがタフタ〔うす琥珀織りの生地〕のスカートの下でパチパチ音を立てる。少女たちはすでに勘定を払って、いま外に出るところだ。

彼女の前に、他の人たちがまったく予想したこともない世界が開かれる。それはレゴランド、ミニムンドゥス**の世界だ。赤や青、白のプラスチック製小石でまったく小さく作られた世界だ。レゴ－ブロックの幾つものいぼ状突起でその世界が束《たば》ねられるが、それらの突起から同じように小さいサイズで、音楽に満ちた一つの世界が響きわたっている。**彼女の**硬直した鉤爪のよう

* ヨハネス・ブラームス（一八三三―九七）は七歳からピアノを習い、十歳の時に、父の主催する演奏会で、ベートーヴェンの『ピアノ五重奏曲』とモーツァルトの『ピアノ四重奏曲』を弾いて天才の片鱗を示したという。アルノルト・シェーンベルク（一八七四―一九五一）はワーグナーとブラームスを同等に認めていたが、ブラームスの音楽に強く惹かれていったという（三宅幸夫『ブラームス』新潮文庫、十五刷一七六頁）。ブラームスは古典派とロマン派音楽とにわたる作曲家でもあった。

** ミニムンドゥスはオーストリア、ケルンテン州クラーゲンフルト市のテーマパーク。二五分の一の比率の大きさでの、レゴによる世界中の一五九のミニチュア建築物の展示がされている。

な左手は治療しがたい不器用な状態で麻痺していて、弱々しく二、三のキーを引っ掻く。彼女は異国情緒あふれるものの所へ、理性を吹き飛ばすものの所へ高く飛び上がりたい。とても精密なレゴの見本があるが、レゴのガソリンスタンドさえ彼女にかかるといい出来栄えにはならない。**彼女は**不器用な器具に他ならない。重く、ゆっくりとした思考力に負担をおわされた器具。ずっしりとした、死ぬほど疲れた重み。坂道用輪止め！　自分自身に向けて決して発射しない武器。ブリキ製の締めつけ金具。

ほとんど百本ほどのブロックフレーテ〔リコーダー〕だけから編成されたオーケストラが轟《とどろ》き始める。いろいろ異なったサイズと種類のブロックフレーテ。子どもたちの肉体がその中に吹きこまれる。音響は子どもの吐息で作られる。鍵盤楽器は一つも応援に呼ばれていない。ブロックフレーテ用ビニール・ケースは母親たちの手縫い。ケースの中には掃除用の小さな丸いブラシもある。ブロックフレーテの本体は温かい呼吸の火照《ほて》りで覆われる。多くの音色は小さい子どもたちが呼吸する空気に助けられて生じる。ピアノの側からの援助は何もない！

7

ごく私的なその室内コンサートは、ボランティアであり、関心の高い人たちの間で、ウィーン第二区ドナウ運河河畔の古い上層階級用アパルトマンで開催される。そこにポーランド移民第四世代の家族が二台のグランドピアノを整えていて、同時に豊富な総譜コレクションもまた開け広げてくれている。その上、他の人なら自分の車を入れて置くところに、この家族は言わば自分たちのハートに非常に近い所に、古い楽器のコレクションを所有している。家族は乗用車を持ってはいないが、数種類の素晴らしいモーツァルトのヴァイオリンやヴィオラを所有している。それにまた見事な選りすぐりのヴィオラ・ダモーレ*一挺《ちょう》が壁に掛かっているが、室内音楽が家族のアパルトマンで急に響き始める際に、また学術研究の目的でだけ壁から下に降ろされる際には、家族のメンバーが常に見張っている。あるいは火災の場合に際しても。

ここの人々は音楽を愛好しており、さらに他の人たちにももたらされるようにと望んでいる。忍耐と愛情とを駆使して、必要とあれば無理やりにでも。十代半ばの子どもたちにも早くも音楽を普及させようとするが、この広野で自分たちだけで牧草を食べつくすのも、そう大した喜びをもたらすことがないからだ。アルコール中毒者とか薬物中毒者と同じように、自分の趣味をどうしてもできるだけ多くの人たちと分かち合わずにはいられない。子どもたちは洗練されたやり方で音楽愛好者たちの方へと駆り立てられる。世間の至る所で知られている〔例えば〕太った祖父母っ子は、髪の毛が濡れて頭にへばりつき、取るに足りないきっかけで助けを求め

＊　ヴィオール属の古い弦楽器。

て叫んだりするが、同様に、鍵っ子は激しく抵抗するけれども、最後にはどうしたって従わなくてはならない。コンサートがある際にはこちらのアパルトマンでは、手渡しで軽食が回されたりはしない。そして〔演奏中の〕厳かな静寂が何かに噛りつかれることがあってはならない。パン屑や脂のしみがふかふかした布張りの椅子などの家具に付着してはならないし、赤ワインのしみを第一ピアノのカヴァーの上に、そして第二ピアノのカヴァーの上にも付けてはならない。ガムなどは絶対にだめ！　子どもたちは、外のごみを持ち込んでいないか篩《ふるい》にかけられる。がさつな子どもたちは篩の上部に残っていて、自分たちの楽器で何かを達成することなど絶対にない。

この家族は決して不必要な出費はせず、ひたすら音楽だけがそれ自体により、またそれ自体から影響を及ぼすべきであるのだ。音楽がここで聴く人の心の中に踏みならされて自然にできる道を切り開いてくれるといい。この一家の人々はそれこそ自分自身のために支出することなどはほとんどない。

エリカは自分のピアノの生徒たちを内輪に呼びだす。女性教授の小指の合図だけですでに事足りた。子どもたちは誇り高い母親を、誇り高い父親を、あるいはその両方を一緒に連れて来て、健全な家族として広いアパルトマンを満たす。ここの催しに参加しなければ、ピアノの成績証明書で悪い評点を貰うだろうと、彼らには分かっている。死だけが芸術を断念する理由であるだろう。他の理由はどれであってもプロの芸術愛好家には絶対に理解されない。エリカ・コーフートは光り輝いている。

開幕には、バッハの二台のクラヴィーアのためのコンチェルト第二番。第二ピアノは老紳士が弾くが、以前の人生ではブラームスザール*にかつて登場したことがあり、その際には一台きりのピアノを自分独りで占有して演奏した。あのような時代は過ぎ去ったが、しかしごく年輩の人たちはまだあの時期のことをしっかりと思い出すことができる。近づきつつある死神は、モーツァルトやベートーヴェンの場合に、そして同様にシューベルトの場合にさえも、さらなる偉大な業績へと駆り立てることが可能だったが、ハーベルコルン博士と呼ばれるこの紳士に死神は、もっと偉大な業績へと拍車をかけることは皆目できなかったように思われる。それにしてもシューベルトには、とにかく本当にそんなに多くの時間はなかった。ご老人はもう一台のピアノに向かっている自分の女性パートナー、エリカ・コーフート教授さんに、ご一緒に始める前にと、高齢にもかかわらず、慇懃《いんぎん》に、尊敬をこめて手の甲にキスをして挨拶をするが、これはお国の「ハント・クス」の風習である。

音楽をご愛好の皆様方、お客様方。お客たちは〈別室のおもてなし〉テーブルに殺到して、バロック風シチュウに舌鼓をうっている。生徒たちは人を困らす悪いことをしようとして、手始めに早くも床を擂《す》り鳴らしているが、それでも実行する勇気がない。生徒たちは、芸術的荘厳《そうごん》

＊　ウィーン楽友協会の小ホール。

さに満ちたこのにわとり小屋から無理やり脱出したりはしない、小屋の柵板はすべてゆったりとして余裕のある細いものであるにもかかわらず。エリカは黒いベルベットの、床まで届くシンプルでエレガントな細身のロングスカート《カミンロック》を身に着け、シルクのブラウスを着ている。そのうえ、ガラスも切れそうな鋭い目で一人の生徒を、そしてさらにもう一人の生徒を測り比べるようにじろじろと見つめる。そのあげくに頭を軽く振る。この仕草こそが、例のしくじって台無しにした娘のコンサートの後でエリカの母親が、娘の頭部に投げつけた所作《しょさ》であった。この二人の男子生徒たちはお喋りで早くも主催者の開始の挨拶の邪魔をした。二人がもう一度警告を受けることはない。最前列には、主催者夫人の隣りにエリカの母が特別に用意された安楽椅子に座っていて、独りだけ許されてキャンディー缶から何やらつまんで食べており、エリカが目下享受している二度とない注目を、母としてただ一人、自分自身でも楽しんでいる。ピアノ用ランプにクッションが一つ立てかけられて、明かりが急激に弱まる。そのクッションは、模様の図案にクロシュ編みがしてあって、いろいろに絡み合った対位法*による織物への鞭打ちのために、小刻みに揺れ出している。クッションは演奏者たちを悪魔的な赤い輝きの中に包み込む。バッハが生真面目《きまじめ》にさわさわと音を立てる。生徒たちは晴れ着を着ているか、あるいは両親がそのために保持しているものを着ている。両親はかつて自分たちが産んだ者をこのポーランド人の玄関ホールの中へと、まるで柵囲いに入れるようにして押し込んだ。両親は子どもたちを前にして安らぎを得るためであり、そして子どもたちは静かにすることを学ぶためでもある。このポーランド人の玄関ホールは巨大なユーゲントシュティール**の鏡で飾られており、一人の裸体の少女が睡蓮と一緒に描かれていて、そこで小さい少年たちは驚いてずっと立ち止まっている。後で、上階の音楽ホールでは、小さい子どもたちは常に前の方に座り、大きい者たちは、すべての物越しに見渡せるので、後方に座っている。年長者たちは自分より若い同僚が活動を停止せざるを得ない時には、招待者側の人たちに手を貸す。

　ヴァルター・クレマーは十七歳という甘美な年齢で、ただ楽しむだけでなくてピアノに真面目に、懸命に取り組み始めたとき以来、ここのリサイタルの夕べの機会を逃したことはなかった。クレマーはここで自分自身の演奏のためのインスピレーションをまるまる現金で支払って貰っていて、それを容認している。

バッハ***は早い楽章にさらさらと流れ込んでいく。それにしてもクレマーはおのずから目覚めて

* 対位法 Kontrapunkt は、各々独立した旋律を担う声部を幾つか同時に組み合わせて、楽曲を構築する作曲技法。

** ユーゲントシュティールは、フランスのアール・ヌーヴォーと同時代、十九世紀末にドイツやオーストリアで、ドイツの芸術雑誌『ユーゲント』や『パン』を手本に若い芸術家が実践した様式である。オーストリアではグスタフ・クリムト等のウィーン分離派が「総合芸術」を掲げて分離派会館《ゼツェシオン》を中心に活躍した。

*** 作曲家（ヨハン・セバスティアン）バッハ（一六八五―一七五〇）の名字は「小川」を意味する。

くる空腹を伴ったまま、自分のピアノの先生を、座っている〔ピアノ用〕椅子の部分の下で切り離された身体を後ろから子細《しさい》に観察している。先生の形姿《けいし》のそれ以上多くは判断の対象に動員することができない。前に座っているある子どもの太った母親のせいで、先生の前の部分からは何一つ引き出すことができない。クレマーのお気に入りの席が今日はふさがっている。授業中先生はいつも彼の横の二台目のピアノに座っている。めかしたてたフリゲート母艦の隣りには、今は初心者である息子のちっぽけな救命ボートがうずくまっている。その息子は黒いズボン、白いワイシャツに加えて赤と白の水玉の蝶ネクタイをしている。その息子はいま気分が悪くなり、最終的な着陸以外に何ものも待望していない飛行機の乗客みたいに、すでに座席で身を傾けている。エリカは芸術に携《たずさ》わりつつかなり高い空中回廊に浮遊していて、そこからほとんど天空を抜けていってしまいそうだ。ヴァルター・クレマーは自分からエリカが遠ざかるので、心配そうにじっと見つめている。しかし思わず知らずエリカの方に手を伸ばすのは、彼だけではない。やはり母親もエリカというあの凧に舞う凧《たこ》の支え綱を摑もうとする。支え綱だけは離してはいけない！　早くも母親はやはり上にぐいぐいと引っぱられて、つま先立ちになる。あの高さでなら風はいつも唸《うな》るものだが、そのとおりに音高くごうごうと唸っている。バッハの最終楽章でクレマー氏の頰の左右に赤い薔薇の形の花飾り《ロゼッテ》が生じてくる。後で彼女に手渡すためにクレマーはたった一本の赤い薔薇を手に持っている。私心なしにエリカのテクニックに感嘆し、彼女の背中が曲と一緒にリズミカルに動くのに感心する。エリカが、演奏で生じる二、三のニュアンスを互いに比較し平衡させながら、その頭を揺らしている様子から、クレマーは目が離せない。彼女の二の腕の筋肉が戯れるのを見ている。肉と運動との衝突によってクレマーを興奮させないではおかないものを注視している。肉は音楽が醸《かも》しだす内部の運動に服従する。その一方で彼は、将来いつか先生が自分に服従して欲しいものだと祈願する。クレマーは座席で研いでいる。片方の手が思わず知らず自分の性器のおぞましい武器のあたりでピクッと動く。生徒のクレマーは一生懸命に自制して、心の中でエリカの全体のサイズを見積もって品定めをする。その上半身を下半身と比較する。下半身は多分ほんのちょっぴり太目になっているけれど、でもそれだって彼は基本的に結構好きなのだ。クレマーは上部と下部とを差し引きゼロの勘定にする。上は言ってみれば、またまたほんのちょっぴり痩せすぎ。下半身で、つまりはここで、帳簿にプラス・ワンの黒字が計上される。それにしても彼にはエリカの全体像がとても気に入っている。彼の私的見解では、コーフート嬢はまったくデリケートな形姿の女性だと思っている。そのうえ、もし先生が下の過剰な部分を幾らかでも上半身に上げたら十中八九ばっちり釣り合うだろう。その逆ももちろんいけるだろうけど、でもこっちの場合はあんまり彼に望ましくはないだろう。もし先生が下部をちょっと鉋《かんな》で削り取れば、上下ともにほんとによく調和し合うことが可能だろう。でもそうなると先生はまたしても痩せすぎになるだろうな！　こんな小さな不完全性があって初めてレディ・エリカを大人であり生徒たる者にとって欲するに値することになるさ、なぜなら手が届きやすくなるから。女性が身体的に不十分なところがあると自覚することで、人はどんな女性をも自分に鎖で結びつけるようにしっかり摑まえられる。しかもあの女性は明らかに年上であり、そして自分は未だ若い。生徒のクレマーは音楽と並行して、副次的な意図、つまり下心を抱いているが、今ではこちらは片がついたと考えている。彼は音楽に夢中な若者だ。彼は密かに自分の音楽教師に夢中になっている。クレマーは完璧に、コーフート嬢は若い男が人生に馴染むためのリハーサルをするのに望むってつけの女性だ、という個人的見解に至っている。若い男は小規模に始めて、急激に度合いを高める。いつかは誰でも始めなくてはならない。もうじき自分は初心者の段階を離れられるだろう。ちょうど車を運転する時に、初めは中古の小型車を買って、そのうちその車を意のままに乗りこなしたら、そのあともっと大きい新しいモデルに乗り換えるのと同じことだ。エリカ嬢はすべて音楽から成り立っていて、本当はまだ全然それほどの年配にはなっていない、と生徒は自分の実験モデルの価値を引き上げる。クレマーは一段上の段階から始めさえする。フォルクスワーゲンでなく、オペル・カデットから。秘かに惚れ込んでいるヴァルター・クレマーは指の爪一枚ほど残っている可能性にも嚙みついて離さない。クレマーは薄茶色がかった金髪の毛を中ぐらいの長さのヘアスタイルにしているが——頰に浮かび出た薔薇の形の花飾りが拡がっていて——それもひっくるめて彼の頭部は赤くなっている。彼はほどほどに流行を追う。彼はほどほどにインテリだ。クレマーの場合突出しているものは何もなく、過度に度を過ごしたものは何一つない。髪の毛は今ちょうど少しだけ伸ばしたところだが、それは、あまり先端を行きすぎないためであり、かといって余り流行遅れにも見えないため。時々誘惑に駆られるが、ひげは生やしていない。この誘惑にはこれまでいつもなんとか打ち勝つことができている。先生にいつか長いキスをして、身体の隅々まで触れてみるつもりだ。自分自身の動物的本能を先生に直面させてみるつもり。何気ないかのようにさりげなく、強めに先生に触れてみるつもり。そういう時には、あたかも誰かぶきっちょな男がクレマーを彼女の方に押しつけたかのようにやってみよう。その方がもっと強く先生を押すことになるだろうし、その時は詫びることにする。後でいつか完璧に意図的に先生に体を押しつけて、ひょっとして先生も許してくれるような場合には、体を激しくこすりつけるつもりだ。自分は先生の言う通りにするだろうし、そうやって、後々《のちのち》のもっと本気な愛のためになるような利益を得るのを望んでいる。自分は一人のずっと年上の女性――その人とはすでに入念な心配《くば》りをして付き合う必要はない――との交際中に、年上の女性ほどには我慢して相手を受け入れたりしない若い女の子たちをどんな風に取り扱うものなのか、勉強しておきたい。これって文明と関わっているんじゃないか？若い男はまずみずからの境界線を画定する必要がある、そうすれば境界線を成功裡《り》に超えることができる。いつか、もうじき自分は先生に、ほとんど先生が窒息しそうなほど、きっとキスしてみせるぞ。やっていい所はどこでも吸うぞ。させてくれる箇所には噛みつくんだから。でも後で、自分は意識的にすごく親密な事柄にまで立ち入るからな。彼女の手でもって自分は始めるだろうし、努力して高い所へ昇りつめるだろう。彼女がこれまでいまだに拒否しているみずからの身体を彼女自身が愛することを、あるいは少なくとも受け入れることを、自分は教えてあげるだろう。先生が愛のために必要とすることすべてを慎重に、注意深く教えてあげよう。それでも引き続いて、やりがいのある目標に、もっと難しい課題に取り組むつもりだ、女性という謎に関して。その永遠なる謎。さあ、いつか自分が彼女の先生であるだろう。年中着ていて、それに対する自覚がほとんどない、あのいつまでも永遠に変わらない紺色のプリーツスカートとシャツブラウス、自分ならあれはやっぱり好きではない。若々しくて、カラフルな服装をする方がいいのに。多彩な彩り《いろど》!! 僕が色彩をどう理解しているか、説明してやろう。真の意味で若いということ、カラフルであること、それにそのことを正当に喜ぶこと、そのことが何を意味しているか、先生に示してやるだろう。こうして先生がもし真底どんなに実際は若いか自覚する時には、自分はもっと若い女の子のゆえに先生から去るだろう。教授先生、僕は貴女がご自分のお身体《からだ》を軽蔑なさり、ひたすら芸術だけを評価していらっしゃる、という気がしています。このようにクレマーは話す。お身体がどうしても必要なものしか貴女は評価なさらない、でも食べるのと眠るというのだけでは少なすぎます! コーフート嬢、貴女が装っている外観は貴女の敵、そして音楽だけが貴女の友、と考えていらっしゃる。そうですよ、とにかく鏡を見てご覧下さい。鏡の中のご自身を見る。そしてご自分より良い友人は決して持たないのでしょう。ですから、もう少しご自身を魅力的に装って下さい、コーフート嬢。僕がもしそうお呼びしてよろしければ。

クレマー氏はエリカの友人になりたいととても欲している。あの磨きのかかっていない生ける屍《しかばね》は、あの女性ピアノ教師は、人は彼女の外見から職業を見てとるけれど、結局のところまだ発展する可能性がある、なぜなら、あのたるんだ荒布の大袋はまったく年を取り過ぎているわけではないのだから。それどころか、彼女の母親と比較してみるなら、比較的若くさえある。あの病的に歪《ゆが》み、理想に固執しているジョークみたいな存在は、白痴化して、夢に熱中していて、ひたすら精神的に生きているけれど、この若い男によって、こっち側へと、考え方や習慣を変えてもらえるだろう。愛の喜びを彼女は享受することだろう。まあ待って！ヴァルター・クレマーは夏には、そして春にであってさえ、急流で櫂《パドル》つきカヌー＊を操り、その際にゲートの周囲をぐるりと一周したりさえする。クレマーは大自然の力を征服し、そして彼の先生のエリカ・コーフートをもやはり支配下におくだろう。そもそもカヌーがどんなボートか手配して、ある晴れた日に彼女に実地で証明してみることさえやるだろう。引き続き先生は、カヌーの中でいかに水上に浮かんでいるのか理解するのを学ぶ必要がある。その時までには先生のことをすでにエリカ！と名前で呼んでいるだろうな。あの鳥エリカはその翼がとにかく大

＊　カヌーの競技には、一人で乗り、片方の側にだけブレード（オールの水をかく部分）が付いたパドルを使って、二五〇〇～四〇〇〇メートルの急流コースで二〇前後の通過用ゲートをくぐり、ゴールまでの所要時間と技術を競う「スラローム」の競技、あるいは急流で、通過用ゲートが無く、時間だけを競う「ワイルドウォーター」等がある。

きくなるのを感じることだろうが、そのお世話はこの男がする。

この男一人がまさにそうするのが好きなのだ、それがクレマー氏だ。

例のバッハが動きをとめる。彼の走行が終わったのだ。両方の巨匠《マイスター》たち、マイスター氏とマイステリン嬢とがピアノ椅子から立ち上がって、頭を下げて礼をする。二人は、新たに再び目覚めた日常の、燕麦《えんばく》の袋を前にした忍耐強い馬たちである。彼ら二人は次のように説明している、自分たちは、何一つ理解していなくて質問するにもあまりにも無知な、あの拍手もまばらにしかしない例の集団に向かってお辞儀をした以上にもっとバッハに心をこめて、むしろバッハの創造的精神を前にして心からお辞儀をしたのであると。エリカの母親だけは指がひりひり痛むくらい拍手をする。彼女はブラーヴォ！　ブラーヴォ！と叫ぶ。そんな中でなおも微笑みながら母親を支援するのは主催者夫人である。ごみの山から騙《だま》されて拉致《らち》されてきた集団は、醜い、色彩の似合わない服を着てじろじろ眺めているが、エリカはエリカで探るようにじっと見ている。みんなは明かりの方を見て目配《めくば》せする。男性が一人ランプの前のクッションを取り除いた。今ランプは妨げられずに輝き、赤々と燃えることが可能だ。そう、これがエリカの聴衆なのだ。もし聴衆だと知っていなければ、これが人間であるはずとはほとんど信じがたいであろう。エリカはこの一人ひとりを見下《みくだ》している、けれども早くもみんなはそのあたりに押し寄せて来たり、エリカをかすめ通ったり、くだらないことを話したりしている。エリカはこの若い聴衆を自分自身の人工孵化器の中で飼育して大きくしたのだった。強請《ゆすり》や、しつこい強要や、危険な脅《おど》しなどの不純な手段でこのような聴衆をここまで来るように命じたのだ。強制されて来たのでない唯一の人間は多分、専門養成教育を受けている勤勉な生徒、クレマー氏だ。他の若い人たちはどちらかというとテレビドラマの方を好むだろうし、卓球の試合、一冊の本、それとも、その他の愚かな言動を選ぶことだろう。このような人たちが皆やって来なければならない。自分たちの凡庸さを楽しんでいるようにさえ見える！　それでもモーツァルトに、シューベルトにあえて近寄ってくる。こんな人たちが幅を利かせているけれど、楽音の羊水の中で浮揚している太った島々だ。この人たちは一時的に羊水に養われているだけなのに、その中で自分たちが何を飲んでいるのか分かっていない。一般に、群居本能を持つ人々は、そう、中庸を高く評価する。価値に満ちていると褒めたたえる。多数派を形成しているから、自分たちは強いと思っている。中間の層の中には恐怖も畏怖も存在しない。温かさというイリュージョンに浸って互いにひしめき合う。平均の層の中で人は独りでは何ものでもないし、ましてや自分自身とだけ向き合って対峙《たいじ》することなどまったくない。それにしてもなんとこの人たちは現状に満足しているることとか！　彼らの存在の何一つ、彼ら自身の疚《やま》しさになることがないし、しかもこの人たちの存在のことで、誰一人彼らを非難することはできないだろう。ある演奏解釈がうまくいかなかったというエリカの様々な非難にしてもやはり、例の辛抱強くて柔らかい壁に当たれば、はね返るだけで効き目はないだろう。彼女は、エリカは、言ってみれば独りで反対側に立っていて、それを誇りにしている代わりに、復讐をする。三か月に一度、馬鹿な雄羊たちが通れるようにエリカが開けたままにしている格子門をくぐって、聴きに行くようにと生徒たちに強いることで、仕返しをする。めええと泣き叫びながら、お互い押しのけながら、生徒たちはいま自己満足に浸ってそこから退屈までを駆け抜ける。そしてまた、自分のコートを一番下に掛けてしまって、今になって見つけられないでいる分別の足りない人がみんなの通行を阻む時には、彼らはお互いに重なり合って山になってしまう。まず初めに彼らはみんな一緒に中に入りたがる、それから彼らはできるだけ早くまた外に出ようとする。しかも常にみんな一緒に。いつもと違う牧草地に、音楽の牧草地に早く着けば着くほど、それだけ早くこの牧草地をふたたび離れることができると、みんなは考えている。それにしましても、紳士淑女の皆様方。親愛なる生徒の皆様方。ただいま私たちがとっております短い休憩のあと、引き続きましてさらに今、ブラームスのすべての順番を迎えます。今日はさしあたりエリカという例外的存在は、負い目ではなく利点である。なぜなら今みんながエリカをじっと見つめているのだから、たとえみんなが秘かにエリカを嫌っているとしても。

エリカの方へと身をよじってすり抜けて来たクレマー氏は、祝祭気分にさせられてしまいそうな輝くばかりの青い目から彼女に光を発する。両手を女性ピアニストの方に伸ばして言う、敬意を表して、自分にはどんな言葉も意のままにできません、教授先生。とそこへエリカのママが両者の間に無理やり割り込んできて、強い調子で握手を差しとめる。どんな友情や結束のしるしもないことにしなくてはなりませんよ、握手は手の骨に筋肉を付着させるひも状組織の腱を曲げてだめにするのでね。そうなったとしたら演奏が損なわれる可能性があるでしょう。お願いですから、手はずっと自然な状態にさせておいて下さいね。ところで、クレマーさん、私たちは、あの三流の聴衆に対しては寛大になっていましょうよ、ね？　とにかくあの人たちが感銘を受けて心を動かされるようにするためには、彼らを専制君主のように支配せざるを得ません、猿ぐつわをかませたり、隷属させたりする必要がありますよ。棍棒で打ってかかる必要だってあるでしょう！　あの人たちは殴られるのを欲しています、それに一山の情熱も欲しがっていますが、そういった情熱は、彼らの代わりにその時々の作曲家が体験して入念に書きしるすのが当然なのです。彼らは叫んでいるものを欲しいですし、さもなければ、そう、彼ら自身で絶えず大声で叫ぶに違いありません。退屈のあまりにね。捉えようのない音響や、繊細な中間段階のニュアンス、かすかな差異の様々をあの人たちはどのみち把握することなどできません。そんな時には他の芸術領域一般と同じように音楽でも、けばけばしいコントラストを、情け容赦のない対立を並べて置く方がずっと楽なのですよ。けれどもそれは通俗本と同じもので、もっと良いものではまったくないです！　あの子羊たちはこういうことを知りません。子羊たちはやはり他にも何も知りません。エリカは親密そうにクレマーの腕を取るが、彼の腕はすぐに震える。それでも健康に血液供給がなされているこの十代半ばの集団の真っただ中で、クレマーの腕が凍りつくことはない。文化的には概して野蛮が支配している一国の中で、お腹がいっぱいになるまで食べているあの野蛮人たち。一度だけでも新聞に目を向けて見てご覧なさい。つまり、新聞なんてみずからが報道している事柄よりもっと野蛮ですよ。奥さんと子どもたちを入念に切り刻んで、後で平らげようとして冷蔵庫に詰めこんでおく一人の男が、この事件を書き記《しる》す新聞よりも、もっと野蛮だなどということはありません。それから当地ではかつて、アントン・クー*なる者が、ツァラトゥストラの猿!**にとって不利な材料を提供しました。今日では日刊新聞の「クーリール」紙が「クローネン・ツァイトゥング」***紙に対抗した記事を報道しています。クレマーさん、このことを一度よく厳密に想像してみて下さい！　ところでクレマーさん、お構いなければ、今わたしはヴィヨラール教授さまにご挨拶しなければなりません。後でもう一度あなたのところに戻って参ります。

母親はかぎ針編みで自分が編んだ淡いブルーのアンゴラの、小さめのカーディガン・ジャケットをその場でエリカの肩に掛けてあげる。例の肩関節の球の中で潤滑油が急に硬直しないように、それに摩擦の抵抗が高まるようにという理由からそのようにする。小さなジャケットは、ポットに載っているティーウォーマーにそっくりだ。毛糸を束ねて端の形状を丸くしたポンポン〔玉総《たまぶさ》〕が色彩的に際立って、そのティーウォーマーのようなジャケットの上に飾りになって君臨している。エリカのポンポンとは、ライトブルーのアンゴラジャケットを羽織った彼女自身の頭部であり、それは誇らしげに上の方に突き出ている。往々にして巻かれたトイレットペーパーのような役に立つ品物もまた、そのような自家製の貴重品入れを有していて、それらの覆いの上にはポンポンが色彩を目立たせて君臨している。そんなポンポンはその次には車の後部の窓を飾る、ちょうどその車の後部の窓の真ん中で。今日はホールの寄せ木細工の床の、特によく使われる箇所には安物の細長い絨毯《じゅうたん》を敷いて家人《かじん》が労《いたわ》っているが、エリカは寄木細工の滑らかな氷の上を年配の同僚の所にハイヒールをはいて気取りぎみに歩いて行く。専門家の口からお祝いの言葉を受けるためなのだ。その際に母は後ろからそっとエリカを手前に押し出す。母は片手をエリカの背中に、右の肩胛骨《けんこうこつ》の上に、その上のアンゴラのジャケットの上に置いた。

ヴァルター・クレマーは相変わらず煙草は吸わず、酒も飲まないが、それなのに彼のエネルギーは驚くほどだ。吸盤で張り付いているみたいに先生の後ろから、ぺちゃくちゃお喋りしている群れを梳《す》いて進んで行く。先生のそばに張り付いたままでいる。クレマーを必要とするならすぐにでも間に合うように、先生が彼を手元に置いていることになる。男性の護衛を先生が必

* 一八九〇年ウィーン生まれ、一九四一年ニューヨークで死亡。カフェ文士、ジャーナリスト。

** ニーチェの作品の主人公が多毛なのを揶揄。このタイトルでの講演をアントン・クーは一九二五年ウィーン・コンツェルトハウスで行った。

*** 一九九五年頃からヨルク・ハイダー率いる極右政党「オーストリア自由党」が、政治を批判する立場の文化人たちを執拗に標的にし、この作品の著者E・イェリネクもその一人として理由もなしに弾劾を受けた。発行部数の多い大衆紙「ノイエ・クローネン・ツァイトゥング」のコラム「シュタペルル」でR・ニンマーリヒターなる人物にイェリネクは攻撃的記事を書かれた。「クーリール」紙はあらゆる重要なニュースを伝えている。

要とする時にはであるが。単に後ろを振り返りさえすれば、すぐにクレマーにぶつかる。クレマーは例の〔空港でのような〕ボディチェックさえ求めている。すぐに短い休憩は終わる。まるで高所にあるアルプス高原放牧地にいるかのように、クレマーは鼻孔を膨らませてエリカの面前の空気を吸いこむが、高原の放牧地を人はめったに訪れないものだし、それだから特に深く息を吸いこむ。酸素を特別にいっぱい町に持ち帰るために。クレマーは、抜け落ちた髪の毛を一本エリカのライトブルーのカーディガン・ジャケットの袖から引き離して、そのことでお礼を述べてもらう。あらまあ。母親は漠然とした何かを予感するけれど、それでもクレマーの丁重さや義務感を認めないわけにはいかない。この振る舞いは男女両性間で今のところ当たり前であり、必要であるあらゆる事柄とは、著しい対照をなしている。このクレマー氏は母親にとっては若い一人の男性だが、それでも彼には生粋《きっすい》の昔気質《かたぎ》というところがある。最終ラウンドに入る前に、まだ少しばかり歓談する。クレマーは言う、どうしてこのような洗練された家庭コンサートがだんだん廃《すた》れてきているのか僕は知りたいですし、同時にそのことを残念に思っています。まず先に巨匠たちが死に、それから巨匠たちの音楽が死ぬんですね、というのもみんなはもう僅かに流行歌、ポップス、ロックしか聴こうとしたがらないからです。今日ではもはやこのような〔音楽愛好家の〕家族はいません。以前には無数にいました。咽喉科医師たちは幾世代もベートーヴェンの後期の四重奏曲で満ち足りていました、もし疲労困憊してしまわなければ。昼間は擦過傷の喉を刷毛で塗り、晩にはご褒美がきて、医師たち自身がベートーヴェンで身体を擦り減らすわけです。今日ではブルックナー*の、象の鼻が鳴らすようなトランペットの響きの拍子に合わせて、わずかに大学卒の人々がドスンドスンと足踏みして、オーバーエスターライヒ州のいくらかでもましなこの職人を称賛しています。クレマーさん、ブルックナーを軽蔑するなんて、若気の至りというものです、すでに大勢の人がそういう若い頃の愚行に負けて屈服していますけれど。ずっと年を重ねてからやっとブルックナーが分かるのですよ、私の言うことを信じて下さい。流行の判断をなさるのは、その流行をもっとよく理解しないでいるうちは控えて下さいな、同僚のクレマーさん。話しかけられた男は、有資格者〔エリカ〕の口から出た同僚という言葉に幸せな気分になって、すぐに、心を揺り動かすような専門用語でシューマン〔一八一〇―五六〕の晩年、特に一八五一年以降の身体機能の混迷や、シューベルト**〔一七九七―一八二八〕の最晩年の重病による黄昏《たそがれ》について話す。クレマーは二人の作曲家の微妙な音色のニュアンスのことを話しながら、この話題の灰色の色調に自分でも蛾のようなグレーの音響を添える。

このあと、この国のコンサート・ビジネスに関して、コーフートとクレマーのデュエットが毒々しいレモンイエローの色調で続く。モルト・ヴィヴァーチェ〔極めて快活に〕。このデュエットは二人でよく練習していた。両者ともこのビジネスにはまったく関係していない。二人は

* ブルックナー〔一八二四―九六〕はオーバーエスターライヒ州の生まれ。九つの交響曲を作曲。

** シューベルトは一八二八年一一月に著しい体調不良の末死去。

消費者としての関与のみ許されているが、その能力たるや遙か上の方に位置している！　そうは言っても二人は聴衆に他ならず、自分たちの知識について幻想を抱いている。両者のうちの一部分、つまりエリカなら参加することが許されかけていた。でもそうはならなかった。

さて今、二人は優しげに、中間音、中間世界、中間領域の、層状にゆるやかに積み重なった埃《ほこり》を越えて、共に逍遙《しょうよう》していく。なぜなら、そこのところの扱い方は中間層が詳しく分かっているからだ。無益でもない黄昏が輪舞を開始する。あるいはアドルノ*が記述しているように、シューマンのハ長調幻想曲**の中で混迷が輪舞を開始する。遠くへ、虚無の中へと流れていくものがあるが、その際に混迷は、微光を発して意識的に消えゆくというような神格化を引きかぶることはない！　それに気づくことなしに、混迷化してゆくこと、そうなのだ、自分自身のことを思って言うことなしに！　両者とも一瞬黙り込む。不似合いな場所でお互いに大きな声で口に出して言うのを楽しむことができるように。両者のうちのどちらも、一人はその若さゆえに、もう一人はその円熟さゆえに、自分の方がもう一人よりずっとよく理解していると考えている。無知な者たち、無理解な者たちに対するみずからの憤りという点では、二人とも代わる代わるお互いを上回っている。例えば、ここにはそういう類《たぐ》いの人が大勢集まってますよね、とにかく彼らをご覧になって下さい、教授先生！　ひたすらしっかりとあの人たちをとにかく見てご覧なさい、クレマーさん！　軽蔑の絆が教官の女性と専門の訓練生とを結びつける。シューベルトの、シューマンの灼熱光があのように燃えつきた事実は、健康な多数の人々が伝統のことを、健康であると称してその伝統の中で気持ちよさそうにごろごろ動物のように泥浴びをしている時に思って言っていることとは、極端に対立する事柄です。健康なんて、ぺっ、まっぴらだ。健康とは現状の美化です。嫌悪を催すような画一主義の状態で交響楽のコンサートのプログラム小冊子を書いているへぼ執筆者たちは、健康に類するものを優れた音楽の主たる判断基準にしていますね、とにかく頭に思い浮かべて見なくてはなりませんけど。今は、健康はいつも勝者の側に立っているのです、つまり、弱いものは落下する。弱いものは例のサウナに通っている人たちや塀におしっこしている人たちを通り抜けて落下します。ベートーヴェン、彼はへぼ執筆者たちには健康で通用している巨匠ですけど、ただ残念なことに耳が聞こえない。やっぱりあの大いに健康なブラームスだって。クレマーは敢えてボールを投げ入れてみる（そして籠のゴールに見事命中する）、僕にはブルックナーもやはり健康だと常に思われていたんですよ。それに対してクレマーは真剣にたしなめられる。エリカは自分がウィーンとか地方とかの音楽ビジネスと個人的に摩擦して受けた傷を、控えめに出してみせる。彼女が諦《あきら》めるまでのことを。この感受性の強い男は焼け焦げにならざると得ない、このきゃしゃな蛾は。それですから例の二人は、とエリカ・コーフートは話す、最大限のスケールで病人でしたね、詳しく言う

＊　テオドール・アドルノ（一九〇三―六九）は、ドイツの哲学者、社会学者、美学者。
＊＊　シューマン、作品17、一八三八年完成の三楽章からなるピアノ曲。

と、両方の名前の始めに共通の音節がある、シューマンとシューベルトですけど、わたしが酷使した自分のハートのいちばん近くに位置しています。頭から思考がみんな逃げ去ってしまったあのシューマンではなくて、そのほんの、ほんの少し前のシューマンです！　髪の毛一本の幅だけ手前です！　シューマンは早くからすでに自分の精神的逃亡を予感していますし、いちばん細い血管に至るまでそのことで苦悩していたんです。自覚した生活から別れを告げて、すでに天使と悪魔の合唱の中に入っていきますが、それでもあの自覚した生活をいちばん最後にもう一度しっかり捕まえて放さない、もう自分自身を完全には意識していませんが。なおも憧れながら、弱まっていく音に耳をすまそうとする状態。いちばん大切なもの、つまり、自分自身の喪失を悼《いた》む状態。人が完全に見放される前に、自分自身を失うことがいかに大きいかをまだ知っている段階です。

エリカはソフトな音楽のように言う、わたしの父は完全に精神が錯乱して、シュタインホーフ*で亡くなったのです。とにかく私、エリカに対して実際はみんなに配慮して頂かなくてはならないかと、なぜなら私は困難を切り抜けてこなければならなかったからです。この成金趣味の絢爛豪華な、ひたすら健康なだけの状態では、エリカはそれ以上その事柄を話すつもりはなく、それでも幾つかのヒントをほのめかす。エリカはクレマーから二、三の感情を扱《しご》きだしてみようとして、無遠慮に鑿《のみ》を当てる。この女性なら苦悩の代償に、男性の愛情の何グラムかでも引き出すことが可能なだけ受け取るにふさわしい。この若い男の関心はすぐに新たにぎらぎらと大きくなる。

休憩が終わる。どうぞまたご自分の席にご着席ください。この後に、若い次世代のソプラノの学生が披露するブラームスの歌曲が続く。そしてその後まもなくお開きとなる。いずれにしても、コーフートとハーバーコルンのデュオの後ではもはや出来栄えがもっと良くなることなどあり得なかった。もう終わりだからとみんながほっとするので、休憩前の時より勢いよく拍手喝采が起こる。前よりたくさんのブラーヴォの叫び声が上がり、今度はエリカのママによるものだけではなく、エリカの最良の生徒も叫んでいる。母と最良の生徒はお互いを横目でじろじろ見て、両者とも大きな声で、エネルギッシュに叫び、それにつれてリットル単位で両者は共に猜疑心を抱く。一方の男性が何かを欲しがっているが、他方の女性はそれをすすんで渡したりしない。明かりが思いきりパッとついて、次いで天井のシャンデリアが明るくつく。この美しい瞬間には何一つ惜しまれることがない。ホストは目に涙を浮かべている。エリカはアンコールにショパンを一曲弾いたのだが、ホストはその夜には、自分の出身地ポーランドのことを考える。女性歌手と彼女のチャーミングな伴奏者であるエリカは、もの凄く大きな花束を受け

＊　シュタインホーフSteinhofはウィーン市第14区ペンツィングPenzing内に位置する。「国立アム・シュタインホーフ病院」精神療養センターの広い敷地に、オットー・ワーグナーの設計で一九〇四―〇七年に建てられた「アム・シュタインホーフ教会」は金箔ドームの屋根を有し、ウィーンのユーゲントシュティール建築の代表作のひとつである。

取る。さらに教え子の母親たち二人と一人の父親が現われて、自分たちの子どもの能力を伸ばしてもらっている教授先生に同じように花束を手渡す。才能に恵まれた同僚の若い歌手はたった一つだけ花束を貰う。エリカの母は愛想よく、花束を家に持って帰るのに都合がよいように薄葉紙《うすよう》で整えるのを手伝っている。私たちはこの凄くきれいなお花をもって、そうね、停留所までは持っていかなくてはならない。そうすればその後はトラムが気分よく私たちの住まいのほとんどドア近くまで運んでくれるわ。タクシー代を節約することから始めて、住居の傍《そば》でお仕舞いになる。みずからの乗用車で輸送の手はずを整えて勧めてくれるかけがえのない友人たちや援助者が申し出てくれるものだが、しかしこの母親にはいなくても済む。有難う。私たちはどんなご厚意も受け入れませんし、私たちからもやはり誰にも好意を示しません。ヴァルター・クレマーが大股でこちらに急いで歩いて来て、レッスンで見慣れてすっかりお馴染みの、狐の襟付きの冬コートを着たピアノ教授を手助けする。コートはウエストでベルトを締めるようになっていて、他ならぬあのたっぷりした狐の襟付きだ。クレマーはペルシャ子羊の鉤爪《かぎつめ》付き黒色コートを母親にかけてやる。クレマーは中断しなければならなかった会話を続けるつもりだ。コーフート先生のお祝いが叶ったあのコンサートの勝利の後である今、先生が音楽で血を全部出しつくして疲弊している場合に備えて、クレマーはすぐに芸術と文学のことで何か言う。彼女にしっかり吸いついて歯車のリムみたいな歯列をエリカに食い込ませる。エリカがコートの袖に手を通すのを手助けしてやるが、それればかりか大胆にも、少し長めの彼女の髪の毛を毛皮の襟の外に引き出してあげて、襟の上できちんとなるように整えることまでする。二人のレディのためにトラムの停留所まで同伴することを申し出る。

今のところ人が大声では全然言えない何かを、母親はうすうす感じ取っている。エリカは頭の上の方からさかんに浴びせられる心遣いを複雑な気持で喜んでいる。この霰《あられ》がにわとりの卵の大きさの雹《ひょう》になって、自分を打ち破って穴を開けたりしないといいのだけれど！　おまけにエリカはとても大きなボンボンの詰め合わせを貰っていて、今ヴァルター・クレマーがそれを運んでくれている。彼がエリカから無理にもぎ取ったものだ。それにオレンジ色の百合の花束かあるいはそれと似通ったものも背負《せお》い込んでいた。いろいろな重荷に気を滅入《めい》らせながら、とは言え、音楽はそういった重荷のうちの最小のものでもないが。三人で路面電車の停留所まで足をひきずって歩いて行くのよ、私たちが主催者の方々に心からおいとまの挨拶を述べてからのことだけれど。若い人たちはちょっと先を歩いて行ったらいいわ、ママは遅れないでついて行くことはできない、前の方で若い人の足がどんどん歩いて行くほどに、そんなに早くはついて行けない。ところが、後方からの方がママは具合よく監視できるし、軍の聴音哨《しょう》の兵士のように聞き耳を立てることができるのだ。エリカはもうこの初期の段階で躊躇する。なぜなら可哀想なママは自分たちの後ろになってまったく独りぼっちで、後からちょこちょこ歩いてくるのだから。他の時なら、二人のコーフートのレディはいつも腕を組んで、エリカの成し遂げたことを始めから終わりまで論じつくし、厚かましくも褒めたたえて楽しむ。今日は後から走ってやって来た若い男が昔から確定している母親の位置を占領して、母親はくしゃくしゃにされ、ないがしろにされて、しんがりを務めていなければならない。母親の絆である子宮靭帯《じんたい》がぴんと張っていて、エリカの腰を後ろの方に引っ張っている。母親が独りで後ろを歩かなくてはならないのが、娘にはもうひどく苦痛を与える。母がみずからそのように申し出た事実は、事態をなおさら悪くしている。もしクレマー氏がそんな風に見かけ上、さも不可欠であるかのようにしていなければ、エリカは産みの親の脇で快適にゆったりと歩いて行けるだろうに。エリカと母は今体験したばかりのことを二人でなら一緒に咀嚼《そしゃく》できたであろうし、それに多分ボンボンの詰め合わせを開けて食べもするだろうに。二人を自宅の居間でもうすぐと待ち受けているであろう居心地の良い暖かさとくつろぎを先取りしてくれる感触。誰だってこのような団欒から暖かさを抜きとった後からにすることなどはなかったのだ。多分二人はまだ夜遅いテレビ映画にさえ間に合うだろう。間に合えば、音が響いているこんな日のためのいちばんすてきな最終音になるだろうに。それにしてもこの生徒はどんどんわたしの近くに移動してくるわ。間隔を保てないのかしら？　若い人の湯気を立てているような温かい身体を自分の隣りに感じるのはやりきれない。エリカがパニックに陥るほど、この若い男はとても健全であってまったく屈託がないようだ。でも自分の健康をわたしに押しつけようとかするつもりではないの？　家での二人だけの水入らずの生活が脅かされるように思われる。そこには誰一人関与してはいけないのに。母以外の誰が、安らぎ、秩序、安全をみずからの四壁《しへき》の中に保証できるというのだろうか？　全身全霊でエリカをテレビ用のひじ掛け椅子に惹きつけるものがあり、そしてしっかりと鍵の掛かったドア。エリカには自分が座る専用の椅子があるが、母には彼女独自の椅子があり、座る際に母はしばしば膨れ上がる足をよくペルシャ製のクッション・ストゥールに高く上げている。例のクレマーがどかないから、玄関の壁に掛かった、家を祝福する言葉が入った額が斜めに傾くわ＊。まさか私たちの住まいに入りこむつもりじゃないでしょうね？　エリカがいちばん欲しているのは、母の中にまた這《は》って潜りこみ、暖かい羊水の中でそっと穏やかに揺れ動いていること。外は、体の内部と同様に温かくて湿っている。クレマーがあまりにもぴったりとエリカに近づいてくると、母親の前方でエリカは体をこわばらせる。

クレマーはずっと話しに話していて、さらにまた話し続ける。エリカは黙っている。自分と相反する性別の者との数少ない経験のことが、エリカの頭に浮かんでは過《よ》ぎるが、それにしても思い出はいい効果を与えない。そして当時の現実があの頃もっと良かったなどということはなかった。一度はあるセールスマンとの出来事があった。その男はカフェの中でエリカに甘い言葉で話しかけてきて、とうとう男を黙らせるために彼女が折れた。室内に閉じこもってばかりいる青白い肌の男たちのお粗末なコレクションは、一人の若い法律家と一人の若いギムナジウ

＊　家庭でもめごとが絶えない場合に、玄関や壁に掛けられている家の祝福の言葉入りの額が斜めに傾いてきていると言われる。

ムの教授で補うと完全なものになる。でもそうこうするうちに数年がめぐってきてはまた過ぎ去っていった。例の大卒者の両人はあるコンサートの後でまったく突然に、二人で彼女の、エリカのコートの袖を、まるで機関銃の銃身みたいに捧げ持ってくれた。そうやって二人はエリカを武装解除させたが、それにもかかわらず、二人はもっと危険な道具を意のままに使うことになった。エリカはこれらの経験をするたびに、できるだけさっと母のところに帰り着きたいとひたすら願った。母親はこれに関しては何も感知しないでいた。独身男性の、システムキッチンと座って入る浴槽がある二つか三つのアパートという牧草地の草が、こんな風にして食べつくされた。芸術の美食家である女性にとっては酸っぱい味のした牧草地だった。

初めのうちエリカは、たとえ現在は退いているにしても、ピアニストとして虚勢を張って自慢できることで、ある種の喜びを引き出していた。あの男性たちのうちの一人として、そう、彼らの自宅のソファーには、ピアニストが座ったケースはなかった。すぐに男性は騎士のように振る舞い、そして女性はその男性を越えた、幅広い交際範囲での眺望を楽しんでいる。けれども愛の行為がある場合、どんな女性でも長いことずっと見事な気分ではいられない。かなり速《すみ》やかに若い男性たちは、勝手で魅力的な振る舞いをして、それは戸外でも相変わらず持続する。車のドアはもはや手で支えて開けたままにしては貰えない。不器用さには嘲笑が注ぎかけられる。女性はそのあとで嘘をつかれて、騙され、苦しめられて、たまにしか電話が掛かってこなくなる。女性には故意に、ある意図についての真相がぼかしたままにしておかれる。一通か二通の手紙を出しても、返事が来ない。女性は待ちに待っているが、でも無駄に終わる。それなのになぜ待っているのか、女性は訊《たず》ねない。なぜなら、女性は待つことよりも、答えの方をもっと恐れているから。そして男性はその間に、きっぱりと決意して、別の女性らにもう一つの別の生活での処遇を与えている。

あの若い男性たちはエリカに性的快楽をスタートさせるきっかけとなったが、そのあと男たちはその快楽をストップさせた。彼らは栓を回してエリカに快楽を止めたのだ。どうやらガスだけはちょっぴり嗅いでもよかった。エリカは情熱と快楽とで男たちを虜《とりこ》にしようとした。握りこぶしで激しく、エリカの上の方で上下動をしている無感覚の重量に打ってかかって、熱狂のあまり叫ぶのを抑えることができなかった。その時々の相手の背中を狙い定めて、爪で引っ掻いた。エリカは何も感知しなかった。男がついにまたやめるように、彼女は圧倒的な快楽を装って仄めかした。この男はもちろんやめはするが、またもう一度達する。エリカは何も感じ取らないし、決して感じ取ることはなかった。雨の中の一枚の屋根紙《ルーフィングシート》のように彼女は無感覚だ。どの男性もやがてはエリカから離れていった。そして今ではどんな男性も自分の体の上にいて欲しいとは思わない。ほんのちょっとの努力さえしない男性からは、内容の乏しい魅力しか出てこない。男性たちがエリカのような並外れた女性のために骨折ってくれることはない。こうして男性たちはこのような女性と二度とふたたび知り合いにはならない。なぜならこの女性は一回限りの比類のない人だから。彼らはいつも後悔するだろうけれど、それでも離れていく。

エリカを見ると、向きを変える、そして去っていく。男性たちはこの女性の、本当に一回限りの卓越した芸術的能力をよくよく調べてみる努力もしない。そうするよりも自分自身の凡庸な知識とチャンスにむしろ勤《いそ》しみたい。この女性は、男性の刃の鈍い小型ナイフにはあまりにも大きな塊と見える。男たちはこんな女性はじきに干からびて、枯れると斟酌《しんしゃく》して遠慮する。斟酌して我慢しても、自分たちの睡眠は一分たりとも犠牲にはしない。エリカは縮《ちぢ》んでミイラになるが、男たちはみずからの退屈なビジネスを追い求めてゆき、まるでそこでは珍しい花の一つたりとも、水を注いで貰うのを要求していないかのようだ。

クレマー氏はそんな出来事もつゆ知らず、生き生きとした花束のようにレディ、コーフート・ジュニアの隣りで上下に揺れながら歩いて行き、年配のレディ、コーフートはクレマーの航跡を辿《たど》っていく。クレマーはこんなにも若い。自分がどんなに若いか、つゆほども感じ取ってはいない。クレマーは尊敬のこもった、しかし陰謀めいた横目をちらつかせながら先生のことをよく考えてみている。僕は先生と芸術理解の秘密を共有している。僕の隣りのこの女性は僕とずばり同じく、どうしたらこの母親をちょっとの間排除することができるか、きっと考えている。この日がお祝い気分で幕を閉じるために、これからどうやったらエリカにグラス・ワインをおごることができるか。一杯以上おごることは考えていなかった。先生は僕にとっては純粋だ。母親を送り届けて、エリカを外に連れだす。エリカ！　こう彼は名前を言ってみる。エリカはこの言葉を誤解したという振りをして、歩調を早める。私たちが先に進むためにね、それにこの若い男の人が変な考えを起こすことになったりしないようにね。なんとか立ち去ってくれるといいのに！　このあたりにはこの人が消えることができるような道がこんなにたくさんある。この人がなんとか立ち去ったら、この生徒が秘かにわたしに思いを寄せている事実を、母と一緒に一部始終こき下ろすことでしょう。今日このあとまだフレッド・アステアの映画ご覧になります？　わたしはこの映画はきっと見逃さないわ。今クレマー氏は何が自分を待ち構えているか、知ることになる。つまり、なんにも。

薄暗い跨線橋《こせんきょう》*の上で、クレマーが向こう見ずな勇気ある試みをするという事態が起こる。ごく短い間教授先生の手を素早く摑《つか》もうとするからだ。エリカ、僕に手を貸して下さい。この手があんなに素晴らしくピアノを弾くことができるんだ。今その手は冷たく網《あみ》の目を潜り抜けて、すぐにまた去っていく。わずかに微風が起こったが、そのあとふたたび静かになる。エリカはあたかも接近の意図にまるで気づかなかったかのように、振る舞った。最初の試みの失敗。その手は勇気がなかっただけのことだった。ママが短い距離の間だけ並んで歩いていたからだ。若いカップルの正面を見張ることができるように、ママはサイドカーになる。この時間には車の危険にさらされることはないし、歩道はこの場所で狭くなっている。娘は危険を見て取って、命知らずの母をすぐにまた歩道に収容する。その際クレマーの手は途中で落後する。

＊　鉄道Sーバーンの線路の上をまたぐ形に架けた橋。

次なる手段としてクレマーの口が熱心な旅にでる。年齢による細かい小皺も口の周りにないし、口はおのずと開いたり閉じたりする。なんら骨折ることなしに。エリカとある本の内容を交換しようと思う。クレマーが男として、芸術家として賛美しているノーマン・メイラー〔一九二三—二〇〇七、アメリカの作家〕について。僕はこれこれ然々《しかじか》のことを本で理解したけれど、多分エリカはまったく別な風に見て取ったんでしょうね？　エリカはその本を読んでいなかった。それで意見交換は途絶える。こんな具合で一つの商取引とその交易は決して成立しない。エリカはできれば喜んでみずからに過ぎ去った青春をふたたび手に入れたいところであり、そしてクレマーは求婚者の足取りで歩いている。若い男の顔は街灯の下で、また明かりに照らされたショーウインドウのもとで、柔和にほのかに光っている。その隣りで女性ピアニストは、言ってみれば、快楽のストーブの中で燃えている一枚の紙は、縮んでいくばかりだ。彼女は男を見つめる勇気がない。母親は場合によってはきっとこのカップルを別れさせることも敢行するだろう、もし別れることが必要となれば。エリカは黙々として、面白くないままでいるが、三人が路面電車に乗る目的地に近づけば近づくほど、ますますそうなってくる。母は風邪について話をして、すぐに幾つもの兆候を不吉に述べ立てて、*母自身の前にいる若いものたち二人の通常業務を越えた行為を妨害する。娘は母の言う通りだと認める。みんな感染しないように今すぐ用心しなくてはだめ、明日では遅すぎるかもしれない。クレマー氏はいまの絶望的な最後の機会にみずからの翼を広げて、高々と声を上げて言う、僕はそれに対する良い手段を知っていますよ。つまり、時機を失しない早めの鍛錬なんですよ。クレマーはサウナに通うことを勧める。プールの水槽で数回、本格的に長い間泳ぐことを勧める。スポーツ一般を推奨するが、特にクレマーが一番わくわくする競技種目、つまり、激流でのカヌー漕ぎを。冬の今それをするのは氷にはばまれます、その間、臨時に他のスポーツ種目に鞍替えしなければなりませんね。でももうじき春になれば、なんと言っても急流のカヌー漕ぎ〔ワイルドウォーターの競技〕が一番素晴らしいです。なぜかと言うと、川が雪解け水でいっぱいに満たされますから、それに、川の中に入るものは何でもみんな流れと一緒に強引に引っ張られていきますから。それに付け加えてクレマーは、新たにサウナ通いを推奨する。彼は耐久長距離競走、森を駆け抜ける長距離競走〔クロスカントリーの一種〕、フィットネスの一般的種類のランニングを勧める。エリカは耳を傾けていないが、それでも彼女の目はクレマーの上方をかすめ過ぎ、すぐに当惑して横

＊　原文では、この箇所に「縁起でもないこと、不吉なことを口にする」„den Teufel an die Wand malen."という言い回しを踏襲している。ドイツ語を直訳すれば「壁に悪魔の絵を描く」という意味である。本文では前の方に原文„die Symptome gleich in Einzelheiten an die Wand malt."があり、これを直訳すると、「幾つもの兆候をすぐに個々の事物にして壁に描く」という意味になる、つまり、「悪魔den Teufel」の代わりに「兆候をdie Symptome」を口にするという言い回しである。通例は、「兆候」ではなくて「悪魔」という語を使う言い回しで「不吉なことを口にする」という意味を表現するが、「悪魔」をうっかり描いたり、その名前を読んだりすると、実際に悪魔がやって来るという民間信仰があり、「不吉」で意味を表現している。

に逸《そ》れる。意図的ではないかのようにエリカは老化していく自分の身体の牢獄から外を眺める。エリカはこの牢獄の格子の棒にやすりはかけないだろう。母はエリカに彼女の格子にさわらせないだろう。クレマーは、エリカが何を言おうとも、まったく同じ意見ではない。この熱き闘士は、大胆に一歩先へと手探りで進むが、柵の周囲で足踏みしている雄牛の仔《こ》であるクレマーは、雌牛の方へ行こうとしているのか、それともただ新しい牧草地に行こうとしているだけなのか？　それは誰にも分からない。彼がスポーツを勧めるのは、誰でも自分自身の身体に喜びを覚え、そして一般的にとにかく自分自身の身体感覚を発展させることを習得するように、という理由からだ。教授先生、こう思われませんか？　なんという喜びを人はしばしば自分自身の身体に感じ取ることが可能なのでしょう！かと。何を望んでいるのか、身体に訊いてみて下さい。すると身体は貴女にそのことを言うでしょう。初めは、その身体は見栄えがしないように見えます。でもそのあとは、おやまあ！それは活動し始めて、筋肉の質を発展させるのです。新鮮な空気の中で伸びをします。でも身体はおのれの限界も知っています。ここでもまたいつもと同じことが言えるんです。つまり、特別にこのような良さを提供してくれるのが、僕のお気に入りのスポーツ種目、ワイルドウォーター競技というカヌー漕ぎ。エリカの頭に薄っすらとした記憶が浮かんだ。似たようなものを以前テレビで目に留めたことがあった。つまりワイルドウォーター競技のカヌー漕者を。それは週末の長時間スポーツ・ショウのことで、メインの映画が始まる前のことだった。そんなカヌー漕者がオレンジ色の救命ベストを着て、膨らみのあるヘルメットを頭にかぶっていたのを覚えている。漕者たちはちっぽけなカヌーに、あるいは似たような装置に、リキュール瓶《びん》の中の小さな、ウィリアム種西洋梨みたいに入って、パドル〔カヌーを漕ぐ櫂《かい》〕を押し進めてカヌーを動かしている。何かへまをやった際にはよくひっくり返った。エリカは微笑む。大声で声援してあげていた男性たちの一人のことをエリカはちょっとだけ考える。そしてすぐにその人のことを忘れる。同じように彼女がすぐに忘れるような弱い願望しか、あとには残っていない。さあ。すぐに私たち着くわ！

クレマー氏の口の中で言葉が凍りつく。今そのシーズンが始まっているスキーのことで何か、一生懸命述べ立てる。町からまったく遠くに出掛けて行かなくても、もう目の前に一番素晴らしいスロープがあります。ほとんどどんなお望みの傾斜位でも。素敵じゃあないですか？　教授先生、どうか一度ご一緒にいらして下さい、若い人たちは要するに、若い人たちの土地に行きたいんですから。そこでは僕と同じ年頃の友人たちと僕たちは会いますよ。友人たちがせいぜい貴女のお世話をしてくれるでしょう、教授先生。私たちはそんなにはスポーツ好きじゃないんですよ、と母親がこの会話を締めくくる。母親はまだ一度も、テレビの画像よりもっと格段に近いところで何かのスポーツを眺めたことなどなかった。冬だと私たちはどちらかと言えば手に汗握るようなミステリー本を持って、早めに引きこもる方が好きなの。私たちは一般に、いいですか、何からであれ、引きこもるのが好きなの。何から引きこもるか、もう私たち分かっているんです。それにしてもどこへ引きこもるのかなんて、むしろ知りたくありません。そんな時に人は脚を片方折ることだってあります。

クレマー氏は言う、あらかじめ言っておきますと、ほとんどいつでも父親から車を借りることができます。クレマーの手は暗闇の中であちこち掘りだそうとしているが、完全に空っぽのまままたそこから出てくる。

エリカの内心では嫌悪感が生じてきて、ますます激しくなる一方だ。ただもうなんとか去っていってくれればいいのに！　彼の手なんておとなしく一緒に持って帰ればいい。行って！　クレマーはエリカの人生に対する恐ろしい挑戦であって、エリカは常に、作品に忠実な解釈の演奏という挑戦にだけ応じることにしている。ようやく乗るべきトラムの停留所が見えてくる。プレキシガラス〔ガラスに見えるプラスチック〕のちっぽけな小屋が、ほっとさせてくれるように明かりに照らされていて、その中にはベンチがある。強盗殺人犯は見当たらず、女性二人でクレマーはあっさり好きなようにあしらえる。電灯が輝いている。そのうえ、すっぽり頭を覆った二人の待ち人さえいる。両方とも女性で、付き添う人もなく、護る人もいないまま。こんなに遅い時間には電車の間隔はひたすら長くて、それに残念ながらクレマーも相変わらず立ち去らない。殺人犯も目下のところまだ現われていないが、多分この先現われるかもしれず、そうなるとクレマーは必要になるだろう。エリカはぞっとする。接近するのはなんとか終わりにしてもらいたい、なんとか難を免れたいもの。あそこに市電がやって来る！　クレマー氏がまずどうにか行ってしまってくれさえしたら。すぐに母と一部始終を詳しくじっくり論じるだろう。まずクレマー氏が行ってしまう必要がある。そうすればクレマーが詳細なテーマになる。肌に触《ふ》れる一枚の羽根ほどむずむずするものはない。市電が来て、コーフトのレディたちを乗せると、その後すぐ元気よく進んでいく。クレマー氏が手を振っているが、でもレディたちはお財布と前売り乗車券と、それだけでぎりぎり手いっぱいなのだ。

8

ぞっとするほどぎこちなくその子は仕掛けに、低いところにぴんと張ったひもにつまずいて転ぶ。その子どもの才能については遠方までも話題になっているけれど、まるで首まで袋に入り込んでいるかのようにしか動くことができない、両腕と両足で水をかいているように漕ぎながら。他の人が注意を怠ったから、人を躓《つまず》かせようと地上すれすれに張ってある例の障害針金が自分の通り道を邪魔したと、その子は大声で苦情を言う。決して**彼女**自身には責任がないのだと。それを認めていた先生たちは、挨拶をすると、音楽的に過剰に負担が掛かっている女の子を慰めるが、彼女は一方では自由時間全部を音楽のために犠牲にしていて、他方では物笑いの種になっている。しかし、**彼女は**放課後に脳髄の中に馬鹿げたことしか抱くことなどのない、唯《ただ》ひとりの生徒ですよ、と先生たちが明言する時には、先生たちの心の内にかすかな嘔吐感とほのかに漂う嫌悪感がある。意味のない屈辱を受けた感じが**彼女の**情緒に重しを載せて圧迫し、**彼女は**家で、そのような屈辱を受けた気持のことで母に苦情を訴える。すると母は慌てて学校に突っ走って行き、声をふり絞って、みずからの素晴らしい挿し木用の若枝を根こそぎだめにしようとした他の女子生徒たちのことで苦情を訴える。するとそのあと他の人たちの一丸《いちがん》となった憤激が、なおのこと打ちつけてくる。苦情と、苦情に対するもっと強烈な心遣いへの誘因との循環が存在する。学校給食用の空になった牛乳びんがたくさん入った金属の仕切り箱が幾つも、**彼女の**進路をわざと遮《さえぎ》っている、他の女子生徒たちが教員からは受けていない心遣いを要求しながら。秘かに彼女の注意のすべては一緒に勉強している男子生徒たちに向けられている。男子生徒たちは彼女の目の一番外側の角《すみ》から秘かに探知されていて、そのとき頭は上方に高く保ったまま、まったく別の方向へと漕いで動いている、そして大人になりかけの男子生徒には目もくれない。あるいは、男らしさをそこで練習しようとしている生徒にも。悪臭がしている学校の教室内にはいろいろな障害が待ちかまえている。午前中にはまったく普通の生徒が、そこで汗をかいて苦労している。その生徒の両親が子どもは少なくともクラスの平均的目標を達成するようにと、子どもの精神の制御盤の所でせっかちにずっと骨折っている間に、生徒はかろうじてなんとかうまくやっている。午後にその空間は並外れた者によって、また並外れて才能のある者のために、本来の目的から外れて使用される。つまり、音楽－特別英才教育の生徒によって使われるが、その生徒はそこの校舎に割り当てられた仮住まいの音楽学校を訪問しているのだ。静かな思考空間を騒々しい楽器類が、バッタのように急襲する。こうしてその学校は一日中、様々な価値や知識そして音楽で常に溢《あふ》れている状態だ。このような音楽学生はどの年齢層、どの等級にもわたって存在していて、大学入学試験受験者や大学生さえいる！　彼らはみんな一人であるいは何人かで音を鳴り響かせようとする努力で一体化している。

ある内面の生命の気泡が手の届かない彼方へと浮遊してゆき、**彼女は**その生命の気泡にますます激しくしっかりと食らいつくが、他の人々はこの内面の生への愛着をまったく予感していない。その核の中で彼女はこの世のものではない何かのように美しく、そしてこの核は彼女の頭の中でひとりでに球形に丸められていた。他の人々にはこの美しさが見えない。**彼女は**自分を美しいと考えて、心の中でグラフ雑誌の顔を一つ自分自身に与えてみて、その顔を自分にかぶせる。母ならそれを禁じるだろう。こういった様々な顔を自分で好き勝手に選んで、ある時は金髪に、ある時は茶髪に取り換えるのだが、こんな風に大方の男性は女性たちを愛するわけだ。そして彼女もそれに倣《なら》ってみるが、でも彼女もやはり愛されたいと思う。彼女自身がすべてである、ただ美しくない。才能に恵まれている、どうも有難う《ダンケ・シェーン》、どういたしまして《ビッテ・シェーン》、でも美しく《シェーン》ない。どちらかというと目立たない、それにこのことを母にも絶えず保証してもらっているが、それは娘がとにかく自分を美しいと思わないためである。**彼女の**能力と**彼女の**知識だけでその時々の男性を虜にすることができるのだと、母は卑劣極まりないやり方で脅《おど》す。母は自分の子どもが男性と一緒のところを遠くからでも認められでもするなら、すぐに子どもを打ち殺すと威嚇《いかく》する。母は見張り台に座って取り締まり、探り、計算し直し、結論を導きだし、罰する。

彼女はエジプトのミイラのようにロープで毎日の様々な義務にからめとられているが、でも誰も彼女をよく見てみようと熱望しはしない。三年の間ずっと粘り強く彼女は初めてのハイヒールの靴を所望したいと願っている。決して忘れることで諦めたりはしない。願望には根気が必要だ。靴を手に入れてしまうまで彼女はこの根気を利用できるし、同時にバッハのソロ・ソナタにも適用できるし、とにかくこの曲目をマスターすればそういう靴を買ってもいい、と策略に満ちた母は約束する。彼女は絶対に欲しい靴を買ってもらうことなどないだろう。自分自身で稼げば、いつかは自分で靴を買える。靴はおびき寄せる餌として常に目の前にぶら下げられる。このやり方でもう一曲、そしてまたヒンデミット*を一曲と母はおびき寄せ、そのためにも母は子どもを愛している、たとえ子どもに決して靴の成就が叶わないのであろうとも。

どの時期にも**彼女は**他者から完璧に優越している。このような時期の間、彼女は母親に他者より遥か上方へと持ち上げられた。彼女は他の人たちをずっと後方に、ずっと下方に引き離している。彼女の無垢な願望は数年経つうちに破壊的な貪欲さに変わり、破壊しつくす意志に変わる。他人が持っている物を、自分でもやはり是が非でも欲しがる。自分が持つことができない物は破壊しようとする。彼女は物を盗み始める。図画の授業が行われる屋根裏のアトリエで、水彩絵の具や鉛筆、筆、定規の大群が消える。プラスチック製の完璧なサングラスが消えるが、そのレンズは——ニュー・ファッションの新製品——光線の具合で多彩に色が変わり得るものだ！　盗品は決して気分を爽快にすることがない、不安に駆られて彼女は盗品をただちに、道端で出くわすごみ箱に手当たりしだいに投げ入れる。自分の所持品の中に盗品が見つかったりしないために。秘かに買ったチョコレートあるいは路面電車の料金の分を内緒で貯めておいたお金で買ったアイスに関しては、母親が探し、その際にはいつも見つけ出す。

サングラスの代わりにいちばん盗み取りたかったのは、別のある少女の新しいグレーのフランネル**の上下揃いのスーツだった。しかしスーツ一着は、それを着ている人が絶えずその中に入っている時に盗むのは難しい。その代償に**彼女は**ちょっとした探偵まがいの優《すぐ》れものの仕事で、例のスーツは少女売春で少女が自分の身体で稼いだものだ、という事実を探り出す。そのスーツを着ている少女のグレー狼の影を追って、**彼女は**一日中こっそり後をつけてみた。言ってみれば、コンセルヴァトリウムは、ブリストル・ホテル***ともども同じ地区に位置しており、ホテルのバーでは近頃はもっぱら寂しげな中年ビジネスマンたちがたむろし、そのバーで仕事をしている若い娘たちがいる。学校仲間の例の女の子はまだ愛らしい十六歳であり、軽過失のため

*　パウル・ヒンデミット（一八九五—一九六三）、ドイツ生まれの作曲家、演奏家。

**　布面を少し毛羽立たせた柔かい毛織物。

***　ウィーンオペラ座前のケルントナー通りの向かい側に位置している実在のホテル。ブリストル・ホテルは一八九四年創業。ラフマニノフ、ホロヴィッツ、バーンスタインなどが滞在した。

規則に従って報告される。どんなスーツを人が欲しいと願っているか、どこでそれを自分で稼ぐことができるか、**彼女は**母親に話して聞かせる。母親が自分の子どもの天真爛漫さを嬉しがり、子どもを褒めたたえてくれるように、無垢な子どもを演じながら、唇に言葉があふれ流れる。ただちに母親は自分の狩り用長靴かかとの拍車を締めつける。ママは息を弾ませながら、口から泡を吹きながら、学校の方に頭を投げだしながら、踊るような足取りで歩いて行って、なんとかうまく手をつくして、したたかに放校処分を勝ちとる。グレーのスーツは着ている本人ごと学校施設から飛んでいく、つまりは、去る者日々に疎《うと》し、しかしそのグレーのスーツはそういうことで意識から遠のいて疎くなりはしない。意識の中でまだスーツはずっと、血まみれの畝《うね》の間や氷河の深い割れ目を引き裂きながら、幽霊のようにうろつき回る。スーツの持ち主である少女は罰として、市の中心部の香水店で店員にならざるを得ない。そして大学の一般教養がもたらす幸福とは縁がないまま、人生の残りを耐え抜かなくてはならない。少女は将来なれたかもしれないものにはならずに終わった。

危機を素早く報告したご褒美に**彼女は**自分の手で、奇抜でもあり突飛でもある学校かばんを、安い革の端切れで作ってもいいことになる。その時には、普段はない自由時間での有意義な活動が尊重される。かばんがすっかりでき上がるまでにはとても長くかかる。それでもその時に何かが創作されたのだ。他の誰ひとりその創作物を自分自身のものとは呼ばないし、また呼ぼうとしなかった。ただ彼女独りがそんな普通でないかばんを持っているのであり、それを持って外の小路に出ていく勇気がある！

大人になりつつあり、現在は若手の音楽家でもある男性たちと一緒に、彼女は室内楽を演奏したり、強いられてオーケストラで演奏したりするが、この男性たちが、うずくような憧憬を彼女に呼び覚ます。この憧憬はすでにいつも彼女の深部でずっと待ちかまえているように思われた。だから**彼女は**外側に向けては制御しきれず、手に負えないほどのプライドを示す、しかし何に対してのプライド？　娘には絶対に体面を傷つけないようにして欲しいと、母は懇願し、必死に訴える。もし体面を傷つければ、娘は決してみずからを許さないだろうから。**彼女は**ほんの少しばかりの失敗をしただけでも自分を許せず、その失敗は何カ月もの間心の中に穴を穿《うが》ち、そしてつき刺す。他に何をしたら良かったのかと執拗に浮かんでくる思いが、内奥を掻きむしるけれど、しかし今となってはもう遅すぎる！　小規模の自称オーケストラはヴァイオリンの先生である女性みずからが指揮をとるが、その中で第一ヴァイオリンの男性奏者に絶対的権力が具現化されている。彼女は権力者から上に引っ張ってもらうために、権力者の側に立ちたいと望む。自分の母親を生まれて初めて見て認めて以来、彼女はずっと権力の側にいる。その若い男性奏者は演奏の休憩時になると、まもなく控えている大学入学資格試験用の重要な本を読んでいるが、風が屋根の上の風見に沿って向かうように、他のヴァイオリン奏者たちもその男の方を目指す。第一ヴァイオリンの男は言う、もうすぐ自分にとって人生の重大事が、つまり大学での勉学が始まる。男はいろいろな計画を抱いていて、それを大胆に口に出して言う。

おそらく数学の公式か、あるいは多分世慣れた社交の公式かを繰り返すために、しばしばその男は心ここにあらずとばかりに**彼女を**通り越して、ぼんやりどこかを見ている。彼女はとっくの昔に尊大に部屋の天井に目をやっているので、男は決して彼女のまなざしを捕まえることはできない。彼女は男の中に人間ではなく、音楽家しかみていない、つまり、彼女は男を見ていないのだし、男は自分が空気のようなものだと、気がつくべきだ。彼女は内面的にはほとんど灼熱光が消えつつある。彼女の燃え芯は、その生殖で名指しされるあの交尾期のねずみの上に照る一千もの太陽より、なおも明るい。男が彼女にまなざしを向けるようにと、ある日彼女は自分の木製のヴァイオリンケースのふたを、指使いする自分の左手の上に勢いよく投げ落とす。左手はなんといっても調弦の操作のために是非とも必要だ。痛くて声高に叫ぶ、ひょっとして男が自分のことを観察するかもしれないかと。多分男が彼女に対して礼儀正しく親切であるかもと。それでも、そんなことはない。兵役義務を済ますために、彼はオーストリア連邦軍に行きたいのだ。彼にはさらに、博物学*、ドイツ語そして音楽を教えるギムナジウムの教授になるのを求められている。音楽はこの三科目のうちで今すでに本格的にマスターしている唯一の科目だ。女性として彼に認めてもらうために、彼の心のノートブックの記入事項に女性とマークしてもらうために、彼女は休憩の間ピアノに向かってまったく一人で、ソロで、彼のためだけに弾く。ピアノでは非常に機敏でありながらも、日常の実用生活面での自分のひどい不器用さによってしか、この男に彼女は判断されない。この不器用さ、これをもって、この男の心の中にドカドカと入り込むことなど彼女にはできない。

　彼女は決心する、つまり、自分を、自分の自我の最終部分で一番外側の端までも、最後の残りに至るまでをも、誰かの掌中《しょうちゅう》にゆだねることはしないだろう！　すべてを自分にとどめて保持しておくつもりであり、そして可能なら、彼女は何かを手に入れてつけ加える。人はその人が所有しているものだ。**彼女は**急傾斜の山に土寄せし、彼女の知識と能力が頂上を一つ形づくる。その上に滑りやすい雪が載っている。きわめて勇気のあるスキーヤーだけが登り道を制覇するだろう。いつの瞬間にもあの若い男が彼女の傾斜面を滑り落ちる可能性がある、氷河に潜んでいる割れ目の底無しの中へと。彼女は自分の貴重な心へと通じる鍵を、彼女の尖《とが》ったつららの精神に通じる鍵を、ある人に信頼して任せた、それゆえ彼女はその人からいつでもまた返して貰うことができる。

　このようにして人生の株式取引所で音楽のトップ・メンバーになって自分の価値が上昇してくれるといいなと、**彼女は**もどかしく待っている。そのある人**が彼女に決めるのをおとなしく待っている、ますますおとなしく。そしてその返事にもとづいて彼女はすぐに彼に決めるだろう。彼は音楽に才能のある別格の人間であり、うぬぼれていない虚心坦懐な人だ。と

＊　生物学、鉱物学、自然地理学の総称。ギムナジウムには日本の小学五年から通う。
＊＊　ヴァイオリンを弾く若い男性のことが仄めかされていると思われる。

にかくこちらの男性はもうとっくに選んでいる、つまり、主専攻は英語、あるいは主専攻ドイツ語。彼のプライドには正当な根拠がある。

外ではなにか手招きするものがあるが、彼女はそれには意図的に関与しない。関与しなかったことをひけらかすことが可能であるために。優劣を競う必要や、吟味される必要がないように、上首尾に外部と没交渉になって関与しないでいるために、彼女はメダルを、記念バッジを願望している。先端が鈍った鉤爪《かぎつめ》の間にある穴だらけの水掻きで、下手な泳ぎをしている一匹の動物、それが彼女だが、心配そうに頭を高く上げ、温かい母親の糞尿の中で、あちこちぐいぐい犬かき泳ぎをしている。救助の岸辺はどこで消えてしまったのか？　霧に包まれた乾燥地帯の岸辺に一歩上がるのもひどく厄介で、何度も何度もそこのつるつるした斜面で滑り落ちる。物知りで、ヴァイオリンが弾けるある一人の男性に、彼女は憧れの気持を抱いている。でも彼女が射止めて初めて、その人は可愛がって自分を撫でてくれることだろう。この逃げようと構えているアルプスカモシカはもちろんすでにガレ場を登っているけれど、瓦礫の中に埋まっている女らしさの足跡を追うエネルギーは彼にはない。女は女にすぎない、という意見の代表者が彼だ。そのあと、あの女たちが！と言いながら、気まぐれで名高い女性の性についてちょっとした冗談を言う。演奏してもらおうと、**彼女に**出だしの合図をする時、彼女を見つめるが、ちゃんと彼女に気づくことはない。その男性は**彼女に**反対して決めるのではなく、単に**彼女**ぬきで決める。

決して**彼女は**自分が弱いか、あるいはきわめて劣勢だと思われるような状況には入っていかないだろう。だから今いる場所にずっと留まっている。ひたすらいつもながらの学習と服従の段階が進んでいくだけで、新しい地域に入っていくことはない。搾《しぼ》り機がねじを押しつける。この搾り機で彼女の指の下で血が絞られる。学ぶことは初めから彼女に分別を要求する、というのも努力するからこそ彼女は生きているのだと、彼女に知らされているから。服従を母は要求する。それに、危険の中に入っていく者はそこで命を失うと、この忠告も母が同じように与える。家に誰もいない時、意図的に彼女は自分自身の肉体を切る。人に見られずに体に切り傷を作れる瞬間をいつもずっと長いこと待っている。ドアノブの音が弱まってやむと、父親の万能剃刀《かみそり》が、彼女のお守りが取り出される。**彼女は**晴れ着コートから出した、五重にくるんだ処女加工ビニールを剝《は》いで、剃刀を取り出す。剃刀との付き合いでは巧みな腕前をしている。なにしろ父親のひげを剃ってあげなくてはならなかった。もう何の考えも混濁させることがなく、もう何の意志も皺《しわ》をつけることのない父の完璧に空っぽの額《ひたい》の下の、あの父の頰は柔らかだった。あの時の剃刀が**彼女の**肉体用と定められている。この薄く、優雅な、小さい板は、青みをおびたスチール製で、しなやかで、弾力性がある。**彼女は**剃刀用の鏡の拡大鏡の側を前にして両足を拡げ、切り込みを一つ入れるが、それは開口部を大きくしてくれるはずだ。開口部はドアとなって彼女の肉体に通じている。そんなこんなで、剃刀によるこのような切り込みは痛くはないと、経験で知るようになった。なぜなら腕や、両手、両脚がときどき被検物体として嫌な役割に甘んじなければならなかったからだ。彼女の趣味は、自分自身の身体を切り込むこと。口の洞穴と同じように、こちらの方の身体の出入口もおいそれと美しいとは呼べないが、それでも必要なものだ。彼女は自分自身をすっかり晒《さら》されているが、それは、他人に晒されているよりはずっと良い。それはまだ彼女の手にあるが、手もやはり様々な感情を持っている。彼女はどのくらいの頻度で、どのくらい深くカットすればいいか、正確に分かっている。開口部を鏡の支えねじにぴんと張って引っかけて、カットする機会を捉える。早く、誰かが来る前に。解剖学の情報が乏しいまま、それよりもっと乏しい幸せもろとも、穴が生じるといいと思うちょうどの箇所に、冷たいスチールが近づき、入り込む。そこはぱっくりと口が開いて左右に分かれ、変化にぎくりと驚く、そして血があふれ出す。この血は、慣れていないわけではない光景だ、けれどもこの光景は習慣で得られるものではない。いつもと同じで痛くはない。しかし**彼女は**間違った別の箇所を切り、それによって、主なる神と母なる自然とがいつもと違った統一に結び合わせたものを、切り分ける。人間にそれは許されていない、だからそれは復讐をする。彼女は何も感じない。切り離された肉の半分ずつ双方とも一瞬狼狽して互いを見つめ合う、なぜなら、以前にはまだなかったこの隔たりが突然発生したのだから。肉の双方は長年にわたり喜びと苦しみを互いに分かち合ってきた、そして今や互いに分離されている！　鏡の中で双方は半分ずつやはり左右あべこべにお互いを見るので、どちらも自分がどちらの半分なのか、分からない。このあと血が決然と外に噴き出してくる。血のしずくが滲《にじ》みだし、流れて、仲間と互いに混ざり合い、一本の絶え間ない細流となる。彼女にはそれこそ血ばかり見えて、もともと自分が切ったものが見えない。自分自身の身体ではあったけれど、自分にはおそろしくよそよそしい。切り込みの道筋が、もはや洋服の裁断の時のようにはコントロールできないなどと、今より以前には思ったこともなかった。洋服の裁断では、点線、ダッシュの線、あるいは点とダッシュがかわるがわる交叉している線を、個々にそれに沿って小さな裁断用の歯車でなぞっていくことが出来て、こんな風にしてコントロールや見通しが保たれている。**彼女は**まずは出血を止める必要がある。この時に不安に駆られる。下腹部と不安とは彼女にとって二つの仲の良い同盟者であり、双方がほとんどいつも一緒に登場する。もしも両方の友人のうちの片方がノックもしないで彼女の頭の中に足を踏みいれたら、確信していられる、つまり、もう一方はそう遠くにいるわけではないと。彼女が夜の間中ずっと両手をベッドカヴァーの上に出したままにしているかそうでないか、母はコントロールできる。ところが、不安をコントロールするためには、まず我が子の頭蓋カプセルを開けて、母みずからが不安を刳《く》り抜いて取り出さなければならないだろう。

止血するために、みんなに好んで使われているセルロース・パッケージが探しだされる。このパッケージにはいろいろな長所があって、どの女性にも知られており、評価されている。とりわけ、スポーツや運動一般をするときにはそうである。このパッケージには幼い少女がプリンセスになって子どもの舞踏会に送り込まれる時にかぶるボール紙の金の冠の代用をさっと素早くやってくれる。でも**彼女は**子どもカーニバル舞踏会には一度も行ったことがなくて、代用の冠のことも知るに至らなかった。そのあと突然王妃たちのお飾りが、パンティの中に滑っていって、女性は人生の定位置を知るのだ。初めに子どもらしい誇りを持って頭の上で見せびらかしていたものが、今は女性らしい木材がおとなしく斧*を待っていなければならない場所に行き着くはめになる。あのプリンセスは今や大人になり、そしてここで早くも各人の意見が分かれる。つまり、ある紳士はこざっぱりとした化粧板仕上げの、あまり目立ち過ぎない家具を欲しがり、もう一人はコーカサスの本物のくるみ材の家具セットを欲しがり、三番目の男性はまたしても残念ながら単に薪を幾つもの山に高く積み上げようとする。しかし積み上げる時にも男性は能力をひけらかすことができる。とにかく自分の薪の山をできるだけ空間を取らないように、機能的に、高く積み上げることができる。きちんとした石炭《せきたん》用地下室には、別の所の、ただ薪が荒々しく乱雑に投げこまれた地下室よりも、たくさんの容量の薪が入る。ある所帯の火は別の所帯の火よりも長く燃える。なぜかと言えば、やっぱり他所《よそ》より多く薪があるからだ。

9

家のドアのすぐ外でエリカ・K.は広々と開かれた世界に待ち受けられていて、その世界はどうしても彼女のお供をしたいのだった。その世界をエリカが自分から突き放せば、それだけいそいそと世界の方が押しかけてくる。激しい春の嵐が出し抜けにつむじ風を起こして、エリカを引きさらっていく。つむじ風は釣り鐘型スカートの下を吹き抜けて、スカートをまたすぐに気落ちさせてしぼませる。排気ガスを含んだ空気が、膨らんだクッションとなってエリカの方に身を投げてきて、呼吸するにも本当に息が詰まってしまいそうだった。二、三の物がガタガタと鳴って、壁にバタンと凄まじい音を立ててぶつかった。

みずからに課された仕事を生《き》まじめに受け取って、カラフルな洋服を着込んだ現代風の母親たちが、あちこちの小さな店で、フェーンの塀壁の向こう側で素早く動きながら、品物の上方にかがみ込む。若い母親たちは、贅沢なグルメ料理雑誌から得た知識を、罪のない茄子やその他の異国産の物で確かめてみている間、子どもたちを自由に振る舞わせている。品質の良くない品の前で、こうした女性たちはズッキーニから醜い頭をもたげたまむしを目の当りにしたかのように、さっと身を引く。この時分、健康な大人の男性なら、何かを探すあてもない小路を歩きまわったりはしない。色とりどりのビタミンの担い手で、腐敗や朽《く》ちていく状態のあらゆる段階にある品々を入れた箱を八百屋さんは入り口の周りにぐるりと積んで置いて

＊　この小説では、木材や樹木が女性の比喩にたびたび使用されている。例えば、エリカが、カルトゥジオ会修道会の部屋にぴったり収まるという表現（九〇頁）の箇所で使用されている。ここに記述されている「斧」は、男性を表わす比喩である。

いた。中年女性の顧客が一人、専門的な知識を手助けにして箱の中を引っ掻きまわしている。嵐に向かって女性は身体を突っ張らせている。新鮮さと固さの等級をチェックするためにすべてを嫌そうに軽く触ってみる。あるいは、外側の果皮の上の害虫を予防する保存料や大量殺傷物質をチェックしているが、この鑑定家みたいな通ぶりは、教養のある若い母親が恐怖を覚えるほど不愉快だ。ほら、ここの葡萄の表面にきのこのような緑色の被膜が見えるでしょ、これにはきっと毒があるわ。まだこの葡萄が蔓《つる》に生《な》っていた時に、栽培している人がとてもひどく吹きつけたのね。彼女は濃紺の前掛けをつけている八百屋の女性に、またしても化学が自然に勝った証拠に、そして若い母親の子どもにおそらく癌の萌芽が植えつけられるという証拠に、嫌悪感もあらわに示してみせている。この国では人々が食料品をその毒性を主眼にして、常にチェックする必要がある。この事実は、有害な、年老いたオーストリア首相*の名前より良く知られていると、アンケート結果は疑いなく証言している。今ではこの中年女性の顧客さえジャガイモが育つ畑の土に関しては、その質に注意を払う。中年の顧客には残念ながら、とにかく年齢からして相当に大きな危険性がある。この顧客を待ち伏せしていた危険は、今は著しく高まっている。彼女はとどのつまり、オレンジを買う。オレンジなら皮を剝《む》くことができるし、そうやって環境による害を明らかに減らしている。害毒の情報をもって店で人の関心を引こうとしても、この主婦には何の役にも立ちはしない。なぜなら、エリカはもともとこの主婦に注意を払うことなく、そばを通り過ぎて行ったし、晩にはこの女性と同じようには夫が注意を払わないし、それよりも帰宅途中に買うことができた翌日の日付けの新聞**を、情報で時代に先んじようと読んでいるからだ。子どもたちもやはり愛情こめて料理した昼食であっても有難いと思わないだろう、子どもたちはすでに成人していて、もうまったく家には住んでいないのだから。子どもたちはとにかくずっと前から結婚していて、彼らの側でも熱心に毒の果実を購入している。いつか子どもたちはこの女性の墓のそばに立ってほどほどに泣く。他方、時間はそのあと早くも子どもたちの方に手を伸ばす。いま子どもたちは母親の面倒を免れているけれど、それでも彼らのそのまた子どもたちが自分の親である彼らの面倒を引き受けなければならない。

このことをエリカは考えぬいてみる。

エリカは〈コンセルヴァトリウムの〉学校に行く道の様々なところで、ほとんど否応なしに人間や食べ物の死滅を目にする。何かが成長したり栄えたりするのは、ほんの稀にしか見ない。せいぜい市庁舎前の庭園かあるいはフォルクスガルテン***で見るくらいだ。そこの庭園では薔薇やチューリップがぽっちゃりとして力強く土を押し分けて出てくる。でもそのような花々にし

＊　一九七〇年から十三年間首相だったブルーノ・クライスキー。

＊＊　前日の内に買える新聞で住宅情報など早めに利用できる。

＊＊＊　ウィーン市のリンク（環状道路）内側の、「新王宮」の北隣に位置する「フォルクス庭園」。さらにその北隣には「ブルク劇場」があり、この劇場前のリンクを挟んで、向かい側に市庁舎と市庁舎広場がある。

ても喜ぶのは早すぎる。枯れる時間がすでにその中に潜んでいるからだ。このことをエリカは考えぬいてみる。すべての事物がエリカの考えを真実であると証明している。エリカの見解では、芸術だけがより長く存続する。芸術はエリカが育成し、支え、結び戻し、雑草をむしり、最後に収穫する。でも芸術のうちの何が、いかなる正当性も与えられないまま、すでに消え去ったり響きやんだりしたことか、誰が知っているというのだろうか？　今の時代、もはやどんな正当性もなくなったからという理由で、毎日一曲の音楽が、一編の短編小説が、あるいは詩の一篇が死に絶えている。それにまた不滅のものと推定されていたものも、それにもかかわらず過去のものとなり、もはや誰もそれを知らないのだ。たとえそれが永続するに値したものであるとしても、エリカのピアノ・クラスの中でも、早くも子どもたちでさえモーツァルトやハイドンを乱暴に弾き始めるし、上級の生徒たちは、ブラームスやシューマンのそりの滑り木に乗って遠くに滑っていくが、上級生たちは、ピアノの演奏曲目の森の土壌を、みずからのカタツムリのねばねば液で薄く覆いながら滑っていく。

エリカ・K.は決然と春の嵐の中に身を投げいれて、向こう側の端まで無事に抜けて行けることを望んでいる、つまり、市庁舎前のこの広々とした広場を横切ることが肝心だ。彼女の隣りにいる犬も同じように春の最初の息吹を感じ取っている。生き物に自然に備わっている特有な－身体的なもの、それはエリカにとっては嫌悪《けんお》の的であり、行くべきだとちょうど示されている道での恒常的な障害なのだ。彼女はおそらく大抵の身体障害者ほどには障害を受けてはいないけれど、ただもう行動の自由で制限を受けている。大抵の人々は、つまるところ、愛《いと》しそうに「あなた《ドゥー》」の存在の方に、パートナーの方に動く。大抵の人々がいつかはと待ち焦がれているすべてとはこれのことだ。コンセルヴァトリウムの女性の同僚がひとたびエリカと腕を組んだりしたら、この無理な要求に、エリカははっとして身を引く。エリカには誰も寄りかからないでもらいたい。ただ、芸術という鳥の綿毛の重みはエリカに腰を下ろしても許されるけれど、ちょっとした微風があるたびに、それはひらひら舞い上がって、どこか他のところに落ち着く危険に晒《さら》されている。エリカは自分の腕をあまりにもきつく身体の脇に押しつけているから、二本目の同僚の腕なら、エリカの身体と腕の間の厚い壁を突破することがかなわず、がっかりして沈みこむ。人はよくこのような人物のことを、近寄りがたい、と好んで言う。そして誰も近づかない。それ以前に人は遠回りする。ただただエリカに接触するはめにならないために、遅れや待ち時間をじっと我慢する。何人かは声高《こわだか》にみずからに向けて注意を喚起する。エリカならしない。何人かは手を振る。エリカはしない。そんなこんなで様々なのだ。一部の人々は立ったままぴょんぴょん跳び、ヨーデルを歌い、叫ぶ。エリカはしない、人々は何をしたいか、知っているからだ。エリカはそうではない。

二人の女子生徒あるいは女子実習生が大声できゃっきゃっと笑いながら近づいてくる。ぎゅっと腕を組んでおり、二人の頭は、二個のプラスチック・真珠みたいにお互いに突っこみ合うようにしている。お互いにすごくくっ付いていて、果実のよう。もし二人のうちのこちらかあちらかのボーイフレンドが近づいてきたらきっと、人目をはばからず絡み合わせている身体を解き放すこと請け合いだ。自分の吸盤をボーイフレンドに当てて、円盤型地雷みたいに彼の肌をうがって潜《もぐ》っていくために、ただちに、友情で温かくなっている抱擁からは身をもぎ離す。いつか後々《のちのち》大きな音を立てて不満の念が爆発する。そうすると妻は、利用されないでいた遅咲きの才能を十分に発揮するために、夫と別れる。

人間たちは独りではほとんど歩くことも、立っていることもできない。群れをなして彼らは登場する。まるで人間独りでは地球の表面に対して、少しも重荷になってはいないかのようだなと、独り我が道を行く人であるエリカは考える。支えもなければ、気骨もなく、何も予感しない、不格好で、定形のないナメクジたち！　どんな魔法にも、どんな音楽の魔力にもこれまで心を打たれたことがなく、圧倒されることもなかった人たち。どんな風のそよぎも心をかき乱し、興奮させることのない、獣皮のような皮膚と皮膚とでお互いに張りついているのだ。

エリカは衣服の埃《ほこり》を手で叩《はた》いてきれいにする。スカートと上質生地のジャケットに手をさっと動かして、鞭で打つように軽く叩く。きっと、あらん限りの嵐と吹きつける風とで、しっかりと埃が付着していたのだ。エリカは通行人が目に見える距離のところで、通行人が彼女に近づいて来る以前であってさえ、通行人を避ける。

ほとんど決定的といっていいほど自分のいる場所の位置確認ができなくなり、理解力が弱まった父親をコーフートのレディたちが、ニーダーエスターライヒ州*のサナトリウムに入居させに行ったのは、邪悪そうな光がちらちらする春の日々のある日のことだった。それは、国立アム・シュタインホーフ精神病院**――異郷の人さえ陰鬱な物語詩で知っている――が父を受け入れて、収容し、不帰の客として招いた時より、もっと以前のことだった。父をいたいだけ長く！　まったくお望み通りに！

エリカの家の行きつけのソーセージ販売業者は、ある有名な独立畜肉処理業者《ゼルバー・シュラッハター》であるけれど、自分自身を畜殺する《ジッヒゼルプスト・シュラッハテン》考えは毛頭ない。この業者が普段は車内に仔牛の半身がぶら下がっているグレーのフォルクスワーゲン・バンで輸送してあげると自分から買ってでて、引き受けてくれたのだ。パパは春の風景を横切ってずっと旅をしていって、新鮮な空気を呼吸する。父と一緒に、父の姓名の頭文字の組み字がきちんと一個一個刺繍されている持ち物が入った手荷物が旅のお供をする。ソックスのそれぞれ一つひとつに自家製の刺繍をしたKがくっきりと浮き出ている。それは極めて綿密な手仕事であり、それこそ、あの指の巧みさ***が父の役に立ち、助けとなっているにもかかわらず、それを賛美して、その値打ちを認めることすら、父にはもはやできない状態なのだ。けれどもこの巧みさが、同じように痴呆になっているノヴォトニー氏、あるいはヴィトヴァール氏がさしたる質《たち》の悪いもくろみもないまま、父のソックスを誤用するの

*　ウィーン市を囲むように北西部や南部に広がっている州であり、ウィーン市を除く八州のうちの一つ。

**　国立アム・シュタインホーフ精神病院については一二七頁に既出。

***　ピアノを弾く指の巧みさを暗示している。

を阻止してくれるのだ。二人の名前は別のイニシァルだ。ところでおねしょをする耄碌したケラー氏はどうなったか？　今は別の部屋に住んでいる。これを聞けば、どんなにかエリカは母ともどもすぐに満足し、納得することができることか。みんなは乗っていって、やがては着く。さてもうじき到着するだろう！　ルドルフスヘーエのそばを通り過ぎ、フォイアシュタインのそばを、ヴィーナーヴァルト湖を過ぎ、カイザーブルンネンベルクを、そして佳き日々でもなかった昔の日に父と一緒にどうにか登頂したことがあるコールライトベルクを通り過ぎる。もし手前で曲がっていなければ、危うくブーフベルク*あたりの遠くまでも走っていくところだ。こうして山々の向こう側では少なくとも白雪姫が待っている！　華麗さも控えめな状態で、またみずからの所有地に誰かが来るという喜びでいっぱいになって笑いながら待っている。それなのに実際は、めいっぱい改修された二家族用の家の中でのことであり、その家は田舎の出身で、故意に税をごまかして得た収入のある家族が所有していて、正気でない人々を預かり、金銭上で正気でない人々に活用する、という善い人間的目的で改修され、設立された。このようにして家は二家族に限らず、非常に多くの正気でない人々が自分自身から、また他の人たちから逃げるために、あるいは護るために役立っている。全寮制で入居入寮者は監視を受ける。しかし趣味の工作をする際には突然襲いかかるごみ屑があったりするし、散歩の際には危険（逃亡、動物による嚙みつき、怪我）もあるが、それに加えて美味しい田舎の空気が無料である。いくらでも欲しいだけ、要るだけ、誰が吸っても許される。入居者は信頼すべき後見人を通じて、自分が収容されるため、またずっと収容されているために、立派な額の金銭を支払うが、患者の病状の由々しさと汚れやすさとに応じて、多額の特別チップ代がかかる。女性患者は三階と屋根裏部屋に、男性患者は二階と〔左か右の〕翼側の建物に住まう。そこの張りだした側の建物は、撤去改装されたもともとのガレージをその名前に残している、というのももとのガレージが、冷たい水道水と水漏れする屋根のある本当にちっぽけな家になったのだからだ。幾台かの施設直属の車は、黴と菌の傾向を払拭させると期待して、屋外に青空駐車させている。台所にもしばしば誰かが、特別セール提供品や安売り提供品の間で憩っていて、懐中電灯の明かりで読書をしている。継ぎ足しの建物の大きさから言って、もとのガレージの大きさは、オペル・カデット一台ほどの大きさの車用に作られていたのだが、オペル・コモドーレ一台なら、その中に嵌《は》まったままで進むも退くもままならないだろう。ぐるっと見渡す限り、結構な強さの針金格子のフェンスが周囲にある。患者の家族はやっと苦労してここまで送り届けに来た上に、あのように莫大な金額をその患者に払った後では、まったくのところ、すぐにまたおいそれと連れて帰ることはできない。取るに足りないお客たちと引き換えに経営者の二世帯家族が受け取る金額について言うなら、痴呆の人々を見なくてすむに違いないどこか別の場所に、彼らはきっとお城を一つ買っている。それにその城には、昼間の人間介護の仕事すべて

＊　オーストリア西部のスイス内の、ライン河源流の古都シャッフハウゼンの手前に位置する。

から離れて気晴らしするために、家族は単独できっと住んでいるのだろう。父は先祖伝来の我が家をつい今しがた立ち去ってから、盲目になりつつある目で、しかし安全に導かれながら、自分の未来の我が家を手に入れようと、いま努力して進む。素敵な部屋が父に割り当てられていた。すでに部屋は待っている。つまり、新参者が受け入れられるのが可能なためには、まず誰かが病《やまい》長引きながらも死ぬ必要がある。そしてこの新参者にしても、いつかは他の人に席を空けてやらなくてはならない。心的な障害者は正常なタイプより場所を取り、口先でもそう簡単にはまるめ込まれない。そして少なくとも中ぐらいのシェパード犬の運動スペースと同じだけの広さを必要とする。そこの家では説明している、私どもではいつも満員ですから、私どものベッド数を一定量上乗せして増やすことさえ可能でしょう！　とはいえ、個々の入居者は、むろん、大抵は横になっている必要がある、なぜなら、こういう仕方で汚れを出すのを少なくして、場所を取らないように詰めこまれているからだが、それで入居者は交換可能なのだ。残念ながら、一名分で突如二倍の料金を徴収することはできない、できるのであれば人はやっているだろう。そこに横になっているものは、張りつく、そして支払う──二家族にとってこれは遣《や》り甲斐がある。そしてここに横になっている者は、身内が命じているから、やはりここにずっといる。収容されている者はせいぜいのところ悪化する可能性があるだけだ。つまりはシュタインホーフへ！　グッギングへ！　部屋は正確に細分化されていて、どの被収容者にも小さな自分用のベッドがあり、これらの小ベッドはちっぽけだが、小さいほど、その分それだけ多くの者をその部屋に収容できる。寝床同士の間の場所にはおよそ三十センチのスペースが空いていて、かろうじて人間の足の幅の自由空間であり、それは被収容者がどうしてもという非常時には起き上がって、用を足すことができるためだ。これをベッドの中でやるのは許されない、もし許されるなら、人手が集中的にかかるからだ。するとこの入院者はベッドにいる分の預かり金に値するよりもっとコストがかかってしまい、もっと恐ろしい場所に連れていかれる。ときには、自分の小さいベッドに横になっていたのは誰かとか、自分の小さな皿から食べたのは誰かとか、さもなければ自分の小さな戸棚を引っ掻きまわしたのは誰かとか、人が質問するもっともな理由がある。あの小さな小人たち！　昼食のゴングが鳴ると、小人たちは無秩序な群れになって、踏みつけながら、押しつけながら、彼らの白雪姫が自分たち一人ひとりをやさしい態度で待っている部屋に、一生懸命行き着こうとする。白雪姫はそれぞれの人が好きであり、それぞれの人を胸に押しつける。雪のようにとても白い肌をして、黒檀のように黒い髪の毛の、長く忘れられていたあの女らしさ。ところがそこにあるのはただ巨大な食堂テーブルだけであり、この不潔な輩《やから》たちのために、酸に強く、繰り返し洗いが効いて、引っ掻き傷防止加工をしてある合板でコーティングがされている。それは、テーブルでどのように振る舞うか、彼らが知らないからだ。それに食器はプラスチック製で、どんな白痴でも自分や他人をぶちのめしたりしないためであり、小さいナイフやフォークもない。小さなスプーンだけなのだ、まったく。事実とは違うが、もし肉料理があれば、出す前にカットされているだろう。彼らは自分のちっぽけな、小人の席を防衛するために、自分自身の肉を互いに押しつけ合い、わざと押したり、突いたり、つねったりする。

父は、とにかくここは一度も我が家であったことがなかったから、なぜ自分がここにいるのか、理解していない。父には多くのことが禁じられている。禁じられていない残りの部分もすすんで許されているわけではない。父のすることは何であれ間違っていて、言うまでもなく父は奥方との長い付き合いから、そんなことには慣れっこになっている。父はもはや何一つ手に取ってもいけなくて、動いてさえもいけない。父は途方に暮れている状態と闘い、おとなしくずっと横になっていなくてはならない、ひっきりなしに散歩をしていたあの人が。父は汚れを他所《よそ》から運びいれてはいけないし、二世帯家族の所有物を外に持ちだしてはいけない。外部と内部とをごちゃ混ぜにしてはいけなくて、それぞれの物がもとの場所にあるべきだし、それどころか外側のためには衣服さえ着換えるとか、あるいは追加で宛てがわれる必要がある。その衣服を、父にとって外部を不愉快なものにされるように、つい先ほどベッドの隣人がわざと盗んだのだった。父を一時預かりに入れたか入れないかのうちに、それでも父はただちにまた立ち去ろうと努力するけれど、父はしかし拘束されて継続滞留が必要になる。そうでなければ、どうして父の家族は、家族の快適さを邪魔してばかりいる人を苦労して引き離すのだろう、またどうやって二世帯家族は自分たちの富を得ることになるのだろう。一方の人たちには、邪魔ばかりする人が、立ち去ったまま不在であることが必要であり、他方の人たちには、邪魔ばかりする人がここに滞留することが必要なのだ。一方は邪魔する人がやって来ることで生計を立て、もう一方は邪魔な人が行ってしまって自分たちの目の前に立ち現われないことに依存して生活する。さようなら、とても素敵だった。でもみんないつかは終わる。父の二人のレディがふたたび出発する時、父は、白い上っ張りを着た職務中の介護者の男性に支えられて、バイバイの合図をしなくてはならない。でもパパは手を振る代わりに、その手を理不尽に目の前にかざして、叩かれないようにと懇願している。これが、去って行こうとしている、手足をもがれてトルソーと化した家族に、気色悪いぎらぎらした光を投げ放つ。なぜなら、パパは一度だって叩かれたことがなかったからだ、確かになかった。どうしてパパがそういう身振りをするのか、去り行く家族トルソーは、静かな、良き空気から聞き知ろうとする。その答えはない。肉屋の男性は、危険な人物一人分だけ軽くなって、先ほどよりすいすいと勢いよく走っていく。つまり、日曜日なので、肉屋さんはまだこれから子どもたちとサッカー場へ行きたい。彼の安息日。細心の注意を払って、前もって探して選びだした二、三の言葉で彼は慰める。選び抜いた文章でK.のレディたちに同情する。つまり、ビジネスマンであれば、探しだし、選んだ言葉を自在に、意のままに操る。肉屋さんは、まるでヒレ肉にするかランプステーキにするかの選択が問題であるかのような話し方をする。今日は日曜日で、自由時間の言葉を使う日であるのに、肉屋さんは自分にとっては普通な職業語で話す。店は閉まっていた。しかし良い肉屋さんというのはいつも勤務中だ。K.のレディたちは自分の身体の中から、まだ湯気を立てている内臓を、大波のようにどっと注ぎだす。せいぜいのところキャットフードにちょうどいい、と専門家は判断を下す。二人は駄弁を弄《ろう》する。私たちには遺憾なことですけど、それでも連れていったのは必要なことであり、それこそ限度を越えてました！　この行動をしようと決意するのは難しかったんです。二人はお互いに競い合う。普通、肉屋という供給業者たちはどちらかと言うと互いにより安い値段をつける。でもこの畜肉処理業者は手堅い固定値段をつけて、何に対してその値段を要求しているのか、自分でも分かっているのだ。雄牛を引っ張っていくのに幾ら、牛のヒレ肉にこれだけ、そしてふくらはぎのハムになるとまたちょっと別の値段になる。レディたちは多くの言葉を必要とせずにいることが可能だ。それに反して、ソーセージや燻製製品を購入する場合には、二人はそれだけになおさら気前よく振る舞わなくてはならなくて、今二人は、日曜日に無報酬でドライブ散歩などをしない肉屋さんに支払いの義務を負っている。無償なのは死だけであって、それも命を費やす。それにすべてには必ず果て《エンデ》があり、ただソーゼージには端《エンデ》が二つあるさと、いつでも喜んで助けてくれるつもりのあるこの実業家は言って、どえらく高笑いする。家族のメンバーが一人いなくなっているからだが、K.のレディたちはいくらか憂鬱気味に肉屋さんに同意する。それでも二人には、長年のお得意さんとしてどんな作法がふさわしいものか、分かっている。二人のことを自分のお得意さんの手堅い核の一部と見なしても構わないと思っている肉屋さんは、これに勇気づけられて「動物に命を授けてやることはできないが、動物を早死にさせることはできるよな」と言う。血だらけの手職の持ち主である男性は、すごく真面目になった。K.のレディたちはこの点で賛意を表明する。でも肉屋さんはもっと道路に注意した方がいい、さもないとみんなが予期するよりもっと前に、その格言が凄まじいこと極まりなく、正しいことだと確証されることになる。道路は経験を積んでいない週末ドライバーでいっぱいだ。このあと肉屋さんは言う、車の運転はとっくの昔から自分の血と肉〔「第二の天性に」の意味〕になっていると。K.の女性たちは、自分自身の肉と血をもってしか肉屋さんに対抗すべきものがない。二人は血など流したくないが、結局のところ、二人は残念ながら自分たちに非常に貴重な肉と血〔父親〕を高い値段を費やして、狭苦しくいっぱい詰めこまれている寝室ホールに格納せざるを得ないのだろう。それが二人にとって楽であったと、肉屋さんは思わない方がいい。自分たちの一片が一緒に行って、ノイレンバッハの施設に*ずっと残っている。いったいどの部分の特別な一片ですかね、とこの専門家は訊ねる。その後まもなく二人は、今では前より少しがらんとした住まいに足を踏みいれる。防護しつつ閉《と》じられているこの洞穴に二人は今、これまでよりはもっと広い場所を所有することになる、つまり、任意の誰彼《だれかれ》を受け入れるわけではなく、ここに属する人だけを受け入れる！新たな一陣の突風が起こり、それが巨人の超自然的な大きさの手の柔らかい窪みになってコーフート・ジュニアをある眼鏡店のショーウィンドウのガラスに押しつける。ショーウィンドウ

＊　父親が入院したサナトリウムがあるノイレンバッハ Neulengbach はウィーンの西方約一三キロメートルの地に位置する。ニーダーエスターライヒ州のザンクト・ペルテン・ランド地区にある自治体。

の中から外に向かって様々な眼鏡がぴかっと光る。すみれ色のレンズが嵌《は》まっている並外れて大きい眼鏡が、店の上からぐっと突き出ていて、フェーン現象の生暖かい風が鞭のように吹いている際には、下を歩いている人々が脅威を感じるほど揺れている。そのあと急に風がやんでまったく静かになると、まるで空気がひと息ついているかのようであり、またその際に何かに驚かされたかのようでもある。母はこの瞬間にはきっと自分のリビングキッチンにくつろいで引きこもり、一緒に過ごす夕べのために、何かラードでじゅうじゅう焼いているのだろうが、それは夕方には冷たくなって供される。それに引き続いてすぐにも手仕事が、白いレースの小さなコースターを編む仕事が待っている。

空にはくっきりとした輪郭の雲が幾つか浮かんでいて、雲の輪郭の縁《ふち》はみんな赤みがかっている。雲はどれもどこへ行くべきか分からないかのように見える、それで慌てふためいてこちらへ動いたかと思うとそのあとあちらへと急いで進む。幾日か前にはあらかじめエリカには何日後に何が待ち構えているか、常に分かっている。詳しく言えば、コンセルヴァトリウムでの芸術への奉仕。そうでなければ他のなんらかの方法で音楽と、つまりはこの吸血鬼の女と関係していて、この音楽をエリカは様々な状態で、凝縮や液体や気体の状態で引き受ける、つまり缶入りや炒りたて、ある時は粥状態で、あるときは固形食で、自分一人で、あるいは他の人たちに指示を与えながら、引き受ける。

すでに音楽学校施設前の、斜め横に走る数本の小路をエリカは、つまり、この足跡を嗅ぎつける経験豊かな猟犬は、みずからの習慣になっているけれど、探したり、嗅ぎつけなどしながら、早くも見張っている。今日は、音楽の学習課題をゆだねられていない男子生徒か女子生徒を一人、不意打ちして、現場で押さえたものかどうか。このような生徒たちは時間があり余っているのを、自分自身の私生活に当てて活動しているのかどうか？　エリカは例の広大な領地に押し入り、無理やり侵入するつもりでいる。その広い領地はエリカに監督されていないまま、それでも畑に分割されて、拡がっている。血まみれの山々、生の原野、これにしっかり食らいついてこらえることが大切だ。教師はそのためのあらゆる権利を有している、なぜなら教師は両親の立場を代表しているから。エリカは他の人々の人生で何が進展していくものなのか、どうしても知りたいと思う。一人の男子生徒がエリカの前から退《しりぞ》くか退かないかの瞬間、その生徒は自分の取り外し可能なプラスチック－隠れ蓑《みの》に体を投げ入れて、自分は観察されていないと思うや否や、早くもエリカ・K.女史が震えながら、求められないまま、秘かにこの生徒に加わろうと身構えている。エリカは不意に角の辺りから飛び出し、思いがけず通路から現われて、エレベーターの箱の中で肉体と化すというあの心霊《ガイスト》であって、彼女はびんの中のエネルギーを荷重《かじゅう》した例の酒精《ガイスト》アルコールなのだ。みずからの音楽的センスを育成しては、そのセンスを後で生徒たちに押しつけるために、たびたびエリカはコンサートを訪れる。彼女は一方の演奏解釈者ともう一方の演奏解釈者とを突き合わせて充分に吟味する。そして生徒らのうちで、偉大な音楽家だけをあえて自分の芸術に掬《すく》い入れるのをよしとする業績基準を有する生徒たちを、エリカは見捨てる。彼女は例の生徒の視界距離外から追跡しながらも、常に自分自身の視界距離内で追う。つまり、未知の手がかりを追いながら、ショーウインドウのガラスの中にエリカは自分自身を観察する。世間一般は彼女のことを優秀な観察者だと呼ぶであろうが、しかし世間一般にエリカは属していない。世間一般を導き、指導をする立場の人々にエリカは所属している。みずからの身体の絶対的不活発という真空の中に吸い込まれている状態にあってさえ、彼女はぽんという音とともに勢いよく瓶の口を引き開けて出てきて、あらかじめ選ばれていた未知の存在の真ったただ中に、あるいは思いがけず現われた未知の存在の真っただ中に入っていく。エリカのスパイ活動はこれまで一度も意図的であると証明されたことがない。それでもすでに様々な場所で彼女に対する疑惑が芽生え始めている。誰一人目撃者にはいて欲しいと願わない瞬間に、エリカが突然そこにいる。ある女子生徒のヘアスタイルが新しくなるたびに、その家では激しい言い争いと母親の咎《とが》め立てこみで三十分はゆうに費やされる。娘は母親が勝手気ままに、娘が戸外を自由に出歩いて何か体験するのが可能でないようにと、絶え間なく家の中に引き留めておくのだと告発する。結局のところ彼女には、娘には、またとっくに新しいヘアスタイルが必要な期限になるだろう。しかし、さんざんに殴りつけたりする勇気もすでにないこの母親は、本当に、まるで栗のいがとか血を吸う蛭《ひる》みたいに、感染しそうなほど娘エリカにくっ付いて離れはしない、ということは、母親が彼女の骨の髄までしゃぶる。エリカが隠れて観察した結果に分かって知っていることを、母は知っているし、現実のエリカの存在のこと、つまり天才であることを、母は誰よりもよく知っている。母は子どもを内からも外からも知っている。探す者は、厭《いと》わしい事柄を見出すが、それはみずからが秘かに望んでいることなのだ。ヨハネスガッセ沿い*のメトロ映画館前で、エリカは陽気な春の日々である三日前から、プログラムが交替してからいま早くも、隠れた財宝を見つけている。というのも例の、自身の中にそしてみずからの頭の中の卑猥さに凝り固まった男子生徒が、彼の猜疑心をとっくに葬《ほうむ》り去っていたからだ。この生徒の官能は映画のスチール写真の焦点に鋭敏に合わされていた。子どもたちが映画館のかなり狭い周辺地域内を、音楽の方向**に向かって行く途中であっても、この映画館は目下ソフト・ポルノグラフィーを上映中なのだ。映画館の前に立っている男子生徒の一人は、どのスチール写真も、見えるとおりのものに従って詳細に判断を下し、もう一人の生徒の関心は陳列してある写真の女たちの美しさに向かっている。三番目の生徒は人に見えないもの、つまりご婦人たちの肉体の内部を執拗に切望している。折しも将来の若い男性二人はちょうど、女の胸の大きさに関してすごい言い争いに陥っている。とその時フェーンの風に投げ飛ばされて、ピアノの女先生がこちらの生徒たちの真っただ中に割り込んできて、炸裂し、手榴弾のような影響を及ぼす。女先生は顔に無言で罰しているような、いくぶん遺憾に思っているような

＊　ウィーン市中心部のケルントナー通りと市立公園の間を東西の方向にやや斜め南に向かって走る小路。
＊＊　実際のウィーン・コンセルヴァトリウムも、映画館とほぼ隣り合わせに位置している。

まなざしを浮かべていた。女先生が写真に写っている女たちと同じ一つの性に、つまり美しい性に所属しているなどと思う人はいないだろう。なるほど、事情を知らない人ならこの先生を、人間種のうちの様々に異なった範疇に数え入れることだろう。もし外見に目を向けるなら。でも写真は内面生活など見せてくれない。だからいろいろ比較してみても、コーフート先生には不当であろう。コーフート先生の内面生活はまさに、それこそ花が咲き、果汁が滴る生活そのものなので、一言も言わないまま、当のコーフートは歩き去る。意見が交わされることはないが、それでもこの生徒には分かっている、残念ながら自分の関心がピアノ以外のところにあったから、またしても余りにも僅かしか練習しなかった、という意見があるのだと。

写真用ガラスショーケースの中では男や女が、永遠に続く性的快楽にしっかり固定されて、あの骨の折れるバレエをしては、互いを酷使している。この労働で男女が汗をかいている。男が女の肉体のあちこちで労働して、男はせっせとやっているこの労働の成果を明らかに呈示してみせることができる、つまり、男の体から迸り出るものがあって、それが女の上に落下する時には。実生活でも大抵は男が女を扶養しなければならず、男の扶養能力によって男が評価されるが、これと同様に、このケースの写真でもまた、男の臓物がみずから、とろ火で料理した温かい飲食物を女に補給している。女は突然、冴《さ》えた声でうめき声を上げる、比喩的に言えばなのであるが、それでも女の叫び声が人には紛れもなく見えるのだ、つまり女はその贈り物に喜び、自分の扶養者に喜んでいる、そして女の叫び声は増大する。写真ではもちろん完全に音なしであるけれど、しかし映画では早くも音が待ち構えていて、女は男の努力に感謝して叫ぶ、ただ、観客には入場券を買った時に初めて聞こえてくるのであるが。

現場を押さえられた例の男子生徒はコーフートの後ろから、敬意を表して距離を保ちながら、大股でゆっくり歩いている。写真の裸の女たちをじろじろ眺めたものだから、先生たち女性のプライドを傷つけてしまった自分に不満を抱いている。多分コーフート先生は自分もやっぱり女性だと思って、今はひどく心を傷つけられているだろう。次回もし先生が忍び寄ってくる時には、自分の心の中の時計が大きい音でカチカチ鳴らないといけない。

後で、ピアノのクラスでは先生のまなざしに、この生徒は、性的快楽のライ患者は、故意に避《さ》けられる。早くも、音階と指の練習が終わってすぐ後のバッハの時に、不安感が部屋に拡がり、蔓延していく。こんなにも込み入った音楽的混紡織物は、立派な大人の男性演奏者の確実な手にしか耐えられない。こちらのような大人の男性ならそっと手綱を引き締める。〔この生徒の演奏では〕主要テーマはいい加減にやってのけられてしまったし、副次的音声はあまりにも無理強いされて、全体はどんな透明性からもかけ離れている。油を塗った車窓ガラスだ。エリカはこの男子生徒の小バッハを嘲笑する。小バッハ〔小川〕はつっかえつっかえの演奏で、小さな石や土でできた土塁に堰《せ》き止められて、泥だらけの川床をガタゴトと音を立てる。エリカはいま新たにバッハの作品をかなり詳しく説明する。つまり、その作品は受難曲*に関して言えば、巨大な石を積み上げた〔古代ギリシャの建築方式に由来する〕キュクロプス式構築であり、平均律**クラヴィーア曲集や、鍵盤楽器のためのその他の対位法***の作品に関して言えば、〔小さな〕狐の穴である。エリカは徹底的に意図的に生徒に屈辱を味わってもらおうと、バッハの作品を星々の高みにまで持ち上げる。つまり、バッハの音楽が響き始めるところに、バッハはそのつど、ゴシックの寺院を音楽的に再度新たに構築しているのであると、エリカは主張する。エリカは両脚の間にぞくぞくするものを感じ取るが、これは、芸術によって、芸術のために選びぬかれた者だけが、芸術について語る時に感じるものだ。そしてエリカは、ファウスト的な神への憧れが、マタイ受難曲の導入部のコーラスを惹起したが、それとまったく同じように、シュトラースブルク大聖堂を生じさせたのだと言って、嘘をつく。バッハが演奏したのは、大聖堂というわけでもなかったけれど、と言う。エリカは、神が結局のところ女性もやはり創造したのだ、というあてこすりを無理にこらえたりしないで、それとなく仄めかす。神はまるで他にもっと良いことを思いつかなかったからであるかのように、女を創造したと、エリカはちょっとした男のジョークを言う。でも女性の写真を人はどのように眺めるべきなのか、あなたは知っているの？　非常に真面目にエリカが男子生徒に質問することで、彼女はさっきのちょっとした冗談を撤回する。言ってみれば、畏敬の念を持ってなのよ、なぜならあなたを臨月まで身ごもっていて、この世に産み出したあなたのママも一人の女性だった、正真正銘の。男子生徒はコーフート先生が要求する幾つかの事柄をしますと約束する。彼はその約束のお返しに、先生が、バッハの能力は、対位法の極めて多様な形式と技法における職人芸の勝利であるのだと言っているのに、耳を傾ける。手仕事のことではわたしは事情に通じています、それが練習にだけ向けられているとするなら、わたしは点数で、また他の人々からノックアウトを受けてさえも、勝利者であり続けるでしょう！　でもバッハは職人芸以上です、とエリカは勝利感に酔って言う、バッハは神への信仰告白です。それに、当地で一般に使われているオーストリア連邦出版社版の音楽史の教科書第一部が、バッハの作品はこの神の恩寵を求めて闘っている北方の特別な人間に対する信仰告白であるのだ、とゴマをすっていることにかけては、わたしより勝《まさ》っています。

この男子生徒は裸の女の写真の前でできるだけ二度と捕まらないようにしようと決意する。エリカの指はしたたかに訓練を受けた猟獣の鉤爪《かぎつめ》のようにぴくぴく動く。授業では生徒の自由な意志を次から次へとうち砕いていく。それなのに心の中でエリカは服従したいという激しい願望を感じている。服従するためにならら家に母親がいる。でもその老女はひたすら老いていくばかりだ。ひとたび母親が完璧にばらばらに壊れて、憂鬱な社会福祉事業対象者になりにでもすれば、どうなることか、その対象者はエリカに服従しなければならない？　エリカは困難な職務を委嘱《いしょく》されたいと熱烈に切望しているのだが、その後それはうまく叶えられていない。そ

* 受難曲《パシオーン》はキリストの受難を主題とした音楽。
** 平均律《ヴォールテムペリールト》はオクターブを等分割した音律。
*** 「対位法」と「フーガ」との関係については一七九頁を参照のこと。

のためにエリカは罰を受けざるを得ない。例の若い生徒は、彼自身の血を注ぎかけられた男は決して敵ではない、そういえば、彼は早くもバッハの奇跡の作品の前で無力をさらけ出したのだった。もしも彼に一人の生きた人間を演じる役を与えられたとしたら、いよいよもってどんなに機能を発揮しなくなることか！　その人間に手を伸ばして思い切ってぎゅっと摑もうとすらしないだろう。言ってみれば、ピアノで音をとちって演奏するのは、彼にはあまりにも恥ずかしくて居合わせていられないほどの行為なのだ。たった一言で、投げやりな一瞥で、エリカはすぐにこの若い男にがくりと膝を折らせることもできるが、その結果この生徒が自分を恥じて様々な決意をしてはみるけれど、そのあとそういった決意を実行に移すことはできない。およそエリカから命令があれば服従する、という連絡が届くような人であれば――母親以外に、そして、エリカの意志を貫いて赤々と燃える母の轍《わだち》の範囲外に、その命令を下す司令官がいなくてはならないだろう――そのような人であれば、エリカから**すべてを**得ることが可能であろう。寄りかかっても、めり込まないような固くて厚い壁に寄りかかりたい！　エリカを引っ張るものがある。スカートの裾《すそ》に重みを掛けるものがある。それは小さな鉛の球、ちっぽけな丸まった重みだ。ひとたび鎖から解き放たれたら、この鋭敏になった犬は垂れた唇を上に引っ張りあげて格子垣に沿ってうろつき、うなじの柔毛を逆立てているが、それでも喉で鈍い音を出して唸りながら、瞳に赤い光を浮かべながら、ちょうど一センチずつ、常にみずからの犠牲者から遠ざかっているのだ。

彼女はあのたった一つの命令を待っている。湯気を上げている、雪の塊だらけの黄色い穴、小さなカップ一杯の尿。この尿はまだ温かい。もうじきその穴は細くて黄色い管となって、雪の山の中に潜《もぐ》りこんで凍るだろう。スキーヤー、そりの滑走者、ハイカーのためのシュプール、人間の存在がここでちょっと脅やかされたが、それでも進み続けるという痕跡だ。とはいえ、彼女にはソナタ形式やフーガの構造についての知識がある。この専門における教師だ。彼女の前足は最後の、究極的な服従へと憧れながら向かっていて、痙攣する。最後の雪の丘が、丘陵が、荒れ地の中の境界石がゆっくりと分かれて拡がっていって平野となり、遠くまで滑らかになり、鏡のような氷結面になる。歩いた跡もなく、何の痕跡もない。スキー競争の競技で勝利者になるのは他の人たちだ。男子滑降の第一位、女子滑降の第一位、それにアルペン・コンビネーション競技でのそれぞれの第一位！　エリカの身辺では髪の毛が上方になびくこともない。エリカの身辺では袖がひらひら翻《ひるがえ》ることもない。エリカの身辺では埃の粒子が憩うこともない。氷のように冷たく身を切る風が起こる。すると彼女はフィールドを走る、短いワンピースと白いスケート靴を身に着けたフィギュ

*　「対位法」では、「線対称」をなした複数の旋律が各々独立してどのように流れていくかが重要であるが、この対位法を駆使して作られるのが「多声音楽《ポリフォニー》」だ。「フーガ」の形式は、ポリフォニー音楽の最も厳しい最高峰であり、J・S・バッハは、この作曲技術の究極の名手である。（池辺晋一郎『バッハの音符たち』音楽之友社、二〇〇九年第十三刷に依拠する）。

ア・スケーターだ。すべてのうちでも一番つるつるした平面が一つの水平線から次の水平線へと伸びてゆき、それよりもっと先へと伸びている！　氷上でジーッ、ジーッと鳴る音！　主催者は正しい録音テープを置き違えたから、ミュージカル・メドレーが響き渡らない。しかもスケーターの滑りは、スケートのスチール・エッジの唸《うな》り音や掠《かす》める音を伴わないまま、ますますメタリックな―致命的なそぎ削りに代わっていって、瞬間的に短くきらりと光るものに、時間のきわでみんなには理解できないモールス信号になる。彼女、女性スケーターは勢いよく弾《はず》みをつけ、そして巨大な握りこぶしによって自分自身に圧縮される。集中された運動エネルギー、それは唯一ぴったり可能な十分の一ミリも狂わずに正確に的中したダブルアクセルに移って、身体をフル回転させる。そして一地点への正確な着地。跳躍の勢いはスケーターをあらためて押しつぶし、少なくとも自分の体重の二倍の重みをかけられて、この重みを今は氷の表面に押し込むのだが、表面はめり込んだりはしない。このアイススケーターの運動器官はダイヤモンドのように硬い鏡の中へと切り削《けず》っていき、彼女の靭帯《じんたい》の繊細な網状組織の中へと切りこみ、そして骨の負担耐久能力の限界まで切削《せっさく》する。さらに今は、かがんで座り姿勢のピボットターン*。同じ跳躍の勢いからの旋回だ！　このフィギュア・スケーターはシリンダー管になり、油田ボーリング機の頭になる。つまり空気は脇に飛び散り、氷の飛沫がきしみながら逃げて、呼吸の息が雲となって消え失せ、鋸《のこぎり》で切る唸《うな》り音が響く。それでも氷が破壊を受けるのは不可能だ。損傷を受けた痕跡はなし！　回転がいま鎮まって、優美な形姿がふたたびそれと認めることができる。スケーターのコスチュームの不明確なライトブルーの円板は左右に揺れ始めて、入念に襞《ひだ》の形がつき始める。ひき続いて、最後に右側の観客席の前で膝をかがめてお辞儀をしてから、左の観客席の前でもお辞儀をし、片手で手を振り、もう片方で花束を振りながら、滑りながら去っていく。ところが観客は見えないながら残っている。多分氷上の少女は、拍手喝采をはっきりと聴いたから、きっと、観客がそこにいると推定しているだけなのだ。きびきびと躍動して少女は滑り去ってゆき、早くも遠くの方ですっかり小さくなっている。ライトブルーのスケート衣装の裾が、ピンと張ったピンクのストッキングの太腿《もも》の上で安らぎ、太腿をぴしゃっと叩いたり、ちょっと飛び跳ねたり、たなびいたり、揺れたりしているその場所より、もっと大きな静寂があるところなどまずない。あらゆる安らぎの中心部なのだ――あの短いワンピース、あの柔らかいビロードのつり鐘フレアーと襞、襟ぐりに刺繍がしてあり、ぴったりと体に合った、あの衣装の胴体。

　コーヒーでしゃきっとして、勇ましくなった母親はリビングキッチンに座ったまま、あたりにポタポタ命令を滴《したた》らす。そのあと娘が家を出ていくと、午前の番組を見るためにテレビをつける。娘がどこへ行ったか知っているので安心だ。今は何を見ましょうか？　アルフレート・デューラー**にする、それともスキーの女子滑降？

＊　つま先立ちでの、または片足を中心とした旋回。

一日の仕事疲れの代償に、娘は母親をさんざんにどなりつける、お母さんはもういい加減わたしに、わたし自身の生活をさせるべき。わたしの年から言っても、もう自分の生活を認めるべき立場にある。母親は毎日答える、母親というのはこのような事柄を子どもより良く知っている、母親は母であることをなんとしてもやめることはないという理由からね。

それでも娘が待ち焦がれるこの自分自身の生活なるものは、かろうじて一人が通れるちっぽけな細い通りが現われて、おいでおいでの手招きをされるようになるまで、考えられる限りの服従の極みに帰着する。警官は道をあけてくれる。右にも左にもつるつるした、念入りに磨かれた塀壁が高く勾配になってせり上がっていて、脇に分岐している道や屋根つきの細い通路もなければ、くぼんだ壁龕《へきがん》もなければ洞穴もない。あるのはただこの狭い道だけだ。この道を通ってもう一方の端に行かざるを得ない。どこに行き着くかは今でもエリカには分からないが、冬の風景が待っていて、遠くに伸びている。その風景の中には救助してあげようとすっくと立っている城もなければ、城に向かってやや広い小道が伸びているわけでもない。あるいはドアのない一部屋以外には何も待ってはいないのだ。それは家具付きの小部屋で、取っ手付きの壺とタオルが載った古風な洗面化粧台がある。それにしても住まいの持ち主の足音が四六時中近づいて来るが、やがていつか到着するということがない。そう、ドアがないからだ。この無限に遠いところで、それとも非常に限られた、ドアのない狭いところで、そのあとこの獣は、かなり不安を抱きながら、もっと大きな動物に敢然と立ち向かうことになるか、さもなければ、ただ、使用するために単にそこに置いてある、例の車輪付きの小さな洗面台に直面するだけかで、その他には何かに立ち向かうことなどもない。

エリカは自分の内面で衝動を感知することがなくなるまで、ずっと長いこと自己抑制している。身体を静かに横たえている、なぜなら誰一人この身体を激しく抱きしめようと、彼女に向かって豹のような跳躍をしてくれることもないからだ。エリカは待っていて、黙り込んでいる。身体に厳しい任務を課し、そして隠れたわなを組み込むことで難易度をもっと好きなだけ高めることができる。衝動には誰でも、戸外で衝動を処理するのもはばからない原始人でも、従うことができるのに、とエリカは独り言を言って訴える。

エリカ・K.はバッハを修正して、バッハにあちこち継ぎを当てる。男子生徒は交叉してもつれた自分の両手をじっと見下ろす。女性教師は生徒を越えてもっと向こうを見ているが、でも生徒の向こう側には厚い壁しか見えない。そこにシューマンのデスマスクが掛かっている。ほんの一瞬だが、エリカは生徒の頭髪をぐいっと摑んで、グランドピアノの胴体の中へと投げ入れ、そのあげくにピアノ線で血だらけになった臓物がふたの下側に噴出してくるまで、投げつけて

＊＊　ウィーンでは「アルベルティーナ」宮殿内美術館に作品が展示されていて、よく知られている画家のアルブレヒト・デューラー（Albrecht Dürer 一四七一―一五二八）ではない。女子スキー滑降（**Abfahrt Damen**）の二語の頭文字と、もう一方のテレビ番組の、二組目の頭韻を揃えるため、作者は意図的に„**A**lfred **D**ürer“の名前を選んでいる。

みたい欲求に駆られる。そうすればベーゼンドルファーはもうこれ以上うんともすんとも言わなくなるだろうに。こんな願望が女性教師の脳裏をさっと過《よ》ぎっていって、なんの影響も及ぼさないまま雲散霧消する。

この生徒は、たとえどんなに時間がかかっても、きっと心を入れかえてやります、と約束する。エリカもまったく同じように希望して、ベートーヴェンを弾くように所望する。たとえクレマー氏ほど褒《ほ》められ中毒症ではないにしても、生徒は恥じることなく褒め言葉を手に入れようと努力する。クレマー氏の関節は、熱心なあまり、大抵の時にぎしぎしと軋《きし》む。

一方、メトロ映画館のショーウインドウには、様々な形、仕様、値段のカテゴリーで薔薇色の肉体が何にも邪魔されずにうずくまっている。エリカ・K.は目下映画館前で見張っていることもできないから、空想が膨らみ、常軌を逸してくるものがある。入場料は規格化されていて、前の座席は後ろより安い。前の方が近いのだし、おそらく体の中をもっとよく覗き込んで見られるにもかかわらず。一人の女の体に、血のように赤いマニキュアをした、特別に長い指の爪が刺さっていて、もう一人の女の体には爪の代わりに、ある尖った物が食い込んでいる。乗馬用の鞭だ。鞭は肉体の中にへこみを作り、観客にここでは誰が主人であるのか、そして誰が主人でないのか見せている。そしてやはり観客は自分が主人であると感じるのだ。エリカは鞭が突き刺さる感触をじかに感じる。これがエリカに、観客側の席にいるように断固強調して指示する。一方の女の顔は喜びで歪んでいる。というのも男の方は、男が女にどれだけ快楽を用意して、どれだけの快楽が不使用のまま失われたものか、そう、女の表情にしか認めることができないからだ。スクリーン上のもう一人の女は、軽くではあるけれど、たった今殴られたから、その顔は痛みでゆがんでいる。女は自分の性的快楽を何か物質的な物として見せることはできない。だから男は女の個人的な申し立てにすべて頼らざるを得ない。男は見下ろしながら女の顔から性的快楽を読み取る。男の視線に楽勝のターゲットを提供しないように、女はさっと身をかわす。女は目を閉じていたし、頭は後方のうなじへと投げ出していた。もし目を閉じていなければ、その目も場合によってはやはり、後ろにつり上がっているかもしれない。両目はほんの稀にしか男を凝視しない。ということは女の顔の表情によって男が好きなように結果を改良したりできないし、点数を稼ぐこともできないから、それだけ男の努力がますます必要となる。女は快楽だけに夢中になっていて、男を見ない。女は木ばかり見て森を見ない。女は自分だけに没頭している。男は、この熟練の機械工は、故障した車に、つまり組み立て中の未完成品の女に、手を加えている。普通の仕事の世界を扱った映画の中でより、ポルノ映画の中での方が一般に、もっと労働がなされる。

成果を望むので一生懸命に努力する人間たちを傍観していることには、エリカは自信を持っている。この観点から見れば、普段はその差が大きい音楽と快楽との間の相違は、どちらかと言えば取るに足りない。エリカは自然を見るのはあまり好きではなく、他の芸術家たちが農家を修復したりしている森林地域には一度も足を運んでいない。山登りは一度もしたことがない。

海の中に潜ったこともない。海辺に横たわったことも一度もない。雪を敏捷《びんしょう》に横切っていったこともない。男は貪欲に幾度もオルガスムスを使わずに蓄える、そして最後にはとうとう汗がどっとあふれて、自分が出発した場所にまた横になっている。しかしその代わりに今日のところ例の男は〔蓄財で〕預金残高の水準を著しく上げた。この映画をエリカは郊外の映画館でとっくの昔に見ていた、一度ばかりか二度も。そこの映画館ではエリカはまったく知られていない（ただ切符売り場の女性は今でも知っていて、奥様と挨拶する）。そうちょくちょくそちらには行かないだろう、というのもエリカはポルノに関してはこってりした味わいの食好みなので。市の中心街の映画館で人間種族の優美に形づくられた見本では、みんなどんな痛みもないまま、どんな痛みの可能性もないまま、振る舞っている。中空部分のない充実タイヤのゴム。痛みはそれ自体が快楽への意志、破壊への意志、破滅への意志の結果であるに過ぎない、そして痛みの極度の形が、一種の快楽なのだ。エリカであれば、自分自身の殺害の境界も喜んで超えることだろう。稚拙な郊外の押し合いへし合いの方に、より多く痛みの形成への希望、痛みの誇張や潤色《じゅんしょく》への希望を託すことができる。みすぼらしい、すり切れてほつれたあちらの素人の俳優たちの方がもっとはるかに一生懸命に働いているが、本物の映画に登場することができるなら、やはりずっと有難いのだ。あちらの俳優たちは傷ものであり、肌にはしみ、ニキビ、傷跡、しわ、かさぶた、蜂巣炎《フレグモーネ》、油脂の膨らみが見える。下手《へた》に染め直した髪の毛。汗。汚い足。ふかふかの布張りの座席がある豪勢な映画館の、美的基準の要求が高い映画では、ほとんど男女の表面しか見られない。男女両方とも折り紙つきの、汚れを払いのけるナイロン製ボディストッキングでぴちっと覆われていて、酸に強く、歩いてもぐらつかず、熱にも強い。あちらの安いポルノの方ではおまけに、男が女の体の中に入っていく時に伴う強い欲望がもっと剝き出しだ。女は話をしない、もし話すとすれば、もっと！　もっと！　これで会話は底をついてしまい、男の方はずっと前から話をしない。なぜなら男は貪欲に自分の絶頂に集中しようと望み、何回も新たな絶頂を積み重ねようと願うからだ。

ここ中心街のソフトポルノではすべてが外側に還元される。これが選り好みするエリカを、この雌のスピッツ犬を満足させはしない。というのも、エリカは、たがいに爪を立てている人たちに熱心に打ち込みながらも、誰でもがそれをしてみようと思い、しないまでも少なくとも凝視しようと欲する、こんなにも感覚を消耗させるものの背後に何が潜んでいるものなのか、徹底的に究明するつもりでいるからだ。それは、肉体の内部に入っていくことでは不完全にしか説明しきれず、疑問の余地をやはり残す。最後に残ったものまでもなおも人間の中から取り出そうとしても、とにかく、人間を切り裂いたりはできない。女に関しては、安っぽい映画での方が、もっと深く覗いてみることになる。男の場合にはそう強引に奥まで分け入ることはできない。でも最後のものは誰も見られない。たとえ女を切り開いてみたところで、腸や他の内臓器官しか見えないだろう。人生でアクティヴに立ち向かっている男は、身体的にもどちらかといえばやはり外側に向かって大きくなる。最後に男は期待通りの成果を産出するか、あるいは成果を生み出さないかだ。けれどももし成果があれば、それをあらゆる方面から公然と観察することが可能だ。そして生産者である男は慣れ親しんだ、貴重な自己生産物を喜んでいる。男性は時々、女は自分の器官のあの無秩序状態の中に何か決定的なものを男には隠しているのではないかという気持ちを抱くに違いないと、エリカは考える。まさにその究極の最終的隠蔽《いんぺい》性というものが、いつも新しいもの、ますます禁じられているものを観察しようとする気持にエリカを駆り立てている。常に新しい、前代未聞の洞察をエリカは探し求めている。彼女の身体は、ひげ剃り用の鏡の前でのエリカの両脚を拡げた標準ポーズになった身体自体のことで黙したままでいる秘密のことを、まだ一度も漏らしたことはない、その身体自体の所有者の女性にさえも！　そして同じようにスクリーン上の肉体たちも、すべてをみずからの中に保持したままで隠している。つまり男性は、まだ知らない女性たちの自由市場ではその男性にとって何が隠されて存在するのか、確かめてみたいのだ。人を寄せつけない観察者であるエリカにとってと同様に。

エリカの男子生徒は今日、貶《けな》されているが、そのようにして罰を受けている。エリカはゆるやかに脚を組んで、生徒の生半可なだけのベートーヴェン解釈について、あざけりの気持でいっぱいになりながら何か言う。これ以上は必要ではない、もうじき生徒は泣くだろう。エリカは、自分が考えているのに相当する箇所を生徒に弾いてみせるのが適切だとすら、今日は思わない。今日のところはこれ以上生徒がピアノの先生から学び取ることは何もないだろう。

生徒が自分の間違いに自分で気がつかなければ、教師は生徒を助けてやることはできない。

10

かつて密林にいた猛獣で今はサーカスの円形演技上にいる獣は、自分の調教師が物事の切り盛りをしているのを愛しているか？　それはありうるかもしれないが、必ずしも義務というわけではない。一方は他方を緊急に必要とする。この一方の獣がスポットライトを浴び、音楽のプカプカドンドンに合わせてする曲芸の助けを借りて、食用蛙みたいに体を膨らませて威張ってみせるために、他方の調教師を必要とする。一方の獣は、人の目を眩《くら》ませる混沌一般の中に一定点を確保しておくために、もう片方を必要とする。獣はどこが上でどこが下かを知っていなければならない。さもなければ獣は突如として逆立ちしていることになる。自分のトレーナーである他方の者がいなければ、この獣は頼るべき助けもないまま、〔物理学用語でいう〕自由落下の状態で、うなりを上げて落ちるのを余儀なくされるか、さもなければ空間の中であちこち漂うように強いられる。そして、この獣のいる道を横切って走るものであれば事物の見境なしに、あらゆるものに噛みついてずたずたにし、引っ掻いて傷をつけ、平らげてしまう。それもそうだが、しかしそこにはいつも誰かトレーナーがいて、飲食に適するものがあるか獣に言ってくれる。時折、嗜好品が獣には前もってすでに噛んでおかれていたり、あるいは細かく切って供される。森の猛獣が時によって、へとへとになったりする食べ物探しは一切する必要がない。それに食べ物探しとともにジャングルの中での冒険も。なぜなら、ジャングルの中でなら件《くだん》の豹はまだ自分にとっては何が美味しいか知っていて、アンティロープ〔羚羊〕か、それとも不用心だった白人ハンターを摑《つか》み取って食べるのだから。今この獣は昼の間ずっと瞑想の生活を送り、夕べに演じなければならない曲芸のことをあれこれ思案している。晩には炎が燃えている輪をくぐって跳び、ストゥールを幾つも登る。また別の芸当で、誰かの首すじを引き裂くことなく、首すじにそっと顎《あご》を当ててポキッと音を立てながら顎を閉じる。他の動物たちと一緒に、あるいは独りで拍子に合わせてダンスのステップを踏む。対面交通などない自由な自然の生息地で、これらの動物たちに出会えば、この獣は動物たちの喉に一撃を加えるだろう、あるいは動物たちの目の前で、まだ可能であれば、退却するだろう。この獣は頭か背中に大袈裟な扮装をしている。すでに幾匹かが革の保護カバーを付けて馬に乗っているのが人々に見受けられた！　そして獣のご主人、猛獣使いは、鞭でぴしっと音を立てる！　御主人は状況しだいで褒めるか罰するかする。その獣がそのどちらかに値するかの状況によって。しかし極めて抜け目のないこの猛獣使いも、一匹の豹か、あるいは雌ライオンに、ヴァイオリンのケースを持たせて外の道に送りだすという考えは、まだ思いついたことがない。自転車に乗った熊というのが、人間がまだ想像しうる最大限の事柄だ。

II

1

ケーキの残りが器用でない指の間で粉々に砕けるように、昼間の最後のひとかけらが粉々になって、夕方がやってくる。レッスンを受ける生徒たちのチェーンの回転がだんだんゆっくりになる。その間に中断することがますます多くなり、途絶えるたびに先生はトイレで秘かにサンドイッチをちびちび齧っては、毎回繰り返し丁寧に紙の中に包み込む。昼間ずっと働かなくてはならない大人たちが、今からまだ音楽を実践できるようにと、ひたすらエリカを目指してやって来る。職業音楽家になるつもりでいる生徒たちの方は大半が今まだ生徒でいる学科目で先生になるつもりであり、この音楽以外に何もすることがないから、昼間はずっと来ている。国家試験を受けるために、ごく早くにできるだけ完璧に音楽を間隙《かんげき》なしに習得してしまいたいと思っている。職業音楽家になるつもりの生徒たちは同僚の生徒が弾く時にもまだ大部分が耳を傾けていて、コーフート先生と仲良く協力して、したたかに批評する。他人がみずから犯した間違いを直すことに気後れなどしない。生徒たちは頻繁《ひんぱん》に人の演奏をよく聴いているけれど、その演奏解釈を感じ取りもできなければ、真似もできない。最後の生徒が帰った後、チェーンは夜通し逆回転して戻る、朝九時からあらためて生き生きした志願者たちを満載して、前方に出発するために。歯車がかちりと音を立て、ピストンが叩きつけ、指が作動して、また下ろされる。何かの音が響き始める。

クレマー氏は、三人の韓国人がいる時からずっと今まで椅子に座っていて、先生の方にじりじりと一ミリくらいずつ注意深く近寄っている。そのことに先生が気づいてはいけない、でもいきなり先生の視界の中にいるだろう。このようにしてほんの少し前に彼は、先生の後ろぎりぎりに距離を保っていた。韓国人たちはドイツ語ではどうしても必要な事柄しか分からず、そのため英語で判定やら、偏見や欠点やらが言い渡されていた。クレマー氏は心の国際語でコーフート嬢に話しかけていた。それに合わせて極東の人々は伴奏を弾いているが、彼らの定評ある沈着な本性からして、平均律の調和のとれた女性教師と、絶対的なものを目指す男子生徒の間でいま生じている様々な電波のうなりに、韓国の人たちは無感動のままでいる。

エリカは外国語でシューベルトの精神に反することの罪について話している――韓国人たちはアルフレート・ブレンデル*のレコードを切れ味悪く模倣するのでなくて、感じ取らなくてはいけない。感じ取るというやり方でブレンデルの弾き方をすれば、いつも少しずつでもぐっと良く弾くことになりますから！　クレマーは求められもせず、懇願されてもいないのに、ある音楽作品の魂について意見を述べる、その魂は作品中から追い払うことがなかなかに難しいものですと。それでもうまくやり遂げる人たちもいるのです！　あなた方は感じるということができなければ、自国にずっと留《とど》まっているべきです。この部屋の隅でその韓国人男性は魂など見つけはしないだろう、と優等生のクレマーは蔑《さげす》む。クレマーはゆっくりと落ち着いてきて、自分とニーチェとを同一視している彼は、ニーチェの言葉**を借りて言う、自分はロマン主義の音楽全体（ベートーヴェン込みで。クレマーはとにかくベートーヴェンを一緒に含み入れている）に対して、充分幸せでもなければ、充分に健康というわけでもないのです。自分の不幸と病気を自分の素晴らしい演奏から読み取ってくれるように、とクレマーは自分の女先生に懇願する。必要なのは、苦悩を忘れさせてくれる音楽でしょう。動物のような生活！は神聖視されていると感じるべきです。人々は踊りたい、凱歌をあげたい、軽やかな浮き浮きするリズム、情愛のこもった金色《こんじき》のハーモニー、これ以上でもなく、これ以下でもなしに、この哲学者ニー

＊　一九三一年チェコスロバキアのヴィーゼンベルク生まれ。当時は、オーストリア－ハンガリー帝国であり、グラーツ音楽院卒。オーストリア国籍の名ピアニスト。知的で正統的な解釈による演奏で評価が高い。二〇〇八年一二月に引退している。

＊＊　例えば、ニーチェの格言に「音楽なしには生は誤謬であろう」（『偶像の黄昏』）がある。また、「人間は、動物と超人の間に張り渡された一本の綱である」（『ツァラトゥストラはかく語りき』）の言葉がある。

チェは欲求しています、小さなことですぐ掻き立てられる怒りの哲学者がです。ヴァルター・クレマーはひき続き、欲求という事柄に関連づけて話し続ける。エリカ、一体いつ本当に生きているのです、とこの生徒は質問し、もし時間をさくことができるなら、夕方から夜には生活のための時間は充分に残っているでしょう、と指摘する。夕刻の時間の半分はヴァルター・クレマーのために、あとの半分はエリカの自由に使ってもいい。しかしながら、エリカはいつも母親と一緒につくねんと座っていなければならない。二人の女性はお互いに叫び合う。クレマーは語る、お客が目で食することができるようにと、主婦がお客のために鉢型の皿に上手に盛りつけるひと房の黄金《こがね》色の葡萄マスカットのような生活について語る。ためらいがちにお客はひと粒つまんではまたもうひと粒つまみ取る。そしてとうとうすっかりむしり取られた葡萄の柄《え》が後に残り、その下には即興の産物である種の小さな山がある。

偶然に接触してしまうことが、みずからの才知も芸術も評価されているこの女性を脅《おびや》かす。偶然の接触は上の方の髪の毛を脅かすかもしれないし、多分カーディガンをルーズに羽織っている時の肩なのかもしれない。先生の椅子が急にいくらか前の方に引っ張られて、ねじ回しが深く沈み込んで、そのあとウィーン歌曲の領主*から最後の部分の内容を呼び出す。これは今日では純粋にピアノ曲として演奏される。例の韓国人男性は故郷で買って持参した楽譜をまじまじと見つめている。このたくさんの黒い点は彼にとってまったく未知の文化圏を意味しており、故郷ではこの文化圏の経験を鼻にかけるだろう。クレマーはこれまで官能性を標榜《ひょうぼう》してきており、音楽においてさえ、早くも官能性と出会っている！　女性教師は、この女性である精神殺害者は、手堅いテクニックを勧める。韓国人の男性の左手はまだ右手と互角《ごかく》になれない。この問題のために特別な指の練習がある。先生はその左指を再び右手のところに持ってきて、それでも前者の、左手の独立性を先生は教えている。この韓国人の場合、一方の手が絶えずもう片方の手と争っていて、ちょうど知ったかぶり屋のクレマーがやはり絶えず他の人々と衝突しているのと同様だ。この韓国人は今日のところは解放される。

　エリカ・コーフートは背中に人間の身体の気配を感じ、そして身震いする。その身体が自分に触れるほどに近づいて来さえしなければいいのだけれど。その身体は彼女の後ろで幾らか歩いて、それから後ろに戻る。それの動き方はいかに行くあてのないものかを証明している。その身体がついに戻りながら、邪悪そうに、鳩のように頭をぐいと引きながら、いちばん明るく灯《とも》っているランプの円錐形の光の中に、その完璧に若い顔を、策略がありそうな表情で彼女の目じりの脇の方に現わした時、エリカは内側で完全に乾いて、小さくなる。その外側の殻《から》は彼女の圧縮された地核《ちかく》の〔中心の〕周りで、無重力のまま揺れ動いている。エリカの身体は肉体であることをやめる。すると同様に物質と化した何かがエリカに襲いかかる。一本の円筒形

＊　フランツ・シューベルト Franz Schubert（一七九七―一八二六）の歌曲のリストは『シューベルト』（エルンスト・ヒルマー著、山地良造訳、音楽之友社、二〇〇〇年第一刷）を参照のこと。エルフリーデ・イェリネクは『冬の旅』を始め、シューベルトの作品に関する戯曲や著書を書いている。

の金属管。突入するために据《す》えつけられる、非常に簡単に製造された器械。そしてこの物体のイメージ映像クレマーが、エリカの肉体空洞に赤々と輝きながら投影されるが、彼女の内面壁に逆さまになって投影されている。はっきりとこの映像はその内側の内面壁で倒立している。いわば、クレマーはエリカにとってみずからが、人が両手で摑《つか》める身体になった瞬間に、彼も同時に完璧に抽象的になって、自分の肉体の損傷を受けて失ったのだ。双方がとにかくお互いにとって身体的になっていた瞬間には、二人はお互いに対するあらゆる人間的関係を双方で共に打ち切ったのだ。メッセージや手紙、何かしるしになるものを携えて派遣させられるような軍師などはやはりいない。もはや一方の身体が他方の身体をしっかりと捕らえるわけでもない、そうではなくて一方が他方にとって手段となり、その他方の存在の特性と化すのだが、その他方の存在の中へ人が痛みを感じながらも入りこみたいと願う、すると人が深く侵入すればするほど、それだけ激しく肉体の組織は腐敗して、羽根のように軽くなり、これら両方の未知で、敵対した大陸から飛び去っていく。この二つの大陸はお互いに音を立ててぶつかりながら、そのあと共にくずおれる。わずかにカタカタ鳴っているフレームが、それにくっ付いている数枚のスクリーンのぼろ切れとともにあるばかりで、そのぼろ切れはほんの僅か触れるだけでも、ほぐれて、埃《ほこり》に分解する。

クレマーの顔は鏡のように滑らかで、手つかずのままだ。エリカの顔にはのちのちの有機物分解のしるしが刻まれ始めている。彼女の顔の肌は折りたたまれてしわになり、まぶたは暑さによる作用で一枚の反《そ》った紙のように弱々しく上方に弓形に曲がるし、目の下のしなやかな布地は青みをおびて縮まる。鼻の付け根の上の方にある二本の鋭い亀裂は二度とアイロンで延ばすことができない。顔の表面は大きくなりすぎてしまっていて、このプロセスはまだ数年は持続するだろう。その後は、肉が肌の下で収縮して消えていくのだ。そうすると肌はされこうべにぴったり寄り添うが、肌はもうされこうべには温めてもらえない。毛髪には白い糸が一本一本、絶え間なく増えていく。この現象は、毛髪に鮮度の落ちた液汁が供給されながら、醜い灰色のもじゃもじゃの巣が幾つか生え出るまで続く。この巣は何一つ抱卵することもなく、何ひとつ養育しつつ抱くこともない。エリカにしても、何かを温かみで抱いたことなど一度もなくて、自分の生身の肉体にしてもそうだ。でもエリカは喜んで両腕で抱いてもらいたい。彼はエリカを渇望しなくてはいけない。彼女を追跡すべきだ。絶えずエリカをみずからの考えに入れておくべきだ。彼には彼女からの逃げ道があってはならない。エリカは稀にしか公の場で見られない。彼女の母親も生涯にわたってそのようにしてきて、稀にしか見受けられなかった。二人はずっと四方の壁に囲まれていて、訪ねて来る人々に捜し出されるのも好きではない。そのような際には、あまり消耗させられたくない。もっとも、二人が僅かばかり世間に登場しても、誰かがコーフートのレディたちに何か特別多く差し出してくれるわけでもない。

エリカの瓦解が、さっとかすめ動く指でドアをノックする。弱々しく表われてきた様々な身体的な病気、両脚の血管障害、リューマチの発作、関節炎がエリカの内部でのさばっている（子どもはこのような病気を稀にしか知らない。エリカもこれまでは知らなかった）。健康志向であるパドル・スポーツの、つまりカヌーのパンフレットの見本であるクレマーは、先生をじろじろ見ていて、まるで先生をすぐに包装してもらって、持って行こうとしているかのような、あるいはまだ店にいるうちに立ち食いしてしまいたいかのような様子だ。多分この男性が私に欲望を抱いている最後の人物だと、彼女は憤激しながら考えている。それにもうじき私は死ぬんだ、ただし、まだ三十五年はある、とエリカは怒りながら考える。さっと列車に飛び乗ってしまう、だっていつか死んでしまったら、とにかく聞くこともなければ、匂いを嗅ぐこともないし、もう美味しく味わうこともない！

エリカの鈎爪《かぎ》はピアノのキーを掻きむしる。両脚は見境なく、うろたえて、床をすり鳴らしている。漠然と闇雲《やみくも》に体をさすったり、つまんだりしている。この男が女を苛立たせていて、女から拠り所を、音楽を奪っている。いま家では母が待っている。母はキッチンの時計を見やっている。この容赦のない振り子はチクタク時を刻んでいて、もっとも早くて三十分以内に娘を母の方に、家に来させる。とは言え、他に何も面倒をみるべきものもない母親は、待っていない場合があるかもしれない日の分のストックを蓄えて、今から待っている。多分エリカがある日生徒が一人休んだために、不意に早く帰ってくるだろうが、その時に母が待っていなかったことになるから。

エリカはピアノ用ストゥールに串刺しになって動けないでいる。それでも同時にドアの方に惹きつけられる。純然たる怠惰と安らぎの場所であり、あのテレビの音にひたすら織り込まれた家庭の静寂。そちらの方に行きたい強烈な衝動は、いま早くもエリカの中で身体的な痛みに変わってくる。クレマーは今こそ、いい加減に逃げだしてくれるべきなのに！　キッチンの天井に黴《かび》が生えるくらい、家ではお湯が煮立っているのに、クレマーはまだここにいて何を喋りまくっているの。

クレマーは靴の先で神経質に寄せ木張りの床を壊していて、女性が内心で故郷にたどり着こうと努力している間中ずっと、ピアニストの触鍵技法文化という小さくてすごく大切な現実の幾つかを、煙の輪みたいに体の外に吹き出している。何が音を形成していますか、とクレマーは質問しておいて、自分自身で答える。つまり、触鍵技法文化です。彼の口から言葉豊かに、音、色彩、光からなる、あの陰翳《いんえい》のある、把握しがたい残部が吐き出される。いいえ、貴方がここで名指していらっしゃるものは、わたしが知っているような音楽ではありません、とエリカはイエコオロギになって、リンリン鳴き、いい加減に自分の温かい我が家に着いていたいと思う。いいえ、それが、僕にとってそれが芸術の基準です、と若い男からどっと言葉が出てくる。計量不可能な、測ることのできないものが僕にとっては芸術の基準です、とクレマーは話して、女先生が異論を唱える。エリカはピアノのふたを閉めて、あたりの物をすっかり片づける。男はたった今自分の内奥の引き出しの中でシューベルトの精神に偶然出会ったところで、すぐにそれを利用する。シューベルトの精神が溶けて、煙に、香りに、色彩に、思考になればなるほど、シューベルトの価値は言い表わし得るものの彼方で、それだけ激しく煮え立つのです。その価値の高さは巨人のようになりますが、誰もこの高さを理解しないのです。仮象は決定的に実質存在より優先されるのです、とクレマーは話す。そうですよ、現実とはおそらく一般的に最悪な誤謬《ごびゅう》の一つですよ。したがって、真実よりも嘘の方が優先されます、と男は自分自身の言葉から結論を引き出す。非現実なものは現実的なものより優先されます。この時に芸術は質を獲得するのですよ。

家庭の夕食の喜びは、今日は不本意に遅滞しているけれど、エリカという星にとってはブラック・ホールだ。あの母のぐるっと体を巻き付ける蛇にも似た抱擁《ウムシュリングング》というのに、エリカは残らず食べつくされ、消化されてしまうと自分では分かっているが、それでも母の抱擁はエリカを魔術のように惹きつける。エリカの頬骨には深紅色が居座っていて、その位置を拡充する。クレマーには、エリカとの話し合いを中断して、ここを引き上げてもらいたい。クレマーの靴の埃の一粒子だって、自分に彼を思い出させないで欲しいとエリカは願う。この勿体ぶった女性、エリカは、長い、愛情こめて抱《だ》きしめ合う抱擁《ウムアルムング》に憧れているが、このクレマーとの抱擁《ウムアルムング》が完了したら、そのあとクレマーを、女王のように突きのけるためにだ。クレマーはこの女性のもとを立ち去ることなどほんのこれっぽっちも考えていなくて、とにかく彼はベートーヴェンのソナタ集は概して、作品第一〇一番以降をようやく好きになれるのだと、先生に伝えずにはいられない。なぜなら、とクレマーはでっち上げる。ソナタはそこからどうやらとても本格的に柔和になって、互いの中に流れこみ、個々の楽章はそこで平板になって、縁《ふち》の汚れをすっかり洗い落とし、激しさではお互いに際立《きわだ》たないのだ、とクレマーは虚構した事柄を言う。彼はこの考えや感情の最後の残部を体から絞り出すと、端をしっかり切り離して、流れを止《と》める。ソーセージの詰め物が溢れ出てくることができないように、そうする。

教授先生、今から会話を新しい軌道に乗せるために、僕はもっとお伝えしなくてはなりません、そして僕はすぐにそのことをかなり詳しく述べることになります。つまり、人間は現実を解き放って、官能の王国に赴く時に初めて、人間の最高の価値に到達するのです。これはまた貴女にも当てはまることでしょうが。僕の大好きな巨匠たち、ベートーヴェンとシューベルトのケースとちょうど同じように、この巨匠たちと僕自身が個人的に結ばれているのを感じています、何によってそうなるのか僕には厳密には分かりませんけど、それでも僕は感じます、我々が現実を軽蔑していて、芸術と官能とを同じように我々だけの現実に変えている、このことがやはり僕にも当てはまるのです。ベートーヴェンやシューベルトにとってはもう過ぎ去ったことですが、僕、クレマーにとっては今が有望な事柄となっているところです。貴女にはまだそれが欠けていますが、とクレマーはエリカ・コーフートを責める。表面的なことばかりに貴女はしっかりとしがみついています。でも、男という者は抽象化します。そして本質的なことを不要なことから分けるのです。こう言って、クレマーは生徒として生意気な答えを与えたのだ。こんなことをクレマーはやってのけた。

エリカの頭の中にはたった一つの光源だけがあって、それがすべてを昼間のように照らしている、とりわけ、出口はここ、と書いてあるあの標識を明るく照らしている。〔家でなら〕快適なテレビ椅子がその腕を広々と、迎えるように伸ばしている。いま画像ではニュース番組「映像で見る時報*」のテーマ曲が静かに響き、ニュースのアナウンサーが、着用しているネクタイの上方で、冷静に勤めを果たしている。サイドテーブルには良いお手本になるほどの量と色彩の豊かさを競った甘いお菓子類を盛り合わせた選り抜きの鉢が一つあって、レディたちは代わる代わるまたは同時に、めいめいで取り分けて食べる。空っぽになるとすぐに継ぎ足される。これは享楽だけを追っていられる桃源郷《とうげんきょう》にいるようであり、そこは何も終わらず、何も始まらないところなのだ。

エリカは部屋のこちらの隅からあちらの隅へと物を片づけ、すぐにまた戻す。つまり、彼女はわざとらしい仕草で時計を見上げ、頭上の高い所にあるマストから目に見えない信号を出して、ハードな仕事の一日が終わって自分がどんなに疲れているかを知らせている。この仕事日に、生徒たちの両親の野心を満足させるために、芸術は道楽的な生半可な扱い方で乱用されたのだ。

クレマーは立ちつくしたまま、エリカをじっと見つめる。

エリカは沈黙を生じさせるつもりはなくて、陳腐なことを言う。わたしは芸術によって養われているのですから、自分にとって芸術は日常なのですよ。感情や情熱は、自分の中から取り出して投げ飛ばす方が、芸術家にとってどれほどたやすいことかしら。でもクレマーさん、貴方が評価なさっているドラマチックなことに転換するというのは、芸術家が真正な手段をないがしろにして、仮象の手段に手を伸ばすことを意味します。沈黙が急に訪れないように、エリカは話す。教師としてわたしはドラマチックではない芸術に賛成です、例えばシューマン。ドラマの方がいつだって軽やかですよ！　様々な感情や情熱はいつでも精神が豊かなものの代償にすぎません。先生は、地震に憧れ、猛り狂う嵐のさなかにご自分にどっと襲いかかってくる轟《とどろ》くようなどよめきに憧れているのです。激しく興奮したクレマーは怒りのあまり、古びた壁を穿《うが》ってその中に頭を突っ込まんばかりだ。二つ目の楽器の持ち主としてクレマーは、最近では週二回、隣りのクラリネットのクラスをよく訪れているが、もしそのクラスに突然、怒ったクレマーの頭が壁を突き破ってベートーヴェンのデスマスクの隣りに現われたりしたら、きっとびっくりされるだろう。ここにいるエリカ、このエリカが、本当は僕がひたすら彼女のことだけを話していて、もちろん僕のことも話しているのを感じていないなんて！　クレマーは自分とエリカを官能的な脈絡の中へと持っていき、そうやって官能の敵であり、肉の敵の元祖である精神を排除する。エリカは僕がシューベルトのことを言っていると思っているけれど、そん

＊　一九九五年一二月から始まったＯＲＦオーストリア国営放送のテレビニュース番組。ＺＩＢ1は月曜日から金曜日までは午前十時から。日曜日は午後九時十分からＯＲＦ2で放送する。特別なルポルタージュや重要な政治、経済、科学、文化関係の番組はＺＩＢ2で扱っている。タイトルの「時報ＺＥＩＴ」は、時間や時刻ではなく、「その時々の映像ニュース」を表現している。

な時、僕は自分のことだけを言っているんだ。僕が話をする時にいつだってただ自分のことだけを思って言うようにしているのと同様に。

　突然クレマーは、親しく「あなた《ドゥー》」や「君《ドゥー》」、あるいは名前で呼び合ってお話ししましょうと申し出るが、エリカは、とにかくこれまで通り私情を交えない敬語の言葉遣いのままでいて下さいと、クレマーに「貴方《ズィー》」と敬称を使って、助言する。エリカの口は、彼女みずからが好むと好まざるとにかかわらず発言を容赦されて大目に見られているので、ひだの多い円形薔薇飾り《ロゼッテ》になるものの、エリカには自分の口をもう意のままにできない。もちろん、この口が言うことを彼女はコントロールできるが、でもこの口がどのように外に向かって呈示されるかまでは意のままにならない。エリカは、身体中至るところに鳥肌が立っている。クレマーは自分自身に驚愕する。彼は自分の考えや言葉の言い回しのぬるま湯で満たされたバスタブの中で気持よさそうに猪みたいに泥浴びをしている。彼はピアノに身を投げて座るが、この時には悦に入っている。偶然暗記していた比較的長いフレーズを勢いよくテンポを高めて弾く。このフレーズで何かをはっきり示してみようとするのだが、何を示すのかは疑わしい。エリカ・コーフートはちょっとした気分転換を嬉しく思う。急行列車が完全に走り始める前に止めようとして、この生徒に向かってエリカは身を投げだす。クレマーさん、貴方はあまりにも急速に、またあまりにも音を大きく出し過ぎて弾いています。そういう弾き方は演奏解釈では、どんな精神の欠如でも、不備でも引き起こし得ることを証明しているだけです。

この男性はカタパルト*のように体を後ろ向きにしたまま、背中を前にしてピアノから発射させて、肘掛け椅子にすっぽり入る。すでに幾度も勝利をもたらして故郷に錦を飾った競走馬のように、クレマーは湯気を高々と上げて立つ。彼は勝利に報いてもらうために、また敗北を防止するために、贅沢な待遇と入念なお世話とを要求している、少なくとも十二の部分からなるシルバー・サービスと同様の。

エリカは家に帰りたい。エリカは家に帰りたい。エリカは家に帰りたい。彼女はクレマーにいいアドバイスをしてあげる、とにかくウィーンを歩きまわってみて下さい、そして深呼吸をして下さい。それにひき続いてシューベルトを弾いてみて下さい、でも今度は本格的に！

僕もいま同じく行きますと、ヴァルター・クレマーはコンパクトに詰まった楽譜の包みをまとめて乱暴に摑み取ると、俳優のヨーゼフ・カインツ**よろしく舞台から退場する。もっともこの際、そんなにたくさんの観客がクレマーを眺めているわけではない。それでも彼はスターと観客とを一人で演じている。そしてアンコールで嵐のようにどよめく拍手喝采を受ける。

* 船体の甲板などにある飛行機射出機。

** ヨーゼフ・カインツ Joseph Kainz（一八五八―一九一〇）。オーストリアではこの名前を冠した俳優・演出家への栄誉賞が一九五八―一九九九年まであった。

外に出て男性用トイレに駆け込む時、クレマーは金髪を頭の後ろになびかせる。トイレでは半リットルもの水が蛇口からじかに急降下するが、これが彼のウォーター・プルーフの身体に多大な荒廃をもたらすことなどはありえない。このあと、上部シュヴァーベン地方の水源から出て、きれいにこちらまで流れてきた上流の沸き水の大波を顔にピシャピシャぶつける。水はクレマーの顔にぶつかって、野垂れ死にする。僕はいつだって美しいものすべてを汚れの中に引き寄せるんだな、と頭で独り考える。ウィーンの有名な、しかしそうこうするうちに幾らか毒を含むようになった水が今、浪費されている。クレマーは他には使おうにも使いようのなかったエネルギーで手をごしごし洗ってきれいにする。おまけに適量ずつ取り出せるディスペンサー〔容器〕からタンネンナーデルシャンプーの緑色のシャンプー*液を取り出すが、何度も何度もそれを繰り返し、そして最後にもう一度緑色のシャンプーを取り出す。頭に振りかけて、そして喉をガラガラうがいする。彼は洗うプロセスを選んで反復する。頭を空中で振りまわし、そしてなおも髪の毛を濡らす。クレマーは口を動かして芸術の何とかと音声を発するが、「芸術」以外に具体的に何を意味しているか分からない。なぜならクレマーは恋の悩みを抱えているから。このような理由から彼はとにかく二、三本の指でパチンと音を鳴らし、また、関節をポキッといわせる。靴の先で、中庭に面した小さな嵌《は》めごろしの窓の下の壁を虐待しているが、クレマーは自分の内部に閉じ込めているものを外に出せないでいる。なるほど、数滴は彼の上部から噴き出してはいるが、しかし残りは彼という容器の中にずっとあって、だんだん油脂が腐ったような悪臭がしてくる、それと言うのも、クレマーは自分の女という目的港に寄港できないからだ。そのとおり、ヴァルター・クレマーが本格的に恋に落ちているのはなんの疑いもない。もちろん初めてではないが、きっと最後の恋でもない。それにしても恋する女性は自分の愛にこたえてくれない。自分の気持にはお返しがない。これがクレマーを不快にさせ、むかむかさせる。それで粘液を吐き出しては騒々しい音を立てて洗面台の中に戻して、そのことを証明する。クレマーの恋の胎盤。彼が蛇口をあまりにもきつく締めるから、後から来る男は小さい蛇口を再びひねって開けられないこと請け合いだ。後から来る男が同じようにピアニストであって、鋼《はがね》のような関節と指の持ち主であれば話は別だが。後から濯《すす》がなかったから、クレマーの痰の粘液の残りが排水の開口部の中にぶら下がっている――よくよく見てみる人には、それがしっかり見える。

ピアノかそれに似た類《たぐ》いの同僚が一人、まさにこの瞬間、死人のように蒼《あお》ざめて進級試験からまっしぐらに突進して来て、トイレの仕切りの一つに身を投げ込んで、自然現象さながら便器に吐く。身体の中で地震が猛《たけ》り狂っているらしい。つまりは、近づいている大学入学資格試験への希望も含めて、多くの事柄が早くも音を立てて崩れつつあった。この試験の間は心の動揺を抑えておかなくてはならなかった、要するに、院長先生が同席していたからで

＊　もみの木針葉シャンプー。因みに「松葉エキス入り入浴剤 Fichtennadelbadeschaum の商品名は実在。

ある。今や、便器に赴くことが可能になるように、心の動揺みずからが登場を精力的に望んでいるのだ。黒鍵のエチュード*は試験で失敗に終わった、もっともこの生徒はこのエチュードを早くも二倍のテンポで始めてしまったのであり、それはどんな人間にも耐えられないし、ショパンでもやはり耐えられない。クレマーは閉めきったトイレのドアを軽蔑している。ドアの向こうではいま自分の音楽仲間が下痢と闘っているのだ。こんなにも強力に身体的なものに押し潰されているようなピアニストは、演奏の際に決定的なことは何一つ付け加えられない。確かにこの生徒は音楽をただ職人芸とだけ見なしていて、もしも彼の十個の職人用道具の一つがひとたび機能しなくなれば、必要以上に重大に受けとめる。この段階をクレマーはすでに超えていて、後は一作品の内面的な内容だけを重視している。例えば、クレマーにとってベートーヴェンのピアノソナタ集における〔「その音をとくに強く」と指定する記号の〕スフォルツァンドに関しては、もはや議論すべきことは何もない、なぜなら、そのソナタ集は感覚的に理解されるべきであるのだから、そう、そのソナタ集を自分で演奏してみる以上に、聴衆にはそれこそもっと演出して暗示し示唆するのだから。クレマーはさらに何時間でも音楽作品の精神的付加価値について弁じ立てることができるだろう。その付加価値は常に手の届くほど間近にあるが、しかし極めて勇気のある者にだけ捉えられるのだ。大切なのは作曲家が訴えようとしている意味内容と感情であって、単なる構造だけではない。クレマーは楽譜かばんを高く掲げてから、このテーゼを裏づけるために、何回か陶器の洗面台めがけて激しく弾《はず》みをつけて、かばんをガンガン投げつける。まだ何かある場合に備えて、最後のエネルギーを身体から絞り出すためにやっているのだ。ところが、自分で気がついているように、クレマーは内面的に空っぽである。あの女性に全力を出しつくしてしまっている、とクレマーはある有名な長編小説の言葉を借りて話す。あの女性に関して、僕はなし得ることはやった。僕はいま注意しなくては、とクレマーは言う。彼女には僕の一番良い部分を差し出した——僕自身を完全に。僕は自分自身を繰り返し自分で解釈してみた！　僕がいま望むことは僅かに一つだけ、つまり、自分の位置を新たに確認するために、週末にきつい急流でカヌーの競技をすること。もしかするとエリカ・コーフートは、僕を理解するにはもう黄ばみ過ぎているかもしれない。彼女は僕の各部分のそれぞれしか摑《つか》んでいない、大きな全体ではなくて。

黒鍵エチュードで挫折した生徒が再びトイレの仕切りからドシドシ足を踏みしめながら出て来て、鏡の前でほのかに光る鏡像に慰められながら、芸術家の身ごなしで髪の毛に最後の磨きをかけている。彼の両手が成し遂げられなかったことと収支を合わせるためだ。ヴァルター・クレマーは、自分の先生もキャリアで挫折していたんだ、と慰めの気持で考える。そのあと自分が憤《いきどお》って形成した泡立つものの最後の粘液を、聞こえよがしにずっと先の床に吐き出す。ピアニストの仲間は罰するように唾を見つめる。家で身についた習慣で、秩序に慣れているから

＊　ショパン（一八一〇—四九）のエチュード Chopin Etude Op. 10-5。元々、演奏スピードの速い曲。

だ。芸術と秩序、敵対関係にある親戚だ。クレマーはペーパータオルを容器から何ダースも強烈に、乱暴に引き出して、一個の大きなボールに丸めると、ごみバケツの脇すれすれに投げつける。脇に逸れて、さっき拒絶されて断念した仲間の生徒は、この行為を脇から見ていて慎重に検討してみて、軽率すぎると判定する。それにまたこの生徒は早くももう一度驚愕するが、今度はウィーン市に所属する物資をクレマーが無駄使いしたことに驚いているのだ。この生徒は小市民である小売りの食料品商の家族の出であり、もし次に開始する時の試験でうまくやらなければ、やっぱり家族の所にまた戻らなくてはならない。そうなると両親はもはや息子の生計費を払わない。すると彼は「芸術的な」職業から「商業的な」職業に鞍替えせざるをえない。この事柄は、彼が依頼することになる結婚の通知に必ず表出する。妻や子どもたちはこのような事実のお蔭で思い切った償いをする必要があるだろう。それでも商取引はずっとつつがなく無傷のままである。時々店の急場を手助けする必要がある彼の指は、寒さで赤らんだ小さいソーセージ指になり、指の持ち主はただそのことを考えてみるだけで、指は曲がって肉食鳥の鉤爪《かぎ》になる。

ヴァルター・クレマーは思慮深く頭の中に自分の心を置いてみて、すでに所有していたけれど、そのあとまた安い値段で叩《たた》き売ってしまったかつての女たちのことをじっくり、徹底的に考えてみる。女性たちには、叩き売ったことを詳細に告白した。そうすることに手間を省かなかった。とどのつまり、たとえ痛みを伴いながらでも、女性たちはそのような経緯《いきさつ》を洞察することを学ばなくてはならないだろう。男は気分が乗れば、ひと言も言わずに、その気になって出掛ける。女のアンテナは、かたつむりの触手《フューラー》にも似て、空中で神経質にあちこちいじり回してみるけれど、所詮女性は感受性《フューレント》の強い生き物なのだ。女性の場合、理性は優勢ではない、このことは女性のピアノ演奏にもやはり言い尽くされている。女性は大抵、能力一つとっても、それを暗示するだけにしておき、それで自己満足する。クレマーはそれとは反対に、一つの事柄の真相を徹底的に突き止《と》めたい。

ヴァルター・クレマーは、自分の先生との行動を稼働させたいという思いを、自分ながら隠すことができない。首尾一貫して先生を征服することを願っている。クレマーはこの恋愛が報われることなく終わるはめになると考えただけで、二枚の白いタイルを象みたいに踏みつぶす。アールベルク急行*が同じ名前のトンネルから出て来るみたいに、クレマーはすぐに洗面所からゴウゴウ音を立てて出て来て、理性が優勢である氷の冬景色の中に入って行くだろう。この冬景色はエリカ・コーフートがその中にどんな小さな明かりも灯《とも》さなかったから、冷たいということもある。クレマーはこの女性に、僅かばかりしかない可能性のことを熟考してみるようにアドバイスするのだ。若い男が一人、今ちょうどこの女性のために粉骨砕身している。その時時で思考の基盤はとにかく二人の間にあるのだが、しかし突如その基盤はとり除かれて、クレマー独りで自分のカヌーに座っている。

* ティロール地方の峠、標高一八〇二メートル。

もうすっかり人気《ひとけ》がなくなっているコンセルヴァトリウムの廊下で、クレマーの足音が反響する。ゴムボールみたいにクレマーは段から段へ、あちらこちらへと、アクセントをつけて弾《はず》んで下って行く。するとクレマーを辛抱強く待っていた機嫌の良さがまたゆっくりと見出される。コーフートのピアノ教室のドアの向こう側ではもう何の音もしない。エリカは授業が終わった後でも、家のピアノの音質がずっとはるかに劣るので、よくここでさらにもう少し弾いていることがある。この事実をクレマーはすでに聞き出していた。先生が毎日毎日触《さわ》っているものに手を触れようとして、ドアの取っ手にちょっと触れてみるが、しかしドアは冷淡に黙り込んでいる。施錠されているから、一ミリたりとも動かない。授業は終わっている。先生は今頃なら老化した母親のところにもう半ば行き着く途中で、着けば、母親とは一緒に巣に座り込んでいるが、その際二人のレディは、ほとんどのべつまくなしにお互いを突き倒したり、ポカリと殴ったりしている。それでも両者は離れられなくて、休暇中ですら離れないで、シュタイアーマルクの夏の瑞々しい空気の中にいて、お互いガミガミ口やかましく言い合っている。しかも数十年もそんな風なのだ！　あらゆる面から計算して考えてみても本来まだそんなに年取ってもいない感受性豊かな女性にとって、これは病的な状況。つまりクレマーはこんな風にポジティブに、待機ポジションにいる自分の恋人のことを考えている、クレマーが、彼は彼で今一緒に住んでいる両親のところに辿《たど》りつこうとして、出掛ける時のことだ。自分の家には、特別にたっぷり力のつく夕食を用意してくれるようにと頼んである。一つには、コーフートで浪費したエネルギータンクをまた満たすためであり、もう一つには、明日、しかも時間的にはまったくの早朝に、スポーツをするため出発するつもりだからだ。どのスポーツをやりに行こうと同じことだが、多分またカヌー競技のクラブに行く。疲労困憊するまで体を酷使したいという個人的な衝動があるが、すでに彼の前にいる何千という他人が吸いこんではまた吐き出したような空気ではだめなのだ。クレマーが好むと好まざるとにかかわらず、エンジンの悪臭や平均的人間の安っぽい食べ物の臭いがしたりするのを吸いこむ必要のない空気の中がいい。葉緑素《クロロフィル》の助けを借りてアルプスの樹木から製造されたばかりの空気を多少なりとも彼は体に摂取したい。シュタイアーマルクのいちばん暗くて、極力人のいないところに行くだろう。そこの古いダムの近くで、自分のボートを水面に降ろそう。もう遠くからでもけばけばしいオレンジ色の斑点が見えるが、それは救命胴衣、ボート用の防水シート、ヘルメットによる斑点だ。彼は二つの森の間を縫って、突進して下って行くだろう、ある時はこちら、それからまたあちらへと下って行くけれど、それでもいつも一つの方向へと、つまり、急流の流れに応じて沿いながら、前方へと下る。できるだけうまく石や砕かれた岩を避ける必要がある。転覆してはだめだ！ しかも前方へと下りながら、さらにスピードを上げる！ カヌー競技*に関しては、一人の相棒が、仲間であるクレマーのすぐ後ろを追いかけて来るだろう、しかしこの一人の相棒はこの種のス

* ここでは急流で漕ぐカヌー競技のうち、通過すべき幾つものゲートの設定なしに、一定区間をいかに早く漕ぎ下るか、タイムを競う「ワイルドウォーター」の競技が描写されている。

ポーツではきっと、仲間である自分のかたわらを通り過ぎて、自分を駆り立ててきたりはしないだろう。この種のスポーツの場合、相棒同士の友情は、〔二人のうちの〕もう一人の方がもっと早く脅やかすようになる時点で終わりになる。この仲間の存在目的は、仲間である自分よりもっと弱い方の相棒を基準にして、この仲間である自分自身の力を測り、そして弱い方の相棒をリードしている分の優位を、大きく拡大することにある。この目的のためにヴァルター・クレマーは自分より未熟なカヌー漕ぎであるパドラーをあらかじめずっと前から入念に選び出す。クレマーはゲームやスポーツで負けるのを良しとしない人間だ。それゆえコーフートとの一件でも彼はあんなに怒っているのだ。クレマーは口頭でのディスカッションで敗北を喫すると、タオルを投げたりはしないが、最後には怒って、ペリットを、つまり、鳥が喉につかえて吐き出した骨や、消化できない体毛そして石や生《なま》の草などが集まった小さい包みを、対話の相手の顔に投げつけて、拒絶的な目つきをする。頭の中では、述べることができたかもしれないことやら、残念ながら言わないでしまったことやらが重なり合っていて、そのあげく、一座の人々のいる場所を憤《いきどお》って立ち去るのだ。

今クレマーは大通りにいるので、ズボンの後ろのポケットからコーフート嬢に対する愛情を取り出す。偶然にまったく独りでいるし、またスポーツで誰にも勝利できないので、あの愛の在《あ》り処《か》を登っていって、同時に身体的でもあれば精神的でもある頂点へと達する。まるで目に見えない縄梯子をよじ登るようだ。

ばねで弾んでいるような幅のあるジャンプをしながらクレマーはヨハネスガッセ*を突っ走って、ケルントナー通りに入ると左折して進み、オーペルンリンク**まで行く。オーペルンリンク交差点で、恐竜みたいに互いのかたわらを巧みに走りぬける何台もの路面電車が、踏破するのも難しい自然の障害となっている。だからクレマーは大胆不敵であるにもかかわらず、エスカレーターでこの交差点下のお腹になっている地下道へとくぐって行く必要がある。

すでに、しばらく前にエリカ・コーフートの姿が、とある建物の出入り口から離れた。彼女は若い男が急ぎ足で通り過ぎるのを見ていて、雌ライオンと化してずっと男の進路の跡をつけている。雌ライオンの略奪行は、人に見られていないし、音も聞かれていず、だからなかったも同然だ。彼女はクレマーがあんなにも長くトイレにいることになろうとは、知る由もなかったが、それでもエリカは待っていたのだ。待ちに待った。クレマーは今日、自分がいるここの場所を通り過ぎるに違いない。ただ、もし彼自身のいつもの方向ではない他の場所に行くことになる場合だけは、自分のかたわらを通り過ぎることはないであろう。エリカはいつもどこかにいて、そこで辛抱強く待っている。まさかエリカがいるとは誰も思わないような所で、彼女は

* コンセルヴァトリウムのある通り。この通りは西の方に直進すると、南北に走っているウィーン市の目抜き通りのケルントナー通りとほぼ直角につながる。

** ウィーン市環状道路《リンク》の一部分で、国立オペラ劇場脇を通っている。このオーペルンリンクがケルントナー通りと交わる場所が交通の激しいオーペルンリンク交差点である。

観察している。すぐ彼女の間近で爆発するか、あるいは大音響とともに破裂する、またはただ静かに置かれている物の、ほつれたへりや切れ端を、エリカはきれいに切りそろえて家に持って帰る。家ではエリカ独りで、または母と協力して、縫い目にまだパンくず、パンの小片、汚物の残り、それとも身体の引きちぎられた部分が、分析するために見つけられないものかどうか、ひっくり返してみる。他の人々の生きている廃棄物または死んでいる廃棄物なら、できる限りそれらの命が清掃にまだ持っていかれないうちにと。純粋に多くのものがそこで探られたり、見つけ出されたりする。エリカにとってはまさにこのような小さく切った物質が、もともと本質的なものだ。K.のレディは独りで、または二人で家庭用手術ランプ越しに屈《かが》みこんで、純粋に植物の繊維が問題なのか、それとも純粋に動物の繊維が問題なのか、そうでなければ混紡の織物が問題なのか、それとも純粋に芸術が問題なのか、試してみるために、素材の残りにろうそくの炎を当てている。燃焼した物の臭いや強靭さで、それは絶対確実に識別される。それでも観察者は、切り取った物が何のために必要なのか、何を目指していたのか茫然自失する結果になることもある。

母と子はまるで二人がたった一人の人間であるかのように、お互いに頭を突っ込みあう。すると、そのよその物はそのもともとの碇泊地を離れて、二人の前で、二人には触れず、脅《おび》やかさず、しかしよその物の悪行《あくぎょう》を孕んだまま、それにしてもルーペで仔細に観察されるために、おそらく横たわっているのだろう。このようなよその物が逃れ去ることはありえない、それにまた生徒たちが自分らのピアノの女先生の職権から逃れることもやはりできない。生徒たちが練習という煮えたぎったお湯の中に留まっていない時には、どこであっても生徒たちを捕らえるのが女先生なのだ。

エリカの前方で、クレマーはさっと敏捷に脚を投げだす。回り道をせずに目的に向かってひたむきにある一方向へと身を投げだしている。エリカはすべてのものから、すべての人から逃れるが、それでも誰かがエリカからすばしこく逃れる時には、巨大な磁石に引きつけられるように、すぐにその人を彼女の救い主として、ぴったり張りついてその人の後を追う。

エリカ・コーフートはヴァルター・クレマーの後ろから幾つもの通りを通りぬけて急ぐ。満たされないものへの憤り、望ましくないものへの立腹で、体の中が燃え立っているクレマーは、決して僅かではない愛が自分の後ろにあって、その上自分と同じテンポで大急ぎで歩いているのに、少しも気がつかない。エリカは若い女の子たちを不審の目で見る。その身体のサイズと着ているものを品定めして、笑いものにしようと狙っている。こんな女の子たちを母と一緒にいる時ならどんなに嘲笑《ちょうしょう》することだろう。母が今、自分のそばにいてくれさえしたら！　女の子たちは無邪気に、無害なクレマーが歩いている道を横切るが、それでもセイレーンの歌声のように、クレマーの中に紛れ込むことだってあり得るだろうし、そうなるとクレマーは女の子たちに目が眩《くら》んで付いて行く。エリカはクレマーのまなざしのどの一瞥《いちべつ》が女性の一人から離れようとしないものなのかに、注意する。そして後からそのまなざしをすっかりこすり落とす。

ピアノを弾く一人の若い男は、どの女も満たせえないような、高い要求を掲げることができるのだ。たとえ多くの女が彼を選び出すかもしれないにしても、その若い男は独りの女だって自分のために選び出さないでいて欲しいもの。

このカップルはこうした回り道や間違った道を行きながら、ヨーゼフシュタットを通って急いで歩いていく。男はなんとかクールになるために、女は嫉妬で熱くなるために。

エリカは自分の肉を、この貫通不可能なコートをからだの周りにめぐらす。どんな接触も我慢できない。自分の中に閉じこもったままでいる。それでも自分の生徒の後ろから、引きよせられて歩いていく。彗星の本体の後ろの尾。今日は衣装ダンスの拡大は考えていない。しかし次の授業の時には自分の持ち物一式から何か引っ張り出して身に着けようとは考える。今はもう春になるので、シックな装いをするだろう。

家では、母がもうこれ以上待っていたくはない。それに母が料理した小さいソーセージにしてもやはり待っているのは好きではない。炒めたものは早くももう味わいにくく、固く、歯ごたえも悪くなっている。母はプライドを侮《あなど》られたせいで、エリカがなんとかとにかく帰って来れば、もう特別に何の味もしなくなるようにして、主婦のトリックを使い、フランクフルト・ソーセージがはじけて割れ、水が意地悪くその中に滲みこむように取り計らうつもりでいる。警告としてはこれで充分だろう。こんなことをエリカは全然予感もしていない。

彼女はクレマーの後を早足で歩き、クレマーは彼女の前を先へと歩く。こんな風に一方が他方に適合する。いつもここぞという最適の場所で。クレマーの足が踏み込んだばかりの所をエリカの足が続く。ショーウインドウの前を急いで通り過ぎながらも、そこを注視しないでそれに罰を与えることなど、もちろんエリカには完璧にできることではない。ブティックのショーウインドウを目尻からチラチラ見る。ここは衣服に関して言えば、まだ探求したことのない地域だ。いつも新しくて、素敵な衣服を探し求めているにもかかわらず、またエリカが新しいコンサート・ドレスを緊急に必要とすることもあるのだが、ここでは一着も見たことがない。中心街でドレスを買う方が良い。楽しそうなカーニバルの紙テープや紙吹雪が、春の流行の初物やこの冬のセール品の上をさらさら流れるように下がっている。それに加えてきらきらする光り物もあるが、それは真っ暗な所でならいちばんエレガントに、夕べの装いらしく見えることだろう。洗練されたアレンジの二個の人工液体入りシャンパングラスの上に、羽毛のボアが入念なさりげなさで投げかけられている。高いヒールの本物のイタリアのサンダル一足に、さらにおまけのきらめく紙吹雪が撒かれている。その前で中年のご婦人がすっかり見入っている。この人の足はサイズ四十一のラクダの毛の室内履きですら合いそうになく、生涯にわたって、立ったままこなしてきた面白みのない毎日の仕事のせいで、足がひどく膨らんでいる。襟ぐりと袖に襞飾りのある、もの凄く赤い悪魔的な色のシフォンドレスにエリカは目をやる。自己調査は勉学にまさっている。こちらのものは気に入っているが、あちらものはそれほどではない。なぜならエリカはいくらなんでもまだそんなには年を取ってはいないからだ。

エリカ・コーフートはヴァルター・クレマーの後を追っている。まだ一度も振り返ってみたりしていないクレマーは、家族が待っているマンション二階の両親の住まいに辿りつこうとして、上位カテゴリーの中産階級の建物入り口のドアに足を踏み入れる。エリカ・コーフートは一緒に中に入ったりしない。エリカ自身それほど遠くに住んでいるわけでもなく、しかも同じ区内にいる。生徒の書き込み用紙から、クレマーが自分の近くに住んでいることは知っている。内面的な結びつきを示すシンボルなのだ。多分、両人のうち一人はもう一人のために作り上げられていて、もう一人の方はこのことを闘いや不和を経験してから洞察するに違いない。小さいソーセージはもうそんなに長く待つ必要はない。すでにエリカはソーセージの方に行く途中だ。ヴァルター・クレマーがどこにも寄らずに、遅滞なく帰宅の途につき、それゆえ今日のところは自分でしている見張り役に見切りをつけることができる、とエリカは知る。しかし何かが彼女の身に起こった。そしてこの出来事の結果を持って我が家に帰り、そこで母に見つからないように、まずは箱に入れて鍵を掛ける。

2

ウィーン市北東部のヴルステルプラーター、つまり、プラーター公園*内の遊園地では庶民の群れが、そしてプラーター緑地の中では淫らな人々の群れが、結局それぞれ二つの集団が、それぞれのやり方で楽しんでいる。ヴルステルプラーターではローストポーク、肉団子、ビールやワインを限界までいっぱいに詰め込んだ両親が、同じようにいっぱい詰め込んだ一家の子どもたちをあちこちの鉢の中に置くか、さもなければカラフルな色で塗った（プラスチック）子馬、象、車、邪悪な竜などの上に乗せたり中に突っ込んだりしている。そして旋回するはめに陥った子どもはその前に苦労してシャベルで放り込んだものを再び外に吐き出している。その子は吐いたことで平手打ちを食らう。飲食店で食べた食事は決してお安くはないお金がかかったし、そういう食事はあまり毎日恵まれはしないから。両親は自分の体に食事を収めておく。その胃は力強いからであるし、その手がさっと子どもに下りる時には稲妻のように速いからだ。だから子どもは急《せ》き立てられている。ただ、両親があんまり飲み過ぎた時だけは、ジ

＊　プラターター公園は市の北東部、第二区のドナウ運河とドナウ川の間に位置する広大な緑地公園で、十二世紀以来の歴史がある。一五六〇年神聖ローマ帝国のマクシミリアンII世が購入して狩場にしたが、一七六六年ヨーゼフII世が一般に開放した。現在は、映画で有名な大観覧車や数百種類の施設がある遊園地や、サッカーや乗馬その他様々なスポーツ施設がある。また北西から南東方向にハウプトアレーという名の四・五キロの車乗り入れ禁止の広い直線道路が走り、散歩やジョッギングをする人々で賑わう。遊園地はヴルステルプラーターと称する。ヴルステルは道化役を意味する。他方、それぞれ名前の付いた広い緑地や池が十箇所以上ある。

エットコースターの速いスピードの乗り物には耐えられないという事態が起こる。勇気と代償の喜びを試したい時には、一番若い世代の目の前に、そのすぐまえの世代の半導体チップ・ジェネレーションの、電気で操作する娯楽機器がある。こういった機器には宇宙飛行の名前が付いていて、無段式のままでごうごう唸り音を上げて空中に持ち上がり、空中で任意にあちらこちらくねくね回る。けれども綿密に、詳細に舵取りがなされていて、そうやっている時に上下が入れ替わることもある。これには勇気を持って乗り込むしかない。この乗り物は本来、世の中ですでに鍛えられてはいるけれど、まだ自分の身体にさえ責任を負わない十代の若者用に考えられている。下が上になったり、またその反対だったりする時に、十代なら耐えられる。宇宙フェリーボートはエレベーターなのであり、人々を収容する二つの巨大な、カラフルな金属ケースからできている。地上では、そうこうするうちに、フィアンセのためにプラスチックの人形の射撃が行われている。人形は家に持ち帰ってもいいことになっている。数年経《た》てば早くも、それまでの間に失望した妻は、以前であったなら、どんなに自分がみずからのボーイフレンドにかつては価値があったか気づくのだ。部分的にまさに繁茂し放題であるプラーター地帯の広大な緑の拡がりでは、前々から内的矛盾を抱えている。そこのある一部分では、ひけらかしが流行《はや》っている。言ってみれば、素敵で大きな車から、もしくは質《たち》の悪い、早く走る車から、乗馬用にぴったり合った装いの人々が降り立つ。この人々は動機にふさわしく馬の背中に赴く。時折いちばん必要なものである馬を節約して、衣装だけを買う。この衣装を着て人々がこれ見よがしにあちらこちら歩くのだ。女秘書はここで破産する。なぜなら、とにかくボスのかたわらにいる日常のためにも個人持ちのエレガントな衣服を購入する必要があるから。会計係たちは、土曜日の午後いつもその時その時に一時間自分専用で動物一匹をさんざん乗りこなして疲れさせることが可能であるべく、懸命に努力して働いている。そのためには残業も厭わずにやる。人事部のボスやら経営責任者らはもちろんこのような楽しみをするゆとりはありながらも、義務ではないから、もっとはるかに落ち着き払っている。さすがに誰もが自分が現在そうであるがままの姿に見えるし、しかもすぐにもゴルフのプレーに的を絞り始めてもかまわない。乗馬をするにしても、きっともっと素敵な地域が存在するのだろうが、しかし他のどこでもここほど天真爛漫な子どもやら綱で引っぱっている犬と一緒の、屈託《くったく》のないたくさんの家族に注目される所はない。子どもたちは言う、あれ、おんまさんだ。あれにやっぱり乗ってみたいな。こう言って、あんまり喧《やかま》しく言いはったりすれば、子どもはぴしゃりと食らう。私たちにはそんなことできる余裕なんてないんだよ。その後その男の子か女の子は代わりにメリーゴーランドのゆらゆら揺れるプラスチックの馬に座らされて、その子は馬の上でずっと耳をつんざくほどギャーギャー泣きわめく。こんな経験からその子どもは学ぶかもしれない、つまり、子どもに一時差し控えるよう留保されている大抵の事物には、安っぽいコピーがあることを学習するかもしれない。残念ながら、子どもは親が自分に渡すのを差し控えたものだけのことを考えていて、自分の両親を憎む。

プラーターにはクリエアウ緑地やフロイデンアウ緑地も存在していて、そこの競馬用競争コースでは馬をプロフェッショナルに酷使する。人一人乗っている二輪車を馬に引かせるレース用の繋駕《けいが》速歩の競走馬が「ジャンプする」のは許されないし、ギャロップ用の馬はやはり急いで疾走しなければならない。地面には至る所に飲み物の空き容器や賭け事の券、自然が消化できないその他のごみがばら撒《ま》かれたままだ。自然はせいぜい、ティッシュペーパーとして使用されているような柔らかくて脆《もろ》い紙をなんとか消化するぐらい。ということは、紙はかつて自然生産物であったけれど、これが再生産されるまでに時間は相当かかる。紙皿は食べられない種子になって、人々の足が踏みならした地上に、一面に撒かれている。考えぬかれた餌をもらった非常に筋骨たくましい四本脚の疾走馬が、毛布を掛けられ、頭を上下に揺らしながら向こうの方へと忠実に導かれて行く。疾走馬は第三レースでどんな戦術で勝つだろうかということ以外、何も心配する必要がない。それさえも、負けそうになる前に疾走馬の騎手か御者が知らせてくれる。

　昼間の陽光が消えて、ランプと手仕事、あるいは拳鍔《けんつば》*とピストルを伴って、夜が幅をきかせる時になって初めて、これまでの人生でどちらかと言うとあまり行状《ぎょうじょう》のよろしくなかった人間たちの登場となる。大抵は女だ。しかし珍しいながら、非常に若い男たちの登場もある。なぜならこの若い男たちはもっと年取れば、かなりの年の女たちより、顧客には価値がなくなるからだ。もちろん女たちはどの年齢の時期にいるのであれ、ホモセクシャルの男にとってはなんら価値がない。そのあとプラーター地帯《シュトリッヒ》の 売春《シュトリッヒ》が門戸を開く。

この事柄は至る所で、ウィーン中に知れわたっており、そしてすでに幼児の頃にはもう知られていて、幼児は暗くなったらこの場所にはほんのちょっとでも近づかないようにと警告を受けている、つまり左手には男の子たち、右手には女の子たち。**この辺りでは職業も人生もぎりぎりの状況にいる比較的年配の多くの女たちを人は目の当たりにする。しばしば人は、走っている車から投げだされた、弾丸に当たって粉みじんの、あますところ僅かばかりの最後の残骸にばったり出会ったりもする。すると警察が捜査するが、大抵は無意味に終わる、なぜなら犯人は整然とした静寂から出て来て、また再びそこへと帰っていくからだ。もしそれがぽん引きでなかったとしても、アリバイがある。ハイカー用マットレスはここで案出されて、初めてここで使用されている。アパートがない者でそれに代わる部屋、ホテル、連れ込み宿、車などの寝られる場所を持っていない者は、少なくとも携行可能な敷物を所有している必要がある。この敷物は身体を暖かにしてくれるし、色情に駆られて体が地面に投げだされても、敷物の上なら幾分柔らかく着地できる。ここでは、もしすばしこいユーゴスラヴィア人の男か、あるいは金を節約しようとしている男でウィーン第十五区、市区名フュンフハウスから急いで来

* 金属製の格闘道具、親指以外の四本の指に嵌めて使う。
** 教会では昔いつも男児、女児が分かれて座った。

て、金を切り詰めようとしている錠前工とかが、報酬をだまし取られて怒ったプロフェッショナルの女に口汚くののしられながら追いかけられて、かたわらを追い立てられて行く時には、ウィーン気質《かたぎ》がその無限の意地悪さの隆盛を極める。しかしフュンフハウス出身の錠前工は、自分とフィアンセのために新しい遮断壁を住まいに欲しいと思う以外には何もそんなに望んでいる物はない。その壁には私的生活の乱雑なものを隠しておける。その壁があれば、本箱、レコードボックスを含むステレオ装置、テレビ、ラジオ、蝶のコレクション、水中動物飼育用の水槽《アクアリウム》、趣味の機器、それに雑誌、雑録それに雑貨等々が、観察者の目を逃れられるし、しっかりと安全に保管しておける。訪問者には暗色の腐食剤処理をした紫檀の遮断壁しか目に留まらず、その後ろのめちゃくちゃ雑多な様子は見えない。訪問者は――多分ミニバーを見るだろうし、やはり見て欲しい――カラフルなリキュールと、それに合わせて同じ色調にしたグラス類のある家庭用ミニバーで、グラスは周囲に当たり散らすかのようにきらめき、無限に磨かれている。グラス類は少なくとも初めの数年間の結婚時期にはまだ念入りに磨かれている。のちのちには子どもたちに割られたり、家人が磨くことを故意に忘れたりする、というのも夫はいつも遅く帰宅するし、家庭外で飲んだくれてもいるからだ。すると鏡のようにぴかぴかのバーにはゆっくりと埃が積もっていく。ユーゴスラヴィア人の男もトルコ人の男も、女を生まれつき軽蔑している。錠前工もやはり、女が清潔ではなかったり、あるいは化粧用パウダーに金を注ぎこむ時だけは、軽蔑する。この金はもっと他のところに、その効用がもっと長く続くところに、より効果的に支出する方がいい。錠前工は散布用溶液みたいにほんのちょっとしか効果がもたない物に、さらに支払いをする必要を感じてはいない。結局は自分のところにいる女は他の男からは得られないような楽しみを味わっているから。錠前工は自分自身の生命の手助けで、骨折り、手間をかけて精液を産出する。いつか死ねば、錠前工はいずれにしても女たちにとってはなはだ遺憾ながら、どんな体液もエネルギーも生産することはできない。他の女たちにやってやろうにも、この錠前工のことを周囲の人々が知っていて注視しているから、錠前工はなかなか実行できない。それでも月賦を支払う必要があるというので特定の瞬間に、緊急に金銭上の困窮状態になったりすれば、さんざんに殴られたり、あるいはもっと悪いことにもなるリスクを負う。女のヴァギナに関していろいろ変化をつけたいと彼が憧れるのは、彼の金銭上の願望や可能性とは必ずしも一致しないのだ。

さて今、錠前工は女を一人、護ってあげようという考えが誰の頭にも思い浮かぶようには見えないような女を探している。錠前工は筋肉たくましい男だから、女にはきっと特別に有難い。男は官能の王国にいる典型的な独立独歩の女を、すでに初老の色褪せた女《ムッティ》を選んだ。ユーゴの男やトルコの男ならそんなリスクを冒《おか》そうにもおいそれとは冒せない、女がそう滅多に彼らを近寄らせないからだ。いずれにしても、石が飛ぶ距離より近くには。このどちらかの男を顧客に取るような女なら、そのために報酬を要求することはほとんどない、彼女の仕事がもはや何かに値するようなことはめったにないからだ。例えば、あるトルコ人の男は、この女と同様、自分の仕事の雇用者にとってほとんど価値がない、この事実をこのトルコの男は自分の給料袋に読み取っているが、自分の相手の女には吐き気を催している。男はコンドームを被せるのは拒否する、なぜなら雌豚《ザウ》なのは男の自分ではなくて、この女だからだ。それにもかかわらず、トルコ人の男は、例の錠前工同様、自称女と名乗るあの好ましくもない女に、それでもだからと言って否定もできない事実に、つまり自称女であるという事実に、とにかく惹かれる。でもまあそこに女がいるとなると、一瞥《いちべつ》して、何を彼女とするべきか申し出た方がいいのか？フュンフハウスの錠前工は少なくとも一週間はフィアンセに良い待遇で敬意を表するつもりでいる。彼はフィアンセのことを清潔で勤勉であると称している。友人たちには、僕は彼女と一緒でも気後れする必要がないし、それだけでも大したことさ！と言っている。どこのディスコにでも彼女となら出向くことができるし、それに、つつましやかな質《たち》で、僕から多くを要求しない。彼女は人より少な目にしか貰わなかったりする、しかもそれにほとんど気づかない。僕よりずっと若い。きちんとしてない家庭の出なので、それだけ余計にきちっとした家庭を高く買っている。あのトルコ人の私的な生活について話すことはできない。なぜならもともと存在していないのだから。彼は働いている。仕事の後には、嗅ぎつけられないところにほどほどに護られて、どこかにしまわれているに違いない。でもどこになのかは誰も知らない。明らかに乗車券を買わないままでトラムの中にいる。周辺の非トルコ人の世界から見れば、彼は射的小屋で狙いを定められる張り子の人形のなかの一体みたいである。ひょっとしたらあるかもしれない仕事にありついた時には、電気モーターで引っ張り出され、彼めがけて誰かがパーンと撃つ、命中するか、しないかだ。そして射的小屋のもう一方の端で再び場所を移動させられて、不可視のまま——彼の身に何が起こったかは、誰一人知らないが、しかしおそらく何も起こらない——〔張り子の材料になる〕混凝紙《こんぎょうし》の山塊の後ろにある彼の出発位置に走って戻り、新たに、人工の山頂十字架の、人工のエーデルヴァイスの、人工のりんどうの舞台装置に登場する。そこでは武装したてのウィーン気質《かたぎ》の男が、祝祭気分で晴れ着を着た奥方や、クローネン・ツァイトゥング紙、それに十代半ばの息子にけしかけられながら、早くもあの標的人形を待ち構えているが、息子は間もなくパパを打ち負かしたくて、パパの失敗を窺っている。命中させた者はプラスチック製の小さな人形を褒美に貰える。また羽根製の花や金色の薔薇の花もあるが、何が賞品であっても、ご婦人用に手を加えられている。ご婦人は勝利に次ぐ勝利の射撃者を待っているが、ご婦人はご婦人本人が夫にとっては最大のご褒美なのだ。奥方も、夫が彼女のためにだけ努力をしていて、夫が撃ちそこなった時には、夫が腹を立てるのも知っている。どちらの場合にも、奥方がしりぬぐいさせられる。夫が、撃ち損なったという考えに我慢できないとなれば、殺傷沙汰《さつしょう》の言い争いにまで発展するかもしれない。その状況でもし奥方が慰めになるようにと急遽助けに出たりすれば、状況をただ悪化させるばかりだ。その償いは、本来あるべきほんのちょっぴりの前菜すら今日はなしに夫に特別下品に交尾されながら、妻が相手をするのだ。夫が酒を飲んで酔っ払い、妻がそのあと脚を木のまたのように開くのを拒もうものなら、歯肉に至るまで殴られる。そのあげくに警察がサイレンを唸らせながら出動して来てパトカーから飛び降り、奥方に、なぜそんなに叫んでいるのかと質問する。彼女自身が眠れないのなら、せめて周囲を眠らせるべきではないか。そのあと奥方は駆け込み寺ならぬ「女の家」の住所を貰う。

エリカの小舟は狩猟の風情《ふぜい》を呈していて、プラーター緑地の部分全体に広がる猟区を通り、ゆるやかに動いている。緑地全体もやはり少し前からエリカの領域だ。自分が影響を及ぼす領域を拡げて、比較的近い周辺にいる猟の獲物はとっくに知っている。ここに来るのに人は勇気が要る。エリカは丈夫な靴を履いている。この靴なら非常の時にやぶの中や、犬のお団子の中に踏み込むことが可能だ。また、毒々しく着色された子ども用レモネード（味の種類により各々《おのおの》一種類の動物が歌いながら宣伝しているテレビCMがある）の液体の残りがまだ付着している空っぽの、陰茎の形をしたプラスチックの小びんに踏み込んでも平気だし、あまりにもあからさまな目的に使われて塗りたくられている紙の山の中に突っ込んだり、辛子の残りが付着した紙皿の中に踏み込んだり、壊れたびんの中に突っ込んでも平気だ。またはもとの男根の形をゆるやかに保持していて中身がいっぱい詰まったゴム製品の中に、それが発見される場合には、足を突っ込むことだってできる。彼女は前屈みになって神経質に匂いを嗅ぐ。空気を吸い込み、そしてまた吐きだす。

それでもここ、エリカが降り立ったプラーターシュテルン駅*の辺りは、まださしあたり危険ではない。もちろんすでにここでも、さかりのついた男たちが無害な歩行者や散策しながらぶらついている人々に紛れ込んでいたりはするが、しかしエレガントなご婦人でもとにかく一度はプラーターシュテルンを自由に散策訪問することができる、この辺りは品が良いとは言えないにしても。例えば、様々なことがここでは密かに起こる。一人ひとりあちらこちらに立っている外国人は、もし新聞を売っていなければ、どでかいプラスチックの手提げかばんから、工場直売の飾りポケット付き紳士用シャツを取り出し、工場直売のけばけばしい色のモダンな婦人のドレスを、ちょっと損なわれているけれども工場直売の子ども用おもちゃを、工場直売の傷物のクッキーのキロ入り箱、工場直売かもしくは家宅侵入して得た電気製品やその小さな部品、工場直売か家宅侵入後のトランジスタラジオとかレコードプレイヤー、どこぞから出てきた煙草のカートン、等々を取り出して、わめくのも控えめにして差し出す。エリカの、肩ベルト付きの特別大きいショルダーバッグは、凄《すご》く簡素な外見ながら、まるで国籍不明、機能有効性不明の——それでも真新しいビニール・ラップに包装された——新品の小型カセットレコーダーを、公衆には見えないように中に入れて消えさせるために特別に製造されたか、あるいは少なくとも特別にここに持ってきたかのような大きさにエリカには見える。ところが、このバッグには多くの必需品の他に、主として良質の夜間用双眼鏡が入っている。エリカは金払いが良さ

＊　市の東のドナウ運河とドナウ川の中州に位置し、複数の地下鉄「U－バーン」やS－バーンが交叉する駅。

そうに見える、というのも靴は本物の革であって、しっかりした靴底になっているし、コートは、けたたましい叫び方をするような目立ち方はしていない、けれども識別できないくらい隠れてもいない。外からは見えないけれど、英国の世界的ブランドを付けて誇り高く、落ち着いて、高価に、着ている人の外側で寄り添っている。このコートは一生着られるような衣服である、もしその前に早くもいらいらさせられたりしなければのことであるけれど。母が、人生ではできるだけ変化を少なくするのに賛成だから、エリカにこのコートを極力勧めたのだ。このコートはエリカの身体にずっと添っていて、エリカはママのところにずっとより添っている。今コーフート嬢は図々しく手を伸ばして手探りしてくるユーゴスラヴィア人の男を避ける。男はエリカに欠陥品のコーヒーメーカーを押しつけ、さらには遠くまでのお供を要求している。彼はあと僅かに荷物をまとめればいいようになっている。エリカは頭をそむけて、狙いどころを定め、不可視なものを乗り越えて移動して行き、プラーター緑地を目指す。その中では個々人はさっと消え失せる。もっともエリカは彼女本人の喪失に努力しているわけではなく、むしろ本人の獲得に心を砕いている。それに——エリカが消え失せたと仮定すると——母の財産はエリカの生誕生長以来エリカ自身が増やしてきたものであり、母はただちにみずからの要求を主張しにくいことだろう。そのあとはエリカを求めて国中が、新聞で、ラジオ放送で、テレビで、探す段取りとなろう。何かこの地域の風景の中にエリカを吸い取りながら、引きこむものがあるが、今日に限ったことではない。もうたびたびここに来ている。エリカには勝手が分かっている。人間の群れがまばらになる。人間の群れはその端々で溶けてなくなる。個人一人ひとりはお互いに離れようとし、蟻さながらに努力する。蟻はそれぞれ蟻国家で一つずつの任務を引き受けているのだ。一時間後にはその小動物は誇らしげに果物あるいは死骸のひとかけらを差し出して献じる。

さっきまでトラムやバスの停留所にはまだ葡萄の房みたいに群れていた人間たちが、一緒にどこかに突撃しようとしてグループに、そして島々にと、ひと塊ずつになっていた。そして今エリカがしっかり予測したところでは、急速に暗くなるので、人間たちが現在いるという証拠の灯火も消える。それとは逆に、ランプという人工の明かりにだんだん多く緻密に集ってくる人影がある。ここオフサイドには僅かに職業上ここにいる必要のある人たちだけが、いきなりいたりする。さもなければ、みずからの趣味を、性交を追求する者たちか、あるいはひょっとすると、性交後その相手から物を盗むことや、相手を殺すことを追求している者たちがたむろする。幾人かはただ静かに傍観しているだけだ。ごく少数の人たちはリリプットバーンと呼ばれるミニ鉄道の駅のそばに的を絞って、自身の隠すべきところを露出している。

仲間より遅れた子どもが一人、まだ急いでいるところだ。遅ればせのウィンタースポーツの用具をぎっしり詰め込んで、駅保安係詰所の最後の明かり目指してつまずきながら急ぐ。心の中で聞こえてくるのだけれど、夜のプラーターに独りでいてはだめと警告する両親の声に、けしかけられている。それに――せいぜい――冬物最後のバーゲンで苦心して購入してあって、次のシーズンになってやっと使用できるようになるような新しいスキーが、暴力的にその所有者を変えることになった、つまり、奪われたケースだってある、と両親は並べ立てる。今から子どもがそのスキーを犠牲にするには、あまりにも長くそれを求めて奮闘してきている。子どもは一生懸命跳ねるように走っていき、コーフート嬢のすぐそばを通り過ぎながら邪魔だてする。子どもは孤独なレディを訝《いぶか》しく思う。その女の人は生々しく葛藤しながら、あらゆるものと向き合っているのでしょう、というのが両親の主張だ。

エリカは暗闇に惹きつけられて、緑地の中へと大股にゆっくりと歩いて行く。緑地はやぶや森の樹木、細流が織りまざっているままに、静かに広々とのさばっている。緑地はそこここにただ横たわっていて、すべてに名前が付いている。目的地はイエズス会緑地だ。そこまでは歩いてまだかなりの距離があり、エリカ・コーフートはスポーツシューズの靴底で歩幅を一定にして見積もってみる。もうヴルステルプラーターは明かりが皆、遠くにきらめいてさっと彼方に疾走していく。発射音がパンと響き、いろいろな声が勝ち誇ったようにわめき立てている。青少年はみんな一緒に戦いの機器を手にして室内ゲームではしゃいで嬌声《きょうせい》を上げているか、あるいは黙ったまま機械を揺さぶっていて、その分だけ機械はよけいに大きな音でガタガタ鳴ったり、ベルを鳴らしたり、カチャカチャ金属音を立てるか、稲妻を投げつけたりする。エリカはみずからをこのような営みに関与させる以前に、決然とその営みに背を向ける。明かりは、指を伸ばしてエリカにちょっと触れるが、全然手がかりを見つけられずに、シルクのスカーフで覆われたエリカの毛髪の上方を気まぐれにさっと撫でて、脇に滑ってそれるが、エリカのコートに沿って惜別の濡れた航跡を曳《ひ》いて、そのあとエリカの後ろの地面に落ちると、そこで汚れにまみれて死ぬ。パンという銃声音を立てながら幾度も小爆発があって、エリカをぐいぐい引っ張るけれど、その小爆発でさえエリカに乱暴に穴を開けることも叶わず、エリカを通り過ぎるにまかせる。エリカを引き付けることはできずに、むしろ反感を抱かせる。あの大観覧車は個々のまばらな明かりから一つの大車輪を作り出している。大観覧車はあらゆるものから抜きん出ている。しかしこれにはライヴァルがいる。同じように明かりが付いているが、もっとずっとけばけばしいライトがついているジェットコースターだ。その軌道上を小さな車が何台か、お互いにしがみつき、技術の威力に対する恐怖からかキャーキャー甲高《かんだか》く吠えている勇気のある人たちを乗せて、鋭い音を出して唸《うな》りながら疾駆していく。取るに足りない口実で同伴の女性にしがみつく男もいる。この女性と同じようなことはエリカにはない。エリカは誰かにしがみつかれたいなどと夢にも思わない。化け物巡りコースターのてっぺんで、照明を浴びたお化けが綿のようにふわふわと自分の前の世界に挨拶する。もはやこんなことで人の関心は引けない、初めてのボーイフレンドと一緒の十四歳の少女ぐらいがせいぜいだ。二人は、自分自身が恐怖の一部分になる前に、まだ猫みたいにあちこちで世界の恐怖と戯れる。

横並びになった二世帯住宅や一家族用一戸建ての家はその日一日のしんがりを務める部隊であり、その中に住んでいる人たちは一日中、夜間でさえも遠くの騒音を聞かないわけにはいかない。東欧ブロック出身のトラック運転手たちは、特定の自由世界の最後の一飲みを補給するつもりでいる。国にいる妻のためには一足のサンダルを、これは例のプラスチックのかばんのどれかから買った物で、西側の標準を満たしているものかどうか、今ひとたび吟味する。きゃんきゃん吠える犬の声。テレビ画面のちらちらする愛の場面。ポルノ映画館の前では一人の男が叫んでいる。ここで上映中のものは他所《よそ》じゃ一度も見た人はいないものだよ、さあ、中へ入って。どうにか日が暮れた頃には、世の中は大部分男性の参加者から成り立っているらしい。これらの男性たちにとって当然女性たちに与えられるべき分け前が、最後の光の環の向こう側で辛抱強く、待っている、ポルノ映画が男性に残しておいた余力に少しでも報われるのを、待っている。映画には男が一人で行き、映画の後で、映画の中と同じようにこちらでも、永遠に誘惑する女が必要になるというわけなのだ。男はすべてを独りですることはできない。残念ながら男は、映画の入場料となおも女のために、二重に支払う。

　エリカはさらに前方へと悠然と歩いて行く。人気《ひとけ》のない緑地が吸いこむような深みのある口を大きく開けている。この地帯の景観は奥深くまで、遙か遠くまで続いている。この地域を彼方までずっと行けば、さらに外国の国々が続く。ドナウ川まで、石油港ローバウ*まで、そのほぼ向かいのフロイデンアウ港までも。この港の南にあるアルベルナー穀物港。アルベルナー港付近の緑野《アウ》原始の森々。それからブラウエ・ヴァッサー**と名もなき人々の墓地。商取引埠頭。ホイスタドドル湖とプラーター地帯、ここで船が接岸し、再び先へと航行していく。そしてドナウ川の向こう岸側には巨大な氾濫地域があって、その地域の自然保護を求めて、自然保護志向の若者たちが闘っている。砂の岸辺の景観、牧草地、榛《はん》の木、枝が絡み合うやぶ。岸辺を舐める波。でもエリカはこんなに長い距離を歩いて進む必要はない。そこまでの道は遠すぎる。徒歩でなら、装備をしっかりしたハイカーだけが一息入れたり、軽食を食べたりしながらやってのけられる距離だ。今エリカは足の下に柔らかい緑野の地表がある場所にいて、前方へ大股で歩いて行く。歩きに歩く。小さな凍りついた幾つかの島、雪でできたレースの小型のテーブルクロス、黄色や茶色の、冬のせいでまだ凍っている草。エリカはメトロノームのように規則的に交互に足を前に出して歩く。片方の足が犬の糞の山を踏んづけたりすれば、もう片方の足がすぐにそれを察知して、ずっと長く臭《にお》っている地点を避ける。そんな時踏んづけた方の足は草の中で汚れを拭いて落とす。明かりはゆっくりとあとに残される。暗闇がその門扉を開く、曰《いわ》く、入って散歩してください！　経験上コーフート嬢はこの近隣ではあまり骨を折らなくても売春婦が雇用関係を引き受けたり解消したりを甘受するのを観察できることを、知っている。エリカのポケットには携帯食として、エクストラ・ソーゼージ〔八七頁参照〕を挟んだ小型パンも入っている。母からは不健康だと非難されるけれども、お気に入りの食べ物だ。緊急時用の小さな懐中電灯、極度の緊急時のための威嚇射撃用ピストル（指の関節一つと同じくらい小

＊　石油港ローバウは、ウィーン東南部に位置する。
＊＊　「蒼き水」を意味するアルベルナー港内の入り江。

さい！）、エクストラ・ソーセージのあと喉が渇いた時のためのテトラパック入りチョコミルク、緊急時用のたくさんのテイッシュペーパー、僅かなお金、とはいえ念のためタクシー代には充分なくらいのお金、緊急時用ではあっても証明書の類いは持たない。それに双眼鏡。父親からの相続品で、父は頭脳明晰な時期にはこれを持って小鳥や山々を夜間でも観察した。今この時分に母は、子どもは私的な室内音楽リサイタルに行ったと思っている。エリカがプライヴェートな生活を実現できるように、また母がエリカを爪でがっしり摑んで離さないと、エリカが絶え間なく母に非難がましく言わないように、娘を独りでリサイタルに行かせているのだと、母は普段エリカにひけらかしている。遅くとも一時間は経とうとする時になって初めて母はホーム・リサイタルの同僚の女性に電話を掛けるだろう。するとこの女性は慎重に考え出した口実を持ち出して言うだろう。同僚は愛のロマンスが絡んでいると信じていて、自分は消息通だと思うのだ。

大地は黒々としている。空は大地からほんのわずかだけ明るく目立っていて、どこに地表があって、どこに空があるのか分かるくらいにはまだ明るい。木々の淡いシルエットが水平線にかかっている。エリカは慎重に行動する。静かに羽根のように身軽に動く。身体を柔らかくして、重みがないようにする。自分をほとんど不可視にする。エリカは空気の中にほぼ埋没する。身体全体が目となり耳となる。エリカの長く延ばされた目は望遠鏡だ。歩きまわっている他人の歩く小径《こみち》は避ける。歩きまわっている他人が楽しんでいる地点を探す——いつも二人で連れ立っている地点を。それにしてもエリカは、とにかく人々を憚《はばか》らなければならないようなことは何も冒していなかった。彼女は、他の人たちならそこから後ずさりするようなカップルを双眼鏡の助けを借りて密かに観察しているのだ。彼女はこの土地の地形を靴底で探ることができないでいて、今は手探《てさぐ》り歩きの構えになる。職業上自分が慣れているように、耳にすべてを頼る。時々ガクッとなって、そのあとほとんど躓《つまず》きそうになったりするが、それでも目的に叶うように首尾一貫して前の方向に向かいながら、努力して進み続ける。彼女は歩いて、歩いて、歩きまくる。スポーツシューズの靴底の溝の中にごみが纏《まつ》わりついて、滑りやすくなってしまう。しかしエリカはさらに草原の地面を前方へと歩いて行く。

すると彼女はやっとたどり着いたのだった。草原の底面から、キャンプファイアーにも似て、愛し合うカップルの叫び声がエリカ・コーフートの前で思いきり大きくなる。ついに覗《のぞ》きの人々の故郷にたどり着いたのだ。双眼鏡すら使わなくて済むくらいの非常に近い所だ。特殊な夜間用双眼鏡だ。そのカップルは故郷にいるみたいにファックし合っていて、この上なく美しい草原の底からエリカの眼球に飛び込んでくる。外国語で歓声を上げながら、男は女の中に体をねじ込む。女は鐘を鳴らさず、それどころかほとんど不機嫌そうに抑えた声で、指示や命令を与えている。男はひょっとすると理解していないのかもしれない、というのも男はトルコ語で、あるいは他の珍しい言語で、さらに歓声を上げていて、女の叫びに添うように合わせてないどいないからだ。顧客が口をつぐむべきだと、女は喉のずっと奥の方で、飛びかかる寸前の犬みたいに唸《うな》る。トルコ人の男はしかしハープを奏でて、春の風のようにささやくが、ただ声はやや大きい。男は引っ張るような、ひと続きの長く続く叫び声を何度か発していて、これが、すでにエリカが非常に近くにいるにもかかわらず、もっと近くに這《は》いよれるように、恰好の位置感覚を取り持っていてくれている。この愛のカップルが仮の宿を与えてもらっているのと同じやぶが、エリカをもカムフラージュしてくれている。トルコ人の男、あるいはトルコ人に似た外国の男は、自分がやっていることを喜んでいるように見える。女もやはり喜んでいるように聞こえてくる。でも女の場合にはもっとブレーキがかかっているように事が運んでいる。男がどこに行くべきか、女が指示する。男が従っているかどうかは確かめられない。男は自分自身の内部の命令に従うつもりでいて、案の定、ときおり相手の女の願望と衝突することもある。エリカはどのようにことが起こったかを見た証人だ。女が止まれ《ヒュー》と言うと、男は行け《ホット》、と言う。当然のことなのだろうが、男が女に優先権を譲らないので、女はだんだん腹を立ててきたように思われる。女がもっとゆっくり、と言うと、男は早くやって、同じように早く戻る。多分この女はプロフェッショナルではなく、ただの酔っぱらいで、引っ張ってこられただけの、ノーマルな女なのかもしれない。ひょっとすると女は最後には、努力に見合ったものを何も貰わないのかもしれない。エリカは屈《かが》んで男は今、縮こまる。エリカはくつろいで構える。エリカがスパイクシューズ*でドタリドタリとこちらの方に歩いて来た時でさえ、二人はエリカの立てる音を聞き取ることができなかったのだろう。一度凄い大声で一方が叫び、その後もう一方が、あるいは両方が一緒に叫ぶ。エリカには覗き癖の実行時に、こんな幸運なんて必ずしも得られるものではない。女がいま男に、ちょっと待つように、話しかけている。男がその点で賛意を示す発言をしているかどうか、エリカは確認できない。男はいま母国語で比較的静かにひびく文章を喋っている。女は、男の言葉は誰にも分からない、と男を怒鳴りつけている。あんた待つんだよ、分かる？　待って！　待つこたあね。エリカは何が起こっているか理解する。まるで記録を作ろうとするかのような速さで靴一足の靴底を張り替えるか、そうでなければ車の車体を溶接でつなぎ合わせるかみたいに、男が女の中に入りこむ。毎回突くたびに女は基礎壁まで揺り動かされる。女は唾を吐いて、こんな場合にふさわしいと言える以上にけたたましく言う、もっとゆっくり!!　そんなに強くなくね、お願い、それに相応して女は早くも懇願に移っていた。成果は同じくゼロ。トルコ人の男は信じがたいエネルギーを持っていて、猛烈急いでいる。男は今、時間の基準単位内で、またひょとしたらお金の基準単位内でできるだけ多く突きを入れることができるように、自分の内燃機関内でもっと高速のギアチェンジさえも選んでいる。女はいつか自分でも好い結果で終わるのだという期待は諦めていていつ男がついには終わるのかとか、男があさってまでかかるんじゃないのかとか、大声で罵《ののし》っている。男はトルコ語で息をもつかせぬファンファーレの言葉を押し出すように発している。それらの言葉は男

＊　二四一頁ではSportsohlen（スポーツシューズSport (schuh) の靴底）とあり、ここも、場面上同一の靴と思われるが、スパイクシューズか登山靴を意味するNagelschuhenという語が原文では使用されている。いずれにしても、底に鋲を打った靴を履いている。スポーツシューズには登山靴も含まれる。

の内奥の深みから出てくるものだ。男はトルコ語とドイツ語の両面で発射する。この男の場合、言葉と体感とが接近し連動し合っているように思われる。男はドイツ語で、フラウ！フラウ！と鋸《のこぎり》を挽《ひ》くような声で言う。女はもう一度、これを限りと言ってみる、もっとゆっくりね！　エリカは潜伏場所で二足す二を合計してみて、女はプラーターの売春婦ではない、と決めつける。どうしてかと言えば、もしそうなら、男にブレーキを掛けるよりは、女はむしろ焚きつけるであろう。女は男とは対照的に、そう、できるだけたくさんの顧客をできるだけ矢継ばやにさっと集める必要があるだろう。男は逆に、感じていて、とにかくできるだけ長くそこから得ようとする。多分、男はいつかもう全然できなくなるだろう、その時には思い出以外には残っていないのだ。

男女両方の性はいつでも何か根本的に正反対のものを欲している。

エリカはひたすら息吹と化して、吐く息もほとんどそよとも吹かないけれど、両目だけは大きく開けている。野獣が鼻で嗅ぎつけるように、この両目が嗅ぎつけるのだ。目は高感度の器官であり、目は風見のように機敏に向きを変える。エリカは参加することから締め出されないためにこんな覗きをやっている。ある時はこちらを訪れ、それからまた向こうの方を訪れる。どこに行ってみたいか、どこには行きたくないか、エリカ自身の裁量でやっている。エリカは参加したくはないけれど、エリカなしで行われて欲しくはないのだ。音楽だとエリカはある時は演奏者として現場にいて、その後また観客として、聴衆として居合わせる。こんな風にして彼女の時間は過ぎていく。エリカは時間に飛び乗ってまた降りるが、時間はちょうど、いまだに圧搾空気式のドアが付いていない古風な路面電車の車両のようだ。現代風の車両では、ひとたび乗車したら、ずっと乗っていなくてはならない。次の停留所までは。

男は無数の留め金具を釘《くぎ》で打ちつける。そうしながらひどく汗をかいて女が逃げないように、鉄で挟むように女を抱きしめたまま離さない。まるで餌食として食べようとしているみたいに、男は女をすっかり唾で混ぜ合わせる。女はもはや話をせずに今はとうとううめき声を上げている。相手の男の熱中が感染してしまったのだ。女は裏声《ファルセット》を出して、ひと続きの意味の分からない小間切れの単語で哀願している。敵を嗅ぎつけた時のアルプスマーモットのように、女はヒューヒュー笛のような音を出している。女は自分と向き合っている男の背中の下の方の腰の辺りに両手を固定させているが、そうやって向かい合わせの男が女からするりと逃げたりしないためだ。女はそう簡単には払いのけられないためでもあるし、またやはり後で、義務がなされた時に、愛情なり、からかいの言葉なりを贈って貰いたいためだ。男は出來高払いで作業仕事をしている。男は自分の限界を徐々に吊り上げる。長く時間がかかって、やっと今回、男にとっては地元のオーストリアの女と初めての機会を持ったのであり、この機会をめいっぱい利用して性急に活動する。このカップルの上方では樹木の梢《こずえ》が戦慄《せんりつ》している。風が吹いているさなか夜空がまだ生き生きとしているように見える。トルコ人の男は見るからに、自分の念頭に浮かんでいるものを、もうとてもこれ以上抑えておくことはできないようだ。男はもはやトルコ語でさえないように思われる言葉を何か喉の奥で発する。女は〔ゴール直前の〕ホームストレッチにかかっていて、さあ、さっさと、と言って、焚きつける。

見物している女、エリカの内部では、見たものが破壊的な作用を及ぼしている。彼女は前足、つまり手が、積極的に参加して役に立たせたいとばかり、うずうずしているけれど、彼女に手出しが禁じられている以上、それからは距離をとるだろう。彼女は手立てするのを断固禁止されるのを待っている。彼女の行動は、彼女と行動自体がそこに繋《つな》がれてしまうような、しっかりしたフレーム枠を要求している。目の前の二人がゆめゆめ感じていないうちに、エリカが勝手に加わって、二人グループから三人グループを作り出す。突然、彼女の内奥のどこかしらの器官が彼女自身でコントロールできないうちに、二倍の速さかそれよりもっと急速に働く。エリカが興奮する時には、膀胱にかかる強い圧迫感が、煩《わずら》わしく厄介なことが、いつも襲ってくる。ここには何キロメートルにもわたって広々とした景観が、たとえこの自然の欲求とその結果を跡形もなく消えるのをそのまま放置しながら待っているとはいえ、いつも都合の悪い時にこのように襲ってくるのだ。ご婦人とトルコ人の男は彼女の前で活動して見せてくれている。エリカは思わず知らず反応してしまって、小枝の中でカサコソとかすかな音を立てる。彼女がカサコソという音を望んだのか、そうではないのか？　内部から押されて出てくる衝動はいつも腹立たしい。見物していた女エリカは、このうずうずして引きつるような衝動を鎮めるために、しゃがんでいる姿勢を少し楽にする必要がある。すごく切迫しているのだ。あとどれくらい抑えていられるか分からない。この際、どんなことがあったとしても、今この時というのは良くない。カサコソという音がいちだんと高まり、ザワザワという音もすでに大きくなっている。エリカは意図的にこの枝の後押しを少しはした方がいいかどうか、自分でも分からないが、そんなことは自然に即してみれば、無意味であるだろう。エリカは枝に突きあたり、枝は意地悪い騒音を立てて復讐する。

自然児であるトルコ人の男は、普段はその前に立っている機械に根づいているより、ここの草や花々や、樹木の方にもっとしっかり根づいているのだが、だしぬけに自分が今やっていることをすべて中断する。女とも、まず最初にやめる。女はそんなに素早くは気づかず、男の方がすでに変速レバーを切り替えたにもかかわらず、まだ一、二秒は続けてかん高い声を上げている。トルコ人はいま動かないでたゆたっているが、これもまた素敵だ。男はなんという偶然、ちょうどその時終わっていて、休んでいる。男は疲れている。風に耳をすましている。今度は女も耳を澄ましているが、しかしそれは、そんなに叫ぶんじゃないぞ、とやっとボスポラス海峡の住民の男の歯擦音が女をたしなめた時のことだ。トルコ人の男は短い質問をしてわめいたが、それともあれは命令なのだろうか？　女は熱がこもっていないまま一応はなだめるが、女が自分の隣接者からまだ何かを欲するということもありうる。トルコ人の男は女の言うことが分からない。多分、男は女を殴るに違いない、なぜなら、女がソプラノで、わたしのそばにずっといて、と頼んでいるから、あるいは、何かそれと似たようなことを、それをエリカはきちんと理解しなかったが。エリカは注意を他に転じていたのだ、というのもトルコ人がまだ痙攣しながら、身を震わせながら、女にまったく身をゆだねきっていたその瞬間、彼女が一〇メートルは退いて逃げたからだ。幸運にも女はそれに気づかず、それに今トルコ人は再び自分自身に戻っている。それに彼は見事な男だ。女は金だか愛だかを口やかましく言いながら、ねだっている。大きなわめき声や泣き言やらが女の口をついて出てくる。〔ボスポラス海峡に面した〕金角湾の住民である男は大きな声で女を罵《ののし》り、女の体からプラグを抜き取って女との連絡と、女とのワイヤレス交信を断つ。エリカは退却の際に、雌ライオンが近づく時のアフリカ水牛の群れみたいに、騒音を立ててしまう。彼女は多分故意に、それとも無意識のうちに故意に音を立てたが、どちらにしても効果の点では同じことになる。

トルコ人は弾みをつけて立ち上がり、ラストスパートに移るが、それでもすぐに転ぶ。ズボンとちらちら微光を放っているブリーフが膝のあたりで暗闇の中でぎらぎら輝いた。憚《はばか》ることなく呪いながら、衣類をぐいぐい引っぱり上げると、両手で本気になって威嚇の身振りをする。左側に一回、右側に一回。そんなに遠く離れてはいないやぶに向かって威嚇するが、そこではコーフート嬢がいま息を止め、すべてを引っこませて、自分の十本のピアノ用の小ハンマーの一本を噛んでいる。

トルコ人の男は今ズボンの二本の穴の軌道に足を突っ込んでサックレース*をしている。男は一本の車線をやり損なって、それからもう一本の穴の軌道にもまた入れ損なう。一番必要なことに男は時間をかけない。幾人かの者はあらかじめ考えはしない、考えないで、何であれ構わない、まず行為する。その様子を観察せざるをえない時に、このことが見物している女性の頭を掠める。そこにいるトルコ人はこんなグループに数え上げられる。愛のカップルのうち、失望して横たわっている、劣った部分である女は、ここのコンドームでたらふく食べて太ろうとしたのは、きっと犬かねずみだけだったのだと、朗々と金切り声を上げ始める。ここには食べるのに結構なごみがたくさんある。あんたは、わたしの最愛の宝物、また戻って来て欲しい。どうかわたしを独りにさせておかないで。その、外国人の素敵なカーリーヘアの頭は、それには耳を貸そうとはしないで、その頭の持ち主が、立ち上がって目いっぱいの高さになる——彼は比較的背の高いトルコ人であるように思われる。やっと男はズボンを上の方に上げて、やぶの中に侵入する。幸運にも男がドシドシ踏み込んだのは——多分やはり故意にか——根本的に場違いの方向だった、つまり、やぶがますます密生している方向だ。エリカはあまり大して考えもしないで、どちらかというとまばらに生えている方の場所を選んだが、男はそこに彼女がいるとは推定していないのだろう。女は遠くから小声で歌を歌うように懇願している。いま女は再び身支度を整えている。両脚の間の中に何かを詰めて、力いっぱい拭き取る。丸めたティッシュペーパーを幾つか放り投げる。たった今新たに作り出したばかりのぞっとするような声の

＊　袋競争。袋に腰まで体を入れ、両足跳びで競争する子どもの遊戯。

調子で、女は罵《ののし》っているが、これは女の自然な声の状態であるらしい。女は叫びに叫ぶ。エリカはショックで慄然《りつぜん》とする。男はメーエと鳴いてぶっきらぼうに短く答えて、探しに探している。男はいつも同じ場所から、これもまた同じ次の場所へと、おぼつかない足取りで歩く。それから男は再び型にはまったように最初の場所に戻ってくる。ひょっとすると男は怖くて、覗き男を本当は全然見つけ出すつもりがないのかもしれない。なぜなら男は再びあの一本の白樺からやぶの所に歩いて行って、またやぶの所からその一本の白樺の所に歩いて戻る。男はほんとに、他にもまだあるそこ以外のやぶの方へ歩いて行くことは全然ない。女は、消防エンジン第四ポジションの構えの間隔をおいて、ちょっと、そこには誰もいないわよ、と申し立てている。戻っておいでよ、と女は要求する。男はまたもやそれを聞き入れようとせずに、ドイツ語で、口をつぐめ、と女に要求する。女は今、まだ体内に残ったままになっているものがある場合に備えて、両脚の間に二回目にティッシュペーパーを重ねて置いてから、彼女の方でもパンティを上の方に引っ張り上げる。それからスカートをその上で撫でつける。女はまだ開いたままのブラウスに目をとめ、体の下の地面に敷いておいたコートを引っ張り上げる。女は小さな巣を自分のために作っていた。まさに女性が誰でもするやり方で、女はスカートを泥だらけにしたくはなかったのだ、その代わりに今はコートが汚れて、しわくちゃになっている。トルコ人の男は何か新たに叫んでいる。つまり、おいで！と言っている。トルコ人の恋人の女は気が進まず、さっさと立ち去ろうと強く求めている。今エリカも女を全体として眺めやっている。

女はもうかなりの年だが、それでもトルコ人にとっては相変わらず若いお人形さんだ。女は用心のため目立たないようにじっとしているが、緊急の場合には、パンティの中に入っているティッシュペーパーを入れたまま走るために。女には走るための有利なハンディキャップが必要なのだ。なんと簡単にそれをなくしてしまうことか！　この恋愛では、初めから女は元を取って満足することなどはなかったけれど、今さら殺されたくもない。次回は、愛を落ち着いて最後まで味わい楽しむことができるように、ことのほか注意することにしよう。見る見るうちに女はオーストリアの女になり、トルコ人は、もとからそうであるけれど、トルコ人の男になる。女は他人に尊敬の念を起こさせる風情になり、トルコ人は自動的に敵や敵対者に注意するようになる。

エリカは身体に付着した葉っぱにさわさわ音を立てさせたり、お喋りさせて秘密を洩らしたりさせない。彼女はじっと静かにしていて、草の中で折れて使いものにならずにくたばっている一本の朽ちた枝みたいに。死んだままでいる。

例の女は外国人労働者を、すぐに自分は立ち去るから、と脅している。その外国人労働者はこき下ろすようなことを言って答えようとする、しかしちょうど良い頃合いを得てよく考えてみてから、さらに黙り込もうと試みる。いきなり急に地元オーストリアの女として再び目覚めた女が彼に敬意を払うために、男はいま雄々しさを示さないといけない。何も動かないのに勇気を得て、男はもっと大きい弧を描いて、それでコーフート嬢を脅《おび》やかす。女はもう一度警告を発して、小さなバッグを地面から拾い上げる。自分の内部や身辺にある最後のものを女は整える。ボタンを掛けたり差し込んだり、何かを払い落としたりする。女はゆっくりと後方に、並んでいる食堂の方向に歩き始める。トルコ人のボーイフレンドをもう一度ちらっと見てから、しかし早くも自分の速度を高めているところだ。女は別れしなに下品な、理解不可能なことを怒鳴っている。

トルコ人は決心がつかず、どこへと行ったらいいものか分からない。あの女がひとたび男から去ってしまったからには、ひょっとすると男は何週間も彼女の代用は見つからないかもしれない。女は叫ぶ、あんたみたいな男ならわたしにはすぐに見つかる。トルコ人の男は立っていて、一度頭を女の方にぐいと動かしたかと思うと、今度は不可視のやぶ人間の方に頭をずらす。トルコ人は自分が不確かで、一方の直観的本能ともう一方の直観的本能との間で揺れ動いている。両方の本能がすでにしばしば男に不幸をもたらした。どちらの野獣に従うべきか分からない男は、犬となって吠える。

エリカ・コーフートはもうこれ以上我慢できない。欲求がもっと強くなる。注意深くパンティを下に引っ張って、地面に小水を放つ。太ももの間から緑野の地面にぱらぱらと音を立てて、生温かい液体が、伝い降りていく。木の葉や、枝や、ごみ、汚物、腐植土からできている柔らかいマットレスの上にちょろちょろ流れる。今見つかってしまったのか、そうでないのか、依然として分からない。エリカは前方を凝視して顔をしかめながら、ひたすら体から流れ出るにまかせる。だんだんエリカの体は空っぽになっていき、地面はめいっぱい吸いこむ。原因も結果も彼女は何も考慮しない。筋肉を弛緩させる。すると始めのぱらぱらから、穏やかな、恒常的な流れに変わる。引き続き勢いよく地面に放尿している間に、彼女は自分の眼球の真ん中にある瞳孔《どうこう》のマイクロメーターの中に、じっと動かずに真っ直ぐに立っている外国人の男のイメージをぴんと張って、そこに固定する。彼女にはある一方の解決法と、もう一方の解決法と、両方に対して同じような心構えをする。両方とも彼女にとっては正しい。トルコ人の男の人柄が良いかそうでないか、偶然という姿をとった運命に彼女はまかせる。タータンチェックのスカートが濡れないように、気をつけて曲げた膝の上の方にスカートを持っている。濡れてもそれはスカートの責任ではない。うずうずしていた感じはついに鎮まってきて、もうじき彼女は蛇口を再び閉めることができる。

例のトルコ人は相変わらず銅像みたいに、草原の中に打ち込まれたように立ちつくしている。トルコ人の連れの女はしかし、かん高い叫び声を上げながら、芝生の広々とした空間を越えてぴょんぴょん跳んで去って行く。女は時々振り返りながら、インターナショナルにどこでも分かる下品なジェスチュアをする。こうして女は言語の障壁を克服している。

男はある時はこちらに、そのあとまたあちらにと引き付けられている。二人の飼い主の間にいる御しやすい動物。かすかなちょろちょろという音や、さわさわという音は何を意味するのか、男には分からない。さっきまではどんな水もこの男には思い浮かばなかった。その間にも一つのことは男に確実に分かっている、つまり、自分の官能の同伴者の女が自分から逃げている。

逃げて行く女か、こちらの方か、二つに分かれつつある巨人の歩みを、男がどちらかに決めて克服し、エリカ・コーフートの方に向かうことが確実になった瞬間、そのときエリカ・コーフートはなおも最後の滴を体外に揺すり出していて、人間ハンマーのひと打ちを待機していた。そのハンマーは空から降ってきて彼女の上に落ちるだろう（厚い樫の板で器用な指物師が作り上げた人間の模造品が、エリカを昆虫みたいに押しつぶす）。とその瞬間に男は引き返して、初めはためらいがちに、ずっと振り返りながら、その後もっと急速に、もっと決然と、この楽しい夕べの始めの時に自分が引き裂いておいた狩りの獲物の後を追う。手中の小鳥一羽は、やぶの中の二羽より確実だ。初めて手に入れるものについては、質から見て、要求を充たしているかどうか、誰にも分からない。トルコ人の男はこちらの不確実なものから逃げる。不確実なものはこの国ではあまりにしばしば、この男にとって手痛いものと判明してきたのだ。そして粘り強くパートナーだった女の後を追う。女はもう遠くで点と化してほとんど消えかかっていたから、男はとても急ぐ必要がある。こうしてまもなく男もまた水平線で、わずかに蠅の糞に過ぎなくなる。

女はいま行ってしまって、男もまた去った。そして天と地は暗闇の中で再び互いに手をしっかり差し伸べている。天と地はその手をこれまでしばしの間、緩《ゆる》めていたのだった。

3

たった今、エリカ・コーフートは片方の手で理性のピアノを弾き、もう片方の手で情熱のピアノを弾いていた。最初に情熱が効果を現わした。今それは理性の番になってきて、理性は彼女を薄暗い並木道を通り抜けて家へと駆り立てる。ところが、やはり彼女の代わりに他の人たちも情熱の成果をもたらしていた。この女性教師は他の人たちを観察しては、その等級に応じて評点を発行した。女性教師はその観察の際、もし誰かが彼女を素早く捕らえていたなら、様々な情熱の一つの真っただ中に引きずり込まれそうになっていただろう。

エリカは並木が向かう方向へ急いで通り抜けていくが、そこでは宿り木*のせいで早くも樹木の死が広がっている。たくさんの枝がもともといた常連席から別れを告げなくてはならなくて、草の中で死んだ。エリカは観察歩哨勤務を馬のように早駆《ギャロップ》けして離れて、人間にとってうってつけの住処《すみか》の中に再び身を置く。表向きエリカの気持の乱れを示唆するものは何にもない。でも、プラーターのはずれで若い身体つきの、若い男たちがあちこちたむろしているのを見ると、彼女の内奥でつむじ風が巻き起こる、というのも年齢から言えば、彼女は早くもほとんど若者

＊ 広葉樹に寄生する樹上寄生低木。

たちの母親と言ってもいいであろうから！　この年齢になる前に起きたことは、取り返しつかないまま過ぎ去って、絶対に繰り返されることは不可能だ。けれども、未来が何をもたらすかは誰が知っているだろう。医学が今日のような高水準にある時には、女性は高齢に達するまで女性的な諸機能を果たすことが可能である。エリカはジッパーを高く引き上げる。このようにして彼女は接触を避けて閉じこもる。偶然な接触さえも避ける。それでも傷ついた内奥では嵐が、まだ瑞々しい彼女の牧草地の草を食べつくしているさなかだ。

どこにタクシーが止まっているか、彼女は正確に知っている。並んでいる最前列の車に乗り込む。フォルクスプラーターの広い草地*にいた証拠は、靴の辺りと両脚の間に少しだけ残っている湿り気だけだ。スカートの下からちょっと酸味がかった臭いが立ち昇ってくるが、タクシーの運転手はきっとこれを嗅ぎつけることはできない、運転手の防臭剤《デオドラント》がすべてをかき消すからだ。運転手は運転する時に掻く汗を、お客さんが嗅ぐ傾向があるとは信じたくないし、お客の不潔なものを知覚する必要もない。車内は暖かくて、完全に乾燥している。暖房が静かに働いていて、寒い夜に抗して闘っている。車外では明かりが走り過ぎてゆく。第二区の厄介な重荷になっている古びた建物が暗く、果てしなく、明かりの気配なく、鈍く眠っているし、ドナウ運河の上部には橋が掛かっている。小振りで不愛想な、赤字をたっぷり吸いこんだ小料理屋が何軒もあり、そこここから酔っぱらいが飛び出してくるや、さっと飛び上がり、互いに打ってかかったりしている。年老いた女たちが頭にスカーフを被って、この日の最後にと犬を外へ出してやるが、たったの一回でも、同じようにやっぱり犬を連れていて、おまけに男やもめだったりする孤独な老人と出会いますようにと希望をかけながらのことだ。エリカはすべてのもののかたわらを電光石火のごとくあっという間にタクシーで通り過ぎて連れていかれる、まるで細いひもに繋《つな》がれたゴムねずみが、後ろから巨大な猫に遊び半分で飛びかかられているみたいだ。モペットの一団。肌にぴったりしたジーンズ姿の少女たちの頭には、本物のパンク・ヘアスタイルの名残《なごり》がある。でも少女たちの髪の毛はずっと真っ直ぐにうまく立っていなくて、いつも崩れ落ちる。髪の毛の中の脂肪分だけはまだ足りないのだ。髪の毛は何回でも絶望的に頭皮に押し戻される。そして少女たちはモペットのパイロットの後ろで座席に身を投げかけたまま、ブーンとうなり、さっと飛び去っていく。

「ウラニア」** がひと塊の知識欲旺盛な人々を講演から放免した。英雄を囲むように講演者の周りに群がったり、強引に割り込んだりしている。聞くべきことは先ほどすべて聞いたにもかかわらず、みんなは銀河系についてもっと聞き知ろうとする。エリカはいつかここで、関心のある人たちの前に立ち、緩《ゆる》やかに鉤針編みで編んだような空気の中で、フランツ・リスト***

＊　プラーターシュテルン駅から南に延びる並木道「ハウプトアレー」の、始まりから数キロ先まで続いている地域。

＊＊　ウィーン市内ドナウ運河脇にある成人学校、公立の教育機関で、天文台や映画館もある。

＊＊＊　フランツ・リスト（一八一一―一八六）。ハンガリー出身の作曲家、ピアニスト。

と、真価を認められていない彼の作品について公開講演したのを想い出す。そして二回か三回、規則正しい二目《ふため》表編みと二目裏編みのように、ベートーヴェンの初期ソナタについて講演した。当時エリカは、後期の曲であれ、今回の講演のように、初期の曲であれ、ベートーヴェンのソナタにはこのような多様性が支配的でありますから、いくらでも悪口を言われているソナタという言葉が全体として、いったい何を意味するのか、まずは根本的に問われなければならないでしょう、と述べたものだ。ベートーヴェンがこのように多様性で特徴づけたものは厳密な意味で、もはやソナタではないかもしれません。しばしば感情が抑えがたくソナタの形式からとめどなく溢れでてくるような、こんなにも高度にドラマチックな音楽形式においては、新たな法則を見つけ出すことが大切でしょう。ベートーヴェンの場合、感情と形式と、この両者が手を組み合っていくようなケースではないのでしょう。つまり、感情が形式に地面の中の穴をひとつ指摘するか、その反対に形式が感情にそれを指摘するかの、どちらかなのでしょう。

ウィーンの中心部が近づいた今、少し明るくなった。市の中心部では明かりを相当に大盤振舞しているが、それは観光客が帰り道を簡単に見つけられるためである。オペラはもう終わっている。これは実際には時間的にとても遅いことを意味している、つまり、娘が安全につつがなく家に辿り着くまで、それより前には寝にいったりしないのを常としているコーフート・シニアさんの家庭内勢力範囲では、遅くなった結果、これからひどく猛威がふるわれるであろうという事態を意味している。母は叫ぶだろう。仰天するような嫉妬のシーンを演じるだろう。母が再び和解したくなるまで、猛威は長く続くだろう。彼女、エリカはそのため、一ダースもの高度に特殊化された愛の奉仕をする必要があるだろう。今日の夕方から究極的に確定していることがある、つまり、母は我が身を犠牲にしているのに、子どもはたったの一秒たりとも自分の自由時間を犠牲にしていない！　母が結婚中に使っていたベッドの片割れに娘が入って来る時に、すぐに目覚めてしまうことを心配しなければならない限りは、どうして母が眠り込んだりできるだろう。短剣のようなまなざしで時計を見ながら、母はいま速度を速めて、狼みたいにアパート〔の部屋の中〕を縦横にうろつき回っている。母は娘の部屋に逗留《とうりゅう》するが、そこには部屋に所属するベッドもなければ、鍵もない。母はタンスを開けて、無意味に購入した衣類を不機嫌に空中に投げ飛ばすが、このようなことは、繊細な生地やそのためのお手入れの手引きとコントラストを成している。娘は明日第一番に、コンセルヴァトリウムに行く前にみんな片づけなければならない。これらの衣服は母にとってはエゴイズムと我儘のしるしだ。しかし傍《はた》から見れば、娘のエゴイズムは、いま夜の十一時を過ぎていて、母が相変わらず自分だけたった独りでいるという事実だ。母にそれ以上要求するのは無理というもの。テレビ映画が終われば、その後、母と談笑できる人はもはやいない。今はまだ夜のトークショーをやっているけれど、母は見たくない、なぜなら、まあそうなっても仕方のないことだけれど、子どもがぎゅうぎゅう油を搾《しぼ》られて無定型の湿ってもつれた糸玉になる前に、母がその番組を観ながら眠ってしまうから。母ははっきり目覚めているつもりでいる。一着の昔のコンサート・ドレスを母は歯で嚙む。将来いつかピアノのトップスターに数え上げられるという希望をまだその襞《ひだ》に秘めていたものだ。このドレスはあの当時、母および錯乱状態だった父の食べる物を切り詰めて入手したのだった。糊口をしのいだあの口はいま、ドレスに意地悪く嚙みついている。見栄っぱりの意地悪女のエリカは当時、他の人と同じようにタフタのスカートと白いブラウスで登場するくらいなら、死んだ方がましだった。おまけに演奏者の女性が素敵に見えるのなら、母も娘も当時それは投資だと思っていた。それも終わって、しかも無駄に終わった。母は室内履きでそのドレスを踏みつけるが、室内履きはその下にある床同様にとても清潔であって、ドレスを台なしにすることなどできない。おまけに靴底は柔らかい。最終的に及ばされた効果でみると、ドレスはちょっとしわくちゃになっただけのようだ。このドレスに挑んで仕上げた郊外の半盲の女裁縫師は、少なくともそれまでの過去十年間はまったくモード雑誌に目を通さなかったというから、それならば彼女の創作品を、母は最終仕上げの状況にするためにキッチン鋏《ばさみ》を持ってきて、不名誉の戦場に移動する。整える手数を加えてみてもドレスはちっとも良くはならない。鋏で狭い一定幅の切り込みを入れられて、生地の間に空気を含んだこのストライプの最新モードを、もしエリカが着る勇気さえあるなら、多分ドレスはこれまでよりちょっと余計に体形を見せることになるだろう。母は、いわば、このドレスとともに自分自身の夢も切り刻む。娘が決して自分独自の夢さえちゃんと満たしていない時に、どうして母の夢を果たすというのか、あのエリカが？　エリカはみずからの様々な夢を最後まで考えて敢行することが一度たりともない、いつもただ馬鹿みたいにひたすら夢を仰ぎ見ているだけ。母はいま決然と襟ぐりのふち飾りと、あの当時エリカが極端に抵抗した袋型のパフスリーブとを不器用な手つきで切り落としている。そのあとは襞《ひだ》を寄せたスカートの残余を身頃《みごろ》から切り落とす。母は懸命にやっている。初めはドレスそのものを所有するのをなんとか可能にしようとして母は苦労した。彼女はそのために家計費を切り詰めた、それなのに今、切り刻んで破壊する仕事を懸命にやっている。母は個々の部分を若干自分の前に置いておく。今となってはシュレッダーに入るべきものだが、そんなものは持っていない。子どもは依然として家に帰ってこない。間もなく不安の段階は通り越して、憤りの状態に取って代わる。ほんと、人が心配しているのに。本来そこに夜は女性がいるべき所ではないけれど、夜間の乗物ではどんなにいとも簡単に女性に恐ろしいことが起こり得ることか。母は警察に電話をしてみるけれど、警察は何も知らないし、やはり噂だけでも何も聞いていなかった。警察は母親に説明する、もし何か起こったら、きっと真っ先に警察がそのことを嗅ぎつけることでしょう。年齢と身長がエリカさんにぴったり合う事件は誰も聞かなかったから、報告すべきこともやっぱり何もないです。死体をまだ捜しだしていないこと以外にはですね。それでも母はまだ一、二の病院に電話する。やはり病院も何も知らない。どの病院でも、奥様、こんな電話はまったく無意味ですよ、と説明する。それでもひょっとすると、今しがた娘を切り刻んだのを詰めた血なまぐさい小包が、あちこち互いに遠く離れた回収用大型ごみ容器に積まれているかもしれない。そんな事件の後では、母親だけが独りあとに残されて、彼女の行く手には養老院が待ち受けているが、母親はそこで独りでいることはもう絶対にできない！　別の観点でみれば、養老院で、母がいつも慣れているように、夫婦用の二つ並んだベッドに一緒に寝てくれるような人などいないのだ。

先刻からまた十分すぎるが、ドアの錠前の合図の音が鳴ったり、〔病院から〕親切に掛けて貰った電話のベルが鳴り、ヴィルヘルミーネン病院にすぐにお出で下さいなどと言ったりしない。ママ、十五分以内に帰ります、わたし思いがけず引き止められたの、などと言ってくる娘はいない。口裏合わせに頼んだ名目上の室内楽音楽会主催者の女性は、母が三十回、電話のベルを鳴らしてみても、受話器に応答することはない。

この母親ピューマは、眠る用意がすべて整っている寝室から居間へとそっと足音を忍ばせて歩く。今では再び付けたテレビで国歌が鳴りやみつつある時間だ。それと同時に赤、白、赤の旗が風にはためいている。これで今終わりです、のしるしに。こんなことのためにテレビを再び付ける必要などなかった、国歌を自分は暗記しているから。母は二個の小さな置物を交換してみる。大きなクリスタルの鉢をこちらからあちらに移し置いてみる。鉢の中には人工フルーツが入っている。そのフルーツを白い、柔らかい布で磨く。美術に造詣《ぞうけい》の深い娘はこのフルーツのことを、ぞっとする、と言っている。このきつい判断を母は拒んでいる。ここはまだ自分のアパートであり、自分の娘である。もし将来いつか死ぬようなことがあれば、事情はおのずから変化する。寝室ではもう一度あらためて、的確なアレンジメントであることをこのうえないほど厳格にチェックする。ベッド・カヴァー*の端が二等辺三角形をなしながら、入念に折り返されているようにアレンジしてある、というのがチェックの内容だ。シーツは髪を結い上げている女の髪の毛のように、ピンとしていること。クッションの上には寝る前につまむお菓子がアルミ箔で覆った馬蹄形チョコレートの形**にして置いてあるが、これは大晦日からいまだに残っているもの。この美味しい不意打ちを今は取りのける。なぜなら罰って必要だもの。ナイトテーブル・ランプの脇の、ナイトテーブルの上には娘が今ちょうど読んでいる本。本の間には手描きの子どもの頃のしおり、本の隣りには夜、喉が渇いた時のために、水が並々と入ったコップ、なぜならあまりたくさんの罰はまたしても必要ではないから。つい今しがた質《たち》のいい母はまたもや繰り返して、まったく新たに水道の水を満たす。水ができるだけ冷たくて新鮮であるように、そして水の気が抜けていたり、長く置いて味が落ちたりしているしるしの小さい泡を作り出さないために。母は夫婦用の二つ接してあるベッドの自分の側では、こういった細かい心遣いの仕方も少しばかり投げやりにしている。それでも入れ歯には配慮して、毎朝早めにまず口から取り出して掃除する。そのあとまたすぐに入れ歯を中に入れる！　もしエリカが夜でもまだ所望するものがあったりすると、お望みのものが外側から満たすのが可能であれば、叶えられる。内面の願望なんてエリカは胸の内に仕舞っておく必要がある。エリカは暖

*　やや薄い掛けぶとんのこともある。
**　馬蹄形の物は、特にフランスで幸運の象徴の一つになっている。

かい、良い家庭を持っているじゃあないの？　母は長く考えてから、さらに大きな緑色のりんごを夜の本の隣りに置く。これで選択の幅は本格的に大きくなっている。母猫がその子猫のための安らぎを信頼できなくて、絶えず子猫をあちこち引きずっているみたいに、切り刻んだドレスを母はこちらからあちらへと運んでいる。それからなおも、ドレスが明らかに輝いて見える第三の場所に持っていく。娘はこの破壊工作をすぐにでも見なくてはならない、エリカ自身が結局はそれに責任があるのだから。それにしてもドレスはあんまり目立ちすぎてもいけない。あたかもエリカがピアノ・リサイタルのためにすぐにさっと羽織るみたいに、コーフート夫人は最後にはドレスの残骸を娘のテレビ椅子の上に入念に広げる。母はこのドレスが肉体と魂とを一緒に揃えて保っているように、注意しなければならない。袖のぼろ切れの配列を様々な具合に按配《あんばい》する。母は自分の合法的破壊工作を盆の上にのせて捧げるかのように呈示して見せる。

母親はちょっぴり疑念を抱く、ずっと前に過ぎ去ったあの家庭音楽会の夕べの時のことだけれど、クレマー氏が母と子の間に無理に割り込もうとしていたことだ。あの若い男は本当に感じがいいけれど、母親の代わりになりはしない。誰でも母親を唯一の謄本の状態でだけ、オリジナルで占有している。もしもよりによって娘とクレマーが一緒になるということが起こるなら、すべてはお終《しま》いになるだろう。新しく建つマンションの頭金支払いの準備はもうじきほぼ整う。母親は日々新しいプランを練っては鍛えて、再び不適当だと撥《は》ねつけるが、そんな有様のため、娘は新しいマンションの中ですら母と一つ並びのベッドに寝なくてはならないだろう。母は鉄があまだ熱いうちに今からすぐに、鉄のエリカを鍛えなければならないだろう。それにまた、あのヴァルター・クレマーにお熱を上げないうちに。母親の心配には様々な理由がある、つまり、火事の危険、泥棒の危険、押し込み強盗の危険、水道管破裂の危険、母自身の脳卒中の危険（血圧！）、全般的かつ特殊な自然に対する夜間の不安。母親は新しいマンションのエリカの部屋を毎日調整してみて、前回よりはますます洗練されるように工夫してみる。ところが、娘のベッドのことが話題になる可能性はない。大目に譲歩してみても、せいぜい快適な肘掛け椅子一個であろう。

母は横になるが、すぐにまた起き上がる。もうネグリジェとナイトガウン姿になっている。なおも、もっと多くの飾り物をもともとあった場所から押しのけて自分でその場所に座ったりしながら、壁から壁へとつたたって歩く。ある限りの時計を見上げて、互いを修正統一する。今晩のことで、子どもにはきっとこれからまだ仕返しがあるだろう。

ストップ、今はこれまで、今こそ子どもにすぐ思い知らせてやるのだ。なぜなら、ドアのロックがカチャッとはっきり音を立てて、鍵が錠を少し引っかけてから、灰色かつ残酷な母性愛に通じる戸口が開いたから。エリカが中に足を踏み入れる。あまりにもたくさん飲み過ぎた蛾みたいに目を細めて瞬《まばた》きをして、明るい玄関ホールの明かりの中へ入る。至る所で、祝祭の照明のように、明かりのスイッチが入っている。しかし聖なる晩餐の時間は数時間前から使われることなく疾《と》うに過ぎ去っている。

静かに、しかし怒りで顔が濃い赤色になりながら、母親が最後に滞在していた場所から全速力で飛び出して来る。何かを間違って押し倒して、危うく娘を床に倒すところだ。闘いの形勢であり、これは後になってから徐《おもむろ》に展開されるだろう。母は音を立てずに子どもを叩き、子どもはちょっとリアクションの時間をとってから叩き返す。エリカの靴底からは動物性の臭いが立ち昇り、その臭いは少なくとも腐敗を暗示している。両者ともに、明日の朝早く起きなければならない隣人のためを思って、音を立てない格闘技に縺《もつ》れこむ。終末は定かではない。子どもは多分敬意を表して、最後の瞬間に母親を勝たせるだろう。母親は子どもの生業の十本の小ハンマーのことを気遣っておそらく子どもに勝たせる。もともと子どもは若いから、原則的には母より強い。おまけに母は夫との闘いですでに精力を使い果たしている。それにしても、母に対して自分の強さを全開にして出すことなど子どもは学習していない。母親は遅摘み葡萄《シュペートレーゼ》みたいに遅《シュペート》く自分の腹から生れでた子どもの、ほどけたヘアスタイルに強烈なびんたを喰わせる。頭部に被っていた馬の頭の模様が幾つか描かれた絹のスカーフが舞い飛んで高くひるがえり、玄関ホールの照明器具の上方に、注文したかのように乗っかっているが、情緒あふれた幾つもの公演につきものの明かりにふさわしく、その明かりはトーンを落として和らいでいる。おまけに娘の方では、糞便や粘土質の土、草の茎などで靴がつるつるすべり滑りやすくなっていたから、足元のマット用絨毯の上で脇の方に滑りがちなのが弱点だ。そのため女性教師の身体は床の上でピシャンと音を立てるのだが、赤いサイザル模様の長絨毯*が敷《し》いてあっても、衝撃はほんの僅かしか軽減されない。かなりの騒音の発生がある。母は隣人のことを思ってあらためてエリカに向かってシーシーッと言う、静かに！　娘は隣人に関連して母にお返しに、同じように要請する、お静かに！　双方ともお互いに顔を引っ掻く。娘は獲物の上方にいる狩猟用の鷹《たか》のように叫び声を響かせて言う、隣人たちはお母さんの「静かに」に関して、明日ゆっくり苦情を持ち込むことがあるかもしれないわ、なぜならお母さんの方が苦情を浴びるに充分なものがあるからよ。母はショックで吠え声を上げるが、それをすぐにまた抑える。それからまた、声を半ば出さず、かと思うと半ば声を出してハアハア言い、そしてめそめそ泣いたり、呻《うめ》いたり、勿体ぶったりする。母は同情チューブを上から押しだし始める、それでも、闘いはこれまで引き分けのままなので、自分の年齢やら、近づきつつある死という不純な手段で活動し始める。母はこのような論拠をちょっと大きな声に高めながら、どうして母たる自分が今日は勝てないのかを、すっきりしない発言のむせび泣きの鎖にして、申し立てる。エリカは母の苦情に困惑するが、母がこの闘いであまりにも強く体を消耗するというのは、彼女の本意ではない。エリカは言う、お母さんが始めたんじゃないの。母は言う、エリカが最初に始めたんだ。この体力の消耗は自分の命を少なくとも一ヵ月は縮めたよ。当のエリカはわずか半分の力だけでひっ掻いたり、噛んだりしている。母は間髪を入れず形勢が有利なことに気づいて、エリカの額

＊　メキシコ産の龍舌蘭の葉の繊維。

の髪の毛一束を、それは美しい渦巻きになってカールして下がっているのでエリカが誇りにしている髪の毛だが、その少量を、頭皮から乱暴に引っ張って抜き取る。すぐに裏声でエリカが叫び声をひと声、ふた声上げたから、あまりにも母は驚愕してしまって、すぐに手を動かすのをやめる。明日エリカはこそげ取られた頭皮の箇所に絆創膏を張る必要がある。あるいは、授業をする時に、頭部にスカーフを幻想曲風《クヴァージ・ウナ・ファンタジア》*に巻いたままにするかだ。両方のレディは明るさが和らいだランプの明かりの下で、滑って位置がずれてしまった長絨毯の上に、息を荒げて吸ったり吐いたりしながら座っている。娘は使わなかった少量の息を吐いてから、こんなことは必要だったのかどうか訊いてみる。娘は右手を、言ってみれば、たった今外国から恐るべき便りを受け取ったばかりの、恋をしている女性のように痙攣させながら、脈が踊って引きつっている首筋に押し当てる。年金生活のニオベ**である母は、玄関ホールの小ダンス脇に座って、言葉が見つからないまま答える。その小ダンスの上には、機能の仕方も説明されていなければ、使用の可能性も定かではないセット一式がある。母は答える、もしあなたがいつもちゃんとした時間に我が家に帰って来てさえいれば、必要じゃなかったでしょうよ。そのあと二人は無言のまま互いに向かい合っている。けれども二人の感覚は鋭くなっており、回転砥石で研《みが》かれてから、想像もできないほど薄くなった剃刀《かみそり》になっている。母のネグリジェは闘いで位置が滑ってずれていて、証明しているのは、あらゆる事柄にもかかわらず、母は依然としてまず第一に女であることだ。そこで娘は羞恥心でいっぱいになりながら母に、剥き出しになっているネグリジェを全体的に覆って着るように勧める。母は気まずい思いで従う。エリカは立ち上がって言う、いま喉が渇いているの。このささやかな望みを叶えるべく、母は急ぐ。彼女に反抗してエリカが明日新しいドレスを買うのではないかと恐れているのだ。母は冷蔵庫からりんごジュースを一杯持ってくるが、日曜特別提供品だ。というのも母は重たいびん類はごく稀《まれ》にしか、スーパーから引きずってこられないからだ。母は普通、同じ精力を使う努力をするのでも、長持ちするラズベリージュース濃縮液を買う。濃縮液は何週間にもわたって水で割って飲む。母は言う、わたしはもうじき究極的に死ぬ。意欲はあるけど、心はもう弱々しいのよ。娘は母に、そんなに大袈裟なこと言わない方がいい、と言う。常に死ぬと嘆かれて、娘はもう感覚が鈍磨してしまっている。母はいま泣き始めようとするが、これは、母を第三回戦でノックアウト勝ちの勝利者に、へたをするとレフェリーストップによる勝利者にさせてしまう。エリカは遅い時間だからと警告して、泣くのを禁じる。エリカはいまジュースを飲んで、そのあと大急ぎでベッドに行って寝るつもりだ。母も同じことをする方がいい、ただし母の側のベッドで。もうこれ以上エリカに話しかけないでもらいたい！　無邪気に我が家に帰ってきた室内楽奏者エリ

＊　ベートーヴェンがピアノソナタ第一四番（一八〇一年）の初版譜表紙にソナタ題名として書かせたタイトル „quasi una fantasia"、通称「月光ソナタ」として有名。

＊＊　ニオベは、アポロと双生の妹で、狩りや月の女神アルテミスとに、七男七女のすべての子どもを殺され、嘆き悲しんで、石となった。ニオベは兄妹二人の母レトに子供自慢をしたのだ。

カをこんな風に母は襲ったわけなので、エリカはそうすぐには母を容赦しないだろう。エリカは今シャワーを浴びたくない。彼女は言う、今シャワーは浴びないわ、シャワーを使えば、排水管の音が建物全体に聞こえるから。彼女はいつもの通り母の隣りに横たわる。エリカにとって一、二のヒューズ*は過熱して溶けたが、それでもなんといってもエリカは家に帰ってきたのだ。ヒューズは滅多に使わない器具と考えられていたから、これが焼け切れたことに彼女はすぐには気づかない。彼女は横になり、お休みなさいの挨拶をしても〔母の〕返答がなかったすぐ後で、眠り込む。母親はまだ長いこと目覚めて横たわっていて、なぜ娘はすぐに、後悔のしるしもなしに眠り込んだのだろうかと、密かに自問している。娘はみずからのお休みなさいが母に故意に聞き入れられなかったことに気づくべきだったろうに。普通の日なら二人は十分ぐらい身動きしないで横になったまま、それぞれの長持《ながもち》の中で構われずにたゆたっているのだが、そうした後で、とくに長い意見交換を一回小声でして、どうにも避けられない仲直りがそれに続き、お休みなさいのキスをして和解固めをする。ところが今日エリカはあっさり、さっと眠ってしまって、夢に運び去られていったが、母は夢のことは全然知らない。夢のことを翌日話してもらったことなどないからだ。母はここ数日か数週間、それどころか何カ月も、自分自身最高に用心した方が良い。その考えで母親は朝が白々明けになるまでまだ何時間もずっと目が覚めたままでいる。

4

バッハの六曲からなるブランデンブルク協奏曲**〔BWV 1046-1051〕については芸術性意識の高い人およびその他の人々は、その各曲が成立した日々にそのつど、空の星々が踊りながら現われたと、常に主張してきた。この人々がバッハについて話すとなると、いつでも神と神の住処《すみか》が一役買っている。エリカ・コーフートはある女子生徒の代理を務めることになったが、その女子生徒は鼻血が出て、鍵束を首筋に掛けて横たわっていなければならなかった。体操用マットに横になっている。フルートとヴァイオリンがアンサンブルを完全に補強していて、ブランデンブルク協奏曲には珍しい価値を付与しているが、演奏要員に関して言えば、この曲にはいつも変化に富んだ分担の割り振りがある。いつもまったく異なった楽器に構成されていて、

* 電気回路内にある器具で、なんらかの理由で流れる大電流による加熱や発火事故を防止する安全装置。

** バッハ Johann Sebastian Bach（一六八五—一七五〇）のフランス語の自筆譜のタイトル名は、「幾つかの楽器による協奏曲集」。バッハの協奏曲は、いわゆる「コンチェルト・グロッソ」という形式であり、オーケストラの全合奏（トッティ）部分と、複数の独奏楽器で構成される独奏部（ソロ）とが有機的に交替しつつ演奏される。吉井亜彦著『名盤鑑定百科　バッハ篇＋バロック作曲家たち』（春秋社、二〇〇八年、五四—五五頁）参照。

ある時にはブロックフレーテ〔リコーダー〕二本と一緒に、ということさえあった！

エリカの随行者の中にいるヴァルター・クレマーは、本気で取り組もうと思っている新たな攻撃の第一歩を踏み出した。彼は練習場の体育館のひと隅に離れていって、そこに陣取り腰掛ける。それはクレマー独自の観客席であって、室内楽オーケストラのリハーサルに耳を傾けている。あたかもしっかりと沈思熟考して、持参した総譜に目をやっているかのように振る舞っているが、その実、心はエリカ以外の何ものにも固定していない。クレマーはピアノを弾いているエリカの身動き一つでもうっかり見過ごしたりすることなく、じっと見つめているが、そんなことをするのも何かを独自にそこから学び取る目的のためではなくて、女性演奏者を男性のやり方で不確かな気持にさせる陽動作戦のため。何もせず、しかし挑発的に先生を見ている。彼は最強の女性で芸術家である人に匹敵するような大人の男として、唯一、生命を保った挑戦であろうとする。エリカはクレマーに訊ねている、ご自分でピアノのパートを引き受けてみません？　いいえ《ナイン》、結構《ニヒト》。そしてこの二つの短い単音節の語の間で、意味深長な中休みを取って、そこに言い表わしがたいものを含み入れておく。巨匠も練習しだいというエリカの主張には、言うべきことを多くはらんだ沈黙で反応する。知っているある女の子に、戯れのジェスチュアと思ってしているだけなのだが、その女の子の手にキスをして挨拶する。それから二番目の女の子と他愛ないことを言って笑う。

エリカはそんな女の子たちから発散される空疎な精神を感じ取るが、それは男性をじきに退屈にさせるものだ。美しい顔というものばかりが軽率に、性急に費消される。この悲劇の主人公クレマーは、もともとこの陽動作戦の役割を果たすにはあまりにも若すぎるが、他方エリカはそんな作戦の無垢な犠牲者であるにしては本当のところ年を取り過ぎている。クレマーは音の出ない総譜の紙の上で自分の指を楽譜通りに正しく走らせている。双方とも音楽の犠牲者と関係しているのであって、音楽の食客と関係しているわけではないと、最初の試みでどちらも見抜いている。クレマー自身みずからピアノを弾く演奏者ではあるけれど、不利な状況のせいで動員されるに至ってはいない。クレマーは三人目の女の子の肩にちょっと腕を回す。その女の子もやはりモダンなミニスカートを穿《は》いている。その少女はどんな考えも心の負担になったりしていないように見える。エリカは考える、もしクレマーがそんなに奥深くまでくだって行くつもりなら、どうぞ、そうしてちょうだい、でもわたしはそこにお伴していったりしないから。エリカの肌は嫉妬心から細かいクレープ織り＊みたいに縮《ちぢ》れて波打っている。エリカはすべてのことを両方の目尻のいちばん端からしか認めることができないから、目が痛む。エリカはそれこそクレマーの方を向いてはいけない。クレマーにはどうあってもエリカのこのような注意集中を気づかれてはならない。クレマーはいまあの三番目の女の子と冗談を言っていて、少女は鞭打つような笑いの一斉射撃で引きつっている。少女は両脚を、脚が胴体に

＊　表面に細かいしぼ、しわのある縮緬の織物。

移るところで、もう実際には脚が終わるところまで見せている。その少女は太陽の光をおもいきり浴びている。絶え間なくカヌーを櫂《パドル》で漕いでいるクレマーの頬には健康そうな色が描かれ、彼の頭はその少女の頭と一緒に流れて、彼の明るい金髪は少女の長い髪の毛とともに急にぱっと輝く。スポーツをする時クレマーはヘルメットで頭を護る。クレマーは今その女子生徒にジョークをひとつ語っているが、そうしながらみずからの目をテールランプの如く、ブルーにきらめかせる。彼は絶えずエリカがいることを感じ取っている。彼の両目はブレーキ操作の信号合図を出していない。そうなのだ、クレマーは疑いもなく新たな攻撃の真っただ中にいる。エリカに勇気をくじかれた男に、すでに諦めかけ、早くもエリカよりもっと若い庭園の花々をまさにむしり取ろうとしている男に、風、水、岩、波が、もう少し頑張ってみるように極力暖かいアドヴァイスをしている。なぜなら、密かに愛している恋人エリカが確実にぐらついてきて、軟化してきている前兆があるからだ。せめて一回でもその恋人を小舟に移し替えるのに、彼が成功すればいいのだが。そう、小舟というのは必ずしも、操作するのが難しいという非難もあるカヌー用パドルで操作するボートである必要はない！　静かにたゆたっている小舟でもいいのだ。湖で、川で、クレマーはまさにそこで生来の自分独自の本領にいることになるだろう。クレマーは水の中で我が家と感じているのだから、恋人には確実に支配を及ぼすことが可能だ。エリカの興奮気味で性急な動作を指揮して、対等な位置で調和をはかることができるだろう。今ここの鍵盤上では、音の痕跡《こんせき》ではまたもやエリカが自分独自の本領の中にいて、亡命ハンガリー人の指揮者が、それに合わせて指揮をしているのだが、彼は生徒の演奏集団に強いアクセントで、唾を飛ばし、罵詈雑言を浴びせている。

エリカと自分とを一体化しているものは愛情だとクレマーは診断しているので、またもや諦めたりしないことにする。そればかりか、前脚で機敏に探りを入れたり、後ろ脚で大急ぎであとを追いながら、新たにしゃきっとまっすぐに座る。エリカはクレマーからほとんど逃れそうになった。あるいはクレマーの方が成果の少ない分、諦めかけた。これはひどい間違いだったようだ。エリカは一年前より今の方が、身体的にずっと明確に際立ってきて、近づきやすくなってきているように思われる。一年前にエリカはキーをこつこつと打って、この生徒におぼつかない横目使いのまなざしを射るのだった。この生徒の方は行ってしまいはしないが、しかしエリカの所にやって来ても、内面ではどんなにか薪の小山が燃え立っていることか、言いはしないのだった。演奏している曲の音楽的分析に関して言えば、またしてもクレマーは必ずしもその場に完璧に居合わせているわけでもないように見える。おそらく居合わせてはいるのだろう。彼はエリカのためにそこにいるのだろうか？　演奏している何組かのグループにはさらに他にも美しくて若い少女たちが、それぞれの個性や風格、それぞれの色合いやサイズを有して存在している。エリカがはたしてクレマーに気づいているのかどうか、エリカは証拠を示さないし、そうやって彼女はみずからを疑わしくさせたままでいる。エリカはなかなか口説きにのらない様子を見せておいて、同時にクレマーには、そもそも初めからクレマーをここで唯一の男として気づいていたという事実を分からせている。この音楽征服者のエリカにとって、クレマー以外に存在しているのはわずかに音楽だけだ。クレマーは目利きらしく、彼がこの女性の顔の表情に見抜いたと憶測される事柄、つまり、拒絶を信じてはいない。「立ち入り禁止、入ると処罰されます」の立て札のあるアルプス高原放牧地に通じる格子門のベルを鳴らすのにふさわしいのは、クレマーだけなのだ。エリカは白いブラウスのカフスから出ている、糸通しした真珠のブレスレットを揺すって、いらだった性急さを込めながらその気持を示していた。多分この性急さは、いま到来した春にも由来している。春の到来は小鳥の訪れる数が増えたこと、そして向こう見ずなドライバーたちによって、至る所でとっくの昔に告げられていた。ドライバーは冬には健康の面での技術的配慮そして全般的な技術的配慮から乗物を止《と》めたままにしておいて、いま再び、初物のスズランと結託して勢いよく飛び出してきている。それにしてもドライブをやめていたことが、錆びついたり技術の後退などで、恐ろしい事故の原因になったりするわけだ。エリカは簡単なピアノのパートを機械的に弾いている。エリカの考えは遠くへと、生徒クレマーと一緒のピアノ研修旅行へと誘《いざな》われている。エリカとクレマーだけのホテルの小じんまりした一部屋、そして愛へと。

それから一台のトラックがそれらの思考全部を積み込んで、二人のための小さな住まいで再び荷下ろしする。その日が終わりになる直前に、思考は再び小さな籠《かご》の中に入っていなくてはならない。それは母親が愛情込めて詰め物をして、さわやかに表面を覆っておいた小さな籠だ。

そして若さが中年に寄り添う。

再びネメット氏が指揮棒で譜面台を叩いて中断させる。ヴァイオリンが充分にしなやかだったとは思っていないのだ。もう一度文字Bの部分をどうぞ。鼻血を出していた女生徒が今、元気になって戻ってきて、みずからの席をと、同時に競争相手と苦労して闘って得たソリストの権利を要求する。コーフート教授のお気に入りの女子生徒だ。なぜかと言うと、その生徒にもやはり、子どもに代わって野心的な態度をとっている母親がいるから。

その少女がエリカのいた席を占める。ヴァルター・クレマーはこの少女に目くばせして鼓舞激励するが、エリカがそれをどう思うかに注意する。ネメット氏が指揮棒に手を伸ばしたか伸ばさないかのうちに、エリカはホールの外に飛び出す。こんなエリカをクレマーは非常にありがたいと感謝する。クレマーは芸術でも恋愛でも市内で名だたるスタートの速い人間であるが、エリカと同じようにさっとすばやく腰を高く浮かして、足跡に鼻を付けようとする。ところが、指揮者のまなざしが聴衆クレマーを席に戻し、彼は席に沈み込む。この生徒は出ようとしたものかここに残ったものか決断を迫られるが、そのあと座席に残らざるを得ず、この場に残る決断したのだ。

弦楽器奏者たちは右腕を弓の上に投げかけて、力いっぱい音を鳴らし始める。ピアノは誇り高く跑足《だくあし》で馬場に乗り入れて、腰をひねり、緩《ゆる》やかに跳ねながら進み、高等馬術《オートエコール》から選りすぐった曲芸をするが、これは楽譜にはまったく載っていなくて、長い夜々に案出したものだった。

ピンクの照明が輝かしく当てられて、半円形を描いて優美に気取って歩く。今クレマー氏はずっと座ったままでいなくてはならず、指揮者が次に中断するまで待つ必要がある。今回マエストロは、一人も列車から飛び降りないものと仮定していて、何がなんでも始めから終わりまで一度でやり通すつもりでいる。これは心配するには及ばない、なぜならここでは大人が音楽演奏しているのだから。四時にはすでに子どもオーケストラと声楽学校のグループがリハーサルをした。声楽学校のグループは、存在している限りの声楽の学校の多彩なジグソーパズルだ。ブロックフレーテのクラスを率いる先生の作曲による作品が、〔ウィーン〕コンセルヴァトリウムを本部とする例の姉妹校から、各音楽学校分校全体から参加するすべての声楽女性教師たちの側からの独唱と斉唱《せいしょう》を伴って、演奏される。偶数の拍子と奇数の拍子の交替が有る大胆な作品であって、そのために小さい子どもたちのなん人にもおねしょをさせてしまう。ここでは今、将来のプロたちが音楽的感慨にふけり、熱中している。ニーダーエスターライヒ州の作曲家オーケストラのための後継者であり、各地方のオペラハウスの、またオーストリア国営放送ORFのシンフォニーオーケストラの後継者である。それどころか生徒の親戚の男性がウィーン・フィルハーモニー管弦楽団ですでに演奏している場合には、このフィルハーモニー・メンバーの後継者でもある。

クレマーは座ったままでいてバッハについてじっくり考えている。しかし目下それほど抱卵《ほうらん》の世話をしていないめんどりと同じ状態だ。多分エリカはもうじき戻って来るのだろうか？　それとも御手洗いに行ったのかな？　彼はここの建物の空間関係の勝手がよく分からない。とはいえクレマーはどうしても美しい女の子の仲間と目くばせして挨拶を交わさざるをえない。彼は女にもてる男の名声にふさわしく振る舞うという望みを叶えたい。リハーサルは今日この代用仮ホールに鞍替えしなければならなかった。コンセルヴァトリウムの大ホールはすべて、野心的かつ命をかけた危険な企て（モーツァルトのフィガロ）に関連したオペラクラスの緊急本番リハーサルに必要となったのだ。バッハのリハーサルのために体育館を貸してくれたのは、緊密な友好関係にある小学校《フォルクスシューレ》である。体操用の器具や用具は四方の壁際に退けられて、身体文化が高度文化に一日だけ場所を譲ってくれた。シューベルトの昔の活動範囲の郡にあるこの小学校では、最上階に郡の音楽学校が収容されているけれど、その空間ではまたもやリハーサルには小さすぎるのだ。

この小学校に有る支所の音楽学校生には今日、有名なコンセルヴァトリウム・オーケストラのリハーサルを聴くことが許されている。そのうちのほんの僅かな生徒たちがその恩恵に浴して駆《か》りだされている。これが生徒たちの将来の職業選択を容易にするはずだ。生徒たちは、両手がいかつく摑《つか》みかかるだけでなく、繊細に撫でて演奏することもできるのを見ている。家具職人あるいは大学教授という職業目標は遥かに遠のいている。生徒たちは気持を集中させて椅子や体操マットに座っていて、耳を大きく広げている。家具職人の勉強をするのを子どもに期待しているような両親を持つ生徒は一人としていない。

しかしそれでも子どもは、音楽家が棚ぼた式に苦労なしで成功するなどと推論すべきではない。子どもはいつも練習して自分の自由時間を犠牲にしなくてはならない運命だ。

ヴァルター・クレマーはさっきからずっと、慣れない学校の環境に気が滅入《めい》っているし、エリカの前ではまだ子ども同然にも感じている。二人の、生徒／女教師関係はしっかりとセメントで固まっていて、男の恋人／女の恋人関係はこれまでより遥かに遠のいている。クレマーは出口にさっと辿《たど》りつくようにと、あえて肘《ひじ》を動員することさえしない。エリカはクレマーを待つことなく彼から逃げ去り、ドアを閉めた。アンサンブルは弦を弾き、ヴィオラを弾き、唸り音を発し、キーを叩いている。演奏に参加している者たちはことのほか頑張っている。というのも一般に、ものを知らない聴衆の前ではいつも、いよいよもって大いに緊張して頑張るからでありーーみんなは生徒たちの一心不乱な顔や気持を集中させた表情を未だに評価するからなのだ。こうしてオーケストラは演奏活動を普段より本気に思ってやっている。音響の壁がクレマーの前で閉まる。音楽的キャリアの至上主義という理由からだけでも、クレマーはあえてその壁を打ち破ることはしない。さもないと、ネメット氏なら、次回の大きな終了コンサートのソリスト候補者に名を連ねているクレマーに、ソリストに指名するのを拒否することだってできるだろう。モーツァルトの協奏曲一曲だ。

ヴァルター・クレマーは体育館で女のサイズを測り、それらを差し引き勘定してみて、時間をつぶしている。技術者がこんなことを特別に努力する必要もないのだが、そうこうしている間に彼のピアノ女性教師は更衣室をくまなく嗅ぎ回っている。更衣室は今日、楽器のケースや中身の形に合わせたサック、コート、ベレー帽、マフラー、手袋などであふれている。どの身体の部分が魔法で音響を呼び出すかによるが、管楽器奏者は頭を暖め、ピアニストや弦楽器奏者は手を暖める。体育館には運動靴を履いてしか入ることが許されないから、あちこちに数えきれないほどの靴がある。何人かは運動靴を忘れて、目下ストッキングやソックスのままで座っているから、この際に風邪をひく。

遠くから大きな音を響かせてピアニストのエリカの耳に、バッハ－急流の轟きが迫ってくる。エリカはスポーツに関する平均的な業績をあげるために用意されているここの更衣室の床にたたずんでいて、ここで何をすればいいのか、何のためにリハーサル会場からさっき飛びだしてきたのか、あまりすっきりとは分からないでいる。抜け出したのはクレマーのせいだった？彼が嗜好品部門の寄せ集めテーブルに例の若い女の子たちを投げ散らかしていたのには、堪えられない。問い合わせがあれば、あらゆる年齢等級や範疇で女性の美しさを玄人《くろうと》はだしで評価できます、を口実にしてクレマーは言い逃れるだろう。ある感情を逃れてここまで来る努力をした女性教師にとって、これは屈辱だ。

音楽はしばしば苦境にある時エリカを慰めてくれたが、でも今日ばかりは音楽が、クレマーという男が露出させた彼女の鋭敏な神経の末梢《まっしょう》をあちこち抉《えぐ》っている。エリカが行き着いたこの場所は、埃だらけで、暖房のない食堂だ。エリカは再び他の人たちがいる所に戻ろうとするつもりでいる。けれども筋骨隆々としているボーイ姿の男に出口を塞がれて、奥様、なんとか決めて下さい、そうでないとキッチンを閉めますよ、と助言される。細切りパンケーキ入りスープ、それともレバー入り団子スープにしますか？

様々な感情はいつだって取るに足りないお笑いぐさだ、しかしとりわけ資格のない者がそんな感情をたまたま手に入れる時には。エリカは、つまり動物園でかなり密《ひそ》やかながら需要のある細長足の鳥は、悪臭のする更衣室を端から端まで歩く。誰かが来て自分を止めてくれるのではないかという希望を抱いて、極端にゆっくり歩くようにと自分に強いる。あるいはエリカが計画している悪行《あくぎょう》の真っただ中で誰かに邪魔されて、恐ろしい結果に耐えざるを得ないはめになるのを、希望している。つまり恐ろしい結果とは、ぞっとするような尖った装置がいっぱい詰まったトンネルの真っ暗闇の中をさっと走り抜けるようにとエリカが強いられるという類《たぐ》いのことだ。トンネルのもう一方の端にはちらりとも明かりがともっていない。保線職員が非常の場合に身を隠せるような壁の窪みの明かりのスイッチはどこにあるの？

エリカが知っているのはただ、反対側の端にピカピカ輝いていて、明るい照明が当たっているサーカス競技場があって、そこではまだ多くの調教師試験や成績証明書やらが自分を待っていること。〔座席が〕円形劇場風に上がっていく石のベンチの列があり、そこからピーナッツの皮、ポップコーンの紙袋、折れ曲がったストローが入っているレモネードのびん、トイレットペーパーのロールなどがエリカめがけて降ってくる。これこそがエリカの本当の聴衆なのであろう。体育館からはネメット氏が、もっと音を大きく出して演奏するようにと金切り声で言うのが、ぼんやり聞こえてくる。フォルテ！　もっと大きな音を！

流し台は陶器製であり、全体をひび割れが貫いている。その上方には鏡。鏡の下にはガラスの板が金属枠ひとつの上で横たわっている。このガラスの棚板の上にグラスが一個載っている。このガラスのコップは丁寧に考えて置かれたわけでなく、無生物の事物に対するぞんざいさで置いてある。ガラスのコップはあるがままに静止している。コップの底にはまだ孤立した水滴がひと粒下がっていて、雲散霧消する手前の状態にある。先ほど生徒の一人がきっとこのコップから一飲みしたばかりのものだ。〔更衣室の〕コートやジャケットのポケットをエリカはあちこち隈《くま》なくさぐってハンカチを一枚探してみるが、それはほどなくして見つかる。インフルエンザや鼻風邪のシーズンの産物だ。エリカはそのハンカチでガラスのコップを掴んでから、コップをハンカチの中に寝かせる。不器用な子どもたちの手が押しつけた数えきれないほどの指紋ごと、コップは完全に布にくるまれる。このように隠されたガラスのコップをエリカは床の上に置き、靴のヒールで勢いよく踏みつける。コップは鈍い音で割れる。そのあと、すでに傷ついているこの水のみ用コップをさらに何度か踏みつける。割れはするが、まったく形にない粥《かゆ》にはならないように踏みつける。破片があまり細かくなるのは許されない！　破片はこの先まだちゃんと刺すことが可能でなければならない。エリカはその布を、鋭い角《かど》ができている内容物ごと床から拾い上げると、細心の注意を払ってそれらの破片を、とあるコートのポケットに滑りこませる。安っぽい、薄手のコップは特別卑劣な、鋭い破片の痕跡を残した。コップが痛みでジーンと音を立ててしくしく泣く声は、布で押し殺された。

エリカはあのコートを、一つにはその派手な流行色から、もう一つにはまた最新流行になったミニ丈の長さで再びはっきりと識別した。あの少女はリハーサルの始めに、少女の上の方に塔のようにそびえ立っているヴァルター・クレマーになれなれしく近づいて、抜きん出ようとしていた。もしあの娘が手に切り傷を負ったら、どうやって気取るのか、エリカは試してみたいのだ。娘の顔は引きつって、醜いしかめっ面になり、そんな顔には誰一人、以前の若さと美しさを再び認めることはないだろう。エリカの精神は肉体の優位に打ち勝つであろう。

エリカは母の願いで、ミニスカートの第一次流行期を跳び越えざるを得なかった。長い裾《すそ》にすること、という命令を母は、この短いモードはエリカに似合わないという警告という包装の中に、うまくくるみ込んだのだった。あの当時、他の少女はみんな、持っているスカート類、ドレス、コートの下の裾を切って、短い長さの裾にした。そうでなければすぐさま既製品の短い物を買った。時の車輪は、少女の剝きだしの脚からなる蠟燭《ろうそく》で飾られて、回転しながらだんだん進んだが、エリカは母の命令で「跳び越えた女」になり、時間を跳ぶ女になっていた。聞きたいにしろ、聞きたくないにしろ、とにかくエリカはみんなに説明しなければならなかった。つまり、ミニ丈はわたし自身に似合わないし、本人としても気に入っていないの！　こうしてそのあとエリカは時間と空間を越えて跳ぼうと、高く飛び上がった。母のカタパルトから発射して、上の方の高い所から下りてくると、エリカは非常に厳しく、夜通し沈思熟考しながら仕事をして、練り上げた基準に従って太腿《もも》をもうこれ以上はだめという所まで、そしてもっとそれ以上にまで剝き出しにしてみて、常々判断してみたものだった！　エリカはレースのパンティストッキングあるいは夏の裸体めいたもの——これはもっと質《たち》が悪かったが——のあらゆる等級段階で、両脚にいちいち評点を割り当ててみた。エリカはそのあと周りの人々に言った、もしわたしが某女であるなら、思い切ってあんな恰好をするなんて絶対にないでしょう！　体型から言って、なぜほんの僅かな女性だけがあえてそれを着ることが可能なのか、目に見えるように具体的に述べる。そのあと時間とその時のファッションを超越して、専門用語で言うところの無時間の膝丈でいくことにする。それでもなお、他人よりもっと速く時間という車輪の周囲の、容赦ないナイフの外輪の餌食《えじき》になったのだ。ファッションに奴隷のようにすがるのは許されない、そうではなくてファッションの方が各人に、個人的に似合うものや、似合わないものに、奴隷みたいにすがるべきなのだとエリカは思う。

道化師みたいな化粧をしたあのフルート奏者の女性は、エリカのヴァルター・クレマーを、太腿をずっと奥まで見せたりして煽《あお》った。彼女はその少女が凄い羨望の的であるファッション・スクールの生徒であるのを知っている。エリカ・コーフートが砕いた水飲みコップを意図的にコートのポケットに入れる時には、みずからが経験した青春をどんなことがあっても絶対にもう一度体験したくはないという思いが頭の中を過《よ》ぎる。エリカは早くもこのような年になっているのを嬉しく思っている。彼女は若さを適切な時に経験に肩代わりさせることができたのだった。

リスクが大きかったにもかかわらず、その間ずっと誰も入ってこなかった。みんな一緒に体育館ホールで音楽に熱中している。悦ばしさ、あるいはバッハがその言葉で解釈していたものが隅々にまで満ちていて、梯子《はしご》を高く登っていく。もうフィナーレもそんなに先ではない。たゆまず動く走行装置のさなか、エリカはドアを開けて、目立たないように体育館ホールに戻ってくる。あたかもたった今洗ったばかりのように両手をこすって無言で片隅の椅子にもたれかかる。エリカが教師陣の一員として、バッハが勢いよく迸《ほとばし》っているにもかかわらず、ドアを開けていいのは自明の理である。クレマー氏はこの帰還に気づいて、生まれつき、もう初めから輝いている目をぱっと輝かす。エリカはクレマーを無視する。子どもが復活祭のうさぎに挨拶するように、クレマーは自分の先生に挨拶しようとする。色とりどりの卵を探すことの方が、見つけることとそのものよりもっと大きな楽しみだが、ことこの女性に関しては、ヴァルター・クレマーであっても同様なのだ。狩りは男性にとって不可避的な結びつきより、もっと大きな楽しみだ。クレマーはそれがいつなのか分からない。いまいましい年齢差のせいで彼は未だに引っ込み思案でいる。しかしエリカが先に通過している十年の収支を再び簡単に調整してくれるのは、クレマーが男であるという事実だ。なおそのうえ女性の価値は、年齢が増すにつれ、また知性が増すにつれて減少するのだ。クレマーの技術者部分がこの一切をすっかり計算してみれば、その計算総額は差し引き勘定の結果で、エリカが墓穴送りになる前にはまだほんのしばらく時間がある、という結論になる。ヴァルター・クレマーはエリカの顔や身体の皺《しわ》に気づく時、こだわりは感じていない。でもエリカがピアノで彼に何か説明する時には、こだわりを持ってしまう。でもとどのつまり、皮膚の襞《ひだ》々、皺、蜂巣炎《フレグモーネ》、白髪、涙嚢《るいのう》、多孔性で小穴が大きくなる傾向、入れ歯、眼鏡、体型の崩れ等々が、最終的結果としてひたすら問題になる。

幸いエリカは早めに帰ってしまったりはしなかった、ときどき良くそうするのだが。エリカはフランス流に別れを告げる*のが好きだ。前もって注意を喚起するような挨拶をしたことがないし、手を振ったりさえしない。突如去って行くのだ。しだいに音を弱めながら消える。エリカがわざとクレマーを逃れるような、そんな日々にはよくシューベルトの歌曲集『冬の旅』のレコード演奏をずっと掛けていて、小声で一緒に口ずさむことがある。翌日クレマーは先生に報告する。シューベルトのすごく悲しい一連の歌曲だけが、昨日もまたエリカ、ひたすら貴女ゆえに陥ったあの気分を鎮めてくれることができました。僕の内奥で何かがシューベルトと共振しました。シューベルトは歌曲「孤独」〔一九一八年作曲〕を書いていたあの当時、昨日の僕と偶然、まったく同じように、揺れ動いたに違いありません。私たちは、シューベルトと不肖僕とは、いわば同じリズムで苦悩したのです。もちろん僕はシューベルトと比較したら卑小で取

＊　別れの挨拶をせずに、こっそり立ち去る、ようなやり方。

るに足りないものですけど、でも昨日のような晩にはよく僕とシューベルトとの比較が他の場合との比較よりもっと具合の良い結果になるのです。普通僕は、エリカ、貴女もお分かりのように、正直に白状しますが、残念ながら、天分もない、いい加減な質《たち》なんですよ。

エリカは命じる、クレマーがエリカのことをそのようにじっと見つめるべきではないと。しかしクレマーはさらに続けて、もろもろの願望を隠そうとはしない。繭《まゆ》の中の双子の幼虫のように、二人は一緒に蛹《さなぎ》になる。蜘蛛の糸のようにきゃしゃな二人の殻は、野心、野心、野心また野心からできていて、重みのないまま、二人の様々な身体的願望と夢の骸骨の上にもろく、砕けやすく休らっている。所詮、こういった願望があってこそ、二人はお互いに相手にとって現実的になる。完璧に浸透する、浸透されるというあの願望があって初めて、二人はクレマーという人格であり、コーフートという人格なのである。とある郊外の肉屋のしっかり冷却されたガラスの陳列棚の中の二つの肉の塊、そのピンク色の切断面が公衆に向かっている。そして主婦はよくよく考えてから、こちらの肉塊から五百グラム求め、そのあとあちらからもう一キロ要求する。両方とも脂が滲み通らない硫酸紙に包装される。この顧客はその包みを、不幸にも一度もきれいに拭いたことのない、ビニールで裏打ちした買い物袋の中に何とか詰め込む。こうして二つの塊、フィレ肉と豚の薄切りは、片方は暗褐色で、もう片方は明るいピンク色で、親密そうにお互いに寄り添い合っている。

貴方はわたしの内部に存在する限界を見るでしょう。その限界ぎわで貴方の意志は結局、砕かれるでしょう、なぜってクレマーさん、貴方はわたしを踏み越えることは決してないからです！　そして話しかけられた方は自分としても限界と基準を設定しながら、元気に反論する。そうこうするうちに更衣室では急にあちこちから踏み込んでくる足や、差し伸べている手の混乱が起こる。各人がそこここに置いたこれこれの物が見つからないという声々が愚痴をこぼしている。某氏にはみんなにまだお金の借りがあると、別の声が耳をつんざく。若い男の足元でヴァイオリンのケースがポキッと音を立てる。そのケースは男が買ったものではない。男の買ったものなら、両親も男に一生懸命に頼んでいたように、もっと注意深くケースを扱うだろうに。二人のアメリカ人女性が音楽の全体的印象についてソプラノで囀《さえず》っている。その印象は二人がどうにも名づけようもない何かのせいで損なわれたのであって、多分それは音の響き具合だった。それにしてもとにかく何かが二人を邪魔したのだった。

とその時、空気を真っ二つに引き裂いたのは悲鳴だ。そして完全に裂傷を負って血が溢れでている一本の手が、コートのポケットから引っ張りだされる。血が新しいコートの上に滴っている！　血は濃密な斑点を付けて滲み入る。その手の持ち主である少女は驚愕のあまり叫び、痛さで泣きわめく。その痛みはいま感じているものであり、詳しく言えば、恐怖の瞬間の後で感じたものだが、その恐怖の一瞬、少女はまず本来の裂傷の痛みを感じ、その次からはまったく何も感じなかったのだ。切り傷を負ったフルート奏者の道具、つまり手は縫う必要がある。フルートの鍵〔指穴を開閉する変音装置〕を押したり放したりするその手には、細く砕けた破片やかけらが刺さっている。この十代の女の子は、血の滴っている我が手を呆然と見つめているが、早くも少女のマスカラやアイシャドウは、波長がうまく合った調和同音《ユニゾン》とばかりに頬を伝って、流れ落ちてゆく。観ている人々は押し黙っているが、その後、倍の力で水が落ちるような勢いで、四方八方から真ん中に押しかけてくる。磁石の磁場にスイッチが入った後の鉄の鑢《やすり》屑みたいだ。犠牲者にそんなにたくさん張りついてもなんにも役立ちはしない。そうしていれば、みんなは犯人にはならないが、犠牲者と秘密めいた結びつきに入ることにもならない。みんなは不面目にもそこから追いやられる。そして権威の指揮棒を担うネメット氏が引き受けて、医師を呼ばせる。三人の優等生がさっと電話をしようと走る。残りの者は観客になっているが、みんなは結局のところ、欲望なるものが特別に不快な現象形式をとって、この事件を引き起こしたのであることなど、夢にも思っていない。こんなことを誰ができるものなのか、みんなは全然説明しえない。こんなテロを実現することなどみんなには絶対に不可能だろう。

手伝っていたいグループは、肉食鳥が不消化の羽毛や骨を吐き出す固い核のペリットみたいに丸く集まるが、この塊《かたまり》自体がじきに外に吐き出される。誰一人その場を離れないで、みんながすべてを正確に見たいと思っている。

少女は気分が悪いので、座らざるをえない。多分、今となってはいまいましいフルートの吹奏もついに終わりになる。

エリカは血がもやもや漂っている圏内にいて、吐き気がして、不機嫌なのだという様子を装っている。

傷害に直面して人間にできる限りのことが行われている。いま何人かが電話を掛けている。それはただ他の人も電話をしているという理由からだ。多くの人が、お静かに、と声をふりしぼって頼んでいるが、ほとんどの者は静かになどならない。みんなは視界の効かない所から互いに割り込んでくる。そのつどみんなはまったく罪のない者を咎《とが》めだてする。規則違反を注意する声に逆らって、みんなは行動している。こんなにも恐ろしい事件に対して場所を空けて、静粛にし、自粛するようにあらためて懇願されるにもかかわらず、みんなが聞き分けなく姿を現わす。二、三の生徒がすでに一番原初的なエチケットに逆らっている。あちらこちらの片隅では、もっと育ちの良い者や、あまり関心のない者は思慮深く控えめにしていたが、誰が罪を犯したのかが問題にされている。当の少女自身が、もっと面白みのあるタイプの人間になりたくて自分自身を傷つけた、とある者は推測する。その次の者はエネルギッシュに反論して、嫉妬深いボーイフレンドがやったのだ、という噂をまき散らす。三番目の者は、嫉妬説は原則として本当だけれど、ただそれは嫉妬深い少女がやったのだ、と言う。

あまりにも不当に罪を着せられた少年は暴れ始める。あまりにも不当な罪を着せられた少女はわあわあ泣き始める。あるグループの男子生徒たちは、理性が強制的に課す規制を寄せつけない。誰かがテレビで政治家たちを見て知っているやり方で、ある非難を断固としてはねつける。

ネメット氏は静粛に、と頼んでいるが、その静粛はまもなく救急車のサイレンで妨げられるだろう。

エリカ・コーフートは一部始終を徹底的に観察してから、外に出て行く。ヴァルター・クレマーはエリカ・コーフートを、食料供給源に気づいてするりと潜《くぐ》り抜けてきたばかりの動物であるかのように観察するが、エリカが上の方に上がって行くと、ほとんど間髪を入れずにすぐ後を追いかける。

5

怒って腹を立てた子どもたちが足で踏んでへこんだ階段室の踏み段が、エリカの運動靴の靴底ではずんで跳ね返る。踏み段は彼女の下で消え去る。彼女はらせん状に高みに昇っていく。体育館ホールではその間に審議グループが形成されて、様々な推測がなされる。そして様々な措置が推奨される。みんなは犯人の行動範囲を考慮して、警報の手段となる人々で犯人の行動範囲をしらみつぶしに探るために、非常線を設ける。人間のこういった野次馬集団はおいそれとは解散しないだろう。若い音楽家たちは帰宅する必要があるのだから、ずっと後になってようやく集団はひと塊ずつ細かに砕けていくのだろう。幸運にもみずからにはふりかからなかった不幸の周辺にはまだびっしりと人々が群れをなしている。とは言え、かなりの人が次にふりかかるのは自分にだと思っている。エリカは階段を走って上がっていく。彼女がそんな風に逃げるのを見る人なら誰でもきっと、気分が悪くなったのだと考える。エリカの音楽的宇宙は傷を負うことを知らない。でも逃げていくのはただ、あいにく間の悪い瞬間に放尿せざるを得ないという、彼女の昔からの習い性である衝動が襲っただけのことだった。両脚の間で下の方に引っ張られる感じがあって、だから彼女は走って上がっていく。エリカは最上階でトイレを探す。というのもそこでなら女性教師がつまらない身体的雑用で人を驚かせなくて済むからだ。運を天にまかせて彼女はドアをパッと開ける。ここを知り抜いているわけではない。しかし考えられもしない場所でトイレを捜し出す必要にしばしば迫られたから、エリカはトイレのドアには経験を積んでいる。見知らぬ建物や官公庁の中で。特にこのドアは使い減らされているから、そんなドアの外見がここの学校の施設の一つであると表明している、という体《てい》のものだ。外に不快感を与えている子どものおしっこの臭いがそのことを強調している。教師用トイレは特別な鍵でしか開けられない。そちらのトイレは新しいうえにも最新の特別装備とともに、選び抜かれた衛生付属器具も自由に使えるようになっている。すぐにも自分の体がはじけそうになっているのが、エリカには音楽的ではない感覚だと思われる。望んでいるのは体内から熱くて長い、滔々たる流れを注ぎだすことだけだ。時折、コンサートに行って、演奏しているピアニストがピアニッシモで弾いて、さらに弱音のペダルを踏んで操作している瞬間に、一番タイミングの良くない時に、このような衝動がエリカを襲ったりする。

エリカは聞き取れないほどの小声で、多くのピアニストの悪癖に対して、むきになってののしっている。これらのピアニストたちは、弱音ペダル装置を、完全にかすかな音で弾くパッサージュでのみ使用するべきだという意見であり、公にもこの意見が代表的である。この場合にはベートーヴェン本人がみずからの主張を明白な言葉で話しているのであって、つまりそれは公の意見とは反対の見解なのだ。こんな風にエリカの理性が彼女の芸術の専門的知識とお喋りするのだが、彼女の理性も知識も、どちらもベートーヴェンの味方だ。エリカはあの何も予感しないでいた女子生徒に自分が行なった犯罪を、とことん味わいつくすことはできなかったのを、秘かに残念に思っている。

今エリカは共同トイレの前方ホール内にいる。学校建築家の着想の豊かさであれ、室内装飾家であれ、ひたすら驚くばかりだ。右側には男の子の公衆トイレに通じている小人用《こびと》ドアが半分開いたままになっている。その臭いはペストの巣穴を思い起こさせる。油っぽい壁際の床に沿って、おおむね簡単に近づける琺瑯《ほうろう》の溝が一本通っている。その中に感じよく整えられて数個の排水溝があり、その何個かは詰まっている。そうなら、ここに小さい男の子たちが黄色い噴射を横並びになってシューシュー音を立てて入れるか、そうでなければ壁に模様を描くというわけだ。壁にそれが見て取れる。

ここにあるべきでない事物でさえ溝の中にしっかり張りついている。紙切れ、バナナの皮、オレンジの皮とか、ノートすら一冊ある。エリカは窓を勢いよく開けてみて、自分の下の、ちょっと脇にずれた所に、芸術的なフリーズ*があるのに気がつく。外側のこの建物装飾は、エリカの上から見下ろす鳥瞰《ちょうかん》図の視点から見て、座っている裸の男性一人と座っている裸の女性一人のようなものを示している。女の腕は衣服を着た小さな少女の周りに回されて置かれ、少女はちょうど、手仕事をしている。男は明らかに好意的に、衣服を着た息子を見上げて様子をうかがっている。息子は気配りしながら広げたコンパスを手に持っていて、科学的な課題を解いているように見える。エリカはフリーズの中に、社会民主主義的文教政策の石製の記念碑であることを見抜いているが、あまりに身を乗り出しすぎて、事故にあったりしないように注意する。悪臭はただ窓を開けておくことで外に追い立てられていったが、それにもかかわらずエリカはむしろ窓を閉めておきたい。彼女はひたすら芸術鑑賞をして滞留しているわけにもいかない、先に進まなくては。小さい女子生徒たちは常に、舞台装置の書き割りにも似た、ポチョムキン**風の欺瞞的なフレーム枠の向こう側で、舞台の書割にも似たところで用を足して楽になる。書き割りは少し納得のいくような仕方で一種の小室の列をなしている。プールの中のように。仕切ってある板壁にはいろいろな大きさと形の、無数の穴がうがたれている。エリカは何のために、とひたすら自問する。壁はすべて教師エリカの肩の高さくらいのところで無惨に、鋸《のこぎり》で切

* 壁上部の帯状装飾の浮彫り。

** ポチョムキン G. A. Potemkin（一七三九―九一）は土地の繁栄を見せかけるために村を急造した。

り落とされている。上の方にエリカの頭が突き出る。小学校の女生徒はこのスペイン風の壁の向こう側でなんとかやっとぎりぎり体を隠すことができるが、大人の教諭陣は隠せない。男女生徒の仲間は便器の側面の様子と使用者を捉えようとして、どうしても無数の穴を通して窺って見ることになる。もしエリカが壁の向こう側に立てば、高い枝を食べようとして塀壁の向こうに現われるキリンの場合のように、彼女の頭は壁を越えて上に聳《そび》える。子どもがドアの向こうでそんなに長く何をやっているのかとか、あるいは子ども自身が多分閉じ込められてしまったのではないかとかの、大人がいつでも一瞥したい理由が、この穴あき仕切り壁には授けられていることもあり得る。

エリカは便器に付属している便座板を上げると、汚れまみれの便器の上にじかにさっと腰を下ろす。ここに侵入するのを思いついて来た人は自分の前にすでにいた、となるとやはりこの冷たい陶器は桿菌《かんきん》*で覆われているのだ。便器の中には何かが浮遊しているが、エリカはどちらかというとそれは見たくない。彼女はすごく急いでいる。彼女は蛇の巣穴の上の方にだってこんな状態でうずくまっていることだろう。ただ、鍵を掛けられるドアだけはあらねばならない！閂《かんぬき》を掛けなければエリカはどうしても何かを自分の下に落とし放つことなどできないだろう。閂式錠が機能してエリカの側では水門を解放する。ほっとしてため息をつくと、彼女は錠の小さなハンドルを回して収める。その結果外側には円形の赤い切片が標示される、使用中。誰かが新たにドアを開けて中に入って来る。その人はこういう環境にもひるんでいない。近づいてくるのは紛れもなく男性の足取りであり、先ほどエリカの後を追っていたヴァルター・クレマーの足取りであることが判明する。クレマーも同じように次から次へと胸が悪くなるようなむかつきに襲われてよたよたと歩いているが、これは、もしクレマーが、彼に愛されている例の人物を捜し出そうとしているのなら、避けられないことだ。たとえクレマーがエリカには向こう見ずな人間として知られているに違いないにしても、彼女は彼を何カ月もきっぱりと撥ねつけている。エリカが感じている気後れから彼女が自由になるように、というのがクレマーの願いだ。エリカは教師としての人格をかなぐり捨てて、みずから対象となって、その後クレマーにそれを差し出すべきなのだ。彼は一切のことを配慮するつもりだ。クレマーはいま官僚機構と強い欲望とからなる政教条約**だ。この強い欲望はいかなる限界をも知らないが、もし限界を認識しているにしても、それに敬意を払わないような強い欲望だ。教授陣の女性に関して、クレマーがみずからに課した仕事とは、このようなものだ。ヴァルター・クレマーは気後れという名前の覆いを、気恥ずかしさという名前の覆いを、そしてさらに自粛という名前の覆いを払い落とす。きっとこれ以上奥の場所にエリカが逃げることはできない、背中にまだわずかに堅牢な壁があるばかり。クレマーは聞くこと、見ること一切をエリカに忘れさせて、クレマー

* 棒状や円筒状の細菌。
** 国家と教皇庁間の条約。

だけに耳を傾け、見るのを許すつもりだ。自分以外の他人がエリカをこのように役立てることができないように、彼女を使用する許可書は投げ捨てるつもり。この女性について今言えることは、つまり、不決断や暗い気分はすべて、これで終わりにすること。エリカはもうこれ以上眠り姫のように閉じこもっているべきではない。すでに、エリカが秘密裡にしようとしていることについて、すべて情報を得ているクレマーの前に、エリカは自由な人間として歩み出てくるべきだ。

だからクレマーはいま尋ねる。「エリカ、貴女はいますか?」　返事は返ってこない。ただ小部屋の一つからぴしゃぴしゃという音の響きがだんだん小さくなるばかり。もやもやしてだんだん消えていく雑音だ。半分抑えつけるような咳払いが一回。これが方向を告げている。クレマーに答えはひとつも呈示しないけれども、これは軽蔑と解することもできよう。クレマーはこの咳払いの音声から明確に身分証明することができた。小部屋の森の中に彼は話しかける。貴女は一人の男にこの答えを今から二度与えることはないでしょう。エリカは教師であって同時にまだ子どもだ。クレマーはもちろん生徒ではあるが、でも同時に二人の間では大人だ。この状況では決定する部分は自分であって、先生ではない。クレマーは自分が登ることができそうなものを探しながら、新たに獲得したこの決定する資格を、目標をかかげて動員する。クレマーは機転を利かせて、汚いブリキのバケツを一つ見つける。バケツの上には汚れをこすり落とすための雑巾が乾かす目的で広げてある。そのぼろ切れをクレマーは振り捨てて、そのバケツを、とある小部屋の所に運び、逆さにするなりその上に乗り、仕切り壁の上方に達する。仕切り壁の向こう側では最後の水滴が落ちたところだ。中からこちらには死のような静寂だけが迫ってくる。衝立《ついたて》の向こう側の女性は、クレマーが彼女に不利になるものは何も見ないように、スカートを下にずらす。ヴァルター・クレマーの上半身がドアの上方に現われて、要求がましくエリカの方に向かって曲がっている。エリカは顔が真っ赤になって、何も話さない。すべてを賭ける決意をしている、長い茎の先の花であるクレマーは、上方から下に手を伸ばしてドアの施錠を外す。クレマーは先生をを外に連れ出す、なぜならエリカを愛しているのだし、きっとエリカも充分すぎるほどそれに了解済みであるからだ。彼女はすぐに認可を与えてくれるだろう。この主役の両方が今や脇役なしに、まったく二人だけで愛のシーンを演じようとしているが、ただし、片方の主役は他方の主役のもとで重荷を負わされるのだ。

きっかけに従って、エリカはただちに教授ではなくて個人として自分を託す。白いテーブルの上にあるちょっと埃っぽいテーブルクロスに包まれた贈り物の品。お客がそこにいる限りは、客のプレゼントは愛情こめてひねったり、裏返しにされたりするけれども、プレゼントした客が遠のくや否や、もうその包みは無造作に、どうしてよいやら分からずに片づけられる。そしてみんなは食事へと急ぐ。プレゼントはみずから歩いて去っていくことはできないが、それでもしばらくの間は少なくとも孤独ではなかったという事実が、慰めとしてある。すると皿やカップがカチャカチャと音を立て、ナイフやフォークが陶磁器の上でこすれるような音を立てる。しかしそのあとで例の贈り物の包みは、テーブルの上のカセットレコーダーがそんな音を立てているのだと気づく。喝采もグラスの響く音も、すべてテープからの音！　誰かがやって来て、この包みを引き受ける。言ってみれば、エリカはこの新しい安全な状態の中で安らいでいて、面倒を見て貰うのだろう。彼女はある指示か命令を待っている。とても長い間学んできたのは、自分のコンサートのためではなくて、この日のためだったのだ。
クレマーの方にも、エリカを罰するために使用しないで再び置いておく、という選択の余地もやはりある。こういった選択を使用するかしないのか、それはすべてクレマー次第だ。クレマーが勝手気ままにエリカを放り投げることすらできる。しかしまたエリカを磨いてガラスケースの中に置いておくことも可能だ。エリカを一度も洗わないで、繰り返し新たに何らかの液体を入れて満たすことだってできるだろう。そうなると彼女の口の周りは口のあらゆる押し型で、もうすっかりべとべとになって、べたべた張りつくことになるだろう。床には何日も経って古くなった砂糖のデコレーション。

　ヴァルター・クレマーはエリカを共同トイレの小部屋の一つから外に連れだす。グイッとエリカを引っ張る。手始めに彼は待ちに待っていたキスを長いこと押しつける。クレマーは彼女の唇をかじり、舌で喉を探る。破滅をもたらしそうに、無限に舌を使用した後で再び戻し、これをきっかけに幾度かエリカの名前を口に出して言う。彼はエリカというこの女に多大な労働を注《つ》ぎこんできている。彼はスカートの下に手を伸ばして、これでやっと大きな進歩を遂げるに至ったのだと知る。彼はさらにやっても、情熱に免じて許してもらえると感じるので、さらにもっと思いきってする。情熱にはすべての許可が与えられている。彼はエリカの内部の部分をあちこち掻き回す。あたかも中のものを取り出して、新しい方法で調理するためにそうしているかのように。ある限界に突き当たって、手ではもうそんなに先には進めないだろうと気づく。このゴールに到達するために、まるで遠い距離を走ったかのように、彼は今ハアハアと息をしている。この女性には少なくとも自分の骨折りを差し出してみせる必要がある。片手全体で彼女の中に攻め込むのは、彼には不可能だが、それでも多分少なくとも一本の指かあるいは二本の指でならできるだろう。言ったことはすぐに実行された。深いなと思うよりもっと深い所に人指し指がするりと入りこむのを感じて、彼は歓声をあげながら、身の丈を越えて大きくなり、ところ構わずエリカのあちこちを嚙む。彼は彼女を唾液で覆う。もう片方の手で彼女をしっかり支えるが、しかしその手を彼は全然必要としない。というのも彼女はどっちみちここに立っているのだから。彼はこの二本目の手でエリカのセーターの中をあちこち悩ますことにするか熟慮してみるが、でもそうするほどV－ネックの襟ぐりが充分深くはない。おまけにその下には愚かしい白い色のブラウスがある。今では怒って二倍も強くエリカの下半身をぎゅっと摑んだり、押しつけたりする。彼は今彼女を罰している。なぜなら、エリカ自身が損をするのにもかかわらず、クレマーがほとんど諦めかけるまであんなにも長い間、エリカが彼をもやもやさせたからだ。痛そうな声の響きが彼女から聞こえてくる。彼はちょっとばかり弛める。彼は結局のところ、エリカにまだちゃんと出動の用意がなされていないのに、むちゃに損傷を与えるつもりはない。クレマーに納得のいく考えが浮かぶ。多分スカートの芯地の下からセーターとブラウスの中に入っていけばいい、だから正反対の方向からだ。はじめにセーター、プラス、ブラウスをぐいっと外に引っ張りだす必要がある。どっちみちエリカは知っている名前だが、クレマーは彼女の名前エリカと言って、頻繁に彼女の口の中へと吠え立てる。クレマーがどんなにこの岸壁の中に向かってわめいても、こだまが倍になって、あるいは数倍になって戻ってくることはない。エリカは立っていて、クレマーの中で休らっている。クレマーがエリカを運び入れた状況を恥じているのだ。この恥ずかしさは心地よいものだ。クレマーはエリカから火を焚きつけられて、めそめそ泣きながらエリカにすがって自分をこすって研《と》いでいる。摑むのをゆるめないでクレマーはひざまずく。彼はエリカにぶら下がりながら、荒々しく上の方に昇っていく。こうするのも、すぐその後でただ再び下の方に下っていくためであり、その際に彼は素敵な場所に滞留《たいりゅう》する。クレマーはキスをしながらエリカにしっかりと張りつく。エリカはひどく使い込まれた楽器みたいに床から立っているが、このような楽器であれば、みずからが楽器であることを否定しなければならない、なぜなら、そうでもしなければいつまでもこの楽器をずっと口に当てていたがる素人じみたたくさんの唇を我慢して耐え抜くしかないからだ。エリカは、この生徒がまったく自由であって、彼が自分で望む時に、立ち去っていくことができればいいな、と思っている。クレマーが彼女を立たせた場所に、ずっと立ち続けることにベストをつくそうと、エリカはやる気充分でいる。クレマーが思いどおりにエリカの操縦を開始したい気分の時には、一ミリたりとも違わず正確に同じ場所に、彼女をまた見出すことになるだろう。エリカはみずからの中から、彼女の自我という例の底なしの容器の中から、なにかを外へ汲み出そうとし始めるが、その容器はこの生徒にとって、もはや空っぽになることはないだろう。この生徒が目に見えないシグナルを理解してくれるといいのだけれど。彼女を床に仰向けに倒すためには、クレマーは自分の性器の完璧な硬さを動員する。そうする時に彼は柔らかく倒れるだろうが、でも彼女には厳しい。彼は最後の触れ合いをエリカに要求する。いつ何時《なんどき》でも人が入って来るかもしれないことを二人とも知っているから、最後なのだ。ヴァルター・クレマーは自分の愛についてまったく新たなことを何かエリカの耳に叫んでいる。輝きながら立っている個々の成員であるものの中で、エリカの前に、二本の手が現われる。その二本の手は異なる二方向から彼女に近づく手筈《てはず》を整える。二本の手が思いがけなく、労せずして太腿《ふともも》から陰部に行き当たったことに驚いている。力ではこの両手の持ち主の方が女性教師よりまさっていて、それゆえ女先生は時々「待って！」というひと言《こと》を乱用する。男子生徒に待つつもりはない。なぜ待たないのか、生徒は先生に説明する。渇望のあまり生徒はむせび泣く。彼が泣くのはしかし、こんなにも事が簡単に運んだことに圧倒されたからでもある。エリカはけなげに協力する。

エリカは腕の距離の分だけヴァルター・クレマーを自分から隔てている。彼女が男根を中から取り出すが、やはりクレマー自身早くも見越していたことだ。ただわずかに最後の技巧だけが不足している、というのも一物《いちもつ》はすでに準備完了だからだ。彼は自分のためにエリカが難しいこの一歩を歩んでくれたことにほっとして、先生を、後頭部を下にして倒そうとする。ところがエリカの方では、ずっと真っ直ぐに立ち続けることが可能であるために、クレマーに彼女の全人格の重みを掛けて対抗せざるを得ない。なおもクレマーが無闇にエリカの性器を不器用にあちこち触り続けている間に、彼女は腕の長さの距離だけ離れた場所にクレマーの一物を保ち続けている。エリカは彼にやめるように、そうでないと彼から離れて行ってしまうから、と彼に分からせようとする。彼女は幾度かその警告を小声で繰り返さずにはいられない。なぜなら、エリカの突如として優勢になった意志は、クレマーに、そして交尾期にある彼の憤《いきどお》りにまで、そう簡単には浸透しないからだ。クレマーの頭は、怒りのこもった意図により霧に包まれているように思われる。彼は躊躇《ちゅうちょ》する。自分が何か間違って理解したのかどうか、彼は自問してみる。音楽史の中でだって、他のどこであっても、求愛している男は起こっている出来事から決してそう簡単には引き下がらないぞ。この女には献身のごくわずかな痕跡もない。エリカは指と指の間にある赤い根っこをこね始める。彼女のためにふさわしいことを、それでも彼女はこの男に厳しく禁じる。彼がこれ以上彼女に何かを試みるのは許されないのだ。クレマーの純粋理性は自分に命じる、エリカから振り落とされないこと、自分は騎手であって、エリカは所詮《しょせん》、馬なのだ！　もし貴方がわたしの下半身を漁《あさ》りつくすのをやめないのなら、男根を手淫するのをわたしはただちに控えますよ。クレマーは、他の者を感じさせるよりは自分が感じる方がもっと楽しい、という認識に達したので、彼は服従する。彼の手は、何度か試みて失敗してから、最終的にエリカから離れて下に下《さ》げられる。クレマーは信じられないかのように、エリカの両手の間でそっくり返っていて、自分から引き離されたと思われる器官を眺めている。エリカは、ペニスが到達した大きさをではなくて彼女を、クレマーが見るようにと要求する。クレマーは測定しないでもらいたい、あるいは他者と比較しないでもらいたい、この尺度はクレマーだけに有効なものなのだ。小さくても大きくても、エリカには充分である。これがクレマーにとっては不快だ。彼には何もすることがなくて、エリカがクレマーに仕事をしている。逆の方がもっと意義深いだろうに。それに、こんな風にやるのは授業でも同じなのであるし。エリカはクレマーを遠ざけておく。およそ一七センチの男根と、それに加えてエリカの腕と十歳の年の差からなる、あくびの口のように大きな深淵が、二人の生身の体の間に開いている。基本的に、うまくいかない恋愛はいつだって悪徳である。それに、エリカは成功するべく調教を受けてきたが、それにもかかわらず成功を勝ち得るには至らなかった。

クレマーはこの二番目の教育過程で、しかも精神的に深みを増す仕方でエリカに迫ろうとして、姓ではなく名前の方を数回呼ぶ。彼は両手で空中を漕いで、あえて禁止された敷地に改めて向かってみて、それでもやはりエリカが彼女の黒い祝祭丘陵をクレマーに開けさせてくれはしないかどうか窺《うかが》う。エリカも、そしてもちろん両人とも、もっとずっと素敵な楽しみを持てるのだと、クレマーは彼女に予言し、その用意があるという気持を打ち明ける。一物が青みをおびて不健康に膨れ上がり、引きつっている。それは空中を打ちつけている。やむを得ず今クレマーは、エリカの全体よりも自分の蛆の湧《わ》いた突起の方に興味がある。エリカはクレマーに黙るようにと命令を与えて、みずからは絶対に身動きしない。黙らないとエリカは行ってしまうのだ。男子生徒は女先生の前で軽い開脚姿勢で立っていて、結末をまだ見抜けずにいる。生徒は心の平静を失い、他人の意志に身を任せている。あたかも、今ちょうど練習しているシューマンの謝肉祭か、あるいはプロコフィエフのソナタの指導を受けているかのようだ。クレマーは両手をどうすることもできずに脇のズボンの縫い目のところに当てている、なぜなら他の場所を思いつかないからだ。クレマーのシルエットは前方に雄々しく姿を見せているペニスのせいで、歪《ゆが》んでいるし、そしてせわしなく動き、茎から離れて地表に現われている気根《きこん》を打ってかかろうとする異常発育のこぶのせいで歪んでいる。外は暗くなってきた。エリカは幸いなことに電灯のスィッチの側に立っていて、それを操作する。彼女はクレマーの男根の色や実状を精査する。彼女は包皮の下に爪を当てて、喜びの声であれ、痛みの声であれ、いかなる大きな音声を立てることもクレマーに禁じる。生徒はもっと長く続くことが可能なようにと、ちょっと無理に我慢しているような姿勢になって体を固定する。生徒は太腿を合わせてぎゅっと押して、自分の尻臀《しりたぶ》の筋肉を鉄のように固く緊張させる。

どうか今ちょうどの時に終わらないで欲しい！　クレマーはだんだんにこの状況が気に入って

きてもいるし、また自分の身体の中でも良い感じになってきている。何にもしていない代償にクレマーは愛の言葉を言っているけれど、エリカはついには黙るようにと命じる。女性教師は今の事柄であれ、そうでないことであれ、同じように、生徒の側のあらゆる発言を最終的に禁止する。彼ははたしてエリカが言ったことを理解しなかったのか？　クレマーはぐちをこぼす、なぜなら先生が彼の素敵な愛の器官をこれまでのすべての長い時間にわたってぞんざいにとり扱っているからだ。先生は意図的に生徒を痛めつけている。上部で穴が一つ開くが、その穴はクレマーの内部に通じていて、異なった複数の導管へと供給される。その穴は呼吸をしていてみずからの中に空気を吸いこみ、爆発の時点はいつかと質問する。この爆発がやってきたらしい。なぜなら、クレマーはもう抑えられないと、ありきたりの警告の叫び声を上げているのだから。クレマーは懸命に抑える努力をしていて、これに関する努力を誓う、それでもこの努力はどうしようもないのだと。エリカは男根の冠部分に歯を当てるが、そうされても冠部分はなおも長い間興奮状態が突如やむことはなく、その持ち主は荒々しく叫び声を上げる。静かにするようにと彼は警告を受ける。だからクレマーは芝居の最中でのように、今！　すぐに！　終わりそうだ、と囁《ささや》く。エリカは彼の機器をまた口の中から外して、その所有者クレマーが彼女と何を行わなければならないのか、近い将来彼に洗いざらい書きつけるであろうと教える。わたしの願望を書き留めて、貴方にいつでも接近可能であるようにするでしょう。これが自己のあらゆる矛盾にあるがまま存在している人間なのだ。開かれている本のように。人は今からもうそれを楽しみにしているといい！

クレマーはエリカが何を思っているのか、完璧には理解できない、それどころか声を抑えて彼は、エリカが今どんなことがあってもやめてしまうのは許されない、と哀願する、なぜならつまり、今すぐ彼は火山みたいに爆発する寸前なのだから。促すようにクレマーは自分の小さな機関銃の引き金のところをエリカに差しだす、彼女が使ってすぐにも発射できるようにと。ところがエリカは断じてそれを手で触りたくない、と言う。クレマーは身体を真ん中でぎりぎりいっぱい曲げて、上半身をほとんど膝の辺りまでこごませる。この姿勢のままトイレの入り口ホールであちらこちら、よろよろする。クレマーのこの様子を白いガラス球のランプの容赦のない光が照らす。エリカに乞い願っても、聞き入れてはくれない。クレマー自身でエリカのやるべき手仕事を完了しようと自分の体の一部を摑む。男性をこんな状態にして、ひどく失礼な扱い方をしておいて、なぜこんな扱い方が健康上から責任ありと問題にされないのかと、彼は女性教師に詳しく述べ立ててみる。エリカは答える、クレマーさん、指をどけなさい、さもないとこうした同じ状況でわたしと会うことは二度とないですよ。クレマーは遅延してやってくる悪名高い苦痛のことに尾鰭《ひれ》をつけて言い及ぶ。徒歩では家まで到達できないと思います。その時はまさにタクシーに乗ったらいいでしょう、とエリカは落ち着いてアドバイスして、両手をすばやく水道水で洗う。何回か水を掬《すく》って飲む。どの楽譜にも載っていないことであるが、クレマーはこっそり体をひねり回してみる。鋭い呼び声が一発、それがクレマーのすることを遮《さえぎ》る。彼はそのまま女性教師の前で、教師が反対のことを命令するまで、とにかく立っているように要求される。エリカはクレマーの身体的変化を詳しく調べたいのだ。今度こそエリカは彼に触れないだろう。彼はこれを完璧に納得できているはずなのだが。クレマー氏は震えながら、しくしく泣きながらお願いする。これが相互の関係ではなかったにしても、クレマーは突然の関係断絶に苦しんでいる。エリカに激しく抗議する。彼は頭と足の間の個々の苦悩の位相すべてを、常軌を逸するくらいありありと述べる。こうしているうちに、男根はスローモーションのテンポで収縮する。クレマーは生まれつき、揺りかごの中で服従の才能に恵まれたような男ではない。いつも理由を尋ねなくてはいられない人間である。クレマーはとうとう名指しで女性教師に罵《ののし》りの言葉を浴びせる。クレマーの中の男性が乱用されたので、まったく制御が効かなくなった。この男性はゲームやスポーツの後、元通りきれいに磨かれて、ケースに収めて貰わなくてはならない。エリカは反論し、それから言う、お黙りなさい！　クレマーが本当に口をつぐんでしまうほどの口調で、エリカは言った。

クレマーは弛緩していく間、エリカから少し距離を置いて立っている。クレマーは望んでいる、僕たちがひと呼吸置いて一緒に休みましたら、〈僕みたいな〉こういう男と行うのが許されないすべての事柄を、数え上げてみたいです。今日のエリカの行為の仕方はずっと連続して禁止を持ち出しています。僕がその理由を上げてみましょう。エリカは黙っているように命じる。エリカの最後の要請だ。クレマーは黙ったりしないで、報復措置を取ると約束する。エリカ・K.はドアのところに行き、一言も発しないで別れて行く。彼女が幾度かチャンスを与えたにもかかわらず、クレマーは服従しなかった。もし許してくれるなら、彼がエリカに何を執行したら許してくれるのか、どんな判断をすれば許されるのか、もはやクレマーは今では絶対に聞き知ることはないだろう。エリカはすでにドアの取っ手を下に押しているが、それなのにクレマーは、エリカに残ってくれるように哀願している。

クレマーは今名誉にかけて黙り込んでいる。エリカはトイレのドアを目いっぱい開け放つ。クレマーは開いたドアの空間に、額縁に縁どられたようにはまっているが、とても価値のある絵画というわけでもない。いま来るかもしれない人なら誰でも、まったく何の用意もなしに、剥き出しの男根を見ることになるだろう。エリカはクレマーを痛めつけるためにドアを開けたままにしておく。そうは言ってもエリカだってここで見られてはやはりまずい。彼女は大胆にも成り行き任せにする。階段はちょうどトイレのドア脇で果てている。

エリカはこれを最後にと、クレマーのペニスの本体にほんのちょっとの間触れてみるが、その本体は新たな希望を見出す。すぐにそれは新たに左側に寝かされる。クレマーは風の中で揺れる葉《は》簇《むら》のように震えている。彼は抵抗を諦めていて、自由に見つめられるに任せ、それに逆らって何か試みることはしない。エリカにとってこれは、じっと観察するという事柄での純粋なフリーの演技だ。規定演技とショートプログラムはミスもなく、とっくに済ませている。

この女性教師は植物のように静かに地面に根を生やしている。彼の愛の器官に触れるのは断固拒否している。愛の大暴風はまだ僅かに弱々しく吹き荒れるに過ぎない。クレマーはもはや相互に通い合う感情などと呟《つぶや》いたりしない。痛々しくクレマーは小さく縮まる。エリカは彼の体がすでに笑いたくなるほど小さいのを見て取る。彼はそれを甘受する。エリカは今後、彼が職業上や自由時間中に企てる事柄を厳格にコントロールするつもりでいる。子どもじみた愚かしい間違いを彼がすれば、場合によってはカヌー競技のスポーツさえ返上されることもあり得る。彼女は退屈な本をぱらぱらめくるようにクレマーをめくることになろう。場合によっては彼をじきに手放すことにもなるだろう。今もしエリカが許せば、クレマーは自分の革ひものようなペニスを蔽《おお》いカバーに戻して仕舞ってもいい。人目を忍んでそれを袋に戻し入れてジッパーを閉めようとする秘かな動きは、その開始時点でエリカに挫かれてしまっていた。もうじき終わりになると感知するから、クレマーは図々しくなる。きっと三日間は歩くことができないだろうと、クレマーは予告する。これに関する様々な不安をじくじくと述べる。というのも歩くことはスポーツマンのクレマーにとって、いわば武器を持たずに行う基本的な専門教育だから。エリカは言う、いろいろな指示が貴方の手もとに届くでしょう。書面で、あるいは口頭で、あるいは電話によって。今クレマーのアスパラガスは包んで除《の》けてもいいことになる。そうするために本能的行動でクレマーはエリカに背を向ける。それでも、とどのつまりはすべてをエリカのまなざしの前でやらなければならない。エリカがクレマーを凝視している間に。クレマーは再び動いてもいいということになって、早くも喜んでいる。クレマーはシャドウボクシングをしながら、あちこち跳んで、数秒間短いトレーニングをする。それじゃ、重大な被害なんてうけなかったんだ。彼は共同トイレのこちらの端から向こうの端まで走り抜く。こうしてとにかく、緊張がほぐれてきて、クレマーがしなやかに見えてくればくるほど、それとは反対に女先生がますます硬直してきて、身体が痙攣《けいれん》しながらこわばってくるような印象を与える。先生は残念ながら再び自分の殻に閉じこもってしまった。クレマーは遊び半分にエリカのうなじを叩いたり、頬を平たい手で軽くピシャンと打ったりして、彼女がしゃんとなるように元気づけなければならない。早くもクレマーは提案する、少しは笑ってみるつもりはありませんかと。そんなに真面目にならないで、お美しいレディ！　真面目なのは人生、晴れやかなのは芸術。それでは今から新鮮な空気のある外に行きましょう。正直なところ、過ぎていった数十分の長い間クレマーにとって、新鮮な空気は、無くていちばん身にこたえたものだった。クレマーの年齢では、ショックは、エリカの年齢よりはるかに素早くさっと忘れられる。

クレマーは頭から先に外の廊下に飛び出してから、三〇メートル短距離競争をやり遂げる。激しく呼吸しながら、彼はエリカのかたわらを通り過ぎて、ある時は向こうへ、ある時はこちらへと疾走する。みずからの困惑を高笑いして吐き出すと、クレマーはせいせいする。雷のような音を立てて鼻をかむ。クレマーは断言する、僕たち二人でならこの次にはもっとうまくやれるでしょう！　練習が女性巨匠《マイステリン》さんを作り上げるんだ。クレマーの笑い声が響きわたる。彼は大きく跳ねて階段を猛然と降りて行く。どの瞬間にも間一髪でなんとかカーブを捉《とら》える。その様子はほとんど恐ろしいほどだ。エリカは学校の重たいドアが下の方で勢いよくバタンと閉まる音を聞く。クレマーは建物を立ち去ったようだ。

エリカ・コーフートはゆっくりと階段を一階へと降りて行く。

6

ヴァルター・クレマーの授業の最中《さなか》に、ある感情がエリカ・コーフートの心を占有し始めているため、もはや自分自身の気持が理解できない彼女は、無性《むしょう》に腹立たしくなっている。この生徒に接するや否や、彼が練習で手を抜いたのはもう目に見えて明らかだ。今ではクレマーは暗譜演奏で間違え、非‐恋人の女性に悩まされていて、ソナタ展開部の際につっかえて、途切れがちになる。長調か短調かさえ分からない！　意味もなく闇雲《やみくも》にあちこち転調する。もともとのイ長調からますます遠ざかってゆく。エリカ・コーフートは、尖った塵芥《アプファル》でいっぱいの危険をはらんだ雪崩《なだれ》が自分に向かって転がってくる感じがしている。クレマーにとってはこの落下《アプファル》が悦ばしい、自分に掛かってくるこの女性の愛すべき重みのことだが。彼の音楽的意欲は、能力とは歩調を合わせておらず、他に気をそらされている。貴方はよりによってシューベルトに対して罪を犯していますよ、とエリカはほとんど口を開けないで、クレマーに警告する。注意を喚起されて、クレマーは対策を講じるために、それにまたこの女性を感激させるためにも、オーストリアの山々や渓谷のことを、この国が所有していると言われる多くの愛すべきもののことを考える。出不精の人シューベルトはたとえ探求はしなかったにしても、とにかくこのようなもののことを薄々は感じ取っていたのだと。そう考えてからクレマーはもう一度弾き始めるが、シューベルトの時代に抜きん出ていたビーダーマイヤー様式[*]の偉大なイ長調ソナタ[**]を、彼は例えば、同じ巨匠〔シューベルト〕の一六のドイツ舞曲の一曲[***]を踊る際のように、ほぼ精神欠如のタッチで弾く。クレマーはしばらくしてから、そんな風に弾くのを中断する。なぜなら自分の先生が彼を嘲笑して、言ったから。クレマー、貴方はきっとまだ一度も特別険しい岩とか、特別深い峡谷とか、峡谷を縫って泡立って流れている特別荒々しい野生の小川とか、ノイゼードラー湖とかを、その荘厳さに満ちた状態で見たことはないのね。そういった激しいコントラストをシューベルトは表現しているのです。特にこの比類のないソナタではそのように表現しているのであって、例えば、五時のアフタヌーン・ティーの時の穏やかな午後の陽光を浴びているヴァッハウ[****]とは違います。ヴァッハウの穏やかさはむしろ、もしモルダウ川が関わっている場合に、スメタナ[*****]によって表現されています。さらに、この穏やかさは、音楽的な障害を克服している彼女、エリカ・コーフートが関わっているのではなくて、むしろ日曜日午前中のオーストリア国営放送局コンサートの聴衆に関わっている問題なのです。

　クレマーは、もし誰かが急流一般を知っているかもしれないとなると、それは自分だ、と声を荒げる。女先生がいつも薄暗い小部屋でずっと過ごしている間に、先生の隣りで、高齢の母親はもはや何も企てずにいて、テレビ機器の助けを借りて、ただひたすら遠くを見ている。この地球の北半分を見ているのか、南半分を見ているのかは、この母親にとって今更どんな違いもない。エリカ・コーフートはシューベルトの演奏記号に注意を喚起させておいて、心をかき乱されている。エリカの体液は沸きたち、煮えたぎっている。この演奏記号は叫ぶことから囁《ささや》くことまでの表現には充分間に合うけれど、大声で叫んで話すことから小声で話すことまでを表わすには充分ではありません！　クレマー、無秩序はきっと貴方の強みではないですよね。それに対してこの水上のスポーツマンはあまりにも強く慣習にとらわれている。ヴァルター・クレマーは、先生の首筋にキスする許可を待ち望んでいる。それをしたことはまだまったくないが、時々そのことを聞いている。エリカは自分の男子生徒が彼女の首筋にキス

＊　一八一五―一八四六年頃の小市民的風俗・芸術。イ長調ソナタはベートーヴェン様式を模した傑作。

＊＊　フランツ・シューベルト（一七九七―一八二八）は、ピアノ・ソナタイ長調第13番 D664 Op. 120 を一八一九年に作曲している。

＊＊＊　シューベルトが一八二三―二四年に作曲。ピアノ独奏曲。友人たちのサロンでの音楽の集い、シューベルティアーデで実際に踊るための曲。

＊＊＊＊　オーストリア内を流れるドナウ河流域の、美しい街、古城、葡萄畑が点在する渓谷。

＊＊＊＊＊　スメタナ（一八二四―八四）の連作交響詩『我が祖国』の第2曲「ヴルタヴァ」または「モルダウ」の曲名は、チェコのプラハ市内を流れるヴルタヴァ川、ドイツ語名モルダウ川に由来する。

したがっているのを願っているのに、それでもクレマーにそのための出だしの合図を出さない。献身なら、エリカは自分の内奥に立ち昇るのを感じている。そして彼女の頭の中では献身が、古くもあり新しくもある憎しみ、とりわけ、エリカよりもっと少ない人生しか生きてきていない、それゆえもっと若い女性たちに対する憎しみと共鳴し合いながら、彼女と出会う。エリカのこのような献身は母に対する献身とはすべての点で似ていない。エリカの憎しみはあらゆる点で、彼女の常日頃のノーマルな憎しみと似ている。

このような幾つかの感情を隠そうとして、この女性は、かつてこれまで音楽の面で公的に支持し主張してきたすべての事柄とは無闇やたらに矛盾を引き起こしている。エリカは言う、つまり、音楽作品の演奏解釈には厳密性が終わりを告げて、本来の創造的である非厳密性が始まるようなある一点が存在します。演奏解釈者は今ではもはや奉仕するのではなく、要求するのです！　演奏解釈者は作曲家に究極のものを要求します。おそらくエリカにとって新たな人生を始めるのもまだ遅すぎることはない。新しいテーゼをいま早速主張しても困ることはない。エリカは微妙な皮肉を込めて言う、クレマー、貴方は能力の脇に情緒と感情とを併置する資格が当然あるような、そんな能力の段階にいま到達したのね。貴方の能力を暗黙裡に前提とする資格はわたしにはないのよと、この女性はすぐに生徒の顔めがけて打ってかかる。教師としてもっと良く知っていなければいけなかったにもかかわらず、わたしは思い違いをしていた。クレマー、貴方がカヌー競技に行くとしましょう、とにかくその際に、もし貴方があちこちの森の中でシューベルトの精神に出会うなら、シューベルトの精神を入念にそこの道から回避しなくてはなりません。あの醜い人、シューベルト。マイスタークラス*のこの生徒は美しく、若い顔をして、罵倒されている。この時エリカは重く憎しみがのしかかっているダンベルのダイヤルをひとひねり左右両側に回す。なんとかやっと苦労してエリカは自分の憎しみを胸の高さまで持ち上げる。貴方は、良い容姿をしているという傲慢な凡庸さのとりこになっていて、深淵《しんえん》にまさに落ち込んだ時でさえ、貴方は深淵には気がつかないのよ、とエリカはクレマーに話す。貴方は決して自分を賭けてみることがない！　靴が濡れないように水溜まりの上をまたいで越えるのね。貴方が急流カヌー競技で、少なくともわたしがそれについて知っている限りでは、貴方がひっくり返ったので、一度頭から川の水の中に落ち込めば、すぐにまた真っ直ぐに立ち直る。貴方の頭がその中に浸《ひた》っている川の水の深み、その独特のしなやかさにさえ貴方は驚愕する！　どちらかといえば、水鳥みたいに水底の餌をあさる、貴方を見ていてそれが分かりますよ。ごつごつした岩を貴方は大したことなく――貴方にとっては大したことなく！――、迂回して航行して行く、まだ貴方がそんな岩に気づく以前には。

エリカはヒューヒュー音を立てて呼吸しようと闘っている。クレマーは、愛する女性ながらまだ恋人になっていない人に、こちらの〈恋人にならない方の〉道は取らないように阻止しようと、

* 音楽大学、芸術大学などで特定の有名教授が担当する特別クラス。

両手をよじって懇願の身振りをする。貴女が僕に近づく手立てを、ご自分に永遠に遮断してしまわないで下さい、とクレマーは好意的に助言する。それにしても彼はとにかく男女両性の戦いに由来するのと同様に、スポーツの一騎打ちの戦いに由来するのでも、彼は不思議にも妙に強くなったように思われるのだ。年を取りつつあるレディが床の上で痙攣《けいれん》しながら身をよじっていて、顎には狂犬病のよだれ。この女性は間違って顕微鏡の反対側を目に当てて覗き込むように、音楽を覗き込んで見ている可能性もある。その結果、音楽はずっと遠くに、小さくなって現われる。逆さまに覗き込んだ音楽がこの女性に吹き込んだ何ものかを自分が持ち出して述べる必要があると女性が思う時には、ブレーキをかけられない。すると彼女は絶え間なくずっと話し続ける。

太って、小柄なアルコール中毒者のシューベルト・フランツルを誰も愛さなかったという事実の不当さにエリカは自分がかみ砕かれるような感じがする。生徒のクレマーに目をやれば、シューベルトと女性たちといった、あの相容《あいい》れなさをとくに激しく感じる。芸術のポルノ本の中のわびしい一章。シューベルトは多数の人たちが抱いている天才のイメージに、創造者としても巨匠《ヴィルトゥオーゾ》としてもそぐわなかった。クレマーは大多数のうちの一人なのだ。この大多数はそれぞれ自分のイメージを幾つか作り上げて、野外の自然生息地区でそのイメージに出会うと初めて満足する。シューベルトはピアノ一台さえ所有していなかったのですが、それにひきかえクレマーさん、貴方はなんとうまくいっていることでしょう！　シューベルトは死んでいるのに、クレマーさん！　貴方が生きていて、充分に練習していないなんて、なんという不公平。エリカ・コーフートは一人の男性を侮辱して、それなのにその人からの愛を願っている。愚かしくもエリカは男性に勢いをつけて殴りかかると、怒りの言葉がエリカの上顎《うわあご》の薄膜の下で、舌の皮膚に載って響きわたる。夜にはエリカの顔は腫れるが、その一方で、母親は何一つ感じ取らずに脇で鼾《いびき》をかいている。朝になるとエリカは鏡の中に映る皺《しわ》の襞《ひだ》だらけの自分の目を見ることなどできない。長いこと自分の鏡像に精を出して見ているけれど、その鏡像はもっと良くなどならない。男と女はまたもや口論で凍りついたまま向かい合って立っている。

エリカの書類かばんの中で、この生徒宛の手紙が一通、楽譜の間でパリッと音を立てている。彼女は生徒を十二分に嘲《あざけ》ってから、その手紙を彼に手渡すつもりでいる。憤《いきどお》ったあまりのむかつきが規則的に痙攣したままずっと、エリカの生身の体の柱を昇ってくる。シューベルトには、例えば、レオポルト・モーツァルト*と比較できるような師はいないから、確かに偉大な才能のある人でしたけど、それでも決定的に円熟した能力のある人ではなかったんです、とクレマーは詰め終わったばかりの思考ソーセージを一本、歯の間からやっとの思いで絞り出す。彼はそのソーセージを紙皿に載せて、芥子を添えて先生に差し出す。ただ、あんなに短い人生を送った人なら、円熟した能力の人ではあり得ません！　僕もはやりもう二十歳を過ぎていますが、まだわずかしかできません。毎日繰り返しこのことに気がつきます、とクレマーは話す。

＊　W・A・モーツァルト（一七五六—九一）の父親（一七一九—八七）。

ですから、フランツ・シューベルトは三十歳でなんとわずかしかできなかった可能性*があることか！　あの謎めいた、誘惑的な、ウィーン出身の小市民出の学校教師の子ども！　女性たちがシューベルトを梅毒で殺したのだった。

女性たちが僕らをいずれ墓場に連れていくでしょう、と若い男は軽妙に冗談を言って、女性的なるものの気まぐれについて少しばかり話す。女性たちの場合、ある時はこちらの方向に揺れ、そのあと逆の方向に揺れて、そうした状態にどんな規則性も見つけられないままになっていますね。エリカはクレマーに向かって、貴方は悲劇性の片鱗さえ感じ取っていないのね、と言う。貴方は容貌の美しい若い男性ですものね。女先生は固い大腿骨を一本投げつけたが、クレマーは自分の健康な歯と歯の間でポキッと割る。先生は、クレマーがそのうえ、シューベルトが曲につけたアクセントの置き方に、おぼろげな見当さえ一切つけていないことに言い及ぶ。型にはまった技巧のマニエリスム〔マンネリズム〕には用心しましょう。これはエリカ・コーフートの意見。男子生徒はきびきびしたテンポで流れに乗って泳ぐ。

あまり気前よく楽器記号を使って演奏するのは、例えば金管楽器奏者とか、シューベルトのピアノ曲には、必ずしも適切ではないのです。とは言ってもクレマー、貴方が余すところなく暗譜で弾けるようになる以前には、つまりは、何よりもまず音符のミスタッチとペダルの踏み過ぎに注意して下さい。ただし、ペダルを踏むのが少なすぎることにも！　どの音も、それが記述されているほど長く響くとは限らないですし、またどの音も響く必要がある長さに記述されているとも限りません。

アンコールとしてエリカはなおも、必要とされている左手のための特別練習を弾いて見せる。こうしながら彼女は気を鎮めるつもりだ。この男が彼女の左手に苦悩を負わせたことに対して、その自分の左手のために償いをしてもらうのだ。クレマーはピアノのテクニックを通して彼の情熱が鎮静するのを願っているわけではない、彼は肉体同士と苦悩との戦いを求めていて、この戦いはコーフートであってさえ容赦はしないだろう。クレマー自身は、たとえこの骨の折れる戦いに、初めは冷たく滑りやすい氷があったとしても、彼が勝利多くただひたすら耐え通しさえすれば、結局はそこから自分の芸術もまた利益を得るのだと、確信している。最終ラウンドのゴングが鳴った後の別れしなには、次のような配分になるだろう。つまり、取り分はクレマーにより多く、エリカにはより少ないだろう。これを彼はもう今日のうちから喜んでいる。エリカは一年ほど年取るだろう。クレマーは自分の発展状態において他の人々より一年先駆けることになる。クレマーはシューベルトのテーマに熱心に取り組む。クレマーは、自分の女先生が突如として唖然とするほど百八十度方向転換したのだと、そして自分、クレマーがもともといつも信奉して主張していたことすべてを、先生が自分自身の意見だと称しているのだと、悪態をつく。以前先生が言っていたのは、詳しくいうと、測りがたいもの、名状《めいじょう》しがたいもの、言い表わしが

＊　シューベルトの作曲数とその質の観点から考えれば、二十五歳ほど（三〇五頁参照）のクレマーがシューベルトと自分とを比較しているのは不遜とも思われる。三二八頁を参照のこと。

たいもの、演奏しがたいもの、難攻不落なもの、捉えがたいものは皆、捉えることが可能なものより、つまりテクニックよりは価値が少ないのだということ。テクニック、テクニック、そしてテクニックなのだと。教授先生、僕は貴女の言わんとすることを捉えていますか？

クレマーが捉えがたいものについて話したので、エリカは熱く煮えたぎる。捉えがたいという言葉で、クレマーがひたすらエリカへの彼の愛を意味していることもあり得る。これまでずっと残念ながら、もはや感じ取っていなかった情熱の太陽が、いま再び輝く。クレマーは昨日も一昨日もエリカに抱いていたのとまだ完璧に同じ気持をいま感じている！　明らかにクレマーは、彼が優しく言っていたように、名状しがたく彼女を愛しそして尊敬しているのだ。エリカは一瞬、目を伏せて含みのある言い方で囁《ささや》く、私はただ、シューベルトはオーケストラの効果を好みながらも、純粋にピアノだけで表現するのが好きだった、と思っているだけです。弾く人はこのような効果と、この効果を象徴化する楽器とを識別して演奏できなくてはなりません。しかし、すでに言いましたようにマンネリズムはなしでね。エリカは女性的に、親しげに慰めを与える。もうすぐできますよ！

女性教師と男子生徒は、男の方から女の方へと向かい合って互いに立っている。二人の間には熱気をおびた激しさが、一つの乗り越えがたい厚い壁がある。この壁こそが、一人がそれを乗り越えてもう一人を血まで吸いつくすのを阻止しているのだ。先生と生徒とは愛と、もっと愛を得たいという無理からぬ憧れを前にして、沸きたっている。二人の足元ではそのあいだずっと文化粥が煮えたぎっているが、その粥は決して煮え終わってしまうということがなく、二人がほんの少量を楽しみながら我がものとして食すその粥は、二人の日々の糧であり、それがなければ二人はまったく存在し得ないだろう。そしてその粥は光の加減で様々な色合いになるガス泡を投げかけている。

エリカ・コーフートは生きてきた年月を経て、肌はくすんだ角質層の状態にある。誰もそれをエリカから取り除くことができないし、誰も取り除こうとしない。この角質層は取り払えない。すでにたくさんのことがなおざりにされてきたが、なかでも特別なおざりにされたのはエリカの青春時代であり、例えば、十八という年齢であって、それはオーストリアの世間一般で使われる表現では、甘美な十八歳と言われている。一年しか続かないまま、そのあと過ぎ去ってしまう。今ではとっくに別の人たちがエリカの代わりにこの名高い十八歳を楽しんでいる。今日《こんにち》エリカは十八歳の少女の倍の年齢なのだ！　エリカはその年齢まで連続して数え直してみるが、その際エリカといま十八歳である少女との年齢差は決して減少しない、そうかと言って〈その少女との〉差異が大きくなることもない。エリカがこの年齢にあるどの少女にも感じる嫌悪《けんお》感がそういった差異を不必要に、いちだんと拡大するのだ。エリカは夜ごと、母性愛という燃え盛る火にかざした怒りの焼き串の上で汗を掻きながら、身体の向きを変える。エリカはその際に、音楽芸術という香ばしい焼き汁を規則的に上から注がれる。何一つこの不動の相違、つまり、年老いた／若いという相違を変えるものはない。それにまた物故した巨匠がすでに書き残している音楽の記譜法に関しても、もはや何の変更もできない。あるがままに得られたものである。エリカは子どもであったごく初期の頃からずっとこの記譜法のシステムに嵌めこまれてきている。彼女が考え始めてからずっとこの五線譜が彼女を支配している。彼女はこの黒い五線譜以外には何を考えることも許されない。この五線譜走査《そうさ》パターンの思考システムが母親と提携して、規定や指令、的確な命令からできていて、破ることのできないネットの中にエリカをひもで縛った。まるで肉屋の鉤《かぎ》金具に吊るされた薔薇色の巻きハムのように。これは安全を保障するが、安全は安全でないものへの不安を引き起こす。エリカはすべてがあるがままに残っている事実に対して畏敬《いけい》の念を抱くが、そしてまた、いつか何かが変わり得るかもしれないことへの畏敬の念も抱いている。エリカは一種の喘息《ぜんそく》の発作状態で、空気を求めて激しく奮闘するが、そのあとでこの空気すべてをどう扱っていいのか分からない。いま彼女は息苦しそうにあえぎ、自分の喉から一音一語も追い立てて外に出すことができない。クレマーは自分の不朽の健康基礎壁の内部までもが揺るがされるほど驚愕して、恋人に何が起こったのか、彼女に問い合わせてみる。水をコップに一杯持ってきたらいいですかと、クレマーは丁寧に質問する。騎士商会という会社のこの代表は、心遣いの行き届いた愛の対応をして、訊いている。先生は引きつったように咳をする。咳をして先生は、咳きこむことよりもっと肝心なゆゆしい事柄から解放される。エリカは自分の様々な気持を口頭では表現できずに、ひたすらピアノ演奏上のやり方で表現するばかりだ。

エリカは安全のため密封保管してある一通の手紙を書類かばんから取り出して、家で千回も心に思い描いてみた通りの正確な仕草で、それをクレマーに手渡す。手紙の中には特定のある種の愛がどのような進展を辿《たど》るべきかが書かれている。エリカは自分の口では言うつもりのない事柄をすべて書きしるした。クレマーは、ここには何か言い表わせないほど素晴らしく、ただただ書きしるされるのにふさわしいことが書いてあるのだ、と考えて、山頂の月のように明るく輝く。どんなにかクレマーはこのような類いの事柄を欲していたことか！　彼は、クレマーはついに今日、自分の様々な感情とその表現力とに関していつも労力を費やしていたことにより、ついに今日、考えられる限りのあらゆることを、大声でいつでも口に出して言うことさえできる幸せな状態にいる！　そうなんだ、何かを第一番目に口に出して言おうとして、至る所で自分が出過ぎた振る舞いをしてしまう時、その出しゃばり行為がみんなに新鮮で、良い印象を与えるのだということを、僕は発見した。ただ、なんの得にもならないことにも、臆病にならないこと。彼はみずからに関することで、もし必要なら、自分の恋のことだって大声で叫ぶだろう。幸いなことに叫ぶ必要はなさそうだ。誰も耳を傾けないに決まっているから。クレマーは映画館の座席の背もたれに寄りかかり、アイス菓子をほおばって楽しそうに食べながら、スクリーン上に若い男と年配になりつつある女が等身大以上の大きさで厄介なテーマを演じるのが映し出されるのを、自分自身でも喜んで眺めている。脇役では物笑いの種になるような、年老いた母親がいて、彼女は、ヨーロッパ全体が、そしてイギリスやアメリカが、数年前から我が子が甘美な音響を発する能力があることに魅了されるのは当然であると、熱い思いで願っている。その母親は我が子が官能的な情熱の料理鍋の中でとろとろ煮えている代わりに、むしろ母親の絆《きずな》の中にいる方がいいという願望をはっきりと表明している。クレマーは、蒸気の圧力が掛かっている方が感情は早く煮上がるし、ビタミンもより良い状態で保たれていると、良い忠告をして、母親に応答する。遅くとも半年以内にエリカを貪欲に浪費してしまう、そうすれば、クレマーは次の享楽ターゲットに手をつけることができる。

手紙を渡してくれたエリカの手に、クレマーは激しくキスを浴びせる。彼は言う、エリカ、有難う。今度の週末は早くも彼は完全にこの女性に捧げるつもりだ。女性は何よりも神聖な、外部を遮断して過ごす週末に、クレマーが侵入する気でいるのに驚いて、拒絶の態度をとる。なぜちょうど今回がだめで、おそらく次回も次々回もだめなのか、彼女は即席で口実を作り上げる。私たちいつだってお電話できるでしょう、と女性は図々しく嘘をつく。二方向の流れが女性を貫いて流れている。クレマーは意味ありげに、秘密に満ちた手紙でキュッと音を立ててから、それはエリカの口から考えなしに泡立って出てきただけで、エリカはまんざら悪くは考えていないことだってあり得るというテーゼを洩らす。時の流れの掟《おきて》いわく、男性を不相応にじらすことなかれ。エリカは忘れるべきではない、クレマーにとってまだ単純な価値をもつに過ぎない一年が、彼女の年齢の場合には少なくとも三倍の価値を持っていることを。エリカはこのチャンスをすかさずさっと捕らえるべきだ、とクレマーは彼女に穏やかにアドバイスする。彼は手紙を汗で湿った手の中でしわくちゃにして、もう一方の手で女先生にびくびくしながら触ってみるけれど、まるで、ひょっとしたら買ってみたいにわとり《フーン》に触ってみるようだが、それでもとにかく彼がまずその値段がめんどり《ヘンネ》の年齢にふさわしいかどうか、値段を見てみる必要があるみたいに。にわとりが年取っているか若いか、スープ用にわとりの場合やグリル用ひなどり《フューンヒエン》の場合を、どこで識別するものなのか、クレマーには分からない。それでも自分の先生の場合ならまったく正確に見とっている。そう、クレマーは頭の中に目を持っていて、先生はもう充分若いわけではないが、でもまだ比較的良好に保たれてきていると見ている。先生の目の幾分か軟化して鋭さを欠いたまなざしがもし無ければ、ほとんどぴちぴちしていて歯切れが良いと言うことだってできるかもしれない。それから、なんと言っても、エリカが自分の先生であることは、絶対に色褪せない魅力だ！　少なくとも一週間に一回彼女を女子生徒にさせるのは刺激的だ。エリカはこの男子生徒から逃れる。この生徒からエリカは身体を引き離して、当惑のあまり長いこと鼻をかむ。クレマーはエリカの面前で、ある自然描写をする。彼はかつて自然を知るようになって好きになった通りに、自然を描写する。もうじき彼はエリカと自然の中を散策して楽しむことになるだろう。森がいちばん鬱蒼《うっそう》と茂っている所で、二人は一緒に苔《こけ》のクッションの上で休息して、持ってきたものを食べる。その場所では、若いスポーツマンでもあり、またすでに何回かコンクールに出たことのある芸術家でもある男が、年取って衰弱した女性とワルツを踊り回っている光景を見る者はまずいない。この女性はもっと若い女性とどんな競争をするたびにも二の足を踏まざるをえない。クレマーは、この女性と一緒の将来的関係でいちばん興奮することは、自分の秘密裡にしている状態であると、あらかじめ感じ取っている。

エリカは黙りこんでしまい、目にも心にも、あふれ出てくるものはない。先ほど先生がフランツ・シューベルトについて主張していたことをすべて、根本的に訂正する可能性のある瞬間が来たとクレマーは感じている。彼は人間個人として無理にでも議論に押し入るだろう。愛をこめて彼はエリカのシューベルト像を正しい状態に戻して、自分自身が最良の光に当たるように動く。これから先自分がずっと勝者になったままでいる論争が、積み重なっていくだろうとクレマーは愛する人に予言する。音楽のレパートリーに関しては、とりも直さず愛する人の豊かな経験という宝物ゆえに、クレマーは彼女を愛している。しかしその豊かな経験も、時間が経《た》っていくうちに、クレマーがすべてをずっと良く知るようになるという事実について、思い違いさせておくことはできない。これが彼に最高の快感を与える。エリカがクレマーに異論を唱えようとする時に、彼はある意見を強調しようとして、指を一本立てる。彼は図太い勝利者なのであり、そして女性はキスを逃れてピアノの背後に立てこもる。いつしか言葉はやんで、感情が、根気と激しさにもとづいて勝利する。

エリカは、いろいろな感情のことなどわたしは知らない、と胸を張る。ひとたびエリカがある感情を認めざるを得ない時には、自分の知性を差し置いて、その感情を全面的に勝たせることなどはないだろう。彼女はなおも自分とクレマーとの間に二番目のピアノを挟み入れる。クレマーは愛している女性上司を卑怯だと非難する。自分のような者を愛している人は、愛を掲げて世間の前に歩み出て、そのことを世間に大きな声で伝えなければならない。それでもクレマーの方は普通ならもっと若い人たちの牧草地で草を食《は》んでいるわけだから、コンセルヴァトリウムの中で噂が広まるというのを、彼はどうかやめて欲しいと思う。それに恋には、恋人の存在を羨ましがらせることができる時にだけ、喜びがある。このケースだと、将来の結婚は問題外で、排除される。幸せなことにエリカには母親がいて、彼女はエリカの結婚を許さない。クレマーは教室の天井のすぐ下をじかに、彼独自の優位な水の勢いに乗って向こうの方へと漂っていく。水の中ではクレマーは玄人であるし、能力のある者だ。エリカがシューベルトのソナタについて抱いている最新の意見を、彼はずたずたに引き裂く。エリカは咳をして、当惑のあまり膝の蝶番《ちょうつがい》関節をぎくしゃくさせて前後に動くが、これはしなやかな男、クレマーが、他人のケースで一度も気づいたことのない動きだ。身を隠そうにも不可能な場所で、エリカは身を隠す。そしてクレマーは軽い嘔吐感が沸き上がってくる感じがして、不意打ちを食らったように驚くが、しかし嘔吐感はすぐに彼の様々な感情の輪の中に嵌め込まれてしまう。思い立った時が、とにかくもう都合がいい。ただそうむやみに手を広げるのは許されない。エリカは指の関節をポキッと鳴らす、これはエリカの演奏にも健康にも有益ではないことなのに。気後れしたり、人目を忍んだりしないで、自由にのびのびと、自分の方を見て欲しいと、クレマーがいくら彼女に要求してみても、エリカは頑固に遠く離れた隅を眺めている。所詮、この様子を眺めている人は、他に誰一人ここにはいないのだ。

いいかな、ヴァルター・クレマーは、嫌悪をもよおす光景を見て勇気づいて、探ってみる。君がまだ一度もやっていない前代未聞のことを君に要求していい？　そしてクレマーはエリカにただちに例の愛の試みをやってみることを要求する。エリカには新しい愛の生活への第一歩として、なにか捉えがたいことをしてもらいたい、つまり、今すぐにクレマーと一緒に来ることにして、今晩は最後の女生徒の授業を休んで欲しい。それでも、その女生徒が疑念を抱いたり、何か語ったりしないようにエリカがよく注意して、気分が悪いとか頭痛がするとかを口実にするといい。エリカは、この簡単な課題を怖がってしり込みする。彼女は野生のムスタングだ、この馬はついにひづめで馬小屋の戸を開けて入りこんだけれども、しかしそのあと、よく考えてみたので、馬小屋の中にずっといる。クレマーは愛する女性に、どのようなやり方で他の人々は様々な契約や慣習法だのの軛《くびき》を振り払ったのか、報告する。無数の例の一つとして、彼はワーグナーの「指輪」を引き合いに出す。彼はエリカに万物のための例としての芸術と、無のための例としての芸術とを持ち出す。人々が芸術を、つまり尖端をコンクリートで固めた大鎌や草刈り鎌を使って例の落とし穴を、ひたすら徹底的に探究する時には、アナーキスト的な態度の実例が充分に見つかるのです。モーツァルトはあの**万物のための**芸術の実例ですが、例えば、領主司教の〔自由を束縛する〕軛《くびき》を振り払っています。私たち二人は格別モーツァルトを評価してはいませんが、もしあらゆる方面に人気のあるモーツァルトにそれができたのなら、エリカ、貴女だっておそらくそれを実現させますよ。積極的に芸術に携わっている人、つまり創造者も、消極的に芸術に携わっている演奏者も、どちらも規則や取り締まりに特別我慢強く対しているわけではないという事実に、しばしばどんなに僕たちの意見が一つにまとまったことでしょうか。芸術家は規則を好んで回避したがるのと同様、真実の容赦しない締め付けも回避したがります。やはり僕は訝《いぶか》しく思っているんですよ、僕のことを悪く思わないで欲しいけれど、君《ドゥー》にまつわる年月すべてを、どうやって君がお母さんに我慢してこられたのか。まさに君は芸術家ではないのか、それとも君がすでに軛の下で窒息している時、軛さえも軛として感じ取っていないのか、このどちらかなんだよね、とクレマーは自分の先生に親称で話《ドゥーツェン》しているが、幸運にもクレマーと女性の間に高くそびえているコーフート母が、すべての責任をひきかぶる人として居ることを喜んでいるのだ。もう若くはないこの女性のもとでクレマーが窒息しないように、例の母親は気遣ってくれるだろう！　この母親が多種多様な願いの成就にとって錯綜したやぶとなり、障害物となって、絶え間ない会話のトピックスを提供してくれるけれど、他方では娘を一つの場所に固定していて、その結果あらゆる場所へと娘はクレマーに従ってついて行くことができない。エリカ、僕たちは、誰にも聞き知られることなく、どこで規則的にあるいは節度に構わずに互いに会うことが可能だろうか？　クレマーはどこかに共通の秘密の部屋を持つという提案に乗り気になる。その部屋に彼は自分が持っている古い方の二個目のレコードプレイヤーと、どっちみちダブッて持っているレコードを備えつける。結局のところ彼はエリカの音楽的センスを知っていて、その好みにしても同じようにダブッている、というのも彼、クレマーも完璧に同じ音楽的センスをもっているのだから！　自分はショパンのLPを若干重複して所有していて、こんな言い方は彼もエリカもあまりにも不当だと思っているけれど、ショパンの影の内に立っているパデレフスキーの風変わりな作品集を収めた一枚も持っていて、エリカが彼にそのレコードを贈ってくれたのだけど、彼もすでに自分で買ってあったのだ。クレマーは例の手紙をなんとか読んでしまいたいと思い、もうほとんど我慢できない。人が言い表わせない事柄、それについては書くべきだ。人が耐えぬくことができない事柄、それは行うべきではない。愛するエリカ様、僕は四月二十四日付けの君の手紙を読んで、理解するのを今からとても楽しみにしているよ。それにたとえ僕が意図的に誤解するとしても、それも僕はまったく同じように楽しみにしているし、そうすれば僕たちは口論の後でまた仲直りするだろう。今やクレマーはすぐさま、自分について、自分について、そしてまた自分について話し始める。エリカは彼にこの長い手紙を書いた、だからクレマー自身にも胸の内をちょっとだけ漏らしてもいい権利がある。二人の関係でエリカが優位に立つことがないように、彼が読むのにやむを得ず使わなければならない時間を、今すぐ話をするのに利用しつくすこともできる。クレマーはエリカに説明する、彼の中では極端と極端とが互いに闘い合っていて、つまり、それらは（競技に合致した）スポーツと（規則に合致した）芸術だ。生徒の手は早くも手紙の方に向かってぴくぴく動いているが、エリカは手紙に触れることさえも極めて厳しくこの生徒に禁止する。むしろシューベルトの研究に精を出しなさい《クレメン》、とエリカは大切なクレマーという名前と大切なシューベルトという名前をだしにして嘲笑《ちょうしょう》した。クレマーは拗《す》ねている。ある女先生との秘密をすべての人々の面前でわめいてやるという考えを一秒いっぱいの間もて遊ぶ。あれはトイレ！で起こったことだった。あんなことクレマーにとって名誉ある行為ではなかったから、とにかく黙ったままでいる。クレマーは自分が闘いに勝ったのだと、後世に対してあとで嘘をついて事実をうまく曲げることも可能だ。女、芸術、スポーツから選択するように迫られたら、芸術とスポーツに決めてしまうのではないかと怪しむ。未だにこの女性の前ではこんな馬鹿げた思いつきを言わずにもみ消している。他人の自我の不安定要因を、繊細に紡いだ独自のゲームの中に導入するとは、何を意味するものなのか、クレマーは感知できるようになる。とはいえ、スポーツの場合にもやはりリスクはあって、例えば、その日の選手のコンディションはかなり変わりやすいこともある。この女性はこんなに年取っているのに、未だに何をしたいのかが分かっていない。僕はこんなに若くても、何を手に入れたいのかいつも分かっている。

　クレマーのシャツの胸ポケットの中で手紙に皺が寄っている。クレマーは指を伸ばしたくてむずむずしている。彼はこの先さらに我慢することなどほとんどできないほどだが、このむら気な享楽者は自然の中に入って静かな場所で手紙を冷静に読み通し、すぐにメモを取ることに決める。返事としては、この手紙よりもっと長く書く結果になるに違いない。多分ブルクガルテン*で？　パルメンハウス・カフェ**に座って、メランジェ〔ウィーン風カプチーノ〕一杯とそれにアプフェル・シュトゥルーデル〔りんごのウィーン風巻きパイ〕一切れを注文しよう。芸術とコーフート、という両者異なった要素が手紙の魅力を無限に高めるだろう。両者の間に審判者クレマーがいて、誰がこのラウンドで勝ったか、外の自然なのか、彼の中のエリカなのか、そのつどゴングで知らせる。クレマーの場合一度熱烈《ハイス》になったとのこと《ハイスト》だが、そのあとまた冷静になる。

クレマーがピアノの教室から消え失せるや否や、クレマーの後に続いて、次の女子生徒が音楽のぎくしゃくした反進行の動きを始めるか始めないかに、先生はそこで早くも仮病を使って、猛烈に頭が痛いので、授業は今日のところは残念ながら中断しなければなりません、と言う。その女子生徒は、ひばりのように空中に舞い上がって去って行く。

エリカは、報いられそうにない不快な不安と危惧の念から、身体をよじる。エリカは今クレマーの好意から出ている点滴チューブに吊り下がっている。本当に彼は高い柵を乗り越えて、激しい勢いで流れている川を歩いて渡ることができるのか？　彼の愛はリスクをいとわないのか？　まだリスクを恐れたことはないし、リスクが大きければそれだけ好むところだ、とクレマーが常々言っている誓いを頼っていても良いものかどうか、エリカには分からない。エリカが女生徒を教えないで送り返したのは、あらゆる年月のうちで後にも先にも初めてのことだ。母は堕落《だらく》の道を警告している。もし母が上の方の成功へと導く梯子で合図してくれない場合には、道徳的違反による衰退の妖怪を母は壁に描く。セックスの底地よりはむしろ芸術の頂上の方が良い。芸術家は奔放なのだという世間一般の意見に反して、芸術家はセックス環境を忘れるべきだと、母は思っている、つまり芸術家がそれをできないなら、彼は単純な人間であって、芸術家が単純人間であることは許されない。彼が単純人間であるとすると、神の如くではない！　芸術家たちの伝記はそもそも芸術家にはいちばん大切なものであるけれど、残念ながら、あまりにもしばしば伝記の主人公らの性的快楽や策略で満載されていることが多い。純粋な美しい旋律というキュウリの苗床がセクシャリティの有機肥料の堆積から初めて生え出てくるような、惑わしの外観を呼び覚ましているのだ。

母はひとたび子どもが芸術の面で躓《つまず》くと、喧嘩の時にはいつも子どもを非難する。とは言え、一度の躓きは、一度も躓かなかったに等しい、これをエリカは早くも見てとるだろう。

エリカはコンセルヴァトリウムから徒歩で帰宅する。

エリカの両脚の間には腐敗が、無感動な、白い塊がある。黴や有機的物質が腐敗する団子状の塊。春のそよ風は少しも何かを目覚ますことがない。その塊は、叶うことをはばかっている小さな願望や中くらいの憧れの、さえない積み重ねだ。ペンチ〔鋏《はさみ》の形のような手工具〕にも似て、エリカの二人の選りすぐりの人生のパートナーがエリカを取り囲むだろう、例のざりがにの鋏

＊　ウィーンのリンク内の、オペラ座と王宮の間にある庭園。モーツァルト像が立つ。
＊＊　ブルク庭園《ガルテン》の奥にある南国風植物のあるカフェ・ブラッスリー。

が、つまり母親と男子生徒のクレマーが。エリカは二人を一緒に所有することができないが、どちらか一人だけというわけにもいかない、なぜならもう片方の部分がすぐに彼女からひどい立ち去り方をしてしまうから。エリカは母に、呼び鈴が鳴っても、クレマーならドアの中に入れないで、と指示を与えることも可能だ。母は喜んでこの命令に従うだろう。こんな恐るべき不安定な気持のためにエリカはこれまでの自分の時間すべてを非常に静かに過ごしてきたのか？

今夜はクレマーが来ないといいのだけれど。明日なら来たっていい、でも今夜はだめ、だってエリカはルビッチ*の古い映画を観たいから。先週の金曜日から母子はこの映画を楽しみにしている、金曜日にはいつも次週をカバーするテレビ番組一覧が出るからだ。このテレビ展望はコーフート一家に、そう簡単には姿を見せそうにない大いなる恋愛よりも、もっと憧れの気持で待たれている。

エリカは手紙を書いたことで一歩前進した。母にはこの一歩前進の責任を押しつけて肩代わりさせられない。そう、この一歩前進のことを、禁止の飼葉桶への一歩前進のことを、母が聞き知ることすらあってはならない。禁止されたことすべてを、エリカはいつもすぐに母の目に分かるように告白してきた。するとこの掟の目は、どっちみちもう知っているよ、と主張したのだ。

　歩きながらエリカは、例の多孔性の腐った悪臭のする果物であって、自分の下半身の末端を際立たせる部分を憎んでいる。芸術だけが甘美な無限を約束する。エリカは先を急ぐ。もうじきこの腐敗は進行していって、生身の身体の大部分を襲うだろう。その時に人は苦しんで死ぬのだ。エリカは驚愕して、自分が一メートル七五センチメートルの大きさの無感覚な穴となってお棺の中に横たわり、地中で自己解体するさまを具体的に思い描いてみる。つまり、エリカが軽蔑し、ないがしろにしていたその穴が、いまや彼女の心を完璧に満たしていたのだ。エリカは無だ。エリカにとってそれ以上は何一つ存在しない。

エリカに気づかれずにヴァルター・クレマーは、この女性の後ろを追って急いで歩く。初めて強い衝動に駆られた後で、クレマーは自分に打ち勝った。彼は差し当たり、今すぐにはこの手紙を開けはしないという決心をした、というのもエリカの生気のない手紙を何通も読む以前に、生き生きとした、温かいエリカと、明らかにしてくれる話し合いとを望んでいるからだ。この生き生きした生身の女性エリカの方がクレマーには、死んだ紙切れよりずっと好ましい。この紙切れのために樹木は死ななければならなかったのだ。この手紙は僕が後でだって家で静かに落ち着いて読み通すこともできると、彼は考えて、〈前を歩いていく〉あのボールにずっと目をつけて固執しようと願っている。そのボールは転がり、ぴょんぴょん跳び、ここから向こうの方に飛び跳ねていって、信号機の所で止まり、ショーウインドウの中に自分を映している。あの女性には、いつ自分が手紙を読むかとか、いつ自分が個人的に軍事攻撃をかけるのかとか、指図などされない。女性は追われる者の役割には慣れていなくて、振り返ってもみない。しかしそれでも彼女はみずからが獲物であって、こちらの男性が狩人であることを学ぶ必要がある。

＊　エルンスト・ルビッチ（一八九二―一九四七）。ドイツの映画監督、制作者、一九九二年米国に移住。

明日よりは今日それを始めた方がいい。エリカが絶え間なく母親の方の優勢な意志によって物事が決められているにもかかわらず、彼女自身の優勢な意志がいつかすべてを決定するはないという可能性に、エリカは思い及ばないのだ。* しかしこのような状況は、エリカがもはや気づかないくらいに、彼女の血肉に受け継がれてしまっている。信頼は結構であるが、コントロールはなお結構だ。

嬉しそうに我が家がドアと門とで合図している。早くも暖かい誘導電波《ビーム》が女性教師を包み込む。エリカは母親のレーダーシステムの中にすばしこい光点となって早くも浮上して、はためいている。一羽の蝶、一匹の昆虫が、みずからより強い生き物の留めピンに突き刺されて、はためく。クレマーがどのように手紙に反応したか、エリカは聞き取ろうと思っていないだろう。エリカは自分の所の電話の受話器は取らないだろうから。エリカは、自分はいないと男に伝えてもらうよう、すぐにも母に頼むつもりだ。以前母がまだエリカに命じたことのない事柄を、エリカの方が母に命じることは、可能だろうと信じながら。母はエリカには、外界から内に閉じこもって、母だけに身を委《ゆだ》ねるという歩みができるような幸運を願っている。母はみずからの年齢を嘲笑《あざわら》っている内面の火と一緒になって、憑かれたように嘘をつく、わたしの娘はただいま残念ながら家にはおりません。いつ帰るか、わたしには分かりません。また近いうちに私どもの所へお越し下さい。有難うございます。そんな瞬間には娘は普段よりいちだんと母にふさわしい。母にだけふさわしいのであって、他の誰かにふさわしいわけでもない。他の誰にとっても子どもは、家におりません。

エリカの思考の瓦礫の山で完璧にふさがれた男は、みずからの様々な感情が向かっている人の後をヨーゼフシュタット通りで追い上げている。以前ここにはウィーンでいちばん大きくいちばんモダンな映画館があったが、今はある銀行に場所を提供している。エリカはママと祝祭日を祝ってそこにちょくちょく出掛けていた。でもこのレディたちは大抵、お金を節約するために、もっと小さくて料金の安い、アルベルト映画館を訪れていた。父親はもっとたくさんお金を節約するために家に残っていた。父親の場合には、最後の分別の残りを節約するためにであって、その分別の残りを父はよりによって映画館で射出したくなかったのだ。エリカは今ただの一度も振り向かない。エリカの感覚は何ひとつ感じない。いま近くにいる恋人をも感じない。このときエリカの考えはすべて一点に、巨人のように大きくなっている恋人、ヴァルター・クレマーに向かっている。

　こんな風に二人はけなげにも一人がもう一人を追って急いで歩く。
＊　エリカの後ろを歩いているクレマーの立場からの思い。
ピアノ教師エリカは自分の背中の辺りの何かに駆り立てられて先へと進む。そしてエリカから天使か悪魔かを引き出すのは、一人の男だ。優しく留意《りゅうい》するようにと男に教えることも、完全にこの女性の掌中《しょうちゅう》にある。エリカは知覚力の細長い尖端《せんたん》を、それが何を意味するのだろうか、

ちょっと風に当て始めるが、それでも、感覚すべてを凄く力強く有している生徒のクレマーが自分の後ろにいるのに、気がつかない。この帰り道で新しい外国のモード雑誌を買うでもなく、その雑誌にコピーされている衣服あるいは、その中でコピーされているものに倣《なら》って作った衣服を買う様子でもなかった。ショーウインドウに陳列されている最新作の初春のモデルの衣服に目もくれなかった。エリカは燃え上がった男性の激情に困惑していた最中《さなか》に、唯一ふと漂わせたまなざしを、なんの気なしに、ほんのちょっと、翌日の日付で売られている新聞のタイトルページに注いだ――まだ今日のうちに起こった真新しい銀行強盗の男の、ひどくいたんだ写真に、しかも、なりたてほやほやの犯罪者が結婚式の姿で写っている写真に注いでみた。明らかに結婚という貴重な機会にこれを最後と撮ってもらったものだ。いま男のことは誰でも知っている。男が既婚者だという理由だけで、エリカは頭の中で花婿のクレマーを、そして花嫁の自分を、それにこのカップルのところで暮らすであろう花嫁の母親を、思い浮かべてみる。それなのに彼女は、自分が絶え間なく考えている生徒のことを、いま見ていないのだ。その生徒は今エリカを追いかけ、つきまとっているのに。

母親は、子どもが、もし事情が良好なら、一番早くて三十分以内に現われるかもしれない、と心得ている。それでもずっと母は切なく待っている。レッスンが取りやめになったことは知らないけれど、それでも常に自分の所に到着する時間厳守の娘を待ち焦がれている。エリカの意志は子羊のそれであって、それは母の意志であるライオンに寄り添っている。この恭順のジェスチュアゆえに母の意志はやはり、娘の柔らかくて形成されきっていない意志をぼろぼろにして、血の滴っている四肢を、口にくわえてあちこち振り回すのを、阻止されている。アパートの建物の入り口がぱっと不意に開いて、暗闇が射し込んでくる。階段室が、つまり「映像で見る時報」のニュース番組とそれに続くテレビ番組とに通じる天の梯子が、上方に伸びている。エリカが階段室用の照明ボタンを操作した後で、早くも優しく、穏やかな輝きが二階から下の方に注いでくる。アパートのドアは開かれない。娘は早くても三十分以内というつもりで母は待ち受けているから、今日はどんな足取りや足音も聞き分けていない。まだ母は最後の準備仕事に完全に没頭しているが、その仕上げの仕事は、玉葱と一緒に焼いたロースト肉に見事な仕上がりの栄光を手に入れるはずだ。

ヴァルター・クレマーは三十分前からひたすら先生を後ろからずっと見ている。後ろ側は必ずしもエリカの好きな側面ではないのだが、クレマーは後ろ側からなら幾千人の中からでもエリカを見つけることだろう！　女性たちのことならクレマーは知りぬいている、しかも外側でも内側でもあらゆる側面からでも。木の幹のような脚の柱の上に構えているエリカの臀部の、柔らかく、あまり密に詰め込まれていない羽毛クッションを彼は見ている。機能障害には惑わされない専門家であるクレマーは、あの身体をどう取り扱うことになるかを考える。少し恐怖と入り混じった事前の喜びが、クレマーを捕らえる。まだエリカは平穏に、悠然と歩いているけれど、もうじき彼女は快楽のあまり明るい叫び声を上げるだろう！　その快楽はクレマーがまったく独りで生み出すものだ。まだあの肉体は無邪気にいろいろな歩き方で忙しいけれど、それでもクレマーはなんとかお湯の出る洗濯機のダイヤルを「沸騰」に合わせるだろう。必ずしもクレマーが本格的にこの女性に性的欲望を抱いているわけではないし、彼女がもともとクレマーを刺激しているわけでもない。それに彼には、エリカの年齢あるいは若さ欠如のために、彼自身が欲望していないのかどうか分からない。しかしクレマーは彼女の純正な肉体を露わにさせるという目的に向かってひたむきに考えている。彼はこれまでエリカを女性教師というただ一つの機能の範囲で知っている。今は別の機能を彼女の中から絞り出すだろう。そして恋人としてなにか始められるものか見てみよう。もしなんらの余地もなければ、それまでだ。流行《はや》りであったり、あるいはしばしば陳腐だったりする自信のもと、とても念入りに塗布された今回の〔化粧や衣服の〕重なり、そして造形力が貧弱なままで形作られてまとまったあの安物の服の覆《おお》いと、コートの外皮、こういったカラフルな、一段と美化した装いと肌が、この頃ではエリカの身に付着しているが、クレマーはこんな化粧や装いを断固として彼女からひき破るつもりだ！　エリカは思ってもみていないが、女性というものが実際にはどんな風に美しく装わなければならないか、じきに分かるだろう、つまり美しく装うこと。しかしそれでもまず何よりも、彼女自身が動く際の邪魔にならないように、実践的であること。自分はそんなにエリカを所有したいとは思わない。それよりいつか、色や生地の構成を考えて慎重に飾り立てた骨と肌の包装を、最終的にはほどいてみたい！　包み紙はまとめてしわくちゃにして、捨て去るつもりだ。色とりどりのスカート類や、飾り帯のサッシュ・ベルトを身に着けていて、あまりにも長い間近づきがたかったこの女性を、腐朽《ふきゅう》状態に彼女が移行していく以前に、自分が踏み込めるようにするつもりだ。なぜあんな代物ばかり買うのか？　でも、きれいで、実用的で、高価でさえない！覆い物だってある。バッハの場合掛留音《けいりゅうおん》〔フォアハルト〕をどのように弾くべきか、エリカが説明している間に、クレマーが咎め立て《フォアハルトゥング》するつもりなのは、このことなのだ。どんなに骨折ってもクレマーはその肉体を自分の目前に出現させてみるつもりでいる。クレマーは**あの下に**あるものを単純に欲している。つまり、どうにかようやく所有するのだ。あの女性の莢《さや》みたいなカバーを剝《む》いて下げたら、とにかく人間エリカがその間違い一切ごと出現するに違いない。その人間に僕はかなり以前から興味があるのだが、とクレマーは考える。あのように重なった繊維の層の一つずつは一番近い層からだんだん角質化していって、色褪《あ》せる。あんなエリカからクレマーは、ただ最良なもの、多分美味しい味がする小さな内奥の核が欲しいのだ。つまり生身の体をクレマーは使用したい。必要とあれば強制してでも。精神の認識力を今クレマーは十二分に知っている。そう、疑問がある場合には、彼はいつも自分の身体にひたすら耳を傾けるが、身体は決して思い違いをすることがないし、身体の言葉で自分に話しかけ、他人にも話しかける。中毒症あるいは病人の場合に身体は、身体の弱さや乱用から、もちろんしばしば非現実な虚偽のことを話すけれど、でもクレマーの身体は健康なんです、多謝。あっ、言わなきゃよかった。おっとっと。スポーツの時にはいつも身体がクレマーに、いつ自分が究極的に充分になったか、いつ保存タンクにまだもうちょっと手持ちがあるのか、言ってくれる。彼が全力をフルに出しつくしてしまうまで。そのあとクレマーは単純に素晴らしいと感じる！　筆舌につくしがたい、とこんな風にヴァルター・クレマーは悦ばしく感動してみずからの状態を描写する。先生の屈辱的なまなざしのもとで、ようやくクレマーは、最終的には自分自身の肉の実現をさせるつもりだ。あんなにも長いこと自分はそうなるのを待った。何カ月も過ぎて、耐久力によって彼は権利を獲得した。最近エリカはクレマーのために目立ってお洒落《しゃれ》になって、ネックレスで、袖口のカフスで、ベルトで、ハイヒールのパンプスで、小振《こぶ》りのスカーフで、香水で、取り外し可能な毛皮の襟で、ピアノの邪魔になりそうな新しいプラスチック製のブレスレットなどで、美しく飾っている徴候がちゃんとほのめかされている。いま前を歩くあの女性は一人の男性のために魅力的に装った。ところがこちらの男性は、弱々しく、不健康な装飾なんてみんな粉砕したい衝動を抱いている。あの女性が手もとに留めおいていたオリジナル性の最後の残りまでも、包装を振り払って、中から取り出したいとクレマーは願っているから。彼はすべてが欲しい。でも現実にはエリカを欲望しないままでいる。ああいった飾り立て方は、真っ直ぐな性格のクレマーを理不尽に怒らせている。自然は、そう、交配に着手する時には、ごてごてとめかし込んだりしない。ただ大抵は雄鳥《おすどり》だけれど、幾種類かの小鳥には誘惑的な羽毛がある。とにかく雄鳥がいつもめかし込んだ外見に見える。自分の未来の恋人の背後からクレマーがつき進んでいる時、念入りなエリカの身だしなみが、たとえ不器用な適用の仕方で整えられているのであっても、彼女の身だしなみに対してひたすら自分の赤裸々な憤りの矛先が向けられていると、クレマーは未だに思っている。彼がひどく外見を損ねると感じている、あの塗り立てた化粧、あの安ピカの愚行は、できるだけ速やかに取り除く必要がある！　彼のために！　好感のもてる顔であり、すぐに気に入らなくなることのない顔の中に、およそクレマーが認められ得る唯一の装飾は、几帳面すぎるほど清潔を心がけることである以上は、自分はそれをエリカに分からせてやるだろう。エリカは自分自身を滑稽にしているが、そんなことは彼女に必要でないだろうに。一日に二回シャワーを使うこと、これがクレマーの場合の身体の手入れに属していることと了解されているし、それで充分だ。クレマーは清潔な髪の毛を要求する、なぜなら洗っていないヘアスタイルにクレマーは虫酸《むしず》が走るから。最近エリカは本当にサーカスの馬みたいに面懸《おもがい》をつけて飾り立てている。近頃この女性はその男子生徒にもっと熱烈に好意を示そうとして、ずっと手付かずだった衣類の備蓄を荒らしている。あれもこれもきっと彼の気持をかき乱すに違いない！　いかにエリカが度を過ごし、メーキャップ化粧品入れのどんなに底深くまで手を伸ばしていることか、あらゆるところで驚かれ、注目されている。エリカは徹底して変身をやり遂げている。彼女は持ち合わせている豊かな衣装一式から衣服を選んで着るばかりか、それにマッチするアクセサリーさえも、ベルトやバッグ、靴、手袋、流行の装身具の形体をとって、キロ単位で買う。彼女はその男性をできる限り夢中にさせようとして、それによって男性にとってはいちばん好意的になれない好みの傾向を呼び覚ます。この眠れる虎を彼女はそっと休ませておくべきであるだろうに、この虎が彼女を完全に飲み込まないようにと、これがクレマーの彼女へのアドバイスであり、クレマーの価値ある人となりに関することだ。先を歩いているエリカは酔っ払った人形のように地面を踏みしめながらどしどし歩いて行く、拍車の付いた乗馬靴を履いて、カムフラージュをして、決然として、美しく装って、そしてうっとりとして。なぜエリカは、この込み入った愛の関係のテンポを速めるために、もっとずっと早くにみずからのタンスをこじ開けることさえしなかったのか？　いつも新しい素晴らしさが溢れ出てくるのに！　とうとう思いきってエリカはカラフルな、絹のような備蓄庫をこじ開けたけれど、今はまだ受けていない求愛のあらわなまなざしを楽しみに待ち望んでいる。それにしても、エリカをもう長いこと知っていて、彼女の変化した外見について真面目にあれこれ考える人々のあらわな嘲笑を、彼女はうっかり見落としている。エリカは笑うべきものだが、それでもしっかりと、きっちりと包装されている。どの売り手も、すべては包装にかかっている！ということを知っている。上下に十も重なり合う層は、保護を与えていて、ひとつの魅惑である。それに、場合によってはすべてが共に調和する。少なからぬ業績だ。スーツ用にカウボーイ風の新しい帽子を買ったエリカを母が叱る。その帽子には、帽子と同じ名前の生地のリボンと小さな係留《けいりゅう》用の留め金が付いていて、その助けでエリカは、帽子が突風で飛ばないように、顎の下で固定できる。お金の支出のことで母は大きな声で不平を言い、子どもの極度のお洒落癖に嫌疑をかける。お洒落癖の目指すところはきっと、ある人に、つまり母に反抗しようとしていて、また、きっとある人のことを求めていて、ずばり言ってみれば、男性そのものを目指している。もしその人がある決まった男性なら、もう今すぐにも母が知り合いになる人だろう！　しかも母のいちばん不愉快な方面の人だ。母はある趣味の良い組み合わせというものを嘲笑する。莢《さや》ケース、肌、覆い、ふた、これらを娘はよく考えてみずからに課したものだが、母は持っている嘲《あざけ》り漂白液でこれを毒する。母は嫉妬からこんな風に嘲るのだという事実を、娘にはあまり長くは隠しておけないくらいの仕方で、母は嘲る。

自然の中では二度と同じものを見つけられないような、あの見事に馬のように盛装した獣の後ろを、獣の本能的な敵であるヴァルター・クレマーが先の方へと突進していく。あのような装いの不自然さを先生には大至急またやめて貰おうという目標を抱いている。クレマーの要求がいかに高水準であろうとも、ジーンズとTシャツで充分満たされる。アパートの建物の出入り口は薄暗い内部を指し示しているが、それでもその内部には珍しい植物が長いこと気づかれずに育っている。* あらゆる色彩が外側ではまだちょうど、咲き乱れていたが、ここの内側では死

＊ アパートの建物の出入り口内側に、唐突に描かれる「珍しい植物」、薄暗い内部で、長い間気づかれずに、開花することもなく育っている植物に言及されているのは、三五〇頁の「みずからの衣服のプレゼント包装の下でほの暗く開花する」女性と相俟《あいま》って、なにかを暗示していると作者の詩的意図を推測すべきであろう。更に、四四九頁を参照のこと。

んでいる。二階に行く途中の階段でエリカとクレマーは勢いよく出くわす。どちらも避ける可能性はない。ガレージがあるわけでもなし、物置も駐車場もなし。

男と女は互いに出会う。しかし偶然にではない。そして母の配慮という形態をとった不可視の第三者が、上の方で自分が言うきっかけの言葉を待っている。エリカは生徒に真面目にそして好意的に、ただちに消え去るように忠告する。生徒は本気になって逆らう。生徒は要求する。僕たちまり喜んで会いたくもないのだけれど、エリカは態度が尊大だ。この生徒は母親にはあ二人でどこかに行きましょう、そこでなら二人だけでやっとお互いに話し合えるんですから。談笑したいだなんて！　パニックからエリカは手足をばたばたさせる。この男はわたしの孤立した生活の中に足を踏み入れるつもりなのだ、つまり、二人分の夕食を用意して、心おきなく二人っきりで食べようと母は誘っているのに、母は何と言うだろう。母と子どもにとって食事は神意で予定されていることなのに。

クレマーはエリカにさっと手を伸ばすが、彼女はクレマーがもう手紙をよんだのか試す。クレマーさん、わたしの手紙はもうお読みになった？　どうして僕たちに手紙の類いが必要なんですかと、クレマーは愛する女性に根掘り葉掘り聞く。エリカの方では、まだ手紙を読んではいなかったんだと、安堵の吐息をつく。その一方で彼女は、手紙の中でクレマーに要求されているることが一役買っているわけではないのだなと、危惧している。愛に従って互いに関係し合った両者は、戦闘行為の始めから早くも、お互いから欲していることやお互いから貰うことになるはずの事柄で、思い違いをしている。数々の誤解は硬化して花崗岩となっている。両者は母親に関しては思い違いをしてはいない。母親は断固強硬な手段をとって、余った数の部分（クレマー）をただちに送り返すつもりだ。母親のまったき所有物であり、まったき喜びの部分（エリカ）は手もとに保持しておくつもりだ。エリカはある時はこちらの方向に、ある時はあちらの方向に身をかわす。そうやって彼女は極端な不決断を暗に示している。そう振る舞いながら彼女はクレマーに理解してもらい、クレマーは不決断の原因が自分であることを誇りに思っている。エリカが決断という結果に至ることができるように、クレマーは今から少し後押しするだろう。彼は自分の獲物の頭から、慎重にカウボーイハットを取る。この帽子に対してなんと恩知らずなことか、この帽子は雑踏の中でも常に目の前に現われて道を示してくれた親切な道しるべであり、聖なる三人の王にとっては明けの明星であり、一人としてこの帽子のかたわらを嘲笑の貢ぎ物を捧げないで通り過ぎることはないのだ。人はこの帽子に気づくと、調子を狂わす。たとえどうして調子が狂うかという原因を必ずしもこの帽子のせいにしなくても、そうなる。

さあ今僕たち二人はここに、階段の上にいて火遊びをやっているんですよ、とクレマーは女性に注意を喚起する。僕の欲望を貴女は絶えず刺激しておいて、そのあと手の届かない所へと遠ざかってしまうけど、そんなことはすべきでない、*とクレマーは彼女に警告する。エリカは男性を一瞥《いちべつ》するが、男性は留まっている必要があるから、彼は行ってしまうべきなのだ。女性は

* エリカの本心。

みずからの衣服のプレゼント包装の下でほの暗く開花する。この開花は欲望という荒れ模様の環境には適さない。植物は光を、太陽を必要とするのだから、階段室には開花がもっと長続きするための設備が整えられていない。彼女がいちばんふさわしい居場所はテレビの前にいる母の脇だ。いま脱いだ新しい帽子の下からエリカは卑猥に大きくなって外に現われて、その不健康に赤くなった顔は、自分の支配者を見つけたひとりの人間の顔だ。

自分はこの女性を欲望できる立場にないと見抜いているクレマーは、それでもかなり前から彼女の中に入りこみたいと願っている。それに費《つい》やすとすれば、きっと愛の言葉を言うのが、まさに必要だ。エリカはこの若い男性を愛していて、彼による救済を待っている。エリカは屈しないために、自分の愛のしるしは何も与えない。彼女は弱みを見せたいけれども、自分の劣勢の形はみずから決めたい。彼女はすべてを書きしるした。彼女は自分が存在しなくなるまで、この男性に文字通り吸いつくして貰いたいと思う。接触しえないことは、情熱的な接触と同様に、彼女のカウボーイハットの下に掩蔽《えんぺい》されていなくてはならない。この女性は長年の加齢のせいでの硬直化を柔らかにしたいと思っていて、もしその際に男性が彼女を貪《むさぼ》ってくれるのなら！　それが自分にはうってつけだ。この男性の中でまったく自分を失ってしまいたい、けれどもそれを男性が気づかないままでいること。世界中でわたしたちだけでいるのに、あなた《ドゥー》は気づかないの、と彼女は声を出さないで男性に訊ねる。上の方ではもう母親が待っている。すぐに母はドアを開けるだろう。ドアはまだ開けられない、なぜなら母は娘が帰るのだとまだ待ち受けていないからだ。

どのように自分の子どもが枷を引き破るものか、母は感じ取っていない、それは、子どもが枷を引き破るのを母みずから見て感知するまで、まだ三十分足りないからだ。エリカとクレマーはどちらの方がより多く愛していて、それゆえ、このカップルのどちらが弱みを持っているのか、真意を汲み取る作業で忙しい。エリカは年齢にかこつけて、自分はすでに何人も人を愛してきたから、愛する度合いが少ないのは自分であるという振りをしている。したがって、より多く愛しているのはクレマーだ。またもやエリカは自分が愛するよりももっと多く愛してもらわざるをえない。クレマーがエリカを隅に移動させると、エリカにはかろうじて抜け穴が一つ残されているだけだ。抜け穴は二階のすずめ蜂*の巣へと真っ直ぐに通じている。その巣に所属しているドアはすぐに明らかに認められる。老いたすずめ蜂はドアの向こう側で鍋やフライパンの音を立てていて、廊下に向いている明かりのついたキッチンの窓を通して、その様子が聞こえたり見えたりして、その様子はシルエットのようにも見える。クレマーは命令を発する。エリカはこの命令に従う。彼女はまさに早いテンポで自分自身の挫折を目指しているように見えるが、挫折が彼女の最終的な、もっとも友好的な目的地なのだ。エリカはみずからの意志を放棄する。これまでずっと母親が所有してきたこの意志を今はリレー競技のバトンのようにヴ

＊ 本当のすずめ蜂ではない。

アルター・クレマーにさらに渡す。彼女は後ろに寄りかかって、人が彼女に決めてくれることを待っている。彼女はみずからの自由はもちろん諦めているけれど、それでも条件を一つ付けている。言ってみれば、エリカ・コーフートはこの若者が自分の主人になるように、自分の愛をとことん利用する。クレマーがエリカに対してより多く権力を手に入れれば入れるほど、しかしながらそれだけより多く彼は彼女に、エリカに言いなりの人間になる。クレマーはもう早速完璧に彼女の奴隷になるだろう、もし彼らが、例えば山々を散策しようとしてラムスアウの緑地に行く時には。その際に彼は自分を彼女の、エリカの主人だと思うだろう。そのためにエリカは自分の愛を使用するだろう。愛が途中で早くも衰弱してしまわないためには、これが唯一の道だ。クレマーは納得しているに違いない、つまり、この女は完璧に僕の掌中に身を預けたと。それなのに彼はその際にこそエリカの所有に移行するのだ。このように彼女は頭の中で思い描いている。クレマーがあの手紙を読んで、その内容を承認するのを拒む場合にだけ、それはうまくいかない。嘔吐感からか、恥ずかしさからか、あるいは畏敬の念からか、どの感情がクレマーの中で優位を占めるかによっている。わたしたちはとにかくみんなただひたすら人間であるし、それだから不完全なのだと、向かい合わせている男の顔を元気づける。その顔にエリカはちょうど今キスしようとしている。男のその顔はずっと柔和になって、ほとんど溶けかかっている。彼女の、教師であるまなざしのもとで。しばしばわたしたちは本当に挫折します、それにしてもわたしは、この原則的な挫折というのがわたしたちの最終目的だとほとんどと言っていいほどに、思っています、とエリカは締めくくるが、キスはしないで、ドアの呼び鈴を鳴らすと、ほとんど一瞬でドアの向こうに母の顔が、期待と、今ごろ誰がわざわざ邪魔しにくるのかという怒りが混ざり合って、頬が紅潮して開花したと思うと、娘の取っ手の脇に門下生がいるのに気づいて、たちまちしぼむ。門下生は素早く自分の目的地の飛行場の名前を言う、つまりここ、コーフート・シニアとジュニア。わたしたちはただ今到着いたしました。母の表情はこわばっている。母は夢見心地の柔らかい毛布の下からすごく手荒く引き離されて、今ネグリジェ姿で、巨大な群衆がわめきたてている前に立っている。母親は、長いこと稽古して覚えた視線を交わすコンタクトで、この見知らぬ若い男はここで何をしようとしているのかと、娘に問い合わせる。同じ視線で母親は、この若い男がもし配管工でもなければ、メーター調べの男でもないなら、遠ざかるようにと要求する。そういう人なら、口座引き落としで間に合っている。娘は、この生徒とちょっと話し合いをすることがあって、生徒を自分の部屋に入れるのがいちばんいいの、と答える。娘は部屋なんか持っていない、娘が誇大妄想で自分の部屋と言っているのは現実には母の所有になるものだから、と母は指摘する。このアパートがまだわたしのものである限り、この住居でわたしたちはすべて一緒に決めていて、母のわたしが決定したことをそのあとで言葉にするんですよ。エリカは母にアドバイスする。わたしや生徒の後を追って、そうね、部屋には入ってこないで、そうでないと面倒なことが起こるわ！　レディたちはお互いに不機嫌になって、キーキー叫び声を上げる。クレマーはそれを痛快だと思い、母はふくれる。母は折れて、ほとんど声に出さないで僅かな量の食事のことを指摘し、食の細い女たちの二人分に過ぎないので、二人の食の細い者と、一人の強力な食欲の者には充分ではないのです、と言う。クレマーは基本的には、いいえ、結構です、と礼を述べる。僕はもう食事をしました。母は手をつかねてただ、不快な事実という床の上に立って、眺めている間に、冷静さを失っていく。誰でも今なら母親を運び去ることができそうだ。どんな突風でもこの元気はつらつとしたレディをあっさり突き倒すことができそうだ。このレディは他の場合であったらどんな嵐の疾風《はやて》にでもこぶしを振り上げて脅すし、どんなどしゃ降りにでも分別のある衣服を着込んで抵抗する。この母親は突っ立ったままでいて、希望は無惨にうち砕かれる。

娘と、母が通りいっぺんしか知らない未知の男とからなる行進は、母のかたわらを通り過ぎて娘の部屋に入っていく。エリカは別れしなに無造作に何か言うが、母にとってそれが別れであることは覆《くつがえ》せない。この住居に権利もなしに侵入してきたこの生徒に別れを告げているわけではない。これは明らかに母の名前を弱体化する陰謀である。それゆえ母はイエスに祈りの言葉を捧げるが、誰もそれを聞いてなどいないし、名宛人〔イエス〕ですら聞いていない。ドアが情け容赦なく閉まる。エリカの部屋では二人の間で何に専念するのだろうか、母は知る由もない。ところがそれこそ先見の明で、その部屋には鍵が掛けられないから、簡単に母は探り出すことができる。どんな種類の楽器があそこで演奏されているものか聞き出そうとして、母は聞こえないようにつま先立ちで子どもの部屋を目指してそっと歩き始める。ピアノではない。ピアノはサロンにひけらかすように置いてあるから。我が子は人格無垢だと信じていた。それなのに、突如として誰かが家賃を支払う*のだ、子どもに間欠的にであっても義務を負わせてもよい目的で。そのような家賃など母はどんな場合でも腹立たしくはねつけるだろう。そんな収入など母は諦めることができる。この若者《ブルシ》はどうせ通りいっぺんの、もやもやした惚れ込み方という形の家賃を払うつもりだろうし、そういう惚れ込み方は長続きしない。母がドアの取っ手に手を伸ばした時に、ドアの向こう側で重い物が、おそらくおばあちゃんから貰ったサイドボードが、元の場所から動かされている音がはっきりと聞こえてくる。あの家具はたとえ娘の余計な衣類だとは言っても、買ったばかりの物を入れるためにあって、買ってすぐの補充交換部品やら新しいアクセサリーやらがいっぱい詰まっている。サイドボードを長年取り付けてあった留め金具から外して、乱暴に！ぐいぐい引っ張っている。母の目の前で意図的に封鎖された娘の部屋のドアの前には、失望した母が立っている。母は体のどこからか、最後の力を出して、その力でドアを無意味に叩く。それに加えて右側の靴の先を使う。その靴の尖端はらくだの毛の室内履きに突っこまれていて、室内履きは蹴飛ばすにはあまりにも柔らかすぎる。母はつま先に痛みを覚えるけれど、しかし興奮しすぎているので、まだ痛みは感じていない。台所では食べ物が異臭を放ち始める。同情した手がそれを掻き混ぜるということも

* 「誰かが家賃を支払う」とは、娘が家に連れてきた恋愛の相手を認めたくない母親で金銭に換算して考える表現であろう。

ない。母親は儀礼的な話しかけに値するとさえ考えられていなかったのだ。母はここの家にいて娘に素敵な我が家を用意してあげているにもかかわらず、何の説明もしてくれなかった。そのうえ、これまでほとんど家を出たことがないから、娘よりもっとずっとここの家の人なのだ。アパートは所詮、子どもだけのものではないし、母はまだ生きていて、これから先もさらにそうするつもりでいる。この不快な客が帰ってしまったら、まだ今晩のうちにも母は引っ越すと、表向きにだけ、冗談で娘に打ち明けるつもりだ。老人ホームに。娘がこの決意を少ししつこく追及してみるなら、母親はそんなに深刻に思ってはいなかったと判明するだろう。なぜなら、母は他にどこへ行けばいいのだろう？　権力移行と見張り交代という形態をとって、不快な洞察が母のなんら愛想もない精神の中に侵入してくる。キッチンに行くと、母は生煮えの食べ物を周囲に投げつける。絶望というよりは憤りからそうしている。いつか老人は権力の象徴である職杖を次世代に手渡さなければならない。母は娘に世代間摩擦の萌芽を見て取っている。しかしこの摩擦も、子どもが母親に負っている高い価値の総額を自覚する時にだけ、どうやらやっと過ぎ去っていくのだろう。母親は、エリカ自身がそうこうするうちに達してしまった年齢と同じ時には後々の退位のことなど、端《はな》から勘定に入れてはいなかった。息を引き取る時までそのまま何ラウンドも難問を切り抜けるのだと、母親は自惚《うぬぼ》れてきた。大きなゴングが鳴り響くまでは。母親は場合によっては我が子より長生きすることはできないかもしれないが、それでも生きている限り、子どもより優位にいることができる。娘は、一人の男性に起因する不快な不意打ちの驚きがなおも起こってくるような年齢は脱している。それにもかかわらず、娘が念頭から追い払ってしまっているとみんなが推し量っている、そんな男が今そこに来ているのだ。母親は子どもにこの男のことをうまく思いとどまらせた、それなのに今、男は無傷で新しいも同然で、しかもおまけに自分たちの巣に姿を現わしている！

母親は息継ぎもせずに、食べ物の廃墟に囲まれて、キッチンの椅子に沈みこむ。他でもない母親自身が食べ物をまたみんな拾い集めなければならない。そうこうしている間に母親は幾らか気分転換をする。今晩テレビを見る時には、エリカとは一言も話すまい。それでも、もし話をするなら、エリカには母がしたことはみんな愛の動機づけがあってのことだと説明しよう。母は自分の愛のことをエリカに告白して、ひょっとしてあるかもしれない間違いもこの愛という理由づけで弁解しよう。母はこの関連で、神なり、愛を高く掲げる他の上位存在なりを引用するだろう。罰として母はテレビ映画に賛成とか反対の言葉を言って無駄に浪費するのはやめておこう。お定まりのいつもの、考えを交換する機会が今日はないだろう、なぜなら母がそれをやめようと決心したからだ。今日娘は、母の望みに添ってくれるだろう。娘は娘自身と話すことはできないし。討論はなしのまま、なぜかはあなたがとっくに分かっているはず。

母親はいま食事を摂らずに居間に行き、絶え間なく誘惑するカラーテレビの音を特別大きく切り替える。二通りある楽しみのうち、味気ない方の楽しみを選んでしまったのを、娘がふてくされて後悔するように。母親はやけになってあれこれ探って、娘が男とどこかに行ってしまわずに男とここに来ていることに、結局は慰めを見出す。家具を置いて塞いだドアの向こう側で、いま肉体が話をしているかもしれないと、母は懼《おそ》れる。若い男がそのうえ金目当てでもあったかとも母親は憂慮している。誰かが娘が欲しいということにしてそれを賢くカムフラージュしている時でさえ、「その人物は」金銭が欲しいのだ、としか母親には想像できない。みんな持っていってていいけど、でもお金だけはだめ、とこの家庭財務大臣は締めくくる。この財務大臣は明日にでもすぐに貯金通帳の暗証コードを変更するつもりでいる。今からはもう、暗証コードは「エリカ」ではない。娘は銀行でこの若い男に自分の財産を委《ゆだ》ねようと思って、したたかに赤恥をかくことだろう。

母親は心配している、ドアの向こう側で娘がひたすら身体に耳を傾けていて、その身体は今もうひょっとするとタッチされ、開花しているかもしれないと。母親は隣近所にもう申し開きできないくらい、テレビの音を大きくする。ニュース番組「映像で見る時報」を告げるあの最後の審判のファンファーレの衝撃で、ここの住居は揺すられる。すぐにも隣人が箒《ほうき》の柄で壁を叩くか、苦情を言いに、じきじきにドアの所に出頭するだろう。これがしたたかにエリカの身に降りかかって、さんざんな仕打ちに遭う、なぜならエリカが音響上の違反の原因だと名指しされて、これから先この建物の誰とも目を合わせることができなくなるからだ。

娘の部屋では細胞が皆不健康に増殖しているが、そこからの物音は皆無だ。小鳥の鳴き声もせず、蟇蛙《ひきがえる》の鳴き声も聞こえず、遠雷の轟きも聞こえてこない。たとえ娘が大声で叫んだとしても、それが母親には、いくら努力しても聞こえないだろう。娘の部屋でいま何が起こっているのか聞くのが可能なように、悪いニュースに熱狂している機器の音量を母は今、部屋で聞く程度に下げる。あのサイドボードが行為や足音だけでなく音も堰き止めるから、母には相変わらず何も聞こえない。母親は音量ゼロに切り替えるが、ドアの背後では何一つ動かない。聞き耳を立てようとつま先立ちで娘のドアの所に忍び足で行こうとして、カムフラージュするために彼女は再び音量をもっと大きくセットする。どんな類いの音を母は今すぐに聞き取るだろうか、快楽の音か、痛みの音か、それともその両方？　母は耳介《じかい》をドアに当ててみる、残念、聴診器は所有していなかった。二人は幸いにも話をしているだけだ。でも何を、どのあたりを話しているのだろう？　母親のことを話しているのか？　母は娘に向かって、長い仕事日の終わりのテレビに匹敵するものは何もないのよ、と常日頃主張しているのに、その母でさえ今はテレビ番組にはどんな関心もなくしてしまった。娘は仕事を果たしているが、母はいつも娘とテレビを見ても構わない。母親にとって子どもと共有しているものの中には、遠方を見るというスパイスが隠されている。今ではその香辛料も煮くずれして、テレビはもはや母親には美味しいものでなくなっている。テレビは風味に乏しく、何もいうべきことがない。

母親はサロン兼居間の毒物戸棚に向かう。リキュールを一杯そしてまた何杯か飲む。リキュールは母親を気《け》だるく、重たくさせる。ソファの上に横たわって、なおもリキュールを飲む。娘のドアの背後では、その所有者はもうとっくに死んでしまっているのに、なおも大きくなり続けている癌のせいでもあるみたいに、何かが蔓延している。母親はさらにリキュールを飲み続ける。

7

今や準備仕事が完了して、ドアも閉鎖したのだから、ヴァルター・クレマーは気分も軽くいそいそとして、エリカ・コーフートを独占するという願望にのめり込んでいる。誰も入ってこられないが、しかしまた、しっかりと示した彼の手仕事に助けて貰わなければ誰も外には出られない。サイドボードはクレマーが発揮した力のお蔭でドアの前にあり、女性は自分のかたわらにいて、サイドボードが二人を外側に対して護っている。愛しているという感情がしっかり香辛料を効かしているユートピア的パートナーシップ状態を、クレマーはエリカに詳しく描写する。ちゃんと君《ドゥー》／あなた《ドゥー》／僕の親称で呼び合って楽しみながら、愛はともあれなんて素晴らしくなり得ることか。エリカは、誤解やいろいろな混乱の後で初めて、愛されたいと告げる。彼女は〔主観を排して〕すっかり即物性のとりこになっていて、自分の諸々の感情は締め出している。エリカの羞恥心というサイドボード、彼女の居心地の悪さというその四角い箱を、彼女は自分の前に不自然にぎこちなくそのまま置いている、ついては、エリカに到達するために、クレマーはこの家具を力ずくで脇へずらさなければならない。彼女自身は単に楽器でありたい、彼がその上でどう弾くかは彼女がクレマーに教える。彼は自由でいて欲しい、しかし彼女は徹頭徹尾拘束されている立場にある。それでも自分を縛る枷《かせ》はエリカ自身が決める。彼女は、自分を事物にすること、道具にすることを決意している。ということはつまり、クレマーがこの事物を使用する決心を固める必要がある。エリカは、クレマーに一通の手紙を読むように強制しながら、しかしその際に、心の中では彼が初めて知る手紙の内容を、どうか無視してくれるようにと祈願しているのである。しかもそれは、クレマーが感じ取っているものが、本当に愛であるというただ一つの理由からだけ手紙を無視するのであって欲しいのであり、そして高地の牧草地で輝いている愛のゆるい見せかけだけではないというのであって欲しい。エリカが手紙に書いている彼女への暴力要求をクレマーが拒否する場合に、彼女は完全にクレマーから身を引くつもりでいる。それでも自分が選んだ女に対して暴力を排除するというクレマーの愛情には、エリカはいつでも幸せな気持になっているだろう。とはいえ、暴力という条件でのみクレマーはエリカを恋人にすることが許されるのだ。彼はエリカを、自己放棄に至るまで愛するのが当然であり、そうであれば、エリカもまた同様にクレマーを、自己否定するまで愛するだろう。二人は絶えず好意と忠誠の裏づけになる証明を与え合う。クレマーが愛の気持から暴力放棄を誓うこと、これをエリカは待っているのである。エリカは愛の気持から、自分の身に行われる事柄を、拒んだり望んだりするだろう。その事柄はエリカが手紙の中で詳細に要求しているけれども、要求しながらもエリカは、手紙の中で要求している事柄が、彼女にはなされないままであることを熱烈に望んでいるのだ。

クレマーは今エリカを愛と尊敬の念にあふれて見やっている。あたかも彼がエリカを尊敬と献身の念にあふれて見ているのを、誰かに見られているかのように。目に見えない不可視の観客がクレマーの肩越しに見ている。エリカに関しては、彼女が望んでいる救済が、肩越しにちらりと見える。彼女はみずからをクレマーの両手にゆだねて、絶対の信頼による救済を期待している。エリカは自分の服従を完全なものにするために、自分からは服従を、クレマーからは命令を得たいと望んでいる。エリカは笑う、それには二人が必要よ！　クレマーも一緒に笑う。そのあとクレマーは、素朴なキスの交換で充分だろうから、僕たちには手紙の交換なんて必要ないね、と主張する。クレマーは未来の恋人に保証する、エリカは何でも僕に、とにかく何だって言うことができる、わざわざ書く必要はないだろう。ピアノを弾くことを学んだ女性は、遠慮なく恥ずかしがっていたっていい！　この女性は知識を有するがゆえに持続的な性的刺激感覚の麻痺を、端麗な容姿で埋め合わせすることが可能のだ。クレマーはようやく愛がなすまま天までも突進しようと欲していて、書面でエリカが明言している交通信号を注意しないでいる。そう確かに、彼はそこに例の手紙をもっているのに、なぜその手紙を開《あ》けないのか？エリカは困惑して、みずからの自由と意志とをぐいぐいと引っ張る。彼女の自由と意志は、ついにはみずからの辞任届を提出可能にできる、とどのつまり、この男性はこのような犠牲的行為をまったく理解していないのだ。この、自分の意志なしに、ひとの言いなりになることから、おぼろげに魅惑が生じてくるのをエリカは感じとる。この魅惑は彼女を激しく興奮させる。クレマーは軽快な気分で冗談を言う、僕はもうだんだんしたい気分じゃなくなってきている。クレマーは脅しをかける、つまり、この柔らかい、肉感的な、それにしてもすごく消極的な身体や、あのピアノに狭々しく限定されている動き、そういった障害物が塔のように積み重なっているのなら、彼の内部にあまり大きな欲求を呼び醒ましたりしないだろうと。僕たちは今までもって二人っきりなんで、始めようよ！　この状況であれば、まず後戻りとかなんの容赦も必要ない。多くの紆余曲折を経て、僕はついにここに辿《たど》りつくに至ったんだ。クレマーは自分の一人前の分量を食べつくしてから、もう一度貪欲に食べ物を受け取り、付け合わせからもまたお玉に一杯取る。クレマーは手紙を脇に乱暴に押しのけて、貴女のことを幸運を楽しむように強いる必要がある、とエリカに言う。クレマーはエリカが自分と分かち合う幸せを描いてみせて、自分自身の取柄や利点、しかしまた死んだ紙に対する不完全さも描いてみせる。つまり、クレマーは生き生きしている！　それにエリカだってそのことをもうすぐ感知するだろう。ありのままのエリカなりに、生き生きしているって。クレマーは脅しとして、どんなに早くかなりの男性がかなりの女性に飽き飽きしてくることか、垣間見させる。女性ならまさに自分を変化に富むように仕立て上げることができないといけない。彼より一歩先んじているエリカはこれについてもう情報を得ている。それだからこそエリカはクレマーに手紙を無理に押しつけているのだ。手紙の中でエリカは、どうしたら関係の裾《すそ》の長さを、場合によってもっと長くすることができるか書いている。エリカは話す、そうね。でもまずは手紙を読んで。クレマーは手紙を手に取るしか仕様がない。なにしろ手紙を床に落として、それで女性を侮辱することだってやりかねなかったから。エリカがついにまともに愛に協力的になったのを喜んで、彼はエリカのあちこちに激しくキスする。その代わりに彼女はクレマーから生じてくる、言うに言われぬ愛の恩恵をすべて受け取るだろう。エリカは命令する、手紙を読みなさい。クレマーは嫌々ながら早くも広げていた手からエリカを放し、封筒を引き破る。彼はそこに書いてある事柄を読み、驚いて、声を上げて抜粋した箇所を読む。もし手紙の中に書いてあることがその通りだとしたら、彼にとって悪い結果になるが、しかしこの女性にはもっと悪い結果になる。それを彼は保証する。どんなに努力をしてみても、クレマーは今ではもうエリカをまともな人間としてみることができない、そんなものはただ手袋をはめてしか触《さわ》れない。エリカは古い靴箱を取り出して、その中に溜め込んだ物の包みを開ける。クレマーがどちらに決めるものなのか、エリカの気持はぐらつく。それでもどちらの場合であっても、自分が完全に動くことができないようにされたいと思う。彼女は外面的に使用されるべき補助手段の責任を引き受けて貫いたいと思う。彼女は誰かに身をゆだねようとしているが、それは彼女の条件に従ってのことだ。エリカはクレマーに挑戦する！

クレマーが説明する、挑戦を拒否するには時には勇気が要る、また規範に従おうと決心するにも。クレマーは規範だ。クレマーは文面を読んで、この女性は何を思い違いしているのか、と自問する。彼は、女性が本気なのか、頭をひねって考える。それに反して彼は大真面目であるのだが、大真面目になることは激流の中で学んだ。どこで人が深刻な危険に陥り、どこで状況にうち勝つかを学んだ。

エリカは黒いナイロンのスリップ姿で、それにまたストッキングを履いている間にだけ！クレマー氏がもっと自分の方に近づいて欲しいと頼んでいる。こういう恰好が気に入っているの。「自分のもっとも切なる願いは」と、愛しのクレマー氏は読み上げる、「あなた《ドゥー》がわたしを罰することです。わたしは、クレマーが常に処罰する資格でわたしの後にぴったり続いて欲しいです。」エリカはクレマーが自分へ処罰を科す資格での参加を求めているのだ。しかも「あなたが楽しんでわたしを、きつく、ぴんと張って、徹底的に、たっぷりと、正式なやり方で、残酷に、苦しみいっぱいに、わたしが集めたロープで洗練されたやり方で、同様に、わたしが持っている革ベルトや鎖さえも！使って、あなたができる限り、縛ってくれたり、括《くく》ったり、革ベルトで締め付けたりしてくれる、という風なのが良いのです。その時、あなたは膝をわたしの体の中に突き刺して下さるように。どうぞ、済みませんが、そうして下さい。」

クレマーはこれには楽しくなって声を限りに、大笑いする。「あなたはわたしの胃を握りこぶしで打ち込んでから、わたしの上にすごくしっかりご自分の腰を下ろして下さい、その結果、わたしは一枚の板のようになって横たわり、あなたの残酷ながらも甘い枷のなかで全然動くことができません」という文面をクレマーは冗談と受け取る。エリカが真面目に思っているのではなくて、結構な虚構をしたのだからなと、クレマーは馬鹿でかい声で高笑いする。この女性はいま自分のことを新しい側面から見せておいて、自分なりに男性をもっと強く自分に縛っておくのだ。彼女は娯楽を探していて、どんな変種も憚《はばか》らないし、何でもありだ。なぜなら、例えばここの文面にはこう書いてある、「わたしは一匹の虫みたいにあなたの残酷な枷の中で身を捩《よじ》り、あなたは枷の中にわたしのことを何時間でも横にならせておきます。その時わたしはあらゆる可能な姿勢をとっていて、あなたは叩いたり、踏んだりさえもして、あるいはそれどころか鞭《むち》打ったりさえもします！」エリカは手紙の中で「わたしはあなたの下で消滅して、抹殺されたい」と告げている。「しっかり根を下ろしたわたしの服従を成し遂げるにはさらなる強化を必要としています！　そして一人の母親がすべてではありません、たとえ各人が一人だけ母親を有しているとはいえ。母親は何はさておき母親であり、ずっと母親です、それでも男性たるものはそれを越えていく業績を欲しています。」エリカはいったい何を錯覚しているのか、とクレマーは訊ねてみる。エリカはいったい何様だというのか、クレマーは知ろうとする。目の前のエリカはまったく恥じてさえいない、という印象を受ける。

クレマーはこのアパートから、というより罠となっているところから再び外に出たい。先ほどまでクレマーは自分が何に巻き込まれているのか分からなかった。もっと良いことを待ち望んでいた。ここでこのカヌー漕者《パドラー》は不確実な水を調査している。クレマーは自分がここで、どちらへと誘導されたのか、自分自身まだちゃんと容認していないし、絶対に他人に告白するつもりはない。この女は僕から何を欲しているのか、とクレマーは危惧を抱く。「あなたがわたしの主人であることにより、あなたは決して主人になり得ない」という事柄を僕はちゃんと理解したのだろうか？「あなたがわたしと何をするか、わたしが決めることによって、わたしの最後の残部はいつも深い部分まで測りがたく謎めいたままなのです。愛する者たちはなんと簡単に思いこんでしまうものでしょう。いちばん深い地帯まで足を踏み入れたと、そしてもはや打ち明けるべき秘密は何も残っていないなどと。」自分の年齢でまだ選択できると、エリカは思っている。他方クレマーは、とにかくずっと若いのだから、初めての選択であるし、また初めての選択された、と思う。エリカは書面で彼がエリカを自分の奴隷女として受け入れて、彼女に義務の仕事を負わせるように、要求している。クレマーは自分で考えてみる、もしこれ以上なんにもないままで、それでも僕が、この寛大な若い男が、絶対に〔彼女を〕罰しないようなら、僕はあまりにも気重《きおも》に感じることになる。ある一点というものがあって、つまり、そこを越え出て自分の好きないろいろな習慣には決して入りこんでいかない地点というものがある。みんなが自分の限界というものを知っているに違いなくて、しかもその限界は、痛みが感じ取れるだろうと思われる箇所から始まる。あえてやってみる勇気がない、というのではない。そうではなくて、しようとする意志がないのだ。エリカはいつも書面か電話で頼んできて、この自分にはじきじきには絶対頼まないであろうと、手紙で告げている。エリカは、そうなんだ、大きな声で言う勇気さえない！　僕の青い目を見つめながら、言うこともないんだ。クレマーはふざけて自分の太腿《もも》を痛いほどぴしゃんと叩く。彼女が**僕に**指示を与えたいだって！　すると即刻僕もやっぱりひき続きエリカに服従しなくてはならないんだ。さらに、エリカは「あなたがわたしをどう扱おうとしているのか、どうか、いつも正確に描写して下さるように」と書いている。「それからわたしが服従を拒否する場合は、この先どういうことになるか、それを大声で言ってわたしを脅すように。すべては事細かに描写する必要があります。漸次《ぜんじ》高まっていく度合いも区分豊かに描かれなければなりません。」クレマーは沈黙しているエリカを新たに嘲笑する、今のエリカをいったい誰が信じるかという意味を含んだ嘲笑だ。クレマーの嘲《あざけ》りには、言わずもがなに、エリカは無であるか、あるいは大したことない、という意味がこもっている。クレマーは一つのさらなる限界について話すが、それは彼独りだけが知っている、というのも彼自身が限界支柱を打ち込んだからだ。つまり、この限界は僕が自分の意志に逆らって何かをするべきところで始まるのだと、クレマー氏は事態の重大性を皮肉めかして言う。彼は文面を読むが、ただ面白がってなおも読むだけ。彼は大きな声で読み上げるが、とにかくみずからの憂さ晴らしのためだけだ。つまり、「わたしがみずからに得たいと望む事柄は、遅かれ早かれ死ぬことなしには、誰ひとり耐えられないのです。この痛みの在庫目録には。」それじゃあ僕は君を単なる事物として扱うべきなのか。ピアノの授業では、先生の事物化に他の人たちがまったく気づかなくてしかるべき時に限って、そういう事物扱いがあえて効果をもたらしても構わないんだ。クレマーはエリカがいかれて、理性を失っちゃったのかどうか、彼女に問い合わせてみる。誰もそれに気づかないと、エリカが信じているとしたら、彼女は間違っている。とんでもない彼女の間違いだ。

エリカは話さないで、書いている、「わたしの鈍感なピアノの生徒の群れは多分説明を求めるでしょうけど、説明要求は受け取らないでしょう」と。エリカはあなたの生徒たちを非常にはなはだしく飛び越していますよ、とクレマーはエリカに異議を唱える。僕は、総じて僕より愚かな人々の前で、自分を完璧にさらけ出すことはないでしょう。そんなこと僕は、エリカ、僕たちの関係から望んでいませんよ。クレマーは、いくら努力してみても本気に受け取ることができない手紙の文面で「あなたが《ドゥー》どんな願いにも応じることは、許されません。もしわたしがあなたに、愛しい人、わたしの枷を少しゆるくして欲しいと頼むことになる時には、あなたがこの願いに添うなら、ひょっとすると枷から解放されることもわたしには可能でしょう。ですからわたしの嘆願には、どうか、なんとしても従わないで下さい。これはとても大切なのです！　反対にもしわたしが嘆願したら、あなたはあたかも応じるつもりだったかのようにだけ振る舞って、現実にはどうか枷をもっときつく、もっとぴんとまとめて一緒にひっぱって。それに革ベルトも少なくとも穴二、三個分狭めて。狭める穴が多いほど、それだけわたしにはいい。それから、その辺に用意して置いてあるわたしの古いナイロンを、わたしの口の中に入るだけ詰めて。また、ほんのちょっとの声もわたしが洩らすことができないほど、すごく技巧を凝らしてわたしに猿ぐつわをかませて。」

クレマーはだめだと言い、今はみんなやめだと言う。彼はエリカに平手打ちを喰らいたいかと訊く。エリカは話す許可をみずからに与えない。クレマーは脅す、もし自分が先を読むとすれば、それはエリカに当てはまる症状だけれど、入院治療を要する症例への関心からのことに過ぎないと。クレマーは言う、君のような女性にそんなこと必要じゃない。エリカはとにかく醜くない。年齢は例外として、エリカには目に見える身体的欠陥はない。彼女の歯は本物で、入れ歯ではない。

ここにはこう書いてある、「ゴムホースでわたしを結んで縛って、どういう風にかはわたしが示します。この猿ぐつわをできる限り、しっかり口の中に詰めて、わたしが舌で外に押しだせないくらいに。ゴムホースはすでに用意されています！ わたしの楽しみが高まるように、やはりわたしの頭もどうか、わたしの上下揃いのランジェリーの中にしっかりくるんで、わたしの顔の回りにこの下着をしっかり、わたしがそれを払い落すのが不可能なくらい、きちっと結んで。この苦痛に満ちた姿勢でわたしを何時間も苦しませて。そうすると、その間わたしは何もできないで、まったくわたし一人っきりで、私の中に独り放っておかれる。」それで、僕がそうやった時の報酬はどこにあるの、とクレマーはそのあと冗談を言う。彼がそう訊くのは、他人の苦難など自分には楽しくないからだ。自由意志で自分に受け入れるスポーツの苦しい試練は別の事柄だ。つまり、その時はクレマー自身が苦しむだけだ。極寒の山の水流でスポーツをしてからサウナでの「シベリア式」二番煎じ。* 僕はこれを自分自身に課すことができるし、極端な条件というと僕が頭に思い浮かべるものがこれだと、君に説明してもかまわない。

「わたしのことを嘲笑《あざわら》って、愚かな奴隷女だと、それにまたもっと悪い言い方でも呼んで。」とエリカは文面でさらに懇願する。「あなたが何をちょうどしようとしているか、どうか、声をふり絞って描写して。それから、実際にはあなたの残酷さを事実上高めることなどはしないで、高めていく度合いの可能性を描写して。それについて話して、でも行為はただ暗示するだけにして。わたしを脅かして、でも水が岸を越えて溢れるみたいには度を越さないで。」クレマーは自分がすでに知っているたくさんの岸のことを考える。しかし、こんな女性はまだ初めてのことだ！　新しい岸辺目指してこの女と僕は出発などしないだろう、鼻持ちならない、古いちょろちょろ水の細流と一緒には、とエリカのことをなんの面白みもなくこう呼んだ。考えの中だけでのことだったが。すでにエリカの上におびただしい嘲笑を積み上げた、自分の内面でのことだが。クレマーは、恍惚のあまりどうしていいか自分を持て余すようになるのを願っているこの女を眺めて、自問する、いったい誰が女性の性の扱いに慣れているというのだろう？　エリカが考えることは、ただ自分のことだけだ。ひき続き、感謝の気持から女は、僕の両脚にキスしようとしている、と男はいま発見する。手紙はこの点に関してはっきりした言葉

＊　極寒の川の水の中と、熱いサウナの中に身体を浸《ひた》らせる状況であるが故に、辛い状況でやり直すから、二番煎じですることになる。

を記《しる》している。手紙は二人の間の秘密の事柄を提言していて、「その事柄は世間の目から気づかれずに進展します。授業は秘密めいたことや人目を忍ぶという事柄の酵母菌のためには理想的な培養基です。しかしまた世間の目に異彩を放つものの培養基でもあります。」手紙はこの語り口でまだ果てしなく延々と続いているのにクレマーは気がつく。僅かに好奇心からだけ彼は自分の読んでいることを解釈できる。僕がいちばんしたいことは、この部屋をさっと立ち去ることだ、これがクレマーの最終目的だ。彼をつなぎ止めているのは僅かに好奇心だけだ。人間ってなんて遠くまで行くものなのか、人間は星々に手を伸ばして摑むことさえできそうだ！小さな固定袋－星であるクレマーはエリカの狭い近所をすでにかなり前から照らしている。音響芸術の宇宙は遠くまで広がっていて、この女性はただ手を伸ばして摑むだけでいいが、しかし彼女は大方《おおかた》のことに満足していない！クレマーの心の中では蹴とばしたくてうずうずしているものがある、その目標はエリカだ。

エリカは男の方を見る。エリカはかつて子どもだったが、これから先、絶対に子どもにはならない。

〔殴《なぐ》っても〕報酬に値しない殴打《おうだ》の不公平さをクレマーは冗談めかす。そういう殴打をこの女性みずからが現にいることだけで、彼女はすでに報酬として稼いだと思いたいが、それではちょっと少ない。エリカは子ども時代のデパートのエスカレーターのことを考える。クレマーは洒落をとばす、僕は一度くらい手をつるりと滑らせて失態を演じることがあるだろう、そのことで言い争うつもりはまったくない、でもあんまり多すぎると、そう滅多に気分爽快になんてならない。「親密にしている時に、どうぞ、はしゃぎすぎないで。」愛に関してエリカはクレマーを試している。これは、ほんと、目の見えない人にも分かる。もっぱら愛に関してエリカの場合クレマーがどれくらいまで行くか、という試験なのだ。エリカは、永遠の誠実さと関連づけてクレマーをテストしている、そして彼女は自分たちがとにかくすぐにもう始めてしまう前に、早くも保証して貰いたいと思っている。こんな風にしばしば女性は考えるわけだ。どの程度しっかりとクレマーの忠誠に信頼をおくことができて、どの程度クレマーが力強くエリカの献身の厚い壁を叩くことができるのか、彼女が推し量っているように思われる。およそエリカの献身する能力を言うなら、絶対的で、議論の余地なし。様々な才能は専門的知識となる。クレマーは、この段階でなら、ひとりの女性にあらゆることを約束しておいても何一つ守る必要はないという見解であり、やはりその立場に踏みとどまっている。灼熱している情熱の鉄をあまり臆病にびくびく鍛錬すると、その鉄は急速に冷える。さっとすばやく情熱の鉄をハンマーで鍛えること。この男性は消滅しつつある思いやりの温かい気持のことを、女性の建築モデルの見本で当てはまるものを持ち出して、不動なものに立て直ししてみる。働きすぎは男性を冴えなくさせる。まったく独りでいたいという欲望がクレマーをひどく消耗させている。この女性は僕に貪《むさぼ》り食われたいと願っているのだ、とクレマーは手紙から読み取る。要するに、食欲なんて充分ないし、感謝してお断りだ。君が人からされることで、君は望まないことを、僕だって他の誰にもやはり苦痛を与えたりしない、と言ってクレマーは断る理由づけをする。それに僕だって猿ぐつわをかまされたり、鎖を体に巻かれたりしたくない。僕は君のことをすごく愛しているから、君のことを絶対に傷つけたりすることなんてできやしない、君が望んだところで、断じてしない。なぜなら誰だってもっぱら自分自身が願っていることだけしようとするから。クレマーが読んだ文面の内容から結論を導き出さないことは、彼にはとっくに決まっている。

部屋の外からテレビの鈍いどよめきが聞こえてきて、男の人物が女の人物を脅している。今日の連続ホームドラマは、この続き物のドラマに偏見がなく、理解力があり、影響を受けやすいエリカの精神に痛ましく突き刺さっていく。この独自の四壁内部で彼女の精神は見事に展開されている、なぜなら何か競争の傾向があるものがこの精神を脅やかすことなどないからだ。卓越したピアノの能力を仲立ちにしてだけ、母親の接近が結果として生じる。エリカは最優秀の女性だ。これが、娘を母親が捕らえる投げ縄だ。

クレマーはある個所の文面を読むが、そこではエリカに向けた罰はクレマーが判断次第で定めて良いことになっている。なぜ君はすぐここに処罰を書き記さなかったの、とクレマーは訊ねる。すると彼はこの質問もろとも、エリカの装甲巡洋艦に当たって跳ね返ってしまう。「ここに載っているのは、実は、ただそうしたらいいかなという提案に過ぎなかったの。」エリカはこれから二個の鍵の付いたチェーンを一本買うことを提案する。「わたしがきっと完全に開けられないチェーンをね。わたしお願いしますけど、わたしの母のことはまったく心配しないでね。」この言葉とは裏腹に、母親はすでに娘のことを心配していて、外側からドアを叩いている。忍耐強く背中を向けたままにしているサイドボードのせいで、二人はほとんど気づかない。母親は吠え立て、テレビはざわめいている。小さな人物たちは、テレビ機器の中に閉じ込められて、スイッチを入れたり、切ったり、思いのままにされている。ちっぽけなテレビの中の生活が、大きな本物の生活と対置されていて、実際の生活が画像を自由に操れることで勝ちを占める。実生活は完璧にテレビに向けられたものになっており、テレビは実生活から見習ってコピーしている。

ヘアドライヤーで毒々しく膨らました髪形の人物たちは、お互いに愕然として顔を覗き込む。けれどもテレビ画像の外側の人物だけしか何かを見ることができない。その他の〈テレビ画像の内側の〉人々はテレビ画面から外を見て、何も受けとらず、何も迎え入れない。

「やはり鍵をもう一つ、エリカは自分の提案を拡大する、あるいは少なくとも遮断装置を一個このドア用に入手する必要があります！　ねえ、あなた、それは安心してわたしに任せてくれていいわ。あなたには、完璧に無抵抗であなたに引き渡されるような包装を一つ、わたしを材料にして作ってもらいたいの。」

クレマーは暴力の任意処理の権限に直面して、神経質に唇を舐《な》めている。テレビの中でと同じようにここでミニチュアの世界がクレマーに開《ひら》かれる。足を踏み込む余地はほとんどない。例の小さな人物がクレマーの脳髄の中で足を踏み鳴らしている。彼の前にいる女性がミニチュアのサイズに縮まる。女性はキャッチされなくても、ボールみたいに人は投げることができる。また女性から空気を抜いてしまうこともできる。必要がないにもかかわらず、エリカはことさら自分のことを小さくさせる。なぜなら、そう、クレマーが彼女の能力を認めているから。エリカはもはや優秀でいたくはない。というのも優秀のままだと、エリカより優秀だと感じることができる人物を一人も見つけられなくなるからだ。「わたしたちが責めさいなむための小さな機械器具セットを並べて置くまでには、その付属アクセサリーも後でもっと買うつもりでいるの。そうすれば、このプライベート・オルガンでわたしたちはデュオを演奏する。でもオルガンの音が世間にまで響いていってはまずい。生徒たちに何も目立たないようにしなくてはいけない」とエリカは気遣っている。ドアの前では母が静かにすすり泣いて、憤激している。それからテレビ・セットの中で一人の女が誰も見ていないままほとんど声を立てずにすすり泣いている。音の大きさを小さく調整してあるから。テレビの中の家族のこの女を母親は、アパートが振動するくらい大きな声ですすり泣きさせることもできれば、また、すすり泣きさせる心構えもすっかりできている。もし自分のうるさ型の母親が、邪魔しながら干渉することができないとなれば、例のテキサス風パーマネントまがいの女ならまったく確実に邪魔することができるだろう。つまり、リモートコントロールのボタンを操作すれば。

エリカ・コーフートは、ある不履行の罪を犯すほど大胆であり、そのことでただちに罰せられることを望んでいる。彼女はある成就をもたらすようなことはないだろう。母親は聞き知ることはないだろうが、しかしそれでもエリカは一つの義務を履行しはしないだろう。「わたしの母のことはどんな仕方でも心配しないで。」ヴァルター・クレマーがこの母の心配をするのは絶対に回避できるであろうが、この母がみずからの心痛を、轟《とどろ》きわたるようなテレビの大きな音で吹聴するのは絶対に回避できない。君のお母さんがすごく邪魔しているよ、と男は今にも泣き出しそうに、愚痴をこぼす。エリカから彼にたった今、彼女用に堅牢な黒いプラスチックかナイロン製の一種のエプロンを調達すべきであって、幾つかの穴に切り込みを入れるべきであり、その穴を通して人が性器の方に視線を投げるのだ、という提案がなされているところだ。クレマーは、盗みもしないで、あるいは素人細工で作ることもしないで、どこからそんなエプロンを手に入れるのかな、と訊く。じゃあ、覗きからくり〔ピープショウ〕のスリットだけがそういうものを男性に提供するのか、それじゃあ、それが君の最後の手立てで最高の知恵か、とこの男性クレマーは嘲笑的に言う。エリカはこんなこともやはりテレビから借用したのかな、人は決して全体を見はしないし、いつも小さなひとコマしか見ない、誰もが自分用に、でも一つの全世界を見ている？　テレビのディレクターはそのつどひとコマを供給して、残りは自身の頭が供給する。エリカは、考えながら見るということをしないでテレビを見ている人を、好きではない。心を開いている人は、あらゆるものから利益を得る。テレビ機器はあらかじめ定めた基準値を供給して、頭がそれに加えて外面的なカヴァーを作り上げる。テレビ機器は恣意的に生活状況を変え、あら筋を次々と考えだしたり、あるいは別の筋立てをでっち上げたりする。テレビは愛する者たちを引き裂き、続き物の作家が別れさせておきたいと思うものをつなぎ合わせる。頭は、みずからが見たいと欲するままに、撓《たわ》む。

エリカは自分の身に、ヴァルター・クレマーが責めさいなむのを実行してくれるように願望している。クレマーはエリカを責めさいなむことなど絶対に実行に移したくない。エリカ、僕たちそんな約束請け合わなかったはずだよ。エリカは懇願する、「あなた自身《ドゥー》が結び目を苦心してもほとんど解けないくらい、ありったけのロープやザイルをとってもきつく結び合わせて。どうぞ、ね。ちょっとでもわたしを労《いた》わったりしないで、それどころか、あなたの力を全部それに使って！　それから至る所でそうして。」君が僕の力について何を知っているというのかなあ、とヴァルター・クレマーは彼がカヌー漕《パデルン》ぎをしているところをまだ一度も見たことがないエリカに、大袈裟に訊く。君は僕の力の限界をあまりにも低く想像しているんだね。僕の手にかかったら君がどうなるか、予想だにしていないよね。だからわたしはあなたに書いたの、「事前にロープをかなり長い時間水に漬けて柔らかくすることで、その効果をもっと高めることができるのを、あなた知ってます？　わたしがその気になったらいつでも、どうぞそうして頂戴、じっくりそれを楽しんで欲しい。わたしがこれから先まだ書いて告げるはずの日に、徹底的に水に漬けたロープでわたしを驚かして。ロープは乾燥するプロセスに従う時に縮みます。違反は罰して！」　黙っているエリカが、こんな風に黙っていることで、いかに素朴な礼儀作法に違反しているか、クレマーは詳しく言い表わそうとしてみる。エリカはさらに続けて黙っているけれども、頭を垂れたりはしない。エリカは自分が正しい道を歩んでいると思っている。そしてエリカは、まもなく鍵を掛けて彼女を閉じ込めるような錠前に合う鍵をクレマーがすべて保管して、大切にとっておいて欲しいと思っている！「無くさないで、わたしの母のことは心配しないで、母にとにかくすべての合い鍵を要求してね。かなりの数になるわ。アパートの外側からわたしを、母と一緒に閉じ込めて！あなたがいつかどうしても緊急にここを立ち去らなくてはならなくなるのを、わたしは今日にも待っているわ。そしてわたしの切なる願望通りに、わたしに枷を嵌めて、鎖につないで、括《くく》りつけて、それからわたしの母も一緒にロープで縛って、身体が曲がるほど締めつけて。でも母からすれば、わたしが部屋の向こう側にいてどうしても到達できない。しかも翌日まで、横たわったままにされている。それにしても母のことは心配しないで、母はわたしだけの事柄だから。部屋とアパートの鍵を全部持って行って、ここには一個の鍵も置いていかないで！」

そんなことをして一体僕がどんな得をするの、とクレマーが新たに尋ねる。クレマーは笑う。母は掻きむしる。テレビは金切り声を上げる。ドアは閉まっている。エリカは静かにしている。母親が笑う。クレマーがいらいら不快に思う。ドアがきしむ。テレビが消されている。エリカがいる。

「痛くてわたしがめそめそ泣いたりしないように、どうぞ、ナイロンとか、パンティストッキングとかそれに似たようなものを猿ぐつわにして楽しみながらわたしの口の中に詰めて。この猿ぐつわをゴムホース（専門店で入手可能）とナイロンでわたしの口の中や口の回りに、楽しみながら、わたしが猿ぐつわを外すのが不可能なくらいに、手際よく、しっかり括《くく》りつけて。どうぞそのために、どちらかというと隠すよりは露わにするような、小さな、黒い、三角のビキニ海水パンツを身に着けて。」誰ひとり、片言隻句《へんげんせっく》、ひと言も聞き知ることはない！「その時には人間的にわたしに話しかけてくれて、言って欲しい。」つまり、君は見るだろうね、僕が君からどんなに魅力的なパッケージを作るかを。僕が取り扱ってあげた後、君がどんなに良い気持になるかもね、とかね。「猿ぐつわがわたしに良く似合うと、嬉しがらせて欲しい、少なくとも五、六時間にわたって猿ぐつわをかませると言ってわたしを喜ばせて、それより短いのは絶対にだめ。ナイロンのストッキングを穿《は》いたわたしの両足のくるぶしを丈夫なロープで、手首の関節とまったく同じようにどうぞ一緒に縛ってね。それからわたしが許さなくても、両方の太腿《もも》を上まで完全に、かなり高くロープでからげて。わたしたちはこれをとことんやってみますよ。どんな風にやって欲しいかとか、それから過去にあなたがもうやったことがあるように、どうやったらいいのか、そのつどわたしが説明することにします。どうか、あなたが猿ぐつわをかませてくれて、柱に括《くく》りつけてわたしをあなたの前に立たせるというのは、やはり可能でしょうか？　可能なら本当に感謝します。そのあとどうかわたしの両腕を革ベルトで、できる限りきつく体に固定して。最後にはわたしがなんとか立っていられないくらいの結果になる必要があるのです。」

えっ、何ですって？　とヴァルター・クレマーは尋ねる。そうしておいて自分自身で答える、もちろん！　クレマーは女性に体をすり寄せるが、しかし彼女はクレマーの母親ではないので、息子ではないこの男を両腕に抱《いだ》いたりしないことで、やはり息子ではないことを示す。エリカは両手を脇に、明確に、じっと動かさずに置いておく。若い男は優しい気持の動きを求めて、自分の側から優しく、ぴったりとエリカの方に動いていく。クレマーは愛にあふれたリアクションを請《こ》い求めるけれど、そのリアクションとは、同じような動揺をうけた後で彼をまったく冷酷非情な人間のみが拒絶したというリアクションだったのだ。エリカ・コーフートは自分自身だけをとざして、他の誰をもくるみ込まない。どうか、どうか、男子生徒からモノトーンで言葉がでてくる。これに女性教師が丁寧に感謝したりはしない。エリカからは、自分をクレマーに見てもらって楽しませるが、彼女の側では赤い唇などを与える約束をしなくても構わないという、要求のはねつけ同然になっている。文面を読んだって現物の代用にはならない、とこの男は悪態をつく。女はさらにその手紙を読むように勧める。クレマーはエリカを咎める、君は手紙の他には何も差し出す物がないんだ。こんなのは許しがたいことだ。いつも受け取るだけではだめだ。クレマーは、エリカがまだまるっきり知らない宇宙を見せようと、自由意志からすすんでで申し出た！　エリカは与えないし、エリカは受け取らない。

しかしエリカは手紙で予告して、不服従であれ、と脅す。「二人だけであなたと一緒にいる時、わたしに違反を見つけてあなたが証人になる場合はどうぞ、やはり手の甲で顔めがけて、しっかり殴って」とエリカはヴァルター・クレマーに助言する。「なぜわたしが母に苦情を訴え、あるいは母の攻撃に反撃しないのか、わたしに質問して。そういう事柄はどんな場合でもどうか私に言って。わたしが自分の無抵抗をしたたかに感じるように。どんな場合でも、あなたに手紙で書きしるしたように、どうぞわたしを扱って。今のところわたしがまだ敢《あ》えて考えないでいるクライマックスは、わたしの勤勉さに挑発されて、あなたがわたしに馬乗りになること。どうか、あなたの全体重で顔の上に座って、頭をあなたの両方の太腿《もも》で、もうほんのちょっとでもわたしが動けないように、しっかり挟んで。そうするのにわたしたちに残っている時間を言い表わして、保証して、わたしたちには時間が充分あると！　何を願望しているのか、きちんとわたしが詳しく述べることができない時には、あなたは数時間この姿勢でわたしを放置するのだと、わたしを脅して。あなたがわたしの顔の上にいて、わたしをやつれさせることができる数時間ということです！　わたしが黒ずむまでそうやって。手紙でわたしはあなたにこの上ない喜びを得るように要求します。ついでながら、わたしが自分自身にもどんなに大きい喜びを望んでいるかは、容易に察知なさるでしょう。ここではその至福をあえて書きしるしはしません。この手紙は場違いな人の手に渡ってはなりません。わたしに何度も何度もしたたかに平手打ちを食わせて！　いやと言っても止めないで。叫んでも無視して。懇願にも注意を払わなくたっていい。わたしの母に関しては、見やったりしないで！」

外ではテレビがほんのかすかにクークー泣いている。母は即座にリキュールをたくさん飲み始める。母が探し求めていた気晴らしだ。至る所で家族たちは食べている。テレビの中の小さい人間たちはいつでもボタンを押せば、消し去ることができる。すると調査もせずに彼らの運命は執行されるだろうが、母がそれを見るに忍びないということはない。敢えて一瞥《いちべつ》をくれて、母は脇から眺めてみる。娘のリクエストしだいで、母は毎日続き物の報告をしてあげてもいい。子どもが次回のむごいシリーズ一回分を眼窩《がんか》から外をぽかんと愚かしく見ていないで済むように！

クレマーは、自分は欲望の外側に立っていると思い、また、この女性の身体の見晴らし地点を客観的に観察していると思っている。それでもクレマーはそれと気づかずに早くも感動している。強い欲望の接着剤がクレマーの雑多な思考方法を糊づけしている。そしてエリカが指図している杓子《しやくし》定規な解決策は、クレマーの快楽の意味での行動に基準を与えてくれる。

クレマーは、好むと好まざるとにかかわらず、この女性の様々な願望のせいで徐々に巻き添えを受けている。彼は未だにアウトサイダーとして書面からさまざまな願望を読み取っている。

それでも彼はじきに楽しくなって変容してくるだろう！

エリカは望ましく思っていることが一つある、自分の身体が情欲の力によって望まれること。彼女はそれを確信しているつもりだ。クレマーが読めば読むほど、それだけでエリカは、もうそれは過ぎたことであるとしたくなる。暗闇が近づいてくる。明かりのスイッチが入っていない。外の路上の明かりでまだ充分だ。

クレマーがエリカに馬乗りになっている時に、エリカは彼の臀部に舌を差し込むなどと、ここに書いてあるのは本当に当たっているんだろうか。クレマーは自分が読む内容をひどく疑っていて、照明の状況が悪いことに責任転嫁する。あのようにショパンを弾く女性がこんなこと思ってたなんてあり得ない。しかし、エリカがいつもショパンやブラームスだけを演奏しているからこそ、他でもない、そういうことが彼女にとても望まれているのだ。今エリカは暴行を懇願している。彼女はこの暴行というものを、暴行の絶え間ない予告以上のものと頭に思い描いている。「わたしが身動きもできなければ、微動だに動けない時には、どうぞ暴行について話して下さるように、そのあとは何ものもわたしを暴行から守れないでしょう。でも、あなたが実際に行っている以上におおげさに、どうぞいつも話して！　あなたが残忍に、しかし徹底的にわたしのことをあしらえば、わたしは無上の喜びで自分が分からなくなるのだと、前もって言ってね。残忍さと徹底性とは教育するのが難しい兄弟であって、両方を別れさせようとするたびにその両方はいつも大声で叫ぶのです。ちょうどヘンゼルとグレーテルでは、ヘンゼルがすでに魔女のオーブンの中にいる時のように。」手紙は、クレマーが個々のあらゆる点で手紙に従った場合にだけ、エリカが無上の喜びで勝手が分からなくなるようにと、彼に要求している。「あなたは無上の喜びを感じながら、わたしに平手打ちをしたたかに食らわすべきなのです。前もって感謝いたします！」　どうぞわたしを痛めつけないで、このことが行間に読みづらく書いてある。

女はみじんも動けないように自分を強制しておきながら、クレマーの石のように硬い男根で窒息したいと願っている。ここに書いてある事柄はエリカの何年にもわたる人知れぬ熟考の結実だ。エリカは今、愛ゆえにこれら一切の事柄がずっと起こらないままであることを待望している。そうであるからにはエリカはそのことを主張するだろうが、それでも彼女は、クレマーの「自分は拒絶する」、という決定的な愛の返答で、[*]補償してもらうだろう。愛は許し、容赦する、これがエリカの見解である。これがやはり、なぜ「どうか、もしよければ、あなたがわたしの口の中に射精してもよろしいのに」となるかという事柄の理由である。しかも「エリカの舌がほとんど折れそうになり、場合によっては吐かざるをえないこともあります。」エリカは想像して書いている、そして、「あなたの場合にはわたしにお小水をかけるくらいまでいくのが当然でしょう」と書いて思い浮かべているだけなのだ。「あなたの枷がわたしに許す限り、恐らく始めはわたしがそれに逆らうでしょうが。わたしがもはやそれに逆らわなくなるまで、わたしで時々、本格的にたっぷりとやってみて」とも。

母がピアノをティラララと叩く音が起こる。子どもの指づかいが正しく合っていないからだ。エリカの脳髄の汲めども尽きない箱の中から、何ものにも左右されない想い出が幾つも飛びだしてくる。この同じ母がそうこうしている間にリキュールを飲み、そのあと、コントラストをなして

＊ エリカは手紙では要求しながらも、クレマーの「自分は拒絶する」という決定的な愛の言葉を本心では待っている。クレマーが拒絶する端緒は、三七四頁にもうかがえるが、この先、更なる展開が続く。

いる別の色合いのリキュールを飲む。母は手足を揃えようとするが、一本あるいは別の一本の手足をすぐに見つけることができなくて、就寝という措置を講じる。もう時間が経っていて、遅い。クレマーは手紙をすっかり読み終えた。彼は直接話しかけるという贈り物でエリカを讃《たた》えたりはしないが、それはこの女性がそれに値しないからだ。クレマーは自分の意志と関わりなしに反応する身体の中に、一人の歓迎すべき共犯者を見出す。女性は文字で彼とコンタクトを開始したが、単なる触れ合いなら相当な特典になっただろう。女性は女らしい優しい触れ合いの道を意識的に辿《たど》らなかった。それでも彼女はクレマーの欲望には基本的に了承したように思われる。クレマーは彼女の方に手を伸ばし、エリカは彼の方に手を伸ばさない。この行為はクレマーの熱意を冷ます。したがって彼は女性に手紙の返事を、沈黙で返す。エリカが一つの答えを提案するまでは。クレマーはずっと沈黙している。彼がもちろん手紙を心に留めはしていても、しかし出して見せないようにとエリカは懇願する。その他の点では、あなたの気持に従うわ。クレマーは頭を振る。エリカは反論して、あなたは空腹や喉の渇きには、そう、やっぱりいつも従うでしょ。エリカは言う、わたしの電話番号を持っているのですから、そうね、電話できるでしょ。すべて落ち着いてよく考えてみて。クレマーは後打音*も掛留音もなしに、黙っている。両手両足も背中全体も汗を掻いている。無数の分刻みの時間が過ぎていった。気持の上でのリアクションを期待していた女性は失望している、というのも、そんなこと本気で考えているのか、という彼の二十回目の同じ質問があの後続いただけであったから。それともあれは当然冗談なのか？　クレマーは惰性にすぎない落ち着きという様相を呈していて、それはすぐにも爆発しそうだ！

こんな様子に見えるのは、極度の所有欲にひたっているけれど、もちろんまだ確実に満足する前の人々だけだ。エリカかは探ってみる、いったいどこにクレマーの感情の誠実な贈り物が残っているのか？　あなたは今わたしにちょっと気を悪くなさってる？　そうでないと良いけれど。エリカは、それは必ずしも今日である必要はないのと、おずおずと予防的一撃を試みる。それはまだ明日にだって先にずらせます。どちらの場合でも靴箱の中にはもう今日のうちにあらかじめ決めておいたロープやザイルがあります。それはまるまる一セットです。彼女は異議があれば防止しようとして、自分はそれよりもっとたくさん簡単に買うことが可能です、と言う。専門店でくさりをサイズに従って作らせることもできます。エリカは二、三の文章を、自分の意志の色彩に合わせて言う。彼女は、この女性教師は、授業中のような話し方をする。授業中には教師だけが話すから、クレマーは話さない。エリカは要求する、いま話して！

クレマーは微笑んで、冗談めかして答える、それについて話すことは、そうですね、可能です！　クレマーは、エリカがあらゆる節度を失ってしまったのかどうか、注意深く探る。彼女がエロスの面で完璧に我を忘れてしまったのかどうか、彼女に探りを入れてみる。

＊後打音《ナッハシュラーク》は、主要音間の装飾音、またはトリルの終わりに奏される装飾音。

その結果、エリカは今クレマーに叩かれるかと、まだ始まったわけではないのに、初めて危惧を抱く。彼女は雰囲気をほぐしたかったので、手紙の凡庸な言葉を性急に詫びる。嘔吐を催さずに機嫌よくエリカは言う、愛の沈殿物って結局はかなり陳腐なのね。わたしのアパートに、場合によってはいつでもどうぞ、来て貰える？　もし勇気がおありなら、うちに金曜日の夕方から日曜日の夕方まで！　そこであなたの残酷でも甘い枷の中でわたしを苦しませることができるでしょうという理由からですけど。わたしは、つまり、あなたの枷にもう長いこと憧れていて、可能な限り長くあなたの枷にかかって苦しみたいの。クレマーはその願いの言葉について多くの言葉を費《つい》やして喋ったりしない、つまり、多分うまくいくかも、と。少し時間をおいてから、自分はでも今ひどく真面目になっている、もし言うとすると、と告げる。自分はそういうことは全然考えていないんだ！　エリカは、彼が今自分に心からキスしてくれて、叩かないことを願っている。エリカは予言する。愛の行為で、出口なしだと思われることでも、多くのことを正常な状態に戻すことが可能だ、と。何か愛のこもったことをわたしに言って、そしてあなた《ドゥー》、手紙のことは無視して、とエリカは聞き取れないほどの声で懇願する。エリカはもうそこに自分の騎士が存在していることを、希望する。さらには秘密保持と口の堅さも希望する。エリカはぶたれることに、もの凄い不安を抱いている。そのためエリカは提案する、わたしたちは、そうです、お互いにこれから先にも手紙を書くことができます。わたしたちには郵便料金さえかからない。今後の手紙では、この手紙よりもっとありきたりの内容のやりとりが進んでいくことが可能になるでしょう、とエリカはひけらかして自慢する。これまでに書いた手紙は始まりの役割をしたのに過ぎなかった。もう一通手紙を書いても許されるでしょうか？　多分今回はきっともっとうまくいきます。女性は、彼が激しくキスしてくれて、ぶたないことに憧れている。彼が打ちかかりさえしなければ、落ち着いて苦痛になるほど手痛くキスすることができるのに。クレマーはそれに応じて答える、構わないよ。彼は言う、有難う、喜んで、どうぞ、どうぞ。彼はほとんど抑揚をつけないで話す。エリカはこの言葉の調子を母の話し方から知っている。クレマーがわたしを殴らないといいのだけれど、と彼女は臆病に考える。彼があらゆることを、と彼女は強調する、彼女が強調するのは、つまり、もし痛くさえさせることなら、彼はあらゆることをわたしと一緒にやってのけられる、なぜならわたしが憧れていない事柄はほとんどないのだから。エリカは美的で快適な手紙を書かなかったと自分なりに思っている。それをクレマーには許してもらいたい。この女性は、彼が不意に打ちかかってこないといいけれど、と危惧している。女はこの男に、もう何年も前から殴られることに憧れてきた、と打ち明ける。憧れていた殿方をとうとう見つけたと、彼女は認めている。

危惧の念からエリカはなにか全然別のことについて話す。クレマーは答える、どうも有難う。エリカはクレマーに、今日から彼女の衣服を選び出してもいいと、許可を与える。服装の規定に関する抵触にクレマーは厳しい措置を取ることができるのだ。エリカは大きな洋服タンスをさっと引き開けて、選択できる品数を見せる。若干の洋服をハンガーから外して取り出し、披露して見せるだけの他のものはハンガーに掛けたままにしておく。エレガントな衣装戸棚だなあと、クレマーが評価してくれるといいのだけれど、とエリカは彼に色とりどりの眺めを見せる。あなた《ディーア》に特別気に入ったなにかがあれば、私が特別に買うこともできるわ。お金なんて目じゃない、なんの役も演じてない。お金にけちけちしている母のために、わたしがお金の役を演じているの。だから母のことなんてあなたが全然気にしなくていい。ヴァルター、あなたのお気に入りの色は何？　あなたに書いたことは冗談ではないの、とエリカは出し抜けにヴァルターの手の前で身をかがめる。あなた《ドゥー》はこれでもわたしに気を悪くなさらない？　もしわたしがあなたに、あなたじきじきの数行をわたしに献呈して下さるように頼んでよろしければ、それをあなたはなさって下さるでしょう。それをあなたはどのように考えて、そのために何と言ってくれるかしら？

クレマーはさようなら、と言う。エリカは身をかがめる、手が破滅的にではなく、愛に満ちて降りてくるように希望しつつ。明日すぐにわたしそのドアの錠前を取り付けるわ。エリカはそうしたら、ドア用の一個だけの鍵をクレマーに差し出すと申し出る。あなたには感謝するだけ、どんなに楽しくなることか。クレマーはこの提案を突きつけられて、沈黙を守っている。エリカは気を遣った後でひどく消耗する。エリカが自分の所にいつでもお出入り自由だと彼に申し出る時に、気持よく反応してくれるように希望している。いつでもいいの。クレマーは呼吸する動作を越えてそれ以上には、いかなるリアクションも示さない。

エリカは、自分がクレマーに書きしるしたことはすべてするだろうと誓う。彼女は強調する、つまり、書きしるすことはしかし指図することではない！　そして延期することは破棄することではない。クレマーは明かりのスイッチを入れる。彼は話しもしないし、殴りもしない。エリカは自分が欲していることをふたたび彼にまもなく書いても許されるものか、探りを入れてみる。これから先もわたしが郵便であなたにお答えしても、どうか許してくださる？　クレマーはこの質問の答えになるヒントを何も与えない。

ヴァルター・クレマーは答える、いずれ、待ってみることにしよう！　彼は自分の声を曖昧《あいまい》な基準でエリカの上方で高めて、人を死ぬほど驚愕させる。彼は試みるかのように罵《のの》りの言葉を彼女に投げかけてみる。しかし少なくとも殴りはしない。エリカに名前を与えておいて、それに「年寄りの」という形容詞を添える。そういったリアクションには心の準備ができていることが肝要だとエリカは知っており、両腕を楯にして顔を護る。今クレマーが殴らざるをえないのなら、どうぞ、とエリカは両腕を再び下ろす。クレマーは、ペンチではさんだりしながらだって、絶対に彼女に触れることなどあり得ないほど、極端な気持になっている。さっきまでは愛を感じていたけれど、今はもう終わった、とクレマーは誓って言う。僕に関して言えば、君を探し求めにいくことはない。君にはぞっとする。あんな提案を敢えてするなんて！　エリカは頭を膝に埋め込む、ちょうど飛行機が墜落する時に人々が死ぬのを防止しようとして前屈《まえかが》みになるように。エリカはクレマーの殴打《おうだ》を防止するが、恐らく殴打を生き延びるだろう。もう告げているように、クレマーはエリカに触れて両手を穢《けが》したくないから、殴ったりはしない。手紙を女性めがけて投げつける、憶測すると顔をめがけて。でも手紙は彼女が屈《かが》めていた後頭部に当たるだけだ。クレマーは手紙をエリカの上に雪のように舞い落とす。愛する者たちの間では媒介物の手紙なんて要らないんだ、とクレマーは女を蔑《さげす》む。愛を欺瞞する時にだけ、手紙に書いた言い逃れを人は必要とするんだ。

エリカは長椅子《ディヴァーン》にきちんと座っている。新しい靴を履いた両足は並行に置いている。希望もなく、エリカはクレマーの側から何らかの愛の発作があるのを待っている。撤回できないものをエリカは感知している、つまり、この愛は消滅しようとしている！　クレマーの愛はいくら何でも消え去らないで、とエリカは熱望する。まだクレマーがここにいるうちには、その限りは希望がある。エリカは少なくとも情熱的なキスを待望している、どうぞ。クレマーは問いかけに、いいえ、結構です、と答える。クレマーが彼女を苦しめる代わりに、オーストリアの規範内にある愛を自分にも叶えてくれることを、エリカは本当に心から願っている。もしクレマーが情熱に乏しいまま彼女を放ったままにしておくのであれば、エリカは言葉で彼を押し戻しているだろう、つまりは、わたしの諸条件へと、あるいは全然押し戻しはしない。経験の少ないこの男子生徒から口と両手で自分が求愛されるのをエリカは期待している。彼女はそれを生徒に示している。彼女はそれを彼に示している。

二人は互いに向き合って座っている。愛による至福は近い、それでも墓の前の石は重すぎる。クレマーは天使ではなく、そして女性たちは同様に天使ではない。その石をどけて転がすこと。エリカは、ヴァルター・クレマーにすべてを手紙に書きしるした彼女の様々な願望に関しては、彼に対して厳しい。手紙の他にはエリカはもともと願望がない。感謝に堪えません！　この期に及んでまだ、なぜ言葉を費やすんですか、とクレマーは尋ねる。少なくともクレマーは叩くことをしない。

エリカが手伝うことなく、クレマーは感情のないサイドボードにできる限りの力を振り絞って抱きついて、しつこく迫っては一ミリ一ミリずらす。クレマーがその中に入りこんでドアが開けられるような空気孔が現われるまで、置いてあった場所からサイドボードをずらす。僕たちにはもうお互い話すことは何もないね、とはクレマーは言わない。挨拶もなしにクレマーは外に出ていって、住居のドアを自分の後ろ側でバタンと閉める。そのすぐあとでクレマーは立ち去っていった。

8

決して来ることのない来客用のアルコールを不慣れなまま飲んだその効き目で、母が

〔二つの並行したひと続きの〕ベッドの片割れで音も高く鼾《いびき》を掻いている。母の場合には幾年《いくとせ》も前のこと、今とまったく同じこのベッドで、欲望が聖なる母性へと導いた。そしてこの目標が達成されるや否や、欲望も終わりを告げた。たった一回の射精が欲望を殺して、娘のための余地を創った、つまり父はハエ叩きを一回使って二匹のハエを叩き殺した。そして自分自身をもすぐに一緒に殺した。内面的不活発と弱々しい認識力とから、父はこの射精の結果を一貫して見通すことは叶わなかった。今エリカは自分自身のベッドの片割れに身を滑り込ませる。他方、父は地中に埋葬されている。エリカは身体を洗いもせず、他の箇所もきれいに保っていなかった。エリカの体では、檻の中の一匹の動物と同じような、自分自身のきつい汗の臭いがする。動物の檻の中では、汗の臭いや密林のむっとするような臭気が溜《た》まっていて取り除くことができないが、それは檻の中があまりにも狭いからだ。一匹の獣がぐるりと回ろうとすると、他の動物はぐっと壁に近寄らないといけない。どっと汗を掻きながら、エリカは母の隣りに横になっていて、眠れないまま何となくぼんやりと横たわっている。

エリカが最低二時間ほどは眠れないでいて、その間ずっと考えることもなく自分自身の体液にまみれて横たわっていた後で、突然母が目を覚ます。子どものひたすらな何気ない考えが母を目覚めさせたに違いない、なぜなら子どもは身動き一つしなかったから。晩にリキュールの力を借りて自分が逃げた事情が新たに母の念頭に浮かぶ。母親は、銀色に輝いて、太陽が出ていないのにきらりと光りながら、子どもに向かってぐるりと体をはねさせてぐっと詰め寄り、重大な罪の告発が正しいことを子どもに明らかにする危ない脅迫と、身体負傷のユートピアとをカップルにしてつなぎ合わせながら。引き続き、優先順位やら緊急度について、答えられない質問満載でがれ石の山になりながら、脈絡なしに質問を発する。エリカが黙っているので、母は侮辱されてそっぽを向く。母が娘に吐き気がすると言いながら、侮辱を受けたことについて解説してみせる。それでもすぐに母は改めて娘の方に向きを変えて、よく聞き取れるように再び脅しの改訂版を言う、ただしもっと力強く。エリカは相変わらずまだ歯を食いしばっている。母は口汚くののしり、罵倒する。荒々しく非難したあげく、みずからのコントロールを外れたなにかに母はわめき込んでいる。母はリキュールの誘惑に負けて、そのアルコールがいまだに母の血流の中で荒れ狂っている。卵入りリキュールが陰険に効いているのだ。それにチョコレート・ブランデーも同じように効いている。

エリカは熱のこもらない愛の攻撃をする、というのも母がすでに二人の共同生活のための広範囲に及ぶ帰結を結論として考え出しているからで、この結論には母自身が一番ぞっとしている、例えば、エリカ専用のベッド！

エリカは自分自身の愛の試みから身を引き離そうとしている。彼女は母の上に身を投げて、母にたっぷりとキスを浴びせる。エリカはもう何年もキスすることなどもはや考慮してみることもなかったのだが、母にいまキスをする。エリカは母親の両肩をしっかり捕まえているが、母は怒ってあたり構わず叩く。でも誰に当たるでもない。彼女は母の両肩の真ん中にキスをするが、必ずしも的には当たらない、その時々に母がちょうど、キスなどされないような側に頭を投げかけるからだ。母のあのいつもの顔は薄暗がりではただの明るい斑点になっている。人工的に染めた金髪が取り囲み、それが方向感覚を助けてくれる。エリカは見境なくこの明るい斑点の中にキスをする。この肉からエリカができている！　この柔らかい母親ケーキである胎盤から。彼女は濡れた口を幾度も母の顔に押しつけ、母が抵抗できないように、鉄のようにがっしりと両腕で母を抱く。エリカが始めは半分、その後四分の三ほど母の上に体を乗り上げる、なぜなら母が本気で周囲を殴り始めていて、両腕を脱穀用の殻竿《からざお》にして打とうとするからだ。右側に突き出したエリカの尖った口や、左側に突き出したエリカの尖った口の間で、母の口は、せっかちに頭を転じながら避けようとする。母親は、キスを逃れるのが可能なように、自分の頭を激しく、すばやく回転させるが、それはまるで愛の闘いの際のようであり、それなのに目標はオルガスムスではなく、母親それ自身、母親本人なのだ。それからこの母は今や決然と戦い始める。無益に、というのもエリカの方の力が強いからだ。エリカは古い館の蔦《つた》のように、この母の周りに絡みつくが、確かに母はちっとも居心地の良い古い館などではない。エリカはこの大きな生身の体の周りで吸ったり、齧《かじ》ったりする。まるでもう一度すぐに這って中に入りこみ、そこに隠れたいかのようだ。エリカは母に自分の愛を告白するが、それでも母はハアハアあえぎながら反対のことを言う、つまり、自分もわが子を同じように愛しているけれど、この子にはすぐにやめてもらいたい！　さっさとね！　母親はエリカから自分に向かって吹いてくるこの感情の嵐に逆らうことができない、でも良い気持にはさせられる。母は突如言い寄られたかのように感じる。愛の基本的前提とは、ある他者が我々を優先的に扱ってくれるので、自分たちの価値が引き上げられたと感じることなのだ。エリカは母にがっしりと食らいつく。母はエリカを叩きながら身をかわして避《よ》け始める。エリカがキスをすればするほど、母はそれだけ激しく叩く。第一には自分を護るため、第二には子どもを寄せつけないためだ。子どもは酒をまったく飲まなかったにもかかわらず、自身へのコントロールを失ってしまったように思われる。母親は脅したりすかしたり様々な語調で言う、やめなさい！　母親はエネルギッシュにやめさせる。エリカは少しも加減を減ずることなく、ある時はこちらへ、ある時はあちらへと半狂乱になってキスしながら母に突き進む。母からは望み通りのリアクションが引き続き起こらないので、エリカは軽くではあるが、この母へ要求がましく打ってかかる。彼女は母に、罰しながら打ってかかっているのではなく、求めながら打ってかかっているのだ。これを母親は敵意のある行為と誤解して、脅かしたり、罵倒したりする。母親と子どもはその役割を交換していた、なぜなら殴るのはつねに母親の義務であるから。母は上の方から見下ろして子どもに対して良い眺望を得る。母は自分の後裔《こうえい》である娘の疑似有性《パラセクシュエル》な攻撃に決然と抵抗する必要があると思い、暗闇の中に闇雲《やみくも》に殴りかかる。

娘は母の両手を勢いよく払いのけて、母の首筋に、潜在的な隠蔽《クリュプト》セクシュエルな意図の範囲でキスする。娘は奇妙で未熟な愛し方をする人だ。娘同様、洗練された愛の養成教育を享受してこなかった母親は、見当はずれのテクニックを使って自分の周囲のあらゆるものを踏みにじる。老いの肉体にはこのような場合が一番ひどく応《こた》える。老体は母親としてではなく、純粋に肉と見なされる。エリカは母の肉を歯で食いつくす。彼女はキスにキスを続ける。彼女は荒々しく母にキスする。自制心を失った娘が母親と演じていることは、はっきり言ってふしだらだと母親は説明する。自分には何の役にも立ちはしない、——母がこんな風にキスされるのは数十年来のことで、おまけにもっと来る！というのもいまだに激しくさらにキスされて、無限のキス――太鼓の連打の後、娘は疲労困憊して半ば母の上に横たわったままになる。子どもは母の上で泣く、そしてパワーショベルと化した母が子どもを自分の体の上から下にどける。その際に母が、子どもは気が違ってしまったのかと尋ねる。なんの返事も続かず、どんな返事も期待されてないとなると、今すぐ寝るように、母親は命令する、明日という日がやっぱりあるからね！その日に待ち構えている職業という任務のことを母親は指摘する。娘は今眠る必要があることに同意する。娘は目の見えないもぐらみたいに母の胴体を求めて手探りするが、母は娘の手をシャベルで下から掬《すく》って遠ざける。娘はほんの僅かに続いたごく短い時間内に、ほとんどまばらになっている母の恥毛を観察することができた。それは太ってしまった母のお腹を下方で密閉していた。それは見慣れない光景を呈していた。母はこれまでこの恥毛に厳重に鍵を掛けて保管してきたのだ。この毛をなんとか見ることができるように、闘いの間娘は意図的に母のネグリジェの中を突っつきまわしていたのだ。この毛についてエリカはずっと、どうしたってあそこにあるに違いない！と分かっていた。残念ながら照明が不足がちだった。すべてを、とにかくすべてを観察できるように、エリカは母を有意義に暴《あば》いた。母はそれに抵抗したが、功を奏しなかった。純粋に体力的に考察してみても、労働でやや疲れた母よりはエリカの方が俄然強い。娘は今しがた見た事柄を母の顔めがけて投げつける。母はそれが起こらなかったことにするために、黙っている。

二人の女性はぴったり寄り添って眠り込む。夜は僅かに短く残っているばかり、まもなく不快な明るさと煩《わずら》わしい小鳥の鳴き声で新たな一日が到来を告げる。

9

ヴァルター・クレマーは例の女性に驚いているが、悪い気はしない、他の人たちなら約束するだけのことを彼女は敢行するのだから。エリカが少し外側にずらそうとして、みずからが寄りかかっている境界線について、クレマーは熟慮の一呼吸をしてから、不承不承ながらも感銘を与えられた。エリカの快楽の活動余地は確かに拡大されている。クレマーは感動している。他の女たちならこの余地には、埃《ほこり》っぽい地所や砕け散ったコンクリートの上になんとかやっとジャングルジムや、一つか二つのシーソーの場所があるに過ぎない。でもここには実に、サッカー場まるまる一つプラス、テニスコートが幾つか、それにシンダートラック*が、大喜びの利用者の前に拡がっている！　エリカは何年も前から、母親が杭《くい》打ちをした柵を知っている。でも彼女はそれに満足していない、つまり、こうした杭を引き抜いて、生徒クレマーが承認するなら、新しい杭をハンマーで懸命に打ちこむことも彼女は辞さない。クレマーは、よりによって自分と一緒にその試みが行われるのが当然であるのを誇りに思い、かなり長いこと熟慮してみて、これを見抜くに至ったのだ。クレマーは若く、新規の事柄にも心構えができている。健康で、病気の備えもできている。あらゆることに、そしてどんなことにもオープンでいて、どの方向からの対応であっても同じである。開放的であり、なんでも快くやる。そればかりか、かなり広い門をもっといっぱいに開くことであっても。ひょっとすると、ほとんど支えを失ってバランスを崩しそうになってさえ、彼は窓から外に身を乗り出すだろう。精一杯つま先立ちしてすらなんとか立っているだろう！　意識して何かのリスクを冒し、リスクを引き受けたのも彼自身だから、そのリスクを楽しみもする。これまでクレマーは何も書いていない白紙の紙だったが、その紙は、彼には未知の印刷業者の印刷インクを待っていた。そして誰でもこれまで読んだものとは似て非なる内容を読むことになろう。クレマーは人生のためにこんな内容で刻印されるのだ！　その後クレマーはもはや以前と同じ人間にはならないだろう。もっと大きな存在になっていて、もっと多く所有しているであろうから。

やむを得ない時には、残酷なことも辞さない決心を固めることだってあり得るさ、ことにあの女性に関しては、とクレマーはよく考えぬいてみているところだ。エリカの条件を留保なしに受け入れるだろうし、自分の条件も強制的に彼女に課すだろう、つまり、もっと大々的に残酷なことを。感情が、理性の非人間的な張力テストに生き残れるものかどうかテストするのに、自分がエリカから遠のいていた後なら、どんな経過になるものか、彼には正確に分かっている。クレマーの精神の鋼鉄は目いっぱい撓《たわ》んでいたが、女性が彼にした約束の重みがのしかかっても折れなかった。女性は自分の身をクレマーの掌中《しょうちゅう》に預けるだろう。彼はみずからに課すことになる試練を誇りに思う。おそらくあの女性を危うく半殺しにすることにもなるだろう！それでも数日間の距離をおくように取り計らったのを、この生徒は喜んでいる。焦《じ》らす方がすぐに手を出すよりはいい。今や愛される番になっているあの女性が何をくわえて来るものなのか、死んだうさぎなのか、それとも山ウズラなのか、クレマーは数日間待っている。それとも口にくわえて来るのはただの古靴の片方か。この女性のレッスンを彼は我儘に、独断で取りやめにした。クレマーとしては、とどのつまりは恥知らずにも、女性が待ち伏せしてくれたらいいと希望している。その時には彼は駄目だと実験的に言ってみて、彼女が次に何を企てるか、待ってみるだろう。その間若い男はむしろ独りだけでいる方がいい。狼は雌山羊に出会う前は、もっと良い仲間を知らなかったのだ。

＊

細かい石炭殻を敷きつめた競技用トラック。

エリカに関して言えば、もう数年前から断念という言葉と親しくなっていて、今では完全に自己変革しようと願っている。多用した強い願望の絞り器は様々な願望を押しつぶし、もう赤い汁が流れ出ている。エリカは、あの生徒がドアの中に足を踏み入れてくるものかどうか、絶えずドアを見やってみるが、他の生徒すべては来ても、彼だけは来ない。無断で欠席している。クレマーには授業を受けまくる嗜癖《しへき》が常にあって、多くのレッスンを受け始めるが、終了するのはほんのわずかで、日本の格闘技スポーツの類いや、語学、教養を広めるための見学旅行、芸術展覧会の講習さえも受けている。学習欲に燃えたこの男は最近では隣りのクラリネットクラスのレッスンまで受けているが、それは、後々ジャズや即興演奏をしようという観点からサキソフォンにまで手を広げようとして、その基礎概念を取得するためである。ただ最近ではピアノとそのクラスを仕切っている女性だけは避けている。様々な業績領域で基礎概念を終えると、常に大抵クレマーは中断する。彼に根気はほとんどない。しかし今クレマーは高性能を上げるのが可能な恋人になりたい、あの女性がそうするように挑発している。すると彼はまた不平を言うが、彼にはその時間がある。古典音楽の専門養成教育の将来的見込みが、さまざまな限界のために、見た目にも良くなく美しくはないものにされていて、自分ならその専門教育の良い眺望や見通しをちょっぴり楽しみたいけれど、その教育のコルセットがきついのだと。クレマーは広々とした土地があると予感している。彼がまだ見たことがない原野を、しかももちろん自分より以前には他の誰も見たことがないような原野を想像している。彼は布地の端をつまみ上げて、驚愕してはまた下ろす。すぐにまた引き上げるためにだけそうする。クレマーは本当にちゃんと見たのか？　彼は見たとはほとんど信じていない。例のコーフートはいつもこういった原野や緑地をクレマーに拒むように努めている。それなのにプライヴェートには絶え間なくそういうもので誘いかける。無限の吸引力をこの生徒は感知する。レッスンでエリカは容赦せず、遠くからでも最小のもの、最少限度のものを聞き取りもするが、実人生では彼女みずからが懇願するように強制されたいと思っている。ピアノの鍵盤では、そう、クレマーを完璧に、指の練習や、トゥリル*の練習、周知の熟練のチェルニー教則本などの弾力性のある包帯で巻く。クレマーを締めつけている対位法の手法から、クラリネットの競争相手の教師が彼をやっと解放した事実は、エリカの顔に平手打ちを喰らわせるようなものだ。ソプラノサキソフォンで、いつかどんな具合に即興演奏ができると言うのだろうか！　クレマーはクラリネットを練習する。今は、ピアノの鍵盤ではずっとわずかしか練習しなくなった。彼は決然と新しい音楽領域に決めて、個人的に知っている学生ジャズバンドで始めることを計画している。でもいつかそのジャズバンドを卒業したら、自分自身のグループを結成して、みずからのモデルと主張に従った音楽演奏をするだろう。そのバンドの名前はもちろん分かっているけれど、まだ秘密にしておく。こんなプランは、音楽に関してはっきり打ち出されたクレマーの自由への衝

＊　トゥリル、顫音《せんおん》は、ある音とその2度上か下の音とを非常に早く反復させる装飾音。

動に添っている。ジャズクラスにはすでに登録してある。編曲を学ぶつもりだ。まずは適合して、溶け込むだろう。でも然るべき時に息をのむようなソロを引っさげて、編成の中から噴水にも似て急に飛びだすだろう。クレマーの意志はそう簡単には分類できない。クレマーの意欲は彼の能力同様、そう簡単には楽譜貴重品入れの箱にぴたっとは嵌《は》まらない。元気よくクレマーの両肘は身体に添って船漕ぎをして、晴れやかに呼吸は管の中に流れこみ、彼はなんにも考えていない。彼は喜んでいる。吹奏法とリード*の変化の付け方を訓練している。ずっと遠くにいてもすでに素晴らしい進歩が目に見えると、クレマーのクラリネットの男性の先生は話しており、コーフートの側からの優《すぐ》れた予備知識のあるこの生徒の存在を喜んでいて、女性の同僚からこの生徒をかすめ取れればいいと思う。終了コンサートで満ち足りた気分で彼自身の光の中で日なたぼっこをするために。

すぐには誰か再認識できない、凝ったハイキング装備で身を着飾った一人の女性がクラリネットのクラスのドアに近づいて来て、待っている。ここに来ようとするからには、女性はここに来る必要があるのだ。エリカ・コーフートはあるきっかけに従って、自分なりに飾り立てていた。

生徒クレマーはエリカに自然を、フライパンから取りだしたばかりの自然を与えると約束したのではなかったのか？　それでも彼はどこでこの自然を探したらいちばん良いのか知らないのではないか？　黒い小さな楽器ボックスを抱えてドアから出てきてびっくりした生徒に、エリカはつっかえながら、しどろもどろな話し方をして、一緒に川沿いの道を散策することを提案する。今すぐに！　服装からすぐに、エリカが何を計画しているか、クレマーは気づいたに違いない。わたしが来た理由は川を横切って森の中を歩くこと。正しい装備をしたこのレディをきっかけにしてすぐにも、能力を試される岩場や、雷鳴がとどろいていて、まず食欲をそそりそうにない氷河の氷堆石《ひょうたいせき》が開けてくる。ほんの僅かの客しか積み込んでいない登山電車山頂駅では、ゴールを目指した努力が証明されるはずだ、つまり、地面に転がっているバナナの皮やりんごの芯、誰かが片隅で吐いていた、また無価値になったすべての証明物、あちこちの片隅にある汚れたぼろぼろの紙切れ、引きちぎった乗車券など、誰一人塵芥溜めに投げ入れて掃除したりなどしていない。

クレマーが後で気がつくように、エリカは完璧に新たな装いをしている。その服装はその動機にマッチし、動機は服装にマッチしている。エリカの場合いつでもそうだが、服装がいちばん肝心なことのように思われる。総じて女性は、自分を引き立てるためにいつもアクセサリーを必要とする。それにしても未だに森だけはどんな女性のことも飾り立てたことがない。逆に女性は森にいるだけで、そう、森を美しく飾る。この点で、女性は狩猟用双眼鏡で観察される動物に似ている。エリカはしっかりしたハイキング用の靴を買ってから、湿気で錆びることのな

＊　管の中のアシ、竹、金属などでできた薄片に空気を吹きつけて振動させる発音音源、唇の位置にある。

いようにワックスをよく塗りつけていた。この靴を履いてなら、望まれれば数キロの道のりも安心して後にすることができるだろう。彼女はスポーティな格子柄のブラウスとヤンケル*、ニッカーボッカー**、それに加えて赤いウールのハイソックスを身に着けていた。おまけに、元気づけて爽やかにしてくれる品々が入った小さなリュックサックさえ手にしている！ ザイルは持っていない、極端に走るのは賛成ではないから。それに極端に走るとなれば、その時には綱《つな》もザイルもなしなのだ。頼みの綱がまったくなければ、この女性はひょっとすると身体的破壊活動の荒野に晒されるだろう。そんな時は自分自身とパートナーだけが頼りである。

エリカはこの男性には我が身を小ぶりの大きさにして小出しに与える計画だ。男は彼女の身体を食べ過ぎてはならない、常にエリカに対してうずくような空腹に苛《さいな》まされるのがいい。エリカは母と二人っきりでいる時、このように思い描いている。エリカはさまざまなやり方でよく考えてみてから、我が身をけちって節約し、ひたすら嫌々ながらも自分を支給する。彼女は何ポンドものみずからの肉の重みで大きな利益を得る。彼女はみずからの黴の生えた身体の釣り銭を、クレマーに対してテーブルの上でけちけちと数えるから、現実にエリカが渡してくれるはずの釣り銭よりは、〔本来なら〕少なくとも二倍は多くなるはずだとクレマーが考えるほどだ。エリカは向こう見ずな手紙の押しの一手の後で、自分にとって楽ではなかった事柄を完全に撤回したのだった。エリカの生身の体という豚の貯金箱の中に、この青みをおびて変色した腫瘍の中に、彼女はしっかりはまり込んでいるが、この豚の貯金箱を彼女は絶えず体ごとあちこち引きずって移動していて、それは破裂しそうに膨らんでいる。着ているこのハイキング用の服のために、例えばエリカは、スポーツ店で幾枚かお札を数えて支払わなければならなかった。エリカは良質の品物を買うが、それよりもっと大切なのは我が身の美しさだ。エリカの願望は広い範囲にわたる。クレマーは力がみなぎっていて、あくまでも平静を保った状態で、この女性をじろじろ眺めてみる。クレマーの目はゆったりと民族衣装のボタンのイミテーションを経由して、狩人風の小さな銀色の時計の鎖（これもイミテーション）へとたゆたう。この鎖は鹿の歯で強化してあり、エリカのお腹の上方にぶら下がっている。今日のハイキングは自分に約束されていて、今それを要求しにやって来た、とエリカは犬が鼻をくんくん鳴らすようにクレマーにおねだりする。クレマーは訊く、何故よりによってここまで来て、今、今日なの？エリカは言う、あなたが今日だと言ったの、覚えていないの？　黙ってエリカは、クレマーが不注意にした約束のクーポン券を幾枚か差し出す。今日だと言ったのは、彼女にはっきり確約されたことであり、しかも、今日のことだ。クレマーは彼の側で、今日と、提案したことはした。この生徒は女先生が何かを忘れるのだと、考えない方が良い。クレマーは話す、然るべき場所でも然るべき時間でもないですよ。エリカはもっと離れた場所と、より良い時間をただちに言って、会う約束をする。もうすぐこのカップルは森だの湖だのの迂回路をさらに必要とは

*　ヤンケルはバイエルン風のジャケット。
**　膝下でくくった半ズボン。

しなくなるだろう。でも今日のところは山の頂きや樹木の梢《こずえ》を見晴るかす眺めが、多分この男性の欲求を強めてくれることだろう。

ヴァルター・クレマーはよく考えてみる。何か新しいことを試《ため》すのに、あまり遠くまで出掛けて行く必要はない、と決意する。彼はいつものことながら、科学的に興味を示しながら提案する、とにかく、エリカは驚くだろう！　然るべき特定の場所に関係することだ。何のために遠くに行ってぶらつくのか？　そのうえ彼はそのあと引き続き快適に、三時には柔道クラブに行くことが可能だ！　ただ一つ愛に関して、しでかすのが許されないのは、つまりは、冗談。もしエリカが本気なら、クレマーにはずっと前から願ったり叶ったりだ。どうぞ。これまでクレマーは愛想が良くて、信頼感があったけれど、しかし残酷にもなれることを証明してやろう。ご要望のままに。エリカ・コーフートはきちんと返事をする代わりに、生徒をぐいぐい引っぱって、窓が一つだけある掃除婦用の小部屋に連れていく。エリカは知っているが、そこはいつも鍵が掛かっていない。クレマーからは今こそ彼の中に潜んでいるものを見せてもらおう。この女性からは駆り立てている力が放射している。彼はこれまで一度も学習したことがないものを今見せなければならない。クレンザーがきつく、刺すように臭《にお》っていて、掃除道具が積み重なっている。手始めにまずエリカは、手紙をこの若い男性に要求してはいけなかったのに、と許しを請う。エリカはこの考えをもっと事細かに述べ立てる。エリカはクレマーの前で膝を折ってぎこちなくキスをしながら、クレマーの逆らっているお腹を穿《うが》って入っていく。エリカはかなり高度な恋愛術などで歩き回ったことはなかったが、いま歩き回る膝は埃まみれになる。よりによって掃除《そうじ》婦用小部屋はいちばん汚い空間だ。真新しい刻み目のある靴底は輝いている。生徒と先生はその時々に、自分か相手かの小さな愛の惑星上で、氷塊上で、溶接される。氷塊は反撥し、人を寄せつけない荒涼とした大陸であり、互いを突き放して押し流す。早くもクレマーはエリカの遜《へりくだ》った態度にばつが悪いまま心を動かされ、またいろいろな要求に怯《ひる》みもする。遜《へりくだ》りの練習などしていない彼女の謙遜《けんそん》には、とにかく練習していない分だけそういった要求をなおさら声高に主張する権利があると思われるようだ。

この遜った態度はこれまでの偽りのない強い欲望がわめくことが可能であるよりもっと大きな声でわめいている。クレマーは答える、どうかすぐに立って！　彼はエリカが目の前でプライドをかなぐり捨てた〔原意は、船から投げ捨てる〕のを見る。そして彼はただちにみずからのプライドは絶対にかなぐり捨てないことに賭ける。いざという時クレマーは船の舵に身体をしっかり結びつけるだろう。早くも、そしてやっと始まったか否かであったが、両人はもうお互いに合一しえない状態であり、それでもなお二人は合一することを頑《かたく》なに願っている。女先生の諸々の感情が、つまり、あの暖かい上昇気流が、高く噴《ふ》き上がる。クレマーはもともとまったく欲してはいないのだが、所望されているからにはしなければならない。クレマーは、途方に暮れた学童は、膝を押し合わせる。女性はクレマーの太腿《もも》の上方へと急いで哮《たけ》り立ち、大声で、寛大な措置とやり通す果敢な意志とを請《こ》う。わたしたちどんなに素敵な時を今、過ごすことができるのでしょう！　女の小さい肉の束がぴしゃっと音を立てて床に落ちる。エリカ・コーフートは愛の宣言をする。この愛の宣言は、エリカが退屈なだけにすぎない要求、頭をひねって考えだした契約、幾度も防衛策を講じた取り決めを提案することで成り立っている。クレマーは愛を与えない。ふうん、なあるほど、と彼の方はそんなに性急には言わない。そんなに早くは起動しない。エリカはあれこれの事情によっては、どのくらい遠くへ歩いて行きたいか、言葉で言い表すが、しかし彼はせいぜい、ほど良いテンポでリンクの通りに沿《そ》った市庁舎庭園*の中をくまなくひとめぐりするプランを計画するだけだ。クレマーは頼む。今日ではなくて、来週に！　その時なら僕にもっと時間があるよ。クレマーは自分の頼みが何の役にも立たない時、密かに自分の体を撫でまわし始めるが、体は死んだようにずっとそのままだ。この女性は彼を、とある吸いこみ空間へと促すが、この空間では彼の器具がもちろん問われている、それでもその器具は問いに反応しないのだ。ヒステリックにクレマーは引っ張ったり、叩いたり、揺すったりする。エリカはそのことにまだ何も気づいていなかった。愛の雪崩《なだれ》と化してエリカはクレマーめがけて驀進《ばくしん》する。いま早くもむせび泣きながら彼女は、以前言っていたいくばくかを撤回して、それに代わってもっと良い事柄をその代償に約束する。彼女は今どんなにほっとしていることか、とうとう！　クレマーは下半身で寒々と作業をしていて、未完成品をねじり、鉄製の機器でその上を叩いている。火花が飛び散る。クレマーは、このピアノ女教師の、随分長いこと風に当たっていなくて換気されていない内面世界を危惧している。その全内面世界が彼を完璧に食べつくすつもりなのだ！　明らかにエリカは始めからすぐに、クレマーが持っているものすべてを待ち受けている、それでいてクレマーはまだ自分の小さな男根すら引っぱり出して披露してもいなかった。エリカは自分が頭に思い描く通りに愛の動作をする。しかも彼女が他人の愛の動作を見たとおりに。エリカは「不器用」の信号を送るけれど、それは彼女が「献身」の信号と取り違えて送ったものだ、そしてエリカはそれに対して「お手上げ」の信号を受け取る。彼は今**しなければならない**、だから彼は**できない**。言い逃れにクレマーは言う、つまり、僕とではだめ、これを覚えておいて！　エリカは彼のジッパーを無理やり引っぱり始める。彼女は、恋人同士では普通にする通りに、お定まりになっている通りに、クレマーのシャツを上の方に引っぱり上げて熱狂する。クレマーの内部では何かを証明してくれるようなことはまったく起こらない。エリカは失望して靴底を響かせながら、しばらく経って〔いま居る〕物置部屋をあちこち歩きまわる。彼女はその代わりとして完璧にアレンジし直した感情世界を与えると申し出る。エリカは過剰なほどの興奮と高ぶった神経とを通して少し説明するが、それにもかかわらず、彼女はどんなにかこの極限の愛の証明を嬉しく思っていることか。クレマーはしなければならないからできない。「しなければならない」はこの女性から電磁波となって放射している。エリカは「しなければならない」そのものだ。エリカはしゃがみこむ

＊　リンクの西外側に沿って庭園 Rathhauspark があり、市庁舎 Rathhaus はさらにその奥に建っている。リンクの東内側には、ブルク劇場 Burgtheater が向かい合って建っている。

が、大きい大人のぶきっちょであり、ぎこちなくみずからの骨を折り畳んでいる悲運であり、そして彼女はこの生徒の太腿の間へとキスをしながら、ひねりを入れる。若い男は、まるでこの執拗《しつよう》さが体内の何かを弛《ゆる》めて解き放つかのようにうめいて、最後の言葉、つまり、君はこんな風に僕を縛るんじゃない、とうめき声を上げる。君は僕を縛るんじゃない。とは言え、それでもクレマーは基本的にはいつでも愛において新しいことを何か進んで試してみる用意がある。彼は結局はお手上げの状態でエリカをひっくり返す、そして手のへりでエリカの首筋を軽く打つ。エリカの頭は従順に前の方に沈み込み、今はもうその頭が見ることができない周囲の環境のことを忘れる。小部屋の床しか見えない。女性は恋愛ですぐに自分自身を忘れがちだ、というのも女性には良く考えてみるべきことは手もとにほとんどない状態だからだ。クレマーは外に聞き耳を立てて、身をすくませる。少し注意力を集中してから彼は再び垂れている性器の上に女の口を、〔それが〕まるで古い片方の手袋みたいに被《かぶ》せる。この手袋は大き過ぎる。こうして手袋を使って何も起こらないし、クレマーにも何も起こらず、それにひきかえ女性教師の実体は遠くの方で控えめにぼやけていく。

クレマーは荒々しくエリカの口の中に突進していくが、この時彼には証明すべき借りが残っている。彼の弛緩した男根は、感情のないコルク栓は、水上に浮かんで泳いでいる。それでもクレマーはエリカの髪の毛をしっかり摑んでいる、こうしていれば彼のものが多分大きくなるかもしれないから。耳を半開きの状態にしたまま彼は、掃除婦が来るか来ないか、外の廊下の方に耳をそばだてる。クレマーの他のすべては性器に聞き耳を立てる、萌《きざ》してくるものがあるかどうか。愛によって抑制されて、また同時に高慢を小さく刈り込んで、女性教師はクレマーを、雌牛が新しく生まれた仔牛にするように舐めまわす。エリカはまだこれからも萌すだろうと約束する。それに、自分たちの情熱はもはや疑いようのないものであるから、双方には無限に時間がある、とも予告する。ただナーヴァスにはならないで！　不明瞭に発したいろいろな約束が、そういった約束の言葉の背後に潜んだ命令を中間音としてかぎつけたこの若い男性を、半狂乱にさせる。この上司の女先生は、音楽のある決まった箇所に関して、指使いだのペダルの踏み方だのをこの若い男に常に命じているのではないか？　女性上司の音楽の知識は若い男を凌《しの》いでいる。男の下で消え入りそうになりながら、女性上司は、この若い男が言うことが可能であるよりもっと、男をむかつかせている。彼女は男根を前にして身をこごめて小さくなっているが、若い男の方ではいつまでも小さいままだ。クレマーはエリカを突き、ハンマーで叩いているが、エリカは吐き気が上昇してくるのを感じている。しかし相変わらず努力の甲斐はない。半ば満たされた口で、女はもっと愛らしく元気づけ、将来の〈良き〉ことを参照すべく、指示をする。来たるべき喜びがあるでしょう！　誰ひとり彼女の目を見てはいない、つまり彼女は命令する〈女性上司の〉女ではなく、ただの髪の毛であり、後頭部であり、うなじであり、底知れず究めがたいものだ。足で蹴ってももはや反応しない愛のロボット。そして生徒は他でもないその愛のロボットで自分の器具を鋭くしようとしている。彼の器具は根本的にみずからの他の身体部分と何の関係もない。愛はいつでも全女性の心を捉えて感動させるのにひきかえ。この女性は愛を全部渡してしまって、釣り銭を置いておきたい衝動を抱く。エリカとヴァルター・クレマーは一致して言う、今日はうまくいかない、後でならきっとうまくいくだろうに。エリカは最高の深い愛の証《あか》しだと見なしている、つまり、うまく成就しなかったことを。クレマーは自分の不能を狂乱状態になって怒り、その代わりに女性の髪の毛をぎゅっと、痛いくらいにぎゅっと摑む。これはエリカが今クレマーを逃れて、普段の曖昧な不決断に逃げ込まないためなのだ。ひとたびエリカが今ここにいるからには、わたしたちはこの機会を利用しつくして、申し合わせに従って、力いっぱいエリカの髪の毛を引っぱりましょう。二人のうちのどちらも一致して愛について何かを外に向かって叫んでいる*。

しかしながらこの課題で男子生徒の星は沈む。生徒はその課題に匹敵するほど大きくはならない。いくら彼が糸**を強く引いて引っぱっても、あの迷路が生徒に開かれることはない。快楽の真っ直ぐな小径が、剪定《せんてい》されていない樹木や灌木の間に、開拓されていることはない。女性が途方もなく成就が叶う物がいっぱいある森を嗅ぎまわるけれども無駄に終わり、いざとなって知る物とは、木いちごや、美味しい茸《きのこ》としてよく知られている山鳥茸《たけ》だけだ。とは言え、それらは長く待って成就が叶ったことに貢献していると、その女性は主張している。生徒は勤勉だったし、そのために賞が待ち受けている。その賞はエリカの愛の中に存続していて、その愛を今この生徒は受け取るのだ。

上あごと舌の間で柔らかい、小さい虫を不器用にあちこち転がしながら、エリカは未来にあるはずの快楽のうちから、小ぎれいな標識の付いた植物が植わっている一種の初心者用ハイキングの小径を期待している。ハイカーは標識を一つ読んで、もしも長い間親しんでいたやぶを再びそれと見分けることになるのなら、嬉しい。その後で草の中に蛇を見つけて驚愕する、なぜなら蛇は標識を付けていないから。女性はこの物寂しい場所を二人の愛の場所と宣言する。今ここで！　生徒は無言で、エリカの口の柔らかい洞窟の中に、この音の出ないホルンの中に突進する。口の中で生徒は歯を薄ぼんやりと感じるが、彼は歯がしっかり隠れていると推測している。男性はこのような状況だと歯のことを病気よりもずっと恐れている。男は汗を掻き、あえいで、本当に仕事をしているのだと偽っている。彼は言葉を吐き出す、いつだってエリカの手紙のことを考えざるをえない。なんて馬鹿馬鹿しい。エリカは手紙を使ったがゆえに罪作りだ。クレマーが愛を遂行できないことではなくて、いつも愛のことだけを考えざるを得ないから罪作りなのだ。

彼女が障害物を築いたのだ、この女が。

男は自分の性器がこれまで周知の、親しんでいる大きさであると、興奮して女に報告するが、

*　オペラの二重唱を想起させるような原作者の描写。

**　ギリシャ神話で、クレタ島の迷宮に牛頭人身の怪物 Minotaurus 退治のためにいるテセウス Theseus に、アリアドネ Ariadone が、迷宮脱出を助けるために与えた糸。

女はまだ一度も彼の性器の価値を然るべく正当に評価したことがない。今の大きさが男をことのほか喜ばせていて、まるで知識欲旺盛な男の子が新しい積み木箱に喜んでいるみたいだ。その大きさは生ぜず、調整が定まらない。快楽に好ましい熱意を抱いて女性教師は詳しい描写へと入りこんでみるが、先生はまだ一度も快楽を感じとったことがない人だ。先生は生徒に同意して、早くも今日まもなくそのことや、まだもっと多くのことを！　彼ともうじき体験しても構わないのを喜んでいる。その際にエリカは彼の男根を目立たないように吐きだそうとするが、しかしすぐその後、生徒クレマーが自分と先生さまとの、教わりそして教える間柄を見誤って、命令すると、彼女は再びそれを口に受け入れざるをえない。生徒はそうやすやすとは諦めない！　砂糖なしで彼女はこの苦い薬を飲まなければならない。多分彼女がそれに責任があるらしい最初のインポテンツの恐怖がエリカ・コーフートの周りをひたひたと洗う。若い生徒は深く考えないで相変わらずセックスを楽しもうと試みているが、それはうまくいかない。そんな越えがたい深淵をみずからの全存在で満たす女性の内部では、恐怖の黒ずんだ船が大きくなってきて、早くも帆を揚げる。*思わず知らず、彼女は半狂乱から目覚めて、ここの小さな空間の個々の事物をもはや認めざるをえない。小部屋の窓越しには、下の暗部に位置している木の樹冠。一本の栗の木。クレマーの愛の突起の、味のしないドロップは、彼女の口の空洞の中で男性にしっかり保たれていて、その男性は身体全体で彼女の顔にのしかかってきて、意味もなく呻《うめ》く。エリカは向こうの下の方の枝々がほとんど感知できないくらい上下に揺れているのを、目の隅から盗み見している。雨のしずくが枝を悩まし始めている。幾枚もの葉が不当にも重みにのしかかられて落下する。それから聞き取れないくらいにぱらぱらという音がして、ざあっと雨が降る。春の朝は、かつて約束したことを守らない。芽吹いたばかりの葉はしずくの襲撃に音も立てずに身を屈めている。空から降ってくる銃弾が枝々に命中する。外で自然の暴力支配が圧倒的に続いている間、男性は依然として女性の口の穴の中に自分の体を詰めこんだままであり、そのまま女性の髪の毛と耳とをぎゅっと摑んでいる。女性は依然として欲しており、男性は依然としてできない。男は引き締まって、固くなる代わりに、ずっと小さく、緩《ゆる》んだままだ。生徒は憤りのあまり金切り声を上げ、歯でぎしぎし音を立てる。今日はベストをつくすことができないからだ。彼はきっと今日は彼女の口の穴の中に、彼女のもっとましな部分に、上部に、位置している口の中に、荷を空けることは不可能だろう。

エリカは何も考えていない。口の中にほとんど何も入れていないも同然だけれど、吐き気に苦しむ。それにしても彼女はもうたくさんだ。彼女の内部で高くせり上がってくるものがあり、息をしようと闘う。いまこの生徒は性器の硬さの代償物として、剛毛でちくちくする自分の下

＊　エリカが思い浮かべている不吉な言葉、黒ずんだ船、黒い帆は、『アーサー王物語』の円卓の騎士トリスタンが最後に傷を負って、再びイゾルデに傷を癒やしてもらうべく、昔の恋人イゾルデが、トリスタンのところに船に乗って呼ばれた時、トリスタンが「黒い帆」を船が掲げているから船にはイゾルデが乗っていないと、人づてに聞いて死ぬ、という結末を想い起こさせる。種々の言い伝えがあり、ワーグナーの楽劇第三幕にもこの演出が使われることがある。

半身を激しく彼女の顔にこすりつけて、自分の代物《しろもの》を罵《のの》りつくしている。エリカの内部で上に昇ってくるものがある。力いっぱい彼女は体を引き離して、おあつらえ向きに、使えるように置いてある古いブリキのバケツの中に吐く。あたかも誰かが入ってくるように聞こえるが、難*を招く高脚杯は入ってくることもなく、外を通り過ぎて行進していく。女先生は個々の嘔吐ファンファーレの合間に男性を安心させる。傍目《はため》で見るよりはそう悪くなかったからと。先生は体の奥から胆汁を吐き出す。両手を震わせながら胃の上に当てて、半ば意識を失いかけながら、のちのちのずっと大きな喜びのことを示唆する。今日のところ喜びは無かったけれど、でもじきにスタート台から、留まることを知らず喜びが勢いよく飛び出してくるわ。息をついた後、先生は根気強く、もっとずっと激しい、もっと正直な感情をいろいろ出してみせ、柔らかい布でそれらの感情を磨いてから、ひけらかすように披露する。このすべてをあなたのためにまとめて貯めたのよ、ヴァルター、今はここまでで終わり！　彼女はへどを吐くことさえやめた。彼女は少し水で口をすすぐつもりであり、そのことで軽く戯れの平手打ちを食らう。男は激怒していて言う、僕のまったくの半狂乱一歩手前の山の真っただ中で、もう一度それをやるな。いま君は完璧に僕を混乱させた。雪に覆われた僕の頂上に達するまで、君は待つことができなかった。僕を味わった後で君は口をすっかり洗ったりしちゃだめだ。エリカは試しに月並みな愛の言葉を訥々《とつとつ》と言い、そのことで笑い飛ばされる。雨が規則正しくドラムを叩いている。窓ガラスが洗われている。女性は両腕を男に巻きつけてとりとめもなく、常軌を逸するくらい、何事かを述べ立てる。男は、君は臭《くさ》い！と言って答える。君が臭いの、分かってるのか？　男はこの発言がとても素敵に響くから、まだ何回も繰り返す、エリカさん、貴女は臭《くさ》いにおいがするの、分かっていますか？　彼女は何のことか分からず、再び彼の表面をそっと弱く舐《な》める。しかし現実は可能性としてあり得るかもしれないような在り方ではない。外は雲が垂れ込めて、ますます暗くなる。クレマーは無益に、というのも最初に言った時にもう分かっていたからだが、無益に繰り返している、エリカがすごく臭《にお》っているから、この小部屋全体が彼女の悪臭でもう吐き気がするほど臭いと。彼女は一通の手紙を書いた、そして今彼の答えは、つまり、自分は彼女から何一つ欲しくない、そのうえ彼女は耐えられないほど悪臭がする。クレマーはエリカの髪の毛のあたりをそっと引きちぎる。彼女はこの市を立ち去るべきだ、彼女のまったく特有な、むかつくような臭いを、あの獣めいた腐敗の臭気の発散を、自分の若くて新しい鼻孔で嗅ぐ必要がなくて済むために。ちぇっ、ちくしょうめ、ピアノ専科の先生、貴女がどんなに臭うか、ご自分で全然思い浮かべてみることができないんですね。

エリカは温かい巣の中に、体温の温かさの恥辱からなる小川につかる、ちょうど水がかなり汚いので用心して風呂に浸《ひた》るように。彼女のそばには泡立って舞い上がる物がある。恥辱の汚い白く泡立つ波がしら、機能不全の死んだねずみ、引き裂かれた紙の切れ端、醜態という木切

＊　キリストの十二弟子のひとりイスカリオテのユダの裏切りによる受難。ワイン用足つきグラス（マタイ伝二六、三九他）と関係する。

れ、精液の斑点が染み込んだ古いマットレス一枚。次々に物が舞い上がってくる。もっと高いところへと駆り立てられる。ごぼごぼと音を立てながら、その女性は男を高みへとぐいぐい引っ張り上げて、ついには男の頭の、冷酷なコンクリートのかぶせ物まで引っ張り上げる。その頭は単調な文章を幾つか話していて、その文章は、あの男子生徒が自分のピアノの先生はその臭いを引き起こした原因なのだ、と扱《こ》き下ろした以上の悪臭に係《かか》わっている。

エリカは住んでいる世界と虚無との間のギャップを感じている。あの男子生徒が自称、申し立てているところでは、彼女は、エリカは臭っているというのだ。生徒にはそのことを誓って保証する用意がある。エリカはみずからの死に至る心づもりがある。生徒は自分が不能に終わったこの空間を立ち去る心構えだ。エリカはその死へと注ぎ込む痛みを探し求めている。クレマーはズボンの開いているファスナーを閉めて外の出口へ行こうとする。エリカは〔死に際の〕曇ったた目で、クレマーが彼女の息の根を止める様子を観察したいと思う。彼女の目は自分が死滅するまでクレマーのイメージをしっかり留めておくだろう。彼はエリカが臭う、と言うのをやめる。彼にとってエリカはすでにこの世にいないも同然だ。彼は行こうとする。エリカは彼の、死に至らせる片手が、自分に降りてくるのを感知したい、こうして恥じらいが彼女に横たわり、巨大なクッションひとつが体の上に置かれる。

すでに二人は廊下を歩いている。一人がもう一人の隣りを歩いて行く。二人の間には距離がある。さっきよりここの大きな広い場所にいると彼女の古めかしい悪臭が少しはなくなるのが、なんと心地いいことか、とクレマーは小声で固く心に誓って言う。小部屋では悪臭が本当に耐えがたかった！　僕のこの言葉を貴女はそのまま信じていいですよ。彼はエリカがこの町を立ち去ることを心から勧める。

ほんの少しの間歩くと女先生と男子生徒は廊下で音楽院の院長先生と出会い、クレマーは院長先生の前で謙虚に生徒がすべき挨拶をする。エリカは自分の上司と同僚としての挨拶を交わす、というのもこの上司は上に立つ者との差異を感じさせないからである。院長はそれだけに甘んじないで、クレマー氏を次回の終了コンサートのソリストと認めて、改まって心からの挨拶をする。そのあと院長はさらに付け加えて、幸運を祈っていると述べる。エリカは院長先生に返答する。ソリストに関しましては、わたくしはまだ決定を下しておりません。ここにおります生徒は目に見えて実力が低下していまして、これは確かなことです。わたくしはこの生徒K.にするか、あるいは他の一人にするか、まだ熟慮する必要があります。いまのところわたくしには分かりません。でも間に合うよう適切な時期にお知らせ致します。クレマーは立ったままでいて、それに付け加えるようなことは何も話さない。先生が話すことに彼は耳を傾けている。生徒クレマーが絶えず犯しているひどいミスのことをエリカ・コーフートが詳述してみせるから、院長は舌打ちする。エリカはこの生徒に関する不快な事実を、隠し立てしたと、生徒が彼女を非難することのないように、大きな声で言い表わす。生徒は練習を怠りまして、わたくしにはその証拠があります。この生徒には熱心さと勤勉さが常に低下してきていると、わたくしは気づかざるを得ませんでした。そういうことでして、彼はやはりまだソリストとして報いられようがありません！　院長は、あなたの方が結局のところわたしよりこの生徒のことをよく知っているでしょう、と返答して、それではさようなら、もっと良くなるように祈っているよと、院長は生徒K.に、激励して言う。

院長は院長室に入っていった。

クレマーはエリカ・コーフートの前で、ものすごく臭う、このウィーンの町を大至急立ち去るべきだ、と繰り返す。彼はエリカについて他の事柄も伝えられただろうが、しかしそこまで自分の口を汚したくはない。彼女が臭うことだけでもう充分だ、僕までも臭う必要はない！　今は自分の口をしっかりすすぎに行こう、僕の口の空洞にさえ彼女の悪臭が感じ取れる。僕の胃の中にまで驚くべき女性教師の悪臭が感知される。彼女の身体の体臭がどんなに吐き気を催すか、自分で分かることはないだろうさ。それに彼女がどんなに地獄みたいに臭っているか、頭に思い浮かべてみることさえできないのはなんていいことか。

両者は、エリカ・コーフートの吐き気を催させる悪臭という印象以外には、共通する一つの基本音に意見の一致をみることはなく、そう、共通の音調に合意がなされないまま、相違する二方向へと遠ざかる。

熱心に、用意周到にエリカ・コーフートは仕事に取りかかる。自分の影法師を飛び越えようとしたが、それはできなかった。多くの事柄がエリカをつらい目にあわせる。エリカに関してはほんのわずかしか選び抜かれはしなかった。彼女は完全に混乱している。あるテレビ番組で、戸棚を使う以外の方法でドアにバリケードを築くことが可能な様子が、彼女の目に見えてきた。それを見せてくれたのは犯罪映画だった。椅子の背もたれをドアの取っ手の下にずらすことによってである。努力して骨折る必要はない、なぜなら母が最近では、しばしばそうなのだが、可愛らしく穏やかに眠っているからであり、その際に母は傍若無人《ぼうじゃくぶじん》に、甘ったるいアルコールを毛穴や復讐《ラッヘ》ポリープ〔咽頭《ラッヒェン》ポリープのもじり〕を通して蒸発させている。エリカは我が家に所有している宝石小箱を手に取ってみて、豊富な蓄えを綿密に点検する。ここには富が蓄積されているが、この富をヴァルター・K.はまだ全然知るには至っていない、彼が二人の関係を汚《けが》らわしい罵《ののし》りで、あまりにも早く叩きのめしてしまったからだ。その際この女性の方はようやくちょうど始まるところだったのに！　ついに二人の関係は終わって、彼は完全に自分の殻に閉じこもった。エリカは洗濯挟《ばさ》みを選び、そのあと躊躇《ちゅうちょ》したあげく、さらにまたプラスチックの缶から待ち針を選んで、完璧にひと山できるほどの待ち針を取り出した。涙を流しながら、エリカはカラフルで楽しげなプラスチックの洗濯挟みの血吸い蛭《ひる》を生身の体に当てる。そこはエリカが簡単に到達できる箇所であり、後で青い斑点が目立つだろう。泣きながらエリカは自分の肉を締めつける。彼女は身体の表面からバランスを失わせる。肌の規則的な動きを狂わす。彼女は我が身に家事用やキッチンの器具を差し込む。彼女は取り乱して我が身を見やり、まだ空いている場所を探し求める。生身の体の記録簿に空いた箇所が現われるなら、その箇所はすぐに洗濯挟《はさ》みの貪欲な挟みの間につままれる。ぴんと張ったそこの間の空間は激しく待ち針で突つかれる。女性は恐ろしい結果になると、はっきり分かり得る自分の行動の仕方ですっかり取り乱して、声を限りに泣く。彼女はまったく独りぼっちだ。彼女は色とりどりのプラスチックの頭を付けている待ち針で自分の体を刺すが、どの待ち針も独自の色をした独自の頭を付けている。大抵の針はすぐにまた体から落っこちる。指の下に刺すのをエリカはその痛みのゆえに、あえてやってみたりはしない。ちっぽけな血のクッションがやがて自分の肌の牧草地に現われてたむろする。この女性は激しく泣いて、まったく独りぼっちで自分とだけいる。しばらくするとエリカはやめて、鏡の前に立つ。自分の鏡像を損傷と嘲笑の言葉の〔切刃ごと回転する〕フライス盤で切って削り、自分の脳裏に刻みこむ。それはカラフルな像だ。きっかけがそんなに悲しくなかったなら、基本的には本当に喜ばしい像だ。エリカは完璧に独りぼっちだ。母はまたもやアルコール漬けになって熟睡している。鏡という補助手段の前で荒れていない身体の箇所を見つけ出すと、すぐにでもエリカは洗濯挟みや待ち針を摑み、そうしながらその間中ずっと泣いている。彼女は尖った道具を駆り立てて、身体に打ち込む。自分の涙が体を伝って流れ落ち、そして彼女はまったく独りぼっちだ。

かなり経ってから洗濯挟みや待ち針はエリカ自身の手で取り外されて、きちんと元の容器に戻される。痛みが和らいできて、涙は収まる。エリカ・コーフートは母のところへ行き、彼女の独りぼっちは終わる。

10

そのうちにまた夕方になって、ウィーン市街の中心地から伸びる放射道路は家に向かって無分別に疾走する車の往来で溢《あふ》れる。そしてやはりヴァルター・クレマーも、使わないで無為にのらくらと日を送らざるを得ないことがないように、大忙しの活動をねばねばする糸の状態にして選り分けている。格別興奮するようなことは何も企てていないが、それでも絶えず動きを保っている。確かに彼は特別頑張っているわけではないが、時間は彼の運動衝動の回りをぐるりとめぐると、猛烈な速さで過ぎていく。路面電車－J車両*とその後には地下鉄を使って、複雑で、交通テクニック上、手間のかかる旅に出掛けるが、彼は今からもうこの旅がシュタットパルク**（市

* 路面電車のJ車両は、一九〇七年から二〇〇八年まで使用されていた。
** 市の東側にある約六万五千平方メートルの市立公園内に、ヨハン・シュトラウス、シューベルト、ブルックナー等の像が立つ。地下鉄U４の同公園名の駅で降りると、そばにホテル、インターコンチ等がある。

立公園〕で終わる予測をしていて、目標とその目標に行くまでの道を先に探す必要がある。もっと時間が経って遅い時間になるようにと、彼はエネルギッシュに散歩をする。彼は時間をつぶす。彼が意志を持っているのは、自分自身にも確かである。この公園に棲むと称されている無防備な動物たちに前例のないくらい暴力を加えるだろう。市立公園ではフラミンゴや似たような異国情緒豊かな動物の子どもたちで、まだ故郷を一度も見たこともないような動物を放したままにしていて、今日この動物たちは、人々が襲ってずたずたに引き裂くようにと、ずばり挑発しているのだ。ヴァルター・クレマーは動物愛護の人間なのだが、それでも多すぎるものが彼のような人々のそばに溢れんばかりに満ち満ちている。そうするとしばしば無邪気な者はそんな動物の存在を信じないわけにはいかない。あの女は自分をあんなにも侮辱した、だからその代わりに自分は女を侮辱した。この貸借勘定はもちろん清算されたが、それにもかかわらず死の犠牲が償《つぐな》いとして要求されている。動物が一匹死ななければならない。クレマーをこの考えに至らしめたのは新聞だった。何も予感していないこれら外来動物の、普通とは違った生活様式について新聞に報じられているが、また同じくそれらの動物を様々に殴打《おうだ》したり、殺したりすることについても同時に詳しく記載されているのだ。

この若い男はエスカレーターを経由して〔地下道から〕勢いよく上方に噴出する。早くも公園が静かに動かずに横たわっている。公園の前にはそれとは逆に、明るく、騒がしい雰囲気でホテルが建っている。クレマー氏によって愛のカップルは一組として不安にさせられることはない、なにしろ彼は許可なしにじろじろ眺めるためにここまで来たわけでなく、自分自身が見られないまま残虐行為をしようとしてやって来たのだから。使用していなかった衝動が今たちまち彼の場合邪悪になるが、これは一人の女性が呼び起こしたものだった。クレマーはあちこち触りながら探したが、小鳥一羽といえども見つからない。彼は許可なしに芝生に足を踏みいれて、向こう見ずに〔低木《ていぼく》を〕無理やりくぐり抜けたりする時に、外国産の灌木《かんぼく》であってもいたわったりしない。小ぎれいに造られた花壇を意図見え見えに踏みにじる。両方の踵《かかと》が、春の先触れをへし折る。彼があの嫌悪を催させる女に差し出したものが、あの愛に付随した重荷が、自分からいっこうに軽減されていくことがなかったのだ。いま彼はこの重荷と一緒に生きていかざるを得ない。この重荷はほどほどに重いだけなのだが、それがもたらす結果は、動物の生命には恐るべきものだ。やはりクレマーの身体の衝動も、彼という小さな家からすばやく飛び出していくのに、全然突破口を開くことができない。あの女は自分のために一、二の音楽の成果を選り好みしてクレマーの頭の中からつまみ出しただけだった。女は彼から一番良いものを、テストしてから拒否するためにだけ取り出したんだ！　ヴァルター・K.は三色すみれを靴の先で叩いてひどい扱いをする、なぜなら彼は求愛の最中《さなか》にはなはだしく期待を裏切られたから。彼が突如、機能停止になるとしても、だからといって彼の責任ではない。もしエリカがあのような小径をさらに歩いて行くなら、彼女がこれまでに夢見たよりも、もっと悪いことを経験することになるだろう。クレマーは低い灌木の巨大な棘《とげ》でひっ掻き傷を負い、さらにやぶの向こう側に水の匂いを嗅ぎつけたので、乱暴に〔低木の茂みを〕押し破って通った時に、弾力性のある枝が幾本か彼の顔にはじける。彼は大青《たいせい》*で傷を負った猟獣であり、この獣を狩人が狩猟のどんな慣習にも逆らって、撃ち傷を負わせたまま逃げ足で歩かせたのだ。その素人っぽい狩人は心臓には命中させせなかった。だからクレマーは今では誰にとっても、とにかく誰にとっても、潜在的に危険なのだ！

憎悪むき出しの愛の小びととなってクレマーは、罪のない動物に当たり散らして気持を発散させるために、もともとは昼間用に考えられているリラックス空間をうろつき回る。投げる石を一個探すがそんな石は見当たらない。木から落ちていた短い棒を一本拾い上げるが、その木材は腐って朽ちていて軽い。彼は愛の手を差し出したある女が彼からむごいことを要求したので、腐って朽ちた木材よりもっと良い武器を探そうとして、一生懸命かがみ込む必要がある。彼がその女をコントロールする主人になれなかったので、いま背中をこごめて卑屈に振る舞い、飽きることなく木切れを集めざるを得ない。この小さい木の棒を持った彼のことを見るフラミンゴは笑い飛ばすだろう。これは棒なんかではない、干乾びた小枝だと。経験のないクレマーは、鳥が自分たちを悩ます者から逃れるために夜はどこに休んでいるのか、頭に思い浮かべることができない。多分鳥たちには専用の小屋が独自にあるのだろう！　すでにたくさんの鳥を打ち殺している乱暴な狼藉者には断じてクレマーは引けを取りたくない。カヌーで自分に親しみのある基本物質の水の存在を、**今ではもっと強く嗅ぎつけている。新聞記事によると、そこにはピンク色の獲物がどこかにたむろしている。様々な物が風の中でさわさわと音を立てていて、もはやその音は途切れることがない。道があちらこちらに蛇行している。今はあまりにも強引に前方へと迫《せま》りすぎたので、クレマーは一羽の白鳥で我慢することだってできただろう、それはかなり簡単に代わりになり得る動物だ。このような考え方にクレマーは、自分が過剰に沸き立つ怒りの捌《は》け口をとにかくもうどんなに必要としているか、読み取っている。もし鳥たちが水上で何もしないで安らっているなら、彼は鳥たちを誘《おび》き寄せるだろう。もし岸辺でおとなしく安らっているのなら、彼は体を濡らす必要がない。

鳥の叫び声の代わりに、遠くで走るたくさんの車が不断の流れになって轟《とどろ》いているのが聞こえてくるだけだ。こんなに遅いのにまだ走っている最中なのか？ 都市はその騒音でここまで、リラックスしようと探求している人々を追いかけてくる、市立の緑のゾーンにまで、ウィーンのこの肺の中にまで。クレマーは、度を越えた怒りというグレーゾーンの中でようやく、少しでも彼に異論を唱えない誰かを探している。だから彼は自分の言うことを少しも分からない人を探していることになる。ひょっとすると鳥は逃げるかもしれないが、それでもどんな反論もしない。クレマーは自分自身の夜の軌跡を草の中へと踏みつける。同様にあちこちをうろつき

＊　アブラナ科の低木、青色の染料インディゴがとれる。
＊＊　市立公園内を流れるウィーン川と一つの池。

回っている夜間の孤独な人たちと彼は内面的な親近性を感じる。他の夜更かし族、つまりあちこち歩きまわり、その際にご婦人の手を握りしめている夜の熱愛者たちにはクレマーは優越感を感じている、というのも彼の怒りの方が愛の炎よりずっと強力だから。この若い男はここまで女たちの近くを避けて逃げてきている。かん高い叫び声が、ある小さな音源から環状に拡がる。鳥のくちばしかあるいは初心者が楽器で立てる可能性がある音のように非旋律的だ。あそこには早くもきっと鳥がいる！　もうじき乱暴狼藉の行為が報じられることだろう、そして印刷されたばかりの新聞を持った者が、自分の恋心を遮《さえぎ》った恋人の前に歩み出る可能性がある、人生をめちゃめちゃにしたからと。そのあと恋の邪魔立てをされた者は恋人の人生をまったく同様に情け容赦なく破壊するかもしれない。人生の糸を人は断ち切ることもできるのだ。あのコーフート先生は僕自身の気持を絶えず笑いものにして、僕自身の愛は何カ月もの間報われずに先生に急降下した！　自分の情熱は、豊富に花や果物を盛りつけた自分の心という山羊の角型容器〔豊穣の神の属性〕から、女先生にぱらぱらと音を立てて降りかかった、それなのに先生は自分にあの甘美な雨を再び自分の角型容器に詰め戻したのだ。いまや彼女はある残虐な絶滅行為の形をとった請求書を受け取るが、それを払う責任は彼女独りにある。

ある明確な鳥を見つけ出そうとクレマーが時間を惜しむことなく費やしていた間中ずっと、今日はことのほか早く就寝した例の女性は家で陰鬱な気分のままひとりで眠っている。女性はなんの予感もなく、眠るのに一生懸命であり、クレマーは都市の夜の牧草地を歩きまわるのに余念がない。彼は探して見るが、見つからない。今は別の叫び声の方に行ってみるが、叫び声の主を発見するには至らない。彼は自分の立場で、木材の丸太の下に引っかかって膝を屈辱的にがくりと折ったりしないように用心していて、思い切ってどんどん前進したりはしない。トラムはちょっと前まではまだ公園に添った方向で走ってベルを鳴らしていたのだが、今は別の名前で、人がまだ聞いたこともない所を、冥界を走っている。クレマーは自分の旅がどこへ向かうのか、方向づけができない。なんと言ってもその旅は喰うか喰われるかを意味する荒野の奥深くに通じている可能性もあるだろう。そうなるとクレマーは食べ物を見つける代わりに、自分自身が餌食《えじき》になるだろう！　クレマーは一羽のフラミンゴを探しているが、別の一人は多分、札入れを持ったお人好し〔鷽《うそ》鳥の意味もある〕を探している。足を踏み鳴らして男性クレマーはやぶを抜け出て、広々と拡がる草原に突入する。左を見ても右を見ても男は取るに足りない物を待ち望むしかなくて、せいぜい良くて彼みずからと同様、散策している者だけだ。それに前もってクレマーは早くも自分を笑い者にしている。彼には分かっている、つまり、逍遙している者は食べ物と家族のこと以外は何一つくよくよ考えたりしていない、そしてクレマーの周囲の動物の存続や自然存続の外観の形については、それらの存続が彼自身を気遣わしくさせているのであって、存続しているものかけがえのない手持ち現在高は、とにかく様々な汚染という理由から絶えず下落しているのである。散歩をしている者は、なぜ自然が死に絶えるのか明らかにするだろう、それにクレマーが、暗闇の中に威嚇してみるならば、その時は自然の小部分ひとつが好い例をともなって進捗《しんちょく》するさまを、結果として生じさせることになるだろう。片手にクレマーは自分の札入れをしっかり抱え、もう一方の手で自分の棍棒にしがみつく。ぶらぶら歩いているその当人が心配を抱いていることも、クレマーには、その人の身になって感じとることができるのだ。

どんなにうろつき回ってみても鳥は一羽も姿を現わさない。けれども思いがけなく、諦めかけた希望の縁《ふち》でとうとう何かがやっと目に触れる——快楽のずっと上級段階にいるひと組の縺《もつ》れ合ったカップルだ。正確にはどの段階かは識別できない。ヴァルター・クレマーは危うく女と男を踏みそうになる。二人はお互いに一緒になって、常に変化する外観的形体の包括存在であることを明らかにしている。そのあたりに投げられている幾つかの小さな衣類の一つをクレマーの片足が不器用によたよたと踏んで歩き、もう片方の足は怒りに燃えた肉体につまずいてほとんど突っ込むところだった。その肉体はもう片方の肉体を消費妄想の状態で自分の所有としている。そこの上方では強大な樹木が一本、それ自体は自然保護のもとにあって危険に晒《さら》されずにさわさわと音を立てていて、あの激しい息づかいをほとんど最後まで入念にカムフラージュしていたのだ。クレマーは鳥を探し求めようという強い欲望の状態にいて、自分がどこに踏み込んだのか注意していなかった。彼の憎しみは、道端に思いがけず咲いていたこの肉にぶちまけられる。この肉はよりによって市立の花壇の中で転げ回っていたから、恥知らずにも他の花々を折りながらの仕業だった。折れた花々は今では投げ捨て可能だ。生身の二つの肉体の戦いに積極的に参加するためには、自分の軽い丸太ん棒しかクレマーには見つからない。打つか、打たれるかが、いま証明されることになる。そうは言ってもここでは結局のところ、一般的な愛の競争に無理やり押し込まれるしかない、しかも笑う第三者となって。クレマーは大声で卑猥なことを叫ぶ。心の内底から叫ぶ。カップルが反論しないから、クレマーは勇気づけられる。ある道具が振り上げられる。性急に一人が物を引っ張り上げるかと思えば、もう一人の者がまた下に引っ張って、クレマーの前で秩序が回復する。共演者二人は黙々と、綿のようにしなやかに、自分のことや外側の莢《さや》のことで忙しく立ち働いている。二、三の物がめちゃくちゃになっているように見えるが、束の間にうまく調整される。雨がぱらぱらと降っている。原状回復がなされる。不愛想にクレマーから、ある種の振る舞い方がどんな結果になるか、説明がなされる。彼は棍棒でリズミカルに自分の右太腿を叩く。誰ひとりあえて異議を唱えたりしないので、クレマーは疲れを知ることなくますます強くなったと感じている。カップルが抱く動物的な不安がクレマーにのしかかるが、その不安は本物の動物に由来するものよりはましだ。懲らしめの要求の匂いが放たれる。二人はただそれだけを待っている。それが、なぜ公園が彼らを惹きつけるかという理由だ。周囲一面に空いた空間が広がっている。カップルはクレマーのすばやい怒りの叫び声に何一つ返答しないことで、早くもクレマーの包囲の中でも自分たちを家庭的に整える。クレマーは話す、汚ねえ奴らと豚野郎！のことを。音楽を聴いている時の充溢した状態で彼に忍び寄る着想は、生と快楽に直面してみれば陳腐な作用を及ぼす。自分が何を話しているのか、音楽的にクレマーには分かっている。彼がいつも、何について話すことを自分に拒絶しているかが、ここで彼に見えてくる、つまり、こういった陳腐さと肉欲的なことについてだ。ロマンチックな愛の庭園ではないが、なんと言っても市立の庭園だ。愛のカップルはあくまでも輪郭のぼやけた木陰の中にいる。密告であろうが性急な一撃であろうが、カップルは明らかに謙虚に受け入れるだろう。雨はさらに激しく降ってくる。殴打《おうだ》は降ってこない。カップルの意識は保護と避難場所に焦点が定まった、つまり、殴打はもっとあるんだろうか？攻撃をかける者は躊躇する。カップルはできれば気づかれないで、後ろへ、遮蔽《しゃへい》物の中へと退くことができればいいのだが。二人は起き上がる！　走る！　走る！といきたいところだ。双方ともまだとても若い。つい今しがたクレマーは未成年者たちが豚のように転げ回っているのを見た。クレマーはついに棒を体から離して、見知らぬ弱腰どもの所へ投げ入れようとするが、その武器は未だに自分自身の太腿を打ちつけている。獲物なしにこの夜から抜け出すつもりはない。クレマーはここに立っていて不安を募《つの》らせながら、今の時間眠っているエリカに持参できる何かを手に入れようとする。そのために広々とした平地から新鮮な空気の息吹を持っていく。エリカが必要としているものだ。クレマーは空中で意のままに自由に油を塗ったばかりのドアの蝶番をゆり動かす。彼が前にかざしてゆり動かせば、恋人たちを痛みが脅《おび》やかすし、後ろにかざしてゆり動かせば、クレマーは多分逃げ道を解放する。子どもたちは両方とも後ずさりしていってどうやらやっと背中に何やらしっかり立っているものを感知するが、さしあたりそのものが二人の逃亡を邪魔だてする。たとえ逃げる意志があっても、脇から無理やり脱出でもしなければ、二人は道を見つけられないだろう。突如クレマーが気に入る状況になってきて、日ごろ慣れている筋肉トレーニングをする。クレマーは立ったままで、ただ水はないものの櫂《かい》の反射運動を一、二課程、点検してみる。この生き生きとしているイメージには内容があるが、しかし簡単に概観できる。対戦相手は二人だ。手頃で扱いやすく、おまけに意気地《いくじ》がなく、戦う意志がない。クレマーはこの機会を捉えるか、それともチャンスを利用しないでみすみす見過ごすか。状況の支配者なのだ、彼は。物分かりの良さを明らかにできるし、あるいは公園の平和を乱したり、好ましくない若者を報復する者となっての登場も可能だ。市の公安権力に通報することもできる。クレマーは今とにかく早急に決意を固める必要がある、というのも人々があらかたまばらになってきている状況は、ますます強く逃亡を誘発する。クレマーの**泥棒を捕まえて**は何も実を結ばないだろうし、彼はひたすらその地帯にただ立ちつくしているが、むだで詮無《せんな》いことだ。こうしてクレマーの怒りの陸地は後退し、その怒りの犠牲者になる者はとっくに先へ進んでいるはずだ。若いカップルはこの男の言うことに、声の上での不確かな留保に気づいている。クレマーがあまりにも早く示した不決断の態度は多分、あの二人の子どもには一つのシグナルだったのだ！　ほとんど気づかないくらいにクレマーは暴力の立場と一線を画したように思われる。このことを二人は自分たちに利用する。カップルはすかさずチャンスを捕らえる。水中にはいないのであるから、クレマーは自問する、何をしたらいいのだろう？

二人の子どもは木の幹の周囲を回ってちょっと迂回してから、すばやく走り続ける。二人は居合わせているクレマーのがっしりとした存在に、文字通り後方へと投げやられる。草原の地面に二人の靴底が鈍く当たって跳ね返る。数カ所で草原の裏地が、つまり地面が、明るくひらめく。二人は上着の類いを一着逃げる途中で忘れた、それとも短いコートなのだろうか？　一着の子ども用コートだ。クレマーは追跡の労は取らない。むしろ置かれたままの上着の上をドシドシ踏み歩く。上着の中に財布があるかと探したりしない。その中に何か証明書があるか探しはしない。そこに貴重品が入っているか探さない。上着を幾度も踏み越えて、足踏みしながら長逗留するクレマーは、言ってみれば、鎖につながれた象は、足を縛られているので、数センチの余裕しかないが、その数センチをせいぜい利用するのを心得ている。クレマーはその上着《ヤッケ》を地面の中に踏みつける。そうする理由を挙げることはできないでいる。それでもますます腹が立ってきて、今では芝生全面がクレマーの不倶戴天《ふぐたいてん》の敵である。我儘に、内面的に落ち着けないまま、ヴァルター・クレマーは自分独自のリズムで目の前の柔らかいクッションに足を踏み入れる。彼はこのクッションに安らぎを恵まない。クレマーは例の毛糸編みの上着《ヤッケ》を無惨に踏みつぶすと、どうやらだんだんと疲れてくる。

再び公園の外に出るとヴァルター・クレマーはしばらくの間、幾つもの通りを通って歩いていくが、本気になって目的地を自問したりしない。他の人々がもう眠っている夜間に、足取りを軽くする力と相俟《あいま》って方向感覚喪失がクレマーを襲う。内臓には暴力の風船が。その風船は身体の壁際のどこにもぶつからない。クレマーはあてどなく歩いているように見えるが、すでに半ば決まった方向に向かっている、彼が知っているある決まった女性の方向へと。多くの事柄がクレマーにとっては敵意に満ちていると思われるが、それでもこういった敵意のどれにも応じたりしない。それをしてしまうにはクレマーの標的はあまりにも貴重だ、つまり才能あるまったく特別な女性である。彼は二、三の女性の間を揺れ動くが、その後はそれでも一人の女性に決める。この女性を彼は戦闘行為のために犠牲にしたりはしない。それゆえクレマーは今から は暴力行為を断固として避けるのだが、しかし彼女がどんな場合も辞さないなら、彼女は彼に面と向かって立ちふさがるだろう。クレマーはエスカレーターで地下に向かい、ほとんど人気《ひとけ》のない商店街に降りていく。小さなワゴンの店で半分溶けて液体になりかけのソフトアイスクリームを買う。クレマーは、縁なし帽を被った男がつっけんどんに、これといった注意も払わずにアイスを渡すのを受け取る。帽子の男はこのずさんな態度のせいでどんなに殴打が限りなく間近に迫っているか、少しも感じ取ってはいない。男は結局のところ殴られはしない。男の縁なし帽は水夫かコック、あるいは両方を比喩で表わしていて、いかなる年齢をも表わさない顔は疲労の比喩化だ。アイスはクレマーの上方の、漏斗《じょうご》の形をした口ですばしこく二回飲み込まれて、カップから拉《らっ》し去られる。少数の人たちがまばらに到着し、僅かな人たちが立ち去る。僅かな人々がパッサージュ−ファストフード店のガラス・カプセルの中に座ったままでいる。アイスはなま温かく、だらりとしていた。クレマーの快適な安らぎに粘り強さが巣食っている。彼の中核がゆっくりと固まってきて、ある繊細な努力が攻撃用に形作られる。クレマーにとって大切なのはあと僅かになった旅の最終地点である。事が思い通りになるとするなら、もうすぐ彼はこの地点に到着するだろう。

戦意がないこともないが、しかし争うことなく、クレマーはある決まった女性の方向に向かって通りを幾筋も踏破する。自覚したあの人物はきっと待っている。そして今クレマーは願望では厚かましく、要求では妥協の余地なく、女性の所に戻っていく。女性にとってはまったく新たなことになる幾つかの事柄をクレマーは伝えなければならないし、それにまた若干述べなければならないこともある。幾つか分配すべきことがある。ブーメランのクレマーは、およそ女性の居場所に新しい目標コンセプトを背負って戻るためにだけ、そこの店を引き払ったのだった。クレマーは内面の嵐の中心部を捜し出すが、そこでは完全な風の凪《な》ぎが当然支配的であるはずだ。まだカフェにも立ち寄ろうかと、彼はちょっと考える。僕はちゃんとした人間に混じってしばらくすごしたい、とヴァルター・クレマーは考えぬく。何はさておき同じように人間でありたいけれども、絶えずそれを邪魔されている者にとっては不当な要求ではない。彼はカフェには入らない。汚らしいテーブル拭きの布切れがアルミニウムのカウンターの上にねばねばした跡を残している。カウンターの下にあるショウケースには砂糖衣がカラフルに掛かっていたり、泡立てた生クリームでトップを飾った焼き菓子が休んでいる。ウィンナソーセージのスタンドの合板には滴《したた》った物が凝固していたり、脂っぽい落書きのしみがある。傷ついた野獣になった人間なら嗅ぎつけるはずの朝風はまだ吹いていない。ワンテンポ高まる。タクシー乗り場にはたった一台の車しかないが、その車はすぐに電話で呼び出される。

クレマーは今エリカの住まいが入っている建物全体の門扉《もんぴ》に辿りついた。到着の喜びは生き生きとしていて、誰がこのように考えてみただろうか。小さな家であるクレマーには怒りが宿っている。小石を投げて自分だと気づかせるのは、若者が自分の少女にやることで、大人の男のやる試みではない。生徒クレマーは、一夜にして大人になった。なんと早く果実が熟すものか、自分でも予測していなかっただろう。中に入れて貰う策は何も講じていない。あちこちの暗い窓を定めては高く見上げるが、誰に所属する窓かは分からない。あの窓は一部分エリカのものであり、一部分その母親のものである予感がする。クレマーはあれが婚姻の寝室だと思う。エリカ／母親の婚姻カップルのための。愛をこめてエリカに向けてピンと張っていた関節内帯状の靭帯《じんたい》をクレマーは断ち切って、その靭帯を新しいものに結ぶが、新しいものの所ではエリカは副次的な役割、目的のための手段という役割を演じるに過ぎない。彼は将来、仕事と楽しみのバランスを保つことになるだろう。まもなく大学での勉学を終えて、再び水辺の趣味の時間がもっと取れるようになる。彼は望ましくもない慈しみをこの女性からかけて貰うことなど、もはや願っていない。未解決のままの事柄を望んではいない。場合によってはこの女性に手を付けるが、あるいはそうはしない。汗が一筋流れて、クレマーの右こめかみに刻み込まれるが、そこではしばらく前から急速に流れ落ちてゆくものがある。呼吸はぴいぴい笛のような音を出す。クレマーはかなり暖かい天気の際であるのに何キロか走って来ている。これに向いた呼吸練習がなされるが、スポーツマンには手慣れたものだ。思考不可能である事柄を考える必要がないようにするために、思考を回避しようとクレマーは思いつく。彼の頭の中のあらゆる事柄はすばしこくて、儚《はかな》い。様々な印象が入れ変わる。目標は明瞭で、手段は指示されている。建物の門扉の飾り窪みにクレマーは身体を押しつけて、ジーンズのジッパーを引き下ろす。門扉の、母親みたいに包容力のある窪みに体を摺《す》り寄せ、エリカ先生のことを考えて自慰する。傍観者から彼は隠されている。そうしながらも気が散っているが、体の下の方で形作られたみずからの中核を集中的に意識する。彼は心地よい肉体意識を抱く。彼には若さのリズムがある。クレマーは自分で、そして自分のために仕事を成し遂げる。自分以外に受益者はいない。首の後ろの襟首に頭を入れこむようにして、上方のある暗い窓に向けて自慰するが、その窓が狙い定めている窓そのものなのかどうかさえ彼には分からない。彼は無感動で頑として動かない。粘り強く自分の仕事をやりつくしている時、何ものにも心を動かされない。その窓は頭上で明かりが灯《とも》らず、風景のように広がっている。男性性を拠り所にしたクレマーの現在地はこの窓の一階下にあった。彼は激しく自慰しているが、そのうちこれでやめようかなどという目標は持っていない。快楽も喜びもないまま彼は身体の畑を耕している。何も再復元するつもりはなく、何も破壊するつもりはない。彼はあの女の所に上がっていくつもりもない。それでも誰かが建物の出入り口を開けるなら、あの女のところにすいすいと上がって行くだろう。何ものもクレマーを押し留めることはできないだろう！　クレマーはすごく内密に体をこすっているから、見る者がいても誰でも疑念を抱かず建物の出入り口を開けてくれるだろう、またすぐに押し入ろうとしてみることもできるだろう。クレマーは自分のすることをしていい。クレマーに出入口を鍵で開けてくれそうな遅い帰宅者を待っている。朝までかかるとしても。朝一番に出ていく人が現われるまで、待たなくてはならないとしても。クレマーは膨らんだ男根を無理に引っぱり、出入口が開くまで待っている。

11

ヴァルター・クレマーは窪みに入って立っていて、どのくらいまで自分は行くのだろうかと、徹底的に考え抜いてみる。今は明白に、空腹とのどの渇きへの渇望と同時に二つ目の激しい渇望に駆られている。そうは言ってもどっちみち、手淫をすることで彼は、例の女性への情欲とのつながりがある。クレマーは我が身で体験しているが、目的なしに彼と戯《たわむ》れるとはどういうことか、エリカだって身をもって体験すべきなのだ、つまり、中身のない包装を彼にだまして押しつけることがどういうことかを。彼女の柔らかい肉体の外皮が彼を迎える必要がある！　彼女の生暖かいベッドから、母親の脇から彼女を離して、彼は引きずり出すだろう。誰も来ない。誰も彼に門扉を広々と開けてくれない。今や夜になってしまったこの変わりやすい世界で、クレマーが知っているのは、ただみずからの感情の一定の値を示す定数だけだ。結局クレマーは電話を掛けにいくはめになる。控えめな露出を度外視すれば、出入口のそばではおとなしく、規律正しく振る舞った。ひょっとすると遅く帰ってくる人がいるかもしれないと期待しながら。外界に向かって怒りは抱いていないという平穏なイメージを示した。内側ではクレマーの肉体を官能が踏みつける。こちらの方のクレマーを帰宅する人は見ないでいて欲しい、疑いの念を抱いてもらっては困る。彼をいろいろな感情が襲う。クレマーは自分に感動している。すぐに女は芸術の高慢な馬から彼のところに降りてきて、生活の川の中に入りこむ。彼女はたくらみと恥の当事者になる。芸術はトロイアの木馬*ではないんだ、とクレマーは声を出さないで向こうの上の階にいる女に話しかける。彼女は芸術の中でひたすら内容を発掘する。電話ボックスはそう遠くない所にある。彼女はすぐに利用するだろう。電話帳を固定装置から引きちぎってしまった乱暴狼藉者をクレマーは軽蔑する。これでは〔非常時に必要な〕電話番号を探しても見つけられないのだから、多分命はもはや救われないだろう。

彼女の母親は娘をしばしば不当に扱ってきたが、それでも静かに夢を見ては消えるに任せていて、エリカ・コーフートは母親の隣りで正当な眠りではあるが、不穏な眠りの最中《さなか》にある。エリカはこの眠りに値しない、いくらなんでも、彼女のためにとにかく誰かが落ち着きなくあちこち歩き回っているのだ。夢の中でもエリカはすでに周知のセックスの野心を抱いて、好首尾の結果とようやく叶う享楽の実現を希望している。あの男性が嵐の中で彼女を征服してくれるようにと夢見ている。どうぞ、そのように素晴らしくあって欲しい。今日は自由意志でエリカはテレビを諦めた。今日はちょうどテレビでお気に入りのテーマが、つまり外国の街路が見られるはずだった。そこの通りで安全な状態でごろごろ転げ回りながら、その外国の通りに束《つか》の間《ま》自己を投影する。テレビの登場人物たちが享受しているような大袈裟な注目を浴びたり顔を向けられたりするのを彼女は自分にも望んでいる。大抵のアメリカの風景は無限である、彼《か》の国はほとんど国境を知らないから。多分わたしはあの男性とちょっとした旅さえ企てるだろう、とエリカ・コーフートは息苦しくなりながら考える。しかしその間に母の身に何が起こるか。適当な時点での退場は必ずしも誰にでもうまくできるわけではない。思わず知らずエリカの身体は、それが分泌する湿り気に反応する。身体がいつも意志に操られているのは必ずしも可能ではない。母は恩寵によって何も予感せずに眠っている。今、電話が鳴っている、こんなに遅く誰なのだろう。エリカは驚いて飛び上がり、即座に、誰がこんなに夜遅くに電話してくる可能性があるか、分かる。それをエリカに言ったのは、エリカと親戚の、内面の声だ。この声は不当にも愛の名前を担っている。この女性はみずからの愛の勝利を喜び、優勝杯を希望する。

＊　トロイア戦争でギリシャ軍の高官たちが大きな木馬の中に乗り込み、トロイア人を騙《だま》して、イーリアスの町に入って滅ぼしたことから、巧妙に相手を騙して陥れること。

この優勝カップをエリカは自分自身の新しい住まいの花瓶の隣りの栄誉席に置くだろう。彼女は完全に解放された。その暗い部屋と玄関の間を通って電話の所まで手探りしながらよたよたと歩く。電話が叫んでいる。エリカは愛という理由からの、みずからの様々な制約から離れることが可能だろう。彼女は諸制約から今は距離をとっても良いことを、あらかじめ今のうちに喜ぶ。なんとほっとすること。愛に叶った相互関係などは結局例外的なケース。とにかく大抵は一方だけが愛していて、他方は足が耐え得る限りその愛から遠くに逃げることに勤《いそ》しんでいる。この状況には二人が必要であり、その二人のうちの一人がたった今、同じように感じている他方に電話を掛けてきた、つまり、これは素敵じゃないの。好都合だ。いい按配だこと。女性教師はベッドに温かい窪みしか後に残さなかったが、それはゆっくりと冷えてくる。先生はかたわらのベッドに母親を残していたが、まだ目覚めてはいない。長年試練に耐えてきた伴侶をもう忘れているとは、恩知らずな子どもだ。男は電話で、ただちに建物の出入り口ドアを鍵で開けてくれるように要求する。エリカは電話の受話器を握りしめる。こんなに近くだとはまたしても期待していなかった。本来なら人々は優しい言葉遣いによる夜の願望の予告やら、多分明日の午後三時にこれこれのカフェでとか、まもなく近々に会う予告などを完璧に期待しているものだ。巣を作りつけるための詳細な計画をエリカは男性から期待していた。明日かその後の数日以内に二人は初めて詳しく討議するだろう！　関係が永遠に保てるものかどうか議論がなされるだろう。そのあとで永続しうる関係に入ることに同意するだろう。男性は楽しみを享受し、そして女性が同じ場所に全部そろった住宅群を築くのをしぶしぶ待っている。なぜなら女性の場合、そういった全体が、その全体の恐ろしい脅威的な総体の状態となって狼狽させもするからだ。あの好ましくない事実、つまり、女性とその女性の感情世界。この女性はすぐに複雑な、すずめ蜂の巣にも似た構造のカプセルを作り上げる、自分をその中に適合させるために。そしてひとたび女性がそのカプセルを築き始めるやいなや、人はもう彼女を厄介払いするわけにいかなくなる、とヴァルター・クレマーはまったくの一般論で考えて、懸念《けねん》する。彼は再び出入口のドアの前に立っていて、ドアが外側に開くのを待っている。開ける行為はエリカのためになることだろう。今か、そうでなければ決して後はない！　エリカは最後のところに至るまで些末《さまつ》なことにこだわって考えてみてから、鍵束を取りに行く。母はまだ眠っている。母は我が家と娘とをもう建物の中に入れているから、睡眠中に彼女の頭蓋の中核を撃ち抜くものは何もない。いろいろな計画などは母に不要であるらしい。娘は長年規則正しく成就してきたことの報酬を一秒ごとに期待している。それに引き合う報酬はすべて支払われた。ほんの僅かの女性が究極の理想の男を待っていて、大半の女性は手近ないちばん理想から遠い男を受け入れる。エリカはやって来た究極の男を選ぶのだが、その男は実際すべてのうちで最良の男だった。誰もこの男を凌駕《りょうが》することなんてできない！　数量で、また等価物で、この女性は強制されているかのように考えている。芸術領域における忠実な奉仕に自分は当然ふさわしい、とエリカは自惚《うぬぼ》れている。もし男性の意志が、昔から信頼のおける母親からエリカを連れ去るというのなら、その仕事はうまくいく。どうぞ、わたしにはとても結構よ。この学生はもうほとんど学業を終えているし、それに加えてエリカはお金を稼いでいる。年の差は取るに足りない、エリカは彼と一緒の方に決める。

エリカは建物の入り口のドアの鍵を開けて、男の掌中《しょうちゅう》に身を預ける。その際彼女は信頼感を抱いている。エリカは冗談を言う、わたしはあなたの支配力の中にいるわ。わたしがいちばんしたいのは、わたしの馬鹿な手紙は無かったことにすること、でも起こったことは起こったこと、とエリカは断言する。ちょっとついていなかった、でもわたし埋め合わせするわ、愛しい人。なんのためにわたしたちに手紙が必要なの、そうでなくたっていちばん些細なことやいちばん秘密にしていることまでわたしたちはお互いに知っているのだから。お互いの繊細極まる思考の中にわたしたちは居着いている！　それにわたしたちの思考はいつでもその蜂蜜でわたしたちに食事を与えてくれる。エリカ・コーフートはどんなことがあってもこの男性に身体的不能を想い出させないように願っていて言う、どうぞ、とにかくお入りになって！　自分の身体の不能をいちばん起こらなかったことにしていたかったヴァルター・クレマーは、建物の中に足を踏み入れる。たくさんの事柄が彼の自由裁量で使用されるようになっていて、男が選択して良いのだと、いい気持にさせられている。その幾つかをクレマーは今日はあっさりと引き受けるだろう！　あることがすぐ明瞭になる目的で彼はエリカに言う。つまり、創作したものをまた新たに書くつもりでいる女性より、もっと始末の悪いものは他にはない。滑稽新聞用のあのモチーフ。クレマーは一大長編小説のモチーフだ。彼は自分自身を楽しみ、そうしながらも決して自分を費消しつくすことがない。その反対に、彼は自分の冷たさを、口腔に入れた例のアイスキューブを楽しんでいる。所有物を自由に我が物にするとは、いつなんどきでも立ち去ることができることを意味している。その占有物は控えたままでいて、待っている。この女性の発展段階から自分はまもなく離れる、と彼は誓って保証できるだろう。双方に通い合う感情、つまり、もともと彼の方から本気で考えて提案した感情を、この女性がとにかく断ったというわけだ。今となっては遅すぎる。今は僕の諸条件で、とK.は提案する。二度目には僕は笑わないぞ、とK.は名誉にかけて断言する。君は僕のことを何だと思っているんだ、と。脅かしながら彼は訊く。この質問は頻繁に使われたからといって良くなるものでもない。

ヴァルター・クレマーは女を住居の中に押し戻す。女はこれを甘受しないから、さえない言葉のやり取りがその後に続く。時々エリカは言葉のやり取りで、それどころか、いま早くも予防線さえ張る。言葉を交わす間、エリカは男に文句を言う、あなたはわたし自身の住居でお客に過ぎないのに、わたしの所に入りこんできたじゃないですか。でもエリカはそのあと、永遠にあら探しばかりする、という悪い習慣をやめにする。わたしはもっとたくさん学ぶ必要があるわ、とエリカは控えめに言う。言い訳さえも彼女は鉤爪《かぎつめ》に嵌《は》めたまま、まだ血が滴《したた》っているその言い訳を獲物として男の両足の前に置く。早くも冒頭でもうやり損なったりしたくないな、とエリカは考える。たくさんのことを自分はもう間違ってやってきた。大抵のことをすぐ始まりで失敗した、と彼女は悔いる。始まりはすべて難しい。エリカは正しく始めるという意味の大切さの証拠を示す。母親は、言葉がかん高く響いているから、その音を認識せざるをえなくなった今、そろそろと、躊躇しながら目を覚ます。母は場を取り仕切る野望を抱いている。誰がこの真夜中に、昼間みたいにここで、しかもおまけにわたし自身の住居でわたし自身の娘と話をしているの？　男は威嚇するような身振りで反応する。二人の女性はすでに反撃に備えて、まとまった圧力波の形に壁を築いていて、それが孤独な男に向かって転がっていく。しっかり用心して備える前に、あっという間にエリカは顔に平手打ちを喰らった。いや、エリカは間違いなく見た、殴打《おうだ》をクレマーという男にやられたのだ、しかも大当たりで！　びっくりしてエリカは頬をおさえて、殴られたことに何も応酬しない。母親はぽかんとしている。ここで誰かが殴るとすれば、その時は母親なのだ。やや時間が経って、クレマーが何も話さないでいる時、エリカはそれに応酬する、あなたはすぐに消えるべき立場にあります！　母親はこれに同調して、すでに背をむけている。そうやって母親は、その光景には吐き気を催すことを示している。クレマーは娘にそっと、声を立てずに勝ち誇ったように尋ねる、こんなのを君はもともと頭に思い浮かべていたんじゃなかったかい、ねえ。母親は、男が諍《いさか》いしてからやっとどうやら消えるのだということに驚いている。しかし母親は、ここで何が話されようと、自分には全然興味がないと、空気中に向かって虚しく断言している。かん高い声で文句を言おうとして、もっと声が大きくなって出てきたりすることはない。すると早くも第二弾の殴打がエリカ先生のもう一方の頬に当たる。これは肌と肌との愛情あふれた出会いなどにはほど遠い。隣人を慮《おもんぱか》ってエリカはただ小声でめそめそ泣く。母親は注意深くなって、自分のところのドア内で、この男のせいで娘が一種のスポーツ用品に格下げされるのを認めざるをえない。母親は憤って指摘する、男が他人の所有物、つまり自分の所有物を損傷させている！　そこで母親は結論を出す、貴方は即刻消えなさい、しかもできるだけ素早くね。

道具を我が物にするように、男はこの母親の娘を抱きすくめる。エリカはまだ眠りで半ば麻痺していて、愛が、つまり、彼女の愛がこんなに悪い報いを受けるなど、どうしてあり得るのか分からない。わたしたちは業績に対していつも報酬を期待している。他人の業績が報われる必要はない、とわたしたちは思っている。わたしたちは業績をもっと正当に得ることができるようにと希望している。母親は活動に着手して、警察を呼ぶことすら願う。それが原因で母親はしたたかに押されて自室に投げ戻され、床にどたりと仰向けに倒れる。それに添えてクレマーは母親に意見を述べる、貴女が僕の話し相手ではないんだ！　母親にはなんのことか分からない。いかなる選択もいつも母親の考え次第だった。クレマーは請け合う、僕たちには時間がある、やむを得ない時には一晩中でも。今エリカの花はもうあまり光を渇望して上方に伸びて咲きはしない。エリカは、君が頭に思い浮かべていたのはこれか、とクレマーに訊《たず》ねられる。エリカはセイレーンのように蠱惑《こわく》的に音量を高めて、いいえ、と言う。母親は座ったままの姿勢で這い上がろうと動きまわり、母親が権威をもって決定的に関与する見込みのあるなにか恐ろしい事柄を突きつける、とその学生に約束する。最悪のことにでもなれば、第三者の助けを仰ぐことも辞さないだろうと、老齢の聖女は誓って保証する。さらに原則として本人も母親になる可能性があり、大切に扱われるべき女性にそんな危害を加えるなら、貴方にとっても残念なことになります。貴方も自分のお母さんのことを考えるべきですよ。貴方のお母さんがわたしには気の毒ですよ、貴方を産まなくてはならなかったんですから。母親がこう言いながら戦いに先陣を切ってドアに向かった時、もう一度乱暴に押し戻される。ヴァルター・K.は押し戻す目的のためにちょっとの間彼のエリカを構わないでおかなければならない。この時クレマーが母親の部屋に、その狭い枠内に母親ごと、鍵を掛ける。この寝室用の鍵は、娘を罰するために、また願われたり、必要だったりする場合に、鍵を掛けるのに役立てられる。外から鍵を掛けられたと、初めてショックを受けながら母親は考えて、ドアをあちこち引っ掻く。母親はめそめそ泣いたり、脅したりする。クレマーは抵抗をつのらせる一方だ。女性は、すなわち、危険なのだ、困難な試合を前にしている高度な能力を要する競技のスポーツマンにとっては。エリカの、そして彼の様々な願望は、もつれ合って互いの中に突進する。エリカはめそめそ泣きごとを言う、こんな風になんてわたしは思い描いていなかった。彼女は芝居を観にきた人たちの決まり文句を言う、わたしはもっと期待していた！　エリカは一方では自分の肉で満たされているが、他方では拒絶された愛から生じたよその人の暴力でいっぱいに溢《あふ》れていた。もうこれっきりであるという場合なら、少なくとも今クレマーが謝ってくれることをエリカは期待しているが、しかしそんなことなど無し。彼女は母親が干渉できないのは歓迎している。ついにプライヴェートな事柄はプライヴェートに解決するわけだ。クレマーの中の男性が話す、子どもを一人もうけようとする者以外、誰がいま母親のことか母親の愛とかを考えるだろうか？　エリカはほんの少しではあるが的を絞った露出をして、男の意志を煽《あお》ろうとしている。鉋《かんな》くずが燃え上がり、やがてもっと太い欲望の丸太をくべ足すことが可能になるまで、エリカは懇願する。どうぞ頭はやめて！　エリカが言っているにもかかわらず、またまた彼女は顔めがけてくり返し何度も殴られる。エリカには自分の年齢のことで何か聞こえてくる。好むと好まざるとにかかわらず、年齢は少なくとも三十五歳に達している、と。エリカはクレマーの性的反感のせいで、徐々に気分が滅入《めい》ってくる。彼女の瞳《ひとみ》はますます曇ってくる。クレマーにはついに憎悪の恵みが授けられて、彼はうっとりする、つまり、現実はクレマーにとって、雲に覆われていた晩夏が澄みあがったように晴れ渡る。ひたすら自分自身に対する不正直から、クレマーにはこの素晴らしい憎悪を随分長いこと愛でカムフラージュすることが可能であったのだ。この愛のオーバーコートを彼はずっと気に入っていたが、いま愛のコートは落下する。床の上にいる女性は様々なことを情熱的な憧れだと思っているが、それにしても、彼の振る舞いは情熱だけにはまあ、ある程度ふさわしいのであろう。その限りでは、エリカ・コーフートはいつか一度聞いたことがある。けれども今それはたくさんよ、とっても愛しい人。もっと良いことを始めましょうよ！　痛みを愛のジェスチュアのレパートリーから削除するということを、エリカは経験してみたい。今それを彼女は自分自身の生身の体で感じていて、再び普通の愛の実行に戻るのが許されるように、請い求めている。理解しながらお互いに近づくことにしましょうよ、あなた、ね。ヴァルター・クレマーは女性を乱暴に扱って我がものとし、女性の方は、よく考えてみて今は別の意見になった、と称している。どうか、ぶたないで。とにかく今わたしの理想は、また相互のいろいろな感情から成り立っているものなの、とエリカは以前の様々な意見を変えてみるが、遅すぎるのだ。自分は女として温かみと思い遣《や》りをたくさん必要としている、と彼女は新たな意見を口にする、そして口に手を当てるが、口の片方の角から血が出ている。それはとても有り得ない理想だ、とその男は言い返す。女が少し引き下がるのを、男はとにかくひたすら待っている、そのあとで彼女の後を大急ぎで追う。彼を先へと駆り立てるのは、狩人の本能だ。浅瀬と岩場を警告するのは、水上スポーツをするスポーツマンであり、技術者である者の本能なのだ。その女性が彼の方に手を伸ばせば、早くも彼は去ってしまう！　クレマーの良い面を見せてくれるように、エリカは哀願する。しかしこの男性は自由を知るに至っている。ヴァルター・クレマーは右手の握りこぶしを強すぎもしなければ弱すぎもしないようにエリカの胃に打ちつける。これは、さっきすでにとにかく真っ直ぐに立った女性を、あらためて転倒させるには充分だ。エリカは自分の生身の体に押し付けた両手の辺《あた》りで真ん中から体を二つ折りにするように曲げる。そこは胃なのだ。かなりの努力などもせずに男にはそんなことができた。彼は自分自身から離れないでいる、それどころか逆に、彼が自分自身とこんなにも一つの意見であったことはまったくなかった。一体どこにまだ君のロープやザイルがあるのかな？とクレマーは嘲《あざけ》って言う。それから鎖の枷はどこに？　僕は貴女の命令だけを実行しますよ、奥様。いま君には猿ぐつわだのベルトだのはなんの助けにもならない、とクレマーは嘲笑する。彼は猿ぐつわやベルトの効果をそういった補助手段なしで生じさせているのだ。リキュールで朦朧とした母親は今いる場所のドアをどんどん叩いていて、自分に何が起きているのやら、何をすればいいのやら分からない。また、娘がどうなっているのか見ていないことが母親を苛立たせる。母親というものは、見ていなくとも見えるものだ。母親は我が子の自由には心配りしないでいるが、今では一人の別人がその自由を無造作に扱っている。今日からわたしはこの点に関して二倍はしっかりと様子をうかがおう、と母親はみずからに約束して、なおも、例の若い男がエリカの監視に値するものの余地をまだ残しておいてくれるようにとだけひたすら希望する。母親はようやく子どもを適切な形に曲げたところだった、それなのに若者がいま新たに曲げて使い物にならなくしている。母親は少しばかり逆上する。

他のことは差し置いて、クレマーは自分が曲げてゆがめた肉体のことを、君の年じゃ肉体もぎりぎりの年でこれ以上は待てないなあ！と笑う。エリカはレッスンで、一緒に体験したり、苦痛を蒙《こうむ》ったりしたことを考えて激しく泣きわめく。彼女はクレマーに必死になって訴える、いろいろなソナタの違いを思い起こすのってあなた好きじゃない？　クレマーは女たちがするあらゆることを甘受するような男たちを笑いものにする。自分はそういう男たちに属さないし、それにエリカはやり過ぎだったな。エリカは常軌を逸した人物だ、それに彼女の鞭やベルトは今どこにあるのかな？　クレマーは彼女に選択を迫る、君なのか、それとも僕か。クレマーの解決策は、僕だ、と述べている。おあいにく様、僕の憎しみの中には最近新たに君が生じているんだ、とその男は気をまぎらわせて、それに関連して大声で彼の意見を言う。一時しのぎに両腕で護っているだけのエリカの頭を軽く小突きながら、クレマーは彼女に、かみ砕くのに堅いひとちぎりの塊を、言ってみれば、苦心惨憺たる難儀を、投げやっている。つまり、君が犠牲者でないとするなら、君は何ものにだってなり得ないだろうな！　彼はエリカをいじめながら訊ねる、いま君の素晴らしい手紙で何が起こっている？　返事は無用だ。

　母親は寝室のドアの背後で、自分のプライベートな一人用動物園にとって最悪のことを心配している。エリカは泣きながら、自分がこの生徒に示した親切な振る舞いのことを持ち出す、つまり、音楽的センスや音楽的能力を完璧にするような育成を倦まずたゆまず行った際の熱意を申し立てる。エリカは吠え立てながら、心身を傾注した使命として、この男性であり生徒である者に歩み寄らせた彼女の愛の恩恵に言い及ぶ。エリカはなんとか支配しようと試みても、赤裸々な暴力がひたすらそれを妨げる。男の方が力は強い。エリカは、この男は実際のところ、剥き出しの身体の力だけで支配するのが可能なのだ、と罵《ののし》りわめいて言う、そしてこれを言ったために、エリカは二倍も、三倍も殴られる。
クレマーの憎悪の中に、この女性が突然一本の木みたいに勝手に生えでてくる。この木は刈り込んで調整して、耐え忍ぶことを学ぶ必要がある。顔の上で手がぴしゃんと鈍い音を立てる。それでドアの向こうにいる母親は、何が起きているのか分からないが、それでも興奮して一緒に泣く。そして今夜、数え切れないほど足を運んで、もう半ば利用しつくしたリキュール戸棚の所に、ミニ・ホームバーにもう一回歩いて行けたらという考えを抱く。助けを呼ぶための考慮はなされない。電話が玄関の間にあって、到達できないからだ。

クレマーはエリカを年齢のことで激しく叱り飛ばす。こんな状態にある女は愛に関して彼から何一つ期待すべきではない。この点を考えると、彼はいつも彼女に何かを演技していて、ただ本当だと思わせていたにすぎない、あれは科学的実験だったのだ。こんな風にクレマーは尊敬すべき必需品を否定する。それに君の名高いロープの類いは今どこにあるの、とクレマーはまるで剃刀の刃を使うように、空気を切断する。エリカは彼女と同年齢かもう少し上の男の人に張りつくべきだ、とクレマーは提案して、エリカに打って掛かる。男性はカップルの関係では、その一員であるレディより大抵年上である。クレマーはエリカに狙いを定めずやたらに殴ったり、ぶったりする。この憤りはそれに付随した禍根《かこん》や不正の機会を探しはしなかった、その逆だった。この憤りは徹底的にではあるけれどもゆっくりと、彼が恋に落ちたことをきっかけにして形成されたものだった。エリカは詳細に再考してから、彼女の愛の謝意をこの男性に表わした、そしてダダンダダン、何が起こっている……？

人生と感受性の面でさらに前進するためにはこの女が滅びる必要がある、この女がまだ軽薄に勝ち誇っていた時に、女は彼のことを嘲《あざけ》って笑いさえした！　女は彼に縛り上げたり、猿ぐつわをかませたり、暴行する傾向があると信じて、彼に期待すべきでない事柄を要求した。いま女は自分にふさわしいことを受け取るのだ。さあ叫べ、さあ叫べ、とクレマーは叫び声をあげる。女は大声で泣く。女の母親は自分のドアの背後で同じく泣く。母親はなぜ自分が泣くのか、正確にはまったく分からない。

エリカは少し血を流しながら胎児のように屈《こご》まっていて、破壊の作業が進展する。この男にとってみれば、エリカの中に今や、この男がいつもずっと排除したいと願っていた他の大勢の女たちが生じてきている。自分はまだ若いんだ、という言葉を彼はエリカの顔に投げつける。僕の前には全人生が広がっている、そうなんだ、僕の全人生は今こそ本格的に素晴らしいものになってきている！　学業を終えたら外国で長い休暇を過ごす、とクレマーはおとりの疑似餌《え》をエリカの前に差し出すが、すぐに引っ込める、つまり独りでね！　君が若いって、人は君のことをそうすぐには主張できない、でしょう、エリカ。彼が若ければ、彼女は年取っている。彼が男なら、彼女は女だ。床に横になっているエリカのあばら骨をヴァルター・クレマーは気ぐれに踏みつける。何も折れることがないように、彼は巧みに力を配分する。少なくとも自分の身体は常に制御している。ヴァルター・クレマーはエリカという敷居を跨《また》いで、外の自由の中に足を踏み入れる。彼女はクレマーとその欲望とを支配しようと願って、自分自身でじきじきにそのための挑戦をしてきた。その挑戦から今エリカが受けている結果が、これなのだ。クレマーはこの女性に関してある陰鬱な気持と予感とを抱いている。女性はいまクレマーが抱く憎悪を声高に非として拒絶しているが、しかしこれは彼の憎悪のもとでエリカがひたすら身体面で痛い思いをせざるを得ないからだ。彼女はかん高い叫び声をあげて闇雲《やみくも》に頼み事をし始めている。この叫び声を母親が聞いて、怒りのおぼろげな声で娘の叫び声の仲間に加わる。あの男が娘の支配のことで母親にはもう何一つ残さない、ということだってあり得る。おまけに子どもに何か起こったという動物的な不安が母親に生気を与える。母親はドアを蹴って脅したい衝動に駆られるが、このドアは大昔の我が子の意志よりももっと譲歩しようとはしないのだ。母親は様々な危惧の言葉を発するが、ドアのせいで明瞭には聞こえない。彼女は暴力的な侵入に関した災いに金切り声をあげる。母親は男性との愛の結果を、娘の目の前で警告しているのだが、娘はそれを聞いていない。娘はいま抑制することもなく泣いており、さらにお腹を踏み込まれている。クレマーのこんなアクションの仕方に女性一般であれば不同意を表明する状態でありながら、こんな状況が快楽に満ちて縦横に転げ回っているありさまなのだ。クレマーはこの拒絶を無視するのを、喜んでいる。この男は以前のエリカであったものの痕跡を消し去ろうとするが、それはうまくいかない。エリカは、クレマーにとって彼女が何であったのかを絶えず思い出させる。わたし、あなたにお願いするわ、とエリカは哀願する。母はドアの向こうで、自分の子どもが男に対する懼《おそ》れから蔑《さげす》まれて、屈従しているのではないか、という悪い予感を言葉にして言う。おまけに生身の体も損傷を受けているかもしれない。母は自分の老体の莢《さや》のことを懼れている。母は神とその息子とに懇願する。喪失は究極に決定的なのであろうから、母は娘を失うこともあり得ると、不安がる。母が苦労して仕込んだ調教の年月が風に吹き払われたようになってしまうだろう。男との新しい芸の出し物が、母親の調教の代わりに登場するだろう。母親は許されて再びここからどうにか出られれば、そしてお茶を所望されれば、お茶を入れるだろう。母は仕返し！とか、然るべき所への通報！とか、裏声で何か言っている。エリカは愛の破滅の淵《ふち》越しに激しく泣きわめく。エリカが手紙に書いて頼んだ願いは、この男にはあまりにもいかがわしく思われた、と男は告げる。自分の不能はあまりにも屈辱的だった、と告げる。彼女は決してそんなに長く公衆の中にあちこち出まわったことはなかったが、それでも世間一般の中では自分が最高なのであろうと考えていた。ところがひとたび世間公衆の生活に晒されてみれば、その中で彼女の持ち分はごく微量であるにすぎない。しかもそれもまもなく遅すぎることになろう。

エリカは床に横たわっている。エリカの下にあるのは滑って位置がずれた玄関の間用の長絨毯だ。エリカはわたしをいたわって、と言う。あの手紙だけのためにこんなに罰を受けるのは自分に値しない。クレマーは束縛状態から解放されている。エリカは縛られていない。男は軽く打ってかかって、あえぎながら訊く、なあ、あれは、君の手紙は今どこにある。これは君が手紙から受ける分なんだぞ。君が今見ているように、枷を嵌めたりすることなんて必要じゃなかった、とクレマーは得意げにひけらかす。彼はエリカに問い合わせてみる、あの手紙が今助けることが可能なのかな？　これが手紙から君がもらうすべてだ！　クレマーは軽くぶっていながら女に解説する、君はこんな風に望んだのさ、他のやり方を願ったんじゃなくて。これに対してエリカは泣きながら異議を申し立てる。わたしはこんなことじゃなくて、別のことを望んだの。それなら君は二度目になったらもっとずばり正確に表現すべきだ、と男は提案して、彼女に打ってかかる。クレマーは女を足で踏みながら、僕は僕だ、という簡単な方程式の証拠をつきつける。それに僕はそのことを恥じていない。僕はそれに責任を負っている。クレマーは女を脅かす、今あるとおりの僕を君はそのまま受け入れなくてはいけないんだ。僕はいま存在しているのが僕だ。エリカの鼻骨が割れていて、足で踏まれて肋骨が一本やられている。エリカは両手で顔を隠していて、その際にクレマーは言う、僕は君が正しいと認める。この顔はそんなに特別でもない、よね。もっと美しい顔がある、とこの専門家は言い、この女性が、まったく同じようにもっと醜い顔もあると申し立てるのを待っている。エリカのネグリジェは滑ってずれている。そしてクレマーはレイプしようかという考えを抱く。しかし女の性的魅力を軽蔑していることを示そうとして、まずはグラス一杯の水を僕は飲まなきゃならない、と言う。熊のために蜂蜜の群れをも宿らせておく空洞のある木の幹よりも、君はもっと少ない魅力しか今となってはない、とクレマーはエリカに分からせている。エリカは決して美しさでクレマーの目にとまったわけではない。音楽的業績で気に入られたのだと。そして今は、このまま数分間君は待っていればいい。僕はこの問題を自分なりに解決したんだ、と工科大学学生はつつましく欲を出さずにいる。母親は口汚く罵《ののし》っている。エリカは逃亡を考えている。エリカは思考では練習を積んだが、行動では練習していない。緻密に継ぎ合わせて完結した作品によってエリカが賞を獲得したことはなかった。

キッチンでは長い間水が流れている。男は冷たいのを飲むのを好む。自分の行為には幾つかの結果を伴う可能性があるということを、クレマーははっきり認識している。男としてクレマーはその結果を引き受ける。水には不快なものが混じった味がする。エリカだってその結果に耐えなければならないだろう、とクレマーは早くもやや大きな喜びとともに考える。ピアノのレッスンはきっとクレマーにとっては終わりになる。その代わりスポーツがやっと本格的に始まるのだ。ここにいる誰一人、なにかしら特別心地良いということはない。それにもかかわらずそれは果たされなければならない。誰も和解しようと譲歩したりはしない。女が部分的にでも自分で責任を引き受けるものかどうか、クレマーは聞き耳を立てる。君は少し部分的にでも自分に責任があると認める必要がある、とクレマーは女性の前で付け加える。人はこれ以上ないほど誰かを興奮させておいてから、氷の上で踊らせるわけにはいかないよ。誰かがすごく気分が良くなっている時には、最後には柵を開けないわけにはいかない。

クレマーは何が入っているか分からない魔法の戸棚のドアをいきり立って蹴とばす。戸棚はいきなりパッと開いて、思いがけず、物がいっぱい詰まったビニール袋が入っているごみバケツを披露せざるをえない。衝撃波のせいで上の方で数え切れないほどのごみがピョンと飛び跳ねて出てきて、キッチンの床に散らばる。主に様々な骨だ。フライパンの中には焼け焦げた肉がある。思わず知らずクレマーはそれを笑ってしまった。キッチンの外側ではこの笑いが女性に苦痛を与える。女性は提案する、すべてのこと、わたしたちお話しできるでしょう、お願い。エリカはすでに公然と一部分は自分のせいにしている。あなたがここにいる限り、つまり、希望がある。どうか、行ってしまわないで、お願い！　エリカは立ち上がろうとするが、できないまま仰向けに倒れる。母親は自分が築いたのでもないバリケードの向こう側で、娘に向かって叫んでいる、どーお、元気なの？　娘は母に答える、有難う、まあまあ。すべての片《かた》がつくでしょうけど〔グロッキーよ〕。娘は男にマミーを外に出してと嘆願する。娘はママと呼びながらドアの方に這って行き、母はドアの背後でエリカの名前を力強い声で呼び出している。同じ呼吸の息継ぎで、母は呪いの言葉を吐いている。それが母のやり方だ。クレマーは冷たい水で元気になった。冷たい水で幾らか冷えて、クールにもなった。エリカは母のドアにほとんど届くまでになったが、それでも男子生徒に投げ戻される。改めてエリカは頼む、頭の上とか両手は止めて。クレマーは今こんな状態では自分は路上に行けない、と彼女に報告する、つまりは、路上で出会う大抵の人たちをあっさり驚愕させてしまうだろう。エリカ、君のせいで僕はこんな状態になっちゃったんだよ、どうか、ちょっとは僕に心のこもった態度で接して。彼はいま高速回転で女を越えて驀進《ばくしん》する。クレマーは彼女の顔をすっかりきれいに舐めて、愛を求める。あるひとりの愛する女性以外の誰が、もっと寛大で、より少ない条件で彼に愛を贈り物として与えるだろうか？　愛をお願いしながらクレマーはジッパーを引き下げて、自分自身の体を開ける。愛と理解を頼みながらクレマーはすぐに思い切って女性の中に侵入する。クレマーは愛情の権利をエネルギッシュに要求するが、それは誰でも持っている権利であり、最悪の者であっても持っている。悪者であるクレマーは女性の内部であちこち穿《ほじ》る。エリカの側で快楽のうめき声をあげるのを、彼は待っている。エリカは何も感じ取らない。どんな事態にもならない。何も変わりがない。それには遅すぎるか、あるいは早すぎるかだ。女性は公然と申し立てる、自分は何も感知しないのだから、詐欺の犠牲者であるように自分には思われる。こういった愛は核心において無に帰していると。エリカとしては、自分がクレマーを愛することを、クレマーが望むようにと、すごく希望している。うめき声を魔法で呼び出そうとして、クレマーはエリカの顔を軽く打つ。本当はなんで彼女がうめこうが、彼にはどうでもいい。エリカは情欲を持つように自分にも望むけれど、何も欲望することが無いし、何も感じない。だからエリカは男に頼む、すぐにやめるように！　クレマーはいま彼女を再びもっと激しく、平手で打つことで、疲労しながら愛を請いながら、その行為は唯一無二の暴力ツアーとなった。極端な山登りの一端だ。女性は悦ばしい意志をもって身を投げだしているわけではない。それでもクレマーという男は彼女が自発的にそうすることを望んでいる。クレマーは一人の女性に強いる必要を要しない。クレマーはエリカに叫びかける、僕のことを嬉しそうに受け入れればいいのに！　彼は表情一つ変えない不動の顔を見やる。その顔に、クレマーがいま居合わせていても、それは痛みの印鑑以外になんらかの押印を残すことはない。クレマーは叩きながら、これは僕が立ち去ってもまったく同じだってことなのだろうか、と尋ねる。クレマーは自分の強い渇望がついには取り除かれるようにと、この女性のために彼みずから最大限の業績をもたらしている。彼がエリカを脅《おびや》かして言っているように、渇望の除去はこれを最後に一度だけのことだ。エリカはやめてと頼みながら、めそめそ泣いている、痛いのだ。クレマーは自分が終わってしまうまでは、純粋に緩慢《かんまん》な質《たち》からなのか、それとも怠惰《たいだ》からなのか、女性から体を抜き出すことができない。僕を愛して、と彼は頼んで、女を舐めたり、叩いたり、交互にする。怒りで紅潮した顔で動き、頭をエリカの頭に付ける。母親は終結を願っている。母は機関銃の拍子をとってドアを叩いている。隣人たちにお構いなしに母親は速射を放っている。クレマーは自分のテンポを速めて、その速度はそうこうするうちに本格的に高まる。彼は標的を外れて射《い》ったりせず、正確に標的にぶち込む。スポーツのマイスターはそれをやってのけたのだ。まだ同じ呼吸のうちにクレマーはもう素早くテンポ社製のティッシュペーパー*で体をきれいに拭き、それを湿った、くしゃっと縺《もつ》れた紙に丸めてエリカのすぐ脇の床に投げ捨てる。クレマーは誰にもこのことはほんの少しでも話さないように、と懇願する。エリカ自身のためだけを考えてのこと。彼は自分の振る舞いのことを謝る。自分でもどうにも制御できなかったんだ、と言いつつ

＊　ドイツに一九二九年から実在する会社の製品。四枚重ねで厚手のティッシュペーパー。

自分の振る舞いを説明する。男にはそういうことが起こる。ずっと床に横になったままでいるエリカに、曖昧に何かを約束する。残念だけどいま急いでいるんだ、男は自分流のやり方で許しを要求する。残念ながら今僕は行かなければならない。男は自分流にこの女性に愛と尊敬を伝える。今もし一本だけの赤い薔薇を持っていれば、エリカに迷うことなく贈ったことだろう。クレマーはエリカにばつの悪さのこもった言葉で、それじゃ、さよならと間に合わせの言葉で挨拶して、建物の出入り口の鍵の付いた鍵束を探す。二人の女性がお互いこんなに孤独なのは、良くない、と彼は別れ際《ぎわ》にエリカに人生の助けになるアドバイスを与える。彼はエリカの手綱を引き締める。君は世代のギャップをとにかく偏見なしに考えた方がいい！　クレマーはエリカに提案する、僕とでない時は、一人ででも、時々人々の中に入って行った方がいい。クレマーはいろいろな催し物の同伴者になるよと、自分を提供するが、そういった催し物については、絶対自分がエリカと一緒に出掛けていくことはないだろうと、分かっている。まあ、白状すれば、そういうことだろう。もう一度こういうことを他の男とやってみるだろうかと、クレマーは興味本位で女性に訊ねる。クレマー自身がそれに対する唯一の論理的な答えを自分に与える、つまり、いいえ結構です。クレマーはゲーテの言葉を借りて、自分が呼んだ魔物《ガイスター》は厄介払いしないものだ、と言うために、縁起でもないことを言って〔「縁起でもないことを言う」のドイツ語の原義は、「壁に悪魔《トイフェル》の絵を描く」で、一三七頁の註参照〕、そのことを笑う。彼は笑わざるをえない、君分かるかい、こういうことが人には起こるんだよ。彼は忠告する、気をつけて！　気を鎮めるために、今、君はレコードをかけた方がいいよ。クレマーはフランス流にこっそり立ち去ったりしない、なぜなら今クレマーは繰り返し大きな声で別れを告げているのだから。君はどこも悪くないかどうか、と訊いてから、クレマーは自分自身でこの質問に答える、きっとすぐ良くなる！　君が結婚するまでは、またすべてが良くなるさ、とクレマーは庶民の知恵にもとづいて未来を見やる。今回はキスしないで帰宅しなければならないが、ところがその代償に彼はキスをした。報酬を与えないで、彼が立ち去ることはない。自分の報酬は取り立てた。女性だってやはり然るべき報酬を受け取った。エリカがクレマーに身体の面で反応しなかったその後で、欲しがらない者は、すでに持っている、と言って彼はエリカに応《こた》える。クレマーは階段を跳ね降りていって、建物出入口のドアを鍵で開けると、再び鍵束を中に投げ入れる。しかも床に。彼が自分の道を辿っている間、賃貸居住者たちは鍵の掛かっていない建物の中に護られないまま取り残されている。歩きながらでもクレマーは、まだ姿が見受けられる限りの歩行者の顔を、厚顔無恥に、あるいは傲慢に見てやろうともくろむ。今晩彼は生きたまま挑発する者となって、自分の背後の船を燃やすだろう。あの両方の女性たちが、自分たち自身の利害のために、起こったことについて一言も喋らないという確信の平行棒の上でクレマーは体操をする。ちょっとの間だけ彼はひょっとしてあるかもしれない事後負担額や利率のことを考えてみる。もう車はやって来ない、しかしもし来ても、若い神経の反射が助けてくれるし、断固としてさっと脇へ跳ぶ。とにかく若く、素早く、クレマーは誰とでも互角に張り合う！

彼は言う、今夜は木々だって引き裂くことができそうだぞ！　前よりは今の方がずっと調子がいいことで、気が鎮まっている。とある木に向かって勢いよく放尿する。完璧に意識して積極的思考だけを許可して脳を過《よ》ぎらせるが、これは自分の成果の秘密全体なのだ。クレマーの脳髄はつまり、一方通行路－脳髄だ！　ひとたび使えば、その後は抹消する。クレマーはもう重たい重りを一緒に引きずりまわす意志はない、これを意図して訓戒とする。彼はいま挑戦と化して、通りの真ん中を歩いて行く。

12

その新たな一日にエリカは独りで出会うが、それでも母の気遣いを貼《は》り付けている、つまり絆創膏を貼っている。この日をエリカはあの男と一緒に素敵に始めることもできたのだった。準備不足のまま女性はこの日に立ち向かう。ヴァルター・クレマーを逮捕するために誰ひとり、公の機関に依頼しない。それにしても素敵なのは天気だ。母はいつもと違って黙っている。母はあちこちで善意のボールをスロー・インしてみるが、そのたびにバスケットに入れ損なう。バスケットは娘のために、あまりにも高く吊りさげてあった。何年にもわたってバスケットはいつもひと区切りずつ高く吊り上げられていった。今ではほとんど人の目に触れないくらいだ。母はふと漏らす、娘は様々な新しい顔や新しい壁紙のある場所と知り合いになるために、もっと人々の中に入って行った方がいい！　娘の年齢でそうするには時間的にぎりぎりだ。母は黙っている娘を勘定高く計算的になって責める。若い高慢なあなたが、いつもわたしみたいな年老いた女と一緒なのは良くないよ。つい先ほど証明されたばかりの、エリカが人を知らなさ過ぎるという欠陥のままでいると、多分一年のうちに〔出会いがあって〕二回目にでも悪いのに当たる。エリカにとって良いことを母は話す、言い換えれば、エリカがこのことを見抜いているのは、自己認識への第一歩だ。他にもまだ男たちは存在している、と母は宥《なだ》めて、気遣《きづか》わしく漠然とした後日への希望を繋《つな》がらせる。エリカは非友好的に黙っているわけではない。エリカがいま沈思熟考しているのを、母は気遣っていて、この懸念《けねん》の思いを言い表わす。話さない人間は、よく考えている可能性がある。考えていることがあれば公にして、自分の中にのみ込んでしまわないように、母は要求する。考えていることがあれば、母も情報を得るように、母に対しても話さなくてはいけない。母はこの静けさを不安に思っている。娘は復讐心に駆られているのか？　べらぼうな事をあえて話すつもりでいるのだろうか？太陽がその下《もと》の埃《ほこり》砂漠に昇る。建物の正面を陽光の赤色が洗う。樹木が緑を羽織る。木々はお飾りになろうと決めている。花々は一族を付け加えようとして、つぼみをつける。人々はこの情景の中であちこち行き交《か》う。人々の口から話があふれ出てくる。

多くの事柄がエリカに痛みを与える。そして用心のためにそう急には動かない。エリカの包帯は必ずしも身体に添ってはいないが、その代わり優しく装着されていた。この朝がエリカに、なぜこの数年すべてと没交渉でいることができたのか、その理由を探り出す気を起こさせるのを可能にしたのかもしれない。ある日ぶ厚い壁から大きな歩みで抜け出すために、そしてあらゆるものを凌駕《りょうが》するために！　なぜ今ではないのか。今日では。エリカは丈が短い昔のモードの、古いドレスを着ている。このドレスはあの当時の他のドレスほど短くはない。ドレスはきつすぎて、背中は完全には閉まらない。完璧に流行遅れのドレスだ。母もこのドレスは気に入っていない。短すぎるし、窮屈すぎる。娘の体があらゆる片隅や端からはみ出ている。

エリカは通りという通りを歩いて行くつもりでいるが、みんなを唖然とさせるためには、そのためには、エリカが居合わせているだけで充分だ。エリカの外観省《オイセレ》〔外務省《アウセン》のもじり〕は、流行遅れのドレスを着ていて、かなりの数の人々がそちらの方を嘲《あざけ》るように振り返る。

母は気晴らしに街歩きをしようと提案する。でもあなたがそんな奇妙な服装だとわたしにはピンとこないよ。娘はその言葉を聞いていない。娘が黙っているのに勇気づけられて、母はハイキング地図を取り出してくる。古い、埃っぽい引き出しからだ。父もかつてはその中を引っ掻きまわして探したものだった、指で小径をうまく組み合わせて辿りながら、さまざまな目的地を探しつつ、おやつを摂る休憩場所を見つけ出しながら。キッチンで娘は母に見られることなく、鋭いナイフを一本ハンドバッグに入れる。普通の時ならナイフはいつも死んだ動物の肉だけを見て、味わっている。娘には、殺人を犯すのだろうか、それともむしろキスしながらあの男の足元に身を投げることになるのか、まだ分からない。彼女が男を刺すかどうかは、後で決めるだろう。それとも彼女は情熱的にそして真剣になって彼に哀願するかだ。生き生きと目に見えるように具体的にハイキングのルートを説明している母親に、エリカは耳を傾けていない。娘は、自分に哀願するために来るはずの男を待っている。静かに窓辺に座って、前進するか、留まるか、対立する両方の差し引き勘定をしている。差し当たり留まることに同意がなされる。明日わたしは、多分行く、と彼女は決意する。娘は住まいの下の通りを見下ろしてみて、すぐその後に彼女は出掛ける。今まもなく工科大学のクレマーの専門分野で朝の講義が始まるのだ。そのことをいつか彼から聞き出したことがあった。愛が、そこへ導いてくれるエリカの道案内人だ。憧れが、彼女の経験の乏しい助言者だ。

早くもエリカ・コーフートは外に出掛けていて、出掛ける理由をいろいろ探っている母を後ろに置き去りにした。ずっと以前から母にとって時間は、極度に意地の悪い肉食植物として親しみのあるものになっている、しかし一日の時間の始まりに身を晒すには、いつになく早すぎないだろうか?

その子どもは一日を始めるのが一般的にやや遅い、だからその日を侵食するのもやはり遅めに始まる。

バッグの中の彼女の温かいナイフを抱きしめて、エリカは通りを幾つも抜けて歩いて行き、自分の目的地の方向に歩いて行く。彼女は普通の人々を逃げ去らせてしまうかのような、見慣れない光景を呈している。人々は憚《はばか》ることなくじっと見つめる。みんなは振り返りながらコメントする。人々は恥ずかしげもなくこの女性について自分の意見を言い、はっきり口に出して言う。エリカは優柔不断な丈の半分ミニのドレスを着て、若者たちと張り合い始めながら、身の丈いっぱいに大きくなる。どこででも明白に若者と見て分かる者たちは、手放しでその女性を嘲笑する。若者たちはエリカをその外見に関して笑っている。エリカは若者たちをちゃんとした中身のないその内面性に関して笑う。とある男性の目がエリカにシグナルを送っている、彼女はそんなに短いワンピースを着るべきではないと。なんと言ってもやはりそれほどきれいな脚をしてはいないし！　笑いながらこの女性は悠然と歩きまわっているが、どのようにモードのアドバイザーが言ったところで、そのドレスは女性の脚に似合っていないし、脚はドレスに似合っていない。エリカは自分から、そして他人から目立ち過ぎている。女性はあの男とうまくやれるかどうか、不安を抱いている。中心街でもやはり若い人たちが愚弄《ぐろう》する。エリカは声をふり絞って嘲笑し返す。若者たちができることは、エリカならもっと上手にできると。彼女はそのことをすでに前々からもっと長くやっていると。

エリカは美術史美術館と自然史博物館前の広々とした広場を経由して歩いていく。鳩が飛び立つ。この決然たる態度を前にしてならのこと！　観光客たちはまず女帝像マリア・テレジアをじっと見つめて、それからエリカにぽかんと見とれ、それからまた女帝像にぽかんと見とれる。

両開きの扉がパタンパタンと音を立てる。開館時間が掲示されている。環状道路《リンク》上のトラムが交通信号灯めがけて突進する。陽光が埃《ほこり》を縫ってちらちらしている。ブルクガルテン〔王宮庭園〕の格子の内側で若い母親たちが日課の行進を始める。最初の方の禁止の札が下の方の砂利道に投げだされたままだ。〔乳児や子どもと話している〕母親たちの背丈の高さから泡状の唾が下の方にしたたり落ちる。ますます音量が高まっていく泣き声が、つまり、一転して戦局を有利に導く奇跡の武器が、それに応じて答える。あらゆる所で今、二人、あるいはもっと多くの人たちが意志を疎通し合っている。同僚たちが集まっていて、友人たちは喧嘩になってしまう。ドライバーたちはオペラ座交差点を経由してエネルギッシュに車で走って行く、というのも歩行者たちは彼らの目から消えて、どちらかといえば地下にだけ滞在しているからであって、地下では歩行者が自分で加えた損傷は、自分で責任を持たなければならない。歩行者らは地下に身代わりの山羊、つまり、車のドライバーをまったく見出しはしない。地上の人々は様々な店舗の外側で詳細に吟味してから、店内に入って行く。二、三の人たちはほとんどこれといったあてもなくぶらぶら歩いている。環状道路《リンク》に沿ったオフィスの建物群は次々に、輸出入に携《たずさ》わっている人間を飲み込んでいる。ケーキ屋兼カフェの「アイーダ」では、母親たちが自分の娘のセクシャルな行動をまともに目にすることになるが、そういった行動は母親には初めから早熟で危険だと思われている。母親たちは自分の息子が学校やスポーツで全力をつくすのを称賛する。

紛れもない本物のナイフという過ち〔の道具〕をエリカ・コーフートはハンドバッグに入れて握りしめている。ナイフは旅に出るのか、それともエリカがカノッサ詣でに*、男性の容赦を請いに出掛けるのだろうか？　エリカにはまだ分からない、着いたらその場で初めて決めるだろう。そのナイフはまだお気に入りだ。ナイフを踊らせよう！　女性はゼツェッシオン**に向けて針路をとって、その金色の葉簇《はむら》の丸屋根の方にこだわりなく頭をもたげる。丸屋根の下では、この市では名高いある芸術家が今日《こんにち》、その展示品に照らせば、かつて芸術として存在したものが、もはや存在し得ないような何ものかを展示している。ここの場所からは工科大学が、芸術の反対の極がもう遠くに見える。エリカは僅かに交差点を横断してから、レッセル公園を抜けていけばいい。時々風が吹いてくる。若い人たちの知識欲に満ちた声がここにもすでに集積している。まなざしがエリカを掠《かす》める。エリカはまなざしに応じている。とうとうわたしにもまなざしが向けられている、と彼女は小躍りして喜ぶ。そのようなまなざしをエリカは何年も何年も、ずっと雌雄同体のままでいることで、避けてきたのだった。でも長い間続いていることは、ついには鋭く目立ってくるだろう。武装しないままエリカが視線に晒されているわけではない、ねえ、けなげなナイフよ。大抵の人がそんなに大きな声で笑うわけではない。大抵の人は笑わない。大抵の人が笑わないのは、自分自身以外には何も見ていないから。大抵の人はエリカに気づかない。

若い人々のグループが幾つかの大きな流れからはみ出てきて凝結する。それらのいくつかのグループが特別任務をおびた部隊や後衛を形作る。積極的に参加している若い人たちは様々な経験を決然となす。その経験について絶えず話している。一方の人たちは一人で経験しようとする。他方の人々はむしろ、願望に応じて他の人たちと一緒に経験しようとする。

工科大学の建物全面の前にある円柱は、爆弾やダムを発明したこの研究機関の有名な自然科学者である男性たちの金属の頭を支えている。蛙のように、巨大なカールス教会***が荒れ果てた土地の真っただ中にうずくまっているが、しかし車の排気ガスがそこを脅やかすことはない。水****が自信に満ちてお喋りして、あちこちで泡立っている。緑のオアシスと表現すべきレッセル公園を除けば、人々はまったく石ばかりの上を歩く。乗ろうと思う時だけではあるが、地下鉄に乗っても出掛けられる。

エリカ・コーフートはヴァルター・クレマーを、いろいろな知識段階にいる同じ志の学生たちのグループの真ん中に発見する。学生たちはあれこれ声高に笑い合っている。しかしエリカのことを笑ってはいない、学生たちはエリカに気づいていない。ヴァルター・クレマーが今日は

* 一〇七七年ドイツ皇帝ハインリヒ四世が教皇の赦免を請い、北イタリアのカノッサ村の城前で三日三晩立ちつくした際の屈辱の旅。
** クリムトらの芸術家が旗揚げした分離派の展示館。
*** ウィーン工科大学の東隣りに位置する。
**** カールス教会北の池。

ぶらぶら怠けていなかったと大声で明らかにしている。彼は昨夜も、他の日の夜に休養したよりもっと長く休んで元気回復する必要はなかった、と言っている。エリカが数えてみると、三人の若者と一人の若い娘がいて、その女性も同様に何か工学的科目を大学で勉強しているように見える、しかも工学的な新製品を作り上げるために勉強しているようだ。この少女は、ヴァルター・クレマーが自分の肩に楽しそうに手を回すままにさせている。少女は大声で笑ってそのブロンドの頭をちょっとの間クレマーの首筋に隠していて、彼の首筋はそれなりにブロンドの頭を支えなければならない。少女は身体言語で表わしているように、笑いこけていて立てない。少女はクレマーの上に寄りかからなければならない。他の若者たちはクレマーに賛意を表明する。やはりヴァルター・クレマーも思いきり笑いこけていて、髪の毛を揺すっている。太陽がクレマーを抱きしめる。光がクレマーの周りで戯《たわむ》れ動く。彼が声高にさらに笑って、他の者たちが声を限りに賛成している。一体何がそんなに可笑しいの、と遅れて来た一人の若者が訊いて、すぐに一緒になって明るく笑う。彼に笑いが伝染したのだ。新参者に何事かが、ハアハア言いながら、一呼吸で詳しく説明されて、今やっと彼は自分が何を笑ったのか知るのだ。新参者の若者は笑い方では他者を凌いでいる、なぜなら遅れた分の笑いの時間を取り戻さなければならないから。エリカ・コーフートはそこに立って、見ている。彼女は傍観している。晴朗な日だ、そしてエリカは傍観している。このグループは存分に笑ってしまうと、工科大学の建物に足を踏みいれようと、そちらの方に向かって行く。その間にもみんなは絶えず繰り返し心から笑わずにはいられない。みんなは笑いのせいで自分自身の言葉を中断する。窓が陽光の中でキラリと光る。両開きの扉はこの女性には開かない。誰にでも開くわけではないのだ。誰かの方に呼ばれても、必ずしも良い人間とは限らない。多くの人々がすすんで助けるつもりではあるが、それでも彼らはそれをやらない。女性は脇を向くほど大きく首を回して、病気の馬のように、歯列を剝き出す。誰一人彼女に手を置かないし、誰一人彼女から何かを取ることもない。女性は弱々しく肩越しに振り向く。ナイフがこの女性の心臓の中に突っ込んでいって、そこで回転するはずだ！　そうするのに必要なエネルギーの残りが機能しない。女性のまなざしが虚空《こくう》に落ちる。そして怒りや憤りの、そして情熱の高揚がないままにエリカ・コーフートは肩の一箇所を刺す。そこからすぐに血があふれて飛び出す。その傷は危険というわけではないが、痛みだけはある。膿《うみ》の類いが中に入るのは許されない。世界は傷つかずに存立しているが、静かではない。若い人々は長いこと建物に消えているのだ。一つの建物がもう一つの建物と境を接して建っている。ナイフはバッグの中に戻される。エリカの肩には裂け目が一つぱっくりと口を開けていて、抵抗することなく繊細な組織が分かたれる。はがねの武具はバッグの中にサッと突っこまれて、エリカはそこから立ち去る。乗り物には乗らない。エリカは片方の手を傷口に当てる。誰一人彼女の後ろを歩いていない。大勢の人がエリカに向かってやって来て、彼らはエリカの所で水が、感覚が麻痺した船体に当たるように、分かれる。いかなる瞬間にも来たるべき痛みが到来しそうだ。車の窓ガラスが一枚燃え上がる。

エリカの背中は少しファスナーが開いたままになっていて、温まる。背中はだんだん勢いが強くなる太陽のせいで少し温まる。エリカは歩きに歩く。エリカの背中は太陽に温めなおされる。血がエリカの体から滲《にじ》みでてくる。人々は肩から顔にかけて上の方を見やる。幾人かは振り向きさえする。みんながそうするわけではない。エリカには自分が歩いて行くべき方向が分かっている。彼女は家へ向かっている。エリカは歩いて行き、だんだんと歩みを速めていく。

訳者あとがき

長編小説『ピアニスト』のドイツ語原作Roman „Die Klavierspielerin“は、オーストリアの作家エルフリーデ・イェリネク（Elfriede Jelinek, 1946-）により一九八三年に発表され、同年のベストセラーになりました。二〇〇〇年にミヒャエル・ハネケ監督のもと、この長編小説は、『ピアニスト』というタイトルで映画化され、二〇〇一年のカンヌ国際映画祭でグランプリ受賞した段階で、訳者は邦訳を開始しました。

ドイツ語原作のタイトル „Die Klavierspielerin“は、フランス語で製作された映画作品 „La Pianiste“と共に、厳密な意味表現では「女性ピアニスト」です。邦訳のタイトルも、映画のタイトルと同じ『ピアニスト』になりました。このタイトルで原著者エルフリーデ・イェリネクがこだわっている思いを充分に表わしているか否かについては、彼女の二〇〇四年ノーベル文学賞受賞直後の電話インタヴューでの言葉「ノーベル文学賞を授与されたのは思いがけなくて、嬉しい、大きな栄誉ですが、それでもこの授賞をオーストリア〔という男性用スーツ〕のボタン穴に刺して飾る花と見なしたくはありません（……）」をヒントにしながら後述します。東京で上映される際に、映画館「シネスイッチ銀座」

に翻訳書も置くという目的もあり、訳者は二〇〇一年夏休みから、本来の仕事のある秋学期まで入り込んで四カ月程翻訳マラソンの厳しい日々を送りました。七〇頁程翻訳が進んだ八月のある日、日本ヘラルド社のご好意で、フランスから届いたばかりで日本語字幕もないフランス映画『ピアニスト』の鑑賞の機会を得ました。一般公開された二〇〇二年当時には、ブログの掲示板「ピアニストはどうよ」(当時の2チャンネル、現在の呼称は5チャンネルだそうです)で、様々な意見が賑やかに書き込まれました。

時を経て二〇一二年の東京都主催「フェスティバル東京」開催時には、オーストリア大使館主催によってエルフリーデ・イェリネク関係の催しが幾つかあり、神楽坂近くのフランス国設置の文化・語学会館である「アンスティチュ・フランセ」でも、映画『ピアニスト』が上映されました。訳者が事前トークに加わった際には、この翻訳書は絶版になっていました。この小説自体と映画を比べてみたい方々も二、三居られましたが。その後また数年を経て、訳者は『ピアニスト』を全文コンピューターで新たに翻訳を書き込みながら新訳版を仕上げる充分な時間を見出し、漸《ようや》く新訳版を出す決意をしました。二〇一九年三月から原文を読み直してみて、あらためて現代ドイツ語圏文学のディーヴァ、エルフリーデ・イェリネクの長編小説『ピアニスト』は、文章の難解さと、味わいのある奥行きの深さに関しては、この作家の他の二冊の長編小説 „Lust“ (邦訳『したい気分』、中込、リータ・ブリール訳、鳥影社、二〇〇四年)、およびイェリネク自身がみずからの「代表作《オープス・マグヌム》」と称する超大作 „Die Kinder der Toten“ (邦訳『死者の子供たち』、須永恆雄、岡本和子、中込訳、鳥影社、二〇一〇年)より僅かだけ易しいという程度なのだ、と痛感しました。と同時に、映画とはまったく質の違う面白さても新たに味わいました。以前の訳本をお読みになられた読者の皆さまには、馴染みのない事柄についての訳註が少なく、分かりにくい表現もあったかと心より申し訳なく思っております。『死者の子供たち』のアドヴァイザーをして下さったオーストリア人マルティン・クバチェク教授は、イェリネクのポリフォニック（多声音楽的）な文体には「さまざまなイメージが互いに重なり合い、入り込み合う。すると不運な翻訳者は疑問を突きつけられる、すなわち、この諸々のイメージの中から自分の訳文にどれを採用するか？　どの意味を最優先するか？　同型同音異義語に出会えばどの意味を優先するか？　たえず決定を迫られる。一つの意味を採れば、他のいくつもの意味を諦めざるを得ない」（『死者の子供たち』後書きより、須永恆雄訳）と、多層的な比喩語法に翻訳者が向き合わざるを得ない事情を、ネイティヴの立場から書き表わしています。このような訳出に苦慮した箇所は、枚挙《まいきょ》に遑《いとま》がありません。今回は複雑な文章や、すぐには理解し難いメタファー等には、余計なことながら註を多く付記しました。

新訳版にあたり、映画『ピアニスト』では伝えられていない内容、例えば、エリカ・コーフートのピープショウ訪問や、カヌーが趣味であるヴァルター・クレマーのワイルド・ウォーター競技や、滑《なめ》らかには進んでいかないピアノ教授エリカと生徒ヴァルターの恋愛などのディテールが、詳細かつ精巧に、丁寧に奥深く描かれています。映画表現では分からない、人間感情の機微の描写や、作者のユーモアが味わえることも発見しました。

かなりの長編恋愛小説である『ピアニスト』をドイツ語で創作したエルフリーデ・イェリネクの文体に関して、邦訳する上で大きな特徴が一つあることは、まず始めに読者の方々に伝えておかなければばなりません。邦訳の際の原作文章表現の第一の問題は、一般に、普通の小説で登場人物が直接話す言葉は、大抵「　」で括《くく》られていますが、この当該《とうがい》の物語の原文にはそれがまったくありません。ドイツ語では、小説の進行を進めていく上で全権を担う原作者や著者 Autor（アウトーア）を表現する言葉が、ラテン語の auctor の由来であり、独文学では「アウクトリアルな」語り（手）と言うこともあります。英語で omnipotent（全知全能的な）語り（手）と言うのと同質の語り（手）でしょう。すべての文章を作者の「語り」の説明文では訳出できません。登場人物の心の内や考えを文章表現する内的独白（der innere Monolog）も多く混じっています。さらには、文章の区別として、普通の直接発話や登場人物同士の対話文があります。ところが、すでに書いたように、この長編小説では、話し言葉に「　」が一切付記されていません。それに加えて三人称を主語とする文章群、間接発話文の中にあっても、意味上は突然直接発話や対話文となって、それから再び次の語りの文章に続くことがあります。そのための対策として私は、三人称が主語である文章であっても、その文章の最初の動詞に「話す、主張する、叫ぶ」等の動詞が使われている場合には、話し言葉や対話の文章に訳出することにしました。ともすると、長い全知全能的な語りやモノローグの中に、突然第三人称の短い文章でありながら、対話文としてしか訳出できない短文が現われることがあるのです。ピアニストの映画化について短いエッセイを書いているミヒャエル・トェーテベルク（Michael Töteberg）が、「この長編小説は一個の言語芸術作品である。この本の中には直接発話はまったくなく、映画のシナリオに取り入れられるような唯一の対話文もない(1)」と書いているのを見つけましたが、確かめ直すまでもありません。

これらの語りの区別の訳出が含まれていると思われる一例を、本文第一部始めの方の文章で挙げてみましょう。特に問題にしたい箇所は〔　〕内に括《くく》っておきます。例えば、――しかし通帳は今日遠足をした、預金が引き出されたのだ。その結果が今に分かる。つまり素敵なあのお金がどこに留まっているのか知りたい人がいるなら、そのたびにエリカはこのドレスを着てみる必要があるだろう。母親は叫んでいる――そんなことして、あなたは後々《のちのち》報われることをみすみす棒に振ってしまったのよ！　将来わたしたちは新しいマンションを持てたでしょうに。それなのにあなたは待つことができなかったから、今になれば、ただのぼろ布を一枚持っているだけじゃないの。そんなものじきに流行遅れになってしまうでしょうよ。〔母はあらゆるものを後になって欲しいと思う。何ひとつ今すぐには欲しくない。それでも子どものことをいつでも欲している。それにもしママに心筋梗塞の危機がさし迫っている時、やむを得ない時に、どこに子どもがいて連絡ができるか、いつも知っておきたい。母は後で楽しむことができるように、今のうちに節約するつもりでいる。〕それにしてもエリカが自分用に、よりによってドレスを一着買うなんて！　オープンサンドの魚の上に乗っかっているマヨネーズの小さな斑点より、もっと儚《はかな》いようなもの。こんなドレスは来年といわず早くも、すでに来月にもどんなモードにだって遅れをとっている。お金は決して流行遅れになることはないのに。

「母親は叫んでいる」という文までは、著者の視点での表現、「アウクトリアルな語り」です。あるいは母親の内的独白かも知れません。けれども「母親は叫んでいる」というのはどの文章まででしょうか。「そんなものじきに流行遅れになってしまうでしょうよ」までにしますと、その次に私がいま例に挙げている〔　〕内に括った文章は、ママという言葉もあるので、エリカが思っているモノローグかとも思われますが、または娘と母との対話、あるいは、その範囲での著者の語りかも知れません。〔 〕内の後はすべて、明らかに母親がエリカにぼやいている言葉です。ドイツ語で書いているトェーテベルクもこのような叙述の区別の煩雑さに直面したことでしょうか。繰り返しますが、邦訳する者として翻訳の際に決めたことがあります。全知全能の語りの箇所のようでいて、三人称の文章でもあり、二人が話している場面の対話であるとも読み取れる、このような場合には、主語に続いて「語る、言う、叫ぶ」等の単語がありさえすれば、前述したように、思い切って会話体で訳出している箇所があります。もちろん登場人物が内的独白をしていると直ちに分かる叙述もあります。次に、エルフリーデ・イェリネクが創作したヴァルター・クレマーという若者の人となりを少し示す箇所を本文から挙げてみます。二十歳を過ぎたばかりで、濃いめの金髪をほどほどの長さにしていて魅力的な若い学生ヴァルター・クレマーについて、アウクトリアルな語りと内的独白が混じっていると思われる文章を引用します――

ヴァルター・クレマーは思慮深く頭の中に自分の心を置いてみて、すでに所有していたけれど、そのあとまた安い値段で叩き売ってしまったかつての女たちのことをじっくり、徹底的に考えてみる。女性たちには叩き売ったことを詳細に告白した。そうすることに手間を省かなかった。とどのつまり、たとえ痛みを伴いながらでも、女性たちはそのような経緯《いきさつ》を洞察することを学ばなくてはならないだろう。男は気分が乗れば、ひと言も言わずに、その気になって出掛ける。女のアンテナは、かたつむりの触手《フューラー》にも似て、空中で神経質にあちこちいじり回してみるけれど、所詮女性は感受性《フューレント》の強い生き物なのだ。女性の場合、理性は優勢ではない。このことは女性のピアノ演奏にもやはり言い尽くされている。女性は大抵、能力一つとっても、それを暗示するだけにしておき、それで自己満足する。クレマーはそれとは反対に、一つの事柄の真相を徹底的に突き止めたいのだ。（二一二―三頁）

別の箇所で著者のエルフリーデ・イェリネクは、登場人物ヴァルター・クレマーは、習い事をよく中断して、根気がなく（四〇二頁）、物事に飽きっぽい質《たち》の若者であるとも書かれていますが、エリカの母親が、自分の娘の相手でない限りは、中流の上くらいの家庭のお坊っちゃん風で「実直な」青年だ、「本当に感じがいい」（二六四頁）と思う箇所もあります。またヴァルターはエリカに、「正直に白状しますが、残念ながら天分もない、いい加減な質《たち》なんですよ。」（二八八頁）と言っています。クレマーが若い女性ではなく、年上の教授エリカに惹かれていくのは、ピアノで彼の能力を超えている女性であるからという事実が大きいわけですが、クレマーが最初から、エリカとなんとか親しい関係になるのは、一年くらいに限るという心づもりでいるところが、やはり要領のいい軽薄な「チャラ男」であることを、著者は物語の前半からすでに、彼の長い内的独白および物語の全知全能的語りで、読者に前面に出して示しています。作者イェリネクの筆の進め方には、以上で検討したように、意味を読み取れるような日本語に訳出する際の問題点を確認しました。なお、第Ⅱ部で、エリカがヴァルターに渡す手紙文で、ヴァルターが声に出して読む引用文には、訳者が「　」を付記して、状況を理解しやすくしていることを強調しておきます。

この長編小説『ピアニスト』は、作者エルフリーデ・イェリネクも七歳からピアノを習っていますから、作者本人の伝記小説かと思われるかもしれませんが、たとえエリカの父親のサナトリウム入院がこの小説で扱われているにしても、エリカとヴァルターという二人の登場人物の設定の観点から見れば、トェーテベルク(1)（Michael Töteberg）が表現しているように、「創作された言語芸術作品」です。エリカ・コーフート教授と、工学部学生でありまたエリカのピアノの生徒ヴァルター・クレマーとの恋愛関係の紆余曲折が、著者の並外れた言語能力によって詳細な内容となり、繊細極まりない、豊かな感情の機微が描かれています。小説ではエリカ・コーフートは普通の母親とは違う考え方の母親の願望に従ってずっと独身でいます。ヴァルター・クレマーは、作者エルフリーデ・イェリネクが新たに考え出した登場人物です。さらに、作者のエルフリーデ・イェリネク自身は二十代で結婚しています。ただ作中の、名前が与えられていない母親の有り方は微妙です。作者とその父母との三人家族が小説の骨組みに使われている部分はあります。まず、作者の両親について詳述しますと、エルフリーデ・イェリネクが精神科の医師アドルフ－エルンスト・マイヤー（Adolf-Ernst Meyer）との長いインタヴューの本(2)の中で「私は、ユダヤとスラヴが混合した、典型的なウィーンの産物で、この所産はウィーンで非常に多いものです」（『マイヤーとの対談』一四頁）と語っているように、スラヴ系の母親オルガ・イローナ・イェリネク（Olga Ilona Jelinek,1904-2000）は第二次大戦終結以前、六学期ほど大学に通ったことのある有能な女性で、戦時中からジーメンスに勤めて家計を助けていました。イローナ（母親はオルガよりこちらの名前を好みました）は、夫の父フリードリヒ・イェリネク・シニア（Friedrich Jelinek senior）がユダヤ人であったために、その息子でイェリネクの父フリードリヒ・イェリネク（1900-1969）のことでは、近い将来に何が接近しているのか見通せましたから、非常に早い時期から心配していました。イローナの娘のエルフリーデ・イェリネクは「私の父は私の母の策略と戦術がなかったら、決して生き延びていなかったでしょう。私がいつも母に支配的だとか完全な権力行使であったと感じ取っていたこと、それはまさに私の父が明らかに毎日の生活の中で必要だったことなのです。父は世間知らずで、自然科学の天才でした」（『マイヤーとの対談』一六頁）と語っている通り、母親の支配力を評価しています。父親は有機化学の学者であり、プラスチック等の合成物質のエキスパートでした。戦争にとって重要な仕事を果たしたことで、生き延びたのでした。母親が、金銭的な事情で専門の化学の勉学を中断していた父親に、確かに大学の化学科に在籍している由《よし》の書類を必ず持っているようにさせて、問題があればナチス親衛隊ＳＳに見せるようにと熱心に勧めていたのが功を奏し、また一九三八年ナチスのオーストリア併合の時期には、ユダヤ人排斥からぎりぎり間に合って学生のまま落第することなく、それどころか輝かしい成績で、首席で卒業試験に受かったのです。ドイツ西部の要塞、ジークフリート線に行くこともありませんでしたが、専門の化学関係の仕事に就いていて、例えば、戦争に重要な、弾性ゴムの接着剤を発明しましたから、戦争に加担していたことになるのです。ここでいう大学とは、小説の中でヴァルター・クレマーも通っているウィーン工科大学のことです。母親イローナは一九四五年には人員の少なくなったジーメンスの所属部門の責任者でした。彼女の夫が子供を所望したので、やがて妊娠すると、仕事を止め、結婚後一八年にして子供を一人授かったわけです（elfriede jelinek『ポートレート』[3]一二三頁）。娘エルフリーデ（Elfriede）です。このエルフリーデという名前をイェリネクはとても愛しています。

　スラヴ系の比較的裕福な母方の家系の祖母の、シュタイアーマルクの山の中の家には、学校の生徒エルフリーデが夏の避暑や冬のスキーに訪れて、その地の酒好きな木こりが多いプロレタリアから社会階層の違いの勉強をしました。小説の中に登場するエリカの従兄ブルシのモデルは、作者の母方の従兄ハンス・ウール（Hans Uhl）であり、彼もエルフリーデ同様にシュタイアーマルクをよく訪れていました（『ポートレート』二〇頁）。

他方、ユダヤ系の祖父の継承者であるインテリの父親フリードリヒ（Friedrich）から、エルフリーデは言葉を習いました。父親について彼女は、「皮肉やあてこすり、きつい冗談を私は父親から取得しました。家族の中で私の父はいつでも好んで下位に甘んじていて、私の母が優位に立つようにと心がけていましたが、それでも両親のあのような役割交換中でも、例の洒落《しゃれ》や冗談を言うのは父でした」（『マイヤーとの対談』一四―五頁）と語っています。子供たちであっても機知に富んだ言葉や抜け目のない要領の良さで大人たちを出し抜くことができることも学んだようです。父親とは面白い表現をし合い、語呂合わせ《カーラウァー》をいつも一緒にしていました。作品中にもその影響が、同音異義語の言葉遊びになって、よく垣間見られます。母方の家族はカトリックであり、子供たちには行儀よく、もの静かで、従順であるべきと要求していましたから、子供のエルフリーデがジョークや小生意気なことを言ってみても、評価はされませんでした。

戦時中の機転の利く母親を知っていますから、イェリネクには家の中での順位は母親が第一位だという意味が分かっています。小説『ピアニスト』の中でエリカは、男性優位社会の共犯者となっていて、実権を握っている母親に禁止事項を押し付けられて暮らしていますが、仲良く共生的に生活している面もあります。その上で、母親に内緒でいろいろな反抗的行動、特に読者を驚かせるような、男性がする快楽的行動、「ピープショウ」を訪れたり、夜間のプラーター草原で覗き見をしたり、ポルノ映画を観たりして、奇抜な行動をするエリカに、読者はこれが女性の日常する事柄かとびっくりします。しかし、これは一九七〇年代にフランスのロラン・バルト（Roland Baethes, 1915-1980）著『神話作用(4)』の影響を受けたエルフリーデ・イェリネクが文学的綱領(5)を作った実践の一つと言えるでしょう。イェリネクはその綱領の中で「神話の機能は、神話をまったく消滅させることなしに、変形することです、つまり、マスコミの写真や挿絵入りのコマーシャルというありふれた領域の様々な神話が、それらの歴史を奪われて、純粋なみせかけやポーズに変えられることを意味します。デフォルメされているのです」と書いています。神話のことをロラン・バルトは、「神話とは、ことばである」と最初に書いています。バルトの『神話作用』の中のエッセイに、例えば「レッスルする世界」が篠沢秀夫氏によって翻訳されており、プロレスラーがリンクに上がって闘っていても、観衆は、誇張された、ある種の情熱の各瞬間のレスラーの身振りを期待する。レスラーがリンクを降りて帰る際には、ふつうの男性（または、今の時世でしたら女性も）に戻っていると、日常の神話と現実との関係を書いています。エリカ・コーフートが男性の快楽とされる行動を実践してから、母の所に普通の娘のピアノ教授として平然とすまし顔で帰る場合も、日常のデフォルメされた神話から現実のピアノ教授である娘エリカに戻って帰宅する関係と似ています。それにしても、母親が夜一人でエリカが留守のとき、帰りが遅いと心配しながら懸命に、心を込めてベッドとその周辺を整えて待っている姿と親心の描写に、感動させられます。

一九六九年五月にエルフリーデ・イェリネクの父親が亡くなりました。『ピアニスト』に描かれた父親の入院の描写は、作者の母親イローナにとっては作品内で触れてもらいたくない事柄でした。父が戦時中に成績最優秀でウィーン工科大学を終了した半ユダヤ人として、戦争のための仕事をせざるを得なかったことや、戦時中の職場で様々な重圧に晒《さら》されたことが、父の病気の原因になったのは、家族に明白でしたから。作品中で、ノイレンバッハの施設に父を置いて母とエリカが帰る時、介護者に付き添われて見送る父が、手でバイバイの合図をする代わりに勘違いして、介護者に叩かれないようにと、その片手を目の前にかざして懇願している様子が描写されているシーンには、心底、胸を打たれます。「さようなら、とても素敵だった。でもみんないつかは終わる」（本書一六七頁）という言葉からは、誰もがそれぞれに経験した事柄に思い当たり、その時にあてはまる普遍的感情を言い得ています。

エルフリーデ・イェリネクは戦後一年経って、母方の祖母の家があるシュタイアーマルクで生まれ、食料事情が良かったために四歳まではそこで育ちました。しかしウィーン西側の場所に父親が建てた家に三人で過ごしたエルフリーデ・イェリネクは、生粋のウィーンっ子であると自負しています。作品中では、母親の娘に対する強制が無闇に強いことになっていますが、実際は、娘エルフリーデが自分を働いて育ててくれた母イローナを最期まで面倒を見ていました。ミュンヒェンで暮らす夫と結婚している娘エルフリーデは、ひと月の十日ほどはウィーンの家で、母と生活を共にしていましたから、エリカのお金を頼りにしながらずっと二人暮らしをする小説の中の母親とはニュアンスが違います。二〇〇〇年一二月にイェリネクから丁寧な手紙を戴いた時には、母親が九十六歳で亡くなり、聡明な母親の見取りは辛かったと書いてありました。その年の九月の独文学国際学会がウィーン大学であった際に、出版社の紹介を経《へ》て訳者がイェリネックと二日間お会いする機会を得て、初日の九月一六日に、ロベルト・ムージル（Robert Musil, 1880-1942、オーストリアの作家）も通っていた有名な文学カフェ「ムゼウム」でお会いした時、イェリネクは明らかに疲れた様子でしたが、次の日もお会いしましょうということになり、翌日の夕方ＡＮＡ航空会社経営のホテルの七階「雲海」を訪れて、お寿司を食べながらお話ししました。思い返せば、カフェでの様子から、お腹が空いていたようで、母イローナさんの看病疲れで大変な時期であったのでした。それでもなお、今イェリネクの伝記を、ジャーナリストの男女二人の著者が書いた本『ポートレート』を読み返してみると、二〇〇〇年九月二〇日に亡くなられたと書かれていますから、私とお会いして下さってからたった三日後のことであり、いまさらながら驚くと同時に、当時は大いに気を遣って下さっていたのだと申し訳なく思うばかりです。母親を失ったばかりのエルフリーデ・イェリネクは、秋から始まった映画『ピアニスト』のウィーンでの撮影場所、コンセルヴァトリウムの代わりに有名な劇場「アカデミー・テアータ」の隣りの音楽大学での映画撮影や、「楽友協会」（ウィーン・フィルハーモニー管弦楽団の本拠地）の代わりに「コンツェルトハウス」（ウィーン交響楽団の本拠地、シュタットパルク、市立公園の傍《そば》）で撮影中にも、イェリネクは立ち会わなかったとのことです（『ポートレート』二四五頁）。ついでながら、映画ではヴァルターの得意なスポーツ、風光明媚な場所でのカヌー競技に興じるシーンの代わりに、秋の撮影のためか、「コンツェルトハウス」隣りのアイススケート場でアイスホッケーをする画面に代わっています。エリカとヴァルターの初めてのラブ・シーン、映画のプログラムや本の表紙にもなったトイレのシーンは、この「コンツェルトハウス」の中で撮ったようです。映画を観た人には、映画はパリで撮影したものと勘違いした人も居たように見受けます。

二〇〇〇年にウィーンでお会いした時よりも九年遡《さかのぼ》った一九九一年五月のある日、ドイツ、ミュンヒェン市の文化センター「ガスタイク」で文学週間の催しがあり、その際に折よく大学から半年の同市滞在を許された訳者に、エルフリーデ・イェリネク本人が創作した放送劇の授賞式に居合わせる機会がありました。授賞式の後、私に、『ピアニスト』あるいは„Lust“（欲望あるいは性的快楽の意味、邦訳『したい気分』）の作品を邦訳するなら、どちらが良いか伺う機会があった時には、„Lust“は非常に込み入った試みをして書いたので、前者がいいのでは、と勧められました。当日とても印象的だったのは、受賞前に会場で女性カメラマンがしきりに、長身の美しい四十代の作家の様々なポーズを撮影していたことでした。また結婚したお相手の方も居合わせていました。一九七四年にエルフリーデ・イェリネク二十八歳で結婚したご主人であり、電子音楽で映画音楽を作曲し、情報科学の専門家で、コンピューター会社をいち早く立ち上げたゴットフリート・ヒュングスベルク（Gottfried Hüngsberg）氏です。小雨の降る中、二人で傘もささずに帰途に着く姿が、まだ目に浮かびます。当時、『ピアニスト』を読んではいてもイェリネクの翻訳にはまだ手を染めていなかった見ず知らずの私にも電話番号を教えて下さるなど、ご主人の優しさにも心打たれたことでした。イェリネクの数々の戯曲の劇場プルミエや彼女の作品をめぐる様々な授賞式の時だけは彼女と一緒にいつも護りの楯となって付き添っている、もの静かな配偶者です。ヒュングスベルク氏はミュンヒェンで、映画監督R・

W・ファスビンダー等と一緒に映画の曲作りに携わり、コンピューターもいち早く備えて、会社も作っており、イェリネクもかなり早い時期からコンピューターで作品を書き始めていました。母親のイローナ・イェリネクさん他も立ち会って一九七四年六月一二日にウィーンのペンツィング戸籍役場で結婚式を挙げました。イェリネクは結婚後も、父親が建てたウィーンの家では母と暮らし、一カ月に一度ウィーンとミュンヒェンとの間を往復していました。彼女特有の母親への思いがあって、ウィーンをまったく離れるという考えは当時はなかったようです。ウィーンの家の日本式庭園も大切にしていて、ノーベル賞のお祝いにと、日本庭園の写真集を数冊ウィーンに遠慮がちに送付すると、イェリネクみずから手入れしている日本庭園を模した庭の写真を十六枚送って頂きました。竹を縄で組んだ垣根の写真もあります。

このように、守護神のように優しいお相手と結婚している作家エルフリーデ・イェリネクは、小説の中で、ピアノ教授としてずっと年下の生徒に誤解を招きかねないサディスティックな要求を書いた危うい手紙を渡したエリカとは異なります。母親から様々な禁止事項と抑圧を受けて、先を見通す判断力の鈍ったエリカは、その手紙がヴァルター・クレマーという「チャラ男」には真意を見抜いてもらえないまま、二人の恋は紆余曲折の道を辿《たど》ります。「ようやくクレマーは、愛がなすまま天までも突進したいと思い、書面で明言している交通信号には注意しないでいる。確かに彼はここに手紙を持っている。なぜクレマーは手紙を開けないのだろうか?」自分にとって被虐的、マゾヒスティックな手紙を書いておきながら、エリカは自分の真意通りの返事、つまり「愛の気持からそんな暴力は実行しないよ」という返事を受け取りたいと思いながら書いた手紙の返事を、クレマーから待っていますが、カヌー競技の得意な、力みなぎる若者にとってはそのような「交通信号」には容易に気がつきません。エリカも若者の気持を見抜けなくなるくらい、母親に長い年月抑圧を受けてきています。実は、エリカの手紙の内容と似通ったことを、彼女の母親が、すでに物語の早い段階で言っていることに気づきましたか？　ホーム・コンサートの短い休憩時間にエリカの母親は言います――「ところでクレマーさん、あの三流の聴衆にはわたしたち寛大になっていましょうよ、ね？　要するにあの人たちに影響を及ぼして、感動させるようにしむけるように、あの人たちを専制君主のように支配しなければなりませんし、猿ぐつわをかましたり、隷属させたりする必要がありますよ。棍棒で打ってかかる必要だってあるでしょう！」この母のサディスティックな言い方、考え方が、つまり、何もかもエリカに禁止したり、強制する母親の態度が、娘をマゾヒスティックにさせていたのでしょう。エルフリーデ・イェリネクは『マイヤーとの対談』で、「（……）セクシャリティの禁止というのは、それだけでもとても強いマゾヒズムを引き起こし、かつマゾヒズムを満足させる構成要素ですね」（六九頁）と言っています。

さらに、この小説の著者エルフリーデ・イェリネクが、エリカのモデルでないという何よりの証拠は、この作家が輝かしい実力の持ち主のオルガン奏者であって、ピアニストを目指していたのではないことです。イェリネクが自立した有能なオルガニストになるまでの教育を紹介してみましょう。

母親は娘エルフリーデが四歳の時から十六歳までバレエを習わせ、小学校も私立校の「ノートルダム・ドゥ・シオン」という国民学校（小学校です、大学に進学する場合は、四年生修了まで通う）でした。当時母親は働いていて、娘エルフリーデを将来はピアニストや音楽家にしたい一心で、娘に七歳からピアノその他の楽器を習わせました。作品にも描かれているように、午後は管区の学校の音楽教室で選ばれた音楽の生徒としてピアノ、ヴァイオリン、ブロックフレーテ（リコーダー）等の楽器の練習をしていて、ギムナジウム（大学進学のための中学・高校。国民学校を四年まで通ってから、こちらに通う）に進んでも、学校の予習復習や宿題もきちんとこなしていた優等生でした。さらに特筆すべきことは、一九六〇年、十三歳で、学校の音楽教室から連れ出されて、世界中から数千人も志願する名門ウィーン・コンセルヴァトリウムのオルガン部門の入学試験を受けて見事合格し、最年少の学生としてレオポルト・マルクシュタイナー（Leopold Marksteiner）教授のもとで正式に、将来の自立したオルガニスト演奏家を目的としての教育が始まりました。先生は当時、半年ごとの学生用公文書に、「知力と音楽的感受性とが同等である」と判定して記入しています。エルフリーデ・イェリネクはコンセルヴァトリウムのオルガンに向かって週四回座り二時間ずつ練習し、一週間に二時間ひとこま彼女の先生に教えを受けました。マルクシュタイナー先生は彼女の上達は「非凡な、卓越した共感」によるものだと査定しています。オルガン演奏をエルフリーデ・イェリネクは気に入っていましたが、身体がきゃしゃでしたから、高度の身体的緊張と努力を要しました。オルガンの入学試験から一年後、同じ音楽院でのピアノの勉学にも応募して、合格しましたが、こちらの女の先生は、一人の少女エルフリーデがあまりにも多くの楽器を同時に管区音楽教室で習っているので、驚いていて、半年の仮採用期間を経てからという条件を指示しました。その後ピアノ部門の「学生」としても正式に登録して、教えを受けることになりました。そして十六歳で作曲学も加わりました。自分との闘いは幼少時から慣れていたので、気に入っているオルガンを中心に幾つもの中間試験や生徒のコンサートを経て、エルフリーデ・イェリネクは十年半でウィーン・コンセルヴァトリウムを卒業しました。

他方、アルベルト・ギムナジウムでエルフリーデ・イェリネクは、義務科目として自由科目のロシア語、フランス語、文学育成、合唱の科目を自分に課しました。イローナ・イェリネクは先生たちから何度か、娘さんにもっと青春期らしく過ごさせるように、という働きかけの試みがありましたが、業績と成果を娘に期待している母親イローナへの説得は聞き入れられず、無駄に終わりました。

エルフリーデ・イェリネクはピアノよりは、オルガン演奏の方を好みました。打楽器の一種であるピアノは鍵盤楽器であり、推定一七七センチはあるかという身長までに成長した少女の指がキーボードにやや不向きかという問題もなきにしもあらずでした。成長と共に、オルガンのマルクシュタイナー教授からは、文学と芸術のディスカッションもして、また映画についても話をして、ティーンエージャーとして他の誰からよりも多くを学んだとのことです。教授は、少女の隠遁《いんとん》した科学者の父の病気が進む時期の一番の関係者でありました。少女エルフリーデがあらかじめカリキュラムを考慮して弾いたオルガン曲は、ブクステフーデ（Dietrich Buxtehude, 1637 頃 -1707、ドイツの作曲家、オルガン奏者）、バッハ（Johann Sebastian Bach, 1685-1750、ドイツの作曲家）、レーガー（Max Reger, 1873-1916、ドイツの作曲家）そしてヒンデミット（Paul Hindemith, 1985-1963、ドイツの作曲家）でしたが、エルフリーデ・イェリネクは先生に、フランス人の作曲家オリヴィエ・メシアン（Olivier Messiaen, 1908-92）を教材で取り扱って欲しいと伝えました。アヴァンギャルドの曲の問題であるなら、この少女にとって難しいことは何もなかったのです。彼女には「同時代の音楽を習得することにほとんど熱狂的な熱心さ」があった、とマルクシュタイナー教授は査定しています。イェリネクに関して、その都度《つど》の一番新しい表現形式を吸収することは人生と作品とを通じて一貫している、とは、『ポートレート』(3)の二人の著者ヴェレーナ・マイヤー（Verena Mayer）とローラント・コーベルク（Roland Koberg）の感想です。

さらに、ピアノとオルガンの違いについて、エルフリーデ・イェリネク自身が、『マイヤーとの対談』の中で、ピアノは、出来栄えの重圧を感じなくてすむ室内楽や歌唱の伴奏で弾くのを好み、オルガンでは独奏するのです、と話しています。「音楽の勉学とは、テクニックの側面が大半であって、バッハのフーガの論理にしても、感情面はほとんど無しで、純粋な、システマティックな工程です。そのためこの工程を簡単に感情で規定することはできません。ですから私は多分オルガニストになったのです。ピアノでは違います、音が打ち鳴らされると音を出し、どの音もすぐに弱まりますから。そして各々《おのおの》の触鍵法文化を発展させる必要があります。オルガンの場合はストップレバーを一つ選んで手前に引いてonにすると、〔鍵盤を弾いて〕音色が得られて、音響自体を両手で変えることはもうできません。」そして「それに、最大の感情のそれぞれの動きが一つの数学的単位を有しているオルガン演奏の情緒の無さ、これは、明らかに私の性に合っています。」（『ポートレート』七一頁）オランダの有名なオルガン奏者トン・コープマンも、オルガン演奏は、理性と感性との釣り合いが取れている、と日本での演奏時に語っていました。

エルフリーデ・イェリネクのオルガンの腕前がどれほど凄いものか、彼女の文学作品の代表作„Die Kinder der Toten“（邦訳『死者の子供たち』）の翻訳の際に私たち三人の共訳者でお世話になったオーストリアの独文学者マルティン・クバチェク氏の文章をさらに引用させて頂きます。彼はイェリネクの家で彼女のピアノと彼のヴァイオリンで合奏したことがあります。以下の引用文はオルガニストとしてのイェリネクの素晴らしい逸話です。

「すでに引退していたオーストリア放送局の音響技師の語るところによると、若きオルガン奏者イェリネクが一度、放送局の大ホールでメシアンの大曲を、彼が録音責任者となって、収録したことがあった——長大な、密度の高い、ストップ操作も難渋をきわめる、たいへんな難曲であった。当時まだオルガンを学習中だったこの女性が、冷静に、集中して、弾き通したことに、また技術的にかくも難しい曲をこともなげに暗譜で間違い一つなく演奏したことに、彼は途轍もない印象をうけたという。録音を試聴して、ある録音技術上の欠陥のためにその録音が使い物にならないことが判明すると、彼女はふたたびオルガンに戻って一五分もかかるこの心身共に消耗するようなこの曲を先ほどと同じエネルギーと完璧さでもう一度演奏した、というのである」（『死者の子供たち』「後書き」七三九頁、須永恒雄訳）。クバチェク氏はこの引用文のあとに、音楽と頭脳の関係を考察しています。「幼少時からの音楽の習得はニューロンの横断的網状連結が獲得されるという。つまり様々な脳神経細胞の層がそこでお互いに連結し合い、それが思考の複雑性を推進するといわれている。イェリネクの多層にわたる言語活動は、この女流作家の集中した音楽的修行によって支えられてきたものなのか？」（『死者の子供たち』「後書き」七三九頁、須永恒雄訳）。

この引用文からも、もの静かで内気なエルフリーデ・イェリネクの文章のパワーがどこに潜んでいるのか考えさせられ、納得が得られたように思われます。彼女が凄いインテリジェンスと耐久力とを兼ね合わせた人であることに、いつも驚嘆せざるを得ません。このエピソードからも彼女が素晴らしいオルガニストであることは確実です。

イェリネクはオルガニストを目指しながら、ウィーン大学にも進み、演劇学と美術史専攻の手続きをとりましたが、数学期で学業を中断し、二十歳の時に一年近く家に閉じこもりました。この頃より作業療法として文学の創作に打ち込みました。当時普及し始めたテレビも好きで、よく観ていました。小説『ピアニスト』にもいつも母とテレビを観て楽しんでいる様子が描かれています。強い母との共生、密着関係もありますが、医師との相談で生活が正常化しました。学業としては一九七一年三月一八日、ウィーン音楽大学（Das Wiener Konservatorium）でオルガンの卒業試験を優秀な成績で終えます。しかし音楽を生業としないことにします。

二十一歳で詩集『リサの影』を出版した際に、自作の詩に二曲作曲もしています。また、オーストリア文学協会には、当時の会長オットー・ブライヒャーのように、イェリネクの詩作に関心を持つ先見の明のある人が居て、彼女は励まされます。彼からの貴重なアドヴァイスもあり、イェリネクの創作活動が始まりました。一九六九年二十三歳でオーストリア大学生抒情詩賞を受け、同年のインスブルック文学週間でも散文および抒情詩賞を受賞しています[6]。『ピアニスト』を創作する以前にも幾つかの小説や演劇テクストを書いていますが、一九八〇年には、思春期の女性ピアニストの小説『締め出された人たち』（„Die Ausgesperrten“, 1982）に先行して、同名の映画のシナリオをまず書いています。主人公アンナは平板に弾くピアニストであり、アメリカ留学も保証された立場にありましたが、母親に反対されます。最後にはアンナと双子である兄弟ライナーにより、彼女が両親もろとも殺されるという、実話に基づいた小説です。『ピアニスト』の作品中でもエリカはメシアンの曲目を選んで、終了コンサートに臨み、失敗しました。アンナもピアノ教授のエリカ・コーフートも、イェリネクのピアノへの控えめな隔たりを想起させる人物です。映画『締め出された人たち』には、イェリネク自身が一九八二年のこの映画に脇役で出演しました。メガネを掛けて髪の毛を上で結んだ女教師として出演しています。小説はその後に書きました。その頃にイェリネクは映画作りに興味をもち、セルジュ・ゲンズブールが出演すると合意していた映画の計画倒れの経験もしましたが、『ピアニスト』の映画化についても考えていました。しかし資金面で計画が長引きました。その当時すでに、ミヒャエル・ハネケ監督とパウルス・マンカーが、ウィーンのイェリネクの家を訪れて、『ピアニスト』映画化の相談をしています。アメリカ映画にして、ヴァルター・クレマー役に若きブラッド・ピットを、という話も出ましたが、十数年経った時点で、ミヒャエル・ハネケ監督の相方のパウルス・マンカーの資金面が調《ととの》い、エリカ役にイザベル・ユッペール、母にアニー・ジラルド、ヴァルターにブノワ・マジメルというフランスの俳優たちのキャストで二〇〇〇年秋のウィーンで、フランス映画は製作されました（『ポートレート』一〇二―三頁）。

二〇〇二年映画『ピアニスト』の日本封切りの直前に、大きな会場を使って大々的な試写会が催されました。その際に壇上で挨拶をした方のスピーチからすでに、原作者イェリネクがノーベル賞候補になっていることも知らされました。『ピアニスト』以後もイェリネクは幾本もの戯曲を書いては、それらがオーストリアやドイツの各地で上演され、そして長編小説 „Lust“, 1989（邦訳『したい気分』

中込・ブリール訳）、大長編小説„Die Kinder der Toten“, 1995（邦訳『死者の子供たち』須永・岡本・中込訳）、長編小説„Gier“, 2000（『欲望』）も書いています。そして二〇〇四年三月に、私は思いがけなくイェリネクから、その年の一月には出版できた„Lust“の翻訳をしたことに対してのお礼の内容の、丁寧な手紙を戴きました。まるで、予兆のようでした。つまり、その秋に彼女はノーベル文学賞を受賞したのでした。„Lust“は、イェリネクが女性の友人たちから、文章をこれ以上凝って書くのもいい加減にして、と言われたほどの力作で、しかも女性が書いたポルノ小説と批評された時も、ポルノ小説とは正反対のものです、とイェリネクは主張していたのです。この小説もベストセラーになりました。ノーベル賞ではこの作品や、イェリネクが自分の代表作《オプス・マグヌス》„Die Kinder der Toten“の大作、そしてもちろん『ピアニスト』も、そして数々の戯曲も、対象になっていることが分かります。「数々の小説や戯曲における「音楽的な声と対声との流れにより、社会の紋切り型の考えや抑圧的な力の不条理さを、並外れた言葉への情熱で描き出した」ことによりノーベル文学賞を授賞されたのです。

しかし前述したように、二〇〇四年一〇月七日午後一二時半にウィーンの自宅でスウェーデンから授賞されたという電話を受けた後の、スウェーデンの放送局の電話インタヴューで、エルフリーデ・イェリネクは直ちに、「授賞されたのは思いがけなくて、嬉しい、大きな栄誉ですが、それでもこの授賞をオーストリア〔という男性用スーツ〕のボタン穴に刺して飾る花と見なしたくはありません、オーストリア政府とは完全な距離を保っていますから」と話しています。私はこの言葉にとても重みがあると思います。イェリネクの学生時代は、いわゆる六八年世代が活躍した年代であり、彼女の政治に対する姿勢は基本的にこの世代の学生運動に刻印されています。労働者階級の利害関係を代表するオーストリア共産党KPÖへの入党（一九七四年）もこの文脈で自明のことでしたが、イェリネクの脱党（一九九一年）に関しては女性差別の問題を無視できませんでした。世界には男女ほぼ半数ずついて、その五〇パーセントに当たる女性が平等に扱われていない現実を批判するためでした。女性の立場で書く作品や人種差別を扱う戯曲に関して、特に「女性である」というだけで攻撃的記事を書かれていたイェリネクは、職場における女性差別を訴える手紙や評論等も数多く発表しています。

イェリネクは長編小説や演劇テクスト創作部門で驚くほど多作な作家ですが、それにもまして積極的に、インテリ知識人が読む新聞・雑誌にアクチュアルな政治的テーマでエッセイや批判的記事を書いて、政治参加してきているのです。このイェリネクの活動に対抗して存在していて、彼女を左翼的文化人エリートの一人として執拗に攻撃している最大の代表が、発行部数の多い大衆紙「ノイエ・クローネン・ツァイトゥング」(Neue Kronen Zeitung) です。一九九五年、路上でロマ人四人が外国人排斥で爆発死するという極右テロがありましたが、イェリネクはこの事件を契機として演劇テクスト『棒、杖、竿』(Stecken, Stab, Stangel) を一九九七年に創作しました。なおタイトルは、詩篇のダヴィデの詩に因んでいます。この事件やヨルク・ハイダーの外国人政策に沈黙している芸術家たちに関して、彼女が書いた記事を皮切りにして、この新聞のコラム、シュタベルル (Staberl) を書くリヒャルト・ニンマーリヒター (Richard Nimmerrichter) などのイェリネク攻撃が始まりました。イェリネクはこの戯曲『棒、杖、竿』の中に、「シュタープ氏」(Herr Stab) なる人物を登場させ、「ノイエ・クローネン・ツァイトゥング」紙のコラムの名と関連づけています。小説『ピアニスト』では、ホームコンサートの合間にエリカの母親がこの新聞の名前を挙げてお喋りしています。オーストリアの政治や社会の右翼的動向を批判するイェリネクを「身内の悪口を言う女性」„die Nestbeschmutzerin" と命名したのもこの大衆紙です。すでに、一九九〇年代からヨルク・ハイダー率いる極右政党「オーストリア自由党ＦＰÖ」がイェリネクを左翼的芸術家の主要な標的の一人として、集中的に攻撃を繰り返してきていたのです。二〇〇〇年にハイダーの政党が政権を取りました。

エルフリーデ・イェリネクのようなディーヴァであるオーストリアの女性作家が、この現代にあって女性の使用する言葉が「書く道具」として社会的に認知されていない事実を前提としたうえで、書く仕事をする大変さを訴えていることに気づかされます。文化人に対する右翼政治家の攻撃性、暴力行使について、イェリネクは反応せざるを得ませんでした。その関係でイェリネク自身も二〇〇〇年前後に二回みずからの演劇テクストの劇場上演の差し止めをしています。「女性にとって書くことがすでに暴力行使的行為です。というのも、女性の自我は話す自我ではないからです。（……）女性として話すということがどんな意味なのか、男性たちにはまったく想像できません。それは限度を越えることなのです、一種の攻撃的行為なのです。『女性の文学』(die Frauenliteratur) 運動が、もっと暴力行使的でないことをわたくしは不思議に思っています」とイェリネクは語っています。ここで言われている一九七〇年代からの「女性の文学」とは、ドイツ語圏独特の文学ジャンルであって、女性が書く行為の実践であるのです。

さらに、今回の彼女へのノーベル賞授賞は、クヴォーテ „Quote"「(女性) 割り当て制」によるものだと、ドイツの一流週刊誌にまで傲慢な批評を書かれるなどして、これが数多くのジャーナリズムのごく一部の意見ではあるにしても、イェリネクは、スウェーデンがオーストリアからは実力での判定ではなく、特別に女性をノーベル賞にと割り当てて、授賞させた、という印象を受けたのでしょう。女性蔑視の気持を強く感じたイェリネクは、外に出られなくなる程になりました。イェリネクは明らかに、「クヴォーテ制」の誤解及び誤用されやすい部分「女性の実力はどうであれ、単に女性も授賞させる必要があるから」という意味合いの記事に傷ついたのです。クヴォーテ制（ドイツ語でなければ、英仏語ではクオータ制）には、女性の地位向上に良い影響を及ぼす効果もありますから、早くからドイツや北欧の国々で採用されています。ドイツの政権でも党によって違いがあります。一九世紀からある社会民主党SPDでは女性議員の人数に採り入れられてきましたが、アンゲラ・メルケル率いるキリスト教民主同盟CDUではクヴォーテ制を採用しませんでした。現在最先端をいっているのはノルウェーです。言い出したのは当時の貿易産業大臣、アンスガー・ガブリエルセンという男性で、初めて真剣に提案し、二〇〇八年から、大企業のトップの役員に強制的に四〇パーセントの女性を採用する、と決めて実行しています。この制度をすでにある程度採用していたドイツからも、日本からも視察団がノルウエーを訪問していますが、どちらの国もノルウエーほどには実行されていません。とくに、日本では皆無といっていいほど無視されている制度です。日本は国連のジェンダー・ギャップ指数で、一五三カ国中一二一位にまで下がっている「男尊女卑」の国であり、ノルウエーのような「男尊女尊」の国とは程遠い水準の国です。いまだに「女性総合職」とか「女性の上司」等と言われます。「男尊女尊」とかろうじて言えるのは、千年もの昔に活躍した「女性作家」、紫式部の長編小説が愛されている文学界かもしれません。男性同士でも、もちろん上下関係が厳しい場合が多くありますが、女性に及ぼされる権力行為に関しては、女性の方がいつも精神的暴力や実際の攻撃的行為を受けやすい立場にあります。普通は表ざたにされないことも多く、最近では、日本のある著名な会社で、優秀な能力のある若い女性が非人間的な会社の体質や彼女の上司に無視・酷使されて二十三歳で過労死した非常に痛ましい事件が起こりましたし、欧米では、#MeToo の運動が盛んになっています。

以上の契機から、なににつけ、「女性の」という言葉を人が付ける原因は、女性ながら男性並みのことをしている、という父権制社会の観方をしていることであり、「女性の」ノーベル賞受賞者という言葉にも、エルフレーデ・イェリネクがこだわる理由が分かります。ですから小説『ピアニスト』に戻って考えれば、邦訳タイトルは映画のタイトル同様『ピアニスト』で良いと言えるでしょう。

「社会的恐怖症」を理由にエルフリーデ・イェリネクはスウェーデンでの授賞式には出席しませんでしたが、二〇〇四年一二月一七日の午前中に彼女から届いたメールに、これから午後にウィーンのスウェーデン大使館に、日本人デザイナーのワタナベ（コムデギャルソンの「男性」デザイナー、副社長）の服を着て行き、証書とメダルを受け取るという知らせが私にありました。その後のメールで、オーストリアの「女性」スウェーデン大使や、スウェーデンから来たノーベル賞の各委員たちが出席したウィーンでの内輪の祝賀晩餐会で、„Lust“（『したい気分』）の一節を暗証したスウェーデンの代表がいて、「私の書く行為に対して賞をいただいたのであって、女性であるとか、フェミニスト、政治活動家などの理由での授与ではない」と彼女が確信したことが分かり、安心しました。日本のデザイナーのデザインが好みであるのは、女性であることを過剰に表現しないからという理由からのようです。エルフリーデ・イェリネクはもともとお洒落な人で、ウィーンのどこでどのブランド品が買えるかすべて分かるから私に訊いてね、と言われたこともありました。最近の演劇テクスト『明るい光空間』に書かれていますが、「初めての文学賞受賞の時にはイヴ・サンローランのコートを買ったけれど、コムデギャルソンは今どうなっているの」、という台詞《せりふ》は、イェリネクの本心です。エリカが小説『ピアニスト』の後半で、ヴァルターに貶《けな》されながらもお洒落を実行するようになるのを、楽しみながら創作していたかも知れません。小説『ピアニスト』のシーンで、プラーターの草原から夜遅く帰宅したエリカが玄関の間で母親と喧嘩になり、馬の頭の模様のスカーフが舞い上がるシーンでは、多分エルメスのスカーフかと想像されますが、映画でも同じようなスカーフが使われているのが可笑《おか》しいです。

小説『ピアニスト』では、繰り返し、エリカの動きは馬や他の動物の形象で描かれています。第I部の最後で描かれているサーカスの調教師は母親の比喩、調教をうける元の猛獣はエリカの比喩でしょう。ヴァルターも時々動物に喩えられていますが、女性たちを動物のメタファーで描くのは、男性化へのジェンダー転換の手段です。イェリネクは先行する女性作家インゲボルク・バッハマン（一九二六―七三）を、新聞で使われているような文体、言葉遣いでなく、バッハマンなりの文学の言葉で書いて闘っているのに敬意を表しています。長編小説 „Marina“（邦訳『マリーナ』、神品芳夫訳、晶文社、一九七三年）のジェンダー転換の書き方を称賛しているばかりか、一九九一年の映画『マーリナ』のシナリオを書いています。(6) 女主人公「わたし」が「マーリナ」という男性でもあるという、男女のジェンダーを兼ね備えたドッペルゲンガーであり、この映画の中では、二人の男女の俳優が一人の人物を演じているのです。女の「わたし」には、映画『ピアニスト』でエリカを演じているイザベル・ユッペールが、ドイツ語の映画『マーリナ』（日本では未公開）に出ています。私は「マーリナ」を演じていた当時の若いユッペールが、エリカを演じていたらもっと良かったのに、といま叶えられない願いごとをしています。それはともかく、イェリネクは小説『ピアニスト』では、バッハマンとはもっと別の方法で、ジェンダー転換を実行しようとした、と明白に語っています。『ピアニスト』では、エリカを、男性にふさわしいと思われる動物をメタファーにして描写し、男性がする娯楽の事柄をエリカにさせることと相俟《あいま》って、女性の男性ジェンダー化を意図的に行っています。

雑誌„du“[7]のレグラ・シュテーリ（Regula Stähli）とのインタヴューで、エルフリーデ・イェリネクは、年少時から、ピアニストや音楽家にさせたいがために、娘に多くの習い事をさせた母親、イローナ・イェリネクに対する憤りの気持から諸作品を書いているとも述べています――「あの恐るべき子供時代は明らかに私の内部に非常な憎しみを蓄積しましたから、そんな状態によって、私はロケットが突き抜けていくみたいに、一生文学を貫いていくように投げつけられたわけなのです。」あるいはシュテーリに語っていることで、小説『ピアニスト』についても言えることですが、イェリネク渾身《こんしん》の作品„Lust“について、「淫らな表現は男性のまなざしから奪い取ったものなので、セクシャリティと快楽に見合った女性の言説を見出そうというプロジェクトは挫折し」て「その結果生じたのはアンチ－ポルノである」と述べています。

ちなみに小説『ピアニスト』の中でエリカは、「結婚しないで、むしろあなた自身だけでずっといなさい。所詮、母親がエリカを現在の娘に仕上げたのだ。」という母親に、都合のいい強制、圧力、権力を及ぼされ、時間を超越し、年齢を超越した「琥珀に閉じ込められた昆虫」と化した、と描写されています。このように描写されているエリカの母親像について、つまりは小説『ピアニスト』について、実際の母親イローナ・イェリネクはどのような感想を持っているのでしょうか。エルフリーデ・イェリネクはマイヤーとの対談で、「お母様は『ピアニスト』を読まれましたか?」と訊かれて、イェリネクは答えています——「いつもそれを訊かれるのですが。」母親イローナ自身は、「あんなではなかった、あれは本当では無かった。でもなんといってもそれであなたが限度はあるけど報酬のお金をもらった、あなたはいつもそれで大成功でした、だから私にはそれに反対して言うことは何ひとつないですよ」と言い、「あなたには可能なことはすべて与えました。それにしても私はそのことを過大な要求だと感じはしませんでした。それよりもあなたにあれやこれやを与えて、そしてあなたは今やそこから最高のことをやりましたし、それ以外のことはなんにも望んでいません。あなたの大成功がわたしには満足なことなのです。」(『マイヤーとの対話』、五三頁)と話しているとのこと。娘エルフリーデは、こういうことを多くの独裁者が言う、と話を続けていきますが、彼女の母親イローナの方向づけが娘にとってひどくハードであったにしても、娘が立派に耐えて才能を伸ばして大成功に導いたこの母親の存在は実際のところ、欠かせなかったと思われます。

エルフリーデ・イェリネク自身は、女性が男性と同等の権力を持つ時、女性はしばしば「父権制の共犯者」となる、と男女の間の権力構造について述べています。結局のところ、エルフリーデ・イェリネクの場合は、母親イローナが父親との立場上、父権制の共犯者にならざるを得なかったことと、幼児エルフリーデが精神科に通うほど、母親から厳しく習い事を強制されたのだとしても、才能に恵まれていたことによって、オルガニストになる訓練で、つまり三段の手鍵盤《けんばん》とさらに足鍵盤とで、両手両足を駆使してバランスをとりながらポリフォニックな曲を演奏することで、様々な脳神経細胞の層が連絡し合って、思考の複雑性が推進されることを得て、それが結局は、イェリネクの多重多層でありながら、比喩と物語のバランスの取れた、音楽的ともいえる言語活動を可能にしたと言えるのではないでしょうか。結局は母親に才能を発展させる機会ときっかけを与えられて、ノーベル賞作家となり得たのでしょう。母親の強制と娘の力量、運よく、両者の完璧ながら厳しい二つの条件が必要不可欠であったでしょう。それにしてもあと四年長生き出来ていたら、イローナさんはどんなに喜んだことでしょう。

書きたいことが沢山ありましたが、最小限に留めました。また私事も書いてしまいましたが、「イェリネクは内気な人間である。はかなげで控えめな人である。しかし彼女は言語に取り憑かれた人である」とクバチェク氏が感じているのと同じふうに、私も感じていることを伝えたかったからです。福島の原発大災害のニュースを「毎日見ては泣いています」というイェリネクからのメールに五日くらい遅れて気づき、私は慌てて返信したことがありました。私のドイツ語の仲間で科学者の方々の意見もあの当時は一生懸命にイェリネクにお伝えしました。

樋口至宏様に、今回は初校の段階で沢山の註を増加させて頁の割り振りにお手間をかけて頂いております。いつもながらのことですが、『ピアニスト』の版権を取って頂くことや、煩雑な初校から四校までの管理のお仕事で大変お手間をとっていただいて、誠に恐縮に存じまして深謝いたしております。今回は、あるパッサージュについて、どの意味で訳出すべきか迷った時には、信頼がおける Dr. Jasmin Hoffmann 教授訳の、フランス語版[8]の『ピアニスト』を参考にさせて頂きました。

二〇二〇〜二一年は思いがけず世界中がコロナ禍に襲われて、苦渋の日々を送らざるを得なくなっています。油断できない日々の中で、新訳版『ピアニスト』が皆々様の喜びのひとつになり、女性の生き方および男性の女性との共存の仕方のヒントを与えられれば、誠に幸いに存じます。

二〇二一年一月三〇日

中込啓子

註

(1) Der Roman „Klavierspielerin" rowohlt 巻末 Michael Töteberg: ‚Film splitter' S. 294 以下『(ミヒャエル) トェーテベルク』とのみ本文中に記述。

(2) Elfriede Jelinek/ Jutta Heinrich/ Adolf-Ernst Meyer: „Sturm und Zwang" 1995 Ingrid Klein Verlag GmbH, Hamburg, S. 14 以下、『マイヤーとの対談』とのみ記述。

(3) Verena Mayer/Roland Koberg: „elfriede jelinek Ein Porträt" rowohlt 2006 Rowohlt Verlag GmbH, S. 123 以下『ポートレート』とのみ記述。

(4) Roland Barthes: Mythologies,『神話作用』篠沢秀夫訳、現代思潮社、一九六七年第一刷、一九九五年第一七刷。

(5) Elfriede Jalinek: Die endlose Unschuldigkeit, Schwiftinger Galerie-Verlag

(6) Isabelle Huppert In „MALINA“: Ein Filmbuch von Elfriede Jelinek. Nach dem Roman von Ingeborg Bachmann Mit Mathieu Carrière als Malina. In einem Film von Werner Schroeter Suhrkamp Verlag

(7) „du“ Oktober1999, Nr. 700.

(8) Elfriede Jelinek Prix Nobel de Littérature: “La pianiste“ Roman. Traduit de l’allemand (Autrische) par Yasmin Hoffmann et Maryvonne Litaize. Éditions Jacqueline Chambon 1988

著者紹介

エルフリーデ・イェリネク（Elfriede Jelinek）
1946 年生まれのオーストリアの作家。その創作活動は、小説、演劇、ラジオドラマ、映画のシナリオなど幅広い分野に及ぶ。しかし、評論や政治批判も数多く書き、オーストリアの戦後処理の問題やその保守性を批判し、また極右政党ときびしく対峙する作品を発表し続ける。およそ 24 回文学賞を受賞していて、そのうち、1998 年にはゲオルク・ビューヒナー賞、2004 年にフランツ・カフカ賞、2004 年にノーベル文学賞を受賞している。

訳者紹介

中込啓子（なかごめ・けいこ）
東京都生まれ。東京大学大学院独語独文学修士課程修了。大東文化大学名誉教授。エルフリーデ・イェリネク研究センター（ウィーン大学内）海外委員。
著書:『ジェンダーと文学 ― イェリネク、ヴォルフ、バッハマンのまなざし』(鳥影社、1996 年)
訳書：クリスタ・ヴォルフ『ギリシアへの旅』（恒文社、クリスタ・ヴォルフ選集 4、1998 年）、E・イェリネク『ピアニスト』（鳥影社、2002 年）、E・イェリネク『したい気分』（共訳、鳥影社、2004 年）、E・イェリネク『死と乙女 プリンセスたちのドラマ』（鳥影社、2009 年）、E・イェリネク『別れの言葉』（鳥影社、2009 年）、クリスタ・ヴォルフ『カッサンドラ』（改訳）:『失踪者／カッサンドラ (世界文学全集 II -2)』所収（河出書房新社、2009 年）、E・イェリネク『死者の子供たち』（共訳）、鳥影社、2010 年）他。
その他：「„Elfriede Jelineks Literarische Methode und Missver-stäntiondnisse bei der Rezeption"」（ウィーン研究センターに、web 用ドイツ語論文、ジェンダーに関する報告書）、「エルフリーデ・イェリネク演劇テクストについて」五本（文学研究誌『飛行』）、「エルフリーデ・イェリネク作：福島をめぐる演劇テクスト „KEIN LICHT."（『光はない。』）と 3. 11. 以降の E.- メール」（明治大学・ウィーン大学第 11 回共同シンポジウムでの発表論文）、「ＡＰＯ世代の非婚パートナーシップとペーター・シュナイダーの長編小説（出会ってカップルに）の二重道徳」（『日独文化研究』第 3 号、芸林書房）、「R・ムージル作『おとなしいヴェロニカの誘惑』試論 ― 形象による技法と意図』（『ドイツ文学』第 67 号）他。

（新訳版）ピアニスト
二〇二一年三月 五 日初版第一刷印刷
二〇二一年三月一五日初版第一刷発行
定価（本体二六〇〇円＋税）
著者　エルフリーデ・イェリネク
訳者　中込啓子
発行者　樋口至宏
発行所　鳥影社・ロゴス企画
長野県諏訪市四賀二二九—一（編集室）
電話　〇二六六—五三—二九〇三
東京都新宿区西新宿三—五—一二—7F
電話　〇三—五九四八—六四七〇
印刷　モリモト印刷
製本　高地製本

ISBN 978-4-86265-832-6 C0097